EDGAR ALLAN POE

Phantastische Geschichten

EDGAR ALLAN
POE

EDGAR ALLAN POE

Phantastische Geschichten

mit Illustrationen
von Alfred Kubin

GONDROM

Covergestaltung: Monika Kauffeld
ISBN 3-8112-2127-2

Der Umwelt zuliebe gedruckt auf chlorfrei gebleichtem Papier.

Vorwort

Edgar Allan Poe
Sein Leben und seine Werke

Die Familie Poes war eine der angesehensten in Baltimore. Sein Großvater mütterlicherseits hatte als »Quarter-master-general« im Freiheitskrieg gedient, und La Fayerre war ihm in hoher Achtung und Freundschaft zugetan: gelegentlich seiner letzten Reise in den Vereinigten Staaten wollte er die Witwe des Generals besuchen und ihr seine Dankbarkeit für die Dienste bezeugen, die ihr Mann ihm erwiesen hatte. – Der Urgroßvater hatte eine Tochter des englischen Admirals Mac Bride geheiratet, der zu den edelsten Häusern Englands in Beziehungen stand. – David Poe, Edgars Vater und Sohn des Generals, verliebte sich leidenschaftlich in eine englische Schauspielerin, Elisabeth Arnold, die berühmt war wegen ihrer Schönheit; er floh mit ihr und heiratete sie. Um sein Geschick noch inniger an das ihre zu fesseln, wurde er Schauspieler und trat mit seiner Frau an verschiedenen Theatern in den namhaftesten Städten der Union auf. Die beiden Gatten starben zu Richmond, beinahe gleichzeitig, und hinterließen, in völligster Verlassenheit und Armseligkeit, drei unmündige Kinder, darunter Edgar.

Edgar Poe war am 19. 1. 1809 in Baltimore geboren. Wenn je der Geist des Romans, um einen Ausdruck unseres Dichters zu gebrauchen, eine Geburt beherrscht hat – ein finsterer, sturmesschwangerer Geist! –, so beherrschte er gewiß die seine. Poe war im vollkommensten Sinne des Wortes das Kind der Leidenschaft und des Abenteuers. Ein reicher Müßiggänger der Stadt, Mister Allan, fand Wohlgefallen an dem hübschen Unglücklichen, den die Natur entzückend ausgestattet hatte, und da er selber kinderlos war, adoptierte er ihn. Daher nannte sich dieser nachmals Edgar Allan Poe. Er wurde also in gutem Wohlstand aufgezogen und in der legitimen Hoffnung auf eines jener Vermögen, die dem Charakter eine überlegene Sicherheit geben. Seine Adoptiveltern nahmen ihn mit auf eine Reise nach England, Schottland und Irland und ließen ihn, bevor sie heimreisten, beim Doktor Bransby zurück, dem Inhaber eines bedeutenden Erziehungshauses zu Stoke-Newington in der Nähe von London. – Im »William Wilson« hat Poe selbst dies seltsame, im Elisabethanischen Stil erbaute Haus und die Eindrücke seines Schülerlebens beschrieben.

Er kehrte 1822 nach Richmond zurück und setzte seine Studien in Amerika fort, unter der Leitung der besten Lehrer des Ortes. Auf der Universität Charlottesville, die er 1825 bezog, zeichnete er sich nicht allein durch eine ans Wunderbare grenzende Intelligenz aus, sondern ebensosehr durch ein fast unheilvolles Überströmen von Leidenschaften – eine wahrhaft amerikanische Frühreife –, die schließlich seine Ausweisung verursachte. Es empfiehlt sich, hier ebenso anzumerken, daß Poe schon in Charlottesville eine äußerst bemerkenswerte Befähigung für die physischen und mathematischen Wissenschaften bewiesen hat. Später wird er in seinen seltsamen Geschichten häufig Gebrauch davon machen und wird ganz überraschende Kunstmittel dadurch gewinnen. Doch ich habe Gründe, zu glauben, daß es nicht diese Kompositionsmethode ist, auf die er das größte Gewicht legte, und daß er – vielleicht gerade wegen dieser frühreifen Fähigkeit – nicht weit davon entfernt war, sie, im Vergleich zu den Werken der reinen Imagination, als leichte Spielereien anzusehen. – Ein paar unselige Spielschulden führten zu einem momentanen Zerwürfnis zwischen ihm und seinem Adoptivvater, und Edgar – eine höchst seltsame Tatsache, die, was man auch darüber sagt, jedenfalls von einer ziemlich starken Dosis Rittersinn in seinem leicht erregbaren Herzen zeugt – Edgar faßte den Entschluß, am Griechenkrieg teilzunehmen und in den Kampf gegen die Türken zu ziehen. Er reiste also ab nach Griechenland. – Was wurde aus ihm im Orient? Was trieb er dort? Studierte er die klassischen Gestade des Mittelmeeres? – Warum finden wir ihn in Sankt Petersburg wieder, ohne Reisepaß, in kompromittierlichen Verhältnissen? Und in welch eine Art Affäre war er da verwickelt, daß er gezwungen war, deswegen an den amerikanischen Minister, Henry Middleton, zu appellieren, um dem russischen Strafsystem zu entgehen und wieder heimzukehren? Man weiß es nicht; hier ist eine Lücke, die nur er selber auszufüllen vermöchte. Das Leben Edgar Poes, seine Jugend und sein Briefwechsel sind von den amerikanischen Zeitungen lange angekündigt, doch nie erschienen.

1829 nach Amerika zurückgekehrt, ließ er den Wunsch erkennen, in die Militär-Schule von West Point einzutreten; er wurde aufgenommen und gab, wie anderwärts, auch dort Proben von einer wunderbar reich begabten, jedoch undisziplinierbaren Intelligenz – und nach Verlauf einiger Monate wurde er gestrichen. – Zu gleicher Zeit trat in seiner Adoptivfamilie ein Ereignis ein, das die ernstesten Folgen für sein ganzes Leben haben sollte. Mrs. Allan, für die er wirklich die Neigung eines Sohnes gehabt zu haben scheint, starb, und Allan heiratete eine ganz junge Frau. Hier beginnt nun ein häuslicher Zwist – eine bizarre, dunkle Geschichte, die ich nicht erzählen kann, da sie durch keinen einzigen Biographen recht aufgeklärt ist. Jedenfalls darf man sich nicht darüber wundern, daß er sich definitiv von Mr. Allan trennte und daß dieser, der aus seiner zweiten Ehe Kinder hatte, ihn vollständig enterbte.

Bald nachdem er Richmond verlassen hatte, veröffentlichte Poe einen kleinen Band Gedichte. Das bedeutete in der Tat eine anbrechende Morgenröte. Wer englische Poesie zu empfinden vermag, findet schon dort den Akzent des Außerirdischen, die Ruhe in der Melancholie, die köstliche Feierstimmung, die frühreife Erfahrenheit – ich habe sie, glaub' ich, angeborene Erfahrung genannt –, welche die großen Dichter charakterisieren.

Das Elend machte ihn auf einige Zeit zum Soldaten, und man darf wohl annehmen, daß er die vielen Mußestunden des Garnisonlebens darauf verwandte, die Stoffe seiner künftigen Kompositionen vorzubereiten – seltsamer Kompositionen, die dazu geschaffen scheinen, uns zu zeigen, daß die Seltsamkeit ein integrierender Bestandteil des Schönen ist. – Nach seiner Rückkehr ins literarische Leben – das einzige Element, darin gewisse deklassierte Wesen atmen können – siechte Poe in äußerstem Elend dahin, als ein glücklicher Zufall ihn wieder aufrichtete. Der Inhaber einer Zeitschrift hatte zwei Preise gestiftet, den einen für die beste Erzählung, den andern für das beste Gedicht. Eine außergewöhnlich schöne Handschrift zog die Augen Kennedys, des Comité-Vorsitzenden, auf sich und erregte in ihm Lust, die Manuskripte selbst zu prüfen. Es fand sich, daß Poe beide Preise gewonnen hatte; doch wurde ihm nur einer ausgehändigt*. Nun war der Präsident der Kommission begierig, den Unbekannten kennenzulernen. Der Herausgeber der Zeitung führte ihm einen jungen Mann von überraschender Schönheit zu, in Lumpen, zugeknöpft bis unters Kinn, von Ansehen ein ebenso stolzer wie ausgehungerter Edelmann. Kennedy benahm sich ohne Tadel. Er vermittelte die Bekanntschaft zwischen Poe und einem Thomas White, der zu Richmond den »Southern Literary Messenger« gründete. White war ein Mann von Unternehmungsgeist, doch ohne jedes literarische Talent; er bedurfte eines Helfers. Und so sah sich denn Poe in sehr jungen Jahren – nämlich zweiundzwanzigjährig – als Leiter einer Zeitschrift, deren Schicksal ganz auf ihm beruhte. Und durch ihn blühte sie auf. Der »Southern Literary Messenger« hat seitdem anerkannt, daß dieser geschmähte Exzentrische, daß dieser unverbesserliche Trunkenbold es war, dem er seine Anhängerschaft und seine notorische Beliebtheit verdankte. In diesem »Magazin« erschien denn auch zuerst das »Beispiellose Abenteuer eines gewissen Hans Pfaall« sowie mehrere andere Geschichten. Nahezu zwei Jahre hindurch versetzte Edgar Poe mit einem wunderbaren Feuer sein Publikum durch eine Reihe von Kompositionen eines ganz neuen Genres in Erstaunen und nicht minder durch kritische Artikel, deren Lebendigkeit, Klarheit und wohlbegründete Strenge ganz dazu angetan waren, die Augen auf sich zu lenken. Diese Artikel bezogen sich auf Bücher jeder Art, und die treffliche Bildung, die der junge Mann sich

* Die Erzählung »Das Faß Amontillado« (The Cask of Amantillado-1846)

selber gegeben hatte, kam ihm nicht wenig zustatten. Es ist gut, daß man weiß, daß diese beträchtliche Arbeit für 500 Dollar, das sind also 2700 Francs*, pro Jahr verrichtet wurde. – »Unverzüglich« – sagt Griswold; was soviel heißt wie: »Er glaubte sich also reich genug, der Dummkopf!« – heiratete er ein junges Mädchen, schön, entzückend, von liebenswürdiger und heroischer Natur – die aber »keinen Heller besaß« –, das fügt derselbe Griswold mit einem Anflug von Geringschätzung hinzu. Es war ein Fräulein Virginia Clemm, Poes Cousine.

Trotz der Dienste, die er seinem Journal geleistet hatte, überwarf sich Mr. White mit Poe nach Verlauf von kaum zwei Jahren. Der Grund dieser Trennung ist offenbar in den Anfällen von Hypochondrie und den Krisen von Trunkenheit bei dem Dichter zu suchen – charakteristische Vorkommnisse, die seinen Geisteshimmel verdunkelten, jenen unheilfinsteren Wolken gleich, die plötzlich die romantischste Landschaft mit einer scheinbar unheilbaren Melancholie beschatten. – Fortan sehen wir den Unseligen sein Zelt bald hier, bald dort aufschlagen, den Männern der Wüste vergleichbar, und seine leichten Siebensachen von einer großen Stadt der

* 720 Taler

Union zur anderen führen. Überall leitet er Zeitschriften oder arbeitet in hervorragender Weise an ihnen mit. Mit blendender Schnelligkeit verbreitet er kritische und philosophische Artikel und Erzählungen voller Magie, die vereint unter dem Titel »Tales of the Grotesque and the Arabesque« erschienen – ein bemerkenswerter und absichtlich gewählter Titel, denn die grotesken und arabesken Ornamente überwachsen die nüchternen Linien der menschlichen Gestalt, und man wird denn auch beim Lesen sehen, daß die Literatur Poes in vieler Hinsicht außer- oder übermenschlich ist. – Dann erfahren wir durch verletzende und skandalöse Notizen in den Zeitungen, daß Mr. Poe und seine Frau, gefährlich erkrankt und in völligem Elend, sich in Fordham befinden. Kurze Zeit nach dem Tod seiner Frau erleidet der Dichter die ersten Anfälle des Delirium tremens. Eine neue Notiz erscheint plötzlich in einer Zeitung – eine mehr als grausame diesmal –, die ihm seine Verachtung und sein Mißfallen an der Welt vorwirft und ihm einen jener Tendenzprozesse – richtige Strafanträge der öffentlichen Meinung – macht, gegen die er sich ständig zu verteidigen hatte –, einer der aufs unfruchtbarste aufreibenden Kämpfe, die ich kenne.

Ohne Zweifel verdiente er Geld, und seine literarischen Arbeiten konnten ihn gerade am Leben erhalten. Doch habe ich die Beweise, daß er unaufhörlich entmutigende Schwierigkeiten zu überwinden hatte. Er träumte, wie so viele andere Schriftsteller, von einer »eigenen« Zeitschrift, er wollte »bei sich daheim« sein, und Tatsache ist, daß er gelitten hatte, um nach dieser endgültigen Zufluchsstatt für seine Gedanken sich glühend zu sehnen. Um dahin zu kommen, um sich eine genügende Summe Geldes zu verschaffen, nahm er zu »Vorlesungen« seine Zuflucht. Poe hatte nun bereits in New York eine Vorlesung von »Heureka« gehalten, die sogar zu umfassenden Debatten geführt hatte. Diesmal gedachte er in seiner Heimat, in Virginia, zu lesen. Er rechnete, wie er an Willis schrieb, auf eine Tournee im Osten und Süden, und hoffte, daß seine literarischen Freunde und seine alten Bekannten vom Kolleg und von West Point zusammenströmen würden. Er besuchte also die Hauptstädte Virginias, und Richmond sah ihn wieder, ihn, den man dort so jung und arm und abgerissen gekannt hatte. Alle, die Poe nicht mehr gesehen hatten seit jenen Tagen, da sein Name noch im Dunkel war, eilten in Scharen herbei, um ihren berühmten Landsmann zu betrachten. Er erschien: schön, elegant, korrekt, wie das Genie! Er wählte ein ebenso umfassendes wie hochstehendes Thema: »Das Prinzip der Poesie«, und er erläuterte es in jener lichtvollen Art, die eins seiner Privilegien ist. Ein wahrer Dichter, der er war, glaubte er, daß das Ziel der Poesie derselben Natur ist wie ihr Prinzip, und daß sie nichts anderes im Auge haben darf als sich selber.

Die schöne Aufnahme, die man ihm bereitete, erfüllte sein armes Herz mit Stolz und Freude; er zeigte sich derart entzückt, daß er davon sprach, sich endgültig in Richmond niederzulassen und sein Leben an den Stätten, die seine Kindheit ihm teuer gemacht hatte, zu beschließen. Indes hatte er noch in New York zu tun und fuhr am 4. Oktober ab. Er klagte damals über Kälteschauer und Schwäche. Da er sich bei seiner Ankunft in Baltimore am Abend des 6. noch immer ziemlich schlecht befand, ließ er sein Gepäck nach der Anlegestelle schaffen, von der aus er nach Philadelphia fahren wollte, und trat in eine Schenke, um sich dort irgendwie ein wenig anzuregen. Zum Unglück traf er alte Bekannte dort und versäumte die Zeit. Am andern Morgen wurde im bleichen Grauen des frühen Tages am Weg ein Leichnam aufgefunden – ein Leichnam? darf ich so sagen? – ein Körper vielmehr, in dem noch Leben war, den aber der Tod mit seinem königlichen Siegel schon gestempelt hatte. An diesem Körper, dessen Name niemandem bekannt war, fand man weder Papiere noch Geld; man brachte ihn daher ins Hospital. Und dort, am selben Sonntagabend, am 7. Oktober 1849, starb Poe, dahingerafft durch das Delirium tremens, diesen furchtbaren Gast, der bereits ein- oder zweimal in seinem Hirn umgegangen war. So verschwand von dieser Welt einer der größten literarischen Heroen, der geniale Mann, der im »Schwarzen Kater« die verhängnisschweren Worte niedergeschrieben hatte: »Welche Krankheit läßt sich dem Alkohol vergleichen!«

Dieser Tod – fast ist er ein Selbstmord; ein längst schon vorbereiteter Selbstmord. Wenigstens verursachte er einen derartigen Skandal. Groß war das Geschrei, das sich erhob. Griswold machte sich ans Schmähen; Willis, aufrichtig bekümmert, war besser als erträglich. Ach! Er, der die steilsten Höhen der Ästhetik erklommen hatte und in die unerforschtesten Tiefen des menschlichen Intellekts hinuntergetaucht war; er, der ein Leben lang, das einem nie beschwichtigten Sturm gleicht, neue Mittel, unbekannte Prozesse gefunden hatte, um die Imagination in Staunen zu versetzen, um die nach dem Schönen lechzenden Seelen zu verführen, er war binnen einiger Stunden in einem Hospitalbett gestorben: Welch ein Schicksal! Und soviel Größe und soviel Unglück, um einen Wirbelsturm von bourgeoiser Phraseologie zu erregen, um das Thema der Journalisten zu werden!

Ut declamatio fias!

Diese Schauspiele sind nicht neu; selten nur, daß ein frisches, berühmtes Grab nicht ein Sammelplatz von Skandalen ist! Und übrigens: die Gesellschaft liebt sie nicht, diese vom Unglück Besessenen, und, sei's, daß sie ihre Feste stören, sei's, daß die Gesellschaft sie unwillkürlich als Gewissensvorwürfe empfindet: sie hat ganz zweifellos so unrecht nicht.

Gestehen wir gleichwohl, daß das trübselige Ende, welches der Dichter des »Heureka« nahm, einige tröstliche Ausnahmen erregte; ohne das müßte man verzweifeln und könnte seinen Platz nicht fürder halten. Willis – ich sagte es schon – sprach als Ehrenmann, und selbst mit Bewegung von den guten Beziehungen, die er stets zu Poe gehabt hatte. John Neal und George Graham erinnerten Griswold an das Schamgefühl. Longfellow – und dieser erwarb sich dadurch um so mehr Verdienst, da Poe ihn grausam gezaust hatte – wußte in einer Art, die eines Dichters würdig ist, Poes hohe Kraft als Dichter und als Prosaiker zu loben. Und ein Unbekannter schrieb, die amerikanische Literatur habe ihr bedeutsamstes Haupt verloren.

Aber das Herz, das verwundet, das zerrissen war, das Herz, durchbohrt von sieben Schwertern, das war das Herz der Madame Clemm. Edgar war ja zugleich ihr Sohn und ihre Tochter. Ein rohes Geschick, sagt Willis, dem ich diese Details entnehme, ein rohes Geschick war's, das sie überlebte und verteidigend schirmte. Denn Edgar Poe war ein schwer zu behandelnder Mensch; außer daß er mit einer langwierigen Peinlichkeit schrieb und in einem Stil, »der sich allzusehr über das gewöhnliche intellektuelle Niveau erhob, als daß man ihm große Honorare hätte zahlen können«, war er beständig in Geldschwierigkeiten verwickelt, und bisweilen mangelte es ihm und seiner kranken Frau an den allernotwendigsten Dingen zum Leben. Eines Tages sah Willis in sein Bureau eine Frau eintreten, alt, milde und ernst. Es war Madame Clemm. Sie »suchte Arbeit« für ihren teuren Edgar. Der Biograph sagt, er sei wirklich frappiert gewesen, nicht allein durch das vollkommene Lob, die treffende Würdigung, die sie den Talenten ihres Sohnes angedeihen ließ, sondern ebensosehr durch ihr ganzes Äußeres, ihre süße, traurige Stimme, ihre ein wenig altväterischen, aber schönen und großzügigen Manieren. Und mehrere Jahre hindurch – fügt er hinzu – sahen wir diese unermüdliche Dienerin, ärmlich und unzulänglich gekleidet, von Journal zu Journal gehen, um bald ein Gedicht, bald einen Artikel zu verkaufen, wobei sie bisweilen sagte, daß »er« krank sei – die einzige Erklärung, der einzige Grund, die unveränderliche Entschuldigung, die sie gab, wenn ihr Sohn sich gerade von einer jener sterilen Epochen betroffen fühlte, die den nervösen Schriftstellern bekannt sind –, wobei sie aber niemals ihren Lippen gestattete, nur eine Silbe auszusprechen, die als ein Zweifel hätte ausgelegt werden können, als eine Verminderung von Vertrauen zu dem Genie und der Willenskraft ihres Vielgeliebten. Als ihre Tochter starb, klammerte sie sich an den Überlebenden aus diesem unheilvollen Kampf mit verdoppelter mütterlicher Inbrunst, sie lebte bei ihm und trug Sorge für ihn, ihn überwachend, ihn gegen das Leben und gegen ihn selber verteidigend. Wahrlich! – schließt Willis, groß und unparteiisch – wenn die Aufopferung einer Frau, in einer ersten Liebe geboren und durch die menschliche Leidenschaft genährt, ihren Gegenstand adelt und heiligt, was spricht da nicht zugunsten dieses Menschen, der eine Aufopferung wie diese einflößte: rein, uneigennützig und heilig wie ein göttlicher Pfad?! Die Verkleinerer Poes hätten in der Tat bemerken müssen, daß so machtvolle Verführungen nur Tugenden sein können.

Man kann sich denken, wie furchtbar die unglückliche Frau von der Nachricht betroffen war. Sie schrieb an Willis einen Brief, aus dem ich hier einige Zeilen wiedergebe:

»Heute morgen erfuhr ich von dem Tode meines geliebten Eddie... Können Sie mir noch einige Einzelheiten, etwas von den näheren Umständen mitteilen?... O! verlassen Sie Ihre arme Freundin nicht in diesem bitteren Kummer!... Sagen Sie zu Herrn..., daß er mich besucht; ich habe mich eines Auftrages an ihn zu entledigen, den mein armer Eddie mir gab... Ich habe nicht nötig, Sie zu bitten, seinen Tod anzuzeigen und Gutes von ihm zu sagen. Ich weiß ja, daß Sie's tun werden. Aber sagen Sie auch recht, welch ein liebevoller Sohn er für mich war, für seine arme, trostlose Mutter...«

Diese Frau erscheint mir von einer mehr als antiken Größe. Von einem unheilbaren Schlag betroffen, denkt sie nur an den Ruf dessen, der ihr Alles war, und es genügt nicht, um sie zufriedenzustellen, zu sagen, daß er ein Genie gewesen, man soll wissen, daß er ein Mensch voll Pflichtgefühl und Liebe war. Es ist offenbar, daß diese Mutter als ein Beispiel gegeben ist für unsere Rassen, die sich allzuwenig kümmern um Aufopferung, um Heroismus und um alles, was über das Muß hinausgeht. War es nicht Ehrensache, den Werken des Dichters den Namen derer voanzusetzen, die seines geistigen Lebens Sonne war?* Einbalsamieren wird er in seinen Ruhm den Namen der Frau, deren Zärtlichkeit seine Wunden zu verbinden wußte und deren Bild ohn' Unterlaß über den Märtyrerlegenden der Literatur schweben wird.

Das Leben Poes, seine Sitten, seine Manieren, sein physisches Wesen, alles. was die Gesamtheit seiner Persönlichkeit ausmacht, erscheint uns als etwas Finsteres und Leuchtendes zugleich. Seine Persönlichkeit war einzigartig, verführerisch und, wie seine Werke, in einer undefinierbaren Art mit Melancholie gezeichnet. Übrigens besaß er bemerkenswerte Begabungen aller Art. Schon in jungen Jahren hatte er eine seltene Fähigkeit für alle körperlichen Übungen gezeigt, und obwohl er klein war, mit Frauenhän-

* Maria Clemm war Poes Tante und Schwiegermutter, in deren Hause er seit 1829 lebte, und die bis an sein Lebensende für ihn sorgte und die eigentliche Mutterrolle in seiner schwierigen Existenz übernahm.
Baudelaire hat seine Poe-Übertragungen »Frau Maria Clemm, der begeisterten und opferfreudigen Mutter des Dichters« zugeeignet.

den und -füßen – wie denn überhaupt sein ganzes Wesen diesen Charakter femininer Feinheit trug –, so war er doch mehr als robust und wunderbarer Kraftproben fähig. Er hat in seiner Jugend eine Wette als Schwimmer gewonnen, die das Maß des gemeinhin Möglichen überschreitet. Man kann wohl sagen: die Natur gibt denen, die sie zu großen Dingen ersehen hat, ein energisches Temperament, so wie sie den Bäumen, welche die Trauer und den Schmerz zu symbolisieren bestimmt sind, eine kraftvolle Vitalität verleiht. Diese Menschen, bisweilen armselig von Erscheinung, sind von athletischer Konstitution, für die Orgie gut und für die Arbeit, zu Exzessen geeignet und erstaunlicher Nüchternheiten fähig.

Es gibt bezüglich Edgar Poes einige Punkte, in denen völlige Einmütigkeit der Ansichten herrscht, zum Beispiel seine hohe natürliche Vornehmheit, seine Beredsamkeit und seine Schönheit, auf die er, nach dem, was man darüber sagt, ein wenig eitel war. Seine Manieren, ein eigenartiges Gemisch von Hoheit und einer ausgesuchten Milde, waren voller Entschiedenheit. Antlitz, Gang, Gesten, Kopfhaltungen, alles kennzeichnete ihn, vornehmlich in seinen guten Tagen, als eine auserwählte Kreatur. Aus seinem ganzen Wesen atmete eine eindringliche Feierlichkeit. Gewiß, er war von der Natur gezeichnet, wie jene Gestalten von Vorübergehenden auf der Straße, die das Auge des Beobachters anziehen und seine Erinnerung beschäftigen. Selbst der pedantische, nörglige Griswold gesteht: als er Poe einen Besuch abgestattet und ihn vom Tode und der Krankheit seiner Frau noch bleich und krank gefunden habe, sei er maßlos überrascht gewesen, nicht allein durch die Vollkommenheit seiner Manieren, sondern auch durch das aristokratische Antlitz sowie die duftige Atmosphäre seines Gemaches, das übrigens bescheiden möbliert gewesen sei. Griswold weiß nicht, daß dem Dichter mehr als allen anderen Menschen jenes wunderbare Privilegium eigen ist, das man der Pariserin und der Spanierin zuerkennt: mit einem Nichts sich schmücken zu können; und daß Poe, in allen Dingen ein Liebhaber des Schönen, die Kunst erfunden hatte, auf eine neue Art eine Hütte zum Palast zu wandeln. Hat er nicht mit dem originellsten und seltsamsten Geist Entwürfe von Mobiliaren, Pläne von Landhäusern, Gärten und Reformideen von Landschaften aufgezeichnet?

Es existiert ein entzückender Brief von Frau Frances Osgood, die zu Poes Freundinnen zählte und uns über seine Gewohnheiten, seine Person und sein häusliches Leben die denkwürdigsten Details mitteilt. Diese Frau, die selbst eine ausgezeichnete Literatin war, bestreitet mutig all die Laster und all die Fehler, die man an dem Dichter tadelt.

»Unter Männern« – sagte sie zu Griswold – »war er vielleicht so, wie Sie ihn schildern, und als Mann können Sie recht haben. Doch ich bleibe dabei, daß er unter Frauen ein ganz anderer war, und daß niemals eine Frau hat Poe kennenlernen können, ohne für ihn ein tiefes Interesse zu empfinden. Er ist mir immer nur als ein Muster von Eleganz, Vornehmheit und Hochherzigkeit erschienen...

Es war zu Astor-House, wo wir uns zum ersten Mal sahen. Willis hatte an der Table d'hôte den »Raben« mir vorgeführt, über den der Autor – so sagte er mir – meine Meinung kennenzulernen wünschte. Die geheimnisvolle, übernatürliche Musik dieses seltsamen Gedichts durchdrang mich so völlig, daß ich, als ich vernahm, Poe wünsche mir vorgestellt zu werden, ein eigenes Gefühl empfand, das etwas von Schrecken hatte. Er erschien mit seinem schönen, stolzen Haupt, seinen düstren Augen, aus denen das Licht der Auserwähltheit flammte, ein Licht, zusammenfließend aus Empfindung und Gedanke, mit seinen Manieren, die eine nicht wiederzugebende Vereinigung von Hoheit und Lieblichkeit waren; – er grüßte mich, ruhig, ernst, fast kalt; doch unter dieser Kälte zitterte eine so merkbare Sympathie, daß ich nicht umhin konnte, von ihr den tiefsten Eindruck zu gewinnen. Von diesem Augenblick bis an seinen Tod waren wir Freunde..., und ich weiß, daß ich in seinen letzten Worten meinen Anteil an seiner Erinnerung gehabt habe, und daß er mir, eh seine Vernunft von ihrem Herrscherthron gestürzt war, eine äußerste Probe seiner Freundestreue gab.

Vornehmlich war's in seinem zugleich einfachen und poetischen Heim, wo mir der Charakter Edgar Poes in seinem schönsten Licht erschien. Ausgelassen, angeregt, geistvoll, wie ein verzogenes Kind bald fügsam und bald garstig, hatte er für seine junge, sanfte und angebetete Frau und für alle, die kamen, immer, selbst inmitten der ermüdendsten literarischen Arbeiten, ein liebenswürdiges Wort, ein wohlwollendes Lächeln, anmutige und ritterliche Aufmerksamkeiten. Endlose Stunden verbrachte er an seinem Pult, unter dem Bildnis seiner ›Leonore‹, der geliebten und gestorbenen, immer angespannt, immer ergeben, in seiner wundervollen Handschrift die glänzenden Fantasien bannend, die sein erstaunliches Gehirn unablässig im Nu durchzogen. – Ich erinnere mich, wie ich ihn eines Morgens froher und behender als gewöhnlich sah. Virginia, sein holdes Weib, hatte mich gebeten, zu ihnen zu kommen, und es war mir unmöglich, ihren Bitten zu widerstehen... Ich fand ihn bei der Arbeit an der Artikelserie, die er veröffentlicht hat unter dem Titel: ›The Literati of New York‹. ›Sehen Sie‹ – sagte er zu mir, und dabei entfaltete er mit einem Siegerlächeln mehrere kleine Papierrollen (er schrieb auf schmalen Streifen, offenbar, um seine Kopie der ›Justierung‹ der Zeitungen anzupassen) – ›ich werde Ihnen an der Verschiedenheit der Länge die verschiedenen Grade von Wertschätzung zeigen, die ich für jedes einzelne Glied Eurer literarischen Rasse habe. In jedem dieser Papiere ist einer von Euch verpackt und besonders behandelt. – Komm her, Virginie, und hilf mir!‹ – Und sie entrollte eines nach dem anderen. Zuletzt hatten sie eins, das fast unendlich schien. Lachend wich Virginie bis in einen Winkel des Zimmers, das Papier an einem Ende haltend, und ihr Mann mit dem anderen Ende bis in einen anderen Winkel. ›Und wer ist der Glückliche‹ – fragte ich – ›den Sie solch inkommensurabler Milde für würdig erachtet haben?‹ – ›Da hört sie!‹ – rief er. ›Als wenn ihr kleines, eitles Herz ihr's nicht schon längst gesagt hätte, daß sie selber es ist!‹

Als ich um meiner Gesundheit willen genötigt war, zu reisen, unterhielt ich eine regelmäßige Korrespondenz mit Poe, hierin den lebhaften Bitten seiner Frau gehorchend, die glaubte, ich könne einen guten Einfluß und eine heilsame Einwirkung auf ihn gewinnen... Was die Liebe und das Vertrauen zwischen ihm und seiner Frau betrifft, ein entzückendes Schauspiel für mich, ich könnte nicht mit genug Überzeugung, nicht mit genug Wärme davon reden. Ich übergehe einige kleine poetische Episoden, in die sein romantisches Temperament ihn brachte. Ich glaube, sie war das einzige Weib, das er stets wahrhaft geliebt hat...«

In den Novellen Poes findet man nichts von Liebe. Wenigstens sind »Ligeia«, »Eleonora« keine eigentlichen Liebesgeschichten, da die Grundidee, auf der das Werk beruht, ganz anderer Art ist. Vielleicht glaubte er, die Prosa sei keine Sprache, die mit dieser seltsamen und fast unbeschreiblichen Empfindung auf gleicher Höhe stehe; denn seine Gedichte sind dafür stark von ihr durchsättigt. Die göttliche Leidenschaft erscheint dort prächtig, sternklar und stets von einer unheilbaren Melancholie umschleiert. In seinen Artikeln spricht er bisweilen von der Liebe, und sogar wie von einem Etwas, dessen Name allein die Feder erzittern macht. In »The Domain of Arnhaim« versichert er, die vier elementaren Bedingungen des Glücks seien: das Leben in freier Luft, die Liebe einer Frau, die Loslösung von jedem Ehrgeiz und die Schöpfung eines neuen Schönen. – Was die Idee der Frances Osgood in bezug auf den ritterlichen Respekt Poes für die Frauen noch bekräftigt, ist die Tatsache, daß trotz seines wunderbaren Talents für das Groteske und das Fürchterliche, in seinem ganzen Werk keine einzige Stelle zu finden ist, die den Charakter der Schlüpfrigkeit, ja, auch nur der sinnlichen Wollust hätte. Seine Frauenbildnisse sind sozusagen von einer Aureole umflossen; aus einem übernatürlichen Gewölbe leuchten sie auf und sind in der emphatischen Art eines Anbeters gemalt. – Was die kleinen »romantischen Episoden« betrifft, darf man erstaunt sein, daß ein so nervöses Wesen, dessen Hauptzug vielleicht der Schönheitsdurst war, bisweilen mit leidenschaftlicher Glut der Ritterlichkeit gepflogen hat, dieser vulkanischen und moschussüßen Blume, für die das gärende Gehirn der Dichter ein auserwählter Boden ist?

Von seiner eigenartigen persönlichen Schönheit, von der mehrere Biographien sprechen, kann sich der Geist, glaub' ich, eine annähernde Vorstellung machen, wenn er alle die vagen und dennoch charakteristischen Kennzeichen zu Hilfe nimmt, die in dem Wort »romantisch« enthalten sind, ein Wort, das gemeinhin dazu dient, die Arten von Schönheit wiederzugeben, die hauptsächlich im Ausdruck bestehen. Poe hatte eine große, beherrschende Stirn, worauf gewisse Erhöhungen die überschäumenden Fähigkeiten verrieten, die anzuzeigen sie bestimmt sind – Talent zur Konstruktion, zur Vergleichung, zur Auffindung der Kausalität –, und darauf in stolzer Ruhe der Sinn der Idealität thronte, der ästhetische Sinn par excellence. Indes, trotz dieser Gaben, oder gar wegen dieser außergewöhnlichen Privilegien, bot dieser Kopf, im Profil gesehen, vielleicht keinen angenehmen Anblick. Wie in allen Dingen, die stark den Charakter eines besonders hervorragenden Sinnes tragen, konnte ein Defizit aus dem Überfluß, eine Armut aus der Usurpation folgen. Große Augen hatte er, düster zugleich und voller Licht, von einer unbestimmten und schattenhaften Farbe mit einem Stich ins Violett; die Nase war edel und kraftvoll, der Mund fein und traurig, obgleich leicht lächelnd, der Teint lichtbraun, das Antlitz zumeist bleich, der Ausdruck ein wenig zerstreut und unmerklich gerunzelt durch eine beständige Melancholie.

Seine Unterhaltung war überaus bemerkenswert und fruchtbar. Er war kein sogenannter schöner Redner – etwas Schreckliches! –, und übrigens scheute sich ja auch sein Wort wie seine Feder vor dem Konventionellen; aber ein ausgedehntes Wissen, eine starke Sprachbeherrschung, umfangreiche Studien, in mehreren Ländern gesammelte Eindrücke kennzeichneten seine Worte. Seine Beredsamkeit, im wesentlichen dichterisch, voller Methode, und gleichwohl außerhalb jeder bekannten Methode sich bewegend; ein Arsenal von Bildern, die er einer, der Menge der Geister wenig bekannten Welt entnahm; eine wunderbare Kunst, von einer augenfälligen und durchaus annehmbaren Voraussetzung geheime und neue Bemerkungen abzuleiten, erstaunliche Perspektiven zu eröffnen, und, mit einem Worte, die Kunst, fortzureißen, zum Denken, zum Träumen anzuregen, die Seelen aus dem Kehricht der Routine zu entführen – das waren die blendenden Eigenschaften, an welche viele Leute die Erinnerung bewahrt haben. Doch kam es bisweilen vor – man sagt es wenigstens –, daß der Dichter, in einer zerstörerischen Laune sich gefallend, seine Freunde durch einen betrübenden Zynismus jäh zur Erde niederriß und unbarmherzig das Werk seines Geistes in Trümmer stürzte. Bemerkenswert ist übrigens, daß er in der Wahl seiner Hörer sehr wenig peinlich war, und ich glaube, der Leser wird in der Geschichte leicht andere große und originelle Intelligenzen finden, denen jede Gesellschaft recht war. Gewisse Geister, die einsam sind inmitten der Menge und sich im Selbstgespräch ergötzen, können mit der »Delikatesse in bezug auf das Publikum« nichts anfangen. Alles in allem ist das eine Art von Brüderlichkeit, die auf der Verachtung beruht.

Von jener Trunksucht – die berühmt gemacht und getadelt ist mit einer Beharrlichkeit, die leicht den Glauben erwecken könnte, alle Schriftsteller der Vereinigten Staaten, ausgenommen Poe, seien Engel an Nüchternheit –, von ihr muß noch ein Wort gesagt sein. In bezug auf sie sind mehrere Lesarten plausibel, und keine schließt die andere aus. Vor allem hab' ich die Pflicht, zu bemerken, daß Willis und Frau Osgood versichern, ein sehr geringes Quantum Wein oder Likör habe schon genügt, seinen Organismus vollständig zu verwirren. Es läßt sich übrigens leicht denken, daß ein Mensch, so gänzlich einsam, so tief unglücklich, der oft dem ganzen sozialen System als einem Paradoxon und einem Betrug hat ins Gesicht sehen können, ein Mensch, der, gequält durch ein mitleidloses Geschick, oftmals es wiederholte, die Gesellschaft sei nichts als eine Kohorte von Elenden – (Griswold ist es, der hieran erinnert, darüber entrüstet in der Art eines Menschen, der wohl ebenso denken kann, es aber niemals aussprechen würde) –, es ist natürlich, sage ich, anzunehmen, daß dieser Dichter, als Kind den Wechselfällen des offenen Lebens preisgegeben, er, dessen Hirn in einer harten, ununterbrochenen Arbeit kreiste, bisweilen ein wonniges Vergessen in der Flasche suchte. Literarische Rancünen, Schwindel vor der Unendlichkeit, häusliche Leiden, Beleidigungen der Erbärmlichkeit – vor alledem flüchtete Poe in das Schwarz des Rausches wie in ein vorbereitendes Grab. So gut aber nun diese Erklärung auch erscheinen mag, ich finde sie doch nicht umfassend genug und mißtraue ihr wegen ihrer kläglichen Einfachheit.

Ich höre, daß er nicht als Gourmand trank, sondern als Barbar, mit einer völlig amerikanischen Aktivität und Zeiteinteilung, gleichsam eine menschenmörderische Funktion erfüllend, gleichsam, als habe er »irgend etwas« in sich zu töten, »a worm that would not die«. Übrigens erzählt man, eines Tages, im Begriff sich wieder zu verheiraten – das Aufgebot war schon veröffentlicht und, da man ihn beglückwünschte zu einer Verbindung, die die höchsten Bedingungen des Glückes und Wohlergehens in seine Hände legte, hatte er gesagt: »Es ist wohl möglich, daß Sie ein Aufgebot gesehen haben, aber merken Sie sich dies: Ich werde mich nicht wieder verheiraten!« – dieses Tages also machte er einen Skandal, fürchterlich bezecht, in der Nachbarschaft derer, die seine Frau werden sollte, und nahm auf diese Weise zu seinem Laster Zuflucht, um sich von seinem Meineid der armen Toten gegenüber zu befreien, deren Bildnis stetig in ihm lebte und die er in seiner »Annabel Lee« wunderbar besungen hatte. Ich halte also in einer großen Zahl von Fällen die unendlich wertvolle Tatsache des Vorbedachts für festgestellt und erwiesen.

Andererseits lese ich, in einem langen Artikel des »Southern Literary Messenger« – eben jener Zeitschrift, deren Glück er begründet hatte –, daß nie die Reinheit, die Bestimmtheit seines Stils, niemals sein Eifer zur Arbeit durch diese furchtbare Gewohnheit beeinträchtigt wurde; daß der Abfassung der meisten seiner ausgezeichnetsten Stücke eine dieser Krisen voraufging oder folgte; daß er nach der Veröffentlichung von »Heureka« seiner Neigung in beklagenswerter Weise frönte, und daß er zu New York am selben Morgen, an dem der »Rabe« erschien, während der Name des Dichters in aller Munde war, gefährlich stolpernd durch Broadway schwankte. Man bemerke, daß die Worte »voraufging oder folgte« den Hinweis enthalten, daß der Rausch ebensowohl als Mittel zur Anregung wie zur Ruhe dienen konnte.

Es gibt bekanntlich flüchtige und frappierende Eindrücke – und sie sind um so frappierender, je flüchtiger sie sind –, die bisweilen einem äußeren Symptom folgen, einer Art von gemahnender Benachrichtigung, einem Glockenklang etwa, einer Note in der Musik oder einem vergessenen Duft, und denen selber nun wiederum ein Ereignis folgt, das einem Ereignisse gleicht, welches uns schon bekannt ist und welches in einer vormals offenbarten Kette den nämlichen Platz innehatte. Gleich diesen Eindrücken nun, oder gleich jenen eigenartigen periodischen Träumen, die im Schlummer unserer Nächte häufig wiederkehren, gibt es unbestreitbar auch im Rausch nicht allein Traumketten, sondern sogar Reihen von Raisonnements, die, um sich zu reproduzieren, des Milieus bedürfen, in dem sie entstanden sind. Wenn der Leser mir willig gefolgt ist, hat er meinen Schluß schon erraten –: Ich glaube, daß in vielen Fällen – gewiß nicht in allen – die Bezechtheit Poes ein mnemonisches Mittel war, eine Arbeitsmethode, eine energische und tödliche Methode, die aber seiner leidenschaftlichen Natur entsprach. Der Dichter hatte das Trinken gelernt, wie ein sorgsamer Literat sich befleißigt, Notizhefte zu führen. Er konnte dem Verlangen nicht widerstehen, die wunderbaren oder schrecklichen Visionen, die feinen, zarten Konzeptionen wiederzufinden, die ihm in einem früheren Sturm begegnet waren; es waren alte Bekannte, die ihn gebieterisch anzogen, und um wieder mit ihnen anzubinden, ging er den gefährlichsten, aber direktesten Weg. Ein Teil von dem, was heute unser Ergötzen ausmacht, ist das, was ihn getötet hat.

Von den Werken dieses einzigartigen Genies habe ich wenig zu sagen; das Publikum wird ja sehen, was es davon zu denken hat. Vielleicht würde mir's schwierig, nicht aber unmöglich sein, seine Methode klarzulegen, sein Verfahren auseinanderzusetzen, vornehmlich in dem Teil seiner Werke, deren Hauptwirkung auf einer gut angelegten Analyse beruht. Ich könnte den Leser in die Geheimnisse seiner Arbeitsmethode einführen, könnte mich verbreiten über jenen Anteil am amerikanischen Geist, der ihn über eine besiegte Schwierigkeit, über ein gelöstes Rätsel, über ein geglücktes Kraftstück sich freuen läßt, der ihn treibt, mit einem kindlichen und fast perversen Vergnügen in der Welt der Wahrscheinlichkeiten und der Konjekturen sich zu ergötzen und »Enten« zu erschaffen, denen seine subtile Kunst Lebenswahrscheinlichkeit verliehen hat. Niemand wird leugnen, daß Poe ein wunderbarer Jongleur ist; ich weiß jedoch, daß er seine Schätzung hauptsächlich einem anderen Teile seiner Werke zuwandte. Ich habe einige bedeutsamere, übrigens ganz kurze Bemerkungen zu machen.

Nicht durch seine materiellen Wunder, die ihm doch sein Renommee geschaffen haben, wird es ihm gegeben sein, die Bewunderung der denkenden Menschen zu erringen, sondern durch seine Liebe zum Schönen, durch seine Kenntnis der harmonischen Bedingungen der Schönheit, durch seine tiefe und wehmutvolle, nichtsdestoweniger durchsichtig und klar wie ein kristallener Schmuck gearbeitete Poesie – durch seinen bewundernswerten Stil, rein und bizarr – gefügt gleich den Schuppen einer Rüstung – gefällig und minutiös – bei dem die leichteste Andeutung dazu dient, den Leser sacht einem beabsichtigten Ziel zuzutreiben – und vor allem schließlich durch dieses ganz besondere Genie, durch dieses einzige Temperament, das ihm erlaubt hat, in einer fehlerlosen, packenden, furchtbaren Art die Ausnahme von der sittlichen Ordnung darzustellen und zu erklären. – Diderot, um aus hundert Beispielen nur eins herauszugreifen, ist ein sanguinischer Autor; Poe ist der Schriftsteller der Nerven, und sogar noch etwas mehr als das –, und der beste, den ich kenne.

Bei ihm ist jedes Eindringen in den Stoff anziehend ohne Gewaltsamkeit, einem Strudel vergleichbar. Seine Feierlichkeit überrascht und hält den Geist wach. Sogleich empfindet man, daß sich's um etwas Bedeutsames handelt. Und langsam, nach und nach, entrollt sich eine Geschichte, bei der das ganze Interesse auf einer unmerklichen Abweichung des Intellekts beruht, auf einer unklugen Dosierung der Natur bei der Amalgamierung der Fähigkeiten. Der Leser, vom Schwindel gefesselt, wird gezwungen, dem Autor in seinen hinreißenden Deduktionen zu folgen.

Kein Mensch, ich wiederhole es, hat mit mehr Magie die Ausnahmen des menschlichen Lebens und der Natur erzählt; – all die inbrünstige Neugier der Genesung –; die sinkenden Jahreszeiten, überladen mit entnervendem Glanz, die heißen, feuchten und dunstigen Zeiten, da der Wind des Südens die Nerven schlaff macht und abspannt wie die Saiten eines Instrumentes, da die Augen sich mit Tränen füllen, die nicht aus dem Herzen kommen; die Halluzination, anfangs dem Zweifel noch Platz lassend, alsbald aber überzeugt und von Raisonnements voller als wie ein Buch; das Absurde, das sich in der Intelligenz festsetzt und sie beherrscht mit einer furchtbaren Logik; die Hysterie, die den Willen verdrängt; den Widerspruch, der zwischen Nerven und Geist sich bildet; und den Menschen, aus seinem Gleichgewicht gebracht bis zu dem Punkt, daß er den Schmerz durch das Lachen ausdrückt. Er analysiert das Allerflüchtigste, das Unabwägbare wägt er in seiner Hand, und beschreibt in jener genauen, wissenschaftlichen Manier, deren Wirkungen so schrecklich sind, all das Imaginäre, das den nervösen Menschen umwallt und ihn dem Bösen entgegenführt.

Selbst die Inbrunst, mit der er sich auf das Groteske stürzt aus Liebe zum Grotesken, auf das Furchtbare aus Liebe zum Furchtbaren, scheint mir die Keuschheit seines Werkes und den Einklang von Dichter und Mensch nur zu bestätigen. – Ich habe schon bemerkt, daß bei manchen Menschen diese Inbrunst oftmals das Resultat einer gewaltigen, unbeschäftigten, vitalen Energie, zuweilen einer hartnäckigen Keuschheit und einer tiefen, rückströmenden Sensibilität ist. Die übernatürliche Wollust, die der Mensch empfinden kann, wenn er sein eigenes Blut fließen sieht, die plötzlichen, heftigen, unnützen Bewegungen, die laut ausgestoßenen Schreie, ohne daß der Geist der Kehle einen Befehl zugeführt hätte, das sind Erscheinungen, die ebenhierhin einzuordnen sind.

Im Schoß dieser Literatur, wo die Luft verdünnt ist, kann der Geist jene unbestimmte Angst, jene zu Tränen neigende Furcht und jenes Weh des Herzens kennenlernen, wie sie an unermeßlichen entlegenen Orten zu Hause sind. Am stärksten aber ist das Gefühl der Bewunderung, und übrigens ist seine Kunst so groß! Die Hintergründe und die Nebendinge sind hier dem Empfinden der Personen angepaßt. Einsamkeit der Natur oder bewegtes Treiben der Städte, alles ist hier nervös und phantastisch beschrieben. Wie unser großer Delacroix, der seine Kunst auf das Niveau der hohen Poesie erhoben hat, liebt Edgar Poe, seine Gestaltung auf bläulich und grünlich schillerndem Grund sich bewegen zu lassen, wo die Phosphoreszenz der Fäulnis und der Geruch des Gewitters aufsteigt. Die sogenannte leblose Natur hat Anteil an der Natur der lebenden Wesen und erschauert, gleich ihr, in einem übernatürlichen, galvanischen Schauer. Der Raum ist durch das Opium vertieft; das Opium gibt hier allen Tinten einen magischen Sinn und allen Geräuschen die Vibration einer bedeutsameren Klangtiefe. Bisweilen öffnen sich plötzlich, übersättigt von Farbe und Licht, prächtige Durchblicke in seinen Landschaften, und man sieht im Grunde ihrer Horizonte orientalische Städte auftauchen und Architekturen, in Dunst gehüllt durch die Entfernung, und die Sonne gießt Ströme von Gold darüber aus.

Die Personen Poes, oder vielmehr die Person Poes, der Mensch mit den überschärften Fähigkeiten, der Mensch mit den erschlafften Nerven, der Mensch, dessen brünstiger und geduldiger Wille den Schwierigkeiten den Fehdehandschuh entgegenschleudert, der, dessen Blick mit der Starrheit eines Degens auf Gegenstände gerichtet ist, die, je intensiver er sie anblickt, um so größer werden, – das ist Poe selbst. – Und seine Frauen, alle licht und krank, an seltsamen Leiden sterbend und alle sprechend mit einer Stimme, die wie Musik anmutet, das ist wiederum er; oder wenigstens: durch all ihr seltsam anziehendes Wesen, durch ihr Wissen, durch ihre unheilbare Melancholie haben sie starken Anteil an der Natur ihres Schöpfers. Sein Idealweib aber, sein Titanide, offenbart sich in verschiedenen Bildnissen, die in seinen allzu wenigen Gedichten zerstreut sind, Bildnissen, oder vielmehr Arten, die Schönheit zu empfinden, die das Temperament des Autors zu einer vagen, doch fühlbaren Einheit zusammenbringt und verschmilzt, und wo, zarter vielleicht als anderwärts, jene unersättliche Liebe zum Schönen lebt, die sein Hauptanrecht, will sagen das Resümee seiner Anrechte auf die Zuneigung und die Verehrung der Dichter ausmacht.

Charles Baudelaire

Erzählungen

Metzengerstein

Pestis eram vivus-moriens
tua mors ero.
Martin Luther

Grauen und Unheil sind mit nimmermüden Schritten durch alle Jahrhunderte gegangen. Wozu also den Zeitpunkt der Geschichte näher bezeichnen, die ich erzählen will? Es mag genügen, wenn ich sage, daß zu der Zeit, von der ich spreche, die Lehre der Seelenwanderung im Innern Ungarns viele geheime Anhänger hatte. Von der Lehre selbst – das heißt, ihrer Unrichtigkeit oder ihrer Wahrscheinlichkeit – sage ich nichts. Doch ich behaupte, es rühre viel von unserer Ungläubigkeit her, wie's Bruyère auch von all unserem Elend sagt: »vient de ne pouvoir être seuls.«

Die Familien Berlifitzing und Metzengerstein lagen seit Jahrhunderten in Zwietracht miteinander. Niemals sah man zwei so erlauchte Häuser in tödlicherer Feindschaft. Der Ursprung dieses gegenseitigen Hasses schien in einer jahrhundertealten Prophezeiung zu liegen. »Ein großer Name wird auf das schrecklichste untergehen, wenn die Sterblichkeit der Metzengerstein, wie der Reiter auf seinem Roß, über die Unsterblichkeit von Berlifitzing triumphiert.«

Dieser Ausspruch hatte gewiß wenig oder gar keinen Sinn; doch haben schon oft unbedeutendere Ursachen große Wirkungen hervorgerufen. Im übrigen hatten die beiden benachbarten Häuser lange Zeit um den größeren Einfluß auf die schwachen Herrscher des Landes gekämpft. Zudem sind Nachbarn, die so nah beieinander wohnen, nur sehr selten Freunde. Von der Höhe ihres hohen Söllers konnten die Bewohner des Schlosses Berlifitzing in die Fenster der Burg Metzengerstein sehen. Auch war die Entfaltung einer mehr als lehnsherrlichen Pracht von seiten der Metzengerstein wenig dazu angetan, die leicht erregten Gefühle der Berlifitzing, die weniger Ahnen und weniger Reichtum aufweisen konnten, zu beruhigen. Ist es also verwunderlich, daß diese an sich widersinnige Weissagung die Feindschaft zwischen den beiden Häusern, die immer wieder durch ererbte Zwietracht und Eifersucht angetrieben wurde, stets neue Nahrung erhielt? Die Prophezeiung schien anzudeuten – wenn sie überhaupt irgendeinen Sinn hatte –, daß das jetzt schon mächtigere Haus einen endgültigen Triumph davontragen werde, und lebte deshalb mit tiefstem Groll im Bewußtsein der schwächeren Familie.

Wilhelm, Graf von Berlifitzing, der einstmals so Tapfere, war zur Zeit dieser Erzählung nur noch ein alter, unfähiger Mann. Nichts Bemerkens-

wertes hatte er an sich, als eben jene eingewurzelte, schon an Albernheit grenzende Abneigung gegen die Familie seines Nebenbuhlers und eine leidenschaftliche Liebe für Jagd und Pferde. Weder sein hohes Alter noch seine körperliche Schwäche oder das Schwinden seiner Geisteskräfte konnten ihn hindern, sich täglich den Gefahren der Jagd auszusetzen. Friedrich, Baron von Metzengerstein, war noch nicht mündig. Sein Vater war jung gestorben und dessen Frau, Maria, war ihm bald gefolgt. Friedrich stand damals in seinem achtzehnten Lebensjahr. In der Stadt bedeuten achtzehn Jahre keine lange Zeit, aber in der Einsamkeit, und noch dazu in einer so wundervollen Einsamkeit, wie der des alten Herrensitzes, wandern die Stunden mit tiefer, bedeutsamer Feierlichkeit. Infolge gewisser Umstände und persönlicher Bestimmungen des Vaters war der junge Baron sofort nach dessen Tode in den Besitz der ausgedehnten Güter gelangt. Selten trat ein Edelmann Ungarns eine ähnliche Erbschaft an. Seine Schlösser waren unzählig, das prächtige und größte war die Burg Metzengerstein. Die Grenzlinie seiner Besitzungen ist niemals klar bestimmt worden; sein größter Park hatte allein einen Umkreis von fünfzig Meilen.

Man kannte den Charakter des neuen, jungen Besitzers dieser unvergleichlichen Reichtümer ziemlich genau, so daß es nicht allzuschwer war, Schlüsse auf sein künftiges Betragen zu ziehen. Und richtig, schon nach drei Tagen stellten die Taten des Erben selbst die eines Herodes in den Schatten und übertrafen die kühnsten Hoffnungen seiner Bewunderer. Schamlose Ausschweifungen, abscheuliche Niederträchtigkeiten, unerhörte Grausamkeiten machten seinen angsterfüllten Untergebenen klar, daß nichts – weder demütige Unterwerfung ihrerseits, noch Gewissensbedenken seinerseits – ihnen in Zukunft Sicherheit vor den ruchlosen Händen dieses kleinen Caligula verleihen konnte. In der Nacht des vierten Tages ergriff eine wütende Feuersbrunst die Stallungen des Schlosses Berlifitzing; und einstimmig schrieb die Nachbarschaft das Verbrechen der Brandstiftung auf die schreckensvolle Liste der Untaten und Grausamkeiten des Barons.

Der junge Edelmann befand sich während des Tumultes, den das Feuer hervorrief, in einem großen, einsamen Zimmer hoch oben im Schloß, anscheinend tief in Gedanken versunken. Auf der reichen, obwohl ein wenig verblaßten Wandbekleidung, die melancholisch die Mauern bedeckte, befanden sich Abbildungen der majestätischen Gestalten vieler seiner erlauchten Ahnen. Hier Priester, reich in Hermelin gekleidet, hohe geistliche Würdenträger, die durch ihr »Veto« den Launen manches weltlichen Herrschers ein Ziel gesetzt und durch den Bannbefehl römischen Supremats den aufrührerischen Geist des Erzfeindes Einhalt geboten. Dort die

hohen, düsteren Gestalten der Ritter von Metzengerstein auf ihren muskelstarken Kriegsrossen, die die Leichname gefallener Feinde zu Boden stampften und durch ihren wilden Ausdruck den Stärksten erschrecken konnten. Dort üppige schwanweiße Damen aus längst vergangenen Tagen, Frauen, die sich, wie zu den Klängen einer imaginären Melodie, in den seltsamsten Windungen eines phantastischen Tanzes drehten.

Während der Baron auf den immer lauter werdenden Tumult, der aus den Stallungen der Berlifitzing herüberscholl, lauschte oder zu lauschen schien – und vielleicht über irgendeiner Untat brütete –, richteten sich seine Blicke unwillkürlich auf das Bild eines riesigen Pferdes von ganz unnatürlicher Farbe, das auf einem Wandteppich als Streitroß eines sarazenischen Ahnen aus dem Eigentum der Familie seines Rivalen abgebildet war. Das Tier stand im Vordergrund des Bildes, unbeweglich und steinern, während ein wenig hinter ihm sein besiegter Reiter durch den Dolch eines Metzengerstein getötet wurde.

Um Friedrichs Lippen zog sich ein teuflischer Ausdruck, als er bemerkte, welche Richtung sein Blick unfreiwilligerweise genommen hatte. Er wandte die Augen nicht ab, obwohl ganz plötzlich eine unerklärliche, würgende Angst wie ein kaltes Leichentuch um ihn zusammenschlug. Er fühlte sich vollständig wach, versuchte aber, diese unerklärlichen Gefühle als Traumempfindungen zu betrachten. Doch je länger er das Bild ansah, desto mehr geriet er in seinen Bann, desto unmöglicher wurde es ihm, seine Blicke von den Gestalten loszureißen, deren Anblick ihn zu lähmen schien. Als jedoch der Lärm draußen plötzlich heftiger wurde, wandte er mit einer gewaltsamen Anstrengung seine Aufmerksamkeit einem roten Feuerschein zu, der aus den Stallungen in sein Fenster fiel.

Doch nur für einen Augenblick; dann richteten sich seine Augen fast unwillkürlich wieder auf das Wandbild. Mit Entsetzen bemerkte er, daß der Kopf des Schlachtrosses seine Lage verändert hatte. Der Hals des Tieres, der vorher wie voll Trauer zu seinem am Boden liegenden Herrn geneigt war, hatte sich jetzt in seiner ganzen Länge auf den Baron vorgestreckt. Die Augen, eben noch unsichtbar, blickten nun mit einem wilden, fast menschlichen Ausdruck vor sich hin und leuchteten in seltsam glühendem Rot, während die aufgeworfenen Lefzen des offenbar wütend gewordenen Tieres widerwärtige Totenzähne zeigten.

Von Grauen geschüttelt wankte der junge Baron der Türe zu. Als er sie öffnen wollte, schoß ein Strahl roten Lichtes in den Saal und zeichnete seinen Schatten auf die schwankende Wandbekleidung. Der Baron zögerte einen Augenblick auf der Schwelle und sah mit Schaudern, daß der Strahl gerade auf das Bild des triumphierenden Mörders des Sarazenen Berlifitzing fiel und sich ganz genau mit den Umrissen der Gestalt des Siegers deckte.

Um seiner Erregung Herr zu werden, eilte der Baron ins Freie. Am Haupteingang des Schlosses traf er drei seiner Stallknechte, die mit großer Mühe und Lebensgefahr versuchten, die wilden Sprünge eines riesigen feuerroten Rosses zu bändigen.

»Wem gehört das Pferd? Wo habt ihr es her?« keuchte der junge Metzengerstein mit entsetzter, heiserer Stimme, denn er hatte das wütende Tier sofort als das vollkommene Gegenstück zu dem geheimnisvollen Streitroß auf dem Wandteppich erkannt. »Es gehört Ihnen, Herr Baron«, antwortete einer der Knechte, »wenigstens erhebt kein anderer Anspruch auf das Tier. Wir haben es eingefangen, als es, vor Wut schnaubend und feuersprühend, aus den brennenden Stallungen von Berlifitzing entfloh, und da wir annahmen, daß es zum Gestüt der ausländischen Pferde des alten Grafen gehöre, brachten wir es zum Schloß zurück. Aber die Dienerschaft behauptet, sie hätten kein Recht auf das Tier, was um so sonderbarer ist, da es noch Spuren trägt, die beweisen, daß es den Flammen entkommen ist.«

»Auf der Stirn sind ihm auch ganz deutlich die Buchstaben W. v. B. eingebrannt«, bemerkte ein anderer Knecht, »und trotzdem ich sagte, daß es nur die Anfangsbuchstaben von ›Wilhelm von Berlifitzing‹ sein können, behaupten doch alle im Schloß, sie hätten das Pferd nie gesehen.«

»Äußerst sonderbar«, erwiderte der junge Baron geistesabwesend und hörte offenbar selbst nicht, was er sagte – »es ist wirklich ein sonderbares Tier – ein wunderbares Tier, trotz seines bösartigen, unbezähmbaren Wesens! Ich will es behalten«, fügte er nach einer Pause hinzu, »vielleicht kann ein Reiter wie Friedrich von Metzengerstein selbst den Teufel aus dem Stall von Berlifitzing bändigen.«

»Sie täuschen sich, Herr Baron! Das Pferd stammt nicht aus den Ställen des Grafen. Wir kennen unsere Pflicht zu gut und hätten es in diesem Fall nicht vor das Antlitz eines Edlen der Familie Metzengerstein gebracht.«

»Das glaube ich allerdings auch«, bemerkte der Baron trocken. In diesem Augenblick stürzte der Kammerdiener Friedrichs mit hochgerötetem Antlitz eilends herbei. Er flüsterte seinem Herrn ins Ohr, eben sei plötzlich in einem Zimmer, das er genau bezeichnete, ein Stück Wandbekleidung verschwunden. Er erzählte den Vorfall umständlich, aber so leise, daß keiner der neugierigen Stallknechte ein Wort erhaschen konnte.

Den jungen Friedrich schien dieser Bericht in seltsamer Weise zu erregen. Doch bald erlangte er seine Fassung wieder und gab mit einem entschlossenen Ausdruck entschlossener Bosheit den Befehl, das fragliche Zimmer zu verschließen und ihm den Schlüssel zu übergeben.

»Haben Sie schon von dem schrecklichen Tod des alten Berlifitzing gehört?« fragte ihn einer seiner Vasallen, nachdem der Stallknecht ihn verlassen und das wilde Ungeheuer, das er sich eben angeeignet, in verdoppelter Wut mit wilden Sprüngen die Allee hinunterjagte, die zu seinen Stallungen führte.

»Nein«, antwortete der Baron und wandte sich brüsk zu dem Sprecher um; »tot, sagst du?« »Ja, so ist es, Herr Baron; und ich glaube, einem Edlen Ihres Namens kann diese Nachricht nicht gar zu unangenehm sein.«

Ein rasches Lächeln schoß über das Gesicht des Barons: »Wie starb er?«

»Bei seinen unvernünftigen Bemühungen, einen Teil seiner geliebten Pferde zu retten, kam er elend in den Flammen um.«

»Wahrhaftig?« rief der Baron, als würde ihm langsam irgend etwas Geheimnisvolles klar. »Wahrhaftig!« wiederholte der Vasall.

»Peinlich!« sagte der junge Mann ruhig und ging gelassen zum Palast zurück.

Von dieser Zeit ab vollzog sich in dem Benehmen des ausschweifenden Barons Friedrich von Metzengerstein eine auffallende Veränderung. Sein Verhalten enttäuschte jede Erwartung und durchkreuzte die Pläne mancher schlauen Mutter. Seine Lebensgewohnheiten wichen noch mehr als früher von denen der benachbarten Aristokratie ab. Man sah ihn nie außerhalb der Grenzen seines eigenen Besitztums, nie mit einem Gefährten – wenn man dem unnatürlichen, wilden, feuerfarbenen Roß, das er von jetzt ab täglich ritt, nicht ein geheimnisvolles Recht auf diesen Titel zugestehen will.

Die Nachbarschaft schickte noch lange Zeit hindurch zahlreiche Einladungen. »Möchte der Herr Baron mit uns auf die Eberjagd gehen?«

»Metzengerstein kommt nicht!«, »Metzengerstein jagt nicht!« waren seine kurzen, hochmütigen Antworten.

Diese wiederholten Beleidigungen konnte sich der stolze Adel nicht gefallen lassen. Die Einladungen wurden weniger herzlich, weniger häufig, – zuletzt blieben sie ganz aus. Die Witwe des unglücklichen Grafen Berlifitzing sprach sogar einmal den Wunsch aus, »der Baron möge verdammt sein, zu Hause bleiben zu müssen, wenn er nicht zu Hause zu sein wünsche, da er die Gesellschaft von seinesgleichen verschmähe; und reiten zu müssen, wenn er keine Lust habe, da er ihnen allen ein Pferd vorzöge«. Diese Verwünschung war ohne Zweifel nichts als der alberne Ausbruch eines ererbten, langjährigen Hasses und beweist nur, wie seltsam unsinnig unsere Worte oft werden, wenn wir sie besonders nachdrücklich wirken lassen wollen.

Die Gutmütigen schrieben diese Veränderung im Betragen des jungen

Edelmannes dem nur zu natürlichen Kummer über den vorzeitigen Tod seiner Eltern zu und schienen die wüsten, ausschweifenden Tage, die zu diesem Verlust unmittelbar gefolgt waren, ganz vergessen zu haben. Andere erklärten die Veränderung jedoch aus einer übertriebenen Auffassung seines Hochmuts und seines Dünkels. Wieder andere, unter ihnen der Hausarzt, sprachen offen von morbider Melancholie und erblicher Belastung, während im Volk noch schlimmere, zweideutigere Vermutungen laut wurden.

In der Tat: die krankhafte Zuneigung des Barons zu seinem neuerworbenen Reitpferd, die nach jedem Beweis von der wilden, dämonischen Gemütsart des Tieres nur zu wachsen schien, mußte allen vernünftigen Menschen unnatürlich und scheußlich erscheinen.

Am hellen Mittag, in toter Nachtstunde – gesund oder krank – bei ruhigem Wetter oder im Sturm – saß der junge Metzengerstein wie angewachsen im Sattel des ungeheuren Pferdes, dessen unzähmbare Wildheit so gut mit seinem eigenen Wesen übereinstimmte. Noch manch anderer Um-

stand gab in Anbetracht der jüngst vergangenen Ereignisse der Manie des Reiters für sein fürchterliches Roß einen geisterhaften, unheimlichen Charakter. Man hatte die Distanz gemessen, die das Tier in einem einzigen Sprung zurückgelegt hatte, und fand, daß sie die tollsten Vermutungen um ein Erstaunliches übertraf. Der Baron hatte dem Tier auch keinen Namen gegeben, obgleich alle übrigen Pferde seines Stalles durch charakteristische Namen gekennzeichnet waren. Sein Stall war von den übrigen getrennt, und kein Stallknecht, nur der Eigentümer selbst, wagte sich hinein. Es wurde auch bekannt, daß die drei Knechte, die das Untier nach seiner Flucht vor der Feuersbrunst mit Schlingen eingefangen hatten, sich nicht zu erinnern vermochten, während dieses gefährlichen Kampfes den Körper des Tieres mit der Hand berührt zu haben. Beweise besonderer Intelligenz bei einem edlen, heißblütigen Pferd sind nichts Seltenes und Merkwürdiges, doch hier ereignete sich mancherlei, das selbst die skeptischsten und phlegmatischsten Geister aus der Fassung gebracht hätte. Man erzählte, daß manchmal ganze Scharen mutiger Gaffer vor seinem wilden, warnenden Stampfen auseinanderstoben, daß der junge Metzengerstein einst totenblaß und entsetzt vor dem scharfen, forschenden Ausdruck eines ernsten, menschlichen Auges zurückschrak.

Unter der gesamten Dienerschaft des Barons befand sich nicht einer, der die ungewöhnliche Zuneigung, die ihr Herr seinem feurigen Pferde entgegenbrachte, angezweifelt hätte; nicht einer – außer seinem mißgestalteten, kleinen Pagen, dessen Häßlichkeit jedermann im Wege war und auf dessen Worte niemand achtete. Er war unverfroren genug, zu behaupten – eigentlich ist es kaum der Mühe wert, seine Worte zu wiederholen –, sein Herr stiege nie ohne einen unerklärlichen, kaum unterdrückbaren Schauder in den Sattel und komme nie von den gewohnten langen Ritten zurück, ohne daß ein Ausdruck triumphierender Bosheit jeden Muskel seines Gesichtes verzerre.

In einer stürmischen Nacht erwachte Metzengerstein aus einem schweren Schlaf, stürzte wie ein Wahnsinniger aus seinem Zimmer, bestieg das Pferd und sprengte in wildem Lauf in den nahen, unwegsamen Wald. Man war an dergleichen Ereignisse gewöhnt und schenkte ihnen an sich weiter keine Aufmerksamkeit. Dennoch erwartete die Dienerschaft den Herrn in großer Angst zurück, als nach einigen Stunden die festen, wundervollen Mauern des Palastes Metzengerstein unter der Glut einer dichten, bleichen, unbezähmbaren Feuermasse zu krachen und zu wanken begannen.

Die Feuersbrunst hatte, als man sie bemerkte, schon so vollständig Besitz von den Gebäuden ergriffen, daß man alle Löschversuche als nutzlos aufgeben mußte. Die erschreckte Volksmenge stand müßig, ja, in fast stumpfsinniges Staunen versunken, umher, als ein neues, schreckliches Ereignis ihre Aufmerksamkeit erregte. Auf der langen Allee uralter Eichen, die vom Haupteingang des Schlosses bis an den Waldrand reichte, erschien ein Roß, das noch rasender als der Dämon selbst daherbrauste und einen Reiter trug, dessen Kleider in Fetzen vom Leibe herabhingen. Er konnte offenbar das rasende Tier nicht mehr aufhalten. Die Todesangst, die sein Gesicht verzerrte, die krampfhaften, letzten Anstrengungen seines ganzen Körpers gaben Zeugnis von einem übermenschlichen Kampf. Aber außer einem Schrei kam kein Ton über seine verzerrten Lippen, die er im Übermaß des Entsetzens blutig zernagt hatte. Einen Augenblick lang klangen die Hufschläge scharf und schrill durch das Prasseln der Flammen und das Heulen des Windes – dann setzte das Untier mit einem einzigen

Sprung über das große Tor und den Graben, raste die wankende Treppe des Schlosses hinan und verschwand mit seinem Reiter in dem wüsten Chaos der Flammen.

Die Wut des Sturmes legte sich sofort und eine Totenstille folgte. Eine weiße Flamme umhüllte das Schloß wie ein Leichentuch. Und weit hinten, am Horizont, strahlte ein Schein übernatürlichen Lichtes. Über den rauchenden Trümmern aber bildete sich eine Rauchwolke in der unverkennbaren Gestalt eines riesigen – Pferdes.

Eine Geschichte aus Jerusalem

Intonosos rigidam in frontem descende canos
Passus erat.
Lucan: Pharsalia, II, 375–376
... ein borstiger Eber.

»Lasset uns auf die Mauern eilen«, sagte Abel Phittim am zehnten Tage des Monats Thammuz im Jahre des Weltzeitalters dreitausendneunhunderteinundvierzig zu Buzi Ben Levi und Simeon, dem Pharisäer, »lasset uns auf den Schutzwall eilen, der sich dem Benjamintor anschließt und im Stadtteil des David liegt, von wo man das Lager der Unbeschnittenen überblicken kann; denn es ist kurz vor Sonnenaufgang, der vierten Wache; und die Götzenanbeter müssen uns bereits mit den Opferlämmern erwarten, um das Versprechen zu erfüllen, das Pompejus uns gab.«

Simeon, Abel Phittim und Buzi Ben Levi waren die Gizbarim, das heißt, die Untereinnehmer der Opfergaben in der heiligen Stadt Jerusalem.

»Wahrlich«, erwiderte der Pharisäer, »lasset uns eilen, denn diese Großmut der Heiden ist außergewöhnlich; und Unbeständigkeit der Gesinnung war seit jeher eine Eigenschaft der Baalsanbeter.«

»Daß sie unbeständig und verräterisch sind, ist so wahr wie der Pentateuch«, sagte Buzi Ben Levi, »doch sind sie es nur gegen das Volk des Adonaïs. Wann hörte man je, daß die Ammoniter ihren eigenen Vorteil nicht wahrgenommen hätten? Mir scheint es nicht eine Großmut von Bedeutung, wenn sie uns Lämmer für den Altar des Herrn zugestehen, wo sie doch dreißig Sekel Silber pro Kopf dafür erhalten.«

»Du vergißt aber, Ben Levi«, entgegnete Abel Phittim, »daß wir dem Römer Pompejus, welcher zur Zeit gottloserweise die Stadt des Höchsten belagert, keine Sicherheit dafür gegeben haben, die Lämmer, anstatt für den Altar, für den sie erworben werden, zur Erhaltung unseres Lebens zu verwenden, also den Leib, statt den Geist zu befriedigen.«

»Nun, bei den fünf Zipfeln meines Bartes«, rief der Pharisäer, der zu der Sekte der sogenannten »Stoßer« gehörte (jener kleinen Gemeinde Heiliger, die durch Aufstoßen ihrer Füße aufs Pflaster lange Zeit den weniger Eifrigen im Glauben ein Dorn im Auge und ein Stein des Anstoßes für weniger erleuchtete Fußgänger waren) – »bei den fünf Zipfeln meines Bartes, den ich als Priester nicht beschneiden darf: sollten wir nur gelebt haben, um den Tag zu sehen, an dem gottlose Emporkömmlinge aus Rom uns beschuldigen könnten, so köstliche und heilige Dinge zur Befriedigung unserer Fleischeslust zu verwenden? Sollten wir nur gelebt haben, den Tag zu sehen, da –« »Lasset uns jetzt nicht über die Beweggründe der Philister urteilen«, unterbrach ihn Abel Phittim, »denn heute gewinnen wir zum erstenmal durch ihren Geiz oder ihre Großmut; lasset uns lieber an die Schutzwälle eilen, damit es uns an dem Opfer für das Feuer des Altars nicht fehle, das kein himmlischer Regen löschen und dessen Rauchsäulen kein Sturm zur Seite zu wenden vermag.«

Der Stadtteil, dem unsere würdigen Gizbarim nun zueilten und der den Namen seines Erbauers, des Königs David, trug, galt als der am stärksten befestigte Teil Jerusalems, weil er auf dem hochragenden Zionsberg gelegen war. Hier wurde ein tiefer, breiter Graben, der in den Felsen eingehauen war, auf der inneren Seite von einer besonders starken Mauer aus verteidigt. Diese Mauer war in bestimmten Zwischenräumen noch von Türmen aus weißem Marmor verstärkt, wovon der niedrigste sechzig, der höchst hundertzwanzig Ellen maß. Doch in der Nähe des Benjamintores endete die Mauer in eine abfallende, zweihundertfünfzig Ellen messende Wand, die einen Teil des Moriahfelsens bildete. Als also Simeon und seine Genossen die höchste Plattform des Turmes erreichten, der Adoni Bezeck benannt war, dem höchsten Punkt in und um Jerusalem, von wo aus man gewöhnlich mit der belagernden Armee verhandelte, da blickten sie von ganz außergewöhnlicher Höhe auf den Feind herab, einer Höhe, die die der Cheopspyramide um einige, die des Baaltempels um viele Fuß übertraf.

»Wahrlich«, seufzte der Pharisäer, als er schwindelnd in den Abgrund hinabschaute, »die Unbeschnittenen sind gleich dem Sand am Meer und gleich Heuschrecken der Wüste! Das Tal des Königs ist zum Tal des Adommin geworden.«

»Und doch«, rief Ben Levi, »kannst du mir nicht einen der Philister nennen, nein, nicht einen von Aleph bis Tau, von der Wüste bis an die Festungswerke, der größer erschiene als der Buchstabe Jot!«

»Laßt den Korb mit den Silbersekeln herab!« schrie jetzt die rauhe, heisere Stimme eines römischen Söldners, die aus dem Reich des Pluto heraufzutönen schien. »Laßt den Korb mit den verdammten Münzen herab, deren Namen die Zunge eines edlen Römers brechen muß. Sieht so euere Dankbarkeit gegen unseren Herrn Pompejus, der, sich herablassend, eurem zudringlichen Geschwätz Gehör gab, aus? Gott Phoebus, der der wahre Gott ist, zieht schon seit einer Stunde am Himmel hin, und solltet ihr nicht bei Sonnenaufgang an den Mauern sein? Aedepol! Meint ihr, wir, die wir die Welt eroberten, hätten nicht Besseres zu tun, als vor den Wänden jedes Hundestalles zu warten, um mit Hunden zu verhandeln? Herunter damit, sage ich, und achtet darauf, daß euer Plunder blank und gut gewogen ist!« »El Elohim!« jammerte der Pharisäer, als die mißtönende Stimme des Zenturio an den Klippen des Abgrundes heraufkrächzte und langsam nach dem Tempel zu erstarb, »El Elohim! Wer ist dieser Gott Phoebus? Wen ruft der Gotteslästerer an? Du, Buzu Ben Levi, der du in den Gesetzen der Heiden gelesen hast und unter den Teraphims umhergereist bist, ist es Nergal, von dem der Götzendiener gesprochen hat? Oder Aschimah? Oder Nibhaz? Oder Tartak? Oder Adramalech? Oder Anamalech? Oder Succoth Benith? Oder Dagon? Oder Belial? Oder Baal Perith? Oder Baal Zebub?«

»Wahrlich, es ist keiner von diesen; aber paß auf, daß du das Seil nicht zu schnell durch die Hände gleiten lässest; denn sollte das Geflecht des Korbes an den Zacken des Felsens hängenbleiben, würde der kostbare Schatz des Heiligtums sich daraus in unliebsamer Weise entleeren.«

Mit Hilfe einer grob hergestellten Vorrichtung wurde der schwerbelastete Korb sorgsam zu der Menschenmenge unten herabgelassen; und aus der schwindelnden Höhe konnten sie droben beobachten, wie die Römer sich im Gewühl darum drängten; doch dank der Höhe und einem leichten Nebel war doch nicht genau zu erkennen, was sie taten.

Eine halbe Stunde war schon vergangen.

»Wir werden zu spät kommen«, seufzte der Pharisäer, als er nach Ablauf dieser Zeit in den Abgrund hinabsah, »wir werden zu spät kommen! Die Katholim werden uns aus dem Vorraum des Heiligtums hinausweisen.«

»Nie wieder«, antwortete Abel Phittim, »werden wir am Überfluß dieses Landes uns ergötzen, unsere Bärte werden nicht mehr nach Weihrauch duften und unsere Lenden nie mehr mit dem köstlichen Linnen des Tempels umgürtet sein.«

»Racca!« fluchte Ben Levi, »Racca! Sollten sie etwa die Sekel des Tabernakels nachwiegen wollen?«

»Sie haben gerade das Zeichen gegeben«, rief der Pharisäer, »sie haben gerade das Zeichen gegeben – zieh, Abel Phittim, und du, Buzi Ben Levi, zieh! Denn, wahrlich, entweder halten die Philister den Korb noch fest, oder der Herr hat ihren Herzen eingegeben, daß sie ein Tier von großem Gewicht hineingetan haben!« Und die Gizbarim zogen, während die Last schwerfällig und langsam durch den dichter werdenden Nebel nach oben schwebte.

»Booschoh he!« war der Ruf, der sich von Ben Levis Lippen löste, als nach ungefähr einer Stunde der Gegenstand am Ende des Seiles undeutlich sichtbar wurde. »Booschoh he! O Schande! Sieht es nicht aus wie ein Widder aus dem Dickicht von Engadi und so rauh wie das Tal von Jehosaphat?«

»Es ist ein Erstling der Herde«, sagte Abel Phittim. »Ich erkenne das an

seinem Blöken und an seinen weichen, runden Gliedern. Seine Augen sind schöner als die Juwelen des Pektoral, und sein Fleisch ist süß gleich dem Honig aus Hebron.«

»Es ist ein gemästetes Kalb von den Weiden von Baschanu«, sagte der Pharisäer, »die Heiden haben wohl an uns getan! Lasset uns einen Psalm singen! Lasset uns lobsingen mit Flöte und Schalmeien, mit Harfe und Posaune, auf der Zither und dem Dudelsack!«

Erst als der Korb auf wenige Fuß bis an die Gizbarim heraufgekommen war, verriet ihnen tiefes Grunzen ein Schwein von außergewöhnlicher Größe.

»Ha, El Emanu!« so rief das Trio langsam und mit emporgerichteten Augen aus, ließ dabei gleichzeitig das Seil los, und das Borstenvieh stürzte kopfüber hinab in die Schar der Philister. »El Emanu! Gott steh uns bei – es ist das unnennbare Fleisch!«

Stelldichein

Erwarte mich! Ich will Dich nicht verfehlen,
Dich wieder treffen in dem hohlen Tal der Schatten!
Henry King, Bischof von Chichester, beim Tode seiner Gattin.

Unseliger, geheimnisvoller Mann! – O, du, – verzehrt durch die brennende Glut deiner eigenen Phantasie, verschlungen von den schlagenden Flammen deiner eigenen Jugend! Wieder sehe ich dich vor mir! Wieder ist deine Gestalt vor meinen Augen erstanden! Nicht die, welche jetzt in dem kalten Tal der Schatten irrt, nein: die, welche noch sein könnte und dann ein Leben prächtiger Träumereien in jener Stadt nebelhafter Gesichte verschwenden würde – in deinem Venedig, dem von den Sternen geliebten Elysium des Meeres, wo die hohen Palastfenster mit tiefer, bitterer Bedeutung auf die Geheimnisse der schweigenden Wasser hinabsehen. Ja! ich sehe dich! O, und gewiß: es gibt noch andere Welten als diese irdische... andere Gedanken, als die plumpen der Menge... andere Weisheiten als die klugen Sophismen der Philosophen! Wer könnte dich wohl um deines Lebens willen zur Verantwortung ziehen; wer dich tadeln für die Stunden, in denen du traumhaft weltentrückt warst?

In Venedig, unter dem gedeckten Bogengang, der die Ponte di Sospiri heißt, da traf ich den Mann, von dem ich hier rede, zum dritten- oder viertenmal. Verwirrt ist meine Erinnerung: der Einzelheiten vermag ich mich nicht zu entsinnen. Und doch – vergessen werd' ich's nie... Wenn ich so zurückdenke: Wie tief die Mitternacht war, die über jener Brücke damals lag. Und die Schönheit der venezianischen Frauen. Und der ganze Geist der Romantik, der schwebend über dem engen Kanal lag.

Die Nacht war unheimlich dunkel – die große Glocke der Piazza hatte eben die zwölfte Stunde geschlagen. Schweigend und verlassen lag der Campanile da. Die Lichter in dem alten Dogenpalaste erloschen eins nach dem anderen. Ich kam durch den großen Kanal von der Piazetta, und als meine Gondel gegenüber der Mündung des Kanals San Marco angekommen war, gellte plötzlich der wilde, hysterische, langanhaltende Schrei einer weiblichen Stimme durch die Nacht. Erschrocken sprang ich auf; während mein Gondolier sein einziges Ruder fallenließ, das in der pechschwarzen Finsternis auf immer verlorenging, so daß wir uns der Strömung überlassen mußten, die hier vom großen in den kleineren Kanal treibt. Wie ein ungeheurer, schwarzgefiederter Kondor glitt unsere Barke langsam der Seufzerbrücke zu, als tausend Fackeln in den Fenstern und auf den Treppen des Dogenpalastes aufflackerten und die tiefe Nacht mit einem Schlage in einen fahlen, unnatürlichen Tag verwandelten.

Ein Kind war aus den Armen seiner eigenen Mutter aus einem der oberen Fenster des hohen Bauwerks in den tiefen, trüben Kanal gefallen. Schweigend hatten sich die ruhigen Wasser über ihrem Opfer wieder geschlossen; und obgleich meine Gondel die einzige in der Nähe war, hatte sich mancher kühne Schwimmer schon in die Fluten geworfen und suchte vergebens den Schatz auf der Oberfläche, der, ach! nur in der Tiefe zu finden war. Auf den mächtigen schwarzen Marmorfliesen am Eingang des Palastes, nur wenige Stufen über dem Wasser, stand eine Gestalt, die keiner, der sie dort gesehen, jemals wieder vergessen haben kann. Es war die Marchesa Aphrodite – die von ganz Venedig Angebetete – die Strahlendste der Strahlenden – die Schönste unter all den Schönen – die junge Gattin des alten Intriganten Mentoni, die Mutter jenes reizenden Kindes, ihres ersten und einzigen, das nun tief unter dem schlammigen Wasser in bitterer Todesnot ihrer zärtlichen Liebkosungen gedachte, sich vergeblich bemühte, ihren Namen zu rufen, und so in Qualen zugrunde ging.

Sie stand allein. Ihr kleiner, nackter, silberglänzender Fuß schimmerte auf dem schwarzen Marmor. Das Haar, zur Nacht erst halb gelöst, umringelte in blauschwarzen, von Diamanten übersäten Locken den herrlichen Kopf. Ein schneeig weißes, schleierartiges Gewand schien die einzige Hülle ihrer zarten Gestalt. Doch die Mitsommernacht war heiß, schwül und bleiern, und keine Bewegung in der statuenhaften Gestalt verschob die Falten des Nebelgespinstes, das sie umhing, wie der schwere Marmor die Niobe umhängt. Aber – wie seltsam! – ihre großen, strahlenden Augen ruhten nicht dort unten auf dem feuchten Grab, das eben ihre schönste Hoffnung verschlungen – sie starrten weit, weit hinaus...

Ich glaube, das Gefängnis der alten Republik ist das stattlichste Gebäude von ganz Venedig; aber wie konnte die Marchesa Aphrodite es unverwandt anstarren, jetzt, da ihr eigenes Kind dort unten im Todeskampf lag? Und jene dunkle Nische, die gerade in das Fenster ihres Zimmers gegenüber gähnt – was konnte nur in ihrem Schatten, an ihrer Architektur, an ihren mit Efeu umrankten Gesimsen sein, das die Marchesa di Mentoni nicht schon tausendmal gesehen? Müßige Frage! – Wer wüßte nicht, daß das Auge wie ein zertrümmerter Spiegel die Bilder seines Schmerzes vervielfacht und in jedem noch so weit entfernten Ort den Jammer sieht, der dicht vor ihm liegt.

Ein paar Stufen höher als die Marchesa, unter dem Portal, stand, noch in vollem Festanzug, die satyrgleiche Gestalt Mentonis. Er klimperte auf seiner Gitarre herum und schien unglaublich gelangweilt, während er hin und wieder Befehle zur Rettung des Kindes gab. Ich war so bestürzt und wie leblos und fand nicht die Kraft, meine starre Haltung, zu welcher mich der Schrei emporgerissen, zu verändern; geisterhaft und unheimlich muß ich mit bleichem Angesicht und erstarrten Gliedern in meiner trauerschwarzen Gondel an der erregten Gruppe am Ufer vorübergeglitten sein.

Alle Rettungsversuche waren natürlich vergebens, und selbst die kühnsten Schwimmer gaben ihre Anstrengungen auf und überließen sich düsterer Stimmung. Das Kind schien hoffnungslos verloren – wieviel hoffnungsloser mußte die Mutter sein. Doch plötzlich trat aus dem Innern jener dunklen Nische des alten republikanischen Gefängnisses eine mantelumhüllte Gestalt ins Licht; einen Augenblick stand sie am Rande des schwindelnden Abgrunds und stürzte sich dann kopfüber in den Kanal. Als der Retter einen Augenblick später mit dem noch atmenden Kind in den Armen auf den Marmorfliesen an der Seite der Marchesa stand, fiel sein schwerer, vom Wasser durchtränkter Mantel zu seinen Füßen nieder und enthüllte den erstaunten Zuschauern die anmutige Gestalt eines jungen Mannes, dessen Name damals in ganz Europa widerhallte.

Kein Wort sprach der Retter. Aber die Marchesa! Jetzt wird sie ihr Kind an sich nehmen – wird es an ihr Herz drücken – wird seinen kleinen Körper streicheln und mit ihren Zärtlichkeiten beruhigen! Ach! Andere Arme haben es dem Fremden abgenommen – andere Arme trugen es, von der Mutter unbeachtet, in den Palast! Und die Marchesa! Ihre Lippen – ihre schönen Lippen zittern; Tränen steigen in ihre Augen – in jene Augen, die so weich und feuchtschimmernd blickten. Ja, Tränen treten in die Augen und ein Schauer durchbebt ihre Gestalt. Die Statue wird lebendig! Die Blässe ihres marmornen Antlitzes, die Rundung des Marmorbusens, die leuchtende Reinheit ihrer marmornen Füße überflutet plötzlich eine Flut schimmernden Rots und ein leichtes Erschauern schüttelt ihren zarten Körper wie die sanfte Luft Neapels über die schlanken Silberlilien im Gras.

Weshalb nur mochte die Marchesa erröten? Auf diese Frage gibt es keine Antwort, es sei denn, weil sie in der angstvollen Hast ihres mütterlichen Herzens die Verschwiegenheit ihres Gemaches verließ, ohne ihre zarten Füße in die Pantöffelchen zu stecken und die gewohnte Hülle um ihre schneeigen Schultern zu werfen. Welch anderen Grund gäbe es sonst für ihr Erröten, für das Aufglänzen ihrer seltsam verlangenden Augen, für den Aufruhr in ihrem wild klopfenden Busen, für den krampfhaften Druck ihrer zitternden Hand? Ihrer Hand, die, als Mentoni in den Palast zurückkehrte, wie zufällig auf die Hand des Fremden fiel. Welcher Grund mochte vorliegen, daß sie sonderbar leise mit eilig geflüsterten sinnlosen Worten Abschied nahm: »Du hast gesiegt, das Murmeln der Wasser hat mich nicht getäuscht – du hast gesiegt – eine Stunde nach Sonnenaufgang werden wir uns treffen – so soll es sein!«

Der Tumult ließ nach, die Lichter im Palast waren erloschen, und der Fremde, der mir wohlbekannt war, stand allein auf den Fliesen. Er schauderte einen Augenblick in einer seltsamen Erregung und blickte suchend nach einer Gondel umher. Ich konnte nicht umhin, ihn aufzufordern, sich meiner eigenen zu bedienen, und er nahm dankend an. Es gelang uns, ein neues Ruder aufzutreiben, und wir glitten seiner Wohnung zu, während er nach und nach seine Selbstbeherrschung zurückgewann und in herzlichem Tone von unserer flüchtigen Bekanntschaft sprach.

Es gibt einige Menschen, von denen ich gern ausführlich spreche. Der Fremde – lassen Sie ihn mich so nennen, denn für die Welt war er stets ein Fremder – gehört zu ihnen. Seine Größe war vielleicht eher unter als über dem Mittelmaß, obwohl sich seine Gestalt in Augenblicken der Leidenschaft straffte und wuchs, so daß sie meine Behauptung Lügen strafte. Die leichte, fast zarte Symmetrie seines Antlitzes zeugte weit mehr von Entschlossenheit, wie er es an der Seufzerbrücke bewiesen hatte, als von jener herkulischen Kraft, die er ohne Anstrengung bei gefährlicheren Gelegenheiten schon oft gezeigt hatte. Der Mund und das Kinn waren schön wie die eines Gottes – die Augen seltsam, wild, glutvoll und klar, und ihr Glanz schwankte zwischen reinstem Haselbraun und grundlosestem, glänzendstem Jettschwarz – aus einer Fülle schwarzen Lockenhaares schimmerte eine ungewöhnlich breite Stirn in lichtem Elfenbein. Niemals sah ich Züge voll solch klassischer Regelmäßigkeit; nur dem Marmorantlitz des Kaisers Commodus waren sie vergleichbar. Doch gehörte sein Antlitz zu jenen, die jeder im Leben einmal gesehen hat – und dann niemals wieder. Es hatte keinen besonderen, keinen bleibenden, herrschenden Ausdruck, der sich dem Gedächtnis hätte einprägen können; ein Antlitz, das man sah und vergaß: doch mit dem unbestimmten Wunsch vergaß, es sich wieder ins Gedächtnis zurückrufen zu können. Wohl warf die Seele jeder schnellen Leidenschaft ihr deutliches Abbild auf den Spiegel dieses Antlitzes, aber der Spiegel hielt spiegeltreu keine Spur der Leidenschaft zurück, wenn jene wieder verflogen war.

Als ich ihn in der Nacht nach unserem Abenteuer verließ, bat er mich dringend, ihn am anderen Morgen sehr früh zu besuchen. Kurz nach Sonnenaufgang fand ich mich denn auch in seinem Palazzo ein, in einem jener düsteren, phantastischen, prunkvollen Bauten, die sich an den Ufern des großen Kanals in der Nähe des Rialto auftürmen. Man wies mich eine breite, gewundene, mosaikbelegte Treppe hinauf in ein Gemach, dessen unvergleichliche Pracht mir wie ein strahlendes Licht durch die offene Tür entgegenleuchtete, mich blendete und schwindlig machte.

Ich wußte, daß mein Bekannter sehr reich war. Die Fama sprach von seinen Besitztümern in Ausdrücken, die ich einmal als lächerliche Übertreibung zu bezeichnen gewagt hatte. Doch als ich nun meine Blicke umherschweifen ließ, kam mir der Gedanke, daß kein Vermögen irgendeines Menschen in ganz Europa hingereicht haben würde, diese fürstliche Pracht zu entfalten, die um mich her strahlte und glänzte.

Obwohl, wie ich sagte, die Sonne schon aufgegangen war, war das Gemach noch strahlend erleuchtet. Ich schloß aus diesem Umstand und auch aus den Spuren der Abspannung in den Zügen meines Freundes, daß er während der ganzen Nacht nicht zur Ruhe gegangen war. Aus der Architektur und der Ausschmückung des Zimmers sprach die offenbare Absicht, zu blenden und Erstaunen zu erregen. Auf die eigentliche Möblierung oder die nationalen Eigentümlichkeiten in der Ausstattung hatte man nur sehr wenig Aufmerksamkeit gelegt. Das Auge wanderte von Gegenstand zu Gegenstand und blieb auf keinem haften – weder auf den Grotesken griechischer Maler noch den Skulpturen aus der Glanzzeit Italiens, noch auf den rohen Schnitzereien des alten Ägyptens. An allen Seiten des Zimmers zitterten kostbare Draperien unter dem Hauch einer leisen, melancholischen Musik, deren Ursprung ich nicht entdecken konnte. Vermischte, miteinander streitende Düfte, die mit leckenden, flackernden Zungen grünen oder violetten Lichtes aus sonderbaren, verschnörkelten Weihrauchschalen emporstiegen, legten sich schwer auf die Sinne. Die Strahlen der eben aufgegangenen Sonne überströmten das Ganze durch die Fenster, von denen jedes einzelne aus einer einzigen karmesinroten Glasscheibe bestand. Auf den Vorhängen, die wie Katarakte geschmolzenen Silbers aus ihren Nischen hervorquollen, in tausend Reflexen schimmernd, vermischten sich die natürlichen Strahlen mit dem künstlichen Licht und wogten in zweifach glänzenden Strömen über einen Teppich, der aussah wie flüssiges Gold.

»Hahaha! – hahaha!« lachte der Herr des Hauses, als er mich zu einem Sitze geleitete und sich selbst dann der Länge nach auf eine Ottomane warf. »Ich sehe«, fuhr er fort, da er zu bemerken schien, daß ich mich nicht sofort mit einem so eigentümlichen Empfang abfinden konnte, »ich sehe, Sie sind über dieses Gemach erstaunt, über die Statuen, die Bilder, über meine ganze orginelle Anordnung und Einrichtung. Sie sind ganz berauscht von meiner Prachtentfaltung, wie? Doch verzeihen Sie mir, lieber Freund (hier nahm seine Stimme einen Ton an, als spreche der Geist der Herzlichkeit selbst aus ihr), verzeihen Sie mir mein ungezogenes Lachen. Aber Sie sahen so furchtbar erstaunt aus! Überdies sind manche Dinge so spaßhaft, daß der Mensch lachen muß – oder sterben. Lachend zu sterben muß der herrlichste aller herrlichen Tode sein. Sir Thomas More – er war ein prachtvoller Mensch – Sir Thomas More starb lachend, wie Sie wissen. Und in den ›Absurditäten‹ des Ravisius Textor findet sich eine lange Liste von Menschen, die das gleiche prachtvolle Ende fanden. Wissen Sie vielleicht«, fuhr er nachdenklich fort, »daß in Sparta, in Sparta sage ich, im Westen der Zitadelle unter einem Chaos kaum sichtbarer Ruinen eine Art Sockel steht, auf dem die Buchstaben ΛΑΣΜ lesbar sind? Sie sind zweifelsohne ein Teil des Wortes ΓΕΛΑΣΜΑ. Nun gab es in Sparta tausend Tempel und geweihte Stätten aller Art für tausend verschiedene Gottheiten. Wie außerordentlich seltsam, daß der Altar des Lachens alle anderen überdauert hat! Doch eigentlich habe ich gegenwärtig«, schloß er mit sonderbar veränderter Stimme und Haltung, »kein Recht, auf Ihre Kosten lustig zu sein. Sie hatten Grund, erstaunt auszusehen. Europa kann nichts so Prächtiges hervorbringen wie dies kleine königliche Kabinett. Meine übrigen Räume gleichen ihm nicht. Im Gegenteil, sie sind wahre Ultras moderner Abgeschmacktheit. Dies ist jedoch besser als jede Mode, nicht wahr? Und mancher brauchte es nur zu sehen, um ganz wütend darüber zu werden, daß er es sich mit all seinem Vermögen nicht beschaffen könnte. Ich habe es jedoch vor jeder Profanierung bewahrt. Mit einer einzigen Ausnahme sind Sie, außer mir und meinem Kammerdiener, das einzige menschliche Wesen, das zu den Geheimnissen dieses kaiserlichen Gemachs vordringen darf, seit es so, wie Sie es jetzt sehen, ausgeschmückt ist.«

Ich verbeugte mich schweigend, denn der überwältigende Eindruck dieser Pracht, der Düfte und der Musik sowie sein unerwartetes, exzentrisches Benehmen und seine überspannten Reden ließen mich meine Bewunderung nicht in Worte kleiden und zu einem Kompliment zusammenfügen.

»Hier«, begann er wieder, sprang auf, nahm meinen Arm und wanderte mit mir durch das Zimmer, »hier sind Gemälde von Griechen bis zu Cimabue und von Cimabue bis zum heutigen Tag. Viele habe ich, wie Sie sehen, mit wenig Achtung vor der Sittsamkeit gewählt. Doch sind sie alle würdiger Schmuck für ein solches Zimmer. Hier sind ein paar Meisterwerke unbekannter Größen und hier unfertige Entwürfe von Meistern, die während ihres Lebens berühmt gewesen und deren Namen die scharfsinnigen Akademien der Vergessenheit und – mir überlassen haben. Was halten Sie«, fragte er dann plötzlich brüsk, »von der Madonna della Pietà?«

»Es ist ja Guidos Original!« antwortete ich mit all der Begeisterung meines Wesens, denn ich hatte ihre Lieblichkeit schon lange staunend betrachtet. »Es ist ein echter Guido! Wie konnten Sie nur dazu kommen? Seine Madonna ist zweifellos das in der Malerei, was die Venus in der Skulptur bedeutet!«

»Ach«, sagte er gedankenvoll, »die Venus – die schöne Venus? – Die

Venus von Medici? Die mit dem kleinen Kopf und dem goldenen Haar? Ein Teil des linken Armes (hier senkte er die Stimme so, daß ich ihn nur mit Mühe verstehen konnte) und der ganze rechte Arm sind nachträglich ersetzt worden, und in der Koketterie jenes rechten Armes liegt für mein Empfinden die Quintessenz aller Ziererei. Geben Sie mir den Canova! Auch der Apollo ist zweifellos eine Kopie, und ich blinder Tor kann nichts von der vielgerühmten Offenbarung in dem Apollo verspüren! Ich muß – bedauern Sie mich – den Antinous vorziehen. Sagte nicht Sokrates, daß der Bildhauer dies Bild schon im rohen Marmorblock gefunden hat? So wäre also Michelangelo nicht der erste mit seinem:

'Non ha l'ottimo artista alcun concetto
Che un marmo solo in se non circonscriva!«

Man hat sehr oft oder könnte sehr oft bemerkt haben, daß das Benehmen eines bedeutenden Menschen sich stets und in jeder Hinsicht von dem Benehmen eines Alltagsmenschen unterscheidet, ohne daß man genau zu erklären vermag, worin der Unterschied eigentlich besteht. Das fühlte ich nie so deutlich als an jenem ereignisreichen Morgen; und ich kann die Besonderheit im Wesen meines Freundes, die ihn von allen menschlichen Geschöpfen wesentlich unterschied, nur als eine Gewohnheit immerwährender Betrachtung kennzeichnen, die selbst seine trivialsten Handlungen durchdrang, seine Tändeleien belebte und sogar in den Ausbrüchen seiner Heiterkeit noch spürbar war – wie die Nattern, die sich aus den Augen der grinsenden Masken am Kranzgesims der Tempel von Persepolis herauswinden.

Doch fiel mir wiederholt an der halb leichtfertigen, halb feierlichen Art, mit der er an diesem Morgen oft weitläufig über Dinge von geringer Bedeutung sprach, ein leises Beben – eine gewisse nervöse Inbrunst in seinem Tun und Reden – eine unstete Erregbarkeit seines ganzen Wesens auf, die mir unerklärlich schien und mich mehrfach mit Unruhe erfüllte. Häufig hielt er auch mitten in einem Satz inne, dessen Anfang er vergessen zu haben schien, und lauschte mit gespannter Aufmerksamkeit, als erwarte er in jedem Augenblick einen Besucher oder als höre er Klänge, die offenbar nur in seiner Pantasie existierten.

Während einer seiner Träumereien fand ich in einem Buch, das in der Nähe der Ottomane lag, eine mit Bleistift unterstrichene Zeile. Es war eine Stelle gegen Ende des dritten Aktes des »Orfeo«, der ersten echt italienischen »Tragödie« – eine Stelle voll herzbewegender Macht, eine Stelle voll wilder Begierde, die kein Mann ohne den Schauer einer nie gefühlten

Erregung, keine Frau ohne einen Seufzer je lesen wird. Die ganze Seite war mit frischen Tränen getränkt, und auf der Rückseite des Blattes las ich englische Verse in einer Handschrift, die von der gewöhnlichen Handschrift meines Freundes so sehr abwich, daß ich sie nur mit Mühe als die seine wiedererkannte:

Du warst mir alles, Liebe,
Was meine Seele erfleht
Ein grünes Eiland, Liebe,
Ein Quell und Heiligenschein,
Umrankt von Früchten und von Blumen,
Und alle Blumen waren mein.

Ach Traum! Zu schön, zu währen!
Ach Hoffnungsstern! Erglommen nur
Zu eiligem Verlöschen!
Der Zukunft Stimme ruft mir zu:
»Voran!« Doch über der Vergangenheit
Trübdunkler Bucht schwebt mein Geist
Stumm – regungslos – erstarrt!

Denn wehe! weh! Für mich erlosch
Des Lebens Licht auf ewig.
Und nimmer – nimmer – nimmer
– Solch' Wort ruft feierlich die See
Dem Sand der Küsten zu –
Wird neu erblüh'n der blitzgetroff'ne Baum,
Schwellt neue Kraft des kranken Adlers Flug!

Entrückung bringt mir jede Stunde,
Und jeder Traum der Nacht
Sucht Deines dunklen Auges Glanz,
Fragt, wo Dein Fuß Dich wiegt?
In welchem Feentanz?
An welchem fernen Strand?

Weh über jene Höllenstunde,
Da Dich die Woge mir entführt,
Der Lieb' entführt zu Würden und Verbrechen,
Entführt auf ein unheilig Kissen,

Ach! mir entführt und unserm Nebellande,
In dem die Silberwelle um Dich weint.

Daß diese Verse in englischer Sprache geschrieben waren, überraschte mich nicht. Ich kannte die umfangreichen Kenntnisse meines Freundes zu wohl und auch seine sonderbare Neigung, sie anderen zu verbergen. Aber der Ort des Datums setzte mich doch in Erstaunen. Das Gedicht war in London verfaßt worden, später hatte man ein anderes Wort über den Namen geschrieben, jedoch nicht so, daß ein scharfes Auge den ersten nicht mehr hätte lesen können. Ich sagte, daß mich dies alles in Erstaunen versetzte, denn ich erinnerte mich wohl, daß ich in einer früheren Unterhaltung meinen Freund einmal gefragt hatte, ob er nicht in London mit der Marchesa di Mentoni, die dort einige Jahre vor ihrer Verheiratung lebte, zusammengetroffen sei. Damals gab er mir eine Antwort, der ich entnehmen mußte, daß er die Hauptstadt Großbritanniens nie besucht habe. Ich möchte hier aber auch erwähnen, daß ich mehrfach gehört hatte (natürlich ohne einem so unwahrscheinlichen Gerücht Glauben zu schenken), der Mann, von dem ich spreche, sei nicht nur von Geburt, sondern auch der Erziehung nach Engländer.

»Hier ist noch ein Bild«, sagte er, ohne zu bemerken, daß ich in der Tragödie blätterte, »das Sie noch nicht gesehen haben.« Er zog einen Vorhang beiseite und enthüllte das lebensgroße Porträt der Marchesa Aphrodite. Nie zuvor war es irdischer Kunst gelungen, überirdische Schönheit so meisterhaft nachzubilden. Wieder stand ihre ätherische Gestalt, genau wie in der vergangenen Nacht auf den Stufen des Dogenpalastes, vor mir. Doch in dem Ausdruck ihrer Züge, die über und über in Lächeln erstrahlten, lauerte schon (unbegreiflicher Widerspruch!) jener leise Schatten von Traurigkeit, der von der vollkommenen Schönheit offenbar unzertrennlich zu sein scheint. Der rechte Arm lag sanft auf ihrem Busen. Mit der Linken deutete sie auf eine sonderbar geformte Vase. Ihr kleiner Elfenfuß berührte nackt den Boden und in der leuchtenden Luft, die ihre ganze Lieblichkeit einrahmte, breiteten sich, kaum merklich, zwei hauchzarte Flügel aus. Mein Blick fiel von dem Gemälde auf die Gestalt meines Freundes, und die kraftvollen Worte aus Chapmans Bussy D'Ambois kamen mir unwillkürlich auf die Lippen:

»Dort steht er
wie das Steinbild eines Römers. – Und wird so steh'n
bis ihn der Tod in Marmor wandelt.«

»Kommen Sie«, sagte er endlich und führte mich zu einem reich emaillierten Tisch aus massivem Silber, auf dem phantastisch gearbeitete Becher und zwei Vasen standen, die nach dem sonderbaren Modell im Vordergrund des Porträts angefertigt zu sein schienen und mit Johannisbeerwein gefüllt waren.

»Kommen Sie«, sagte er herb, »wir wollen trinken; es ist zwar früh, doch wir wollen trinken. – Es ist wirklich früh«, fuhr er plötzlich wie in tiefen Gedanken fort, als der Cherub einer Uhr die erste Stunde nach Sonnenaufgang ankündigte, »es ist wirklich früh – aber was tut's? Wir wollen trinken, wir wollen der feierlichen Sonne, die diese prunkvollen Lampen und Weihrauchschalen vergebens verdunkeln möchte, ein Opfer bringen.« Und er trank mir aus einem der Riesenkelche zu und stürzte dann in rascher Folge noch mehrere Becher Wein hinunter. »Träumen«, sagte er und nahm den zerstreuten, flüchtigen Ton seiner Unterhaltung wieder auf, »Träumen war das Tun meines Lebens. Ich habe mir deshalb dieses Haus errichtet. Könnte ich hier im Herzen Venedigs ein besseres haben? Sie sehen allerdings ein Gemisch der verschiedensten Bilder der Schönheit. Antediluvanische Sinnbilder beleidigen die Keuschheit der Jonia, und ägyptische Sphinxe strecken sich auf golddurchwirkten Teppichen aus. Dennoch ist die Wirkung nur für den Einfältigen unharmonisch. Eigentümlichkeiten des Ortes und besonders der Zeit sind der Popanz, welcher der Menschheit die Betrachtung des Erhabenen verleidet. Auch ich war einst ein Freund des Dekorativen. Aber diese einseitige Torheit vergiftete meine Seele. All dieses hier paßt viel besser zu mir. Wie die Arabesken windet sich mein Geist in Feuern, und das Delirium dieses Daseins macht mich reif für die noch wilderen Visionen im Land der wirklichen Träume, in das ich nun enteile.« Hier schwieg er plötzlich, neigte sein Haupt auf die Brust und schien auf einen Ton zu lauschen, den ich nicht hören konnte. Dann richtete er sich auf, blickte empor und flüsterte die Worte des Bischofs von Chichester:

»Erwarte mich! Ich will Dich nicht verfehlen,
Dich wieder treffen in dem hohlen Tal der Schatten.«

Im nächsten Augenblick sprang er auf und warf sich – anscheinend vom Wein überwältigt – in voller Länge auf die Ottomane. Da hörte ich einen schnellen Schritt auf der Treppe und gleich darauf ein lautes Klopfen an der Tür. Ich eilte zu öffnen, weil ich eine Störung befürchtete. Ein Page aus Mentonis Palast stürzte in das Gemach und stammelte mit bebender Stimme die unzusammenhängenden Worte: »Meine Herrin! Meine Herrin! – Vergiftet! O schöne Aphrodite!«

Bestürzt eilte ich zur Ottomane, um den Schläfer zu wecken und ihm die schreckliche Botschaft zu verkünden. Doch seine Glieder waren starr, seine Lippen totenbleich, seine eben noch glänzenden Augen im Tode erstarrt. Ich schwankte an den Tisch, meine Hand fiel auf einen schwarz angelaufenen Becher und – die Erkenntnis der ganzen gräßlichen Wahrheit durchzuckte meine Seele.

Berenice

Dicebant mihi sodales, si sepulchrum
amicae visitarem, curas meas aliquantulum fore levatas.
Ebn Zaiat

Mannigfaltig ist das Elend der Erde, vielgestaltig aber ist ihre Erbärmlichkeit. Dem Regenbogen gleich überspannt sie den weiten Horizont – vielfältig wie des Regenbogens Farben, voneinander abgegrenzt und ebenso ineinander übergehend. Ich sagte: den Horizont überspannend wie ein Regenbogen. Wie kommt es, daß Schönheit mir zum Kummer wurde? Vom Symbol des Friedens zur Quelle aller Trübsal. Aber gleich wie in der Ethik zumeist das Böse die Folge des Guten ist, so, wahrlich, wird aus Freude Kummer geboren. Entweder macht die Erinnerung vergangener Seligkeiten unser gegenwärtiges Sein zur Plage, oder die Qualen, die sind, haben ihren Ursprung in den Entzückungen, die hätten sein können.

Mein Taufname ist Egaeus; meinen Familiennamen will ich nicht nennen. Doch gibt es im ganzen Land keine Zinnen, die mehr Jahre und Ruhm gesehen haben als die der düsteren Burg meines Vaters. Man hat unsere Familie ein Geschlecht von Geistersehern genannt; und viele Einzelheiten, die an dem Baustil unseres Stammhauses auffielen, gaben diesem Glauben eine gewisse Berechtigung: ich denke an die Fresken des großen Saales, die Wandbekleidungen der Schlafräume, die ziselierten Strebepfeiler der Waffenkammer, dann ganz besonders an die Galerie alter Gemälde, an den Eindruck, den das Bibliothekszimmer machte und endlich an den merkwürdigen Inhalt der Bibliothek selbst.

Alle Erinnerungen aus meiner frühen Jugend sind mit diesem Zimmer und seinen Büchern, von denen ich jedoch nichts Näheres sagen will, aufs engste verbunden. In diesem Gemach starb meine Mutter. Hier wurde ich geboren. Aber es ist wohl überflüssig zu behaupten, daß ich nicht schon vorher gelebt – daß meine Seele keine Vorexistenz gehabt habe. Sie leugnen es? Nun, wir wollen nicht darüber streiten! Ich bin davon überzeugt und habe kein Verlangen, andere zu überzeugen. Ich selbst bin überzeugt, denn mich begleitet die Erinnerung an ätherische Formen, an geisterhafte, vielsagende Augen, an melodische, traurige Laute – eine Erinnerung, die unauslöschlich ist und die mich wie ein Schatten umschwebt, unbestimmt, unbeständig, veränderlich und auch einem Schatten ähnlich in der Unmöglichkeit, mich von ihm zu befreien, solange die Sonne meiner Vernunft leuchtet.

In diesem Zimmer wurde ich also geboren. Ich kam aus der langen Nacht des nur scheinbaren Nichts in ein Zauberland, in ein Märchenschloß, in die

seltsamen Gefilde klösterlichen Denkens und Wissens. Ist es da verwunderlich, daß ich mit erschrockenen, heißen Augen in die Welt sah, daß ich meine Knabenjahre unter Büchern begrub und meine Jugend mit Träumereien verschwendete? Seltsam und verwunderlich ist es, daß, als die Jahre dahingingen und auch mein Mannesalter mich noch im Hause meiner Väter sah, die Quellen meines Lebens plötzlich zu versiegen schienen und sich eine vollständige Veränderung in dem Wesen selbst meiner gewöhnlichsten Gedanken vollzog. Die Realitäten des Lebens berührten mich wie Visionen und immer nur wie Visionen, während die seltsamen Vorstellungen des Traumlandes nicht nur das Elixier meines Daseins wurden, sondern zum einzigen Sinn meines Daseins, zu meinem Leben selbst.

Berenice und ich waren Geschwisterkinder und wuchsen zusammen in meinem väterlichen Hause auf. Doch entwickelten wir uns verschieden: Ich war kränklich und stets in tiefen Melancholien versunken – sie dagegen lebhaft, anmutig und von überströmender Lebenskraft. Ich vergrub mich in mein Studierzimmer – sie sprang munter auf den Hügeln und Feldern umher. Ich lebte nur in meinem Herzen und ergab mich mit Körper und Geist den tiefsten, schmerzvollsten Betrachtungen – sie eilte sorglos durch das Leben, ohne an die Schatten auf ihrem Pfade zu denken oder jemals über die schweigsame Flucht der schwarzbeschwingten Stunden zu erschrecken.

Berenice! Schon beim Klang ihres Namens kriechen tausend wirre Gedanken aus den grauen Ruinen der Erinnerung hervor. Und wieder sehe ich sie deutlich vor mir wie in den ersten Tagen ihrer leichtherzigen Fröhlichkeit. O wundervolle, strahlende Schönheit! Du Sylphe in den Gebüschen von Arnheim, du Najade ihrer Quellen und Bäche!

Und dann wurde alles in ihr grauenvolles Geheimnis, wird zur Spukgeschichte, die man besser nicht erzählen sollte.

Eine Krankheit, eine verhängnisvolle Krankheit überfiel sie wie ein Samum. Vor meinen Augen wurde ihr Geist, ihr Charakter, ihr Gebaren, die ganze Einheit ihres Wesens eine Beute des gräßlichen Zerstörers, der wie ein Vernichter kam und ging! Doch wo blieb sein Opfer? Ich erkannte es nicht – erkannte sie nicht mehr als Berenice! Unter der zahlreichen Gefolgschaft von Leiden, welche diese erste furchtbare Umwandlung von Körper und Geist meiner Kusine herbeiführte, muß ich eine Art von Epilepsie als eines der traurigsten und hartnäckigsten bezeichnen, die häufig in vollständigen Starrkrampf überging, der alle Merkmale der wirklichen Auflösung an sich trug, obwohl sich die Kranke stets wieder, und zwar ganz plötzlich, von ihm erholte.

Zu gleicher Zeit wuchs meine eigene Erkrankung erschreckend schnell und bildete sich zu einer neuartigen und seltsamen Monomanie aus, die von Stunde zu Stunde zunahm und mich schließlich völlig beherrschte. Diese Monomanie bestand in einer krankhaften Reizbarkeit jener geistigen Eigenschaft, welche die psychologische Wissenschaft mit dem Ausdruck »Fähigkeit zur Aufmerksamkeit« begreift. Man wird mich höchstwahrscheinlich nicht verstehen, denn ich fürchte, es wird ganz unmöglich sein, dem Leser einen Begriff von der Hingabe des nervösen Interesses zu geben, mit dem ich mich in Betrachtungen der allergewöhnlichsten Dinge der Welt verbiß und vergrub.

Ich konnte stundenlang und unermüdlich über irgendeine belanglose Bemerkung am Rande oder im Text eines Buches nachsinnen. Zuweilen wurde ich den größten Teil eines Sommertages ganz von der Betrachtung irgendeines Schattens in Anspruch genommen, der sich schräg auf der Tapete oder dem Fußboden hinzog. Es war möglich, daß ich mich eine ganze Nacht hindurch in den Anblick der ruhigen Flamme einer Lampe oder der Glut eines Kaminfeuers verlor, ganze Tage von dem bestimmten Duft einer Blüte träumte oder ganz monoton irgendein Wort so lange wiederholte, bis sein Klang jeden Sinn für mich verloren hatte. Manchmal erstickte ich auch in mir jedes Gefühl meiner physischen Existenz durch eine hartnäckig fortgesetzte, vollkommene Ruhe.

Das sind einige der häufigsten und harmlosesten Verirrungen meines kranken Geistes, die vielleicht gar nicht selten sind, aber jeder Erklärung spotten.

Doch möchte ich nicht mißverstanden werden. Diese übertriebene, tiefe, krankhafte Aufmerksamkeit, die von an sich ganz unbedeutenden Dingen erregt wurde, darf nicht mit dem natürlichen Hang zum Grübeln verglichen werden, den alle Menschen mehr oder weniger verspüren, und dem sich ganz besonders Menschen mit lebhafter Phantasie gern hingeben. Meine Krankheit war nicht, wie man vielleicht annehmen könnte, der letzte Grad dieser Neigung, sondern etwas absolut und grundsätzlich anderes. In einem Falle wird der Träumer, der Schwärmer, gewöhnlich durch einen nicht alltäglichen, nicht banalen Gegenstand angeregt, und in einer Wirrnis von Schlußfolgerungen und Suggestionen, die ihm derselbe aufzwingt, verliert er unbemerkt dieses Objekt bald aus den Augen, so daß er schließlich am Ende seiner Träume, die für ihn selbst übrigens meist angenehm, wollüstig angenehm sind, die erste Ursache seines Nachdenkens verloren und vergessen hat. In meinem Fall jedoch war der Ausgangspunkt stets unbedeutend, obwohl er durch das Medium meiner krankhaften Veranlagung eine scheinbare Wirklichkeit erhielt. Nur äußerst selten gab ich mich irgendwelchen Folgerungen hin; und wenn es einmal der Fall war, kehrten sie stets wieder mit Harnäckigkeit auf ihren Ausgangspunkt zurück. Diese Träumereien waren niemals angenehm; und wenn sie endeten, war mir die Ursache nicht entschwunden, sondern hatte in mir eben jenes unheimliche, unnatürlich gesteigerte Interesse erregt, das als das charakteristische Merkmal meines Übels anzusehen ist.

Kurz gesagt: die Fähigkeit des Geistes, die bei mir krankhaft reizbar war, bestand, wie ich schon bemerkte, in einer Fähigkeit zur Aufmerksamkeit, während der gewöhnliche Wachträumer nur zu einer gesteigerten Betrachtung neigt.

Wenn die Bücher, die ich in jener Epoche las, meinen krankhaften Zustand auch nicht gerade erregten, so steigerte ihr mystischer und zuweilen wenig logischer Inhalt, der mich zu immer neuem Grübeln trieb, meine Krankheit doch in einer beängstigenden Weise. Ich erinnere mich unter anderem noch der Abhandlung des edlen Italieners Coelius Secundus Curio ›De Amplitudine Beati Regni Dei‹, des großen Werkes des heiligen Augustinus ›Die Stadt Gottes‹ und ferner des Tertullians ›De Carne Christi‹, in welchem sich der paradoxe Satz findet, der mich mehrere Wochen lang in anstrengendem, fruchtlosem Nachdenken gebannt hielt: ›Mortus est Dei filius; credibile est quia ineptum est; et sepultus resurrexit; certum est quia impossibile est.‹

Mein Verstand, den so unbedeutende Dinge aus dem Gleichgewicht bringen konnten, mochte wohl Ähnlichkeit mit jenem Meerfelsen haben, von dem Ptolemäus Hephestion erzählt, daß er aller menschlichen Gewalt, ja selbst dem wilden Ansturm der Elemente widerstand, doch in seinen Grundfesten erbebte, wenn man ihn mit der Blume Asphodelos berührte. So wird nur ein oberflächlicher Beurteiler glauben können, daß die Verwüstungen, die das unglückselige Leiden in dem Seelenzustand Berenices angerichtet hatten, mich in meiner krankhaften Art dazu gebracht hätten, darüber nachzugrübeln. Tatsächlich war das nicht der Fall.

In meinen klaren Augenblicken empfand ich tiefen Schmerz über ihr Unglück; der Gedanke an den vollständigen Zusammenbruch ihres schönen, heiteren Lebens ging mir tief zu Herzen, und ich dachte oft und mit Bitterkeit über die bösen Mächte nach, die eine so unfaßbare Umwandlung bewirken konnten. Doch hatten diese Reflexionen nichts von der Idiosyn krasie meines gestörten Geists an sich und wären unter ähnlichen Umständen wohl von den meisten Menschen angestellt worden. Mein krankes Grübeln beschäftigte sich vielmehr mit den weniger wichtigen, aber vielleicht auffallenden Veränderungen, die sich im Aussehen Berenices vollzogen hatten – dieser sonderbaren und grauenhaften Vernichtung ihrer Individualität. Ich wußte, ich hatte sie in den strahlenden Tagen ihrer unver-

gleichlichen Schönheit bestimmt nicht geliebt. Die seltsame Anomalie meines Gemüts ließ meine Gefühle niemals dem Herzen, ließ meine Leidenschaften stets dem Verstand entspringen. In früher, grauer Morgendämmerung – zu Mittag unter den zitternden Schatten des Waldes – des Nachts in der Stille meines Bibliothekszimmers war sie vor meinen Augen erschienen: nicht als die lebende, atmende Berenice, sondern als eine Traumgestalt; nicht als ein irdisches Wesen von Fleisch und Blut, sondern als die Abstraktion eines solchen Geschöpfes, nicht als ein Objekt der Analyse, nicht als ein Wesen zum Lieben, sondern als Thema sinn- und planlosen Nachdenkens. Und jetzt – jetzt erbebte ich in ihrer Gegenwart und erblaßte, wenn sie auf mich zukam. Plötzlich wurde mir bewußt, daß sie mich seit langem liebte, und ich sprach ihr in einer unseligen Stunde von Heirat. Der Tag, den wir für die Hochzeit festgesetzt hatten, kam heran. Ich saß an einem Winternachmittag, einer jener sonderbar ruhigen, nebligen, warmen Tage, die man Haleyons Beschützer nennt, in meinem Bibliothekszimmer und glaubte mich allein. Doch als ich aufblickte, sah ich Berenice vor mir stehen.

Lag es an meiner übererregten Phantasie oder an dem Einfluß der Nebelluft, an der unbestimmten Dämmerung im Zimmer, an der dunklen Kleidung, die sie in langen Falten umhüllte, daß mir ihre Konturen so verschwommen und undeutlich erschienen? Ich vermag es nicht zu entscheiden. Sie sagte kein Wort; ich aber hätte um nichts in der Welt eine Silbe hervorbringen können. Ein Schauder durchrann meinen Körper; ein Gefühl unerträglicher Angst bedrückte mich; eine verzehrende Neugierde durchdrang meine Seele. Ich sank in meinen Stuhl zurück und verharrte eine Zeitlang regungslos, atemlos, meine Augen durchdringend auf Berenice gerichtet. Ach! wie erschreckend sie abgemagert war! Nichts erinnerte mehr an die Berenice von einst, selbst nicht die flüchtigen Umrisse ihrer Gestalt. Meine brennenden Blicke fielen endlich auf ihr Antlitz.

Die Stirn war hoch, sehr bleich und sonderbar verklärt. Ihr früher pechschwarzes Haar fiel teilweise darüber und beschattete die hohlen Schläfen mit zahllosen Locken von schreiend gelber Farbe, deren phantastischer Anblick in schmerzhafter Disharmonie von der schwermütigen Trauer ihrer Züge abstach. Die Augen waren ohne Leben und Glanz und anscheinend ohne Pupillen, und unwillkürlich erschrak ich vor dem glasigen, starren Ausdruck zurück und betrachtete ihre dünnen, zusammengeschrumpften Lippen. Sie teilten sich, und mit einem eigentümlich bedeutsamen Lächeln enthüllten sich die Zähne der veränderten Berenice. Wollte Gott, daß ich sie nie gesehen hätte oder daß ich unmittelbar nachher gestorben wäre!

Das Schließen einer Tür schreckte mich auf, und um mich blickend gewahrte ich, daß meine Kusine das Zimmer wieder verlassen hatte. Doch das weiße Gespenst ihrer Zähne war aus meinem Gehirn nicht mehr zu bannen, nicht fortzutreiben. Jedes Fleckchen auf ihrer Oberfläche, jede Tönung auf ihrem Email, jede Einkerbung der Schneide hatte ihr flüchtiges Lächeln meinem Gedächtnis unauslöschlich eingeprägt. Ich sah sie jetzt sogar deutlicher als ich sie soeben vor Augen hatte, diese Zähne! – Diese Zähne! – Sie waren hier – und waren dort – und überall, sichtbar, greifbar vor mir: lang, schmal und übermäßig weiß. Bleiche Lippen zogen sich um sie herum, genau wie in dem schrecklichen Anblick, da ich sie zuerst gesehen! Dann überfiel mich meine krankhafte Einbildungssucht mit wilder Wut, und vergebens kämpfte ich gegen ihre unerklärliche, bezwingende Gewalt. Von allen Dingen dieser Welt hatte ich nur noch Gedanken für diese Zähne. Nach ihnen trug ich ein wahnsinniges Verlangen. Alle Erscheinungen der Welt und alle Interessen des Lebens wurden davon aufgesogen. Sie, die Zähne, sie allein waren meinem geistigen Auge gegenwärtig, ihre Individualität wurde zum alleinigen Inhalt meines Gedankenlebens. Ich betrachtete sie in jeder Beleuchtung, von jeder Seite aus. Ich studierte ihre besonderen Merkmale, ich sann über ihre Eigentümlichkeiten nach, ich grübelte über ihre Ähnlichkeit untereinander. Ich forschte nach den Veränderungen, denen sie unterworfen waren. Und als ich ihnen in meiner Vorstellung Gefühlskraft und Ausdrucksfähigkeit auch ohne den Beistand der Lippen zuschreiben mußte, da schauderte ich. Von Mademoiselle Salle hat man sehr treffend gesagt: ›Que tous ses pas étaient des sentiments‹, und von Berenice glaube ich viel fester: ›que tous ces dents étaient des idées. Des idées.‹ Ah, das war es, warum ich diese Zähne so wahnsinnig begehrte! War das der idiotische Gedanke, der mich zugrunde richten sollte? Ich fühlte, daß nur ihr Besitz mir Frieden bringen, mir meinen Verstand zurückbringen könnte.

So wurde es Abend, und die Nacht kam, blieb und verschwand wieder – ein neuer Tag erschien, und die Nebel einer zweiten Nacht sammelten sich um mich – und noch immer saß ich regungslos in meinem einsamen Zimmer – noch immer saß ich in Betrachtungen versunken – noch immer übte das Gespenst der Zähne seine schreckliche Macht und schwebte mit lebendiger, gräßlicher Deutlichkeit da und dort durch die wechselnden Lichter und Schatten des Zimmers. Endlich brach in meine Träume ein Schrei des Entsetzens und der Bestürzung, dem nach einer Pause trostlose Stimmen und qualvolles, schmerzerfülltes Seufzen folgten. Ich erhob mich von meinem Sitz, öffnete die Tür des Bibliothekzimmers und fand im Vorraum eine Dienerin, die mir tränenüberströmt verkündete, daß Berenice nicht mehr

sei! Sie war am frühen Morgen einem Anfall von Epilepsie erlegen und jetzt, bei Anbruch der Nacht, waren die Vorbereitungen für die Bestattung beendet, und das Grab erwartete ihren armen Leichnam.

Ich fand mich in der Bibliothek wieder. Allein. Es schien mir, als sei ich eben aus einem wirren, aufregenden Traum erwacht. Ich wußte, daß es Mitternacht war, und daß seit Sonnenuntergang Berenice in der Erde ruhte. Doch hatte ich keine bestimmte Vorstellung von dem, was sich in der Zwischenzeit zugetragen hatte. Meine Erinnerung daran war ein Gefühl voll Grauen, das seine Unbestimmtheit nur grausiger, wie Entsetzen, daß seine Gegenstandslosigkeit nur noch gräßlicher machte. Es war die fürchterlichste Stunde meines Lebens, angefüllt mit nebelhaften, unaussprechlichen, scheußlichen Erinnerungen. Ich bemühte mich, die Wirklichkeit zu erkennen, aber es war unmöglich, und von Zeit zu Zeit drang der schrille, durchdringende Schrei einer Frauenstimme in mein Ohr. Ich hatte irgendwas getan. Was aber war es? Laut stellte ich mir diese Frage... und das flüsternde Echo des Zimmers antwortete mir: –»Was war es?«

Neben mir auf dem Tisch brannte eine Lampe, und ihr zur Seite stand eine kleine Kiste. Es war nichts Besonderes an ihr, und ich hatte sie schon oft gesehen, denn sie gehörte meinem Hausarzt. Aber wie kam sie da auf meinen Tisch, und weshalb schauderte ich, wenn ich sie ansah? Doch – es war wohl der Mühe wert, darüber nachzudenken! Meine Blicke wandten sich ab und fielen zufällig auf ein aufgeschlagenes Buch, in dem eine Zeile unterstrichen war. Es waren die sonderbaren, doch einfachen Worte des Dichters Ebn Zaiat: »Dicebant mihi sodales, si sepulchrum amicae visitarem, curas meas aliquantulum fore levatas.« Wie kam es, daß sich beim Lesen dieses Satzes mein Haar sträubte, daß mein Blut in den Adern erstarrte?

Es wurde leise an die Tür des Bibliothekzimmers geklopft, und bleich wie der Tod kam ein Diener auf Zehenspitzen herein. Seine Blicke waren voll wahnsinnigen Entsetzens, er sprach mit leiser, zitternder, erstickter Stimme. Was sagte er? – Ich vernahm nur Bruchstücke. Er sprach von einem gräßlichem Schrei, der das Schweigen der Nacht gebrochen habe – daß die Dienerschaft zusammengelaufen sei und in der Richtung des Schreis gesucht habe. Dann wurde seine Stimme qualvoll deutlich – als er von Grabschändung redete – von dem entstellten, aus den Leichentüchern gerissenen Körper, der noch stöhnte, noch atmete, noch lebte!

Er deutete auf meine Kleider, sie waren mit Blut besudelt. Ich sagte nichts, und er ergriff meine Hand, sie trug die Male menschlicher Nägel. Er richtete meine Aufmerksamkeit auf einen Gegenstand, der an der Wand lehnte – es war ein Spaten. Mit einem Schrei stürzte ich zum Tisch und riß die Kiste an mich. Ich hatte nicht die Kraft, sie zu öffnen, und sie glitt aus meinen zitternden Händen, fiel schwer zu Boden und sprang entzwei. Laut klirrend rollten einige zahnärztliche Instrumente heraus und zweiunddreißig kleine, weiße, elfenbeinschimmernde Dinger, die sich auf dem Fußboden verstreuten...

Morella

Es selbst, durch sich selbst allein, ewig eins, und allein.
Plato, »Sympos«‹

Ein Gefühl tiefer, doch ganz eigentümlicher Zuneigung verband mich mit meiner Freundin Morella. Als ich sie vor vielen Jahren zufällig kennenlernte, brannte meine Seele in Gluten, wie ich sie bisher nicht kannte; und bitter wurde mein Geist von der wachsenden Überzeugung gequält, daß es mir nie möglich sein werde, die sonderbare Bedeutsamkeit meiner Empfindungen zu erkennen oder ihre unbestimmte Heftigkeit in natürliche Bahnen zu lenken. Doch fanden wir einander, und das Schicksal vereinigte uns am Altar; und nie sprach ich von Leidenschaft, noch dachte ich an ihre heißen Wünsche. Morella aber floh jede Gesellschaft, schloß sich innig an mich an und machte mich glücklich. Denn es ist wohl ein Glück, sich darob zu verwundern und ein Glück, wie man's erträumt.

Morellas Bildung war erstaunlich, ihre vielseitigen Talente waren ungewöhnlich, ihre Geisteskräfte überragend. Ich empfand das bald und wurde in vielen Dingen ihr Schüler. Ich bemerkte, daß sie, vielleicht aufgrund ihrer Preßburger Erziehung, mit Vorliebe jene mystischen Schriften vorlegte, die man allgemein als Auswüchse der frühen deutschen Literatur betrachtet. Diese bildeten aus Gründen, die ich nicht kannte, ihre beständigste und liebste Beschäftigung, und daß sie im Laufe der Zeit auch meine wurde, ist einfach dem sehr wirksamen Einfluß von Gewohnheit und Beispiel zuzuschreiben.

Mit alledem hatte, wenn ich mich nicht irre, mein Verstand wenig zu tun. Meine Überzeugungen wurden in keiner Weise von jenen Idealen berührt und weder in meinen Handlungen noch in meinen Gedanken war – ich müßte mich denn selbst nicht mehr kennen – ein Schatten von dem Mystizismus meiner Lektüre zu entdecken. Vollständig davon überzeugt, überließ ich mich blindlings der Führung meiner Frau und folgte ihr mit ruhigem Herzen in das Labyrinth ihrer Studien. Und dann – als ich mich in jene unheilvollen Blätter versenkte und fühlte, wie sich ein verderblicher Geist in mir entzündete, legte Morella ihre kalte Hand auf meine und entfachte aus der Asche einer toten Philosophie ein paar düstere, sonderbare Worte, deren seltsamer Sinn sich in mein Gedächtnis einbrannte. Und dann verträumte ich Stunden an ihrer Seite und lauschte auf die Musik ihrer Stimme, bis schließlich in ihrer Melodie auch Schrecken mitzuschwingen begannen und ein Schatten auf meine Seele fiel – bis ich erbleichte, innerlich schaudernd, bei diesen unirdischen Tönen. Und so wandelte sich Freude

bald in Entsetzen, das Schönste wurde zum Abscheulichsten, wie einst das Tal Hinnom zu Ge-Henna wurde.

Es ist unnötig, den genauen Charakter der Probleme zu enthüllen, die uns aus den Büchern, von denen ich sprach, erwuchsen und lange Zeit fast den einzigen Gegenstand zwischen mir und Morella bildeten. Die Erfahrenen in dieser Materie, die man theologische Moral nennen könnte, werden sie leicht begreifen, und die Unerfahrenen würden in jedem Fall nur sehr wenig davon verstehen. Der wilde Pantheismus Fichtes, die gemäßigte Lehre der Pythagoräer von der Wiedergeburt und vor allem Schellings Identitätsdoktrinen waren die Diskussionspunkte, die den größten Reiz auf die phantasiereiche Morella ausübten. Diese sogenannte »persönliche Identität« definiert Locke, wie ich glaube, als die veränderliche Fortdauer eines vernunftbegabten Wesens. Und da wir unter »Person« ein intelligentes, vernunftbegabtes Wesen verstehen, und da jedes Denken von Bewußtsein begleitet ist, so ist es das eben, was uns von den anderen denkenden Wesen unterscheidet und uns unsere persönliche Identität verleiht. Doch das »principium individuationis«, der Begriff dieser Identität, die mit dem Tode für immer verlorengeht oder nicht verlorengeht, war für mich jederzeit ein Problem von tiefstem Interesse; und zwar ebensosehr wegen der erstaunlichen und verwirrenden Konsequenzen, als auch wegen der besonders aufgeregten Art, mit der Morella es behandelte.

Doch die Zeit war gekommen, in der mich die geheimnisvolle Natur meiner Frau wie ein unenträtselbarer Zauber quälte. Ich konnte den Druck ihrer bleichen Finger, den tiefen Klang ihrer musikalischen Stimme, den Glanz ihrer melancholischen Augen nicht mehr ertragen. Sie fühlte das alles, doch machte sie mir nie einen Vorwurf; sie schien sich meiner Schwäche oder meiner Torheit bewußt zu werden und nannte es lächelnd »Schicksal«. Sie schien auch die mir unbekannte Ursache meiner allmählichen Entfremdung zu kennen, doch gab sie mir niemals eine Erklärung oder machte eine Anspielung hinsichtlich ihrer Natur. Aber sie war Weib und welkte vor Gram von Tag zu Tag dahin. Nach einiger Zeit erschienen und blieben auf ihren Wangen zwei purpurrote Flecken und auf der bleichen Stirn zeichneten sich die Adern ab. Wohl schmolz mein ganzes Wesen manchmal in Mitleid dahin, aber einen Augenblick später traf mich ein Blick aus ihren rätselhaften Augen, und meine Seele wurde krank und wie von einem Schwindel ergriffen, wie jemand, der in einen finsteren, unergründlichen Abgrund blickt.

Muß ich gestehen, daß ich ganz ernstlich mit verzehrendem Verlangen Morellas Tod herbeiwünschte? Ich tat es, doch ihr starker Geist klammerte sich noch viele Tage, viele Wochen, manchen lästigen Monat an seine zerbrechliche Hülle, bis meine gequälten Nerven den Sieg über meine Vernunft davontrugen. Ich wurde wütend über die Verzögerung und verfluchte die Tage, Stunden und die Minuten, die sich im gleichen Maß zu verlängern schienen, in dem ihr zartes, edles Leben dahinschwand wie die Schatten des schwindenden Tages.

Aber eines Herbstabends, da alle Winde still im Himmel schliefen, rief mich Morella an ihr Lager. Ein trüber Nebel lag über der Erde und ein warmes Glühen über den Wassern, als sei ein Regenbogen vom Firmament in das bunte Oktoberlaub des Waldes herabgefallen.

»Dies ist der Tag der Tage«, sagte sie zu mir, als ich zu ihr trat, »der schönste Tag zum Leben wie zum Sterben. Es ist ein schöner Tag für die Söhne der Erde und des Lebens – ach, noch schöner für die Töchter des Himmels und des Todes.«

Ich küßte sie auf die Stirn, und sie fuhr fort: »Ich sterbe, dennoch werde ich leben.«

»Morella!«

»Nie sind die Tage gekommen, an denen du mich lieben konntest – doch sie, die du im Leben verabscheutest, wirst du im Tode anbeten.«

»Morella!«

»Ich wiederhole es; ich sterbe. Doch in mir ist ein Pfand der Neigung – ach, wie gering die war! – die du mir, Morella, entgegenbrachtest. Und wenn mein Geist dahinscheidet, wird das Kind leben, dein Kind und meines, Morellas! Deine Tage aber werden Tage des Kummers sein – des Kummers, der beständiger ist, so wie die Zypresse die langlebigste unter den Bäumen ist. Die Stunden deines Glückes sind vorüber, und die Freude erblüht nicht zweimal im Leben, wie die Rosen von Paestum zweimal im Jahr erblühen. Nicht länger wirst du unter der Sonne des Anakreon wandeln. Myrte und Reben werden dir versagt sein und du wirst ein Leichentuch mit dir über die Erde tragen gleich den Muslim Mekkas.«

»Morella«, schrie ich auf, »Morella, wie kannst du das wissen?« Doch sie barg ihr Gesicht in die Kissen, ein leichtes Zittern überlief ihre Glieder, sie starb, und nie mehr hörte ich ihre Stimme. Wie sie es vorausgesagt hatte, blieb ihr Kind, das sie sterbend geboren hatte und das erst atmete, als die Mutter zu atmen aufgehört hatte – blieb ihre Tochter am Leben. Und es nahm befremdlich schnell an Gestalt und Geist zu und wurde das vollkommene Ebenbild der Abgeschiedenen. Ich liebte sie mit heißerer Liebe, als ich je für möglich gehalten hätte.

Doch bald verdunkelte sich der Himmel dieser reinen Zuneigung, und Kummer, Leid und Graus zogen wie verderbenbringende Wolken über ihn hin. Ich sagte schon, daß das Kind seltsam wuchs an Geist und Gestalt.

Befremdlich in der Tat war ihr schnelles körperliches Wachstum, und schrecklich, ja, schrecklich waren die Gedanken, die sich tobend auf mich stürzten, wenn ich die Entwicklung ihres geistigen Wesens betrachtete. Und konnte es auch anders sein, da ich täglich in den Gedanken des Kindes die ausgereifte Kraft und die Fähigkeiten des Weibes entdeckte, wenn die Lehren von Erfahrung von den Lippen der Kindheit flossen? Wenn mir die Weisheit und die Leidenschaften der Reife aus diesen dunklen, nachdenklichen Augen entgegenglühten? Als all das meinen erschrockenen Sinnen offenbar wurde, als ich es meiner Seele nicht länger verbergen konnte, ist es da zu verwundern, daß sich ein schrecklicher, quälender Argwohn in mein Hirn schlich und daß meine Gedanken sich entgeistert der seltsamen Äußerungen und scharfsinnigen Theorien der verstorbenen Morella erinnerten? Ich entzog das Wesen, das mir das Schicksal zu lieben gebot, der Neugier der Welt und wachte in der strengen Abgeschlossenheit meines Heimes mit tödlicher Angst über alles, was dieses geliebte Wesen betraf.

Und wie die Jahre dahingingen und ich Tag für Tag ihr heiliges, mildes, beredtes Antlitz bestaunte und ihre reifenden Formen beobachtete, entdeckte ich immer neue Ähnlichkeiten zwischen dem Kinde und seiner Mutter, der Melancholischen und der Toten. Und stündlich verdichteten sich die Schatten dieser Ähnlichkeit, wurden immer tiefer und bestimmter und beängstigender. Solange ihr Lächeln an das ihrer Mutter erinnerte, konnte ich es ertragen, doch schauderte ich vor einer so vollkommenen Identität. Daß ihre Augen denen Morellas glichen, nahm ich hin, immer öfter blickten sie mit Morellas eigenem, durchdringenden, verwirrenden Ausdruck in die Tiefen meiner Seele. Und in den Umrissen der hohen Stirn, in den seidenen Locken ihres Haares, in den bleichen Fingern, die sich in ihm vergruben, in dem schwermütigen, musikalischen Klang ihrer Stimme und vor allem, ja, vor allem in den Redewendungen und Formulierungen der Toten auf den Lippen der Geliebten und Lebenden fand ich Nahrung für meine verzehrenden Gedanken und mein Entsetzen – für den Wurm, der nicht sterben wollte.

So vergingen die ersten zehn Jahre ihres Lebens, und noch wandelte meine Tochter namenlos über die Erde. »Mein Kind«, »mein Liebling« waren die Namen, wie väterliche Zuneigung sie findet, und die Abgeschlossenheit ihres Tageslaufes machte jeden anderen unnötig.

Morellas Name war mit ihr gestorben. Ich hatte mit der Tochter nie von der Mutter gesprochen, es war mir unmöglich gewesen. Sie hatte auch während ihres kurzen Lebens keinerlei Eindrücke von der Außenwelt bekommen, ausgenommen die wenigen, die ihr unsere gänzliche Zurückgezogenheit vermitteln konnte. Doch nach und nach glaubte mein nervö-

ser, erregter Zustand in der Taufe vielleicht eine Befreiung von den Schrekken meines Schicksals zu finden. Am Taufbecken zögerte ich, einen Namen anzugeben. Viele Bezeichnungen voll Weisheit und Schönheit, Namen aus alter und neuer Zeit, aus meiner Heimat und aus fremden Ländern drängten sich auf meine Lippen, so manche Namen für Liebliches, Glückliches und Gutes.

Was trieb mich dazu, das Andenken an die begrabene Tote wieder wachzurufen? Welcher Dämon zwang mich, jenen Namen zu flüstern, bei dessen bloßer Erinnerung mein Blut in Strömen aus den Schläfen in das Herz schoß? Welcher Satan sprach aus den Abgründen meiner Seele, als ich in dem dunklen Kirchengewölbe und im Schweigen der Nacht in das Ohr des heiligen Mannes die Silben flüsterte: »Morella«? Welches dämonische Wesen verkrampfte plötzlich die Züge meines Kindes, überzog sie mit den Farben des Todes, als sie bei dem kaum vernehmlich geflüsterten Namen erzitternd ihre Augen von der Erde zum Himmel erhob und auf die schwarzen Steinplatten unseres Familiengrabes niedersank, mir antwortete: »Hier bin ich!«

Klar, kalt und bestimmt fielen die einfachen Worte in mein Ohr und drangen von da wie geschmolzenes Blei zischend in mein Gehirn. Jahre, Jahre mögen vergehen, doch niemals die Erinnerung an diesen Augenblick. Und wahrlich, Blüten und Reben kannte ich nicht mehr, doch Schierling und Zypresse überschatteten mich Tag und Nacht.

Ich verlor jedes Bewußtsein für Zeit und Ort, und die Sterne meines Schicksals verblichen am Himmel, und also verfinsterte sich die Erde, und ihre Gestalten zogen wie Schatten an mir vorüber, und unter ihnen sah ich nur – Morella! Die Winde des Himmels flüsterten nur einen Namen in mein Ohr, und die Wellen des Meeres murmelten immerdar nur – Morella. Doch sie starb; und mit meinen eigenen Händen trug ich sie zu Grabe und lachte ein langes, bitteres Lachen, als ich in der Gruft, in die ich die zweite bettete, keinerlei Spuren entdeckte von der ersten – Morella.

König Pest

Die Götter erlauben, ja sie
befehlen sogar den Königen, Dinge
zu tun, die sie bei Schurken verabscheuen.

Buckhurst, Ferrex und Porrex

In einer Oktobernacht gegen zwölf Uhr – es war unter der ritterlichen Regierung König Eduards des Dritten – bemerkten zwei Seeleute, die zur Mannschaft des Handelsschoners »Free and Easy« gehörten, der regelmäßig zwischen Sluys und der Themse fuhr und gerade an diesem Fluß vor Anker lag, mit einigem Erstaunen, daß sie sich im Schankraum eines Bierhauses der Gemeinde St. Andrews befanden – eines Bierhauses, das als Wahrzeichen eine »fidele Teerjacke« im Schilde führte.

Der Raum war schlecht ausgestattet, rauchgeschwärzt mit sehr niedriger Decke, also in keiner Beziehung besser als die üblichen Häuser der damaligen Zeit. In den Augen der Gäste, die in grotesken Gruppen herumsaßen, war er jedoch für seine Zwecke bestens geeignet. Die beiden Seeleute bildeten die interessanteste, wenn nicht die auffallendste Gruppe.

Der, wie es schien, ältere von ihnen – er wurde von seinem Gefährten mit dem, wie man gleich sehen wird, sehr charakteristischen Beinamen »legs« angeredet – war auch der weitaus größere von beiden. Er mochte sechseinhalb Fuß haben, und seine krumme Haltung war wohl die unausbleibliche Folge solch enormer Länge. Dieses Übermaß an Länge wurde jedoch durch andere Mängel seiner Gestalt ausgeglichen. Er war außerordentlich mager, so daß seine Kameraden behaupteten, er könne, wenn er betrunken sei, sehr gut als Mastwimpel, und wenn nüchtern als Klüverbaum dienen. Aber solche und ähnliche Späße machten nicht den geringsten Eindruck auf die Lachmuskeln des Seemanns.

Seine vortretenden Backenknochen mußten auffallen, ebenso wie eine große Habichtsnase, ein fliehendes Kinn, ein hängender Unterkiefer und riesiggroße, hervorquellende Augen. Der Ausdruck dieser Züge war, obwohl sie eine Art verbohrter Gleichgültigkeit zur Schau trugen, durchaus ernst und feierlich.

Der jüngere Seemann war in seiner äußeren Erscheinung so ungefähr das schiere Gegenteil seines Gefährten. Seine Größe betrug ungefähr vier Fuß. Der gedrungene, schwerfällige Körper wurde von ein paar krummen, stämmigen Beinen getragen, während die ungewöhnlich kurzen und dicken Arme mit ihren mächtigen Fäusten seitlich abstanden, wie die Flossen einer Schildkröte. Aus seinem Kopf zwinkerten tiefliegende Augen von unbestimmter Farbe. Seine Nase lag in der Fleischmasse begraben, die sein rundes, volles, purpurrotes Gesicht umgab; und seine dicke Oberlippe ruhte auf der noch dickeren Unterlippe mit einem Ausdruck gemächlichster Selbstzufriedenheit, der noch durch die Angewohnheit ihres Eigentümers, sie von Zeit zu Zeit wohlgefällig zu belecken, erhöht wurde. Seinen langen Gefährten betrachtete er offenbar mit einem halb aus Erstaunen und halb aus Spott gemischten Gefühl, und gelegentlich blickte er zu ihm auf – so ungefähr, wie die rote untergehende Sonne zu den Felsklippen des Ben Nevis aufsehen mag.

Viele und abwechslungsreiche Wanderungen hatte das würdige Paar während der früheren Nachtstunden bereits durch die verschiedenen Schenken der Nachbarschaft unternommen. Doch auch der bestgefüllte Beutel reicht nicht ewig, und mit leeren Taschen hatten sich unsere Freunde schließlich in das eben beschriebene Wirtshaus wagen müssen.

In dem Augenblick, da diese Geschichte beginnt, saßen »Legs« und sein Genosse, Hugo Tarpaulin, mit aufgestützten Ellenbogen am großen Eichentisch in der Mitte der Gaststube und lehnten eine Backe an jede Hand. Über einen riesigen unbezahlten Krug hinweg beäugten sie die unheilverkündenden Worte »Keine Kreide«, die zu ihrem beträchtlichen Unwillen und Erstaunen auf die Tür geschrieben waren; und zwar mittels desselben Minerals, dessen Vorhandensein sie leugneten. Nicht, daß man unseren Seefahrern die Fähigkeit, Schriftzüge zu entziffern, hätte zur Last legen können! Diese Gabe galt damals als ebenso kabbalistisch wie die Kunst des Schreibens, doch waren da, um die Wahrheit zu sagen, gewisse Windungen in der Bildung der Buchstaben und im Ganzen ein unbestimmtes nach Leesteuern, das den beiden Seefahrern Sturm und schlechtes Wetter zu verkünden schien und sie, um mit den allegorischen Worten »Legs« zu reden, allsogleich bestimmte, »alle Segel aufzugeien und vor dem Winde zu laufen«.

Nachdem sie also den Rest des Bieres noch seiner Bestimmung übergeben hatten, knöpften sie ihre kurzen Wämse fest und machten einen Ausfall nach der Straße. Und obwohl Tarpaulin zweimal in den Kamin, den er für die Tür hielt, rollte, glückte ihnen doch endlich die Flucht. – Und eine halbe Stunde nach Mitternacht rannten unsere Helden, zu allen Schandtaten bereit, eine dunkle Straße auf die St.-Andrews-Treppe zu, hart verfolgt von der Wirtin der »fidelen Teerjacke«. Zur Zeit dieser ereignisreichen Geschichte, und zeitweise manches Jahr vorher und nachher, schallte durch ganz England und besonders in der Hauptstadt der entsetzliche Schrei: »Die Pest«. Die Stadt war zum großen Teil entvölkert, und in den schrecklichen Vierteln in der Nähe der Themse, in deren schwarzen und schmutzi-

gen Straßen der Dämon »Seuche«, wie es hieß, seinen Ursprung genommen hatte, schlichen nur noch Angst, Entsetzen und Aberglauben durch die verödeten Straßen.

Auf Befehl des Königs waren diese Viertel in den Bann getan worden, und jedem, der es wagen sollte, in ihre grauenvolle Öde einzudringen, die Todesstrafe angedroht. Doch weder das Gebot des Königs noch die riesigen Schranken an den Zugängen der Straßen, noch die Furcht vor dem widerwärtigen Tod, der – mit fast unbedingter Sicherheit – den Elenden ereilte, den keine Gefahr vor Abenteuern abschreckte, bewahrte die leeren, verlassenen Wohnungen davor, durch nächtliche Plünderung aller Gegenstände aus Eisen, Kupfer oder Blei beraubt zu werden, die irgendwie zu Geld gemacht werden konnten.

Wenn dann im Winter die Schranken wieder geöffnet wurden, stellte sich gewöhnlich heraus, daß Schlösser, Riegel und geheime Keller den reichen Wein- und Branntweinvorräten nur wenig Schutz geboten hatten, welche die gerade in diesen Vierteln ansässigen zahlreichen Händler lieber einer so ungenügenden Sicherheit anvertrauten, als sie unter Mühen und Gefahren auszulagern.

Aber nur wenige in dem schreckgewohnten Volk schrieben diese nächtlichen Räubereien Menschenhänden zu. Pestgeister, Seuchenkobolde und Fieberdämone galten dem Volk als Unglücksbringer, und täglich entstanden neue schauerliche Geschichten, so daß schließlich das verbotene Viertel in Grauen eingehüllt war, und die Plünderer selbst, verängstigt durch die abergläubischen Schauergeschichten, die ihre eigenen Taten geschaffen, aus dem verbotenen Bezirk flohen, ihn der Finsternis, dem schweigenden Tod und der Pestilenz überlassend.

Durch einen jener Holzverschläge, die anzeigten, daß das hinter ihnen liegende Gebiet dem Pestbann unterworfen sei, sahen sich nun plötzlich »Legs« und der würdige Hugo Tarpaulin, die gerade eine schmale Gasse heruntergerannt kamen, in ihrem Laufe behindert. Es war unmöglich umzukehren, und jeder Zeitverlust bedeutete höchste Gefahr, denn die Verfolger waren ihnen auf den Fersen. Für zwei so geübte Teerjacken war es eine Kleinigkeit, den grob gearbeiteten Bretterzaun zu erklettern, und nach dem Alkohol und der Anstrengung der Flucht doppelt erregt, sprangen sie entschlossen in die abgesperrten Gassen hinab, setzten ihren trunkenen Lauf mit Schreien und Heulen fort und verloren sich bald in den stinkenden Winkelgängen.

Wären sie nicht so sinnlos betrunken gewesen – ihre gräßliche Umgebung hätte ihre schwankenden Schritte lähmen müssen. Die Luft war kalt und nebelig. Die Pflastersteine lagen in wilder Unordnung umher, Gras und Unkraut überwucherten sie. Zerfallene Häuser versperrten die Straßen, giftige, stinkende Dünste stiegen auf, und in dem gespenstischen Licht, das selbst um Mitternacht eine dunstige, verpestete Atmosphäre ausstrahlte, mochte man in den Straßen und Winkeln oder in den fensterlosen Behausungen den verwesenden Leichnam manch eines Plünderers erblicken, den die Hand der Pest gefaßt hatte, als er gerade sein nächtliches Werk vollbringen wollte.

Doch dergleichen Gefühle, Bilder und Hindernisse waren machtlos, den Lauf von Männern aufzuhalten, die, von Natur aus tapfer, in dieser Nacht übervoll von Mut und Starkbier ohne Zögern und geradewegs, wie es ihr Zustand nur immer erlaubte, dem Tod selbst in den Rachen gesprungen wären.

Weiter und immer weiter lief der grimmige »Legs«, und sein Geschrei, das wie das Kriegsgeheul der Indianer durch die Nacht gellte, weckte das Echo der schauerlichen Öde. Und vorwärts, immer vorwärts trollte der dicke Tarpaulin, der sich am Rockzipfel seines behenderen Gefährten festhielt und dessen rastlose Leistungen in der Vokalmusik noch durch die machtvollsten Kontrabaßtöne aus den Tiefen seiner mächtigen Lungen übertroffen wurden.

Sie hatten nun offenbar den eigentlichen Herd der Pest erreicht. Ihr Weg wurde mit jedem Schritt oder vielmehr mit jedem Stolpern widerwärtiger und schauriger, die Pfade enger und verfallener. Die dumpfe Schwere, mit der riesige Steine und Balken von Zeit zu Zeit von den einstürzenden Dächern auf die Straße fielen, ließ auf die außerordentliche Höhe der umstehenden Häuser schließen, und während große Anstrengungen nötig waren, sich einen Weg durch die Schutthaufen hindurch zu erzwingen, so

geschah es nicht selten, daß ihre Finger ein Skelett berührten oder in verwesendes Fleisch faßten.

Plötzlich, als die Seeleute gegen die Tür eines riesigen Gebäudes von unheimlichem Aussehen taumelten, stieß »Legs« ein ungewöhnlich gellendes Geheul aus, auf das von innen mit wilden Schreien, die wie ein höllisches Lachen klangen, geantwortet wurde. Ohne über diese Laute zu erschrecken, die an solchem Orte und zu solcher Stunde jeden mit Entsetzen erfüllt haben würden, warf sich das trunkene Paar kopfüber gegen die Tür, stieß sie auf und stolperte mit einem Schwall von Flüchen mitten ins Ungewisse hinein.

Der Raum, in dem sie sich nunmehr befanden, war der Laden eines Sargfabrikanten und Leichenbestatters, aber durch eine offene Falltür in einer Ecke des Fußbodens, blickte man auf eine lange Reihe von Weinkellern, die – wie der gelegentliche Knall zerplatzender Flaschen bewies – mit dem gehörigen Inhalt wohlausgerüstet waren. In der Mitte des Raumes stand ein Tisch und darauf ein riesiges, anscheinend mit Punsch gefülltes Gefäß. Flaschen mit verschiedenen Weinen und Likören, zahlreiche Krüge, Kannen und Karaffen von jeder Größe standen auf dem Tisch umher. Um den Tisch, und zwar auf den Sargböcken, saß eine Gesellschaft von sechs Personen. Diese Gesellschaft will ich, einen nach dem anderen, zu beschreiben versuchen.

Der Eingangstür gegenüber und ein wenig höher als die anderen thronte ein Mann, der der Präsident der Tafelrunde zu sein schien. Er war groß und dürr, und »Legs« erkannte verblüfft, daß man ihn, was Magerkeit anging, doch noch übertreffen könne. Das Gesicht dieses Mannes war gelb wie Safran, doch keine seiner Züge war einer besonderen Beschreibung würdig – mit Ausnahme der Stirn, die so ungewöhnlich, so scheußlich hoch war, daß sie wie ein Helm oder eine Krone aus Fleisch wirkte, dem natürlichen Kopf hoch aufgesetzt. Sein grinsender Mund war zu einem Ausdruck gespenstischer Liebenswürdigkeit zusammengekniffen, und über seinen Augen, wie über denen der ganzen Tischgesellschaft, lag der gläserne Glanz der Betrunkenheit. Dieser Gentleman war von Kopf bis Fuß in einen reichgestickten Überwurf aus schwarzsamtenen Bahrtuch gehüllt und trug diesen nach Art der spanischen Mäntel lose um seine Gestalt geworfen. Sein Kopf war reichlich mit schwarzen Trauerfedern geschmückt, die er mit gezierter Munterkeit hin und herschwenkte. In seiner rechten Hand hielt er einen riesigen menschlichen Schenkelknochen, mit dem er anscheinend gerade ein Mitglied der Tafelrunde angestoßen hatte, um den Vortrag eines Liedes zu befehlen.

Dem Präsidenten gegenüber, mit dem Rücken zur Tür, saß eine Dame, deren außergewöhnliches Aussehen dem seinen nicht im geringsten nachstand. Obwohl ebensogroß wie die eben beschriebene Person, hatte sie sich doch durchaus nicht über Magerkeit zu beklagen. Sie befand sich offenbar im letzten Stadium der Wassersucht, und ihr Umfang kam dem riesigen Faß voll Oktoberbier gleich, das in einer Ecke des Zimmers stand. Ihr Gesicht war unglaublich rund, rot und voll, und dieselbe Merkwürdigkeit, das heißt eigentlich die Abwesenheit jeder Merkwürdigkeit, die ich schon bei der Beschreibung des Präsidenten erwähnte, zeichnete auch ihre Züge aus – bis auf einen einzigen, der eine besondere Schilderung verdiente. Der scharfsinnige Tarpaulin bemerkte bald, daß sich eine bestimmte Eigentümlichkeit bei jeder der sechs Personen wiederholte; jeder von ihnen schien ein Monopol auf einen bestimmten Gesichtsteil zu besitzen. Bei der in Frage stehenden Dame war es der Mund. Er reichte vom rechten Ohr bis zum linken und bildete einen schauerlich abgründigen Schlund, in den ihre kurzen Ohrringe fortwährend hinabbaumelten. Doch machte sie die größten Anstrengungen, den Mund geschlossen zu halten und würdig auszusehen. Ihr Kleid bestand aus einem frisch gestärkten und gebügelten Leichenhemd, das unter dem Kinn mit einer plissierten Batistkrause abschloß.

Zu ihrer Rechten saß ein junges Dämchen, das sie zu bemuttern schien. Dieses zarte, kleine Geschöpf zeigte mit ihren zitternden, mageren Fingern, den farblosen Lippen, den leichten hektischen Flecken in dem sonst bleigrauen Gesicht alle Symptome von galoppierender Schwindsucht. Doch hatte ihr ganzes Wesen etwas äußerst Distinguiertes; sie trug ihr weites schönes Sargtuch aus feinstem indischen Schleierbatist mit anmutiger Grazie; ihr Haar hing in Ringeln auf ihren Nacken herab, und ein weiches Lächeln umspielte ihren Mund; doch ihre außerordentlich lange, dünne, krumme, bewegliche, finnige Nase hing weit über ihre Unterlippe hinab, und trotz der feinen Art, mit der sie diese von Zeit zu Zeit mit der Zunge nach rechts oder links schob, gab dieser Rüssel ihrem Gesicht einen irgendwie zweideutigen Ausdruck.

Ihr gegenüber, zur Linken der wassersüchtigen Dame, saß ein kleiner, aufgequollener, asthmatischer, gichtalter Mann, dessen Wangen wie zwei riesige Portweinschläuche auf seinen Schultern ruhten. Mit gekreuzten Armen und einem bandagierten Bein auf dem Tisch, schien er auf ganz besondere Beachtung Anspruch zu erheben. Doch so sehr ihn auch jeder Zoll seiner persönlichen Erscheinung mit Stolz erfüllte, freute es ihn, die Aufmerksamkeit auf seinen prunkvoll gefärbten Überrock zu lenken. Dieser mußte ihn nicht wenig Geld gekostet haben und stand ihm außerordentlich gut; er war aus einer jener kunstvoll gestickten Seidendecken gefertigt, die man in England, und auch anderswo, über die Wappenschilder an den Wohnstätten abgestorbener Adelsgeschlechter zu hängen pflegt.

Neben ihm, zur Rechten des Präsidenten, saß ein Herr in langen weißen Strümpfen und baumwollenen Hosen. Seine Gestalt wurde in lächerlicher Weise von Zitteranfällen geschüttelt, die Tarpaulin »Tatterich« zu nennen beliebte. Seine frisch rasierten Kinnladen waren durch eine Musselinbinde fest hochgebunden, und seine auf dieselbe Art und Weise an den Handgelenken befestigten Arme hinderten ihn, den Getränken auf dem Tisch allzu reichlich zuzusprechen – eine Vorsichtsmaßnahme, die, wie Legs bei sich dachte, seiner versoffenen Visage durchaus angemessen war. Ein paar gewaltige Ohren, die beim besten Willen nicht verborgen werden konnten, reckten sich in die Atmosphäre des Raumes empor und zuckten jedesmal krampfhaft, wenn ein Pfropfen knallte.

Ihm gegenüber als sechste und letzte Person saß ein sonderbar steif aussehendes Wesen, das offenbar gelähmt war und sich in seiner unbequemen Kleidung sehr ungemütlich fühlen mußte. Dieser Herr war nämlich vollständig in einen schönen, neuen Mahagonisarg gekleidet, dessen Deckel wie eine Kapuze auf den Schädel des Trägers drückte, was dem Antlitz einen unbeschreiblichen Reiz verlieh. In die beiden Seiten des Sarges waren Armlöcher gebohrt, um der Eleganz wie um der Bequemlichkeit willen; dennoch hinderte das Gewand seinen Träger, ebenso aufrecht zu sitzen wie seine Tischnachbarn, und wie er so in einem Winkel von fünfund-

vierzig Grad gegen seine Totenbahre lehnte, verdrehten zwei riesige, hervorstehende Augen ihr schauderhaftes Weißes wie voll Erstaunen über ihre eigene Größe zur Decke.

Vor jedem der Tafelgenossen lag ein Schädelteil, der als Trinkbecher diente. Über ihren Köpfen hing ein menschliches Skelett, das vermittels eines um sein Bein geschlungenen Stricks an einem Ring im Plafond befestigt war. Das andere Bein stand in einem rechten Winkel vom Körper ab, von keiner Fessel gehalten, und veranlaßte das ganze klappernde Knochengestell, sich bei jedem leichten Windstoß, der seinen Weg in den Raum fand, im Kreise herumzuwirbeln. Die Schädelhöhle dieses scheußlichen Dinges enthielt eine Anzahl glühender Kohlen, die ein schwankendes, doch lebhaftes Licht auf die ganze Szene warfen. Särge, Bahren und sonstige Gegenstände eines Leichenbestatters waren an den Wänden und vor den Fenstern so hoch aufgestapelt, daß kein Lichtstrahl auf die Straße drang.

Beim Anblick dieser sonderbaren Versammlung und der noch sonderbareren Kleidung bewiesen unsere Seeleute nicht den erwarteten Anstand. Legs lehnte sich gegen die ihm zunächst stehende Wand, ließ seinen Unterkiefer noch tiefer hängen als gewöhnlich und riß seine Augen auf, so weit er konnte. Tarpaulin jedoch krümmte sich dermaßen, daß seine Nase in gleicher Höhe mit dem Tisch war, stemmte die Hände auf die Knie und brach in ein langes, lautes, lärmendes, durchaus unmäßiges und unziemliches Gelächter aus.

Ohne jedoch über dieses ungezogene Betragen beleidigt zu sein, lächelte der lange Präsident die Eindringliche mit anmutiger Liebenswürdigkeit an, nickte ihnen mit seinem federgeschmückten Haupt würdevoll zu, stand auf, faßte sie am Arm und führte jeden zu einem Sitz, den zwei andere Mitglieder der Gesellschaft zu ihrer Bequemlichkeit bereitgestellt hatten.

Legs leistete bei all dem nicht den geringsten Widerstand, sondern setzte sich dort nieder, wo man ihn hingeführt hatte, während Hugo, der Galante, sein Sarggestell vom Kopfende des Tisches an die Seite der kleinen, schwindsüchtigen Dame in dem indischen Schleierbatist rückte, in höchst vergnügter Weise an ihrer Seite niederplumpste, sich einen Schädelbecher Rotwein eingoß und ihn auf das Gedeihen ihrer Bekanntschaft leerte.

Diese Anmaßung schien jedoch den steifen Gentleman im Sarge zu ärgern und wäre wohl kaum ohne ernste Folgen geblieben, wenn nicht der Präsident mit seinem Schenkelbein auf den Tisch geklopft und die Aufmerksamkeit der Anwesenden durch folgende Rede abgelenkt hätte:

»Es ist unsere Pflicht zum gegenwärtigen glücklichen Anlaß...« »Halt!« fiel ihm Legs mit ernsthafter Miene ins Wort. »Wartet ein wenig, und sagt uns zum Teufel erst einmal, wer ihr alle eigentlich seid und was ihr hier treibt, aufgetakelt wie der böse Feind, und wie ihr dazu kommt, unserem ehrlichen Kameraden, dem Leichenbestatter Will Wimble, seinen Wintervorrat edler Getränke zu versaufen?«

Bei diesem unverzeihlichen Beweis schlechter Erziehung sprang die ganze Gesellschaft auf und stieß wieder jene wilden, teuflischen Schreie aus, welche die beiden Seeleute schon zuvor angelockt hatten. Der Präsident erlangte zuerst seine Fassung wieder, wandte sich schließlich mit großer Würde Legs zu und begann von neuem:

»Mit größter Bereitwilligkeit werden wir die berechtigte Neugier unserer erlauchten, wenn auch ungebetenen Gäste befriedigen. So wißt denn, daß ich der Beherrscher dieser Reiche bin und hier mit unbeschränkter Gewalt regiere unter dem Namen ›König Pest der Erste‹. Dieser Raum, den ihr sehr profan als den Laden des Leichenbestatters Will Wimble – eines Mannes, den wir nicht kennen und dessen plebejischer Name mein königliches Ohr noch nie beleidigte – dieser Raum, sage ich, ist der Thronsaal unseres Palastes, zu Ratsversammlungen unseres Königreiches und zu anderen erhabenen und heiligen Zwecken bestimmt.

Die edle Frau gegenüber ist die Königin Pest, meine allerdurchlauchtigste Gemahlin. Die übrigen erlauchten Personen, die Sie erblicken, gehören alle zu unserer Familie und tragen die Insignien ihrer königlichen Herkunft entsprechend ihren Titeln: Seine Königliche Hoheit, der Erzherzog Pest-Ilenz; Seine Hoheit, der Herzog Pest-Beule; Seine Hoheit, der Herzog Tem-Pest; Ihre Königliche Hoheit, die Erzherzogin Ana-Pest.

Was Ihre Frage anbelangt, aus welchem Grunde wir hier zu Rate sitzen, gestatten wir uns zu bemerken, daß es sich ausschließlich um unsere königlichen Interessen handelt, die für niemanden sonst von Wichtigkeit sind. Aber in Anerkennung jener Rechte, welche ihr als Gäste und Fremde beanspruchen zu dürfen glaubt, erklären wir, daß wir in dieser Nacht, wohl vorbereitet durch ausgedehnte Nachforschungen und sorgfältige Untersuchungen, hier versammelt sind, um den unbestimmbaren Geist, die unerklärlichen Eigenschaften und das Wesen jener unschätzbaren Reichtümer des Gaumens, der Weine, der Biere und Liköre dieser unschätzbaren Metropole zu untersuchen, zu analysieren und gründlich zu bestimmen; um durch dieses Tun nicht allein unsere eigenen Absichten zu verfolgen, sondern vor allem das wahre Wohlergehn jenes Herrschers zu fördern, der, nicht von dieser Welt, über uns alle herrscht, dessen Reich ohne Grenzen ist und der da heißt – Tod.«

»Dessen Name Davy Jones* ist!« schrie Tarpaulin, schenkte der Dame an seiner Seite einen Schädel voll Likör ein und füllte seinen eigenen.

* Name für eine clownartige Figur, die den Tod spielt.

»Unheiliger Schuft« sagte der Präsident und wandte seine ganze Aufmerksamkeit dem würdigen Legs zu – »profaner, erbärmlicher Schurke! Wir haben gesagt, daß wir in Anerkennung jener Rechte, welche wir selbst bei deiner schmutzigen Person nicht zu verletzen gewillt sind, auf deine groben, sehr vorwitzigen Fragen antworten. Nichtsdestoweniger halten wir es angesichts des unverschämten Eindringens in unsere Ratsversammlung für unsere Pflicht, dich und deinen Gefährten mit je einer Gallone Black-Strap zu bestrafen, die ihr mit gebeugten Knien und auf einen Zug auf das Wohl unseres Königreiches trinken werdet. Dann soll es euch freistehen, euren Weg weiterzugehen oder hierzubleiben und, jeder nach seinem persönlichen Geschmack, an den Privilegien unserer Tafelrunde teilzunehmen.«

»Es wäre ein Ding der Unmöglichkeit«, erwiderte Legs, dem die erhabene Haltung und Würde des Königs Pest offenbar Respekt eingeflößt hatte – erhob sich und stützte sich auf den Tisch – »es wäre ein Ding der Unmöglichkeit, auch nur den vierten Teil von dem Quantum Schnaps, den Eure Majestät eben zu erwähnen beliebten, in meinem Kielraum zu verstauen. Abgesehen von dem verschiedenen Zeug, das ich am Vormittag als Ballast an Bord genommen – von den diversen Bieren und Schnäpsen, die ich im Laufe des Abends in verschiedenen Häfen verladen habe, gar nicht zu reden –, habe ich jetzt eben in der ›fidelen Teerjacke‹ eine volle, wohlbezahlte Ladung Starkbier übernommen. Eure Majestät wollen daher so gnädig sein, den Willen für die Tat zu nehmen, denn nichts kann mich dazu bringen, auch nur noch einen Tropfen Alkohol zu schlucken – am allerwenigsten einen Tropfen von dem niederträchtigen Kielwasser, das auf den Namen Black-Strap getauft ist.«

»Stop! Stop!« unterbrach ihn Tarpaulin, nicht minder erstaunt über die Länge der Rede als über die Weigerung – »Stop, du Süßwassermatrose! Und kein Geschwätz mehr, Legs! Mein Laderaum ist noch aufnahmefähig, obgleich ich gestehen muß, daß du ein wenig schwer geladen zu haben scheinst; aber eher würde ich noch für deinen Anteil Platz in meinem Laderaum schaffen, als warten, bis ein Sturm heraufzieht, wenn ...«

»Ein solches Vorgehen«, unterbrach ihn der Präsident, »verträgt sich in keiner Weise mit den Begriffen der Strafe oder des Richterspruchs, der uneinschränkbar und unwiderruflich ist. Die Bedingungen, die wir auferlegt haben, müssen nach den Buchstaben und ohne die geringste Verzögerung erfüllt werden. Im Falle einer Weigerung befehlen wir, daß man euch an dem Kopf und an den Füßen zusammenbindet und als Rebellen in jenem Oxhoft Oktoberbier ertränkt!«

»Das nenne ich einen Richterspruch! Das ist ein Urteil! Ein gerechtes und würdiges Urteil. Ein glorreiches Dekret! Eine höchst verdiente, treffliche Verurteilung!« brüllten die Mitglieder der Familie Pest alle durcheinander. Der König zerknitterte seine Stirn in zahllose kleine Fältchen, der gichtige, kleine Alte schnaufte wie ein Blasebalg, die junge Dame im indischen Sargtuch ließ ihre Nase nach rechts und links spielen, der Gentleman in den baumwollenen Hosen spitzte seine Ohren, die Dame im gestärkten Totenhemd schnappte mit ihrem riesigen Rachen wie ein sterbender Fisch, und der im Sarg sah noch steifer aus und rollte die Augen wilder als je.

»Hihihi!« kicherte Tarpaulin, ohne die allgemeine Erregung zu beachten. »Hihihihihihi! Eben wollte ich sagen«, rief er, »als der Herr König dazwischen redete, daß die zwei oder drei Gallonen für ein solides Schiff – wenn es nicht überladen ist – für mich also eine Kleinigkeit sind, aber wenn ich auf die Gesundheit des Teufels trinken und mich vor seiner niederträchtigen Majestät niederknien soll, die, so sicher wie ich ein Sünder bin, niemand anderes ist als Tim Hurlygurly, der Schauspieler, das eine ganz andere Sache ist; eine Sache, die entschieden über meinen Verstand geht.«

Man hatte ihn jedoch nicht ruhig ausreden lassen. Bei dem Namen Tim Hurlygurly sprang die ganze Gesellschaft von ihren Sitzen auf. »Verrat!« sagte der kleine, gichtige Alte. »Verrat!« kreischte die Erzherzogin Ana-Pest. »Verrat!« murmelte der Gentleman mit dem aufgebundenen Kinn. »Verrat!« grunzte der Mann im Sarg. »Verrat! Verrat!« schrie Ihre Majestät vom großen Munde, ergriff den unglückseligen Tarpaulin, der soeben angefangen hatte, einen Schädel Likör auszutrinken, an dem hinteren Teil seiner Hosen, hob ihn hoch in die Luft und ließ ihn ohne Umstände in das riesige, offene Faß mit seinem geliebten Starkbier fallen. Er tauchte einige Male auf und nieder wie ein Apfel in kochendem Punsch und verschwand zuletzt in einem Wirbel von Schaum, den seine Rettungsversuche in der von Natur aus leicht schäumenden Flüssigkeit reichlich hervorgebracht hatten.

Der lange Seemann sah jedoch keineswegs tatenlos die Schlappe seines Kumpanen mit an. Er ergriff den König Pest, stieß ihn die offene Falltür hinab und warf die Tür mit einem Fluch hinter ihm zu. Dann lief er in die Mitte des Zimmers, riß das Skelett herunter, das über dem Tisch baumelte, und schlug damit so wirksam und guten Willens um sich, daß es ihm gelang, noch ehe die letzte Kohle verloschen war, dem kleinen Gichtmann den Schädel einzuschlagen. Dann stürzte er sich mit aller Kraft auf das riesige, mit Oktoberbier und Tarpaulin gefüllte Faß und stieß es um. Ein Strom von Flüssigkeit schoß heraus, so daß der ganze Raum von einem Ende bis zum anderen überschwemmt wurde. Der Tisch stürzte um mit allem, was darauf stand, die Sargböcke kippten zur Seite, der Bottich mit Punsch flog in den

Kamin und die beiden Damen bekamen hysterische Anfälle. Ganze Haufen von Bestattungsgegenständen sausten umher, Krüge, Humpen und Kannen vermengten sich zu einem wüsten Durcheinander, schwere Ballonflaschen verursachten gräßliche Zusammenstöße mit Likörkaraffen. Der Mann mit dem Tatterich ertrank auf der Stelle, der kleine, steife Herr schwamm im Sarg davon – der siegreiche Legs ergriff die dicke Dame im Totenhemd um die Taille, stürmte mit ihr auf die Straße und steuerte mit ihr geradewegs zur »Free and Easy«, gefolgt von dem ebenfalls mit dem besten Winde segelnden Tarpaulin, der, nachdem er sich drei- oder viermal kräftig ausgeniest hatte, mit der Erzherzogin Ana-Pest hinter ihm her keuchte und schnaufte.

Ligeia

Und darin liegt ein Wille, der nicht stirbt. Wer kennt die Geheimnisse des Willens und seiner Stärke? Denn Gott ist nur ein großer Wille, der alle Dinge mit der ihm eigenen Macht durchdringt. Der Mensch steht den Engeln nach und ist sogar dem Tode unterworfen, nur durch die Schuld seines schwachen Willens.

Joseph Glanvill

Ich kann mich bei meiner Seele nicht erinnern, wie und wann, nicht einmal wo ich zuerst die Bekanntschaft der Lady Ligeia machte. Lange Jahre sind seither vergangen, und durch vieles Leidcn ist mein Gedächtnis schwach geworden. Vielleicht aber kann ich mir nur jetzt diese Einzelheiten nicht ins Gedächtnis rufen, denn tatsächlich hat die Wesensart meiner Geliebten, ihre seltene Bildung, ihre eigenartige und doch ausgeglichene Schönheit und die hinreißende bezaubernde Beredsamkeit ihrer leisen, singenden Sprache so allmählich und unmerklich mein Herz gewonnen, daß es mir kaum zum Bewußtsein kam. Doch glaube ich mich zu erinnern, daß ich sie zuerst und darauf wiederholt in irgendeiner großen, alten, verfallenen Stadt am Rhein traf. Von ihrer Familie – habe ich sie sicher öfters sprechen hören. Es unterliegt keinem Zweifel, daß diese Familie sehr alt ist. Ligeia! Ligeia! Wenn ich auch förmlich begraben bin in einem Studium, das wie kein anderes geeignet scheint, die Eindrücke der äußeren Welt zu verwischen, so kann ich doch durch dieses süße Wort allein – Ligeia – das Bild der Einen vor mein Auge bringen, die nicht mehr ist, und nun, während ich schreibe, kommt es mir plötzlich zum Bewußtsein, daß ich den Vaternamen der Frau nie gekannt habe, die meine Freundin und meine Vertraute war, die meine Mitarbeiterin wurde und schließlich die Frau meines Herzens. War diese Zurückhaltung meiner Ligeia ein Scherz? Oder war es eine Probe für die Stärke meines Gefühls, daß ich über diesen Punkt niemals Nachforschungen anstellen sollte? Oder war es nur meine eigene Laune – ein romantisches Opfer auf dem Altar begeisterter Hingabe? Ich erinnere mich an die Tatsache selbst nur undeutlich, was Wunder also, daß ich die Umstände völlig vergessen habe, die sie begleiten! Und wahrhaftig, wenn je der Geist der Romantik, wenn jemals sie, die bleiche dunkelbeschwingte Ashtophet des götzendienerischen Ägyptens über Ehen von düsterer Vorbedeutung herrschte, wie die Sage geht, so beherrschte der eine oder die andere sicher meine Ehe.

Ein Umstand ist es immerhin, bei dem mich mein Gedächtnis nicht im Stich läßt, das ist Ligeias Persönlichkeit. Sie war groß von Gestalt, sehr schlank und in ihren letzten Tagen sogar abgezehrt. Vergeblich würde ich versuchen, ein Bild von der Hoheit, der ruhigen Unbefangenheit ihres

Wesens zu geben oder von der unbegreiflich federnden Leichtigkeit ihres Ganges. Sie kam und ging wie ein Schatten. Nie wurde ich auf ihren Eintritt in mein geschlossenes Arbeitszimmer anders aufmerksam, als durch den Wohlklang ihrer leisen, süßen Stimme und durch die Berührung ihrer marmorweißen Hand auf meiner Schulter. An Schönheit des Gesichts kam ihr kein Mädchen jemals gleich. Dies Antlitz war von der Leuchtkraft eines Opiumtraums – ein luftiges, hinreißendes Bild von göttlicher Kraft, ähnlich den Traumbildern, die die schlafenden Seelen der Töchter von Delos umgaukeln. Doch wiesen ihre Züge nicht die regelmäßige Bildung auf, die wir, zu Unrecht, in den klassischen Bildwerken der Heiden verehren gelernt haben. »Es gibt keine erlesene Schönheit«, sagt Bacon Lord Verulam bei der Erörterung aller Formen und Abarten der Schönheit, »ohne irgendeine Besonderheit in der Proportion.« Doch wenn ich auch sah, daß Ligeias Züge nicht von klassischer Regelmäßigkeit waren, wenn ich auch merkte, daß ihr Liebreiz wahrhaft ausgesucht war und die »Besonderheit« darin nicht fehlte, so habe ich doch vergebens versucht, die Unregelmäßigkeit zu entdecken und die »Besonderheit« festzustellen. Ich prüfte die Umrisse der hohen bleichen Stirn – sie waren makellos. Wie kalt klingt das Wort, auf eine so göttliche Erhabenheit angewandt! – Die Haut übertraf das reinste Elfenbein. In den lieblichen Wölbungen oberhalb der Schläfen drückte sich ruhige Überlegenheit aus; und dann die rabenschwarzen, glänzenden, üppigen und natürlich gewellten Locken, die das homerische Beiwort »hyazinthen« voll anschaulich machten! Ich folgte dem zarten Schwung der Nase – und nirgends als auf den lieblichen Schaumünzen der Hebräer hatte ich ähnliche Vollendung gefunden. Nur dort gab es diese seidene Glätte, denselben kaum merklichen Adlerschwung, die gleichen schön geschweiften Nasenflügel, die den freien Geist verrieten. Ich betrachtete den süßen Mund – er war von göttlicher Vollendung, mit dem machtvollen Schwung der Oberlippe, der süßen weiblichen Ruhe der unteren – mit den reizenden Grübchen und der sprechenden Farbe, mit den Zähnen, die mit fast übernatürlichem Glanz jeden Strahl des heiligen Lichtes widerspiegelten, der bei dem heiteren, klaren und doch hinreißenden Lächeln auf sie fiel. Ich prüfte die Form des Kinns, und auch da fand ich die liebliche, breite Weichheit und Erhabenheit, die Kraft und die Vergeistigung des griechischen Ideals – die Umrisse, die der Gott Apollo nur im Traume Kleomenes, dem Sohne des Atheners, enthüllte. Dann aber versenkte ich mich in Ligeias große Augen.

Für Augen haben wir in der Antike keine Vorbilder. Vielleicht lag auch in den Augen meiner Geliebten das Geheimnis, auf das Lord Verulam anspielte. Sie waren, glaube ich, viel größer, als die Augen unserer Rasse es

gewöhnlich sind. Sie waren größer als die größten Gazellenaugen des Stammes aus dem Tale Nourjahad, und doch kam nur gelegentlich, in den Augenblicken größter Erregung, diese Eigenheit bei Ligeia stärker zum Ausdruck. Und in solchen Augenblicken glich ihre Schönheit – vielleicht schien es auch nur meiner erhitzten Einbildungskraft so – der von überirdischen Wesen, der Schönheit der märchenhaften Houris des Islam. Die Iris war von strahlendem Schwarz und von langen seidenen Wimpern überschattet. Die Brauen, von leicht unregelmäßigem Schwung, hatten die gleiche Farbe. Die »Besonderheit« aber, die ich in den Augen fand, lag weder in der Form noch in der Farbe oder im Glanz, sondern mußte letzten Endes wohl dem Ausdruck zugeschrieben werden. Oh sinnloses Wort, hinter dessen leerem Klang wir unsere Unwissenheit um so viel Geistiges verbergen! Der Ausdruck in Ligeias Augen! Wie viele lange Stunden habe ich darüber nachgedacht! Wie habe ich eine lange Sommernacht hindurch nach einem Bild dafür gesucht! Was war es nur, dieses Etwas, tiefer als der Brunnen des Demokritos, das tief auf dem Grunde der Pupillen meiner Geliebten lag? Was war es? Ich war wie besessen von dem Wunsch, es zu entdecken. Diese Augen! Diese großen strahlenden göttlichen Augen! Sie wurden mir zu den Zwillingssternen der Leda und ich zu ihrem ergebensten Deuter.

Unter den vielen unverständlichen Anomalien der Psychologie gibt es keine zweite Tatsache, die so aufreizend unerklärlich wäre wie die eine (meines Wissens übrigens in den Schulen nie erwähnte), daß wir bei dem Bestreben, uns etwas lang Vergessenes ins Gedächtnis zurückzurufen, oft hart daran sind, uns zu erinnern, ohne uns doch schließlich erinnern zu können. Und so fühlte ich mich bei der fieberhaften Erforschung von Ligeias Augen oft und oft nahe daran, ihren Ausdruck voll zu erfassen, fühlte, wie ich der Lösung nahe kam, ohne sie noch erreicht zu haben, und wie sie schließlich doch versank. Und – o seltsames, o seltsamstes aller Mysterien – in vielen alltäglichen Dingen fand ich eine enge Verwandtschaft mit jenem Ausdruck. Ich will damit sagen, daß ich in der Zeit, als Ligeias Schönheit sich in meinem Geist festgesetzt hatte und darin wie in einem Heiligenschrein wohnte, vielfach vor Dingen der körperlichen Welt ein Gefühl empfand, ähnlich wie es unter ihrem strahlenden Blick in mir entstanden war. Nichtsdestoweniger kann ich dieses Gefühl nicht erklären oder zerlegen oder auch nur genau in Worte fassen. Es überkam mich bei der Betrachtung einer schnell wachsenden Weinrebe, einer Motte, eines Schmetterlings, einer Larve oder eines rasch fließenden Wassers. Ich habe es auf dem Meer empfunden – beim Fallen eines Meteors oder unter den Blicken ungewöhnlich alter Leute. Und es gibt ein oder zwei Sterne am

Himmel (einen Stern sechster Größe, doppelt und veränderlich, nahe bei dem großen Stern in der Lyra zu finden), der in mir, wenn ich ihn durchs Fernrohr betrachtete, das gleiche Gefühl auslöste. Ich wurde davon erfüllt beim Klang bestimmter Saiteninstrumente und nicht selten auch bei gewissen Stellen mancher Bücher. Unter zahllosen anderen erinnere ich mich an eine Stelle in einem Band von Joseph Glanvill, die mich (vielleicht eben wegen ihrer Schlichtheit, wer kann es sagen?) immer mit jenem Gefühl durchströmte: »Und hierin liegt ein Wille, der nicht stirbt. Wer kennt die Geheimnisse des Willens und seiner Stärke? Denn Gott ist nur ein großer Wille, der das All mit seiner Macht durchdringt. Der Mensch steht den Engeln nach und ist sogar dem Tode unterworfen, nur durch die Schuld seines schwachen Willens.«

Viele Jahre unermüdlichen Nachdenkens haben es mir ermöglicht, eine entfernte Beziehung zwischen diesem Ausspruch des englischen Moralisten und gewissen Zügen in Ligeias Wesen herauszufinden. Die Intensität im Denken, Tun und Sprechen war bei ihr wohl eine Folge, oder zumindestens ein Anzeichen, der unglaublichen Willenskraft, die sich während unseres langen Zusammenseins allerdings anderweitig nicht äußerte. Von allen Frauen, die ich je gekannt habe, war sie, die äußerlich kühle, stets ruhige Ligeia, am leichtesten den Stürmen der Leidenschaft unterworfen. Und diese Leidenschaft konnte ich nicht anders ermessen als an dem wunderbaren Aufschlag der Augen, die mich zugleich so entzückten und einschüchterten, an dem fast zauberhaften Wohllaut, dem ausgeprägten Stimmfall und der Ruhe ihrer leisen Stimme – und an der wilden Kraft der Worte, die sie gewöhnlich sprach und die noch ausdrucksvoller wurden durch die Art, in der sie sie vorbrachte.

Ich habe von Ligeias Bildung gesprochen: Sie war ungeheuer, größer, als ich sie je bei einer Frau gefunden habe. In den klassischen Sprachen war sie zu Hause, und so weit meine eigene Kenntnis in den modernen europäischen Sprachen reichte, konnte ich ihr nie einen Fehler nachweisen. Habe ich ihr überhaupt je auf irgendeinem Gebiete des so viel bewunderten (und doch so wenig befriedigenden) akademischen Wissens einen Fehler nachweisen können? Wie aufreizend – diese eine Seite im Wesen meines Weibes ist mir ganz kürzlich erst zum Bewußtsein gekommen! Ich sagte, ihr Wissen war größer, als ich es je bei einer Frau gefunden habe – aber wo ist der Mann, der mit Erfolg alle die weiten Gebiete der Philosophie, Physik und Mathematik durchgearbeitet hat? Damals erkannte ich nicht, was ich heute klar sehe: daß Ligeias Wissen riesenhaft, verblüffend war, und doch war ich mir ihrer unendlichen Überlegenheit hinlänglich bewußt, um mich mit kindlicher Zuversicht ihrer Führung durch das Chaos metaphysischer Forschung anzuvertrauen, der ich in der ersten Zeit unserer Ehe mit größtem Eifer oblag. Mit wie stolzem Frohlocken, mit wie tiefem Entzücken, mit wie inniger, himmlischer Hoffnung fühlte ich, wenn sie sich während seltener, von anderen kaum betriebener Studien über mich beugte, wie sich mir allmählich der köstliche Ausblick eröffnete, auf langen, gefahrvollen, kaum betretenen Pfaden endlich zum Tor einer Weisheit zu gelangen, zu göttlich kostbar, um nicht verboten zu sein.

Wie herzzerreißend mußte nun der Kummer sein, mit dem ich wenige Jahre darauf meine wohlbegründeten Erwartungen ins Nichts verfliegen sah! Ohne Ligeia war ich wie ein Kind, das im Dunkeln tappte. Ihre Gegenwart, ihr Vorleben allein erhellten mir die vielen transzendentalen Mysterien, in die wir vergraben waren. Sobald mir das Leuchten ihrer Augen fehlte, wurden die flammenden Buchstaben glanzlos wie Blei. Und nun begannen diese Augen immer seltener über die Seiten zu leuchten, die ich durchlas. Ligeia wurde krank. Die großen Augen glühten in allzu verzehrendem Feuer, die blassen Finger bekamen die durchsichtige, wächserne Grabesfarbe, und die blauen Adern auf der hohen Stirn schwollen und verebbten mit dem Steigen und Fallen der leisesten Erregung. Ich sah, daß sie sterben mußte – und rang im Geiste verzweifelt mit dem grimmen Azrael, und der Widerstand des leidenschaftlichen Weibes war zu meiner Verwunderung noch heftiger als der meinige. Vieles in ihrer gleichmütigen Art hatte mich zu der Überzeugung gebracht, daß der Tod zu ihr ohne seine Schrecken kommen würde; doch dem war nicht so. Worte können keinen rechten Begriff von dem wütenden Widerstand geben, den sie dem Schatten entgegensetzte. Ich stöhnte gequält auf bei dem entsetzlichen Schauspiel. Ich wollte trösten, zur Vernunft bringen; angesichts ihres wütenden Wunsches nach Leben aber – nach Leben – nichts als nach Leben – waren Trost wie Vernunftsgründe gleichermaßen unsinnig. Und doch wurde erst im letzten Augenblick, im Endkampf ihres stolzen Geistes, die äußerliche Ruhe ihrer Haltung erschüttert. Ihre Stimme wurde sanfter – leiser –, doch wollte ich den wilden Sinn der ruhig gesprochenen Worte nicht verstehen. Mein Hirn kochte, als ich der überirdischen Melodie lauschte – Hoffnungen und Wünschen, wie sie Sterbliche nie zuvor gekannt haben.

Ich hatte nie daran gezweifelt, daß sie mich liebte; und daß in einer Brust wie der ihren die Liebe mit ungewöhnlicher Macht herrschen mußte, war mir leicht verständlich gewesen; doch erst im Sterben erkannte ich das Übermaß ihrer Zuneigung. Während langer Stunden hielt sie meine Hand und schüttete mir ihr Herz aus, dessen mehr als leidenschaftliche Hingabe an Vergötterung grenzte. Womit hatte ich es verdient, durch solches Bekenntnis beglückt zu werden? Womit hatte ich den Fluch verdient, daß meine Geliebte mir entrissen werden sollte, in derselben Stunde, in der sie mir diese Bekenntnisse machte? Doch bei diesem Punkt kann ich nicht verweilen. Laßt mich nur sagen, daß ich in Ligeias mehr als weiblicher Hingabe an eine Liebe, die ach! so ganz unverdient an einen Unwürdigen verschwendet war, schließlich den Grund dafür erkannte, der sie so stark an das Leben fesselte, das ihr nur allzu rasch entfloh. Dieser wilde Wunsch, diese heiße Sehnsucht nach Leben – nur nach Leben – ist es, die ich nicht zu schildern, in keiner Weise auszudrücken vermag.

Um die Mitte der Nacht, da sie von mir ging, winkte sie mich gebieterisch an ihre Seite und bat mich, gewisse Verse zu wiederholen, die sie selbst wenige Tage zuvor verfaßt hatte und die den Sieg des Eroberers Tod über blühendes Menschenleben behandelten. Ich gehorchte ihr.

»Oh Gott!« schrie Ligeia, während sie aufsprang und ihre Arme wie in Verzweiflung emporwarf, als ich mit meinem Vortrag zu Ende war: »Oh Gott, oh himmlischer Vater! Soll dies unweigerlich so bleiben? Soll dieser Eroberer niemals besiegt werden können? Sind wir nicht Teile deiner selbst? Wer, wer kennt die Geheimnisse des Willens und seiner Macht? Der Mensch steht den Engeln nach und ist sogar dem Tode unterworfen, nur durch die Schuld seines schwachen Willens!«

Dann ließ sie, erschöpft von der Gemütserregung, ihre weißen Arme sinken und kehrte feierlich zu ihrem Totenbett zurück. Zugleich mit ihren letzten Seufzern kam ein leises Murmeln von ihren Lippen. Ich beugte mein Ohr über sie und konnte abermals die Schlußworte jener Stelle aus Glanvill unterscheiden: »Der Mensch steht den Engeln nach und ist dem Tode unterworfen, nur durch die Schuld seines schwachen Willens!«

Sie starb: Und ich, von meinem Kummer zu Boden geworfen, vermochte nicht länger die trostlose Einsamkeit meiner Wohnung in der düsteren, verfallenen Stadt am Rhein zu ertragen. Mir fehlte es nicht an dem, was die Welt Besitz nennt. Ligeia hatte mir mehr, viel mehr, zugebracht, als sonst auf einen Sterblichen trifft. Darum kaufte ich nach einigen Monaten ziellosen und ermüdenden Wanderns eine Abtei, deren Namen ich nicht nennen will, in einem der wildesten und abgelegensten Teile Englands, und setzte sie notdürftig instand. Die düstere, schwermütige Weitläufigkeit der Gebäude, der unglaublich verwilderte Zustand der Ländereien, die vielen traurigen und durch die Zeiten geadelten Erinnerungen, die sich an beide knüpften, hatten viel Verwandtes mit dem Gefühl völliger Verlassenheit, das mich in die abgelegene Einöde getrieben hatte. Doch wenn ich auch das Äußere der Abtei mit dem überwuchernden Grün kaum veränderte, so ließ ich doch, einer kindlichen Laune folgend, und vielleicht von der schwachen Hoffnung geleitet, meinen Kummer zu erleichtern, bei der Inneneinrichtung einer mehr als fürstlichen Prachtliebe freien Lauf. Zu solchen Launen hatte ich von klein auf Neigung, und nun wurden sie wieder in mir lebendig, gleichsam als Ausgeburt meines Schmerzes. Ach, ich weiß wohl, wie viel von beginnendem Wahnsinn in den prunkvollen phantastischen Draperien, in den feierlichen ägyptischen Schnitzwerken, in den Friesen und Einrichtungsstücken, in den bizarren Mustern der goldgewirkten Teppiche zu erkennen gewesen sein mag. Das Laster des Opiumrauches hatte völlig Gewalt über mich bekommen, und meine Träume färbten auf meine Arbeit und mein tägliches Leben ab. Doch will ich mich bei der Schilderung dieser Torheiten nicht aufhalten. Laßt mich nur von dem einen Zimmer sprechen, dem ewig verfluchten, in das ich in einem Augenblick geistiger Verirrung vom Altar weg, als meine Braut, als die Nachfolgerin der unvergeßlichen Ligeia, die blonde, blauäugige Lady Rowena Trevanion von Tremaine führte.

Es gibt keine kleinste Einzelheit der Bauart oder Ausschmückung jenes Brautgemaches, die mir nicht heute noch gegenwärtig wäre. Wie konnte die hohe Familie der Braut, vom Golddurst verblendet, es zugeben, daß eine Jungfrau und heißgeliebte Tochter eine so geschmückte Schwelle überschritt? Ich habe gesagt, daß ich mich an die Einzelheiten des Zimmers genau erinnere, und doch sind mir manche davon, von großer Wichtigkeit, entfallen. Vielleicht bot ihre wirre Anordnung dem Gedächtnis keinen Anhaltspunkt. Der Raum lag in einem hohen Turm der befestigten Abtei, war fünfeckig im Grundriß und sehr groß. Das einzige Fenster nahm die ganze Südseite des Fünfecks ein – eine riesige Scheibe fehlerlosen Venetianer Glases –, eine einzige Scheibe, und leicht bleifarben, so daß die Strahlen der Sonne wie auch des Mondes dadurch ein geisterhaftes Licht auf die Gegenstände im Zimmer warfen. Der obere Teil des hohen Fensters war von einem alten Weinstock umrankt, der die massiven Wände des Turmes empor geklettert war. Die Decke, von dunkelfarbiger Eiche, war sehr hoch, gewölbt und wies in erhabenen Schnitzereien ein seltsam wildes, halb gotisches, halb druidisches Muster auf. Aus dem Mittelpunkt dieses düsteren Gewölbes hing an einer goldenen Kette mit langen Gliedern ein großes Weihrauchfaß aus dem gleichen Metall und von sarazenischer Arbeit, reich durchbrochen und so eingerichtet, daß ihm unaufhörlich farbige Dämpfe von schlangenhafter Beweglichkeit entwichen.

Einige Ruhebetten und goldene Kandelaber asiatischen Ursprungs standen umher, und dann war noch das Lager da, das Hochzeitsbett, nach indischem Muster, niedrig, ganz aus Ebenholz geschnitzt, mit einem Betthimmel darüber wie ein Bahrtuch. In jeder Ecke des Zimmers stand, steil aufgerichtet, einer der riesenhaften Sarkophage aus schwarzem Granit, aus den Königsgräbern gegenüber von Luxor, deren Deckel mit unvergänglichen Skulpturen bedeckt waren. Die Wandbehänge des Gemaches aber waren noch phantastischer als das übrige. Die unverhältnismäßig hohen Wände waren von oben bis unten in weiten Falten mit schwerem Brokat verhängt, deren Stoff als Teppich auf dem Boden, als Decke auf den Ruhebetten und dem Ebenholzbett, als Betthimmel und im überreichen Faltenwurf der Vorhänge wiederkehrte, die das Fenster zum Teil verdeckten. Dieser Stoff war der reichste Goldbrokat. Er war über und über, in unregelmäßigen Zwischenräumen, mit Arabesken von etwa einem Fuß Durchmesser bedeckt, die in tiefstem Schwarz in den Stoff eingewebt waren. Die Figuren aber machten nur von einer bestimmten Stelle aus gesehen den Eindruck von Arabesken. Durch einen Kunstgriff, der auch jetzt noch geläufig ist und sich weit bis in die Antike zurück verfolgen läßt, boten sie ein veränderliches Bild. Für den, der eben den Raum betrat, waren sie lediglich groteske Scheusale, doch verlor sich dieser Eindruck, je weiter man ins Zimmer kam, und Schritt um Schritt, sowie der Besucher seinen Standpunkt im Zimmer veränderte, sah er sich von einer endlosen Folge der geisterhaften Gestalten umgeben, wie sie dem Aberglauben der Normannen oder dem sündigen Schlaf der Mönche eigen sind. Der gespenstische Eindruck wurde noch wesentlich erhöht durch einen künstlich erzeugten, stetigen Luftstrom hinter den Vorhängen, der dem Ganzen abscheuliche Lebendigkeit verlieh.

In solchen Räumen, – in einem solchen Brautgemach verbrachte ich mit der Lady von Tremaine die weihelosen Stunden unseres ersten Ehemonats, verbrachte sie ohne besondere Unruhe. Daß mein Weib die jähen Ausbrüche meiner Gemütsart fürchtete, daß sie mich mied und nur wenig liebte, das konnte ich nicht umhin zu bemerken, empfand es aber eher erfreulich. Ich verfolgte sie mit einem Haß, der mehr teuflisch als menschlich war. Meine Gedanken eilten (ach, mit wie tiefer Reue!) zurück zu Ligeia, der Geliebten, Erhabenen, Herrlichen, in ihrem Grab. Ich schwelgte in den Erinnerungen an ihre Reinheit, ihre Weisheit, ihr hochgemutes Wesen, ihre leidenschaftliche, vergötternde Liebe. Jetzt endlich brannte mein Herz voll und ungehemmt in den Gluten, die sie selbst verzehrt hatten. In der Erregung meiner Opiumträume (denn nun lag ich fast regelmäßig in den Fesseln des Giftes) schrie ich ihren Namen laut durch die schweigenden Nächte oder bei Tag durch die stillen Täler, als hätte ich durch die wilde Wut der feierlichen Leidenschaft, das verzehrende Feuer meiner Sehnsucht nach der Hingeschiedenen, sie dem Leben zurückgeben können, das sie – ach konnte es denn für ewig sein? – verlassen hatte.

Zu Beginn des zweiten Monats unserer Ehe wurde Lady Rowena von einem plötzlichen Unwohlsein befallen, von dem sie sich nur langsam erholte. Das Fieber, das sie verzehrte, machte ihr die Nächte zur Qual; und in ihrem aufgeregten Halbschlaf sprach sie von Geräuschen und Bewegungen innerhalb und außerhalb des Turmzimmers, die meiner Ansicht nach nur in ihrer überreizten Einbildung bestanden oder vielleicht auch von der phantastischen Einwirkung des Zimmers selbst herrührten. Schließlich ging es ihr besser, und endlich wurde sie gesund. Doch verging nur eine kurze Zeit, bis ein neuer, stärkerer Anfall sie wieder auf das Krankenlager warf. Und von diesem zweiten Anfall erholte sich ihr von jeher zarter Körper nie mehr ganz. Von diesem Zeitpunkt an waren ihre Erkrankungen in hohem Maße besorgniserregend und das um so mehr, als sie allem Wissen und aller Erfahrung ihrer Ärzte Trotz boten. Mit der Zunahme des chronischen Leidens, das also augenscheinlich zu gründlich Besitz von ihr ergriffen hatte, um durch menschliche Mittel behoben werden zu können, fiel mir eine gleichstarke Zunahme ihrer nervösen Reizbarkeit auf und der Empfindlichkeit gegen leiseste Anlässe zur Furcht. Wieder sprach sie, und diesmal häufiger und hartnäckiger, von den Geräuschen, von den leisen Geräuschen und von den ungewöhnlichen Bewegungen in den Wandbehängen, auf die sie auch früher schon angespielt hatte.

In einer Nacht gegen Ende September suchte sie, eindringlicher als sonst, meine Aufmerksamkeit auf diesen traurigen Gegenstand zu lenken. Sie war eben aus einem unruhigen Schlummer erwacht, und ich hatte mit einem Gefühl, aus Angst und Grauen gemischt, die Krämpfe beobachtet, die ihren abgezehrten Leib durchtobten. Ich saß zur Seite des Ebenholzbettes auf einer der indischen Ottomanen. Sie erhob sich halb und sprach in eindringlichem, leisen Flüsterton von Geräuschen, die sie eben hörte, die ich aber nicht vernahm – von Bewegungen, die sie eben sah –, die ich aber nicht wahrnehmen konnte. Der Wind strich heftig hinter den Wandbehängen durch, und ich wollte ihr beweisen (was ich, wie ich gestehen will, selbst nicht glaubte), daß die unregelmäßigen Atemzüge und die leisen Veränderungen der Figuren an den Wandbehängen lediglich der natürlichen Wirkung eben jenes Luftzuges zuzuschreiben waren. Doch eine tödliche Blässe, die ihr Gesicht überzog, zeigte mir, daß meine Beruhigungsversuche fruchtlos sein würden. Sie schien ohnmächtig zu werden, und niemand von der Dienerschaft war in Rufweite. Ich erinnerte mich an eine bereitgestellte Flasche mit leichtem Wein, der ihr von ihren Ärzten verordnet war, und eilte durch das Zimmer, um sie zu holen. Als ich aber den Lichtkreis des Rauchgefäßes durchschritt, erregten zwei merkwürdige Tatsachen meine Aufmerksamkeit. Ich fühlte, daß ein greifbarer, wenn auch unsichtbarer Körper mich leicht angestreift hatte; und ich sah, daß auf dem goldgewirk-

ten Teppich gerade in der Mitte des Lichtkegels, der von dem Rauchfaß herunterfiel, ein Schatten, ein schwacher, undeutlicher Schatten von engelhafter Form lag, so etwa wie der Schatten eines Schattens. Doch stand ich unter der Nachwirkung einer überstarken Opiumdosis und maß dem nur geringe Bedeutung bei und sagte auch Rowena nichts davon. Sobald ich den Wein gefunden hatte, durchquerte ich das Zimmer abermals, goß einen Becher voll und hielt ihn meiner halb ohnmächtigen Frau an die Lippen. Sie war nun halbwegs wieder zu sich gekommen und ergriff das Gefäß selbst, während ich auf eine nahe Ottomane niedersank und die Augen starr auf sie gerichtet hielt. In diesem Augenblick vernahm ich deutlich leise Schritte auf dem Teppich und nahe bei dem Bett, und gleich darauf, als Rowena eben den Wein zum Munde führen wollte, sah ich, oder träumte vielleicht, daß ich sah, wie in den Becher drei oder vier große Tropfen einer glänzend roten Flüssigkeit fielen, wie aus einer unsichtbaren Quelle in der Atmosphäre des Zimmers. Wenn ich das sah – so sah es Rowena augenscheinlich nicht. Sie trank den Wein ohne Zögern, und ich gab es auf, sie von einem Umstand zu unterrichten, der, wie ich mir sagte, wohl nur in meiner lebhaften Einbildungskraft bestehen konnte, die überdies noch durch das Entsetzen der Frau, durch das Opium und durch die späte Stunde überreizt war.

Dennoch vermag ich es vor mir selbst nicht zu bestreiten, daß unmittelbar nach dem Fallen der roten Tropfen eine schnelle Wendung zum Schlechten im Zustand meiner Frau eintrat; und tatsächlich bereiteten in der dritten darauffolgenden Nacht die Hände ihrer Dienerinnen sie für das Grab, und in der vierten Nacht saß ich allein mit ihrem in Leichentücher eingehüllten Leib in dem phantastischen Gemach, das sie als meine Braut betreten hatte. Wüste Bilder, im Opiumrausch geboren, jagten gleich Schatten an mir vorbei, ich blickte mit ruhelosem Auge auf die Sarkophage in den Ecken des Raumes, auf die beweglichen Figuren der Behänge und auf das Zucken der farbigen Flammen in dem Rauchgefäß unter der Decke. Dann fiel mein Blick, in der Erinnerung an die Ereignisse einer früheren Nacht, auf den Lichtkreis unter dem Rauchfaß, wo ich den Schein eines Schattens gesehen hatte. Der war nun nicht mehr da. Und mit einem befreiten Aufatmen wandte ich meine Augen wieder der bleichen, starren Gestalt auf dem Bett zu. Dann überfielen mich tausend Erinnerungen an Ligeia, und zugleich sprang mir mit übermächtiger Gewalt das unaussprechliche Weh wieder ins Herz, mit dem ich seinerzeit an ihrer Bahre gestanden hatte. Die Nacht verging; und immer noch stand ich und blickte auf Rowenas Leichnam, die Brust voll von schmerzlichen Erinnerungen an die eine, Einzige, übermenschlich Geliebte.

Es mochte Mitternacht sein, vielleicht auch etwas früher oder später, denn ich hatte auf die Zeit nicht geachtet, als ein Schluchzen, leise und zart, aber sehr deutlich, mich aus meinen Träumereien riß. Ich fühlte, daß es vom Ebenholzbett, dem Totenbett, herkam. Ich lauschte in einem Übermaß abergläubischen Entsetzens – doch der Laut wiederholte sich nicht. Ich strengte meine Augen an, um die leiseste Regung an dem Leichnam zu entdecken, es war aber keine zu sehen; und doch konnte ich mich nicht getäuscht haben. Ich hatte das Geräusch gehört, wenn auch nur schwach, und meine Seele war erwacht. Nun hielt ich meine Augen aufmerksam, gebannt und entschlossen auf den Leichnam gerichtet. Viele Minuten vergingen, ohne daß das Geringste geschah, das Licht in das Geheimnis hätte bringen können. Endlich zeigte es sich, daß ein ganz leichter, kaum merklicher Anflug von Farbe sich über ihre Wangen gebreitet hatte wie auch über die eingesunkenen Augenlider. In einem unaussprechlichen Entsetzen, für das die menschliche Sprache keinen hinreichenden Ausdruck kennt, fühlte ich, wie mein Herz zu schlagen aufhörte, und meine Glieder erstarrten. Doch gab mir eine Art Pflichtgefühl meine Selbstbeherrschung wieder. Ich konnte nicht länger daran zweifeln, daß wir in unseren Vorbereitungen vorschnell gewesen waren, daß Rowena noch lebte. Etwas mußte unmittelbar geschehen; doch lag das Turmgemach weit ab von dem Teil der Abtei, den die Dienerschaft bewohnte – niemand von ihnen war in Rufweite –, ich hatte keine Möglichkeit, sie zu Hilfe zu rufen, ohne den Raum für viele Minuten zu verlassen – und dies wagte ich nicht zu tun. Darum bemühte ich mich allein, das noch zögernde Leben zurückzurufen. Kurz darauf war es aber schon gewiß, daß ein Rückschlag eingetreten war. Die Farbe verschwand von Lidern und Wangen und hinterließ eine Blässe, weißer noch als die des Marmors. Die Lippen fielen ein und zeigten den geisterhaften Ausdruck des Todes. Eine widerliche Starre und Kälte nahm von dem ganzen Leib rasch Besitz, und unmittelbar darauf trat auch die richtige Leichenstarre ein. Ich sank schaudernd auf das Lager zurück, von dem ich so jäh aufgeschreckt worden war, und gab mich abermals leidenschaftlichen Wachträumen hin, in denen ich Ligeia vor mir sah.

So verging eine Stunde, bis ich (konnte es möglich sein?) zum zweiten Male ein leichtes Geräusch vernahm, das aus der Gegend des Bettes kam. Ich lauschte in höchstem Entsetzen. Der Ton wiederholte sich – es war ein Seufzer. Ich stürzte zu dem Leichnam und sah – sah genau – ein Zittern der Lippen. Im Augenblick darauf öffneten sie sich und ließen die Reihe der Perlenzähne sehen. Nun begann in mir höchstes Erstaunen mit dem Grauen zu kämpfen, das mich bisher allein beherrscht hatte. Ich fühlte, wie mein Blick trübe wurde, meine Vernunft zu schwinden drohte; und nur mit größter Anstrengung konnte ich mich schließlich zu der Aufgabe zwingen, die mir die Pflicht zum zweiten Male wies. Nun lag ein leichter Schimmer über der Stirn, den Wangen und der Kehle; eine fühlbare Wärme durchrieselte den Leib. Sogar das Herz begann leise zu klopfen. Die Tote lebte, und mit verdoppeltem Eifer nahm ich die Rettungsversuche auf. Ich erwärmte und badete die Schläfen und die Hände und versuchte jedes Mittel, das Erfahrung und nicht geringe medizinische Belesenheit mir eingaben. Doch vergebens. Plötzlich wich die Farbe, der Puls hörte auf, die Lippen nahmen wieder den Ausdruck des Todes an, und einen Augenblick danach wies der Körper die eisige Kälte auf, die Leichenfarbe, die Starre, das eingefallene Aussehen und all die widerlichen Einzelheiten eines Leichnams.

Und abermals versenkte ich mich in den Gedanken an Ligeia – und abermals (ist es verwunderlich, wenn ich es nur schaudernd niederschreibe!), abermals erreichte ein leises Schluchzen aus der Gegend des Ebenholzbettes mein Ohr. Doch warum soll ich die unaussprechlichen Schrekken jener Nacht bis ins einzelne schildern? Warum soll ich schildern, wie fast bis zum Morgengrauen, dieses entsetzliche Schauspiel sich wiederholte; wie der Rückfall jedesmal zu noch völligerem und unwiderruflicherem Tode zu führen schien; wie jeder Todeskampf den Anschein eines Ringens mit einem unsichtbaren Feinde trug; und wie jedes solche Ringen von einer, ich weiß selbst nicht welcher, wilden Veränderung im Gesamtausdruck des Leichnams war?

Laßt mich zum Schluß eilen. Der größere Teil der furchtbaren Nacht war vergangen, und sie, die tot gewesen war, rührte sich noch einmal; und diesmal stärker als vorher, obwohl sie sich aus einer Auflösung erhob, die augenscheinlich noch hoffnungsloser gewesen war, als je zuvor. Ich hatte es längst aufgegeben, zu kämpfen oder mich zu rühren, und blieb steif auf der Ottomane sitzen, hilflos, einem Wirbel heftiger Gemütsbewegungen preisgegeben, unter denen höchstes Entsetzen vielleicht die am wenigsten quälende war. Der Leichnam, so wiederhole ich, rührte sich, und diesmal stärker als zuvor. Die Lebensfarben flammten mit ungewohnter Kraft auf, die Glieder lösten sich, und wären nicht die Lider immer noch fest geschlossen gewesen und hätten nicht die Leichentücher und der Todesschmuck der ganzen Gestalt ihr düsteres Wesen mitgeteilt, so hätte ich glauben mögen, daß Rowena sich endgültig aus den Fesseln des Todes befreit habe. Wenn ich das aber auch damals noch nicht wahrhaben wollte, so konnte ich doch nicht länger zweifeln, als das in die Leichentücher eingewickelte Wesen dort sich vom Bett erhob und schwankend, mit schwachen Schritten, mit geschlossenen Augen und ganz wie eine Traumwandlerin, tastend und unsicher, bis in die Mitte des Zimmers wankte.

Ich zitterte nicht – ich rührte mich nicht –, denn eine Reihe unaussprechlicher Vermutungen, geweckt durch das Aussehen, den Wuchs, die Haltung der Gestalt durchtobten mein Gehirn und lähmten mich – versteinerten mich. Ich regte mich nicht und starrte die Erscheinung an. Ein wüstes Durcheinander, ein unbändiger Aufruhr herrschte in meinen Gedanken. Konnte es die lebende Rowena sein, die da vor mir stand? Konnte es überhaupt Rowena sein – die blonde, blauäugige Lady Rowena Trevanion von Tremaine? Warum, warum sollte ich daran zweifeln? Das Leichentuch lag fest über dem Mund – doch warum sollte es nicht der Mund der lebenden Lady von Tremaine sein? Und die Wangen, – da blühten die Rosen wie im Mittag ihres Lebens –, ja, das mochten wohl die schönen Wangen der lebenden Lady von Tremaine sein! Und das Kinn mit seinen Grübchen, wie zu gesunden Zeiten, war es vielleicht nicht das ihre? – Aber – war sie denn während ihrer Krankheit gewachsen? Welcher unaussprechliche Wahnsinn ergriff mich bei diesem Gedanken? Mit einem Sprung war ich zu ihren Füßen. Sie wich vor meiner Berührung zurück und ließ die schauerlichen Hüllen von ihrem Haupt gleiten, und in der bewegten Luft strömte eine dichte Flut gelösten Haares an ihr nieder: es war schwärzer als die Rabenschwingen der Mitternacht. Und nun öffneten sich langsam die Augen der Gestalt, die vor mir stand. »Hierin endlich«, schrie ich auf, »hierin kann ich mich niemals, niemals täuschen – dies sind die großen, schwarzen, wilden Augen meiner verlorenen Geliebten – meiner Gattin – der Lady Ligeia!«

Das System des Doktor Teer und Professor Feder

Während des Herbstes 18.., als ich mich auf einer Reise durch die südlichen Provinzen Frankreichs befand, führte mich mein Weg in die Nähe eines Maison de Santé, einer Privatirrenanstalt, über die ich in Paris viel von befreundeten Ärzten gehört hatte. Da ich noch nie einen Ort dieser Art besichtigt hatte, wollte ich die gute Gelegenheit nicht unbenützt vorübergehen lassen, und so schlug ich denn meinem Reisegefährten (einem Herrn, dessen zufällige Bekanntschaft ich wenige Tage vorher gemacht hatte) vor, einen Abstecher von ein, zwei Stunden zu machen, um die Anstalt zu besichtigen. Er lehnte aber ab, da er, wie er sagte, erstens Eile hatte und zweitens der Anblick eines Wahnsinnigen ihn, wie das oft vorkommt, erschrecke. Er bat mich jedoch, ich möchte nicht aus purer Höflichkeit ihm gegenüber auf die Befriedigung meiner Neugier verzichten; er würde einstweilen langsam weiterreiten, so daß ich ihn noch am selben Tag oder spätestens am nächsten wieder einholen könnte. Als er sich verabschiedete, kam mir der Gedanke, daß möglicherweise der Zutritt zur Anstalt mit Schwierigkeiten verbunden sein könnte, und ich erwähnte meine diesbezügliche Befürchtung. Er erwiderte, falls ich mich nicht auf eine persönliche Bekanntschaft mit dem Direktor, Herrn Maillard, berufen, noch ein Empfehlungsschreiben vorweisen könnte, ich allerdings mit Schwierigkeiten rechnen müßte, denn die Vorschriften in diesen Privatanstalten seien noch viel strenger als in öffentlichen Spitälern. Er selbst habe, so fügte er hinzu, vor ein paar Jahren Maillards Bekanntschaft gemacht und werde mir insofern behilflich sein, als er mich bis zur Pforte begleiten und vorstellen wollte, obgleich nun einmal seine Gefühle bezüglich des Wahnsinns ihm nicht gestatteten, das Haus selbst zu betreten.

Ich dankte ihm und wir bogen von der Landstraße in einen grasbewachsenen Seitenpfad ab, der sich nach einer halben Stunde in einem dichten Wald am Fuß des Berges verlor. Etwa zwei Meilen ritten wir durch diesen finsteren, dichten Wald, als die Maison de Santé in Sicht kam. Es war ein phantastisches, ziemlich verfallenes Schloß, so alt und verwahrlost, daß es kaum mehr bewohnbar schien. Sein Anblick flößte mir geradezu Entsetzen ein, und indem ich mein Pferd anhielt, war ich halb entschlossen, umzukehren. Bald jedoch schämte ich mich meiner Schwäche und ritt weiter.

Als wir ans Tor kamen, bemerkte ich, daß es ein wenig offenstand und das Gesicht eines Mannes durch den Spalt spähte. Im nächsten Augenblick trat er denn auch schon heraus, sprach meinen Gefährten beim Namen an, schüttelte ihm herzlich die Hand und bat ihn abzusteigen. Es war Herr Maillard selbst, ein würdiger, stattlicher Herr alter Schule, mit feinen

Umgangsformen und ernster, überlegener Miene und Autorität, die auf mich Eindruck machte.

Nachdem mich mein Freund vorgestellt hatte, erwähnte er meinen Wunsch, die Anstalt zu besichtigen, und da Herr Maillard ihm versicherte, daß mir alle Aufmerksamkeit zuteil würde, empfahl er sich und ritt davon.

Als er fort war, führte mich der Direktor in ein kleines, äußerst sauberes Empfangszimmer, das neben anderen Zeichen feinen Geschmacks viele Bücher, Zeichnungen, Blumen in Vasen und Musikinstrumente enthielt. Ein gemütliches Feuer brannte im Kamin. An einem Klavier saß eine junge und sehr hübsche Dame, die eine Arie von Bellini sang, bei meinem Eintritt jedoch innehielt und mich mit anmutiger Höflichkeit empfing. Ihre Stimme klang sanft und ihr ganzes Wesen war gedrückt. Mir schien auch, als läge etwas wie Kummer auf ihren Zügen, die zwar auffallend, nach meinem Empfinden aber doch nicht übertrieben bleich waren. Sie war in tiefer Trauerkleidung und erweckte in mir ein gemischtes Gefühl von Respekt, Teilnahme und Bewunderung.

Ich hatte in Paris gehört, daß Herrn Maillards Institut nach dem sogenannten »Besänftigungssystem« geleitet werde, wobei alle Strafe vermieden und Einsperrung nur selten verhängt würde; daß man den Patienten, die nur heimlich überwacht wurden, viel Freiheit ließ, und daß die meisten sich im Haus und in den Anlagen frei bewegen durften, als seien sie bei voller Vernunft.

Dieser Erinnerung eingedenk, sprach ich in Gegenwart der jungen Dame mit Zurückhaltung, denn ich wußte nicht, ob sie bei gesundem Verstand war; und wirklich ließ mich ein gewisser unsteter Glanz in ihren Augen fast das Gegenteil annehmen. Ich beschränkte daher meine Bemerkungen auf gleichgültige Dinge und auf solche, die selbst einem Irren weder mißfallen noch ihn aufregen konnten. Sie antwortete auf alles, was ich sagte, in ganz vernünftiger Weise, sogar ihre eigenen Bemerkungen trugen den Stempel völlig gesunden Menschenverstandes, doch da ich mich lange mit der Metaphysik des Wahnsinns beschäftigt hatte, wußte ich, daß ich derartigen Beweisen geistiger Gesundheit nicht trauen durfte. So führte ich die Unterhaltung mit derselben Vorsicht weiter, wie ich begonnen hatte.

Alsbald erschien ein schmucker Diener in Livree, auf einem Tablett Obst, Wein und andere Erfrischungen servierend, und bald darauf verließ die Dame das Zimmer. Als sie ging, richtete ich meinen Blick in einer Art stummer Frage auf meinen Gastgeber.

»Nein«, sagte er, »o nein – eine Verwandte von mir – meine Nichte und eine sehr gebildete Dame.«

»Ich bitte tausendmal um Verzeihung wegen meines Verdachts«, erwiderte ich, »aber Sie werden mich verstehen und mich zu entschuldigen wissen. Man kennt in Paris sehr wohl die vortreffliche Leitung ihrer Anstalt, und ich hielt es für möglich – Sie verstehen?«

»Ja, ja – es bedarf keiner weiteren Worte –, eigentlich sollte ich Ihnen für die lobenswerte Klugheit danken, die Sie gezeigt haben. Man findet dergleichen selten bei jungen Leuten, und mehr als einmal hat uns die Gedankenlosigkeit von Besuchern Unannehmlichkeiten bereitet. Solange mein früheres System wirksam war und meine Patienten sich frei im Haus bewegen durften, wurden sie öfter durch unvernünftige Leute, die die Anstalt zu besichtigen kamen, zu gefährlicher Wut gereizt. Seitdem sah ich mich genötigt, eine strenge Abschließung einzuführen, und niemand erhielt mehr Zutritt, auf dessen Besonnenheit ich mich nicht verlassen konnte.«

»Als Ihr früheres System angewandt wurde!« wiederholte ich seine Worte, »wollen Sie etwa damit sagen, daß das ›Besänftigungssystem‹, von dem ich so viel hörte, nicht mehr in Kraft ist?«

»Es ist einige Wochen her«, erwiderte er, »daß wir beschlossen haben, darauf für immer zu verzichten.«

»Wirklich? Sie setzen mich in Erstaunen.«

»Wir fanden es«, sagte er seufzend, »absolut notwendig, zu den alten Gepflogenheiten zurückzukehren. Die Gefahren des Besänftigungswesens waren immer sehr groß und man hat seine Vorteile stark überschätzt. Ich bin sicher, mein Herr, daß man, wenn irgendwo, es in dieser Anstalt gründlich erprobt hat. Wir haben alles getan, was menschlicher Verstand ersinnen konnte. Ich bedauere, daß Sie uns nicht zu einem früheren Zeitpunkt einen Besuch abgestattet haben, um sich selbst ein Urteil zu bilden. Doch ich vermute, Sie sind mit Einzelheiten des ›Besänftigungssystems‹ vertraut.«

»Nicht ganz. Was ich weiß, habe ich aus dritter oder vierter Hand.«

»Ich möchte es im allgemeinen als das System bezeichnen, bei dem der Patient geschont wurde. Wir widersetzten uns keinem der tollen Einfälle, die den Geisteskranken in den Kopf kamen, im Gegenteil, wir ließen sie nicht nur hingehen, sondern unterstützten sie sogar, und viele unserer dauerhaftesten Heilungen kamen so zustande. Es gibt kein Argument, das so sehr den schwachen Verstand des Irren ergreift wie ›reductio ad absurdum‹. Wir hatten zum Beispiel Leute, die sich für Hühner hielten. Die Kur bestand nun darin, dies als Tatsache zu nehmen, den Patienten der Dummheit zu bezichtigen, weil er den Tatbestand nicht genügend würdigte und ihm eine Woche lang nur Hühnerfutter als Nahrung zuzuteilen. Auf diese Weise haben ein wenig Mais und Sand geradezu Wunder gewirkt.«

»Und dies war das einzige Beruhigungsmittel?«

»Keineswegs. Wir legten großen Wert auf harmlose Zerstreuungen wie Musik, Tanz, gymnastische Übungen, Kartenspiel, gewisse Bücher und dergleichen mehr. Wir gaben vor, als behandelten wir jeden einzelnen nur wegen irgendeines gewöhnlichen körperlichen Leidens, und das Wort Wahnsinn wurde niemals erwähnt. Von großer Wichtigkeit war es, jeden Geisteskranken dazu anzuhalten, die Handlungen aller anderen Verrückten zu überwachen. Das Vertrauen in das Verständnis ist es, womit man ihn mit Leib und Seele für sich gewinnt. Auf diese Weise konnten wir auf einen kostspieligen Apparat von Wärtern verzichten.«

»Und es gab keinerlei Strafen?«

»Keine.«

»Und Sie sperrten Ihre Patienten niemals ein?«

»Höchst selten. Dann und wann, wenn in der Krankheit eines Pfleglings eine Krise eintrat oder sich plötzlich ein Wutausbruch einstellte, brachten wir ihn in eine abgelegene Zelle, damit sein Zustand nicht die anderen ansteckte. Und dort hielten wir ihn, bis wir ihn den Seinigen wieder übergeben konnten, denn mit Tobsüchtigen befassen wir uns nicht. Diese werden gewöhnlich in staatlichen Anstalten untergebracht.«

»Und all das haben Sie jetzt geändert, wie Sie glauben, zum Besseren?«

»Ganz bestimmt. Das System hatte seine Nachteile und sogar seine Gefahren. Es ist jetzt glücklicherweise in allen Maisons de Santé Frankreichs abgeschafft.«

»Ich bin sehr überrascht von dem, was Sie mir da sagen, denn man versicherte mir, daß nirgends im Land eine andere Behandlungsmethode gegenüber Geisteskranken angewendet würde.«

»Sie sind noch jung, mein Freund«, erwiderte mein Wirt, »aber es wird die Zeit kommen, da Sie selbst werden beurteilen können, was in der Welt vorgeht, ohne sich auf das Geschwätz anderer Leute zu verlassen. Glauben Sie nichts, und nur die Hälfte dessen, was Sie sehen! Und was nun unsere Anstalt betrifft, so muß irgendein Ignorant Sie irregeführt haben. Nach Tisch, wenn Sie sich von ihrem Ritt genügend ausgeruht haben, werde ich mich freuen, Ihnen die Anstalt zu zeigen und Sie in ein System einzuführen, das meines Erachtens und nach der Meinung jener, die seine Wirkungen beobachten konnten, zweifellos das wirksamste aller bisherigen Systeme ist.«

»Ihr eigenes?« fragte ich. »Von Ihnen selbst ersonnen?«

»Ich bin stolz darauf«, erwiderte er, »dies bejahen zu können, zumindest in gewissem Grade.«

So unterhielt ich mich mit Herrn Maillard ein bis zwei Stunden, während er mir die Gärten und die Treibhäuser der Anstalt zeigte.

»Ich kann Ihnen augenblicklich meine Patienten nicht vorführen«, meinte er. »Für ein empfindsames Gemüt ist eine solche Schaustellung immer mehr oder weniger schockierend; und ich möchte Ihnen den Appetit für das Abendessen nicht verderben. Wir wollen zu Tisch gehen. Ich kann Ihnen etwas Kalbfleisch à la Sainte Menehould mit Blumenkohl in Sauce und dazu ein Glas Clos de Vougeot vorsetzen, das wird Ihre Nerven genügend stärken.«

Um sechs wurde zu Tisch gebeten, und mein Gastgeber führte mich in einen großen Speisesaal, in dem ich eine zahlreiche Gesellschaft, fünfundzwanzig bis dreißig Personen insgesamt, versammelt fand. Es waren sichtlich Leute von Rang, zweifellos von guter Herkunft, obwohl sie sich nach meinem Dafürhalten etwas extravagant gekleidet hatten und allzusehr an den Prunk des vieille cour erinnerten. Ich bemerkte, daß mindestens zwei Drittel der Gäste Damen waren und daß einige von ihnen sich in einer Weise herausgeputzt hatten, die ein Pariser von heutzutage keineswegs für guten Geschmack halten würde. Manche dieser weiblichen Wesen, die gewiß nicht unter siebzig waren, hatten sich mit Juwelen, Ringen, Armbändern und Ohrringen geradezu überladen, trugen aber dafür Busen und Arme fast schamlos nackt. Auch fiel mir auf, daß sehr wenige der Kleider wirklich gut saßen oder guten Schnitt hatten. Als ich mich umsah, entdeckte ich die interessante junge Dame, der mich Herr Maillard in dem kleinen Empfangszimmer vorgestellt hatte. Doch mein Erstaunen war groß, sie in einem Reifrock, Schuhen mit hohen Absätzen und einer Haube aus schmutziger Brüsseler Spitzen zu sehen, die ihr um so viel zu groß war, daß ihr Gesicht darunter lächerlich klein erschien. Als ich sie das erstemal sah, trug sie sich sehr kleidsam in tiefer Trauer. Kurzum, es lag etwas ganz Eigenartiges darin, wie die Gesellschaft gekleidet war, daß meine Gedanken wieder auf meine ursprüngliche Idee vom »Besänftigungssystem« zurückkamen und in mir die Vermutung erweckte, Herr Maillard habe vielleicht beabsichtigt, mich bis nach Tisch zu täuschen, damit ich während des Essens nicht das unheimliche Gefühl habe, mit Irrsinnigen zu speisen. Doch entsann ich mich, in Paris gehört zu haben, daß man in den südlichen Provinzen besonders exzentrisch sei und an altmodischen Anschauungen festhalte. Als ich mich aber mit verschiedenen Gästen unterhielt, waren meine Befürchtungen voll und ganz zerstreut.

Obwohl der Speisesaal ziemlich komfortabel und hinreichend groß war, hatte er dennoch nicht allzuviel Eleganz. So war zum Beispiel der Fußboden ohne Teppich, was allerdings in Frankreich nicht selten ist. Die Fenster waren ohne Vorhänge und die geschlossenen Fensterläden waren mit diagonal angeordneten Eisenstangen befestigt. Der Raum selbst bildete, wie ich bemerkte, einen Flügel des Schlosses; daher befanden sich die Fenster auf drei Seiten des langen Rechtecks und die Tür auf der vierten. Alles in allem waren es nicht weniger als zehn Fenster. Die Tafel war prächtig gedeckt und überladen mit Silbergeschirr und Delikatessen. Die Verschwendung war geradezu barbarisch. Nie in meinem ganzen Leben habe ich einen so verschwenderischen Aufwand der köstlichsten Dinge gesehen. Der Geschmack ließ jedoch, was die Dekoration der Tafel angeht, zu wünschen übrig. Meine an ruhiges Licht gewöhnten Augen störte das ausnehmend blendende Flackern der vielen Wachskerzen, die in silbernen Leuchtern auf der Tafel und ringsum im Zimmer aufgestellt waren, wo immer sich Platz dafür fand. Ein paar Diener warteten auf, und auf einem großen Tisch am Ende des Raumes saßen sieben oder acht Leute mit Geigen, Pfeifen, Posaunen und einer Trommel. Diese Kerle ärgerten mich während des Essens nicht wenig, indem sie von Zeit zu Zeit ein greuliches Durcheinander von Geräuschen hervorbrachten, das Musik darstellen sollte, was allen Anwesenden, mich allein ausgenommen, viel Vergnügen zu bereiten schien.

Alles in allem konnte ich nicht umhin zu finden, daß alles, was ich sah, viel Bizarres an sich hatte, aber schließlich besteht nun einmal die Welt aus allerhand Leuten mit allerhand Denkweisen und allerlei Geräuschen. Aber ich war genügend in der Welt herumgekommen, um ein Anhänger des nil admirari zu sein, und so nahm ich denn kühl und gelassen zur Rechten meines Gastgebers meinen Platz ein, und da ich ausgezeichneten Appetit hatte, ließ ich dem guten Essen vollste Gerechtigkeit widerfahren.

Mittlerweile war allgemein eine angenehme Unterhaltung in Gang gekommen. Vor allem waren die Damen, wie das zu sein pflegt, sehr gesprächig. Bald fand ich heraus, daß so ziemlich die ganze Gesellschaft wohlerzogen und gebildet war, und mein Gastgeber selbst war unerschöpflich an guten Witzen. Er schien mit Vorliebe von seiner Stellung als Irrenanstaltsdirektor zu reden, und tatsächlich waren zu meinem großen Erstaunen die Geisteskrankheiten das Lieblingsthema aller Anwesenden. Viele lustige Geschichten wurden erzählt, die sich auf tolle Einfälle der Patienten bezogen.

»Wir hatten einmal einen Burschen hier«, sagte ein dicker, kleiner Herr, der zu meiner Rechten saß, »der sich einbildete, ein Teekessel zu sein. Übrigens, ist es nicht merkwürdig, wie oft sich gerade diese Vorstellung im Gehirn von Irrsinnigen festsetzt? Es gibt kaum eine Heilanstalt in Frankreich, die nicht einen menschlichen Teekessel aufweisen kann. Unser Mann war ein solcher aus Britanniametall und hielt daran, sich jeden Morgen sorgfältigst mit Wildleder und Schlämmkreide zu putzen!«

»Und dann«, begann ein großer Herr mir gegenüber, »hatten wir hier vor nicht langer Zeit einen, der sich in den Kopf gesetzt hatte, ein Esel zu sein, was, bildlich gesprochen, Sie für durchaus zutreffend halten werden. Er war ein lästiger Patient, und wir hatten viel Mühe damit, ihn in Schranken zu halten. Lange Zeit hindurch wollte er nichts als Disteln zu sich nehmen, doch von dieser Idee hatten wir ihn bald kuriert, indem wir ihm nichts anderes zu essen gaben. Auch schlug er immer nach rückwärts aus – so ungefähr – so –.« »Herr de Kok! Ich wäre Ihnen sehr verbunden, wenn Sie sich anständig benehmen wollten!« unterbrach ihn eine alte Dame, die neben dem Sprecher saß. »Bitte behalten Sie ihre Füße bei sich! Sie haben mein Brokatkleid beschmutzt. Ist es denn wirklich nötig, eine Bemerkung nun gleich so handgreiflich zu illustrieren? Unser Freund hier versteht Sie sicher auch ohne dergleichen. Auf mein Wort, Sie sind fast ein ebenso großer Esel, wie der arme Unglückliche sich zu sein einbildete. Ihre Darstellung ist sehr naturgetreu, so wahr ich lebe.«

»Mille pardons, Mam'selle!« erwiderte der so angesprochene Herr de Kok, »tausendmal um Verzeihung. Ich hatte nicht die Absicht, Sie zu beleidigen. Mam'selle La Place, Herr de Kok gibt sich die Ehre, auf Ihr Wohl zu trinken«, worauf Herr de Kok sich tief verbeugte, höchst feierlich seine Hand küßte und er und Mam'selle La Place einander zutranken.

»Gestatten Sie, mein Freund«, wandte sich Herr Maillard nun an mich, »daß ich Ihnen ein Stück von diesem Kalbsbraten à la Sainte Menehould geben lasse? Sie werden ihn ganz ausgezeichnet finden.«

In diesem Augenblick war es drei kräftigen Dienern gelungen, eine kolossale Schüssel oder Anrichteplatte auf den Tisch niederzustellen, und darauf befand sich, was ich für ein fürchterliches, formloses, riesiges Monstrum hielt. Näheres Zusehen belehrte mich allerdings, daß es aber nur ein kleines, ganz gebratenes Kalb war, auf seine Knie gestützt mit einem Apfel im Maul, so wie man in England einen Hasen anzurichten pflegt.

»Nein, danke«, erwiderte ich, »um die Wahrheit zu gestehen, ich bin kein besonderer Freund von Kalbsbraten a la St.- - wie heißt es doch? Denn ich finde, er bekommt mir nicht. Ich möchte aber um einen anderen Teller bitten und etwas Kaninchen versuchen.«

Es standen einige Schüsseln auf der Tafel, anscheinend normales französisches Kaninchen enthaltend, ein sehr schmackhafter Bissen, den ich nur empfehlen kann.

»Peter«, rief der Gastgeber, »wechseln Sie diesem Herrn den Teller und geben Sie ihm ein Seitenstück von dem Kaninchen-au-chat.«

»Von diesem – was?« fragte ich.

»Diesem Kaninchen-au-chat.«

»O, nein danke, ich habe es mir überlegt. Ich will mir nur ein wenig Schinken nehmen.«

Man weiß nie, was man ißt, dachte ich bei mir, wenn man bei Provinzleuten zu Tisch ist. Ich verzichte auf ihr Kaninchen, beziehungsweise Katze-au-lapin.

»Und dann«, bemerkte ein ziemlich leichenhaft aussehender Herr am Ende des Tisches, indem er die Unterhaltung dort wieder aufgriff, wo sie unterbrochen worden war, »und dann hatten wir unter anderen Kuriositäten einmal einen Patienten, der fest und steif behauptete, Cordoba-Käse zu sein und mit einem Messer in der Hand umherging und seine Freunde bat, ein Stückchen aus seinem Bein zu versuchen.« »Es war jedenfalls ein großer Narr«, warf ein anderer ein, »aber nicht zu vergleichen mit einem gewissen Jemand, den wir alle kennen mit Ausnahme dieses fremden Herrn. Ich meine den Herrn, der sich für eine Champagnerflasche hielt und immer mit Knall und Zischen explodierte – so!« Dabei steckte der Sprecher höchst unziemlich, wie ich dachte, den rechten Daumen in die linke Backe und zog ihn mit einem Geräusch heraus, das wie das Knallen eines Propfens klang, und erzeugte durch eine geschickte Bewegung mit der Zunge zwischen den Zähnen ein mehrere Minuten anhaltendes Zischen und Sprudeln, das dem Schäumen von Champagner ähnelte. Dieses Gebaren war, wie ich deutlich sah, Herrn Maillard nicht sehr angenehm, doch er sagte nichts, und die Unterhaltung wurde durch ein sehr mageres, kleines Männchen mit einer großen Perücke wieder aufgenommen.

»Und dann hatten wir noch so einen Ignoramus, der sich für einen Frosch hielt, dem er übrigens selbst nicht wenig ähnlich sah. Ich wollte, Sie hätten ihn gesehen, mein Herr«, wandte sich der Sprecher an mich, »es hätte ihr Herz erfreut, wie natürlich er ihn nachzumachen verstand. Herr, wenn dieser Mann kein Frosch war, dann kann ich nur sagen, daß es schade ist, daß er keiner war. Sein Quaken, so – qu-a-a-ak war der schönste Gesang der Welt in B-moll. Und wenn er erst seine Ellenbogen so, in dieser Art auf den Tisch stützte – nachdem er ein, zwei Gläser Wein getrunken hatte – und seinen Mund breitzog, etwa so, und dann die Augen nach oben verdrehte – so – und ganz schnell mit den Lidern zwinkerte, so – dann, mein Herr, wage ich mit aller Entschiedenheit zu behaupten, daß Sie sich in der Bewunderung der Genialität dieses Menschen verloren hätten.«

»Daran zweifle ich nicht im geringsten«, sagte ich.

»Und dann«, erzählte wieder ein anderer, »dann war da Petit Gaillard, der sich für eine Prise Schnupftabak hielt und untröstlich darüber war, daß er sich nicht selbst zwischen Daumen und Zeigefinger nehmen konnte.«

»Und Jules Desoulières, ein ganz eigenartiger Geist, in der Tat, der ganz vernarrt in den Gedanken war, ein Kürbis zu sein. Er setzte dem Koch beständig zu, ihn doch zu Pasteten zu verarbeiten, was dieser natürlich mit Entrüstung von sich wies. Ich meinerseits bin keineswegs sicher, ob nicht eine Kürbispastete à la Desoulières ein feines Gericht gewesen wäre.«

»Sie überraschen mich!« versetzte ich und blickte forschend Herrn Maillard an.

»Ha, ha, ha!« erwiderte dieser Herr, »he, he, he, – ho, ho, ho! – hu, hu, hu! Ausgezeichnet, wahrhaftig! Sie müssen sich nicht wundern, mon ami, dieser Herr hier ist sehr witzig, ein Spaßvogel – Sie dürfen ihn nicht wörtlich nehmen.«

»Und dann«, begann wieder ein anderes Mitglied der Gesellschaft, »dann hatten wir hier Bouffon LeGrand, eine weitere in ihrer Art einzigartige Persönlichkeit. Die Liebe hatte ihm den Kopf zerrüttet, und er bildete sich ein, deren zwei zu besitzen. Der eine, behauptete er, sei der Kopf des Cicero; der andere war nach seiner Meinung zusammengesetzt; von der Stirn bis zum Mund Demosthenes und vom Mund bis zum Kinn Lord Brougham. Es ist nicht ganz ausgeschlossen, daß er unrecht hatte, doch wäre er imstande gewesen, Sie zu überzeugen, daß er im Recht sei, denn er war ein Mann von großer Beredsamkeit! Er hatte eine ausgesprochene Leidenschaft für die Redekunst und ließ sich durch nichts abhalten, damit zu glänzen. Zum Beispiel pflegte er auf den Speisetisch zu springen, sehen Sie, so, und – und –«

Da legte ihm ein zur Seite sitzender Freund die Hand auf die Schulter und flüsterte ihm einige Worte ins Ohr, worauf er plötzlich seinen Redeschwall unterbrach und auf seinen Stuhl zurücksank. »Und dann«, versetzte der Freund, der geflüstert hatte, »war da noch Boullard, der Drehwürfel. Ich heiße ihn deshalb den Drehwürfel, weil er tatsächlich von der drolligen, aber doch nicht ganz unsinnigen Grille besessen war, daß er in einen Drehwürfel verwandelt worden sei. Sie hätten gebrüllt vor Lachen, wenn Sie ihn hätten rotieren sehen. Er konnte sich eine Stunde lang auf seinem Absatz drehen, so, in dieser Weise –«

Da leistete ihm sein Freund, den er eben selbst durch sein Zuflüstern unterbrochen hatte, genau den gleichen Dienst.

»Aber«, schrie eine alte Dame dazwischen, »aber Ihr Monsieur Boullard war ein Verrückter und dazu auch noch ein sehr alberner, denn wer hat wohl, wenn ich fragen darf, je von einem menschlichen Drehwürfel gehört! Das ist doch absurd. Da war, wie Sie wissen, Madame Joyeuse schon eine vernünftigere Person. Auch sie hatte eine Grille, aber es war Instinkt mit gesundem Menschenverstand verbunden und bereitete allen, die die Ehre hatten, sie zu kennen, Vergnügen. Nach reiflicher Überlegung hatte sie herausgefunden, daß sie in einen jungen Hahn verwandelt worden sei, aber als solcher benahm sie sich mit Würde. Sie schlug wunderbar mit den Flügeln, so – so – so – und ihr Krähen war entzückend! Kikeriki! Kikeriki-i-i!«

»Madame Joyeuse, Sie würden mich zu Dank verpflichten, wenn Sie sich zusammennehmen wollten!« unterbrach sie unser Gastgeber sehr ärgerlich. »Entweder benehmen Sie sich, wie es einer Dame zukommt, oder Sie verlassen die Tafel – also wählen Sie!«

Die Dame (die nach der Beschreibung, die sie von einer Madame Joyeuse gegeben hatte, zu meinem Erstaunen nun selbst als Madame Joyeuse angesprochen wurde) errötete bis über die Augenbrauen und schien außerordentlich beschämt ob dieser Zurechtweisung. Sie ließ den Kopf hängen und erwiderte keine Silbe. Dafür nahm eine andere jüngere Dame das Thema wieder auf. Es war meine Schöne aus dem Empfangszimmer.

»Ach, Madame Joyeuse war eine Närrin!« rief sie, »aber in dem, was Eugénie Salsafette tat, lag doch wirklich viel Folgerichtigkeit. Sie war eine sehr hübsche und peinlich sittsame, junge Dame, die die alltägliche Kleidermode für unschicklich hielt und immer bemüht war, sich so zu kleiden, daß sie stets aus ihren Kleidern heraus- anstatt hineinschlüpfte. Es ist übrigens auch ganz leicht zu zeigen. Man braucht das nur so zu machen – dann so – so – so und dann so – so –« »Mon Dieu, Mam'selle Salsafette!« rief nun ein Dutzend Stimmen auf einmal. »Was fällt Ihnen denn ein! Hören Sie auf! Es ist genug! – Wir verstehen schon, wie es geschieht! – Halt! – Halt!« und schon erhoben sich mehrere Personen von ihren Plätzen, um Mam'selle Salsafette daran zu hindern, sich mit der Mediceischen Venus auf eine Stufe zu stellen, als sie plötzlich und sehr wirksam durch lautes Heulen und Schreien unterstützt wurden, das vom Hauptbau des Schlosses herkam.

Meine Nerven waren durch dieses gellende Geschrei arg mitgenommen, aber dennoch empfand ich für alle anderen aufrichtiges Mitleid. Nie in meinem Leben habe ich eine Anzahl vernünftiger Menschen jemals so entsetzt gesehen. Alle wurden leichenblaß, saßen zusammengekauert auf ihren Stühlen und lauschten, lallend vor Schreck, ob sich der Lärm wiederhole. Er kam lauter und scheinbar näher – und dann ein drittes Mal sehr laut und endlich ein viertes Mal mit deutlich unverminderter Stärke. Bei Nachlassen des Lärms gewann die ganze Gesellschaft sichtlich ihre Geistesgegenwart wieder, und wie vorher war alles wieder Leben und Heiterkeit. Ich faßte nun Mut und fragte nach der Ursache der Störung.

»Eine reine Bagatelle«, sagte Herr Maillard. »Wir sind derlei Dinge gewöhnt und machen uns wirklich nicht sehr viel daraus. Die Irren veranstalten ab und zu ein gemeinsames Heulkonzert, wobei einer den anderen ansporrt, wie das zur Nachtzeit bei Hunden vorkommt. Gelegentlich ereignet es sich auch, daß dem Heulkonzert ein gleichzeitiger Versuch folgt, auszubrechen; dann ist natürlich ein klein wenig Gefahr zu befürchten.«

»Und wie viele haben Sie gegenwärtig unter Aufsicht?«

»Augenblicklich haben wir nicht mehr als zehn insgesamt.«

»Wohl hauptsächlich weibliche Patienten?«

»Oh nein, es sind lauter Männer und noch dazu kräftige Kerle, kann ich Ihnen sagen!«

»Wirklich? Ich habe immer gehört, daß die Mehrzahl der Irren dem zarten Geschlecht angehört.«

»Gewöhnlich trifft das wohl zu, aber nicht immer. Vor einiger Zeit hatten wir wohl siebenundzwanzig Patienten hier, von denen nicht weniger als achtzehn Frauen waren. Doch, wie Sie sehen, haben sich die Dinge inzwischen erheblich verändert.«

»Ja, sehr geändert, wie Sie sehen«, unterbrach der Herr, der Mam'selle La Place die Schienbeine zerschmettert hatte.

»Ja, Sie haben sich sehr geändert, wie Sie sehen«, fiel hier sofort die ganze Gesellschaft ein.

»Haltet den Mund!« rief mein Gastgeber zornig. Worauf alle zusammen fast eine Minute mäuschenstill waren. Eine Dame jedoch führte Herrn Maillards Befehl wörtlich aus, steckte ihre Zunge heraus, die unmäßig lang war, und hielt sie bis zum Ende der Vorstellung mit großer Hingabe fest.

»Und diese Dame«, sagte ich leise, mich zu Herrn Maillard hinüberbeugend, »diese gute Dame, die soeben gesprochen hat und uns ihr Kikeriki hören ließ – sie ist, vermute ich, harmlos –, ganz harmlos, wie?«

»Harmlos!« stieß er sichtlich erstaunt hervor, »was wollen Sie wohl damit sagen!«

»Nur ein bißchen übergeschnappt?« sagte ich, indem ich mir an den Kopf tippte. »Ich nehme an, daß sie nicht besonders gefährlich erkrankt ist, wie?«

»Mon Dieu, was bilden Sie sich denn nur ein? Diese Dame, meine gute alte Freundin, Madame Joyeuse, ist vollkommen zurechnungsfähig wie ich selbst. Sie ist ein klein wenig exzentrisch, gewiß, aber schließlich, Sie wissen ja, sind das alle älteren Frauen, alle sehr alten Frauen sind mehr oder weniger exzentrisch!«

»Gewiß«, sagte ich, »gewiß – und die anderen Damen und Herren?«

»Sind meine Freunde und Wärter«, unterbrach mich Herr Maillard, indem er sich hoch aufrichtete, »meine sehr lieben Freunde und Gehilfen.«

»Was, alle?« fragte ich, »auch die Damen?«

»Sicherlich«, erwiderte er, »wir könnten die Damen nicht entbehren, sie sind die besten Irrenwärterinnen von der Welt; sie haben dafür ein eigenes Talent, wissen Sie. Ihre strahlenden Augen haben eine wunderbare Wirkung, so ähnlich wie der Zauber einer Schlange.«

»Gewiß«, sagte ich, »gewiß! Aber sie benehmen sich ein wenig sonderbar, wie? – sind etwas seltsam, wie? Finden Sie nicht auch?«

»Sonderbar! Seltsam! Wieso? Meinen Sie das wirklich? Wir sind hier im Süden nicht sehr steif und streng, tun, was uns behagt, freuen uns am Leben und an dergleichen, verstehen Sie –«

»Sicher, sicher«, nickte ich.

»Und dann vielleicht dieser Clos de Vougeot, ist vielleicht ein wenig zu Kopf gestiegen, ist etwas stark, nicht? Sie verstehen ja, nicht wahr?«

»Freilich, freilich«, versicherte ich. »Übrigens habe ich Sie recht verstanden, mein Herr, daß das System, das Sie an Stelle des berühmten Besänftigungssystems einführten, nicht eines von rigorosester Strenge ist?«

»Keineswegs. Die Absperrung ist natürlich eine strenge, doch die Behandlung – die ärztliche Behandlung, meine ich – ist für die Patienten eher angenehm geworden.«

»Und dieses neue System haben Sie selbst ersonnen?«

»Nicht ganz. Einige Teile davon sind sicher Professor Teer zuzuschreiben, von dem Sie sicher schon gehört haben; dann aber gibt es noch gewisse Abänderungen in meinem Verfahren, die, wie ich mit Stolz bekenne, von dem berühmten Professor Feder stammen, mit dem, wenn ich nicht irre, Sie intim bekannt zu sein die Ehre haben.«

»Ich schäme mich, eingestehen zu müssen«, erwiderte ich, »daß ich bisher nicht einmal die Namen eines dieser Herren gehört habe.«

»Gütiger Himmel«, rief mein Gastgeber, indem er plötzlich seinen Stuhl zurückschob und die Arme emporhob. »Ich verstehe Sie wohl nicht recht! Sie wollen doch nicht sagen, daß Sie noch niemals von dem gelehrten Doktor Teer noch von dem berühmten Professor Feder auch nur gehört haben?«

»Ich kann nur meine Unwissenheit eingestehen«, antwortete ich, »doch der Wahrheit die Ehre! Ich fühle mich in Grund und Boden beschämt, nicht von den Werken dieser zweifelsohne außergewöhnlichen Männer gehört zu haben. Ich werde mir unverzüglich ihre Schriften besorgen und sie mit größter Sorgfalt studieren. Herr Maillard, Sie haben – ich gestehe es – Sie haben tatsächlich erreicht, daß ich mich vor mir selber schäme!«

Und so war es auch.

»Nichts mehr, mein lieber junger Freund«, sagte er gütig, indem er mir die Hand drückte, »trinken wir ein Glas Sauterne zusammen.« Wir tranken, und die Gesellschaft folgte unverzüglich unserem Beispiel. Man scherzte, man lachte, man verübte tausend Albernheiten – die Fiedeln kreischten, die Trommel rumpelte, die Posaunen brüllten, als wären es Phalaris' eherne Stiere, und das ganze Gelage wurde immer wüster, je mehr der Wein die Oberhand bekam, so daß sich daraus schließlich eine Art Pandämonium entwickelte. Mittlerweile setzten wir, Herr Maillard und ich, mit ein paar Flaschen Sauterne und Vougeot zwischen uns unsere Unterhaltung aus vollem Halse fort. Ein in normaler Lautstärke gesprochenes Wort hätte man ebensowenig vernehmen können, als die Stimme eines Fisches vom Grunde der Niagarafälle.

»Doch, mein Herr«, schrie ich ihm ins Ohr, »Sie erwähnten vor Tisch etwas über die mit der alten Besänftigungsmethode verbundenen Gefahren. Wie steht es damit?«

»Ja«, erwiderte er, »gelegentlich bestand zweifellos eine Gefahr. Man kann mit den Launen der Irren nicht rechnen, und es ist sowohl meine Meinung wie auch die Dr. Teers und Professor Feders, daß es nie ratsam sei, sie sich frei bewegen zu lassen. Ein Irrsinniger mag vielleicht für eine gewisse Zeit ›besänftigt‹ sein, wie man es nennt, doch kann sich am Ende immer wieder Tobsucht einstellen. Und seine Verschlagenheit ist ja so groß, daß sie geradezu sprichwörtlich ist. Hat er einen Plan ausgedacht, so verbirgt er sein Vorhaben mit wunderbarer Klugheit, und die Geschicklichkeit, mit der er Normalität vortäuscht, ist dem Psychologen eines der eigenartigsten Probleme. Wenn ein Irrer vollständig gesund zu sein scheint, dann ist es höchste Zeit, ihn in die Zwangsjacke zu stecken.«

»Außer der Gefahr, von der Sie, lieber Herr – nach Ihrer eigenen Erfahrung – während Sie hier dieser Anstalt vorstanden – hatten Sie praktische Gründe, die Bewegungsfreiheit für einen Irren für zu gewagt zu erachten?«

»Hier? – Nach meiner eigenen Erfahrung? – Ach ja, richtig! Zum Beispiel: Vor nicht langer Zeit ereignete sich in unserem Hause ein sonderbarer Fall. Das ›Besänftigungssystem‹ war, wie Sie wissen, noch in Anwendung und die Patienten bewegten sich in Freiheit. Sie betrugen sich gut, ausnehmend gut, daß jeder vernünftige Mensch aus dieser eigentümlichen Tatsache hätte spüren müssen, daß irgendein teuflischer Anschlag bevorstand. Und wirklich, eines schönen Morgens fanden sich die Wärter an Händen und Füßen gefesselt und in Zellen gesperrt, wo sie, gleichsam als wären sie die Patienten, von den Irren selbst, die sich das Amt der Wärter angemaßt hatten, als Irrsinnige behandelt wurden.«

»Was Sie nicht sagen! Nie im Leben habe ich etwas so Tolles gehört!«

»Tatsache! Und alles war das Werk eines stupiden Burschen – eines Irren –, der sich in den Kopf gesetzt hatte, ein besseres System der Irrenbehandlung gefunden zu haben als alle bisher bekannten. Er wollte wohl seine Methode ausprobieren und so beredete er die übrigen Patienten, sich an der Verschwörung zu beteiligen, die darauf ausging, die herrschende Gewalt zu stürzen.«

»Und es gelang ihm wirklich?«

»Gewiß! Wärter und Bewachte mußten bald ihre Rollen tauschen. Jedoch nicht ganz, denn die Verrückten waren frei gewesen, während die Wärter sofort in die Zellen gesperrt und leider sehr hart behandelt wurden.«

»Doch, wie ich vermute, kam es bald zu einer Gegenrevolution. Dieser Zustand konnte sich doch nicht lange halten. Die Landleute aus der Nachbarschaft, auch gelegentliche Besucher, würden doch Alarm geschlagen haben?«

»Da täuschen Sie sich. Der Rädelsführer war viel zu schlau dazu. Er ließ einfach keinen Fremden herein, mit Ausnahme eines sehr einfältig aussehenden jungen Mannes, von dem nichts zu fürchten war. Er ließ ihn herein, die Anstalt zu besichtigen, eben nur zur Abwechslung, um sich einen kleinen Spaß mit ihm zu machen. Und nachdem er ihn hinlänglich gefoppt hatte, ließ er ihn wieder heraus.«

»Und wie lange führten die Irren das Regiment?«

»O, sehr lange, gewiß einen Monat lang oder länger, ich kann es nicht genau sagen. Inzwischen hatten die Irren eine feine Zeit, darauf können Sie sich verlassen. Sie legten ihre eigenen schäbigen Kleider ab und bedienten sich der Familienjuwelen und der vorhandenen Gewänder. Die Schloßkeller waren trefflich mit Wein versehen, und Irre sind imstande, mit dem Teufel um die Wette zu trinken. Sie lebten in Saus und Braus, das versteht sich.«

»Und die Behandlung, – welches war die besondere Art der Behandlung, die der Anführer der Rebellen jetzt praktisch einführte?«

»Nun, ein Irrsinniger muß nicht gerade ein Narr sein, wie ich schon bemerkte. Und es ist meine ehrliche Meinung, daß seine Behandlung eine viel bessere war, als die, die er verdrängt hatte. Es war in der Tat ein kapitales System, einfach, klar, ohne viele Umstände, mit einem Wort, es war köstlich – es – war –«

Hier wurde die Schilderung meines Gastgebers durch ein neues Geschrei unterbrochen, ganz von derselben Art wie jenes, das die Gesellschaft vorhin so aus der Fassung gebracht hatte. Diesmal jedoch schien es von rasch näherkommenden Personen auszugehen. »Gerechter Himmel«, rief ich, »die Irren sind wieder ausgebrochen!« »Ich fürchte sehr, es ist so«, erwiderte Herr Maillard, der furchtbar blaß wurde. Kaum hatte er den Satz beendet, als man laute Schreie und Verwünschungen unter den Fenstern hörte, und unmittelbar darauf wurde klar, daß man von draußen versuchte, sich Zutritt zu dem Raum zu verschaffen. Die Tür wurde anscheinend mit einem Schmiedehammer bearbeitet und an den Läden wurde mit großer Gewalt gerüttelt.

Eine Szene unbeschreiblicher Verwirrung folgte. Herr Maillard verkroch sich zu meinem ungeheuren Erstaunen unter einer Anrichte. Ich hätte von ihm mehr Entschlossenheit erwartet. Die Mitglieder des Orchesters, die während der letzten Viertelstunde sichtlich zu betrunken waren, um noch ihre Pflichten tun zu können, sprangen jetzt plötzlich auf, griffen nach ihren Instrumenten, kletterten auf den Tisch und brachen in einen »Yankee Doodle« aus, den sie, obschon Ton und Takt stark zu wünschen übrig ließen, mit geradezu übermenschlicher Anstrengung während des ganzen Getümmels durchhielten.

Indes war jener Herr, den man vordem mit großer Mühe daran gehindert hatte, mitten zwischen Gläser und Flaschen hinein auf den Eßtisch gesprungen... Sobald er sich dort einigermaßen zurechtgefunden hatte, begann er eine Rede, die ganz sicher großartig war, obschon sie nicht verstanden werden konnte. Im selben Augenblick begann der Drehwürfelmann aus Leibeskräften, die Arme rechtwinklig zum Körper ausgestreckt, im Zimmer herumzuwirbeln, so daß er in der Tat wie ein Drehwürfel aussah und jeden umrannte, der ihm in den Weg geriet. Und als ich jetzt ein unglaubliches Knallen und Zischen von Champagner vernahm, entdeckte ich endlich, daß es von dem Mann ausging, der bei Tisch die Flasche dieses köstlichen Getränks dargestellt hatte. Und dazu quakte der Froschmann, als hinge das Heil seiner Seele von jedem Ton ab, den er hervorbrachte. Und inmitten von all dem erhob sich das fortwährende Gebrüll eines Esels. Was meine alte Freundin anbelangt, nämlich Madame Joyeuse, so hätte ich weinen können über die arme Dame, so tief unglücklich sah sie aus. Alles, was sie zu tun vermochte, bestand darin, in einem Winkel am Kamin zu stehen und dort aus vollem Hals ihr Kikeriki zu krähen.

Und dann kam der Höhepunkt des Dramas – die Katastrophe. Da außer Schreien und Brüllen und Krähen dem Angriff von draußen kein anderer Widerstand entgegengesetzt wurde, brachen fast gleichzeitig die zehn Fenster ein.

Doch werde ich nie vergessen, wie verwundert und entsetzt ich dreinstarrte, als durch diese Fenster ein ganzes Heer von Wesen hereinstürzte, die ich zuerst für Schimpansen, Orang-Utans oder große, schwarze Kapland-Paviane hielt und die nun kämpfend, stampfend, kratzend und heulend über uns herfielen.

Ich erhielt eine tüchtige Tracht Prügel – worauf ich unter ein Sofa rollte und dort still liegenblieb. Dort lag ich etwa eine Viertelstunde. Während ich gespannt lauschte, was im Saal vorging, kam ich allmählich zu einer befriedigenden Lösung des Dramas. Herr Maillard schien in seinem Bericht des Irren, der seine Genossen zur Rebellion veranlaßt hatte, nur seine eigene Heldentat erzählt zu haben.

Dieser Herr war in der Tat vor zwei oder drei Jahren Direktor dieser Anstalt gewesen, schließlich aber selbst übergeschnappt und so zum Patienten geworden. Diese Tatsache war meinem Reisegefährten jedenfalls unbekannt gewesen. Die Wärter, zehn an der Zahl, waren überwältigt worden; dann hatte man sie mit Teer bestrichen, in Federn gewälzt und schließlich in die unterirdischen Zellen gesteckt. Dort hatten sie einen Monat als Gefangene verbracht, während welcher Zeit Herr Maillard ihnen großmütig nicht nur den Teer und die Federn, sondern auch etwas Brot und Überfluß an Wasser zukommen ließ (was sein »System« ausmachte). Letzteres wurde täglich über sie gepumpt. Endlich entkam einer von ihnen durch einen Abzugskanal und befreite dann auch die anderen.

Das »Besänftigungssystem« ist mit erheblichen Einschränkungen im Schloß wieder aufgenommen worden; dennoch kann ich nicht umhin, mit Herrn Maillard übereinzustimmen, daß seine eigene Behandlung in ihrer Art ganz kapital war. Wie er sehr richtig bemerkte, war sie »einfach, klar und machte keine Mühe – nicht die geringste«.

Ich habe nur hinzuzufügen, daß trotz allen Recherchen nach den Werken von Dr. Teer und Professor Feder mein Bestreben, mir eins davon zu verschaffen, bis auf den heutigen Tag erfolglos geblieben ist.

Eleonora

Sub conservatione formae specificae salva anima.
Raimundus Lullus

Ich stamme aus einem Geschlecht, das sich durch kraftvolle Phantasie und heiße Leidenschaftlichkeit auszeichnet. Viele Menschen haben mich einen Wahnsinnigen genannt; aber es ist noch die Frage, ob der Wahnsinn nicht die höchste Stufe der Geistigkeit bedeutet, ob nicht vieles Erhabene und alles Tiefe seinen Ursprung in einer Krankhaftigkeit des Denkens, in dem besonderen Wesen eines Zustandes hat, der auf Kosten des allgemeinen Verstandes aufs äußerste, und zwar einseitig, übersteigert ist. Die Menschen, die am hellen Tage träumen, lernen Dinge kennen, die denen entgehen müssen, die nur nachts träumen. Durch den grauen Nebel ihrer Visionen dringen die ersten Lichtschimmer der Ewigkeit zu ihnen, und beim Erwachen fühlen sie mit Schaudern, daß sie einen Augenblick lang an das große Geheimnis gerührt haben. So erfassen sie einiges von der Weisheit des Guten und vieles von der Erkenntnis des Bösen. Sie dringen ohne Ruder und Kompaß auf dem unermeßlichen Ozean des »unaussprechlichen Lichtes« vor, und ganz so, wie in den Abenteuern des nubischen Geographen, »agressi sunt mare tenebrarum, quid in eo esset exploraturi«.

Bleiben wir also dabei: ich bin verrückt. Dennoch erkenne ich deutlich zwei unterscheidbare Zustände meines geistigen Daseins: einmal den Zustand vollständig klaren, nicht anzuzweifelnden Verstandes, der sich auf die Erinnerung aller Ereignisse erstreckt, welche die erste Epoche meines Lebens bildeten – und den umdunkelten Zustand voller Zweifel, in den meine Seele jetzt versunken ist und der alle Erinnerungen an Begebenheiten aus der zweiten großen Epoche meines Lebens betrifft. Glauben Sie deshalb also alles, was ich Ihnen in der ersten Periode erzähle, und von der zweiten nur das, was Ihnen glaubwürdig erscheint. Oder zweifeln Sie ruhig alles an; sollten Sie dies aber nicht können, so spielen Sie wenigstens den Ödipus vor dem Rätsel der Sphinx meiner Seele.

Sie, die ich in meiner Jugend liebte und der zum Andenken ich dies hier niederschreibe, war die einzige Tochter der einzigen Schwester meiner frühverstorbenen Mutter und hieß Eleonora. Eleonora war der Name meiner Kusine. Im Tal des vielfarbigen Grases, unter tropischer Sonne, hatten wir immer beieinander gewohnt. Niemals betrat ein Fremder das Tal, denn es lag verborgen zwischen einer Kette gigantischer Berge, die von allen Seiten in seinen Frieden hineinragten und seine köstlichen Schlupfwinkel vor dem Brand der Sonne bewachten. Kein gangbarer Pfad führte hinein in das Tal; um von außen in unser glückliches Heim zu gelangen, hätte man das Geäst von vielen Tausend Büschen und Bäumen durchbrechen und die Schönheit unzähliger duftender Blumen zu Tode treten müssen. So lebten wir also ganz allein und kannten nichts von der Welt außerhalb des Tales – ich, meine Kusine und ihre Mutter.

Aus den nebelhaften Regionen der höchsten Bergspitzen, die unser Tal so wohl verschlossen, wand sich ein schmaler, tiefer Fluß herab, klarer als alles um uns her – es sei denn, man hätte in Eleonoras Augen gesehen. Er schlängelte sich in zahlreichen Krümmungen durch das Tal und verschwand dann in eine finstere Bergschlucht, in Felsenspalten, die noch finsterer waren als jene, aus denen er hervorgetreten. Wir nannten ihn den »Fluß des Schweigens«, denn eine große Beruhigung schien von seinem Fließen auszugehen. Kein Murmeln stieg aus seinen Wellen hervor, er glitt so sanft dahin, daß die perlgleichen Kiesel tief unten in seinem Grund, die wir so gern betrachteten, sich nicht bewegten, sondern in ruhevollem Glück stets unverrückt an einer Stelle blieben und in immerwährendem Glitzern erstrahlten.

Das Ufer des Flusses und der vielen schimmernden Bäche, die auf verschlungenen Wegen seinem Bett zuströmten, der ganze Raum vom Ufer bis zum Kieselsteingrund in der klaren Tiefe, ja, die ganze Oberfläche des Tales, vom Fluß bis an die Bergwände war mit zartgrünem, dichtem, gleichmäßigem Rasen bedeckt, der vanillesüß duftete, und mit gelbem Hahnenfuß, weißen Maßliebchen, purpurnen Veilchen und rubinroten Asphodelen übersät war, so daß seine wunderbare Schönheit in unseren Herzen ein Loblied auf die Liebe und die Herrlichkeit Gottes anstimmte.

Und hier und da, Traumgebilden gleich, erhoben sich auf dem Rasen phantastische Bäume, deren schlanke Stämme nicht aufrecht standen, sondern sich dem Licht zuwandten, das zur Mittagszeit in die Mitte des Tales fiel. Ihre ebenholzfarbene Rinde war silbergesprenkelt und fühlte sich weicher an als alles – es sei denn, man hätte Eleonoras Wangen gefühlt. Ohne die grünen, riesigen Blätter, die in langen, zarten Linien von ihrem Wipfel herabhingen und mit dem Zephir spielten, hätte man sie für jene ungeheuren Schlangen Syriens gehalten, die der Sonne, ihrer Herrscherin, Huldigungen darbrachten.

Eleonora und ich streiften fünfzehn Jahre lang Hand in Hand in dem Tal umher, ehe die Liebe in unsere Herzen einzog. Eines Abends saßen wir innig umschlungen unter den Schlangenbäumen und betrachteten unser Bildnis, das der »Fluß des Schweigens« widerspiegelte. Wir sprachen an diesem köstlichen Abend kein Wort, und auch am folgenden Morgen gelangen uns die Worte nur zögernd und karg. Gott Eros war aus den

Wellen zu uns heraufgestiegen, und wir fühlten, daß er die feurige Seele unserer Vorväter in uns entzündet hatte. Die Leidenschaftlichkeit und die blühende Kraft der Phantasie, die Jahrhunderte lang unser Geschlecht gekennzeichnet hatte, kam über uns und hauchte ein Übermaß von Seligkeit durch das Tal des vielfarbigen Grases. Alle Dinge veränderten sich. Seltsame, leuchtende, sterngestaltete Blumen brachen aus den Rinden der Bäume, an denen wir bis dahin nie Blüten bemerkt hatten. Das Grün des Rasenteppichs vertiefte sich, die weißen Maßliebchen verschwanden, eins nach dem anderen, und an der Stelle eines jeden schossen zehn rubinrote Asphodelen auf. Und Leben erhob sich auf unseren stillen Pfaden, denn der große Flamingo, den wir bis dahin noch nie gesehen, und zahllose muntere, leuchtend beschwingte Vögel entfalteten ihr strahlendes Gefieder. Gold- und Silberfische glitten durch den Fluß, aus dessen Schoß nach und nach ein Flüstern heraufklang, das zu einer sanften, wiegenden Melodie anschwoll, die himmlischer tönte als der Gesang der Äolsharfe, süßer als alles – es sei denn, Eleonoras Stimme. Auch eine ungeheure Wolke schwebte heran, die wir schon lange in Hesperus' Gebiet beobachtet hatten, schwebte heran in goldenem und purpurnem Licht und senkte sich friedvoll auf uns herab, Tag um Tag tiefer, bis sie auf den Spitzen der Berge ruhte, ihre Düsterkeit in Glanz verwandelte und uns für ewig wie in einem Schloß voll zauberhafter Herrlichkeit gefangenhielt.

Eleonoras Lieblichkeit war die der Seraphim; doch war sie nur ein junges Mädchen, so natürlich und unschuldig wie das kurze Leben, das sie unter den Blumen unseres Tales geführt hatte. Keine Verstellung verbarg die Glut der Liebe, die ihr Herz empfand – dieses Herz, dessen geheimste Verborgenheiten sie mir enthüllte, wenn wir zusammen umherstreiften und über die unfaßbaren Veränderungen sprachen, die sich in so kurzer Zeit in unserem Tal vollzogen hatten.

Eines Tages, als wir von jener letzten traurigen Veränderung sprachen, die alle Menschen erdulden müssen, ließ sie von diesem schmerzvollen Thema nicht mehr ab und wußte es in jede Wendung unserer Gespräche einzuflechten. Gleichwie in den Versen des Sängers von Schiraz sich dieselben Bilder in allen denkbaren Abwandlungen immer und immer wiederholen. Sie fühlte wohl, daß der Finger des Todes ihre Brust berührte – der Ephemeris gleich sich ihre Schönheit nur entfaltet hatte, um zu sterben; doch alle Schrecken des Todes lagen für sie in dem einen Gedanken, den sie mir eines Abends im Zwielicht an den Ufern des schweigenden Flusses enthüllte.

Es bereitete ihr Kummer zu denken, daß ich, wenn ich sie im Tal des vielfarbigen Grases begraben hätte, diese selige Stätte auf immer verlassen und die leidenschaftliche Liebe, die jetzt ihr galt, einer Tochter der äußeren, alltäglichen Welt schenken werde. Doch ich warf mich ihr zu Füßen und schwor ihr und dem Himmel einen Eid, daß ich niemals eine Tochter der Erde zum Weibe nehmen wolle, daß ich niemals ihrem Angedenken und der Erinnerung an die heiße Liebe, mit der sie mich beseligt, abtrünnig werden würde. Ich rief den allmächtigen Herrscher der Welt zum Zeugen der frommen Feierlichkeit meines Gelübdes an. Und der Fluch, den ich von ihm und von ihr – der Heiligen im Paradiese – auf mich herabrief, sollte ich mein Gelöbnis brechen, schloß eine so schauerliche Strafe in sich, daß ich ihn nicht niederzuschreiben vermag. Bei meinen Worten leuchteten Eleonoras Augen noch heller; sie seufzte auf, als sei ihr eine tödliche Last vom Herzen genommen, sie bebte und und weinte bitterlich, doch nahm sie meinen Schwur entgegen. – Sie war ja noch ein Kind... und ich weiß: dieser Eid hat ihr das Sterben leichter gemacht.

Wenige Tage später, während sie ruhig verschied, sagte sie mir, daß sie zum Dank für das, was ich für die Ruhe ihrer Seele getan hätte, in eben diesem Geist nach dem Tode über mich wachen werde. Sie wolle, wenn dies in ihrer Macht stünde, kommen und mir des Nachts sichtbar erscheinen. Doch wenn dies über die Macht der Seelen im Paradiese hinausginge, so wolle sie mir wenigstens Zeichen ihrer Gegenwart geben. Sie werde mit dem Abendwind um mich seufzen und die Luft, die ich atmete, mit dem Duft himmlischer Weihrauchschalen füllen. Mit solchen Worten auf den unschuldigen Lippen hauchte sie ihr Leben aus und bereitete dem ersten Abschnitt des meinigen ein Ende.

Bis hierher habe ich wahrheitsgetreu erzählt. Aber nun, da ich die Grenzlinie, die der Tod meiner Geliebten in meinem Leben gezogen hat, überschreite und zur zweiten Periode meines Daseins komme, fühle ich, daß Schatten mein Gehirn verwirren und daß ich selbst an der Genauigkeit meines Gedächtnisses zweifle. Doch ich will fortfahren. Jahre schleppten sich langsam dahin, und noch immer lebte ich im Tal des vielfarbigen Grases. Aber eine zweite Veränderung war vor sich gegangen. Die sterngestalteten Blüten hatten sich in die Rinde der Bäume zurückgezogen und kamen niemals mehr hervor. Das tiefe Grün des Rasenteppichs verblaßte, die rubinroten Asphodelen verwelkten eine nach der anderen, und an der Stelle einer jeden erblühten zehn dunkle Veilchen, die wie weinende Augen im Tau erglänzten. Und Leben verschwand von unseren Pfaden, denn niemals mehr breitete der große Flamingo sein Scharlachgefieder vor uns aus, traurig zog er sich aus dem Tal in die Berge zurück und all die bunten, munteren Vögel mit ihm. Die Silber- und Goldfische flohen in die Schlucht an der Grenze unseres Tals und schimmerten nie wieder durch die schönen

Wasser des Flusses. Und die liebliche Melodie, die süßer gewesen war als der Wind in Äolsharfen, als alles, ausgenommen Eleonoras Stimme, erstarb nach und nach in Murmeln, bis auch dieses ganz verstummte und der Fluß wieder mit der Feierlichkeit seines ursprünglichen Schweigens vorüberglitt. Endlich erhob sich auch die große Wolke und gab die Höhen der Berge ihrer alten Finsternis zurück. Sie schwebte wieder in die Regionen des Hesperus und raubte dem Tal des vielfarbigen Grases seinen purpurgoldenen Glanz und die golden schimmernde Pracht.

Doch Eleonora hatte ihr Versprechen nicht vergessen. Ich hörte, wie Engel um mich her Weihrauchgefäße schwangen und fühlte Ströme überirdischen Duftes das Tal durchfluten. In einsamen Stunden aber, wenn mein Herz schwerer schlug, trugen die Winde, die meine Stirne fächelten, weiche Seufzer zu mir her. Leises Flüstern erfüllte oft nachts die Luft; und einmal – ach, nur einmal – erwachte ich aus meinem Schlummer, der so tief gewesen war wie Todesschlaf, weil zwei wesenlose Lippen die meinen berührt hatten.

Aber dies alles konnte die Leere meines Herzens nicht füllen. Es sehnte sich wieder nach jener Liebe, von der es vorher so übervoll gewesen. Im Laufe der Zeit quälte mich der Aufenthalt im Tal, in dem mich alles schmerzhaft an Eleonora erinnerte, und ich verließ es für immer und tauschte es gegen die Eitelkeiten und friedelosen Triumphe der Welt.

Ich fand mich in einer fremden Stadt, in der alle Dinge wie geschaffen waren, mich die süßen Träume, die ich so lange im Tal des vielfarbigen Grases geträumt hatte, vergessen zu machen. Der Pomp und die Üppigkeit eines reichen Hofes, berauschendes Waffengeklirr, die strahlende Schönheit der Frauen – all dies blendete mich und verwirrte meinen Geist. Doch war meine Seele bis jetzt ihrem Gelübde treu geblieben, und immer noch gab mir Eleonora in den stillen Stunden der Nacht deutliche Anzeichen ihrer Gegenwart. Plötzlich hörten diese Zeichen auf, die Welt verdunkelte vor meinen Augen, und ich stand entgeistert – erschrocken vor den glühenden Gedanken, die in mir erwachten, über die Gewalt der schrecklichen Versuchung, die mich umlauerte. Aus einem fernen, fernen unbekannten Land kam ein Mädchen an den Hof des Königs, dem ich diente. Ihrer Schönheit ergab sich mein abtrünniges Herz im ersten Augenblick, da ich sie sah.

Ohne Widerstand warf ich mich in heißer, anbetender Liebe ihr zu Füßen nieder. Was waren meine Gefühle zu dem jungen Mädchen, das im Tal des vielfarbigen Grases begraben lag, im Vergleich zu der Glut, der Ekstase, der wilden, ganz selbstvergessenen Anbetung, mit der ich meine Seele vor dieser himmlischen Ermengarde verströmte. O himmlisch strahlend war

Ermengard! Sie, an der ich jetzt mit jedem meiner Gedanken hing! Und wenn ich in die Tiefen ihrer unergründlichen Augen blickte, dann dachte ich nur an diese und an sie.

Ich vermählte mich mit Ermengard und fürchtete den Fluch nicht, den ich auf mich herabrief. Doch die fürchterliche Strafe traf mich nicht. Doch noch einmal, im Schweigen der Nacht, kamen die leisen Seufzer, die ich so lange nicht mehr vernommen, mit dem Wind durch mein Fenster und formten sich zu einer vertrauten, süßen Stimme, die also sprach: »Schlafe in Frieden! Der Geist der Liebe herrscht! Und wenn du Ermengard an dein wildes, leidenschaftliches Herz drückst, bist du aus Gründen, die dir einst im Himmel offenbar werden sollen, von deinem Gelübde an Eleonora entbunden...«

Das ovale Porträt

Mein Fieber war äußerst heftig und langwierig. Alle Heilmittel, die ich mir in den wilden Apenninen verschaffen konnte, hatte ich schon erfolglos angewandt. Mein Diener und einziger Gefährte des einsamen Schlosses war zu nervös und ungeschickt, um mich zur Ader lassen zu können; überdies hatte ich auch bei dem Zusammenstoß mit den Banditen allzuviel Blut verloren. Ich konnte auch nicht meinen Diener um Hilfe ausschicken und allein und hilflos hier zurückbleiben. Da fiel mir ein, daß sich noch mit meinem Rauchtabak ein kleines Paket Opium in meiner Tabaksdose befinden mußte. Ich hatte mir nämlich in Konstantinopel angewöhnt, Tabak mit Opium gemischt zu rauchen.

Pedro reichte mir die Büchse; doch als ich mir einen Teil von dem Narkotikum abschneiden wollte, zögerte ich ein wenig. Beim Rauchen kommt es so sehr darauf an, wieviel Opium dem Tabak beigemengt wird, doch hier lag die Sache anders. Ich hatte noch nie Opium gegessen. Aber ich half mir aus der Verlegenheit, indem ich beschloß, zuerst nur eine ganz kleine Dosis zu nehmen. Sollte sie nicht wirken, so wollte ich sie so lange gradweise verstärken, bis ich fühlte, daß das Fieber sich verminderte, und der Schlaf, der mich nun schon seit fast acht Tagen floh, sich auf meine taumelnden Sinne herabsenken würde.

Das Schloß, in das mein Diener gewaltsam eingedrungen war, damit ich in meinem beklagenswerten Zustand die Nacht nicht im Freien zubringen müsse, war eines jener Gebäude von halb großartiger, halb melancholischer Bauart und mochte wohl nicht nur in Mrs. Radcliffes Phantasie, sondern auch in Wirklichkeit schon lange finster in die Apenninen hinabgeschaut haben. Allem Anschein nach war es erst seit kurzem und nur vorübergehend verlassen worden. Wir richteten uns in einem der kleinsten und am wenigsten prunkvoll möblierten Zimmer ein. Es lag in einem Eckturm des Schlosses und war mit reichem, wenn auch altem, teils zerfallenem Zierwerk ausgestattet. Die Wände waren mit Trophäen und einer wahrhaft erstaunlichen Menge moderner Gemälde behangen, die nicht nur die Hauptwände des Zimmers, sondern auch die zahlreichen Nischen und Erker schmückten. Diese Gemälde betrachtete ich in meinem beginnenden Delirium mit größtem Interesse. Ich befahl Pedro, meinem Diener, die schweren Vorhänge vor die Fensterläden zu ziehen und, da es Nacht wurde, einen großen, vielarmigen Kandelaber anzuzünden, der am Kopfende des Bettes stand. Dann hieß ich ihn die schwer befransten, schwarzsamtenen Bettgardinen beiseite zu schieben. Ich wollte, falls ich nicht schlafen konnte, die Gemälde betrachten und den kleinen Band durchlesen, den ich auf den Kissen gefunden hatte und der eine Beschreibung und Kritik der Gemälde enthielt. Ich las lange, lange und betrachtete die Bilder voll Ehrfurcht und Andacht. Rasch und angenehm entflohen die Stunden, und die tiefe Mitternacht zog heran. Die Stellung des Kandelabers mißfiel mir, und um meinen schlafenden Diener nicht zu wecken, streckte ich selbst mit Mühe die Hand aus und stellte ihn so, daß seine Strahlen nun voll auf mein Buch fielen.

Diese kleine Bewegung hatte eine ganz ungeahnte Wirkung. Die Strahlen der zahlreichen Kerzen fielen in eine Nische des Zimmers, die bis dahin tief im Schatten eines Bettpfostens gelegen hatte, und ich erblickte in hellster Beleuchtung ein bis jetzt unbemerktes Porträt. Es war das Bild eines jungen, eben zum Weibe reifenden Mädchens. Ich blickte es hastig an und schloß dann meine Augen. Weshalb ich das tat, wußte ich im ersten Augenblick selbst nicht, und ich begann mit geschlossenen Lidern über den Beweggrund nachzugrübeln. Es war wohl eine instinktive Bewegung gewesen, um Zeit zum Nachdenken zu gewinnen –, um mich zu vergewissern, daß mein Blick mich nicht getäuscht hatte –, um meine Phantasie zu beruhigen, damit sie den Gegenstand nüchtern und gründlich betrachte. Nach wenigen Sekunden blickte ich das Gemälde erneut scharf an.

Daß ich richtig sah, konnte ich nicht länger bezweifeln, noch wollte ich es – denn der erste Widerschein der Kerzen auf der Leinwand hatte die träumerische Versunkenheit, die vielleicht über meine Sinne gesunken war, verwischt und mich plötzlich vollständig wach gemacht.

Das Bild war, wie schon gesagt, das Porträt eines jungen Mädchens – nur der Kopf und die Schultern, und zwar in jener Art ausgeführt, die man mit dem technischen Ausdruck »Vignette« bezeichnet, im Stil sehr ähnlich den Köpfen, wie sie Sully malte. Die Arme, der Busen und selbst die Spitzen ihres schimmernden Haares gingen unmerklich in den unbestimmten Schatten über, der den Hintergrund des Gemäldes bildete. Der Rahmen war oval, mit reich vergoldetem Schnitzwerk in maurischem Stil verziert. Als Kunstwerk betrachtet konnte es nichts Bewundernswerteres geben als dieses Porträt – und doch hätte weder die vollkommene Ausführung des Bildes noch die engelsgleiche Schönheit der dargestellten Person mich so plötzlich und so heftig erregen können. Völlig ausgeschlossen aber war es, daß ich im ersten Augenblick des Erwachens aus meinen Träumereien den Kopf etwa für eine lebendige Person gehalten hätte. Die eigentümliche Darstellung und vignettenhafte Art der Ausführung und der glänzende Rahmen hätten einen solchen Gedanken überhaupt wohl nicht aufkommen lassen ... Ich dachte über dies alles, in meine Kissen zurückgelehnt, vielleicht eine Stunde lang nach und hielt meinen Blick unverwandt auf das

Porträt gerichtet, bis ich endlich, befriedigt, das ganze Geheimnis dieses sonderbaren Bildes erschaut zu haben, in meine Kissen zurücksank. Sein Reiz schien nämlich in der vollkommenen Lebensähnlichkeit des Ausdrucks, der mich beim ersten Anblick so lebhaft erregt, verwirrt und überwältigt hatte, zu liegen.

Mit einem Gefühl tiefen, ehrfürchtigen Schauderns schob ich den Kandelaber in seine frühere Stellung zurück, und nachdem so die Ursache meiner Unruhe meinen Blicken entzogen war, ergriff ich hastig das Büchlein, das die Beschreibung und die Geschichte der Gemälde enthielt. Ich schlug die Nummer des ovalen Porträts auf und las die sonderbaren Worte:

»Sie war ein Mädchen von seltenster Schönheit und ebenso heiter wie liebreizend. Und verhängnisvoll war die Stunde, in welcher der Maler sie sah, liebte und zur Gattin nahm. Er war leidenschaftlich, grüblerisch, von strengem Ernst und hatte schon eine Braut in seiner Kunst ... Sie aber, ein Mädchen von seltenster Schönheit, war ganz Licht und Lächeln und zu Scherzen aufgelegt wie ein junges Reh; sie liebte und pflegte alle Dinge und haßte nur die Kunst, die ihre Rivalin war, und fürchtete nur die Palette und die Pinsel und die übrigen verhaßten Werkzeuge, die ihr den Anblick des Geliebten entzogen. Mit Schrecken vernahm die junge Frau den Wunsch ihres Gatten, sie zu porträtieren. Aber sie war ergeben und gehorsam und saß geduldig lange Wochen hindurch in dem düsteren, hohen Turmzimmer, in das nur von oben ein bleiches Licht auf die Leinwand fiel. Er aber, der Maler, setzte seinen ganzen Stolz in dies Werk, das stündlich, täglich seiner Vollendung entgegenging. Und er war ein leidenschaftlicher, seltsamer und launischer Mann, der sich in Träumereien verlor, so daß er nicht sehen wollte, wie das Licht, das so gespenstisch in jenes einsame Turmzimmer fiel, die Gesundheit und die Seele seiner Frau zerstörte, die für alle, nur nicht für ihn, sichtbar dahinsiechte.

Dennoch lächelte sie immer und klagte nie, daß ihr Mann, der berühmte Maler, eine brennende und unsagbare Freude aus seiner Arbeit schöpfte und Tag und Nacht arbeitete, um die zu malen, die ihn so grenzenlos liebte – und die täglich müder und schwächer wurde. Und manche, die das Porträt sahen, sprachen mit unterdrückter Stimme von seiner Ähnlichkeit wie von einem unerklärlichen, machtvollen Wunder, das ein Beweis sei sowohl für die Kunst des Malers wie für seine tiefe Liebe zu ihr, die er so vollendet ähnlich auf die Leinwand bannte. Doch als sich die Arbeit ihrem Ende nahte, wurde niemand mehr im Turmzimmer vorgelassen, denn der Maler war wie besessen vom Eifer um sein Werk und wandte nur noch selten seine Blicke von der Leinwand ab, um die Züge seiner Frau zu betrachten. Und er wollte nicht sehen, daß die Farben, die er auf die Leinwand auftrug, von den Wangen der Geliebten verschwanden, die neben ihm saß. Und als viele Wochen vorübergegangen waren und nur noch wenig zu tun blieb – noch ein Strich an den Lippen, ein letztes Glanzlicht ans Auge – flackerte der Geist der jungen Frau noch einmal auf wie die Flamme einer verglimmenden Lampe. Und der Pinselstrich wurde getan, das Glanzlicht aufgesetzt, und der Maler stand einen Augenblick wie verzückt vor dem Werk seiner Hände. Im nächsten Augenblick aber, während er noch starrte, begann er zu zittern und wurde totenbleich und schrie, von jähem Entsetzen gepackt, mit lauter Stimme: »Wahrlich, das ist das Leben selbst!« und wandte sich um, seine Geliebte anzuschauen. – – Sie war tot...«

Die Maske des roten Todes

Der »Rote Tod« hatte schon lange im Land gewütet. Noch nie war eine Seuche so furchtbar und entsetzlich gewesen. Blut war der Anfang und Blut war das Ende – die rote Farbe des Bluts und ihr Schrecken. Mit heftigen Schmerzen und plötzlichem Schwindel begann es; dann folgte ein starkes Bluten aus allen Poren und dann kam die Auflösung. Die Scharlachflecke am ganzen Körper, besonders im Gesicht des Opfers waren das Bannmal, das jede Hilfe und Teilnahme der Mitmenschen ausschloß. Beginn, Fortschritt und Ende der Krankheit waren das Werk einer halben Stunde.

Fürst Prospero aber war glücklich, furchtlos und weise. Als sein Gebiet schon zur Hälfte entvölkert war, entbot er tausend gesunde und frohgemute Freunde aus dem Kreise der Ritter und Edeldamen des Hofes zu sich und zog sich mit ihnen in die stille Abgeschiedenheit einer seiner befestigten Abteien zurück. Diese Abtei war ein riesiger, prachtvoller Bau, der den exzentrischen, aber erlesenen Geschmack des Fürsten spiegelte. Das Ganze umschloß eine dicke und hohe Mauer und durch sie hindurch führten eiserne Tore. Kaum war die Hofgesellschaft eingezogen, da brachte man Schmelztiegel und mächtige Hämmer herbei und schweißte die Riegel der Tore fest. Man wollte der Möglichkeit vorbeugen, daß sich ein plötzlicher Ansturm der Verzweiflung von außen her Eingang oder der Unverstand drinnen einen Ausgang erzwängte. Da die Abtei auch mit Vorräten reichlich versehen war, so konnte die Hofgesellschaft der Seuche wohl trotzen. Die Außenwelt mochte sich selber helfen. Einstweilen war es Torheit, zu trauern oder zu grübeln. Der Fürst hatte für alles gesorgt, was dem Vergnügen und der Unterhaltung dienen konnte, für Possenspieler und Improvisatoren, Ballettänzer und Musikanten, für schöne Frauen und guten Wein. Das alles und obendrein Sicherheit gab es innerhalb der Umwallung. Draußen raste der Rote Tod.

Gegen Ende des fünften oder sechsten Monats seiner Abschließung, als draußen die Seuche am heftigsten wütete, veranstaltete Fürst Prospero für seine tausend Gefährten ein unerhört glänzendes Maskenfest.

Es war ein wollüstig-üppiges Bild, diese Maskerade. Doch halt – erst die Räume, in denen sie sich abspielte! Es gab ihrer sieben – eine königliche Flucht. In den meisten Palästen pflegt eine derartige Zimmerflucht einen langen, geraden Durchblick zu gewähren; die Flügeltüren können fast bis an die Seitenwände zurückgeschlagen werden und kaum irgendwo ist die Fernsicht gehemmt. Hier aber lagen die Dinge anders, wie die Vorliebe des Herzogs für das Bizarre erwarten ließ. Die Räume waren so unregelmäßig angeordnet, daß man mit einem Blick kaum einen einzigen Saal überschau-

en konnte. Alle zwanzig bis dreißig Ellen kam eine scharfe Ecke und hinter jeder Ecke ein neuer Effekt: Zur Rechten und Linken sah man inmitten der Wände durch hohe, aber schmale gotische Fenster auf einen geschlossenen Korridor, der den Windungen der Zimmerflucht folgte. Die Scheiben waren aus buntem Glas, dessen Farbe stets mit der Ausstattung des betreffenden Raumes harmonierte. Der Saal im äußersten Osten zum Beispiel war blau dekoriert, und lebhaft blau waren demgemäß seine Fenster. Im zweiten Saale waren die gewirkten Tapeten und Vorhänge purpurfarben, und purpurn schimmerten die Scheiben. Der dritte Raum war orangefarben möbliert und erleuchtet, der fünfte weiß, der sechste violett. Das siebente Gemach war mit schwarzem Samt ausgekleidet, der gleichmäßig Decke und Wände verhüllte, von diesen in schweren Falten auf einen Teppich vom gleichen Stoff sich herabsenkend. Hier aber fehlte die Übereinstimmung zwischen der Draperie und den Fenstern. Die Scheiben waren scharlachfarben – tiefrot wie Blut. In keinem der sieben Gemächer gab es inmitten des goldenen Zierats, der in verschwenderischer Fülle umherstand oder von der Decke herabhing, irgendwelche Lampen oder Kandelaber. Kein Lampen- und Kerzenlicht flammte auf in der Flucht dieser Räume. Dagegen stand in den Korridoren, die neben den Sälen einherliefen, vor jedem Fenster ein mächtiger Dreifuß mit einer lodernden Kohlenpfanne, die ihren Feuerschein durch die farbigen Scheiben hindurchdringen ließ und die Räume so funkelnd erleuchtete. Allerhand prachtvolle und phantastische Wirkungen kamen auf diese Weise zustande, nur in dem westlich gelegenen, schwarzen Saal war der Lichteffekt direkt schauerlich. Der durch die blutroten Fenster hereinströmende Flammenschein verlieh den Gesichtern der Eintretenden etwas so Unheimliches, daß nur sehr wenige aus der Gesellschaft den Fuß über die Schwelle zu setzen wagten.

In diesem Saale stand überdies an der westlichen Wand eine riesige Uhr aus Ebenholz. Dumpf, schwer und eintönig war das Geräusch ihres schwingenden Pendels. Und wenn der Minutenzeiger das Zifferblatt umkreist hatte und es Voll schlug, dann kam aus der ehernen Lunge der Uhr ein so reiner und lauter und tiefer Klang, ein Ton so wunderbar musikalisch, so eigenartig verhallend, daß immer, wenn eine Stunde herum war, die Musiker des Orchesters ihr Spiel einen Augenblick unterbrachen, um auf den Klang dieses Uhrwerks zu lauschen. Die tanzenden Paare mußten notgedrungen pausieren, und eine kurze Verstimmung der fröhlichen Maskengesellschaft war dann die Folge. Die Tollsten und Lustigsten wurden blaß, solange das Schlagwerk der Uhr ertönte; die Älteren und Gesetzteren strichen sich mit der Hand über die Stirn, als wollten sie irgendeinen wirren Traum oder eine Erinnerung wegwischen. Sobald aber die Glockenschläge

verklungen waren, ging wieder ein fröhliches Aufatmen durch die Gesellschaft. Die Musiker sahen sich lächelnd an, als schämten sie sich ihrer Schwäche und Torheit, und gaben sich flüsternd die Versicherung, daß der nächste Stundenschlag sie nicht aufregen solle. Wenn aber wiederum sechzig Minuten (das sind dreitausendsechshundert Sekunden der flüchtigen Zeit) verstrichen waren und das Uhrwerk zu neuem Schlage aushob, trat wieder dieselbe Verstimmung und Unruhe, dieselbe Versunkenheit in die Erscheinung.

Trotz alledem war es ein lustiges, glänzendes Fest. Der Herzog hatte seinen Geschmack für sich. Er besaß ein gut geschultes Auges für Farben und Farbenkontraste und pfiff auf die Schicklichkeitsvorschriften der Mode. Seine Entwürfe waren kühn und temperamentvoll, seine Ideen strahlten förmlich von Originalität. Manche würde ihn für übergeschnappt gehalten haben, seine Bewunderer wußten, daß er's nicht war. Man mußte ihn sehen und reden hören, mußte mit ihm in nähere Berührung kommen, um sicher zu sein, daß er nicht verrückt war.

Die Ausstattung der sieben Säle für dieses prunkvolle Fest war großenteils unter seiner Leitung erfolgt, und ebenso hatte sein origineller Geschmack allen Masken Charakter und Richtung gegeben. Sie waren natürlich entsprechend grotesk. Viel Glanz und Flitter, viel Pikanterie und Phantastik, viel von dem, was man seither in »Hernani« gesehen hat. Da gab es arabeskenartige Gestalten mit verrenkten Gliedern und nicht dazu passender Ausstaffierung – Ausgeburten der Phantasie, wie Verrückte sie träumen –, viel Schönes und schalkhaft Lustiges, viel Bizarres, manches Gräßliche und gar nicht wenig, was direkt Abscheu hätte erregen können. Es waren lebendig gewordene Träume, was da in den sieben Gemächern beständig auf und ab wogte, und diese Träume wandelten hierhin und dorthin, nahmen die Farben der einzelnen Räume an und erweckten den Eindruck, als ob die wilde Musik des Orchesters nichts anderes sei als der Widerhall ihrer Schritte. Von Zeit zu Zeit schlug die Ebenholzuhr in dem schwarz ausgeschlagenen Saale. Dann trat einen Augenblick Ruhe ein. Bis auf die Stimme der Uhr herrschte Schweigen. Die wandelnden Träume erstarrten auf ihren Plätzen. Aber nur einen Augenblick währte das Schweigen – die hallenden Schläge des Uhrwerks verzitterten, und leises, halbunterdrücktes Lachen klang ihren entschwindenden Tönen nach. Die Musik schwoll an, die Träume erwachten zu neuem Leben, wanden sich froher denn je durch die Räume und borgten ihre Farben von den verschiedenen bunten Fenstern, durch die der Lichtschein der Dreifüße strömte. Nur in den Raum, der von den sieben am weitesten westwärts gelegen war, wagte keine der Masken mehr einzutreten. Die Nacht war im Schwinden, grelleres Licht flutete durch die blutroten Scheiben und schauriger wirkten die finsteren Draperien. Wer seinen Fuß auf den schwarzen Teppich zu setzen wagte, der hörte aus unmittelbarer Nähe natürlich viel ernster und eindrucksvoller das einförmige Tak-Tak der Ebenholzuhr, eindrucksvoller als irgendeiner von denen, die in den entfernteren Räumen dem Frohsinn huldigten.

In diesen anderen Räumen drängte und schob sich die Menge, und fieberhaft pulste der Herzschlag des Lebens. In wirbelnder Lustigkeit nahm das Fest seinen Fortgang, bis plötzlich das Schlagwerk der Uhr zur Verkündung der Mitternachtsstunde ertönte. Die Musik verstummte in der geschilderten Weise, die Tänzer erstarrten in ihrer Bewegung, kurz überall trat wie früher ein unbehaglicher Stillstand ein. Jetzt aber mußte die Uhr zwölfmal schlagen, und das trug wahrscheinlich dazu bei, daß entsprechend der längeren Zeit auch ein Mehr an Gedanken die Köpfe der besinnlicheren Festteilnehmer beschäftigte. So kam es vielleicht, daß einzelne unter der Menge, noch ehe der Nachhall des letzten Glockenschlags in der Stille verebbt war, die Anwesenheit einer Maske bemerkten, die niemand bis dahin wahrgenommen. Als das Gerücht sich im Flüsterton durch die ganze Gesellschaft verbreitet hatte, entstand an allen Ecken und Enden ein Zischeln des Unmuts und des Staunens, des Schreckens, Entsetzens und Abscheus.

Es war natürlich keine gewöhnliche Erscheinung, die in der phantastisch herausstaffierten Festgesellschaft, wie ich sie schilderte, solches Aufsehen erregte. Wohl herrschte in dieser Nacht nahezu unbeschränkte Maskenfreiheit, allein die fragliche Erscheinung hatte Herodes noch überherodest und selbst die wahrlich weitgesteckten Schicklichkeitsgrenzen der Vorschrift des Fürsten arg überschritten. Auch in den Herzen der Gleichgültigsten ruhen Saiten, die sich nicht ohne Erschütterung antasten lassen. Selbst für die Leben und Tod sonst Verspottenden gibt es Dinge, die ihrer nun einmal nicht spotten lassen. Die ganze Gesellschaft schien deutlich zu fühlen, daß Kostüm und Auftreten des Fremden ebenso geistlos wie taktlos waren. Vom Kopf bis zum Fuß war die lange, hagere Gestalt in Grabgewänder eingehüllt, und die Maske, die das Gesicht bedeckte, war so genau dem starren Antlitz eines Toten nachgebildet, daß selbst die sorgsamste Prüfung nur schwer den Betrug zu erkennen vermochte. Dennoch hätten die tollen Genießer ringsum es ertragen, vielleicht gar gebilligt, wenn der Verwegene nicht so weit gegangen wäre, den Roten Tod sich als Vorbild zu wählen. Sein Leichengewand war mit Blut bespritzt und seine Stirn und das ganze Gesicht mit grauenerregenden Scharlachflecken gesprenkelt.

Als die Augen des Fürsten auf die gespensterhafte Erscheinung fielen, die – gleichsam um besser im Bilde zu bleiben – mit langsam-feierlichen Schritten zwischen den tanzenden Paaren einherstapfte, bemerkte man, wie er im ersten Augenblick heftig erschauernd zusammenzuckte. Gleich darauf aber schoß ihm die Zornröte in das Gesicht.

»Wer wagt es«, fragte er heiser die neben ihm stehenden Höflinge, »wer wagt uns mit diesem gotteslästerlichen Hohn zu beschimpfen? Ergreift ihn und reißt ihm die Maske herunter, damit wir wissen, wen wir bei Sonnenaufgang aufknüpfen werden!«

Fürst Prospero stand in dem östlichen, blauen Saal, als er das sagte. Laut und scharf drangen seine Worte durch alle sieben Räume; er war ein furchtloser, kräftiger Mann, und die Musik war auf einen Wink seiner Hand gleich verstummt.

Er stand, wie gesagt, in dem blauen Saal, und eine Gruppe bleicher Höflinge stand neben ihm. Als er zu sprechen anfing, machten die Herren eine Bewegung, als ob sie auf den Eindringling losstürzen wollten, der in dem Augenblick ganz in der Nähe war. Jetzt traten sie zögernd und mit gemessenen Schritten näher heran an den Fürsten. Die wahnwitzige Frechheit des Unbekannten hatte die Festteilnehmer mit namenloser Scheu erfüllt, so daß keiner wagte, die Hand nach ihm auszustrecken und ihn zu ergreifen. Ungehindert schritt er ganz nahe am Fürsten vorüber, und da die ganze Gesellschaft wie auf Kommando aus der Mitte der Säle fort und den Wänden zustrebte, ging er ohne Unterbrechung in jenem langsamen, feierlichen Tempo, das ihn von Anfang an gekennzeichnet hatte, durch den blauen Saal in den purpurnen, durch den purpurnen Saal in den grünen, durch den grünen in den orangefarbenen, durch diesen wieder in den weißen und selbst aus diesem noch in den violetten Saal, ohne daß ein entschlossener Versuch gemacht worden wäre, ihm Halt zu gebieten. Dann aber stürzte Fürst Prospero, rasend vor Wut und vor Scham über seine eigene Feigheitsanwandlung, mit größter Hast durch die Säle. Niemand folgte, weil alle ein tödlicher Schreck wie gebannt hielt. Mit hochgeschwungenem blitzenden Dolch war er in kühner Entschlossenheit der vor ihm herschreitenden Gestalt bis auf drei oder vier Schritte nahegekommen, als diese gerade das äußerste Ende des schwarzen Gemaches erreicht hatte. Da trat sie mit einer plötzlichen Wendung ihrem Verfolger entgegen. Ein durchdringender Schrei – blitzend sank der Dolch auf den schwarzen Samtteppich, und unmittelbar darauf lag Fürst Prospero tot auf dem Boden. Jetzt raffte ein Teil der Festgenossen sich auf und rannte mit dem wilden Mut der Verzweiflung in das schwarze Gemach. Als sie jedoch den Unbekannten ergreifen wollten, dessen schlanke Gestalt hochaufgerichtet und bewegungslos im Schatten der Ebenholzuhr dastand, ächzten sie auf in unsagbarem Grauen, weil hinter dem Grabgewand und der Totenmaske, die sie mit stürmischem Griffe gepackt hatten, nicht das geringste Erfaßbare steckte.

Erst jetzt erkannte man die Gegenwart des Roten Todes. Wie ein Dieb in der Nacht war er eingedrungen, und einer nach dem anderen brachen die Festteilnehmer auf der mit Blut betauten Stätte ihrer Lust zusammen, ein jeder mit dem Ausdruck der Verzweiflung, den sein Gesicht im Augenblick seines Sturzes angenommen. Zugleich mit dem Tode des letzten der Fröhlichen entwich auch das Leben der Ebenholzuhr. Die Flammen erloschen, und Nacht, Verwesung und der Rote Tod herrschten unbeschränkt über allem.

Die Augengläser

Vor Jahren war es Mode, die Idee einer »Liebe auf den ersten Blick« ins Lächerliche zu ziehen; aber alle denkenden und nicht minder die tiefempfindenden Menschen sind für deren Existenz stets eingetreten. Neue Entdeckungen auf einem Gebiet, das man ethischen Magnetismus oder Magneto-Ethik nennen könnte, sprechen auch wirklich für die Wahrscheinlichkeit, daß diejenigen menschlichen Neigungen die natürlichsten und somit auch die wahrhaftigsten und stärksten sind, die im Herzen aus gewissermaßen elektrischer Sympathie entstehen, mit einem Wort, daß diejenigen seelischen Fesseln die beglückendsten und dauerhaftesten sind, die ein einziger Blick geschmiedet hat. Die Beichte, die ich jetzt ablegen will, wird den fast unzähligen Beweisen für die Wahrheit dieser Behauptung einen weiteren hinzufügen.

Meine Geschichte fordert es, daß ich etwas ausführlich werde. Ich bin noch ein sehr junger Mann von noch nicht zweiundzwanzig Jahren. Mein heutiger Name ist sehr gewöhnlich und ziemlich plebejisch – Simpson. Ich sage »mein heutiger«, denn ich heiße erst seit kurzer Zeit so, da ich diesen Zunamen im Verlauf des vorigen Jahres gesetzlich angenommen habe, um eine große Erbschaft anzutreten, die mir ein entfernter männlicher Verwandter hinterließ, Adolphus Simpson, Esq. Die Erbschaft war davon abhängig gemacht worden, den Namen des Erblassers anzunehmen, des Familien- nicht des Taufnamens; mein Taufname ist Napoleon Bonaparte, oder, besser gesagt, dies ist mein erster und mein mittlerer Name. Ich nahm den Namen Simpson mit einigem Widerwillen an, da ich auf meinen wahren Familiennamen, Froissart, sehr stolz bin, im Glauben, meine Herkunft von dem unsterblichen Verfasser der »Chronik« herleiten zu können. Bei dem Thema Namen mag es erlaubt sein, nebenher eine merkwürdige Übereinstimmung im Klang der Namen einiger meiner unmittelbaren Vorfahren zu erwähnen. Mein Vater war ein Monsieur Froissart aus Paris. Seine Frau, meine Mutter, die fünfzehn Jahre alt war, als er sie heiratete, war eine Mademoiselle Croissart, die älteste Tochter von Croissart, dem Bankier; dessen Frau wiederum, die erst sechzehn Jahre zählte, als man sie verheiratete, war die älteste Tochter eines gewissen Victor Voissart. Monsieur Voissart hatte – ganz merkwürdigerweise – eine Dame von ähnlichem Namen geheiratet, eine Mademoiselle Moissart. Sie war gleichfalls noch ein Kind, als sie heiratete, und auch ihre Mutter, Madame Moissart, war erst vierzehn, als sie zum Altar schritt. So frühe Heiraten sind in Frankreich gebräuchlich. Wir haben hier also Moissart, Voissart, Croissart und Froissart, alle in einer direkten Abstammungslinie. Mein eigener Name aber wurde durch Gesetzeskraft in Simpson umgeändert, doch meinerseits mit so viel Widerwillen, daß ich eine Zeitlang wirklich zögerte, die Erbschaft mit der unnötigen und ärgerlichen Klausel, die ihr anhing, anzunehmen.

Was körperliche Gaben betrifft, so fehlen sie mir keineswegs. Im Gegenteil, ich glaube, daß ich wohlgestaltet bin und ein Gesicht mein eigen nenne, das neun Zehntel aller Menschen schön nennen würden. Ich bin fünf Fuß elf Zoll hoch. Ich habe schwarzes, lockiges Haar. Meine Nase ist akzeptabel. Die Augen sind groß und grau; und obwohl sie tatsächlich in höchst lästigem Grade schwach sind, so würde man nach ihrem Aussehen keinen derartigen Fehler vermuten. Die Schwäche selbst allerdings hat mich stets sehr geärgert, und ich habe zu jedem Mittel meine Zuflucht genommen, ausgenommen dem Brillentragen. Da ich jugendfrisch und hübsch bin, so gefällt mir eine Brille natürlich nicht und so habe ich mich stets entschieden geweigert, eine solche zu gebrauchen. Ich kenne in der Tat nichts, was das Antlitz eines jungen Menschen so entstellt oder jedem Zug ein Wesen von Feierlichkeit, wenn nicht gar von Scheinheiligkeit aufdrückt. Ein Einglas jedoch hat einen ausgesprochenen Beigeschmack von Geckenhaftigkeit und Affektiertheit. Ich bin bisher so gut als möglich ohne die beiden ausgekommen. Doch genug von diesen nur persönlichen Einzelheiten, die schließlich von geringer Bedeutung sind. Ich will nur noch hinzufügen, daß ich von sanguinischem, tollkühnem, feurigem und schwärmerischem Temperament bin, und daß ich mein Leben lang die Frauen hingebend bewundert habe. Eines Abends im vorigen Winter betrat ich eine Loge im P...-Theater, in Gesellschaft eines Freundes, des Herrn Talbot. Es war Opernabend, und das Programm versprach eine große Attraktion, so daß das Haus völlig überfüllt war. Doch kamen wir zeitig genug, um die Vordersitze zu erhalten, die man uns reserviert hatte, und zu denen wir uns mit einiger Schwierigkeit durchdrängten.

Mein Begleiter, ein wahrer »fanatico« der Musik, widmete zwei Stunden lang seine ungeteilte Aufmerksamkeit der Bühne; unterdessen beschäftigte ich mich damit, die Zuschauermenge in Augenschein zu nehmen, die zum größten Teil aus der Elite der Stadt bestand. Als ich lange genug beobachtet hatte, wollte ich mich eben der Primadonna zuwenden, da wurde ich auf eine Gestalt in einer der Privatlogen aufmerksam, die meiner Beachtung bisher entgangen war, und mein Blick wurde festgehalten und blieb an ihr haften.

Und wenn ich tausend Jahre lebe, niemals werde ich die tiefe Erregung vergessen, mit der ich diese Gestalt betrachtete. Es war eine weibliche Gestalt und die auserlesenste, die ich jemals gesehen hatte. Ihr Gesicht war der Bühne so sehr zugewandt, daß ich in den ersten Minuten nichts davon wahrnehmen konnte, aber der Wuchs war göttlich; kein anderes Wort kann das herrliche Ebenmaß genügend ausdrücken – und selbst das Wort göttlich erscheint lächerlich schwach, da ich es niederschreibe.

Der Zauber einer lieblichen Frauengestalt, die Magie weiblicher Anmut war immer eine Macht, der ich nicht zu widerstehen vermochte. Doch hier war die Anmut personifiziert, zu Fleisch geworden, »le beau idéal«, meiner kühnsten und verzücktesten Traumbilder. Die Gestalt, die ich aufgrund der Bauart der Loge beinahe ganz sehen konnte, war etwas über mittelgroß und näherte sich fast dem Majestätischen, ohne es völlig zu erreichen. Die tadellosen Formen und die tournure waren herrlich. Der Kopf, den ich nur von hinten sah, wetteiferte im Umriß mit dem der griechischen Psyche, und eine elegante Haube aus Gaze aérienne, die mich an den ventus textilis des Apuleius erinnerte, brachte ihn eher zur Geltung, als daß sie ihn verhüllte. Der rechte Arm hing über die Brüstung der Loge herab, und seine köstliche Bildung ließ jeden Nerv in mir erbeben. Oben war er mit einem jener losen offenen Ärmel drapiert, wie sie jetzt Mode sind. Er reichte nur wenig über den Ellenbogen. Darunter trug sie einen enganliegenden Unterärmel aus duftigem Stoff, der in einer Manschette von kostbarer Spitze endete, die anmutig über den oberen Teil der Hand fiel und nur die zarten Finger freiließ, auf deren einem ein Diamantring glänzte, dessen ungeheuren Wert ich sofort erkannte. Die wunderbare Rundung des Handgelenkes wurde durch ein Armband, das es umschloß, gut zur Geltung gebracht, auch hier diente als Verzierung und Verschluß ein prächtiges Bündel von Edelsteinen und erzählte in deutlicher Sprache von dem Reichtum und dem verfeinerten Geschmack seiner Trägerin. Ich starrte diese königliche Erscheinung wenigstens eine halbe Stunde lang an, als sei ich mit einemmal zu Stein verwandelt worden; und während dieser ganzen Zeit empfand ich die ganze Kraft und Wahrheit all dessen, was über die Liebe auf den ersten Blick jemals gesagt und gesungen worden ist. Meine Empfindungen waren völlig verschieden von all jenen, die ich bisher gefühlt hatte, selbst in Gegenwart der am meisten gefeierten Exemplare weiblicher Holdseligkeit. Eine unsagbare – ich möchte sagen, eine magnetische Sympathie von Seele zu Seele, schien nicht nur mein Auge, sondern meine ganze Denkfähigkeit und mein ganzes Empfindungsvermögen an das bewundernswürdige Wesen vor mir zu fesseln. Ich sah – ich fühlte – ich wußte, daß ich abgründig, wahnsinnig, endgültig verliebt war, und das nun sogar, bevor ich noch das Gesicht der geliebten Person gesehen hatte. Die Leidenschaft, die mich verzehrte, war so groß, daß ich wirklich der Meinung bin, sie hätte nur eine geringe oder gar keine Verminderung erfahren, wären die Gesichtszüge, die ich bisher noch nicht gesehen hatte, von nur gewöhnlicher Art gewesen;

so unberechenbar ist das Wesen wahrer Liebe – der Liebe auf den ersten Blick, und so wenig hängt sie tatsächlich von äußeren Gegebenheiten ab, welche sie scheinbar allein hervorrufen und beherrschen.

Indem ich so in Bewunderung dieses holden Bildes versunken war, brachte eine plötzliche Unruhe im Zuschauerraum die Dame dazu, ihren Kopf ein wenig mir zuzuwenden, so daß ich das volle Profil des Gesichtes erblickte. Seine Schönheit übertraf noch meine Erwartungen, und doch gab es da etwas, was mich enttäuschte, ohne daß ich genau hätte sagen können, was es war. Ich sage »enttäuschte«, aber das ist nicht ganz das richtige Wort. Meine Gefühle wurden gleichzeitig beruhigt und erhoben. In ihnen war weniger Leidenschaft als ein stilles Entzücken, entzückte Ruhe. Dieser Gefühlszustand rührte vielleicht von dem madonnengleichen und frauenhaften Ausdruck des Gesichtes her; und doch war mir sofort klar, daß er nicht davon allein herrühren konnte. Da gab es etwas anderes, irgendein Geheimnis, das ich nicht lösen konnte, ein Gesichtsausdruck, der mich ein wenig befremdete und gleichzeitig mein Interesse aufs höchste weckte. Alles in allem war ich genau in der Verfassung, die einen jungen empfänglichen Mann zu jeder extravaganten Tat bereit macht. Wäre die Dame allein gewesen, so wäre ich zweifellos in ihre Loge gegangen und hätte sie angesprochen, komme was wolle; doch glücklicherweise hatte sie zwei Begleiter, einen Herrn und eine auffallend schöne Frau, die offensichtlich um einige Jahre jünger war als sie.

Ich wälzte tausend Pläne in meinen Gedanken, wie ich wohl späterhin der älteren von den Damen vorgestellt werden oder mir sogleich zumindest einen genauen Anblick ihrer Schönheit verschaffen könnte. Ich hätte gern meinen Platz mit einem vertauscht, der ihrer Loge näher lag, aber das übervolle Theater machte das unmöglich; und die strengen Gebote des Anstandes haben seit kurzem in einem Falle wie diesem den Gebrauch der Operngläser kategorisch verboten – also auch, wenn ich so glücklich gewesen wäre, eines bei mir zu haben, aber ich hatte keines und war verzweifelt. Endlich fiel mir ein, mich an meinen Begleiter zu wenden. »Talbot«, sagte ich, »Sie haben ein Opernglas, geben Sie es mir.«

»Ein Opernglas? Was denken Sie, daß ich mit einem Opernglas anfangen würde?« Damit wandte er sich ungeduldig wieder der Bühne zu.

»Aber Talbot«, begann ich aufs neue und rüttelte ihn an der Schulter, »hören Sie zu, ja? Sehen Sie die Proszeniumsloge? Dort! – nein – die nebenan. Haben Sie jemals eine so herrliche Frau gesehen?«

»Sie ist ohne Zweifel sehr schön«, sagte er.

»Ich möchte wirklich wissen, wer das ist?«

»Was, im Namen aller Engel, wissen Sie denn nicht, wer das ist? Sie nicht zu kennen beweist, daß Sie selbst unbekannt sind! Es ist Madame Lalande, die berühmte Schönheit des Tages par excellence, und das Gespräch der ganzen Stadt. Auch ungeheuer reich – Witwe – und somit eine großartige Partie – eben von Paris angekommen.«

»Kennen Sie sie?«

»Ja, ich habe die Ehre.«

»Wollen Sie mich vorstellen?«

»Selbstverständlich, mit dem größten Vergnügen; wann soll das denn sein?«

»Morgen um ein Uhr werde ich Sie im B...-Hotel besuchen.«

»Sehr schön; und jetzt halten Sie bitte den Mund, wenn Sie irgend können.«

In letzterer Beziehung mußte ich Talbots Rat befolgen; denn er blieb hartnäckig allen weiteren Fragen und Vermutungen gegenüber taub und befaßte sich den Rest des Abends über nur noch mit den Vorgängen auf der Bühne.

Währenddessen starrte ich unausgesetzt auf Madame Lalande und hatte endlich Glück, ihr Gesicht ganz von vorn zu sehen. Es war von auserlesener Lieblichkeit; mein Herz hatte mir das natürlich schon gesagt, wenn nicht auch Talbot mir darüber schon völlige Gewißheit gegeben hätte. Doch noch immer störte mich das unverständliche Etwas. Ich war schließlich der Meinung, daß ein gewisser Ausdruck von Ernsthaftigkeit, von Traurigkeit oder noch besser gesagt von Überdruß den Zügen ein wenig von ihrer Jugend und Frische nahm, um sie dafür mit seraphischer Weichheit und Würde auszustatten; und so bekundete ihnen mein enthusiastisches und romantisches Gemüt natürlich zehnfaches Interesse. Während ich mich so an ihrem Anblick weidete, bemerkte ich schließlich zu meiner größten Bestürzung an einem kaum merklichen Zusammenzucken der Dame, daß sie sich plötzlich der Intensität meines Blickes bewußt wurde. Doch ich war noch ganz bezaubert und konnte mich nicht losreißen, auch nicht einen Augenblick lang. Sie drehte ihr Gesicht zur Seite, und wieder sah ich nur die schöngemeißelte Form ihres Hinterkopfes. Nach einigen Minuten, wie von Neugierde getrieben, ob ich sie noch ansähe, wandte sie den Kopf wieder langsam und begegnete nochmals meinem brennenden Blick. Ihre dunklen, großen Augen senkten sich sofort, und tiefes Rot bedeckte ihre Wangen. Doch wie sehr erstaunte ich, als ich bemerkte, daß sie ein zweites Mal den Kopf nicht nur nicht abwandte, sondern tatsächlich aus ihrem Gürtel eine Lorgnette hervorzog, sie erhob, ansetzte und mich dann ein paar Minuten lang aufmerksam und ohne jede Scheu betrachtete.

Hätte mir zu Füßen ein Blitz eingeschlagen, er hätte mich nicht tiefer erschrecken können, nur erschrecken, nicht beleidigen oder abstoßen, das absolut nicht; obwohl ein so kühnes Handeln bei jeder anderen Frau dazu angetan gewesen wäre, zu beleidigen und abzustoßen. Aber das Ganze geschah mit einer solchen Gleichmut, einer solchen Nonchalance, mit so viel Gemütsruhe, mit den Allüren augenscheinlich bester Lebensart, kurz so, daß es nicht nach einer Ungehörigkeit aussah, und meine Empfindungen waren Bewunderung und Staunen. Ich beobachtete, daß sie sich beim ersten Heben der Lorgnette mit einer nur einen Augenblick währenden Prüfung meiner Person zufriedenzugeben schien und im Begriff war, das Glas abzusetzen, dann aber, als wäre ihr ein zweiter Gedanke gekommen, es wieder hochhob und fortfuhr, mich mit angestrengter Aufmerksamkeit einige Minuten lang zu betrachten, es waren sicherlich wenigstens fünf Minuten.

Diese für ein amerikanisches Theater so ungewöhnliche Handlungsweise zog die allgemeine Aufmerksamkeit auf sich, und das Publikum geriet in eine unbestimmte Bewegung, ein Tuscheln, das mich einen Augenblick lang verwirrte, aber auf das Benehmen von Madame Lalande keine offensichtliche Wirkung ausübte.

Nachdem sie so ihre Neugierde befriedigt hatte – falls es Neugierde war –, ließ sie das Glas fallen und schaute wieder aufmerksam und gelassen auf die Bühne; dabei war mir wieder ihr Profil zugewendet wie vorhin. Ich fuhr indessen fort, sie ständig zu betrachten, obwohl ich mir der Ungehörigkeit eines solchen Betragens voll bewußt war. Jetzt sah ich, wie ihr Kopf sich langsam und allmählich wendete, und bald stand es bei mir fest, daß die Dame, während sie vorgab, nach der Bühne zu sehen, tatsächlich angelegentlich zu mir hinblickte. Ich brauche die Wirkung, die dieses Benehmen einer so bezaubernden Frau auf mein erregbares Gemüt ausübte, nicht zu beschreiben.

Als mich der holde Gegenstand meiner Leidenschaft vielleicht eine Viertelstunde lang auf diese Weise geprüft und erforscht hatte, wandte sie sich an den Herrn in ihrer Begleitung, und während sie sprach, sah ich deutlich an den Blicken der beiden, daß das Gespräch sich um mich drehte.

Danach wandte sich Madame Lalande wieder der Bühne zu und schien ein paar Minuten lang in die Vorstellung vertieft. Dann aber wurde ich in höchste Aufregung versetzt, als ich erkannte, wie sie zum zweiten Mal die Lorgnette, die ihr zur Seite hing, entfaltete und mir wie zuvor gerade ins Gesicht blickte, und, ohne das erneute Tuscheln des Publikums zu beachten, mich von Kopf bis Fuß musterte, und all das mit der gleichen wunderbaren Gelassenheit, die meine Seele vorhin schon sowohl entzückt als verwirrt hatte.

Dieses ungewöhnliche Betragen, das mich völlig in fieberhafte Aufregung stürzte – in ein vollkommenes Liebesdelirium –, trug eher dazu bei, mich kühn zu machen, als mich aus der Fassung zu bringen. In der wilden Heftigkeit meiner Liebe vergaß ich alles um mich her, außer der Nähe und der majestätischen Schönheit der Erscheinung, die meinem staunenden Blick standhielt. Ich wartete die Gelegenheit ab, da das Publikum ganz mit der Opernaufführung beschäftigt war, hielt Madame Lalandes Blick fest, und im gleichen Augenblick verbeugte ich mich leicht, aber unverkennbar.

Sie errötete sehr tief, wandte dann die Augen ab, sah sich darauf langsam und vorsichtig um, offensichtlich um festzustellen, ob meine kühne Handlung bemerkt worden war und beugte sich zu dem Herrn, der ihr zur Seite saß.

Die begangene Ungehörigkeit wurde mir nun brennend bewußt, und ich erwartete nichts Geringeres als einen öffentlichen Auftritt, während die Vorstellung von Pistolen für den nächsten Tag flüchtig und recht unbehaglich meine Gedanken durchzuckte. Ich war aber gleich darauf höchlich erleichtert, als ich bemerkte, daß die Dame dem Herrn bloß einen Theaterzettel reichte, ohne dabei etwas zu sagen; doch der Leser mache sich eine geringe Vorstellung von meinem Erstaunen, meiner abgründigsten Verwunderung der entzückten Verwirrtheit von Herz und Seele, als sie gleich darauf, nachdem sie verstohlen um sich gesehen hatte, ihren strahlenden Augen erlaubte, sich voll und fest auf die meinen zu richten und sanft lächelnd, eine glänzende Reihe Perlenzähne enthüllend, zweimal deutlich, ausdrücklich und ganz unzweideutig bejahend mit dem Kopf nickte.

Es ist wohl nicht nötig, bei meiner Freude, meiner Begeisterung, der grenzenlosen Verzücktheit meines Herzens zu verweilen. Wenn je ein Mensch im Übermaß des Glückes toll war, so war ich es in diesem Augenblick. Ich liebte. Es war meine erste Liebe, so empfand ich es. Es war höchste Liebe, vollkommen unbeschreiblich. Es war die Liebe auf den ersten Blick. Und auf den ersten Blick war sie gewürdigt und erwidert.

Ja, erwidert. Wie konnte ich einen Augenblick daran zweifeln, und warum auch sollte ich zweifeln? Welche andere Auslegung konnte ich auch diesem Betragen einer so schönen, so reichen, offensichtlich so vollendeten Dame geben, von so großer Bildung, von so hoher gesellschaftlicher Stellung und die, das stand für mich fest, in jeder Hinsicht so durchaus respektabel war wie Madame Lalande? Ja, sie liebte mich, sie erwiderte meine Schwärmerei mit einer so blinden, so kompromißlosen, so wenig berechnenden, so hingegebenen und alle Schranken durchbrechenden Hingerissenheit wie es die meine war! In diesen beglückenden Vorstellungen und Gedanken unterbrach mich jedoch das Fallen des Vorhangs. Die Zuschauer erhoben sich, und der gewohnte Tumult setzte ein. Ich verließ Talbot unverzüglich und machte alle Anstrengungen, mir einen Weg in die Nähe von Madame Lalande zu bahnen. Da mir das des Gedränges wegen nicht gelang, gab ich endlich die Jagd auf, lenkte meine Schritte heimwärts und tröstete mich für meine Enttäuschung darüber, daß ich nicht imstande gewesen war, auch nur den Saum ihres Kleides zu berühren, mit dem Gedanken, daß mich Talbot morgen entsprechend vorstellen würde. Dieser Morgen kam endlich, d. h. endlich dämmerte der Tag nach einer leidig langen Nacht voll Ungeduld, und dann schlichen die Stunden bis eins gleich einer Schnecke, öde und zahllos. Aber, wie man zu sagen pflegt, »selbst Stambul wird ein Ende haben«, und so ging auch diese lange Frist zu Ende. Die Uhr schlug eins. Als das letzte Echo verhallte, trat ich ins B...-Hotel und fragte nach Talbot.

»Ausgegangen«, sagte der Diener Talbots.

»Ausgegangen?« erwiderte ich und taumelte ein paar Schritte zurück, »laß dir sagen, mein sauberer Junge, daß das gar nicht möglich und ganz undenkbar ist; Herr Talbot kann nicht ausgegangen sein. Was meinst du eigentlich?«

»Nichts, Herr; Herr Talbot ist nicht zu Hause, weiter nichts. Er ist nach S. hinübergeritten, gleich nach dem Frühstück und hat hinterlassen, daß er vor einer Woche nicht in die Stadt zurückkommen will.«

Ich stand, vor Entsetzen und Wut, zu Stein erstarrt. Ich versuchte zu antworten, aber meine Zunge versagte den Dienst. Endlich drehte ich mich auf dem Absatz um, vor Zorn glühend und in meinem Innern die ganze Sippe der Talbots in die tiefsten Tiefen der Hölle wünschend. Es war klar, daß mein verehrter Freund il fanatico unsere Verabredung ganz vergessen hatte, vergessen, kaum daß sie getroffen war. Er war niemals sehr gewissenhaft im Worthalten gewesen; da konnte ich nichts machen. Also unterdrückte ich meinen Ärger so gut ich konnte, schlenderte schlechtgelaunt durch die Straßen und richtete an jeden männlichen Bekannten, den ich traf, eine sinnlose Frage über Madame Lalande. Vom Hörensagen, bemerkte ich, war sie allen bekannt, viele kannten sie vom Sehen; aber sie war erst ein paar Wochen in der Stadt, und deshalb gab es sehr wenige, die sich ihrer persönlichen Bekanntschaft rühmen konnten. Diese wenigen, die noch verhältnismäßig fremd waren, konnten oder wollten sich nicht die Freiheit nehmen, mich in der Form eines Morgenbesuches einzuführen. Während ich nun in heller Verzweiflung dastand und mit drei Freunden diesen mich völlig in Anspruch nehmenden Gegenstand meines Herzen besprach, kam eben dieser Gegenstand vorüber.

»Bei meinem Leben, da ist sie!« rief der eine.

CAFE

»Berückend schön!« rief der zweite aus.

»Ein Engel auf Erden!« stieß der dritte hervor.

Ich blickte hin; und in einem offenen Wagen, der sich uns, die Straße langsam herabfahrend, näherte, saß die herrliche Erscheinung aus der Oper, von jener jüngeren Dame begleitet, die mit ihr in der Loge gesessen hatte.

»Ihre Begleiterin hält sich auch ganz ausgezeichnet«, sagte derjenige der drei, der zuerst gesprochen hatte.

»Erstaunlich«, sagte der zweite; »sieht noch immer phantastisch aus; aber Kunst tut Wunder; mein Wort darauf, sie sieht noch besser aus als vor fünf Jahren in Paris; noch immer eine schöne Frau, finden Sie nicht auch, Froissart? – Simpson, meine ich.«

»Noch immer!« sagte ich, »und warum sollte sie es nicht sein? Aber verglichen mit ihrer Freundin, ist sie ein Nachtlicht neben dem Abendstern, ein Glühwurm neben dem Antares.«

»Aber Simpson, Sie haben ein erstaunliches Talent, die Dinge auszulegen, ich meine, auf originelle Art auszulegen.«

Darauf trennten wir uns, während einer von den dreien begann, einen lustigen Gassenhauer zu summen, von dem ich nur folgende Zeilen auffing:

Ninon, Ninon à bas –
A bas Ninon de l'Enclos!

Während dieser kleinen Szenen hatte mir aber doch etwas gar sehr zum Trost gedient, obwohl es die Leidenschaft, die an mir fraß, noch nährte. Als der Wagen von Madame Lalande an unserer kleinen Gruppe vorbeirollte, bemerkte ich, daß sie mich erkannte; und mehr als das, sie hatte mich als unzweideutiges Zeichen des Erkennens, mit einem engelgleichen Lächeln, wie man es sich kaum vorstellen kann, beglückt.

Hinsichtlich meiner Einführung bei ihr war ich gezwungen, alle Hoffnung aufzugeben, bis zu jenem Zeitpunkt, wo es Talbot beliebte, von seinem Landaufenthalt zurückzukehren. In der Zwischenzeit besuchte ich immer wieder jeden ehrbaren Ort öffentlicher Lustbarkeit, und endlich im Theater, wo ich ihr das erste Mal begegnet war, wurde mir das hohe Glück zuteil, sie zu sehen und ein zweites Mal Blicke mit ihr zu tauschen. Das geschah aber erst nach Ablauf von vierzehn Tagen. Zwischendurch hatte ich Tag für Tag in seinem Hotel nach Talbot gefragt und bekam Tag für Tag einen Wutanfall bei dem ewigen: »Noch nicht zurück« seines Dieners.

An dem bestimmten Abend befand ich mich daher in einem Zustand, der an Wahnsinn grenzte. Man hatte mir gesagt, Madame Lalande sei Pariserin, erst vor kurzem aus Paris angekommen – konnte sie nicht plötzlich dahin zurückkehren? Zurückkehren, ehe Talbot kam – und wäre sie auf diese Weise nicht für immer für mich verloren gewesen? Dieser Gedanke war zu furchtbar zu ertragen. Da mein künftiges Glück davon abhing, beschloß ich, mit männlicher Entschlossenheit zu handeln. Mit einem Wort, als die Vorstellung zu Ende war, folgte ich der Dame bis zu ihrer Wohnung, schrieb die Adresse auf und sandte ihr am nächsten Morgen einen ausführlichen, sorgfältig ausgearbeiteten Brief, in den ich mein ganzes Herz hineinlegte.

Ich sprach kühn, frei – ich sprach mit Leidenschaft. Ich verhehlte ihr nichts, auch meine Schwächen nicht. Ich spielte an auf die romantischen Umstände unserer ersten Begegnungen, ja selbst auf die Blicke, die zwischen uns hin und her gegangen waren. Ich ging sogar so weit, zu sagen, ich sei ihrer Liebe sicher und führte sowohl diese Gewißheit als auch meine eigene stürmische Verehrung als zwei Entschuldigungsgründe für mein sonst unverzeihliches Benehmen an. Als dritten erwähnte ich die Befürchtung, sie könnte die Stadt verlassen, ehe ich Gelegenheit hätte, ihr geziemend vorgestellt zu werden. Ich schloß den Brief, der feurigste, schwärmerischste, der jemals geschrieben wurde, mit einer offenen Darlegung meiner äußeren Umstände, meines Reichtums – und bot ihr Herz und Hand an.

In höchster Seelenangst erwartete ich ihre Antwort. Nach Verlauf einer Zeit, die mir ein Jahrhundert schien, kam sie.

Ja, sie kam tatsächlich. So märchenhaft das alles klingen mag, ich bekam wirklich einen Brief von Madame Lalande, der schönen, der reichen, der vergötterten Madame Lalande. Ihre Augen, diese herrlichen Augen hatten ihr edles Herz nicht Lügen gestraft. Als echte Französin, die sie war, hatte sie freimütig der Eingebung ihrer Vernunft gehorcht, den edlen Trieben ihrer Natur und hatte die herkömmliche Prüderie der Welt mißachtet. Sie hatte meinen Antrag keineswegs verspottet. Sie hatte sich nicht in Schweigen gehüllt. Sie hatte meinen Brief nicht ungeöffnet zurückgesandt. Sie schickte mir als Antwort sogar einen, den sie mit ihren eigenen wunderbaren Händen geschrieben hatte. Er lautete so:

»Monsieur Simpson wird verseien, daß ik die söne Sprak von sein pays nit componire so gutt als sollte. Ik sein erst kurs ankommen und 'abe nok nit opportunité su – l'étudier. Mit diese apologie fur die manière ik wollen sagen, daß – hélas! – Monsieur Simpson 'aben nur zu wahr geraten. Muß ik sagen mehr? Hélas! – 'abe ik nit bereit su vill sagen?

Eugénie Lalande.

Diesen herrlichen Brief küßte ich tausendmal und vollführte sicherlich um seinetwillen tausend andere Ungereimtheiten, die ich nun vergessen habe. Aber Talbot kehrte immer noch nicht zurück. Ach, hätte er sich auch nur die leiseste Vorstellung von den Leiden gemacht, die seine Abwesen-

heit dem Freund brachte, wäre seine mitfühlende Natur demselben nicht sofort zu Hilfe geeilt? Doch wie immer es sich auch verhielt, er kam nicht. Ich schrieb ihm. Er antwortete. Wichtige Geschäfte hielten ihn ab, aber er würde binnen kurzem zurückkommen. Er bat mich, geduldig zu sein, meinen Überschwang zu mäßigen, besänftigende Bücher zu lesen, nichts Stärkeres zu trinken als Rheinwein und die Trostsprüche der Philosophie zu lesen. Der Narr! Falls er selbst schon nicht kommen konnte, warum im Namen der Vernunft konnte er mir nicht einen Empfehlungsbrief schikken? Ich schrieb ihm nochmals und flehte ihn an, unverzüglich einen solchen zu schicken. Mein Brief wurde mir von dem bewußten Diener mit folgendem Bleistiftvermerk zurückgeschickt. Der Halunke war seinem Herrn aufs Land gefolgt: »Gestern von S. abgereist, Richtung noch unbekannt – sagte nicht, wohin – oder wann er zurück sein wollte – so schien es mir das beste, Ihren Brief zurückzuschicken, da ich Ihre Handschrift kenne, und derweil immer mehr oder weniger in Eile sind.

Ihr ergebener Stubbs.«

Es ist wohl nicht nötig, zu sagen, daß ich daraufhin Herrn und Diener gleichermaßen zu den höllischen Geistern wünschte; aber sich ärgern, half wenig, und Klagen brachte nicht den geringsten Trost.

Doch mir blieb, dank meiner angeborenen Kühnheit, noch ein Ausweg übrig. Bisher hatte sie mir immer gute Dienste erwiesen, und so beschloß ich nun, mit ihrer Hilfe zum Ziel zu kommen. Übrigens nach dem Briefwechsel, der zwischen uns stattgefunden hatte, welche Formlosigkeit, natürlich in gewissen Grenzen, hätte ich wohl noch begehen können, die Madame Lalande hätte unschicklich finden müssen? Seit der Briefaffäre hatte ich die Gewohnheit, ihr Haus zu beobachten, und so fand ich heraus, daß sie zur Zeit der Dämmerung, nur von einem Neger in Livree begleitet, auf dem freien bepflanzten Platz, nach dem ihre Fenster blickten, auf und ab zu wandeln pflegte. Hier, mitten in einem üppigen, schattenspendenden Hain, im grauen Dämmerlicht eines lieblichen Hochsommerabends nahm ich die Gelegenheit wahr und sprach sie an. Ich tat es mit der sicheren Miene eines alten, vertrauten Bekannten, um den aufwartenden Diener so eher zu täuschen. Mit ihrer so ganz pariserischen Geistesgegenwart erfaßte sie sogleich meine Absicht und reichte mir zur Begrüßung die bezauberndste kleine Hand. Der Lakai zog sich sogleich in den Hintergrund zurück; und nun sprachen wir mit zum Überfließen vollen Herzen lange und rückhaltlos von unserer Liebe.

Da Madame Lalande noch weniger geläufig englisch sprach als schrieb, war unsere Unterhaltung also französisch. In jener holden Sprache, die Leidenschaft so wohl auszudrücken weiß, ließ ich meiner ungestümen

Schwärmerei die Zügel schießen und beschwor sie mit aller Beredsamkeit, die mir zur Verfügung stand, einer sofortigen Heirat zuzustimmen.

Sie belächelte meine Ungeduld. Und sie erzählte die alte Geschichte von dem Dekorum, diesem Popanz, der so viele von ihrem Glück abhält, bis die Gelegenheit, glücklich zu werden, für immer vorbei ist. Ich hätte höchst unklug unter meinen Freunden verbreitet, bemerkte sie, daß ich ihre Bekanntschaft wünsche, also damit zugegeben, daß ich sie nicht kannte, also gab es wiederum keine Möglichkeit, den Zeitpunkt unseres Bekanntwerdens zu verheimlichen. Und dann verwies sie errötend darauf, wie kurz das erst her war. Sofort zu heiraten, würde unpassend, würde unanständig, »outré« sein. All dies sagte sie mit einem reizenden Anflug von Naivität, der mich hinriß, zugleich aber schmerzte und überzeugte. Sie ging sogar so weit, mich lachend der Voreiligkeit, der Unbedachtsamkeit zu beschuldigen.

Sie bat mich, zu bedenken, daß ich wirklich nicht einmal wisse, wer sie sei, welches ihre Aussichten seien, ihre Beziehungen, ihre Stellung in der Gesellschaft. Sie bat mich jedoch mit einem Seufzer, meinen Antrag nochmals zu überdenken und nannte meine Liebe eine Verblendung, ein Irrlicht, eine Grille oder Einbildung des Augenblicks, die schwankende, haltlose Schöpfung meiner Phantasie viel mehr als meines Herzens. Diese Dinge brachte sie vor, während die Schatten der holden Dämmerung uns dunkler und dunkler umschlossen und zerstörte dann mit einem einzigen zarten Druck ihrer Feenhand den ganzen Aufbau von Beweisen, den sie eben erst errichtet hatte.

Ich antwortete, so gut ich konnte, wie nur ein wahrhaft Liebender antworten kann. Ich sprach sehr lange und beharrlich von meiner Verehrung, von meiner Leidenschaft, von ihrer alles übertreffenden Schönheit und von meiner eigenen schwärmerischen Bewunderung. Schließlich betonte ich mit überzeugendem Nachdruck die Hindernisse, die den Weg der Liebe umgeben, den Weg der wahren Liebe, der niemals glatt verläuft, und bewies so die offensichtliche Gefahr, die entstand, wenn man diesen Weg unnötig in die Länge zog.

Diese letzte Tatsache schien endlich die Strenge ihres Entschlusses zu mildern. Sie gab nach; aber es gäbe da noch ein weiteres Hindernis, sagte sie, von dem sie überzeugt sei, daß ich es nicht genügend in Betracht gezogen hätte. Das war ein heikler Punkt, ganz besonders, wenn eine Frau darüber sprechen sollte; sobald sie ihn erwähnte, sah sie sich genötigt, ihre Empfindungen zu beherrschen. Doch für mich sollte jedes Opfer gebracht werden. Sie kam auf das Thema »Alter« zu sprechen. War ich mir bewußt, war ich mir ganz und gar des Unterschiedes zwischen uns beiden bewußt?

Daß das Alter des Gatten dasjenige der Ehefrau um einige Jahre übertraf, auch um fünfzehn und zwanzig Jahre, das hielt man im allgemeinen für zulässig, sogar für richtig; aber sie habe immer geglaubt, daß die Jahre der Frau niemals diejenigen des Gatten an Zahl übersteigen sollten. Ein Unterschied von so widernatürlicher Art gab, ach, nur zu häufig Veranlassung zu einem Leben voller Unglück. Nun wußte sie selbst ganz gut, daß ich nicht älter als zweiundzwanzig war; und ich dagegen wußte vielleicht nicht, daß die Jahre meiner Eugénie ganz erheblich über diese Zahl hinausgingen.

Über all dem lag ein solcher Seelenadel, eine hoheitsvolle Unschuld, die mich entzückte, mich verzauberte, die meine Ketten auf ewig festigte. Ich war kaum in der Lage, das äußerste Entzücken, das mich ergriff, zu zügeln.

»Meine süßeste Eugénie«, rief ich aus, »was bedeutet all das, worüber Sie reden? Ihr Alter übertrifft ein wenig das meine. Aber was tut das? Die Gebräuche der Welt sind ebenso viele konventionelle Narrheiten. In welcher Beziehung unterscheidet sich für jemand, der liebt, wie wir es tun, ein Jahr von einer Stunde? Sie sagen, ich sei zweiundzwanzig; ich gebe es zu; Sie könnten ebensogut gleich sagen, ich sei dreiundzwanzig. Nun, Sie selbst, meine teuerste Eugénie, können nicht mehr als – können nicht mehr als – nicht mehr als – als – als – als –«

Hier hielt ich einen Augenblick inne, in der Hoffnung, daß Madame Lalande mich unterbrechen und ihr wahres Alter nennen würde. Aber eine Französin ist selten aufrichtig und hat auf eine Frage, die sie in Verlegenheit setzt, ihre eigene kleine geschickte Antwort bereit. In diesem Fall ließ Eugénie, die sich schon während der letzten Augenblicke etwas an ihrem Halsausschnitt zu schaffen machte, ein Miniaturbildchen auf den Rasen fallen, das ich sofort aufhob und ihr überreichte. »Behalten Sie es!« sagte sie mit dem ihr eigenen betörenden Lächeln. »Behalten Sie es mir zuliebe, derjenigen zuliebe, die es nur allzu geschmeichelt darstellt. Überdies können Sie auf der Rückseite des Schmuckstücks eben jene Auskunft finden, um die es Ihnen wohl zu tun ist. Es wird nun wirklich etwas dunkel, aber Sie können es morgen früh mit Muße betrachten. Inzwischen dürfen Sie mich heute abend nach Hause begleiten. Meine Freunde veranstalten eben einen kleinen musikalischen Empfang. Ich kann Ihnen unter anderem versprechen, daß sicher gut gesungen wird. Wir Franzosen nehmen es nicht annähernd so genau wie ihr Amerikaner, und es wird mir nicht schwerfallen, Sie als alten Bekannten einzuschmuggeln.«

Damit nahm sie meinen Arm, und ich begleitete sie ins Haus. Es war ein ganz prächtiges Haus und, wie ich meine, mit gutem Geschmack eingerichtet. Aber ich habe kaum die Berechtigung, den letzteren Punkt zu beurteilen, denn als wir ankamen, war es gerade dunkel geworden, und in den besseren amerikanischen Häusern sieht man, solange die Sommerhitze dauert, zu dieser angenehmsten Zeit des Tages selten künstliches Licht. Es wurde jetzt aber etwa eine Stunde nach meinem Kommen ein Sonnenbrenner, den ein Schirm beschattete, im Hauptsalon angezündet; und deshalb konnte ich sehen, daß dieser Raum mit ungewöhnlich gutem Geschmack, ja sogar prunkvoll eingerichtet war. Aber zwei weitere Räume der Zimmerflucht, in denen die Gesellschaft in der Hauptsache versammelt war, blieben den ganzen Abend über in angenehmstem Dunkel. Dies ist eine hübsch erdachte Sitte, die es der Gesellschaft wenigstens ermöglicht, zwischen Licht und Schatten zu wählen, eine Sitte, die schleunigst zu der ihren zu machen, unsere Freunde über dem Wasser gut täten.

Der so verbrachte Abend war ohne Frage der köstlichste meines Lebens. Madame Lalande hatte die musikalischen Fähigkeiten ihrer Freunde nicht überbewertet; und außer in Wien hatte ich in keinem privaten Zirkel Gesang gehört, der diesen hier übertroffen hätte. Virtuosen auf ihrem Instrument gab es viele, nur solche von hervorragender Begabung. Die singenden Künstler waren meistens Damen, und keine von allen sang schlechter als gut. Endlich, als man heftig nach Madame Lalande verlangte, erhob sie sich sogleich ohne Ziererei oder Zaudern von der Chaiselongue, auf der sie neben mir gesessen hatte, und begab sich, begleitet von ein, zwei Herren und ihrer Freundin aus der Oper zum Klavier im großen Salon. Ich hätte ihr selbst gern das Geleit gegeben, war mir aber bewußt, daß ich, so wie die Umstände meiner Einführung in dieses Haus lagen, besser daran tat, unbeachtet an meinem Platz zu bleiben. So entging mir das Vergnügen, sie singen zu sehen, wenn auch nicht, sie singen zu hören.

Sie schien auf die Gesellschaft elektrisierend zu wirken, aber auf mich selbst wirkte sie noch viel mehr als das. Ich kann es nicht genau beschreiben. Es entsprach zweifellos teilweise dem Gefühl der Liebe, das mich erfüllte, aber hauptsächlich entsprang es meinem Durchdrungensein von der äußersten Gefühlstiefe der Sängerin. Der sublimsten Künstlerin gelänge es nicht, eine Arie oder ein Rezitativ leidenschaftlicher zum Ausdruck zu bringen als sie es tat. Ihr Vortrag der Romanze aus Othello, der Ton, mit dem sie die Worte »Sul mio sasso« in den Capuletti sang, klingt noch in meiner Erinnerung nach. Die tieferen Töne waren ganz wundervoll. Ihre Stimme unfaßte drei ganze Oktaven und reichte von dem D des Contralto bis zu dem D des hohen Soprans, und obwohl sie stark genug gewesen wäre, das Theater San Carlo zu füllen, führte sie ganz genau alle Schwierigkeiten der Singstimme durch, kletterte Tonleitern auf und ab und Kadenzen und Verzierungen. Im Finale der »Somnambula« erzielte sie eine besonders hohe Wirkung mit den Worten:

Ah! non giunge uman pensiero
Al contento ond' io son piena

Hier änderte sie, dem Beispiel der Malibran folgend, die ursprüngliche Phrase des Bellini, und zwar so, daß sie die Stimme bis zum G des Tenor senkte und dann in schnellem Übergang das dreigestrichene G anschlug und so ein Intervall von drei Oktaven übersprang.

Als sie sich nach diesem Wunder von Gesangsleistung vom Klavier erhob, setzte sie sich wieder neben mich, und nun drückte ich ihr mit Worten höchster Begeisterung mein Entzücken über ihre Kunst aus. Von meiner Überraschung sagte ich nichts, und doch war ich tatsächlich überrascht. Denn eine gewisse Schwäche oder eigentlich eine gewisse zittrige Unsicherheit der Stimme im normalen Gespräch hatte mich darauf vorbereitet, zu glauben, daß sie beim Singen keine hervorragenden Fähigkeiten zeigen würde.

Wir sprachen nun lange, ernsthaft, ungestört und völlig rückhaltlos miteinander. Sie ließ mich vieles aus meinem früheren Leben erzählen und lauschte jedem meiner Worte mit atemloser Spannung. Ich verbarg ihrer Liebe und ihrem Vertrauen nichts, fühlte, daß ich ein Recht hatte, nichts zu verbergen. Ermutigt durch die Aufrichtigkeit, mit der sie die heikle Frage ihres Alters behandelt hatte, ging ich nicht nur bezüglich meiner kleineren Fehler ganz offenherzig auf Einzelheiten ein, sondern legte noch eine vollständige Beichte über gewisse moralische, ja sogar über gewisse körperliche Gebrechen ab, deren Enthüllung, da sie so viel mehr Mut erfordert, ein sicheres Zeichen von Liebe ist. Ich erzählte von meinen Schülerstreichen, meinen Schulden, meinen Liebeleien. Ich ging sogar so weit, von einem leicht hektischen Husten zu sprechen, der mich eine Zeitlang belästigt hatte, von chronischem Rheumatismus, einem kleinen vererbten gichtischen Zwicken und zum Schluß von der unangenehmen und lästigen, aber bisher so sorgfältig verborgenen Schwäche meiner Augen.

»Daß Sie diesen letzten Punkt gebeichtet haben«, meinte Madame Lalande lachend, »war sicherlich nicht überlegt, denn ich bin überzeugt, daß ohne dieses Geständnis niemand Sie in einem solchen Verdacht gehabt hätte. Nebenbei bemerkt«, fuhr sie fort, »erinnern Sie sich noch«, und hier bildete ich mir ein, daß selbst in der Dunkelheit des Zimmers das Erröten ihrer Wangen deutlich sichtbar zu sehen war, »erinnern Sie sich noch, mon cher ami, dieser kleinen Augenhilfe, die jetzt an meinem Hals hängt?« So sprechend drehte sie die bewußte Lorgnette, die mich damals im Theater so vollkommen verwirrt hatte, zwischen ihren Fingern. »Ach, nur zu wohl erinnere ich mich daran«, rief ich aus und drückte leidenschaftlich die zarte

Hand, die mir das Glas zur Besichtigung hinhielt. Es war ein kompliziertes, prachtvolles Spielzeug, reich ziseliert und mit Filigranarbeit versehen und selbst in diesem unzureichenden Licht von Juwelen funkelnd; ich konnte nicht umhin, zu bemerken, daß sie einen hohen Wert besaßen.

»Eh bien! mon ami«, nahm sie den Faden wieder auf, und zwar mit einem Eifer in ihrem Wesen, der mich einigermaßen in Erstaunen versetzte, »eh bien, mon ami, Sie haben mich allen Ernstes um eine Gunst gebeten, und es hat Ihnen gefallen, diese Gunst unschätzbar zu nennen. Sie haben mich für morgen um meine Hand gebeten. Wenn ich nun Ihrem Flehen und, ich darf hinzufügen, der Fürsprache meines Herzens nachgebe, sollte ich da nicht berechtigt sein, eine ganz, ganz kleine Gefälligkeit als Belohnung zu verlangen?«

»Nennen Sie sie!« rief ich mit solchem Nachdruck aus, daß beinahe die Aufmerksamkeit der Gesellschaft auf uns gelenkt worden wäre, und deren Anwesenheit allein hielt mich davor zurück, mich ihr stürmisch zu Füßen zu werfen. »Sage es, meine Geliebte, meine Eugénie, mein Alles, sage es! – doch ach! – es ist ja gewährt, ehe du es nennst.«

»Ich möchte also, mon ami«, sagte sie, »daß sie jener Eugénie zu Gefallen, die Sie lieben, diese kleine Schwäche, die Sie mir zuletzt gebeichtet haben, besiegen – diese mehr moralische als physische Schwäche, die, seien Sie versichert, so sehr dem Adel Ihres echten Wesens widerspricht und sich mit der Offenheit Ihres sonstigen Charakters so schlecht verträgt und die, wenn man sie überhandnehmen läßt, Sie früher oder später bestimmt in irgendeine höchst peinliche Klemme bringen wird. Sie sollen mir zuliebe diese Eitelkeit überwinden, die Sie nach Ihrer eigenen Aussage dazu verleitet, Ihre Sehschwäche durch Stillschweigen und Verhehlen zu leugnen. Denn Sie leugnen dieses Übel tatsächlich ab, indem Sie sich weigern, das gebräuchliche Mittel zu dessen Beseitigung anzuwenden. Sie verstehen also, was ich sagen will; ich möchte, daß Sie Augengläser tragen – ach, still! Sie haben schon eingewilligt, welche zu tragen, mir zuliebe. Sie werden dieses kleine Spielzeug, welches ich hier in der Hand halte, annehmen, das, obgleich als Sehbehelf bewundernswert, doch als Kleinod keinen besonderen Wert hat. Sie sehen, daß es, durch eine kleine Abänderung – so – und so – den Augen in Form einer Brille angepaßt werden oder aber als Lorgnette in der Westentasche getragen werden kann. Doch Sie haben schon eingewilligt, es in ersterer Form und regelmäßig zu tragen, mir zuliebe!«

Diese Bitte – ich muß es eingestehen – verwirrte mich in keinem geringen Maße. Aber die Bedingung, mit der sie verknüpft war, ließ ein Zögern natürlich gar nicht in Frage kommen.

»Es sei!« rief ich mit soviel Begeisterung, wie ich im Augenblick aufbringen konnte. »Es sei – es sei freudigst gewährt. Ihnen zuliebe bringe ich jede Eitelkeit zum Opfer. Heute abend trage ich dieses liebe Augenglas als Lorgnette und auf meinem Herzen; aber mit dem ersten Dämmern des Morgens, der mir das Glück bringt, Sie mein Weib zu nennen, werde ich es auf meine – auf meine Nase setzen und es von da an immer so tragen, auf jene weniger romantische und weniger modische, aber sicherlich zweckmäßigere Art und Weise, ganz so, wie Sie es wünschen.«

Unser Gespräch wandte sich nun den Einzelheiten der zu treffenden Anordnungen für den nächsten Morgen zu. Ich erfuhr von meiner Verlobten, daß Talbot gerade nach der Stadt zurückgekehrt war. Ich mußte ihn sofort aufsuchen und einen Wagen besorgen. Die Soirée würde kaum vor zwei Uhr zu Ende sein; zu jener Stunde sollte der Wagen vor dem Tor stehen; dann konnte Madame Lalande inmitten des Wirrwarrs, den der Aufbruch der Gesellschaft verursachte, leicht ohne Aufsehen einsteigen. Darauf sollten wir zum Haus eines Geistlichen fahren, der uns erwarten würde, dort getraut werden, Talbot absetzen und unsere Fahrt zu einer kleinen Reise nach dem Osten ausdehnen. Und zu Hause überließen wir es der Gesellschaft, über das Geschehen nach Gutdünken allerlei Vermutungen anzustellen.

Nachdem wir all dies abgesprochen hatten, verabschiedete ich mich gleich und ging auf die Suche nach Talbot; aber unterwegs konnte ich mich nicht enthalten, ein Hotel zu betreten, um die Miniatur genau zu betrachten; und zwar geschah das mit Hilfe der kräftigen Unterstützung der Augengläser. Das Antlitz war über alle Maßen schön! Diese großen strahlenden Augen! – die stolze griechische Nase! Die dunklen üppigen Locken! – »Ach!«, sagte ich triumphierend zu mir selbst, »dies ist wahrlich das sprechende Bildnis meiner Geliebten!« Ich drehte die Rückseite nach oben und entdeckte die Worte »Eugénie Lalande, siebenundzwanzig Jahre und sieben Monate alt.«

Ich traf Talbot zu Hause und begann sogleich, ihn mit meinem Glück bekannt zu machen. Selbstverständlich drückte er sein äußerstes Erstaunen aus, gratulierte mir aber aufs herzlichste und erbot sich zu jeder Hilfe, die in seiner Macht lag. Mit einem Wort, wir führten, was verabredet war, genau aus; und um zwei Uhr morgens, gerade zehn Minuten nach stattgefundener Zeremonie, befand ich mich mit Madame Lalande, ich sollte eigentlich sagen mit Frau Simpson, in einem geschlossenen Wagen, der schnell aus der Stadt hinausfuhr, in nord-nordöstlicher Richtung, halb gegen Nord.

Talbot hatte festgelegt, daß wir, da wir die ganze Nacht aufbleiben mußten, in C., einem Dorf, das etwa zwanzig Meilen von der Stadt entfernt liegt, zum erstenmal haltmachen, ein erstes Frühstück einnehmen und uns ein wenig ausruhen sollten, ehe wir unsere Reise fortsetzten. Punkt vier Uhr fuhr daher der Wagen vor dem größten Gasthaus vor. Ich half meiner Frau heraus und bestellte sofort ein Frühstück. Bis dahin überließ man uns ein kleines Wohnzimmer, und wir setzten uns.

Es war nun beinahe oder ganz und gar Tag geworden: und als ich entzückt auf den Engel an meiner Seite schaute, stieg in meinem Hirn mit einemmal der sonderbare Gedanke auf, daß dies hier überhaupt der allererste, wirkliche Moment seit meiner Bekanntschaft mit der gepriesenen Schönheit der Madame Lalande war, der mir erlaubte, diese Schönheit bei Tageslicht nun näher zu besehen.

»Doch nun, mon ami«, sagte sie und nahm meine Hand und unterbrach so meinen Gedankengang, »doch nun, mon cher ami, da wir unlöslich eins sind, da ich auf Ihre leidenschaftlichen Bitten eingegangen bin und mein Teil des Übereinkommens erfüllt ist, nun hoffe ich, daß die kleine Gunst nicht vergessen ist, die Sie zu verschenken haben, das kleine Versprechen, das zu halten Sie gedenken! Ich besinne mich! Ja, ganz leicht erinnere ich mich des genauen Wortlautes des teuren Versprechens, das Sie Eugénie gestern abend gaben. Hören Sie! Sie sprachen: ›Es sei – es sei freudigst gewährt! Ihnen zuliebe bringe ich jede Eitelkeit zum Opfer. Heute abend trage ich dieses liebe Augenglas als Lorgnette und auf meinem Herzen. Aber im ersten Dämmerschein des Morgens, der mir das Vorrecht bringt, Sie mein Weib zu nennen, werde ich es auf meine Nase setzen und es von nun an immer so tragen, auf diese weniger romantische und weniger modische, aber sicherlich zweckmäßigere Art und Weise, ganz so, wie Sie es wünschen.‹ Genau so waren Ihre Worte, nicht wahr?«

»So ist es«, sagte ich, »Sie haben ein äußerst gutes Gedächtnis; und sicherlich, meine schöne Eugénie, liegt bei mir keinesfalls die Absicht vor, der Erfüllung des geringfügigen Versprechens, das in diesen Worten liegt, auszuweichen. So! – Sehen Sie! – Sie steht mir – ziemlich – gut, nicht?« Und damit gab ich den Gläsern die gewöhnliche Brillenform und setzte sie an ihren richtigen Platz. Währenddessen saß Madame Simpson, ihre Haube zurechtrückend, die Arme gekreuzt, kerzengerade auf ihrem Stuhl, etwas steif und geziert und nicht gerade in würdevoller Haltung. »Gott sei mir gnädig!« schrie ich fast im gleichen Moment, da der Bügel der Brille auf meiner Nase saß. »Du meine Güte! Gott sei mir gnädig! Ja, was hat es denn mit diesen Augengläsern auf sich?« und ich nahm sie schnell ab, putzte sie gründlich mit einem seidenen Taschentuch und setzte sie wieder auf. Doch wenn im ersten Moment etwas eintrat, was mich wunderte, so steigerte sich im nächsten Moment dieses Verwundern in Staunen; und dieses Staunen war tief, war wild, ja, man konnte es ein Staunen voll Entsetzen nennen.

Was, im Namen aller Scheußlichkeiten, hieß das? Durfte ich meinen Augen trauen? Durfte ich ihnen wirklich trauen? Das war die Frage. War das – war das – war das rouge? Und waren das – waren das – waren das Fältchen auf dem Gesicht von Eugénie Lalande? Und oh! Bei Jupiter und allen Göttern und Göttinnen! Was – was – was – was um alles in der Welt war aus ihren Zähnen geworden? Ich schleuderte die Brille heftig auf den Boden, sprang mit beiden Füßen zugleich auf und stand hoch aufgerichtet inmitten des Zimmers, die Arme in die Seiten gestemmt, Frau Simpson gegenüber, zähnefletschend, schäumend, aber absolut sprachlos und hilflos vor Schrecken und Wut. Nun habe ich schon einmal gesagt, daß Madame Eugénie Lalande, das heißt Simpson, das Englische nur sehr wenig besser sprach als schrieb; und aus diesem Grand war es ganz in Ordnung, daß sie für gewöhnlich es gar nicht versuchte, es zu sprechen. Aber der Zorn kann eine Dame zum äußersten treiben. Und in diesem Fall trieb er Frau Simpson solchermaßen zum äußersten, daß sie versuchte, ein Gespräch in einer Sprache zu führen, die sie durchaus nicht beherrschte.

»Nun, Monsieur«, sagte sie, nachdem sie mich mit sichtlichem Erstaunen einige Augenblicke lang beobachtet hatte – »nun, Monsieur! – was denn? – was sein denn los? Ist es der Tanz von St. Veit, Sie 'aben? Wenn mik nit mögen, für was, warum kaufen die Katze im Sack?«

»Elende!« sagte ich, keuchend und nach Atem ringend, »Sie – Sie – Sie abscheuliche alte Hexe!«

»'exe? – alt? – ik sein nit so serr alt, alles in allem! – ik sein kein einzig Tag merr als die zweiundakzig.«

»Zweiundachtzig«, brachte ich hervor und taumelte gegen die Wand, »zweiundachtzig hunderttausend Paviane! Auf der Miniatur stand doch siebenundzwanzig Jahre und sieben Monate!«

»Gewiß! – so is! – serr wahr! Aber der Porträt ist gemalen vor funfundfunfzig Jahr. Als ik 'eiraten mein sweite Mann, Monsieur Lalande, ik 'abe malen lassen der Porträt fur mein Tochter von mein erste Mann, Monsieur Moissart!«

»Moissart?« sagte ich.

»Ja, Moissart«, sagte sie und äffte meine Aussprache nach, die um die Wahrheit zu sagen, nicht die beste war; »und was weiter? Was wissen Sie über der Moissart?«

»Nichts, Sie altes Scheusal! Ich weiß gar nichts von ihm; ich hatte nur einen Vorfahren mit diesem Namen, vor langer Zeit.«

»Diese Nam'! und was 'abe Sie su sagen von das Name? S' is ein serr gute Name; mein Tochter, Mademoiselle Moissart, sie 'eiraten ein Monsieur Voissart; und die Name beide serr respektable Name.«

»Moissart?« schrie ich, »und Voissart! – ja, was meinen Sie denn damit?«

»Was ik meinen? Ik meinen Moissart und Voissart; und wenn weiter nix is, ik meinen auch Croissart und Froissart, wenn ik finden riktig su meinen. Die Tochter meiner Tochter, Mademoiselle Voissart, sie 'eiraten ein Monsieur Croissart und dann wieder mein Tochter Enkeltochter, Mademoiselle Croissart, sie 'eiraten ein Monsieur Froissart; und ik nehmen an, Sie sagen nit, daß das kein serr respektable Nam' ist.«

»Froissart!« sagte ich, und mir wurde ganz schwach, »nein, im Ernst, Sie meinen wirklich Moissart und Voissart und Croissart und Froissart?«

»Ja«, sagte sie, sich in den Sessel zurücklehnend und die Beine weit von sich streckend, »ja, Moissart und Voissart und Croissart und Froissart. Aber Monsieur Froissart, er war eine serr große – was Sic nennen – Narr – er war eine serr große Esel, so wie Sie – denn er verließ la belle France, su gehen nach diese dumme Amérique – und da er war hier, ging er hin und hatte ein serr – ein serr, serr stupide Sohn, höre ick, obwohl ik noch nit hatte das Plaisier, ihm zu begegnen, weder ick noch meine Begleiterin, die Madame Stephanie Lalande. Er 'eißen Napoleon Bonaparte Froissart, und ick vermuten, Sie sagen, daß das auch kein serr respektable Name is.«

Die Dauer oder die Art dieser Ansprache bewirkte, daß Frau Simpson sich in äußerste Wut hineinarbeitete; und als sie mit großer Anstrengung zum Ende gekommen war, sprang sie wie eine Besessene von ihrem Sessel auf und streute beim Aufspringen eine ganze Welt von Pölsterchen über den Fußboden aus. Einmal auf den Füßen, preßte sie knirschend die Kiefer aufeinander, fuchtelte mit den Armen, krempelte die Ärmel auf, schüttelte ihre Fäuste vor mir; und zum Schluß der Vorstellung riß sie die Haube vom Kopf und mit ihr zugleich eine riesige Perücke aus dem wertvollsten und schönsten schwarzen Haar, warf das Ganze mit einem durchdringenden Schrei auf den Fußboden, trampelte darauf herum und tanzte einen Fanango darauf, alles das in absoluter Raserei und einem Ausbruch äußerster Wut.

Währenddessen war ich entgeistert in den Sessel gesunken, von dem sie aufgestanden war. »Moissart und Voissart!« wiederholte ich nachdenklich, als sie gerade einen ihrer Luftsprünge ausführte, »und Croissart und Froissart!« als gerade eine zweiter an die Reihe kam. »Moissart und Voissart und Croissart und Napoleon Bonaparte Froissart! Aber du alte Hexe, das bin ja ich – das bin ich – hörst du – das bin ich« – und nun kreischte ich aus Leibeskräften: »das bin i – i – ich! Ich bin Napoleon Bonaparte Froissart! Und wenn ich jetzt nicht meine Ur-Urgroßmutter geheiratet habe, so mag ich auf ewig verdammt sein!«

Es entsprach den einfachen Tatsachen, Madame Eugénie Lalande, quasi

Simpson, ehemals Moissart war meine Ur-Urgroßmutter. Sie war in ihrer Jugend sehr schön gewesen, und selbst mit zweiundachtzig Jahren hatte sie die majestätische Größe, die schön modellierte Kopfform, die wunderbaren Augen und die griechische Nase ihrer Mädchenzeit behalten. Mit deren Hilfe, mit Perlpuder, Rouge, falschem Haar, falschen Zähnen und falscher Tournure sowie mit Hilfe der geschicktesten Modistinnen von Paris gelang es ihr, einen ehrenvollen Platz unter den Schönheiten »un peu passées« der französischen Metropole zu behaupten. In dieser Beziehung stand sie wirklich der berühmten Ninon de L'Enclos wenig nach.

Sie war ungeheuer reich; und weil sie, zum zweiten Mal verwitwet, kinderlos war, erinnerte sie sich meiner Existenz in Amerika und unternahm, in der Absicht, mich zu ihrem Erben zu machen, einen Besuch der Vereinigten Staaten, dabei begleitet von einer entfernten, außergewöhnlich schönen Verwandten ihres zweiten Gatten – einer Madame Stephanie Lalande. In der Oper erregte mein Anstarren die Aufmerksamkeit meiner Ur-Urgroßmutter, und als sie mich durch die Lorgnette beobachtete, wurde sie durch eine gewisse Familienähnlichkeit mit sich selbst überrascht. Interessiert und wohl auch, weil sie wußte, daß der Erbe, den sie suchte, tatsächlich in dieser Stadt wohnte, erkundigte sie sich bei ihren Begleitern nach mir. Der Herr, der neben ihr saß, kannte mich und berichtete ihr, wer ich sei. Diese Auskunft veranlaßte sie, mich von neuem zu mustern; und eben jene Musterung ermutigte mich in der Weise, daß ich mich, wie schon erzählt, so albern benahm. Doch erwiderte sie wirklich meinen Gruß, und zwar unter dem Eindruck, daß irgendein merkwürdiger Zufall mir ihre Identität entdeckt habe. Als ich, getäuscht durch die Schwäche meiner Augen und ihre Toilettenkünste, so sehr in Irrtum geriet über das Alter und die Schönheit der fremden Dame und Talbot so stürmisch fragte, wer sie sei, glaubte er selbstverständlich, ich meine die jüngere Schönheit und berichtete mir also ganz der Wahrheit entsprechend, es sei die »gefeierte Witwe Madame Lalande«.

Am nächsten Morgen begegnete meine Ur-Urgroßmutter Talbot, den sie schon aus Paris kannte, auf der Straße, und das Gespräch wandte sich natürlicherweise mir zu. Meine mangelhafte Sehkraft wurde da erörtert; denn sie war allgemein bekannt, obwohl ich von dieser Offenkundigkeit keine Ahnung hatte. Und meine gute alte Verwandte entdeckte sehr zu ihrem Leidwesen, daß sie sich in dem Glauben, ich hätte verstanden, wer sie sei, getäuscht hatte und daß ich bloß zum Gespött geworden war, als ich einer unbekannten alten Frau in der Oper öffentlich meine Huldigung darbrachte. Um mich für diese Unklugheit zu strafen, erdachte sie sich mit Talbot eine Intrige aus. Er ging mir absichtlich aus dem Weg, um mich nicht vorstellen zu müssen. Man war natürlich der Meinung, daß mein Fragen auf der Straße nach der »reizenden Witwe Madame Lalande« sich auf die jüngere der beiden Damen bezog, und so läßt sich das Gespräch mit den drei Herren, denen ich kurz nach Verlassen von Talbots Hotel begegnete, ganz leicht erklären; ebenso ihre Anspielung auf Ninon de L'Enclos. Ich hatte keine Gelegenheit, Madame Lalande bei Tageslicht in der Nähe zu sehen; und bei ihrer musikalischen Soirée hinderte mich meine dumme Eitelkeit, die mich auf meiner Weigerung, eine Brille zu benützen, beharren ließ, erfolgreich daran, ihr Alter zu erkennen. Als »Madame Lalande« aufgefordert wurde, zu singen, meinte man natürlich die jüngere Dame; und sie war es auch, die aufstand und dem Rufe folgte. Um die Täuschung perfekt zu machen, erhob sich meine Ur-Urgroßmutter im gleichen Moment und begleitete sie nach dem Klavier im großen Salon. Falls ich mich dazu entschlossen hätte, ihr ebenfalls dahin zu folgen, so war es ihr Plan, mir anzudeuten, es sei schicklicher für mich, zu bleiben, wo ich wäre; aber meine eigenen klugen Bedenken machten das unnötig. Die Arien, die ich so sehr bewunderte und die den jugendlichen Eindruck, den meine Geliebte auf mich machte, so sehr bestätigten, sang Madame Stephanie Lalande. Die Brille wurde mir überreicht, um dem Scherz einen Verweis an die Seite zu stellen, um dem Epigramm eine Pointe zu geben. Die Überreichung der Brille bot Anlaß zu jenem Vortrag über die Eitelkeit, die mir eine so gute Lehre gab. Es ist wohl überflüssig hinzuzufügen, daß die von der alten Dame benutzten Gläser des Instruments gegen solche vertauscht worden waren, die meinem Alter besser entsprachen.

Der Geistliche, der bloß so tat, als knüpfe er das Schicksalsband, war Talbots lustiger Kumpan und kein Priester. Er war aber ein sehr guter Kutscher; und nachdem er die Soutane abgelegt und einen Mantel angezogen hatte, trieb er den Droschkengaul an, der »das glückliche Paar« zur Stadt hinaus beförderte. Talbot nahm ihm zur Seite Platz. Die beiden Halunken »brachten also das Wild zur Strecke« und amüsierten sich damit, durch das halboffene Fenster einer Hinterstube jenes Gasthauses das »dénouement« des Dramas grinsend zu betrachten.

Ich glaube, ich werde genötigt sein, sie beide zu fordern.

Trotz alledem bin ich nicht der Mann meiner Ur-Urgroßmutter, und dieser Gedanke macht mich unendlich erleichtert; und doch bin ich der Gatte von Madame Lalande – von Madame Stephanie Lalande; denn meine gute alte Verwandte hat sich die Mühe genommen, uns zusammenzubringen und hat mich außerdem nach ihrem Tode – falls sie jemals sterben sollte – zu ihrem alleinigen Erben eingesetzt. Als Schlußfolgerung: Niemals mehr wird man mich sehen ohne Augengläser.

Du bist der Mann

Ich will nun bei dem Rätsel von Rattleborough den Ödipus spielen. Ich will Ihnen – als der einzige, der dazu imstande ist – das Geheimnis der Maschinerie verraten, die das Wunder von Rattleborough zustande brachte – das eine wahre, das anerkannte, unbestrittene und unbestreitbare Wunder, das dem Unglauben unter den Bürgern von Rattleborough endgültig ein Ende setzte und alle die weltlich Gesinnten, die vorher noch skeptisch zu sein gewagt hatten, zu der Strenggläubigkeit der Großmütter bekehrte.

Dieses Ereignis – bei dessen Schilderung ich unangebrachte Leichtfertigkeit unbedingt vermeiden möchte – trug sich im Sommer des Jahre 18. zu. Mister Barnabas Shuttleworthy, einer der reichsten und achtbarsten Bürger des Marktfleckens, wurde mehrere Tage lang unter Umständen vermißt, die den Verdacht nahelegten, es könnte ihm etwas Schlimmes zugestoßen sein. Mister Shuttleworthy war zeitig früh an einem Sonnabend von Rattleborough weggeritten, in der erklärten Absicht, sich nach der Stadt – etwa fünfzehn Meilen entfernt – zu begeben und am Abend desselben Tages zurückzukehren. Zwei Stunden nach dem Aufbruch kehrte jedoch sein Pferd zurück, ohne ihn und ohne die Satteltaschen, die dem Tier beim Aufbruch auf den Rücken geschnallt worden waren. Das Tier war überdies verwundet und mit Schmutz bedeckt. Dieser Umstand verursachte natürlich unter den Freunden des Vermißten große Aufregung, und als dieser am Sonntagmorgen noch immer nicht zum Vorschein gekommen war, da machte sich der ganze Marktflecken in hellen Haufen auf, um seinen Leichnam zu suchen.

Bei der Suchaktion tat sich vor allem an Eifer und Tatkraft ein Busenfreund des Mister Shuttleworthy, Mister Charles Goodfellow, oder wie er allgemein genannt wurde, der »Old Charley Goodfellow«, hervor. Ob es nun ein wunderbares Zusammentreffen ist oder ob der Name selbst einen unmerklichen Einfluß auf den Charakter ausübt, konnte ich nie ganz herausbringen. Die Tatsache ist aber unbestreitbar, daß es noch nie einen Menschen namens Charles gegeben hat, der nicht ein offener, männlicher, ehrenhafter, gutmütiger und treuherziger Bursche gewesen wäre, mit starker, frischer Stimme, die Zuhörern wohltat, und mit Augen, die einem stets gerade ins Gesicht blickten, als wollten sie sagen: »Ich selbst habe ein reines Gewissen, fürchte niemanden und bin über jede Niedrigkeit erhaben«; und so heißen auch alle die mutigen, sorglosen Statisten auf der Bühne fast regelmäßig Charles.

Obschon nun »Old Charley Goodfellow« nicht länger als sechs Monate in Rattleborough ansässig war und obwohl niemand von seinem Vorleben das Geringste wußte, so hatte er doch keinerlei Schwierigkeiten gefunden, die Bekanntschaft der angesehensten Bürger des Marktfleckens zu machen. Jeder Mann im Ort hätte sein bloßes Wort zu jeder Zeit als gut für tausend Pfund genommen; und was gar die Frauen angeht, so ist gar nicht zu sagen, was sie ihm zuliebe nicht getan hätten. Und das alles kam nur daher, daß er Charles getauft worden war und infolgedessen das freimütige Gesicht besaß, das schon sprichwörtlich das allerbeste Empfehlungsschreiben ist.

Ich habe bereits gesagt, daß Mister Shuttleworthy einer der angesehensten und zweifellos der reichste Mann in Rattleborough war, während »Old Charley Goodfellow« in so engen Beziehungen zu ihm stand, als wäre er sein leiblicher Bruder gewesen. Die beiden alten Herren wohnten Haus an Haus, und obwohl Mister Shuttleworthy »Old Charley« selten oder nie besuchte und, soviel man wußte, nie eine Mahlzeit in dessen Haus einnahm, so hinderte das die beiden Freunde doch nicht daran, eng miteinander vertraut zu sein, wie ich eben bemerkte, denn »Old Charley« ließ nie einen Tag vergehen, ohne drei- oder viermal nachzusehen, wie es seinem Nachbarn ging, und sehr häufig blieb er zum Frühstück oder zum Tee und fast immer zum Mittagessen; und dann wäre es wohl schwer gewesen, die Menge Wein anzugeben, die von den beiden Kumpanen bei diesen Sitzungen vertilgt wurde. »Old Charleys« Lieblingsgetränk war Chateau Margaux, und es schien Mister Shuttleworthy im Herzen wohlzutun, wenn er sah, wie der alte Knabe ein Viertel nach dem anderen davon trank, so daß er eines Abends, als der Wein ihnen schon etwas zu Kopf gestiegen war, seinem Kumpan mit einem Schlag auf die Schulter sagte: »Ich sag dir was, Old Charley, du bist weitaus der prächtigste alte Knabe, der mir je in meinem Leben untergekommen ist; und da du so gerne den Wein da schluckst, so will ich verwünscht sein, wenn ich dir nicht eine große Kiste von dem Chateau Margaux zum Geschenk mache. Sapperment!« (Mister Shuttleworthy hatte die üble Gewohnheit, zu fluchen, wenn er es auch selten über Sapperment, Sapperlott oder Donner und Doria hinaustrieb), »Sapperment«, sagte er, »ich will noch heute nachmittag den Auftrag für eine Doppelkiste vom besten in die Stadt schicken, das will ich – du brauchst jetzt kein Wort mehr zu sagen – das will ich, sage ich dir, und damit basta! Paß auf – die Kiste kommt eines schönen Tages daher, gerade wenn du sie am wenigsten erwartest!« Ich erwähne dieses kleine Zeichen der Freigiebigkeit des Mister Shuttleworthy nur, um zu zeigen, ein wie enges Einvernehmen zwischen den beiden Freunden herrschte.

Nun also, an dem erwähnten Sonntagmorgen, als es nicht länger zu bezweifeln war, daß Mister Shuttleworthy etwas Schlimmes begegnet war,

sah man niemand in solch großer Sorge wie »Old Charley Goodfellow«, als er hörte, daß das Pferd ohne seinen Herrn und ohne dessen Satteltaschen nach Hause gekommen war, ganz blutig von einem Pistolenschuß, der des armen Tieres Brust durchbohrt hatte, ohne es ganz zu töten. – Als er das hörte, wurde er so blaß, als wäre der Vermißte sein eigener Bruder oder Vater gewesen, und zitterte und bebte am ganzen Körper wie im Fieber.

Zunächst war er zu sehr vom Schmerz übermannt, um irgend etwas zu tun oder sich für irgendeinen Plan entscheiden zu können; und so bemühte er sich lange Zeit, die anderen Freunde des Mister Shuttleworthy davon abzuhalten, überhaupt an die Sache zu rühren, indem er es für das Beste erklärte, eine Weile zu warten – etwa eine Woche oder zwei oder einen Monat oder zwei –, um zu sehen, ob nicht irgend etwas herauskommen und ob nicht Mister Shuttleworthy am Ende einfach heimkehren und eine Erklärung dafür geben würde, warum er sein Pferd vorausgeschickt habe. Ich kann wohl behaupten, daß die Neigung, zu verschleppen oder aufzuschieben, Leuten eigentümlich ist, die ein schwerer Kummer drückt. Ihre geistigen Kräfte scheinen gelähmt, so daß sie vor allem, was einer Tat gleicht, zurückscheuen und nichts lieber möchten, als im Bett liegen und ihren »Schmerz pflegen«, wie es die alten Damen nennen, das heißt ihrem Kummer nachgrübeln.

Die Leute von Rattleborough hatten tatsächlich eine so hohe Meinung von der Weisheit und Einsicht des »alten Charley«, daß die Mehrzahl sich geneigt fühlte, ihm zuzustimmen und kein großes Getöse zu machen, »bis etwas herausgekommen wäre«, wie der ehrenwerte alte Herr gesagt hatte; und ich glaube sogar, daß dieser Entschluß durchgedrungen wäre, ohne die äußerst verdächtige Einmischung von Mister Shuttleworthys Neffen, eines jungen Mannes von verschwenderischen Neigungen und auch sonst schlechtem Charakter. Dieser Neffe, er heiß Pennifeather, wollte von den verständigen Vorschlägen, ruhig abzuwarten, nichts hören, sondern bestand darauf, sofort nach dem »Leichnam des Ermordeten« zu suchen. Dies war der Ausdruck, den er gebrauchte; und Mister Goodfellow bemerkte sofort spitzig, daß es ein merkwürdiger Ausdruck sei, um nicht mehr zu sagen. Auch diese Bemerkung »Old Charleys« hatte gleichfalls große Wirkung auf die Menge, und einen hörte man sehr eindringlich fragen, wie es denn komme, daß der junge Herr Pennifeather von allen Begleitumständen bei dem Verschwinden seines reichen Onkels so genau unterrichtet wäre, daß er es wagen könne, klar und unzweideutig zu behaupten, sein Onkel wäre ein ermordeter Mann? Darüber kam es zwischen verschiedenen Leuten aus der Menge, und besonders zwischen »Old Charley« und Mister Pennifeather zu einigem Zank und Streit, was übrigens gerade bei »Old Charley« und Pennifeather nichts Neues war, denn schon seit den letzten drei oder vier Monaten waren die Beziehungen zwischen den beiden recht gespannt, und es war sogar so weit gekommen, daß Mister Pennifeather den Freund seines Onkels niedergeschlagen hatte wegen einer angeblich übergroßen Freiheit, die sich »Old Charley« in des Onkels Haus, das der Neffe mitbewohnte, erlaubt hatte. Bei dieser Gelegenheit hatte, wie es heißt, »Old Charley« vorbildliche Zurückhaltung und christliche Nachsicht bewiesen. Er erhob sich nach dem Schlag, brachte seine Kleider in Ordnung und machte durchaus keinen Versuch, dem anderen mit Gleichem zu vergelten, sondern murmelte nur einige Worte, wie, er wolle bei der nächsten passenden Gelegenheit summarisch Rache nehmen – eine natürliche und leicht verständliche Äußerung des Zorns, die übrigens nichts zu bedeuten hatte und zweifellos, kaum ausgesprochen, auch schon wieder vergessen war.

Wie immer es um diese Sache auch stehen mag, so hatte sie doch keinerlei Einfluß auf diesen hier strittigen Punkt; es steht jedenfalls fest, daß die Leute von Rattleborough hauptsächlich auf das Zureden des Herrn Pennifeather hin zu dem Entschluß kamen, sich auf der Suche nach dem vermißten Mister Shuttleworthy über das angrenzende Land zu zerstreuen. Zunächst kamen sie erst einmal zu dem Entschluß, überhaupt zu suchen; und nachdem dieser Entschluß endgültig gefaßt war, erschien es als eine Selbstverständlichkeit, daß die Suchenden sich zerstreuten, das heißt, sich in kleine Gruppen aufzuteilen, um die Umgegend gründlicher absuchen zu können. Nun habe ich vergessen zu erzählen, durch welche haarscharfe Logik es »Old Charley« gelang, die Leute davon zu überzeugen, daß dies das denkbar verkehrteste Vorgehen war. Jedenfalls überzeugte er sie alle – mit Ausnahme des jungen Pennifeather – und schließlich wurde die Vereinbarung getroffen, daß alle Bürger zusammen mit »Old Charley« als Anführer eine gründliche und genaue Suche aufnehmen sollten. Nun war zu dieser Rolle allerdings kein Pfadfinder berufener als »Old Charley«, von dem jedermann wußte, daß er Luchsaugen hatte; doch obschon er sie auch in die abgelegensten Winkel führte, auf Wegen, von deren Bestehen in der Nachbarschaft niemand etwas geahnt hatte, und wenn auch die Nachforschungen unaufhörlich Tag und Nacht nahezu eine Woche lang betrieben wurden, so konnte doch keine Spur von Mister Shuttleworthy entdeckt werden. Wenn ich sage »keine Spur«, so ist das nicht wörtlich zu nehmen, denn eine Spur war in gewissem Ausmaß da. Man hatte den armen Herrn, nach den Hufen seines Pferdes (die unverwechselbar waren), bis zu einem Fleck ungefähr drei Meilen östlich vom Markt auf der Hauptstraße nach der Stadt verfolgt. Hier bog die Fährte in einen Nebenweg durch ein kleines

Gehölz ein; dieser mündete später wieder in die Hauptstraße und schnitt ungefähr eine halbe Meile Weges ab. Als man den Hufspuren auf diesem Pfad folgte, kam man schließlich zu einem Tümpel mit stehendem Wasser, der unter Gestrüpp halb verborgen lag; und gerade jenseits dieses Tümpels brach die Fährte spurlos ab.

Es schien übrigens, als habe irgendein Kampf dort stattgefunden und als sei ein großer und schwerer Körper, viel größer und schwerer als der eines Mannes, vom Weg nach dem Tümpel geschleift worden. Dieser wurde zweimal abgefischt, ohne daß etwas gefunden wurde. Die Leute waren eben im Begriff, abzuziehen und alle Hoffnung auf Erfolg aufzugeben, als die Vorsehung Mister Goodfellow den Gedanken eingab, das Wasser ganz abzuleiten. Dieser Vorschlag wurde mit Hurra und vielen Lobsprüchen auf »Old Charleys« Scharfsinn und Klugheit begrüßt. Da viele der Bürger Spaten mitgebracht hatten, in der Annahme, es könnte notwendig werden, einen Leichnam auszugraben, so wurde die Trockenlegung rasch und schnell erreicht; und kaum wurde der Boden des Tümpels sichtbar, als man mitten in dem zurückbleibenden Schlamm eine Weste aus schwarzem Seidensamt entdeckte, die nahezu alle Anwesenden als das Eigentum des Mister Pennifeather erkannten. Diese Weste war nun arg zerrissen und mit Blut befleckt, und mehrere unter den Anwesenden erinnerten sich genau daran, daß deren Eigentümer sie gerade am selben Morgen getragen hatte, als Mister Shuttleworthy nach der Stadt aufbrach, während andere bereit waren, eidlich zu bezeugen, daß Mister Pennifeather das fragliche Kleidungsstück hernach an jenem denkwürdigen Tag keinesfalls mehr getragen hatte, noch gab es niemand, der sich hätte erinnern können, die Weste nach Mister Shuttleworthys Verschwinden an der Person des Mister Pennifeather gesehen zu haben.

Die Sache begann nun für Mister Pennifeather sehr bedenklich auszusehen. Und als eine unzweifelhafte Bestärkung des Verdachtes gegen ihn entstanden war, beobachteten die Anwesenden, daß er ganz außergewöhnlich blaß wurde und auf die Frage, was er zu seiner Verteidigung vorzubringen habe, unfähig war, ein Wort hervorzubringen. Daraufhin verließen ihn die wenigen Freunde, die sein ausschweifender Lebenswandel ihm noch gelassen hatte und forderten, bis auf den letzten Mann, lauter noch als seine alten und erklärten Feinde, seine unmittelbare Verhaftung.

Dagegen leuchtete durch den Gegensatz Mister Goodfellows Großmut noch strahlender. Er verteidigte Mister Pennifeather mit warmen und beredten Worten, wobei er öfter als einmal darauf anpielte, daß er dem wilden Jungen – »dem Erben des ehrenwerten Mister Shuttleworthy« – die Beschimpfung vergeben habe, die er (der junge Mann) zweifellos in der

Hitze der Leidenschaft für angemessen befunden habe, und was ihn selbst angehe (Mister Goodfellow), so sei er weit entfernt, den Verdacht zu teilen, der sich, leider Gottes, aber unbestreitbar, gegen Mister Pennifeather erhoben habe; er (Mister Goodfellow) wolle sich nach besten Kräften bemühen, all seine geringe Beredsamkeit aufzuwenden, um – um –, soweit er es mit seinem Gewissen vereinbaren könne, diese tatsächlich äußerst ungewöhnliche Angelegenheit zu mildern.

Mister Goodfellow fuhr etwa eine halbe Stunde lang in dieser Weise fort, zur höheren Ehre seines Kopfes wie seines Herzens. Aber warmherzige Leute haben eben selten Geschick in ihren Bemerkungen; sie lassen sich zu allen möglichen Abschweifungen und unangebrachten Bemerkungen verleiten, gerade in dem hitzigen Eifer, einem Freund zu dienen, und richten so in dessen Sache mit der besten Absicht der Welt mehr Schaden an, denn daß sie ihr förderlich sind.

So ging es im vorliegenden Fall mit der Beredsamkeit »Old Charleys«; denn wenn er sich auch ernsthaft für den Verdächtigen ins Zeug legte, so geschah es doch irgendwie, daß jede Silbe, die er aussprach (deren Zweck doch ganz gewiß nicht darauf ausgerichtet war, den Sprecher in der Meinung der Zuhörer zu erheben), den Verdacht vertiefte, der sich bereits an die Person des von ihm Verteidigten geheftet hatte und die Wut der Menge gegen ihn noch steigerte.

Einer der unbegreiflichsten Fehler, die dem Redner unterliefen, war seine Anspielung, daß der Verdächtige »der Erbe des ehrenwerten Mister Shuttleworthy« sei. Daran hatten die Leute bisher natürlich noch nicht gedacht. Man hatte sich nur erinnert, daß der Onkel vor ein oder zwei Jahren verschiedentlich mit der Enterbung gedroht hatte und daß er außer dem Neffen keinen anderen Verwandten besaß; und man hatte daher diese Enterbung immer als beschlossene Sache betrachtet – so redlich waren die Rattleborougher; die Bemerkung »Old Charleys« bewog sie, diesen Punkt zu überdenken und zeigte ihnen die Möglichkeit, daß jene Drohungen eben nur Drohungen gewesen sein konnten. Und hieraus ergab sich die natürliche Frage des Cui bono? Eine Frage, die mehr noch als der Fund der Weste den Verdacht des furchtbaren Verbrechens auf den jungen Mann lenkte. Und hier muß ich, um nicht mißverstanden zu werden, einschieben, daß die eben genannte kurze und einfache lateinische Phrase unaufhörlich falsch übersetzt und falsch aufgefaßt wird. Cui bono wird in allen Meisternovellen und auch sonst – in denen von Mrs. Gore zum Beispiel, der Verfasserin von »Cecil«, einer Dame, die alle Sprachen vom Chaldäischen bis zum Chickasaw beherrscht und sich zu ihrer Gelehrsamkeit auf den systematischen Plan von Mister Beckfords stützt –; in all jenen Romanen, sage ich, von

Bulwer und Dickens bis zu Turnapenny und Ainsworth, werden die zwei kleinen lateinischen Worte Cui bono wiedergegeben mit »zu welchen Zweck« oder »zu welchem Nutzen«. Ihr wahrer Sinn aber ist »zu wessen Vorteil«. Cui – wem, bono – gereicht es zum Vorteil. Es ist ein rein juristischer Ausdruck, und gerade auf Fälle anwendbar, wie wir einen vor uns haben, wo die Wahrscheinlichkeit, daß ein bestimmter Mensch der Täter ist, in direktem Verhältnis zu dem Vorteil steht, den er von der Vollendung seiner Tat zu erwarten hat. Nun wies im vorliegenden Fall die Frage Cui bono unweigerlich auf Mister Pennifeather als Täter. Sein Onkel hatte ihm, nachdem er das Testament zu seinen Gunsten gemacht hatte, mit Enterbung gedroht. Aber er hatte die Drohung allerdings nicht wahr gemacht. Das ursprüngliche Testament war, wie sich ergab, nicht geändert worden. Wäre es umgestoßen worden, so wäre der einzig mögliche Beweggrund für den Verdächtigen der einer sinnlosen Rache gewesen. Und selbst dieser Beweggrund wäre nicht voll zur Wirkung gekommen. da ja die Hoffnung bestand, von Onkels Gnaden wieder aufgenommen zu werden. Da aber das Testament nicht geändert war, während die Drohung, es zu ändern, über des Neffen Haupt schwebte, so ergibt sich sofort der denkbar stärkste Ansporn zur Bluttat. Zu diesem Schluß kamen denn auch höchst scharfsinnig die Bürger von Rattleborough.

Mister Pennifeather wurde also vom Fleck weg verhaftet, und die Menge zog mit ihm heim, nachdem man noch ein wenig gesucht hatte. Auf dem Heimweg aber ergab sich ein weiterer Umstand, der den vorhandenen Verdacht bestärkte. Mister Goodfellow, dessen Eifer ihn immer an der Spitze des Trupps hielt. wurde beobachtet, wie er plötzlich einige Schritte vorlief, sich bückte und einen offenbar kleinen Gegenstand vom Gras aufhob. Man sah weiter, wie er nach hastiger Prüfung den halben Versuch machte, den Gegenstand in seiner Tasche zu verbergen. Dieses Vorhaben wurde aber, wie gesagt, bemerkt und daher verhindert, wobei es sich herausstellte, daß der aufgehobene Gegenstand ein spanisches Messer war, das ein Dutzend Leute sofort als Eigentum des Mister Pennifeather erkannten. Überdies waren auch seine Initialen auf dem Griff eingraviert. Die Klinge dieses Messers war aufgeklapt und blutig.

Nun blieb kein Zweifel mehr an der Schuld des Neffen, und sofort nach Eintreffen in Rattleborough wurde er dem Richter zum Verhör vorgeführt.

Hier nahmen die Dinge ebenfalls eine sehr ungünstige Wendung. Der Gefangene hatte auf die Frage nach seinem Aufenthalt am Morgen von Mister Shuttleworthys Verschwinden die Kühnheit, zuzugeben, daß er an eben jenem Morgen sich mit seiner Büchse in der nächsten Nähe des Tümpels, in dem seine blutbefleckte Weste durch den Scharfsinn des Mister

Goodfellow gefunden worden war, auf der Pirsch befunden hatte. Mister Goodfellow trat nun vor und bat mit Tränen in den Augen, einvernommen zu werden. Er sagte, daß die klare Erkenntnis der Pflichten gegenüber seinem Schöpfer und nicht minder gegenüber seinen Mitmenschen es ihm verwehre, länger zu schweigen. Bislang habe ihn die ehrliche Zuneigung zu dem jungen Mann (ungeachtet der Mißhandlung seiner, Mister Goodfellows Person) bestimmt, jede erdenkliche Hypothese aufzustellen, um die schweren Verdachtsmomente gegen Mister Pennifeather zu entkräften; diese Verdachtsmomente seien aber nun doch zu überzeugend und zu verdammend, er wolle nun nicht länger zögern, wolle alles sagen, was er wisse und sollte ihm das Herz darüber brechen. Er begann dann mit der Feststellung, daß an dem Nachmittag vor der Abreise des Mister Shuttleworthy der würdige alte Herr in seiner (Mister Goodfellows) Gegenwart seinem Neffen gesagt habe, er wolle am nächsten Tag zur Stadt, um eine ungewöhnlich große Summe bei der Bauern- und Handwerkerbank einzuzahlen; und daß bei dieser Gelegenheit Mister Shuttleworthy seinem Neffen den unwiderruflichen Entschluß kundgegeben habe, das ursprüngliche Testament umzustoßen und ihn zu enterben. Er (der Zeuge) fordere nun den Angeklagten feierlich auf, anzugeben, ob das, was er (der Zeuge) eben gesagt habe, in allen Einzelheiten die Wahrheit gewesen sei oder nicht. Zur größten Verwunderung aller Zuhörer gab Mister Pennifeather ohne weiteres zu, daß es die Wahrheit sei.

Der Richter hielt es nun für seine Pflicht, einige Konstabler auszusenden, um das Zimmer des Angeklagten im Hause seines Onkels zu durchsuchen. Von dieser Haussuchung kehrten die Beamten fast unverzüglich zurück mit der wohlbekannten, stahlgefaßten Brieftasche aus braunem Leder, die der alte Herr jahrelang bei sich getragen hatte. Der wertvolle Inhalt war jedoch entwendet, und der Richter bemühte sich vergebens, aus dem Angeklagten herauszubringen, welchen Gebrauch er davon gemacht oder wo er ihn verborgen hielt. Der Angeklagte leugnete hartnäckig, irgend etwas von der Sache zu wissen. Die Konstabler hatten zwischen dem Bettzeug des Unglücklichen auch ein Hemd und ein Halstuch gefunden, beide mit Pennifeathers Initialen und beide scheußlich mit dem Blut des Opfers besudelt.

In diesem kritischen Augenblick kam die Nachricht, daß das Roß des Ermordeten eben im Stall an den Folgen der empfangenen Wunde verendet sei, und Mister Goodfellow regte an, man solle den Kadaver sezieren, um möglicherweise die Kugel zu finden. Dies geschah; und wie, um die Schuldfrage eindeutig zu klären, gelang es Mister Goodfellow nach langem Suchen, in der Brusthöhle eine Kugel von außergewöhnlicher Größe zu finden, die, wie ein Versuch ergab, genau in die Bohrung von Mister Pennifeathers Büchse paßte, während sie für die Waffen jeder anderen Person im Flecken und in der Umgebung zu groß war. Um die Sache noch sicherer zu machen, zeigte sich überdies noch, daß die Kugel rechtwinklig zu der üblichen Sutur einen Riß oder eine Schramme hatte, und bei näherer Prüfung stellte sich heraus, daß dieser Riß genau einer zufälligen Unebenheit in der Gußform entsprach, die von dem Angeklagten als sein Eigentum anerkannt worden war. Nach dem Fund dieser Kugel verzichtete der Untersuchungsrichter auf alle weiteren Zeugenvernehmungen und beschloß, den Gefangenen unverweilt vor das Strafgericht zu bringen, indem er auch jede Bürgschaft ablehnte, obwohl Mister Goodfellow in warmen Worten gegen diese Strenge protestierte und sich zur Stellung einer Bürgschaft in jeder beliebigen Höhe erbot. Diese Großmut »Old Charleys« stimmte mit seiner liebenswürdigen und ritterlichen Haltung während seines ganzen Rattleborougher Aufenthaltes überein. Im vorliegenden Fall wurde der ehrenwerte Mann von der ungewöhnlichen Wärme seiner Zuneigung so mitgerissen, daß er bei seinem Angebot, für den jungen Freund zu bürgen, ganz vergessen zu haben schien, daß er selbst (Mister Goodfellow) auf der weiten Welt keinen Dollar besaß.

Das Ergebnis der Verhandlung ist leicht vorauszusehen. Mister Pennifeather wurde unter den lauten Verwünschungen von ganz Rattleborough bei der nächsten Gerichtstagung vorgeführt. Und dabei wurde die Beweiskette (noch verstärkt durch einige weitere belastende Tatsachen, die Mister Goodfellows Gewissenhaftigkeit vorzuenthalten verbot), so lückenlos und schlüssig befunden, daß die Geschworenen, ohne sich zurückzuziehen, sofort ihren Spruch fällten: »Schuldig des Mordes ersten Grades.« Gleich darauf empfing der arme Wicht das Todesurteil und wurde in das Landesgefängnis überstellt, um die unerbittliche Strafe zu erwarten. In der Zwischenzeit hatte die edle Haltung »Old Charleys« ihn den ehrenwerten Bürgern des Fleckens besonders teuer gemacht. Er wurde zehnmal beliebter als je zuvor, und als natürliche Folge der Gastfreundschaft, die man ihm überall gewährte, ließ er, halb gezwungen durch die Lage der Dinge, in den peinlich sparsamen Gewohnheiten etwas nach, zu denen ihn bisher seine Armut genötigt hatte. So sah er nun häufig Gäste in seinem Haus, und bei diesen kleinen Gesellschaften herrschten Witz und Frohsinn in höchstem Grade, nur leicht gedämpft durch eine gelegentliche Erinnerung an das widrige und traurige Schicksal, das den Neffen des erst kürzlich beweinten Mannes erwartete, dessen Busenfreund der generöse Gastgeber gewesen war. Eines Tages wurde der hochherzige alte Herr durch den Empfang des folgenden Briefes angenehm überrascht:

Charles Goodfellow, Geehrter, werter Herr!

In Erledigung eines Auftrages, der unserem Haus vor etwa zwei Monaten von unserem verehrten Kunden, Mister Barnabas Shuttleworthy, erteilt worden war, beehren wir uns heute morgen eine Doppelkiste Chateau Margaux, Antilopenbrand, violett gesiegelt, an Ihre Adresse abzusenden. Die Kiste ist numeriert und bezeichnet wie unten.

Wir verbleiben, geehrter Herr

Ihre sehr ergebenen Hoggs-Froggs-Bogs & Co.

21. Juni 18..

PS. Die Kiste wird Sie per Fracht am Tag nach der Ankunft dieses Briefes erreichen. Unsere Empfehlungen an Mister Shuttleworthy.

Charles Goodfellow, wohlgeboren,

Rattleborough.

Von H.F.B. & Co;

Chat. Mar. A. – Nr 1–6 Dtzd. Fl.

Tatsächlich hatte Mister Goodfellow seit Mister Shuttleworthys Tod alle Hoffnung aufgegeben, den versprochenen Chateau Margaux jemals zu bekommen, und sah dies nun als Zeichen besonderer Zuneigung des Schicksals ihm gegenüber an. Er geriet in helles Entzücken und lud im Übermaß seiner Freude eine große Gesellschaft von Freunden für den nächsten Tag zu einem Souper, um das Geschenk des guten alten Mister Shuttleworthys anzuzapfen. Nicht, daß er etwas von »dem guten alten Shuttleworthy« gesagt hätte, als er die Einladungen ergehen ließ. Tatsächlich dachte er viel darüber nach und beschloß, gar nichts zu sagen.

Er erwähnte niemandem gegenüber – wenn ich mich recht erinnere –, daß er den Chateau Margaux zum Geschenk bekommen hatte. Er bat nur seine Freunde, zu ihm zu kommen und ihm einen Wein von hervorragender Qualität und köstlicher Blume trinken zu helfen, den er vor einigen Monaten in der Stadt bestellt hatte und morgen bekommen würde. Ich habe mir oft den Kopf darüber zerbrochen, was wohl »Old Charley« bestimmt haben mag, nicht zu erwähnen, daß er den Wein von seinem alten Freund erhalten hatte. Ich konnte den Grund für sein Schweigen eigentlich nie verstehen, obwohl er zweifellos einen vortrefflichen, sicher auch edelmütigen Grund dafür hatte.

Endlich kam der nächste Tag und brachte eine große und durchaus ehrenwerte Gesellschaft in Mister Goodfellows Haus zusammen. – Tatsächlich war der halbe Ort geladen, darunter auch ich –, doch zum großen Ärger des Gastgebers kam der Chateau Margaux erst sehr spät, als die Gäste dem üppigen Souper, das »Old Charley« auftischte, reichlich zugesprochen hatten. Endlich kam er, und da sich die ganze Gesellschaft schon in gehobener Stimmung befand, so wurde beschlossen, daß die Kiste auf den Tisch gestellt und alsogleich ausgepackt werden sollte.

Gesagt, getan. Ich legte mit Hand an, und im Nu hatten wir die Kiste auf dem Tisch, mitten zwischen den Flaschen und Gläsern, von denen nicht wenige dabei zu Bruch gingen. »Old Charley«, bereits erheblich berauscht und dunkelrot im Gesicht, nahm mit gespielter Würde am Kopfende des Tisches Platz, schlug mit einem Weinkrug den Takt und forderte die Tischgenossen auf, sich »während der Hebung des Schatzes« ruhig zu verhalten.

Nach einigem Gebrüll war die Ruhe endlich hergestellt, und, wie es oft in ähnlichen Fällen geschieht, trat tiefes, fast auffallendes Schweigen ein. Der Bitte, den Deckel aufzustemmen, folgte ich mit »größtem Vergnügen«. Ich setzte das Stemmeisen an, und kaum hatte ich mit dem Hammer einige leichte Schläge darauf getan, flog der Kistendeckel mit einem heftigen Ruck weg, und im selben Augenbick schnellte, gerade dem Gastgeber zugewendet, der verstümmelte, blutige und fast verweste Leichnam des ermordeten Mister Shuttleworthy in eine sitzende Stellung. Er starrte einige Augenblicke mit seinen faulig matten Augen Mister Goodfellow ins Gesicht, sprach dann langsam, aber klar und nachdrücklich die Worte: »Du bist der Mann«, fiel, als wäre er vollauf befriedigt, über den Rand der Kiste.

Die Szene, die sich nun abspielte, entzieht sich der Beschreibung. Ein furchtbarer Sturm auf Tür und Fenster setzte ein, und manch einer der kräftigsten Männer fiel vor blankem Grauen in Ohnmacht. Doch nach dem ersten wilden Schreckensausbruch richteten sich alle Augen auf »Old Charley«. Und wenn ich tausend Jahre lebe, so werde ich doch nie die geradezu tödliche Seelenqual vergessen, die sich auf seinem geisterbleichen Gesicht malte, das eben noch vor Triumph und Wein geglüht hatte. Einige Minuten saß er starr wie ein Marmorbild und seine Augen waren ganz blicklos nach innen gerichtet, wie in Betrachtung seiner eigenen elenden Mörderseele versunken. Plötzlich schien ihr Ausdruck blitzartig wiederzukehren, er sprang von seinem Sitz auf, warf sich mit Kopf und Schultern über den Tisch und in Berührung mit dem Leichnam brachte er hastig und überstützt ein eingehendes Geständnis des scheußlichen Verbrechens hervor, für das Mister Pennifeather gefangen gesetzt und zum Sterben bestimmt war.

Was er sagte, war im wesentlichen dies: Er folgte seinem Opfer bis in die Nähe des Tümpels, erschoß dort das Pferd mit der Pistole, schlug den Reiter mit dem Kolben tot, bemächtigte sich der Brieftasche und zerrte das Pferd, das er für tot hielt, mit großer Mühe in das Gestrüpp beim Teich. Den Leichnam des Mister Shuttleworthy warf er auf sein eigenes Pferd und brachte ihn so zu einem sicheren Versteck, weit weg durch die Wälder.

Die Weste, das Messer, die Brieftasche und die Kugel hatte er selbst an die Stellen gebracht, wo sie gefunden worden waren, um sich an Mister Pennifeather zu rächen. Desgleichen hatte er die Entdeckung des blutigen Hemdes und Halstuches arrangiert.

Gegen Ende des schauerlichen Berichtes wurden die Worte des Elenden stammelnd und hohl. Kaum hatte er geendet, so erhob er sich, taumelte vom Tisch zurück und stürzte tot zu Boden.

Die Mittel, mit denen dieses eben noch rechtzeitige Geständnis erpreßt wurden, waren zwar wirksam, doch ganz einfach. Mister Goodfellows übermäßiger Freimut hatte mich angewidert und gleich zu Anfang meinen Verdacht erweckt. Ich war dabei gewesen, als ihn Mister Pennifeather zu Boden geschlagen hatte, und der teuflische Ausdruck, der, wenn auch nur einen Augenblick lang, sein Gesicht überzog, hatte mir die Gewißheit gegeben, daß er seine Rachedrohung, wenn irgend möglich, grausam ausführen würde. Daher sah ich das Vorgehen »Old Charleys« in einem ganz anderen Licht als die guten Bürger von Rattleborough. Ich sah sofort, daß alle belastenden Entdeckungen mittel- oder unmittelbar immer von ihm selbst ausgingen. Die Tatsache aber, die mir über den wahren Stand der Dinge endgültig die Augen öffnete, war die Geschichte mit der Kugel, die Mister Goodfellow im Pferdekadaver fand. Ich hatte nicht, wie die Rattleborougher, vergessen, daß zwei Wundlöcher da waren, eines, wo die Kugel in das Pferd und eines, wo sie wieder herausgetreten war. Wenn sie also im Tierleib gefunden wurde, nachdem sie ihn doch verlassen hatte, so lag es auf der Hand, daß sie von dem Finder selbst hineingelegt worden sein mußte. Das blutige Hemd und Halstuch verstärkten noch diese Auffassung, denn bei näherer Prüfung ergab sich, daß das Blut Rotwein war und nichts sonst. Wenn ich diese Dinge und die plötzliche, verdächtige Freigebigkeit und den steigenden Aufwand des Mister Goodfellow überdachte, so kam ich zu einem Verdacht, der dadurch, daß ich ihn für mich behielt, nicht schwächer wurde.

Inzwischen betrieb ich eine rigorose Suche nach dem Leichnam des Mister Shuttleworthy, und zwar aus guten Gründen weit weg von den Gegenden, zu denen Mister Goodfellow seinen Trupp geführt hatte. Schließlich kam ich nach einigen Tagen zu einem alten trockenen Brunnen, dessen Öffnung von Brombeeren überwuchert war. Und auf seinem Grund fand ich, was ich suchte.

Nun hatte ich zufällig das Zwiegespräch der beiden Kumpane belauscht, als Mister Goodfellow es fertig gebracht hatte, seinen Freund durch Schmeichelei dazu zu bewegen, daß er ihm eine Kiste Chateau Margaux versprach. Diesen Fingerzeig benutzte ich. Ich besorgte mir ein steifes

Stück Fischbein, führte es in die Speiseröhre des Leichnams und setzte ihn in eine alte Weinkiste, wobei ich darauf achtete, seinen Körper so zusammenzubiegen, daß sich auch das Fischbein mitbog. Daher mußte ich den Deckel mit Gewalt niederdrücken, bis ich ihn zugenagelt hatte, ich wußte dabei natürlich im voraus, daß, sowie man die Nägel herauszog, der Deckel in die Höhe flog und der Leichnam aufschnellte.

Nachdem ich die Kiste so hergerichtet hatte, bezeichnete, numerierte und adressierte ich sie wie bereits erzählt, dann schrieb ich einen Brief im Namen der Weinhändler, mit denen Mister Shuttleworthy zu tun gehabt hatte, und befahl meinem Diener, die Kiste auf ein Zeichen von mir in einem Schubkarren zu Mister Goodfellow zu bringen. Wegen der Worte, die ich den Leichnam sprechen lassen wollte, verließ ich mich auf meine Bauchrednerkünste. Ihre Wirkung stellte ich der Gewissensnot des Mörders anheim.

Ich glaube, es bleibt weiter nichts zu erklären. Mister Pennifeather wurde sofort freigelassen, erbte das Vermögen des Onkels, machte sich diese Erfahrung zunutze und führte fortan ein glückliches, neues Leben.

Die Sphinx

Während die Cholera in New York so furchtbar herrschte, hatte ich es vorgezogen, die freundliche Einladung eines Verwandten anzunehmen und bei ihm in der Abgeschlossenheit seines Landhauses am Ufer des Hudson zwei Wochen zu verbringen. Wir konnten uns dort alle üblichen Sommerunterhaltungen gestatten und hätten uns auch wohl die Zeit mit Ausflügen in die weiten Wälder, mit Bootfahren, Fischen, Baden, mit Malen und Zeichnen, mit Musik und Lesen auf das allerangenehmste vertrieben, wenn uns nicht jeden Morgen neu die schrecklichen Nachrichten aus der volkreichen Stadt zugegangen wären. Beinahe kein Tag verging, der uns nicht die Nachricht vom Tode eines mehr oder weniger guten Bekannten brachte. Dann, als das Verhängnis zunahm, hatten wir gelernt, täglich den Verlust eines Freundes zu erwarten. Schließlich zitterten wir beim Nahen jedes Boten.

Selbst die Luft, die aus dem Süden kam, schien uns nach Tod zu riechen. Diese lähmenden Gedanken hatten von meiner Seele ganz Besitz ergriffen. Ich konnte von nichts anderem mehr sprechen, denken und träumen.

Mein Gastgeber war weniger erregt als ich, und obwohl selbst recht gedrückt, versuchte er doch, mich aufzurichten. Sein scharfer, philosophischer Verstand ließ sich von Unwirklichkeiten nicht so leicht berühren. Wirkliche Schrecknisse empfand er stark genug, ihre Schatten aber konnten ihn nicht beeindrucken.

Seine Bemühungen, mich aus dem Zustand krankhafter Verdüsterung, in den ich gesunken war, herauszureißen, wurden großenteils durch gewisse Bücher vereitelt, die ich in seiner Bibliothek gefunden hatte. Sie waren die Saat ererbten Aberglaubens, der latent im mir vorhanden war; diese Bücher waren geeignet, den Aberglauben zu schüren.

Ich hatte diese Bücher ohne sein Wissen gelesen, und so konnte er es sich nicht erklären, auf welche heftigen Eindrücke meine unheimlichen Phantasien zurückzuführen seien.

Eines meiner Lieblingsthemen war der im Volk verbreitete Glaube an Omina, ein Glaube, den ich zu dieser Zeit meines Lebens ernsthaft zu verteidigen geneigt war. Wir führten lange und lebhafte Debatten, mein Gastgeber betonte immer wieder, wie vollständig unberechtigt der Glaube an dergleichen Dinge sei – ich behauptete dagegen, daß ein Volksglaube, der sich spontan, das heißt ohne erkennbare Spuren einer Suggestion einstellt, in sich selbst die nicht zu verkennenden Elemente der Wahrheit enthält und größere Beachtung beanspruchen müsse.

Tatsache ist, daß sich bald nach meiner Ankunft in dem Landhaus ein seltsamer Vorfall ereignete, der so viel Unheilverkündendes an sich hatte, daß ich wohl auf Nachsicht hoffen darf, wenn ich ihn für ein Omen ansah. Er erschreckte, verwirrte und verstörte mich so, daß viele Tage vergingen, ehe ich mich entschließen konnte, die Umstände meinem Freunde mitzuteilen.

Am Abend eines außerordentlich warmen Tages saß ich mit einem Buch in der Hand an einem offenen Fenster, das eine weite Aussicht längs der Ufer des Flusses auf einen entfernten Hügel gestattete, dessen mir zugekehrter Abhang durch einen Erdrutsch vom Großteil der Bäume entblößt worden war. Meine Gedanken waren lange von dem Buch in meiner Hand zu der trostlosen Trauer und Verzweiflung der nahen Stadt gewandert. Als ich einmal meine Blicke von den Seiten hob, fielen sie auf die nackte Fläche des Hügels und auf einen Gegenstand – auf ein lebendiges Ungeheuer von scheußlicher Gestalt, das sich mit großer Schnelligkeit vom Gipfel zum Tal bewegte und schließlich in dem dichten Wald am Fuße des Hügels verschwand. Als mir dieses Wesen zuerst zu Gesicht kam, zweifelte ich an meinem gesunden Verstand oder zumindest am Zeugnis meiner Augen; und viele Minuten vergingen, ehe ich mich wirklich davon überzeugt hatte, daß ich weder verrückt sei noch träume. Doch wenn ich nun das Ungeheuer beschreibe (das ich doch deutlich sah und auf seinem ganzen Weg beobachtete), so – fürchte ich – werden meine Leser noch schwerer zu überzeugen sein als ich selbst.

Ich schätze die Größe des Ungetüms durch einen Vergleich mit dem Durchmesser der großen Bäume, an denen es vorüberkam, der wenigen Waldriesen, die der Gewalt des Erdrutsches standgehalten hatten, und schloß, daß es weit größer war als eines der bekannten Linienschiffe. Ich sagte »Linienschiffe«, weil die Gestalt des Ungeheuers im Vergleich mit dem Rumpf eines unserer Vierundsiebziger wohl eine leidlich richtige Vorstellung seiner ungefähren Umrisse zu geben vermag. Das Maul des Tieres befand sich am Ende eines Rüssels, der sechzig oder siebzig Fuß lang und so dick wie der Körper eines gewöhnlichen Elefanten war. An der Wurzel des Rüssels wucherte eine ungeheure Menge schwarzen Haares; es war mehr, als die Häute einer Herde Büffel hätten liefern können; und aus diesen Haaren wuchsen seitwärts nach unten zwei schimmernde Stoßzähne hervor, ahnlich denen des wilden Ebers, doch von unendlich größeren Dimensionen. Parallel mit dem Rüssel streckte sich auf jeder Seite ein riesiger Stab nach vorne, dreißig oder vierzig Fuß lang, anscheinend aus reinstem Kristall und von der Gestalt eines regelrechten Prismas, das die Strahlen der untergehenden Sonne auf das prächtigste widerspiegelte. Der Rumpf hatte die Form eines Keils, mit der Spitze zur Erde gerichtet. Vom

Rumpf breiteten sich zwei Flügelpaare aus, und zwar lag ein Paar über dem anderen – jeder einzelne Flügel mochte ungefähr hundert Ellen lang sein und war dicht mit Metallschuppen bedeckt, von denen jede wohl zehn bis zwölf Fuß Druchmesser hatte. Ich bemerkte, daß das obere und untere Paar Schwingen durch eine starke Kette verbunden war. Das Sonderbarste an diesem schrecklichen Wesen war das Bild des Totenkopfes, das fast die ganze Oberfläche der Brust bedeckte und sich in schimmerndem Weiß so deutlich von dem dunklen Grund des Körpers abhob, als habe sie ein Künstler gezeichnet. Während ich das fürchterliche Tier und besonders das Bild auf seiner Brust mit Frucht und Entsctzen betrachtete, mit einem Vorgefühl nahenden Unheils, das ich durch keine Vernunftgründe zu bezwingen vermochte, sah ich, daß sich die ungeheuren Kiefer am Ende des Rüssels auftaten und ein so lauter, eindringlicher Weheschrei aus ihnen erscholl, daß es meine Nerven zerriß wie ein Totengeläut; und als das Ungeheuer am Fuß des Hügels verschwand, sank ich ohnmächtig zu Boden.

Ich kam jedoch bald wieder zu mir. Meine erste Empfindung war, meinem Freund alles, was ich gesehen und gehört hatte, sofort zu berichten – und ich kann mir selbst kaum erklären, welches Gefühl des Widerstandes mich zum Ende dennoch daran hinderte.

Eines Abends, drei oder vier Tage nach dem Vorfall, saßen wir zusammen in dem Zimmer, von dem aus ich die Erscheinung beobachtet hatte – ich in demselben Sitz an demselben Fenster, er gemächlich auf dem Sofa neben mir. Die Assoziation von Ort und Zeit bewog mich, doch noch zu berichten. Er hörte mich bis zu Ende an – lachte zuerst herzlich, nahm aber dann plötzlich eine außerordentlich ernste Miene an, als zweifelte er an meinem Verstand. In diesem Augenblick sah ich das Ungeheuer wieder ganz deutlich, und mit einem Aufschrei des Entsetzens lenkte ich seine Aufmerksamkeit darauf. Er blickte aufmerksam hin, behauptete jedoch, nichts zu sehen, obwohl ich ihm bis ins kleinste den Weg des Wesens auf dem kahlen Abhang des Hügels beschrieb.

Ich war nun in maßloser Aufregung, denn ich hielt die Erscheinung entweder für das Omen meines Todes oder, schlimmer noch, für den Vorläufer eines Anfalls von Wahnsinn. In höchster Erregung warf ich mich in meinen Stuhl zurück und vergrub einige Augenblicke lang mein Gesicht in meinen Händen. Als ich wieder aufblickte, war die Erscheinung nicht mehr zu sehen.

Mein Gastgeber jedoch hatte seine Ruhe so ziemlich wiedererlangt und befragte mich nun sehr eingehend über die Gestalt der Kreatur. Als ich ihn vollständig unterrichtet hatte, seufzte er tief auf, als sei er von einer

schweren Last erlöst, und begann mit einer, wie mir schien, grausamen Ruhe von verschiedenen Punkten der spekulativen Philosophie zu sprechen, über die wir schon oft diskutiert hatten. Ich erinnere mich, daß er unter anderem ganz besonders auf dem Gedanken beharrte, daß die hauptsächlichste Quelle des Irrtums bei aller menschlichen Forschung in der Neigung des Verstandes begründet läge, die Bedeutung eines Gegenstandes zu über- oder zu unterschätzen, und zwar durch falsche Einschätzung seiner Nähe. »Wollte man beispielsweise«, sagte er »den Einfluß, den die vollständige Verbreitung der Demokratie auf die Menschheit haben wird, richtig beurteilen, sollte die zeitliche Ferne der Epoche, in der eine solche Verbreitung verwirklicht sein könnte, als Faktor in die Berechnung mit einbezogen werden. Kannst du mir einen Schriftsteller der nennen, der diese Seite des Gegenstandes einer Diskussion für würdig erachtete?«

Hier unterbrach er, ging zum Bücherschrank und entnahm ihm ein einfaches Handbuch der Naturgeschichte. Dann bat er mich, den Platz mit ihm zu wechseln, damit er den kleinen Druck des Buches besser lesen könne, schob meinen Lehnstuhl ans Fenster und nahm seine Rede in demselben Ton wie vorhin wieder auf.

»Ohne die außerordentlich genaue Beschreibung des Untieres«, sagte er, »könnte ich dir niemals beweisen, was es wirklich war. Zuerst will ich dir aus einem Schulbuch die Beschreibung der Gattung Sphinx vorlesen, aus der Familie Crepuscularia und der Ordnung Lepidoptera der Klasse Insecta. Sie lautet folgendermaßen: ›Vier häutige Flügel, mit kleinen, farbigen Schuppen von metallischem Aussehen bedeckt. Das Maul bildet einen aufgerollten Rüssel, entstanden durch eine Verlängerung der Kiefer, zu beiden Seiten befinden sich Rudimente des Kiefers und weiche Fühler. Das untere Flügelpaar ist mit dem oberen durch ein steifes Haar verbunden; die eigentlichen Fühlhörner haben die Gestalt einer verlängerten Keule, prismatisch. Hinterleib spitz zulaufend. Die Totenkopf-Sphinx hat zu gewissen Zeiten durch die Klagetöne, die sie ausstößt, und durch das Sinnbild des Todes, das sie auf dem Brustschild trägt, großen Schrecken erregt.«

Hier schloß er das Buch und neigte sich in dem Stuhl ein wenig vor, genau in derselben Stellung, die ich einnahm als ich das »Ungeheuer« erblickte.

»Ah, da ist es!« rief er aus, »Es steigt den Abhang des Hügels wieder hinauf, und ich gestehe, daß es wirklich ein höchst merkwürdig aussehendes Geschöpf ist. Immerhin ist es keineswegs so groß oder so entfernt, wie du es dir einbildetest, denn in Wirklichkeit mißt es, wie es sich jetzt an dem Faden, den eine Spinne über das Fenster gesponnen hat, hinaufwindet, in ihrer ganzen Lage höchstens ein sechzehntel Zoll und auch die Entfernung von der Pupille meines Auges beträgt ebenfalls nur ein sechzehntel Zoll.«

Hopp-Frosch

Ich kannte nie einen Menschen, der ein solches Vergnügen an Humor gehabt hätte wie unser König. Spaß schien sein einziger Lebenszweck zu sein. Eine gute, witzige Geschichte zu erzählen, war der sicherste Weg zu seiner Gunst. So kam es auch, daß seine sieben Minister sämtlich wegen ihrer außerordentlichen Fertigkeit im Witzemachen berühmt waren. Sie ähnelten überhaupt dem König, denn sie waren alle große, dicke und ölige Männer und zugleich Witzbolde ersten Ranges. Ob man durch Witzemachen fett wird oder ob im Fett selber schon eine Veranlagung zum Scherzen begründet ist, das habe ich nie ganz sicher erfahren können; aber gewiß ist das eine: ein dürrer Witzbold ist eine »rara avis in terris«.

Was nun das Raffinement oder, wie er es nannte, den Geist des Witzes anbelangt, so war das des Königs geringste Sorge. Er hatte eine starke Vorliebe für saftige Späße, um deretwillen er sich auch mit Längen abfand. Allzu große Feinheit pflegte ihn zu ermüden. Er würde Rabelais' Gargantua dem Zadig Voltaires unbedingt vorgezogen haben, und sein Geschmack war weniger auf witzige Worte als auf handgreifliche Possen gerichtet.

Damals waren die berufsmäßigen Spaßmacher bei Hofe noch nicht ganz aus der Mode gekommen. Mehrere der größten festländischen »Mächte« hielten sich noch ihre »Narren«, die Harlekinstracht samt Kappe und Schellen trugen und von denen erwartet wurde, daß sie in Anbetracht der Brosamen, die vom Tisch der Majestät für sie abfielen, jederzeit und ohne jegliche Vorbereitung mit scharfen Witzeleien zur Hand waren.

Es versteht sich ganz von selbst, daß unser König seinen Narren beibehalten hatte. In der Tat bedurfte er einer gewissen Dosis Narrheit, schon um die gewichtige Weisheit der sieben Weisen, die seine Minister waren, aufzuwiegen – gar nicht zu reden von seiner eigenen Gewichtigkeit.

Sein Narr oder berufsmäßiger Spaßmacher war jedoch mehr als ein gewöhnlicher Narr. Sein Wert war in den Augen des Königs verdreifacht durch die Tatsache, daß er zugleich ein Zwerg und ein Krüppel war. Zwerge waren zu jener Zeit an den Höfen ganz ebenso gewöhnlich wie Narren; und viel Monarchen würde es schwergefallen sein, ihre Tage hinzubringen (bei Hofe ist ein Tag meist länger als anderswo) ohne einen Spaßmacher, mit dem, und einen Zwerg, über den sie lachen konnten. Aber, wie ich bereits bemerkt habe, sind Scherzbolde in neunundneunzig von hundert Fällen dick, fett und unbeholfen, so daß unser König sich nicht wenig darauf zugute tat, daß er in Hopp-Frosch (so war der Name des Narren) einen dreifachen Spaß zu besitzen das Glück hatte.

Ich glaube, daß der Name »Hopp-Frosch« dem Zwerge nicht von seinen Paten bei der Taufe gegeben worden war, vielmehr erhielt er ihn durch einstimmigen Beschluß der sieben Minister, weil er nicht imstande war, sich wie andere Menschen fortzubewegen. Hopp-Frosch konnte sich nämlich nur in einer sprunghaft zuckenden Art fortbewegen, einem Mittelding zwischen Sprung und Schlängeln, und diese Gangart war für den König eine unerschöpfliche Quelle der Heiterkeit und natürlich auch des Trostes, da er trotz seines dicken Bauches und chronischer Anschwellung des Kopfes von sämtlichen Hofschranzen als stattliche Erscheinung bewundert wurde.

Obwohl nun Hopp-Frosch infolge der Verkrüppelung seiner Beine sich auf ebenem Boden nur unter großen Schmerzen und Schwierigkeiten fortzubewegen imstande war, befähigte ihn die außerordentliche Muskelkraft, mit der die Natur, gleichsam als Entschädigung für die Mängel seiner unteren Gliedmaßen, seine Arme ausgestattet hatte, zu vielen wunderbaren akrobatischen Leistungen, wo immer es sich um Bäume, Seile oder sonst irgend etwas Erkletterbares handelte. Bei solchen Übungen ähnelte er ohne Zweifel mehr einem Eichhörnchen oder kleinen Affen als einem Frosch.

Ich bin nicht imstande, das Land genau anzugeben, aus dem Hopp-Frosch ursprünglich kam. Jedenfalls war es irgendeine barbarische Gegend, von der kein Mensch jemals etwas gehört hatte, und vom Hofe unseres Königs ungeheuer weit entfernt. Hopp-Frosch war zugleich mit einem jungen Mädchen, das fast ebenso zwergenhaft war wie er (jedoch von entzückendem Körperbau und eine vorzügliche Tänzerin) mit Gewalt aus ihrer Heimat – benachbarten Porvinzen – verschleppt worden, und einer der siegreichen Generale hatte das Pärchen seiner Majestät als Geschenk überbringen lassen.

Unter diesen Umständen ist es nicht verwunderlich, daß die beiden kleinen Gefangenen eine innige Freundschaft und Treue verband. Hopp-Frosch, der zwar viel Ursache zum Lachen gab, dabei aber keineswegs beliebt war, war kaum in der Lage, Trippetta viele Dienste zu leisten; sie dagegen wurde, wegen ihrer Anmut und erlesenen Schönheit, trotz ihrer Zwergenhaftigkeit allgemein bewundert und verhätschelt; so besaß sie viel Einfluß und ließ es sich jederzeit angelegen sein, diesen nach Möglichkeit zu Hopp-Froschs Gunsten zu verwenden.

Aus Anlaß irgendeiner großen Staatsaktion – welche es war, habe ich vergessen – beschloß der König, ein Maskenfest zu veranstalten, und sooft ein Fest dieser Art oder etwas Ähnliches bei Hofe in Aussicht stand, wurden sowohl Hopp-Frosch als auch Trippettas Talente in Anspruch genommen. Besonders Hopp-Frosch zeigte so viel Erfindungsgabe in der

Inszenierung von Prachtaufzügen, in der Entwicklung neuer Masken und der Zusammenstellung von Kostümen, daß, so schien es, ohne seine Mitwirkung nichts auszurichten war.

Der Abend des Festes war gekommen. Ein prächtiger Saal war unter Trippettas Anweisungen ausgeschmückt worden mit allem, was einem Maskenfest Glanz verleihen konnte.

Der ganze Hof fieberte vor Erwartung. Was die Kostüme und Masken betraf, so kann man sich wohl denken, daß jeder sich über diese Frage klar geworden war. Viele hatten sich schon eine Woche oder gar einen Monat vorher entschieden, und in der Tat herrschte nirgends mehr die geringste Ungewißheit, ausgenommen beim König und seinen sieben Ministern. Warum sie noch zögerten, habe ich niemals verstanden, es sei denn, es handelte sich auch hier wieder um einen Scherz. Wahrscheinlicher ist aber, daß es ihnen wegen ihrer Fettleibigkeit schwerfiel, zu einem Entschluß zu kommen. Wie dem auch sei, die Zeit verflog, und in ihrer Ratlosigkeit schickten sie nach Hopp-Frosch und Trippetta.

Als die beiden kleinen Freunde alsbald dem Befehl des Königs Folge leisteten, fanden sie ihn mit den sieben Mitgliedern seines Kabinetts beim Wein sitzend; doch war der Monarch offenbar sehr übler Laune. Er wußte, daß Hopp-Frosch den Wein scheute, da der arme Krüppel durch dies Getränk bis fast zum Wahnsinn erregt wurde, und Wahnsinn ist keine angenehme Empfindung. Doch der König liebte nun einmal derbe Scherze, und es machte ihm Freude, Hopp-Frosch zum Trinken, zum »Lustigsein« (wie es der König nannte) zu zwingen.

»Hierher, Hopp-Frosch«, sagte er, als der Hofnarr mit seiner Freundin das Zimmer betrat. »Leere diesen Humpen auf das Wohl deiner Freunde in der Ferne« (hier seufzte Hopp-Frosch) »und dann laß uns von deiner Erfindungsgabe profitieren. Wir wünschen Masken, Masken, Kerl, die etwas ganz Neues, etwas Unerhörtes bedeuten. Wir haben dieses ewige Einerlei satt. Komm, trink! Der Wein wird deinen Geist beflügeln.«

Hopp-Frosch versuchte, wie gewöhnlich, auf diese Einladung des Königs mit einem Witz zu antworten; aber seine Willenskraft versagte. Zufälligerweise war es gerade der Geburtstag des armen Zwerges, und der Befehl, auf das Wohl seiner Freunde in der Ferne zu trinken, trieb ihm die Tränen in die Augen. Viele große, bittere Tropfen fielen in den Becher, den er demütig aus der Hand des Tyrannen entgegennahm.

»Ah! ha! ha! ha!« brüllte dieser, während der Zwerg widerstrebend den Humpen leerte. »Seht, was ein Glas guten Weines zustande bringt! Deine Augen leuchten ja schon richtig!«

Armer Teufel! Seine großen Augen leuchteten nicht nur, sie glühten;

denn die Wirkung, die der Wein auf sein leicht erregbares Hirn ausübte, war ebenso machtvoll wie unmittelbar. Bebend setzte er das Trinkgefäß auf den Tisch und betrachtete den Kreis seiner Peiniger mit einem halb irren Blick. Sie alle schienen vom Erfolg des königlichen Scherzes aufs höchste erbaut zu sein.

»Und nun zur Sache«, sagte der Premierminister, ein ganz besonders fetter Mensch.

»Jawohl«, sagte der König; »komm, Hopp-Frosch, leih uns deinen Beistand. Masken, mein wackrer Junge! Wir brauchen Masken, wir alle – ha! ha! ha!« und da dies ernstlich als Witz gemeint war, stimmten die sieben kräftig in sein Gelächter ein.

Auch Hopp-Frosch lachte; aber sein Lachen klang matt und wie unbewußt.

»Vorwärts, vorwärts«, rief der König ungeduldig, »hast du keinen Vorschlag zu machen?«

»Ich bemühe mich, etwas ganz Neuartiges zu ersinnen«, erwiderte der Zwerg wie geistesabwesend, denn der Wein hatte ihn völlig verwirrt. »Du bemühst dich?« schrie ihn der Tyrann wütend an; »was willst du damit sagen? Ah, ich verstehe. Du bist noch nicht in Stimmung und möchtest noch mehr Wein? Hier, trinke das!« Und er füllte noch einen Becher und bot ihn dem Krüppel, der, nach Atem ringend, nur darauf hinzustieren vermochte.

»Trink, sage ich!« brüllte der Unmensch, »oder, bei allen Teufeln...« Der Zwerg zögerte noch immer. Der König wurde rot vor Wut. Die Höflinge grinsten. Bleich wie eine Leiche näherte sich Trippetta dem Stuhl des Monarchen und warf sich ihm zu Füßen und flehte ihn an, ihren Freund doch zu verschonen.

Der Tyrann betrachtete sie einige Augenblicke lang, offenbar erstaunt über ihre Verwegenheit. Er schien gar nicht zu wissen, was er tun oder sagen, wie er seiner Entrüstung am besten Ausdruck geben könnte. Endlich stieß er sie, ohne eine Silbe zu äußern, heftig von sich und schleuderte ihr den Inhalt des übervollen Bechers ins Gesicht.

Das arme Mädchen erhob sich, so gut es konnte, und wagte nicht einmal zu seufzen, als sie ihren Platz am Ende der Tafel wieder einnahm.

Tiefe Stille herrschte etwa eine halbe Minute lang, während welcher man den Fall eines Blattes oder einer Feder hätte hören können. Diese Stille wurde durch ein leises, aber scharfes und andauerndes Knirschen unterbrochen, das aus allen Ecken des Raumes zugleich zu kommen schien.

»Wo-, wo-, wozu machst du diesen Lärm?« fragte der König und wandte sich grimmig gegen den Zwerg.

Dieser schien sich weitgehend von seiner Betäubung erholt zu haben; er blickte dem Tyrannen fest und ruhig in die Augen und rief: »Ich, ich? Wie könnte ich das gewesen sein?«

»Der Laut schien von draußen zu kommen«, bemerkte einer der Höflinge. »Ich glaube, es war der Papagei am Fenster, der eben seinen Schnabel an den Stäben seines Käfigs wetzte.«

»Ganz richtig«, antwortete der Monarch, als fühlte er sich von dieser Erklärung beruhigt; »doch bei meiner Ritterehre, ich hätte schwören mögen, daß dieser Halunke dort mit den Zähnen knirschte.« Darauf lachte der Zwerg (war doch der König ein zu großer Witzbold, um böse zu sein, wenn irgendeiner lachte) und entblößte dabei eine Reihe breiter, mächtiger und wahrhaft abstoßender Zähne. Überdies erklärte er sich sogar durchaus bereit, so viel Wein zu schlucken, als von ihm verlangt würde. Der Monarch gab sich zufrieden. Nachdem Hopp-Frosch offenbar ohne erkennbare üble Wirkung noch einen Humpen geleert hatte, entwickelte er alsogleich mit Feuereifer seine Pläne für die Maskerade.

»Ich kann nicht sagen, welche Gedankenverbindung mich darauf gebracht hat«, bemerkte er in aller Ruhe und als hätte er niemals im Leben Wein geschmeckt, »doch eben, als Eure Majestät das Mädchen gestoßen und ihr den Wein ins Gesicht gegossen hatten – gleich nachdem Eure Majestät dies getan und während der Papagei vor dem Fenster jenes eigentümliche Geräusch vollführte, erinnerte ich mich an einen köstlichen Zeitvertreib – einen lustigen Streich aus meiner Heimat –, den wir bei unseren Maskenfesten oft in Szene setzen, doch hier für alle völlig neu sein wird. Unglücklicherweise braucht man dazu jedoch eine Gesellschaft von acht Personen, und –«

»Aber das sind wir ja«, rief der König, indem er über seine scharfsinnige Entdeckung lachte, »es trifft sich ausgezeichnet, wir sind doch gerade acht, ich und meine sieben Minister. Also los, wie geht das Spiel?«

»Wir nennen es die acht zusammengeketteten Orang-Utans«, erwiderte der Krüppel, »und es ist, bei geschickter Durchführung, wirklich ein vorzüglicher Spaß.«

»Wir werden's ausführen«, bemerkte der König, indem er sich aufrichtete und die Augenlider senkte.

»Das Originelle bei dem Spiel«, fuhr Hopp-Frosch fort, »liegt in dem Entsetzen, das es bei den Frauen verursacht.«

»Großartig«, brüllten Monarch und Minister im Chor.

»Ich werde die Herrschaften als Orang-Utans ausstaffieren«, fuhr der Zwerg fort; »überlaßt das alles nur mir. Die Ähnlichkeit wird so überraschend sein, daß die Maskengesellschaft euch wirklich für Bestien halten wird, und natürlich wird man ebenso erschrocken wie verblüfft sein.«

»O, das ist ganz ausgezeichnet!« rief der König aus. »Hopp-Frosch, ich will dich zu Ehren bringen.«

»Die Ketten haben den Zweck, durch ihr Gerassel die allgemeine Verwirrung zu erhöhen. Man wird annehmen, sie seien en masse Ihren Wärtern entlaufen. Eure Majestät können sich keinen Begriff davon machen, welche Wirkung acht zusammengekettete Orang-Utans auf einem Maskenfest hervorzubringen vermögen, wenn die Gesellschaft sie für echt hält, und diese sich nun mit Geschrei unter die vornehmen und prächtig gekleideten Herren und Damen stürzen. Der Kontrast ist unbeschreiblich.«

»Das kann ich mir denken«, sagte der König, und in Eile erhob sich der Kronrat, da es spät geworden war, in Eile, um Hopp-Froschs Projekt in Angriff zu nehmen.

Das Verfahren, nach dem er diese Herrschaften als Orang-Utans aufmachte, war sehr einfach, entsprach jedoch seinen Absichten in hohem Grade. Die betreffende Tiergattung war zu der Zeit, in der meine Geschichte spielt, nur äußerst selten in der ganzen zivilisierten Welt gezeigt worden und da die Nachahmung, die der Zwerg schuf, hinreichend bestialisch und mehr als hinreichend scheußlich ausfiel, durfte man von ihrer naturgetreuen Wirkung überzeugt sein. Der König und seine Minister wurden zuerst in enganliegende Hemden und Beinkleider aus Baumwolle gesteckt. Diese wurden dann mit Teer getränkt. Als die Aufmachung dieses Stadium errreicht hatte, regte einer aus der Gesellschaft an, Federn zu verwenden; aber der Zwerg wies diese Eingebung sofort zurück, indem er die acht durch den Augenschein überzeugte, daß die Haare des Orang-Utans viel besser durch Flachs dargestellt werden könnten. Daher wurde eine dichte Lage Flachs auf das geteerte Wollzeug geklebt. Nun schaffte man eine lange Kette herbei. Diese wurde zuerst dem König um die Hüften geschlungen und befestigt; dann wurde sie um den nächsten der Herren geschlungen und befestigt; dann wurden alle nach und nach in gleicher Weise mit Ketten verbunden. Als diese Verkettung beendet war und ein jeder so weit als möglich von dem anderen entfernt stand, bildeten sie einen Kreis; und um das Ganze recht natürlich erscheinen zu lassen, zog Hopp-Frosch das freie Ende der Kette zweimal kreuzweise über den Kreis, wie es noch heutzutage auf Borneo üblich ist, wenn man Schimpansen oder Großaffen eingefangen hat.

Der stattliche Saal, in dem der Maskenball vor sich gehen sollte, war ein kreisrunder Raum von großer Höhe, welcher das Licht der Sonne nur durch ein einziges, hoch oben in der Kuppel angebrachtes Fenster empfing. Zur Nachtzeit (für die der Saal eigentlich bestimmt war), wurde er hauptsächlich durch einen riesigen Kronleuchter erhellt, der an einer Kette vom Mittelpunkt des Oberlichts herunterhing und, wie es üblich ist, mit Hilfe eines Gegengewichts herabgelassen oder hinaufgezogen werden konnte. Um aber das Aussehen des Saales nicht zu stören, hatte man letzteres außerhalb der Kuppel über das Dach gezogen.

Die Ausstattung des Saales war unter Trippettas Oberaufsicht vollzogen worden; aber in einigen Einzelheiten hatte sie sich, so scheint es, von dem besonneneren Urteil ihres Freundes, des Zwerges, leiten lassen. Auf seine Anregung geschah es, daß für dieses eine Mal der Kronleuchter entfernt wurde. Das Tropfen des Wachses, das bei so warmer Witterung gar nicht zu vermeiden gewesen wäre, hätte den kostbaren Kleidern der Gäste ernsthaft geschadet; denn diese konnten bei dem Gedränge im Saal unmöglich alle außerhalb des Mittelpunktes bleiben, wo der Lüster herabzuhängen pflegte. Etwas abseits brachte man zum Ersatz in mehreren Teilen des Festsaales Wandkandelaber an und drückte in die rechte Hand einer jeden der Karyatiden, von denen wohl fünfzig oder sechzig ringsum an den Wänden standen, eine Fackel, die süßen Duft verbreitete.

Die acht Orang-Utans warteten mit ihrem Auftreten auf Hopp-Froschs Rat geduldig bis Mitternacht, in der der Saal dicht mit Masken gefüllt war. Kaum war jedoch der letzte Glockenschlag verklungen, als sie alle zusammen hereinstürzten oder vielmehr rollten; denn die hemmende Kette brachte die meisten zu Fall; stolpern sah man sie alle.

Die Panik unter den Masken war ganz ungeheuerlich und erfüllte das Herz des Königs mit Wonne. Wie man vorausgesehen hatte, hielten unter den Festteilnehmern nicht wenige diese wildaussehenden Geschöpfe wenn nicht für Orang-Utans, so doch für irgendwelche wirklichen Bestien. Viele Damen fielen vor Schreck in Ohnmacht, und hätte der König nicht das Tragen jeglicher Waffen im Festsaal verboten, so hätte er samt seinen Kumpanen den Scherz wohl bald auf blutige Weise gebüßt. So aber stürmte alles nach den Türen; diese jedoch waren auf Befehl des Königs gleich nach seinem Eintritt geschlossen worden, und auf den Rat des Zwerges hatte man ihm die Schlüssel in Verwahrung gegeben.

Während der Tumult auf seinem Höhepunkt war und eine jede der Masken nur an die eigene Sicherheit dachte (denn in der Tat drohte vom Drängen der aufgeregten Menge eine wirkliche Gefahr), hätte man wahrnehmen können, wie die Kette, an der sonst der Kronleuchter hing und die bei seiner Entfernung hochgezogen worden war, sich allmählich wieder herabsenkte, bis der Haken an ihrem Ende nur noch drei Fuß vom Parkett entfernt war.

Bald darauf sahen sich der König und seine sieben Minister, nachdem die

Halle in allen Richtungen durchgewirbelt worden war, endlich im Mittelpunkt und natürlicherweise in unmittelbarer Nähe der Kette. Während sie sich an dieser Stelle befanden, ergriff der Zwerg, der ihnen unter stetem Zuraunen, sie möchten nicht von der Hetze ablassen, lautlos auf den Fersen gefolgt war, ihre eigene Kette beim Schnittpunkt der beiden Lagen, die diametral und rechtwinklig zueinander den Kreis kreuzten. Mit Gedankenschnelle setzte er hier den Haken ein, an welchem bisher der Lüster herabgehangen hatte, und im Augenblick wurde durch eine unsichtbare Hand die Lüsterkette so weit hochgezogen, daß niemand den Haken von unten erreichen konnte, und die Orang-Utans mit einander zugekehrten Gesichtern in dichtem Knäuel über der Menge schwebten.

Die Masken hatten sich inzwischen bis zu einem gewissen Grad von ihrem Entsetzen erholt; sie fingen nun an, die ganze Angelegenheit als einen gut ersonnenen Scherz zu betrachten und brachen beim Anblick der baumelnden Affen in ein schallendes Gelächter aus. »Überlaßt sie mir«, kreischte Hopp-Frosch, dessen schrille Stimme das furchtbare Getöse mit Leichtigkeit zu durchdringen vermochte. »Überlaßt sie mir. Ich glaube, ich kenne sie. Sobald ich sie mir einmal genau angesehen habe, werde ich gleich sagen können, wer sie sind.«

Daraufhin kletterte er über die Köpfe der Menge hinweg und erreichte so die Saalwand; dort entriß er einer der Karyatiden eine Fackel und kehrte auf die gleiche Art in den Mittelpunkt des Saales zurück, sprang mit affenartiger Behendigkeit dem König auf den Kopf und kletterte von diesem aus ein paar Fuß an der Kette in die Höhe. Dann senkte er die Fackel, als wolle er die Gruppe der Orang-Utans genau untersuchen und schrie immer noch kreischend: »Ich werde gleich herauskriegen, wer diese Leute sind!« Und jetzt stieß der Narr, während die ganze Gesellschaft mitsamt den Affen sich noch vor Lachen krümmte, einen schrillen Pfiff aus, worauf die Kette mit heftigem Ruck etwa dreißg Fuß nach oben flog und die verstörten, zappelnden Orang-Utans mit in die Höhe riß, wo sie mitten zwischen Oberlicht und Parkett in der Luft hängenblieben. Als die Kette emporstieg, klammerte sich Hopp-Frosch an dieser fest und blieb so noch immer in der gleichen Stellung über den acht Masken, und noch immer stieß er mit seiner Fackel nach ihnen, als sei er bestrebt, endlich herauszufinden, wer sich hinter ihnen verberge.

Dieser Aufstieg erfüllte die ganze Gesellschaft mit solcher Verwunderung, daß für die Dauer von etwa einer Minute eine wahre Totenstille herrschte. Diese Stille wurde nur durch denselben leisen, knirschenden Ton unterbrochen, der zuvor die Aufmerksamkeit des Königs und seiner Räte auf sich gelenkt hatte, als jener Trippetta den Wein ins Gesicht

schüttete. Jetzt aber konnte niemand mehr darüber im Zweifel sein, woher dieser Laut rührte. Er kam aus den raubtierartigen Zähnen des Zwerges, die aufeinander mahlten und knirschten, während ihm Schaum auf die Lippen trat, und mit einem Ausdruck wahnsinniger Wut starrte er in die emporgerichteten Gesichter des Königs und seiner sieben Kumpanen.

»Ah, ha!« schrie endlich der wutschäumende Narr, »ich fange an zu erkennen, wer diese Leute sind.« Hier tat er, als ob er den König noch genauer betrachten wollte, und dabei hielt er die Fackel an dessen Flachshülle, die sich augenblicklich in ein loderndes Feuerkleid verwandelte. In weniger als einer halben Minute standen alle acht Orang-Utans in hellen Flammen, während die Menschenmenge unten aufschrie und von Grauen gepackt und ohne die Möglichkeit, auch nur die geringste Hilfe zu leisten, zu ihnen emporstarrte. Endlich zwangen die jäh zu furchtbarer Wut gesteigerten Flammen den Spaßmacher, höher an der Kette hinaufzuklimmen, um dem Bereich des Feuers zu entfliehen, und während er diese Bewegung vollführte, fiel die Menge abermals in tiefes Schweigen zurück. Der Zwerg ergriff diese Gelegenheit, um noch einmal seine Stimme zu erheben:

»Ich sehe jetzt deutlich«, sagte er, »zu welcher Sorte von Mensch diese Masken gehören. Es ist ein großer König mit den sieben geheimen Räten seines Kabinetts – ein König, der kein Bedenken hat, ein hilfloses Mädchen zu schlagen, und seine sieben Räte, die solche Schandtaten unterstützen. Was mich betrifft, so bin ich Hopp-Frosch, der Hofnarr, und dies ist mein letzter Narrenscherz.« Bei der hohen Brennbarkeit des Flachses wie des Teeres hatte der Zwerg kaum diese kurze Rede beendet, als das Rachewerk schon vollendet war. Die acht Leichname schaukelten in ihren Ketten, eine übelriechende, verkohlte, scheußliche, gestaltlose Masse. Der Krüppel schleuderte seine Fackel auf sie, kletterte dann lässig zur Decke empor und verschwand durch das Fenster in der Kuppel.

Es wird angenommen, daß Trippetta sich auf dem Dach des Saales aufgehalten und von dort aus ihren Freund bei seinem feurigen Strafgericht unterstützt hatte, worauf sie gemeinsam in ihre Heimat flohen; denn keinen von beiden sah man jemals wieder.

Von Kempelens Erfindung

Nach dem sehr eingehenden und gründlichen Referat im »Arago« und den kurzgefaßten, gerade veröffentlichten detaillierten Ausführungen des Leutnants Maury im »Wissenschaftlichen Journal«, wird niemand annehmen, daß ich mit den hier wiedergegebenen wenigen und flüchtigen Zeilen, die ich hiermit vorlege, die Erfindung des Herrn von Kempelen vom wissenschaftlichen Standpunkt beurteilen will. Ich beabsichtige nur, ein paar Worte über von Kempelen selbst zu sagen (den ich vor einigen Jahren flüchtig kennenzulernen die Ehre hatte), denn ich glaube, daß augenblicklich alles, was ihn betrifft, natürlich von Interesse ist; sodann will ich ganz allgemein die Folgen seiner Erfindung erörtern.

Ich halte es für angebracht, meine summarischen Beobachtungen mit der Bemerkung einzuleiten, daß ich bestreite, die Erfindung, so erstaunlich sie zweifelsohne auch ist, sei nicht bereits vorausgedacht worden.

Wenn man im »Diarium« von Sir Humphrey Davy (Cottle & Munroe, London) nachschlägt, so wird man auf den Seiten 53 und 82 finden, daß der berühmte Chemiker die zu erörternde Idee nicht allein schon erfaßt hatte, sondern sogar die Analyse, die jetzt von Kempelen so triumphal zum Abschluß brachte. Obwohl von Kempelen das »Tagebuch« mit keiner Silbe erwähnt, verdankt er ihm ganz sicher (ich behaupte es, ohne zu zögern, und kann es, falls gewünscht, beweisen) zumindest den ersten Anstoß seines Unternehmens. Obwohl ich technisch nicht sehr versiert bin, kann ich es mir nicht versagen, zwei Stellen aus dem »Diarium« mit einer der Gleichungen Sir Humphreys anzuführen.

Der Artikel aus dem »Courier and Enquiner«, der jetzt in allen Blättern nachgedruckt wird und der glaubt, die Erfindung für einen Mr. Kissam aus Brunswick, Maine, beanspruchen zu müssen, scheint mir dagegen aus mehreren Gründen zweifelhaft zu sein, obgleich er nichts an sich Unmögliches oder Unwahrscheinliches enthält. Ich brauche nicht auf Einzelheiten einzugehen. Mein Urteil über diesen Artikel wird hauptsächlich von der Art der Darstellung bestimmt. Sie klingt unwahr. Jemand, der Tatsachen berichtet, ist selten so genau wie Mr. Kissam über Tag, Jahr und Ort. Und überdies, wenn Mr. Kissam wirklich zu der angegebenen Zeit, vor ungefähr acht Jahren also, die Entdeckung machte, wie kommt es dann, daß er nicht sofort Schritte unternahm, sich die unglaublichen Vorteile zu sichern, die, wie jeder Tölpel wissen würde, wenn nicht für die Welt, sich so doch ihm persönlich aus der Entdeckung ergeben mußten? Ich halte es für ganz ausgeschlossen, daß ein Mensch von auch nur mäßiger Intelligenz das entdecken konnte, was Herr Kissam entdeckt zu haben behauptet, um dann, naiv wie ein Wickelkind, so blind wie eine Eule zu handeln, wie Mr. Kissam gehandelt haben will. Nebenbei gefragt: wer ist eigentlich Mr. Kissam? Und ist der ganze Artikel im »Courier and Enquirer« nur geschrieben worden, um sich wichtig zu machen? Man muß zugeben, daß das Ganze nach einem großen Schwindel aussieht. Meiner bescheidenen Meinung nach kann ihm nur wenig Bedeutung beigemessen werden; und wenn ich nicht aus Erfahrung wüßte, wie leicht sich gerade Wissenschaftler auf Gebieten irreführen lassen, die außerhalb ihrer eigentlichen Forschung liegen, würde ich sehr erstaunt sein, daß ein so bedeutender Chemiker wie Professor Draper den Anspruch Mr. Kissams (oder heißt er Quizzam) auf seine Entdeckung ernsthaft in Erwägung zieht.

Doch kehren wir zu dem »Diarium« von Sir Humphrey Davy zurück. Diese Aufzeichnungen waren nicht für die Öffentlichkeit bestimmt, auch nicht nach dem Tode des Autors, wie jeder, der selbst einmal eine Zeile geschrieben hat, sofort aus ihrem Stil erkennen wird. Auf Seite 13 zum Beispiel, etwa in der Mitte, lesen wir mit Bezug auf seine Forschungen über Stickstoff-Protoxyde:

»Die Atmung setzte nicht aus, verminderte sich in weniger als einer halben Minute allmählich und waren ihnen analog einem leichten Druck auf alle Muskeln gefolgt.« Daß die Atmung sich nicht »verminderte«, ergibt sich nicht nur aus dem Kontext, sondern auch durch den gebrauchten Plural »waren«. Der Satz sollte wahrscheinlich so heißen: »In weniger als einer halben Minute bei fortdauernder Atmung verminderten sich die Gefühle und es folgte ihnen eine Empfindung, analog einem leichten Druck auf alle Muskeln.«

Hundert ähnliche Beispiele erhärten, daß das so unbedacht veröffentlichte Manuskript ein nur für das Auge des Autors bestimmtes Notizbuch war. Ein Blick in das Buch wird jeden denkenden Menschen von der Richtigkeit der Vermutung überzeugen. Tatsache ist, daß Sir Humphrey Davy der letzte gewesen wäre, sich auf wissenschaftlichen Gebieten zu kompromittieren. Nicht nur daß er jede Pfuscherei von Grund auf verabscheute, fürchtete er fast krankhaft als Pfuscher zu erscheinen. Wäre er für sich auch noch so überzeugt gewesen, wie in dem fraglichen Fall, auf der richtigen Spur zu sein, würde er nicht eher darüber gesprochen haben, ehe er nicht in der Lage war, alles praktisch zu demonstrieren. Ich bin fest überzeugt, er wäre nicht ruhig gestorben, wenn er hätte ahnen können, daß man seinem Wunsch, das »Diarium« (angefüllt mit vagen Problemen) zu verbrennen, nicht nachkommen werde. Ich sage »seinem Wunsch«, denn es kann wohl kein Zweifel bestehen, daß unter den verschiedenen Papieren, die zu verbrennen waren, auch sein Notizbuch war. Ob es nun zum Glück oder Unglück den Flammen entging, steht noch dahin. Daß die oben angeführten Stellen, wie ähnliche andere, Herrn von Kempelen den eigentlichen Fingerzeig gaben, steht für mich außer Frage; ich wiederhole jedoch, daß es sich noch nicht abschätzen läßt, ob diese wichtige, unter allen Umständen wichtige Entdeckung der Menschheit zum Nutzen oder zum Schaden gereichen wird. Daß sie von Kempelen und seinen engeren Freunden eine reiche Ernte einbringen wird, wird nur ein Narr bezweifeln. Sie werden kaum so töricht sein, ihren geistigen Besitz nicht beizeiten durch den Kauf von Häusern, Land und bleibenden Werten zu realisieren.

In dem kurzen, im »Home Journal« erschienenen und seitdem häufig nachgedruckten Bericht von Kempelens selbst dürfte der Übersetzer, der ihn, wie er wenigstens behauptet, einer Nummer der Preßburger Schnellpost entnahm, einige Stellen des deutschen Originals falsch interpretiert haben. Offenbar hat er das Wort »Viele« wie dies oft geschieht, falsch verstanden; und was er mit »sorrows« übersetzt, heißt wahrscheinlich »leiden«, also »sufferings«, was dem Bericht eine ganz andere Prägung geben dürfte. Aber natürlich ist das von mir nur eine Vermutung.

Von Kempelen ist keineswegs ein »Misanthrop«, zumindest nicht nach seiner äußeren Erscheinung, wie er auch sonst sein mag. Meine Bekanntschaft mit ihm war allerdings nur flüchtig; ich kann eigentlich nicht sagen, daß ich ihn wirklich kenne. Doch ist es immerhin keine Kleinigkeit, mit einem Mann, der so außergewöhnlich berühmt ist oder in ein paar Tagen sein wird, gesehen worden zu sein oder sich unterhalten zu haben.

Die »literary World« behauptet zuversichtlich (wahrscheinlich durch den Bericht im »Home Journal« irregeführt), von Kempelen sei in Preßburg geboren. Ich freue mich jedoch, einwandfrei, da ich es von ihm selbst habe, feststellen zu können, daß er in Utica im Staat New York auf die Welt kam. Seine Eltern scheinen allerdings beide aus Preßburg zu stammen. Seine Familie ist irgendwie mit dem bekannten Malzel, Schachspiel-Automaten, verwandt (wenn wir nicht irren, hieß der Erfinder des automatischen Schachspielers Kempelen, von Kempelen oder so ähnlich. – Anmerkung des Herausgebers).

Er selbst ist klein und dick, hat große, blaue Augen, sandfarbenes Haar und Backenbart, einen großen, doch angenehmen Mund, schöne Zähne und, glaube ich, eine Römernase. Einer seiner Füße ist verkrüppelt. Sein Auftreten ist sicher, die ganze Art und Weise zeugt von Bonhomie. Jedenfalls spricht und handelt er so wenig wie ein Misanthrop, wie nur irgendeiner. Wir wohnten vor ungefähr sechs Jahren eine Woche zusammen in Earls Hotel in Providence, Rhode Island, und ich habe mich verschiedene Male, im ganzen drei oder vier Stunden mit ihm unterhalten. Er redete meist über Tagesereignisse, und kein Wort von ihm ließ mich auf wissenschaftliche Neigungen schließen. Er verließ das Hotel vor mir, in der Absicht, nach New York zu gehen; von dort wollte er nach Bremen. In dieser Stadt wurde seine Erfindung zum erstenmal veröffentlicht oder vielmehr, dort vermutete man zuerst, daß sie gemacht worden sei.

Das ist alles, was ich persönlich von dem jetzt unsterblichen von Kempelen weiß; doch glaube ich, selbst diese geringen Kenntnisse werden das Publikum interessieren.

Fraglos sind die meisten in dieser Sache kursierenden wunderbaren Gerüchte nichts weiter als pure Erfindungen, die ebensoviel Glauben beanspruchen dürften, wie die Geschichte von Aladins Wunderlampe. Und doch ist es möglich, wie etwa auch bei den Entdeckungen in Kalifornien, daß hier wieder einmal die Wahrheit seltsamer ist als alle Erfindung. Die folgende Anekdote ist jedenfalls so wohl verbürgt, daß wir sie vorbehaltlos glauben dürfen:

Von Kempelen befand sich während seines Aufenthaltes in Bremen keineswegs in guten Verhältnissen und oft in peinlichster Verlegenheit bei der Beschaffung kleiner Darlehen. Als die großen Fälschungen bei Gutsmuth & Cie. ans Tageslicht kamen, fiel der Verdacht auf Herrn von Kempelen, der sich gerade eine große Besitzung gekauft hatte und über die Herkunft der Kaufsumme keine Aufklärung geben wollte. Man verhaftete ihn; da jedoch nichts Belastendes gegen ihn vorzubringen war, wurde er wieder freigelassen. Aber die Polizei beschattete ihn und entdeckte, daß er sehr oft sein Haus verließ und sich immer auf den Weg in das Labyrinth der engen und gewundenen Gäßchen der Altstadt begab, wo er regelmäßig seinen Verfolgern entschlüpfte. Endlich gelang es ihnen, seine Spur bis auf den Speicher eines sieben Stock hohen Hauses zu verfolgen, wo man glaubte, ihn bei der Fälscherarbeit ertappt zu haben. Er sei so aufgeregt gewesen, daß die Beamten sofort von seiner Schuld überzeugt sein mußten. Man durchsuchte den Raum oder vielmehr die Räume, denn offenbar benutzte er alle Mansarden. An die Dachstube, in der man ihn überraschte, schloß sich eine Kammer von zehn zu acht Fuß an, die mit verschiedenen chemischen Apparaten ausgestattet war, deren Zweck man bis jetzt noch nicht feststellen konnte. In einer Ecke stand ein kleiner Herd mit einem offenen Feuer, und auf diesem ein Doppelschmelztiegel, das heißt, zwei Tiegel, die durch eine Röhre verbunden waren. Einer der Tiegel enthielt nicht ganz bis an die Öffnung der Verbindungsröhre, die sich ziemlich oben am Rand befand, schmelzendes Blei. In dem anderen Tiegel war eine Flüssigkeit, die, als die Beamten eintraten, geradezu ungestüm verdampfte. Man berichtet, als von Kempelen sich ertappt sah, er mit seinen Asbest-

handschuhen beide Schmelztiegel ergriff und ihren Inhalt auf den gekachelten Fußboden schüttete. Daraufhin legte man ihm Handschellen an, und ehe man die Räumlichkeiten weiter durchsuchte, wurde er einer Leibesvisitation unterzogen. Man fand jedoch nichts weiter, als ein in Papier gehülltes Päckchen, welches, wie sich später herausstellte, zu fast gleichen Teilen eine Mischung von Antimon und einer unbekannten Substanz enthielt. Alle Versuche, diese unbekannte Substanz zu analysieren, sind bis jetzt erfolglos geblieben, doch gibt es keinen Zweifel, daß die Analyse in allernächster Zeit gelingen wird.

Aus dieser Kammer gingen nun die Beamten mit ihrem Gefangenen durch eine Art Vorzimmer in das Schlafzimmer des Chemikers, in dem sich aber nichts Wesentliches fand. Hier durchstöberten sie Schubläden und Schränke, entdeckten jedoch nur ein paar unwichtige Papiere und einige echte Silber- und Goldmünzen. Endlich sahen sie, als sie unter das Bett blickten, einen großen, gewöhnlichen Koffer, ohne Riegel, Klammern oder Schloß, dessen Deckel nur achtlos übergestreift war. Als sie versuchten, den Koffer unter dem Bett hervorzuziehen, zeigte es sich, daß es nicht möglich war (es waren ihrer drei und kräftige Männer), ihn auch nur zollbreit zu bewegen. Höchst verwundert kroch einer unter das Bett und sagte nach einem Blick in den Koffer: »Kein Wunder, daß wir ihn nicht bewegen können, er ist bis zum Rand mit alten Messingstücken gefüllt.«

Er stemmte sich nun mit den Füßen fest gegen die Wand und schob mit aller Kraft, während seine Kameraden mit der ihren den Koffer zogen. So schleiften sie ihn mit vieler Mühe unter dem Bett hervor und prüften darauf seinen Inhalt. Das angebliche Messing bestand aus einer Menge kleiner, glatter Stücke von der Größe einer Erbse bis zu der eines Talers, ihre Form jedoch war unregelmäßig, doch bei allen Stücken mehr oder weniger flach, etwa wie geschmolzenes Blei, das man zu Boden geworfen hat und dort abkühlen ließ. Nicht einer von den Beamten kam auch nur einen Augenblick auf die Idee, das Metall könne irgend etwas anderes als Messing sein, daß es Gold sein könnte, daran dachten sie natürlich erst recht nicht. Wie sollten sie auch? Man kann sich ihr Erstaunen ausmalen, als am nächsten Tag in ganz Bremen bekannt wurde, daß der Haufen Messing, den sie so verächtlich zum Revier geschleppt hatten, ohne auch nur ein kleines Stück einzustecken, nicht nur Gold war – wirkliches Gold –, viel feiner noch als es für Münzen verwendet wird, sondern absolut reines Gold, ohne jede Legierung. Ich brauche das Geständnis von Kempelens (soweit er gestand) nicht mehr zu wiederholen; es ist dem Publikum bekannt. Daß er im Geist und in der Tat, wenn nicht gar buchstäblich, die alte Chimäre vom Stein der Weisen verwirklicht hat, wird jetzt kein vernünftiger Mensch mehr bezweifeln. Die Ansichten Aragos verdienen natürlich die größte Beachtung, doch ist er keinesfalls unfehlbar, und was er in seinem Bericht an die Akademie von Bismuth sagt, ist cum grano salis zu nehmen. Die einfache Wahrheit ist eben die, daß jede Analyse bis jetzt mißlungen ist. Und solange uns von Kempelen nicht selbst den Schlüssel zu der Lösung des von ihm gelösten Rätsels gibt, ist es höchst wahrscheinlich, daß die Sache noch jahrelang in statu quo verbleiben wird. Einstweilen kann mit Bestimmtheit nur gesagt werden, daß es möglich ist, willkürlich und in beliebiger Menge aus Blei, in Verbindung mit gewissen anderen Substanzen, deren Qualität und Quantität noch unbekannt sind, Gold herzustellen. Die Spekulation beschäftigt sich natürlich lebhaft mit den unmittelbaren und mittelbaren Folgen dieser Entdeckung – einer Entdeckung, die kein denkender Mensch mit dem erhöhten Interesse für Goldgewinnung in Verbindung bringen wird, das seit den neueren Schürfungen in Kalifornien besteht. Man sagt sich unwillkürlich, wie außerordentlich inopportun von Kempelens Erfindung ist. Wenn sich schon bisher viele abhalten ließen, nach Kalifornien zu gehen, aus Furcht, die Ergiebigkeit der dortigen Minen könnte den Goldwert so empfindlich senken, daß sich die Spekulation bei der weiten Entfernung nicht bezahlt mache – was werden wohl jetzt die Auswanderer und die im Goldland bereits Schürfenden sagen, wenn sie von der überraschenden Erfindung von Kempelens hören. Eine Entdeckung, die, abgesehen von ihrem tatsächlichen Wert für Industriezwecke (wie groß dieser auch sein mag), zur Folge haben muß, daß Gold jetzt oder wenigstens bald (es ist schließlich kaum anzunehmen, daß von Kempelen sein Geheimnis lange bewahren wird) keinen größeren Wert mehr haben wird als Blei und weit geringeren als Silber. Es ist nun allerdings sehr schwer, hinsichtlich der Konsequenzen Spekulationen anzustellen. Aber eines kann mit Bestimmtheit behauptet werden: Wäre die Nachricht von dieser Entdeckung sechs Monate früher gekommen, so würde sie einen erheblichen Einfluß auf die Besiedlung Kaliforniens ausgeübt haben.

In Europa ist das bemerkenswerteste Resultat bis jetzt: Blei ist um zweihundert Prozent, Silber um fünfundneunzig Prozent im Wert gestiegen.

Phantastische Fahrten

Das Manuskript in der Flasche

Von meiner Heimat und meiner Familie kann ich nur wenig sagen. Schlechte Behandlung und der Lauf der Zeit haben mich sowohl der einen wie der anderen entfremdet. Mein ererbter Reichtum ermöglichte mir ungewöhnlich ausgedehnte Studien, und eine beschauliche Gemütsart ließ mich die reichlich gesammelten Wissensvorräte in meinem Geist methodisch ordnen. Vor allem gewährten mir die Werke der deutschen Philosophen einen hohen Genuß; nicht etwa, weil ich ihre so beredt vorgebrachten Irrlehren bewunderte, im Gegenteil, weil ich, dank meinen geschulten analytischen Fähigkeiten, mit Leichtigkeit ihre Irrtümer entdeckte. Man hat mir sehr oft die Unfruchtbarkeit und Trockenheit meines Skeptizismus bekannt; und es hatte mich auch in der Tat eine starke Neigung zum Materialismus mit dem Hauptirrtum unseres Zeitalters angekränkelt – ich meine, mit der Gewohnheit, alle nur möglichen Begebenheiten in Beziehung zu den Prinzipien der materialistischen Philosophie zu bringen, selbst die ihrem Gebiet fernstliegenden! Im allgemeinen war jedenfalls niemand weniger als ich geeignet, sich durch die Irrlichter des Aberglaubens von den strengen Rechtssprüchen der Wahrheit wegführen zu lassen.

Ich hielt es für angemessen, diese Vorrede voranzuschicken, damit man den unglaublichen Bericht, den ich niederschreiben will, nicht etwa für die Vorspiegelung unverdauter Ideen, sondern für die positive Erfahrung eines Geistes nehmen möge, für den die Träumereien der Phantasie stets gänzlich ohne Interesse und ein hohles Nichts gewesen sind.

Nachdem ich schon mehrere Jahre mit weiten Reisen zugebracht hatte, schiffte ich mich im Jahre 18.. im Hafen von Batavia, der Hauptstadt der reichen, bevölkerten Insel Java, zu einer Fahrt nach dem Archipel der Sunda-Inseln ein. Ich reiste, weil mich eine gewisse nervöse Rastlosigkeit, die mich wie mein böser Geist verfolgte, dazu antrieb.

Unser Fahrzeug, ein schönes Schiff von etwa vierhundert Tonnen, war mit Kupfer bekleidet und in Bombay aus Teakholz gebaut worden. Es hatte Baumwolle, Wolle und Öl geladen. Außerdem hatten wir noch Kokosbast, Kokosnüsse, Palmenzucker, Butteröl und einige Büchsen Opium an Bord. Man hatte die Waren sehr unordentlich gestaut, so daß das Schiff ein wenig auf der Seite lag.

Bei ganz leichtem Wind gingen wir unter Segel und glitten mehrere Tage lang die östliche Küste Javas entlang, ohne daß ein anderes Ereignis die Einförmigkeit unserer Fahrt unterbrach, als das gelegentliche Zusammentreffen mit einem der kleinen Grabs, die aus dem Archipel kamen, auf den wir zusegelten.

Als ich mich eines Abends über das Gitter am Heck des Schiffes lehnte, bemerkte ich gegen Nordwesten eine sonderbare einzelne Wolke. Sie mußte mir auffallen, denn sie war die erste, die ich seit der Abreise von Batavia sah, und dazu von seltsamer Farbe. Ich betrachtete sie sorgfältig, bis sie sich bei Sonnenuntergang über den ganzen Osten und Westen verbreitete und den Horizont mit einem deutlichen Dunstgürtel umgrenzte, der wie ein sehr niedriger, langer Küstenstreifen erschien. Bald darauf erregte der düsterrote Glanz des Mondes und das absonderliche Aussehen des Meeres meine Aufmerksamkeit. Eine plötzliche Veränderung schien mit dem Wasser vor sich zu gehen: es wurde ganz ungewöhnlich durchsichtig. Obgleich ich den Boden deutlich erkennen konnte, wies das Senkblei fünfzehn Faden Tiefe auf. Die Luft wurde unerträglich heiß und hauchte uns an wie der Atem glühenden Eisens. Als die Nacht kam, starb der letzte kleine Luftzug dahin, und die tiefste Totenstille trat ein. Auf dem Heck des Schiffes brannte eine Kerze, ohne daß ihre Flamme die allergeringste Bewegung verriet, und ein Haar, das ich zwischen Zeigefinger und Daumen hielt, hing so ruhig, daß ich nicht die geringste Schwingung an ihm bemerken konnte. Da der Kapitän jedoch nirgendwo ein Anzeichen von Gefahr wahrnahm, ließ er die Segel einziehen und Anker werfen. Es wurde keine Wache aufgestellt, und die Mannschaft, die hauptsächlich aus Malayen bestand, streckte sich gemächlich auf Deck aus. Ich stieg in meine Kabine hinab – eine Ahnung kommenden Unheils folgte mir. Alle Anzeichen, von denen ich gesprochen, ließen mich einen Samum befürchten. Ich teilte dem Kapitän meine Befürchtung mit, er schenkte meinen Worten jedoch keine Aufmerksamkeit und verließ mich, ohne dieselben einer Beantwortung zu würdigen. Meine Unruhe ließ mich nicht schlafen, und um Mitternacht stieg ich wieder auf Deck. Als ich meinen Fuß auf die oberste Stufe der Kajütentreppe setzte, erschreckte mich ein dumpfes, tiefes Summen, wie es die rasche Umdrehung eines Mühlenrades wohl hervorbringt, und ehe ich mir noch über die Ursache und die Bedeutung des Geräusches klar werden konnte, fühlte ich, wie das Schiff bis in seinen Mittelpunkt erbebte. Im nächsten Augenblick warf uns eine wilde, schäumende Welle auf die Seite und überschwemmte das ganze Deck. Aber gerade die plötzliche Wut des Sturmes war es wohl, die das Schiff rettete. Obgleich es sofort ganz mit Wasser gefüllt und seine Masten über Bord gegangen waren, erhob es sich, nach einer Minute etwa, schwerfällig wieder, schwankte ein paar Augenblicke unter dem starken Druck des Sturmes auf und ab und erhob sich dann vollends.

Es ist mir unmöglich, festzustellen, welches Wunder mich von dem Tode errettete. Der Anprall des Wassers hatte mich bewußtlos gemacht, und als ich wieder zu mir kam, fand ich mich zwischen dem Hintersteven und dem Steuer eingeklemmt. Mit vieler Mühe stellte ich mich auf meine Füße, blickte schwindelig umher und glaubte, wir seien in eine Brandung geraten. Nach einer Weile vernahm ich die Stimme eines Schweden, der sich im letzten Augenblick, als wir den Hafen schon verließen, noch mit eingeschifft hatte. Ich rief ihn aus Leibeskräften an, und er kam denn auch sogleich schwankend auf mich zu. Wir entdeckten bald, daß wir als die einzigen den fürchterlichen Stoß überlebt hatten. Alle anderen waren über Bord gerissen oder wie der Kapitän und die Matrosen im Schlaf vom Tod überrascht worden, denn die Kajüten standen voll Wasser. Ohne weitere Hilfe konnten wir nun sehr wenig für unsere und des Schiffes Sicherheit tun, und außerdem waren unsere Kräfte durch die Furcht, jeden Augenblick untergehen zu können, vollständig gelähmt. Das Ankertau war beim ersten Windstoß wie ein Bindfaden zerrissen, sonst wäre das Schiff wohl im selben Augenblick zugrunde gegangen. Wir schossen nun mit schaudererregender Schnelligkeit vor den Wellen dahin; das Wasser bildete furchtbare Breschen um uns herum. Das Holzwerk auf dem Hinterdeck war vollständig weggerissen worden; und auch sonst hatte das Schiff bedenklich Schaden erlitten. Zu unserer größten Freude jedoch fanden wir, daß die Pumpen funktionierten und sich unser Ballast nicht allzusehr verschoben hatte. Der schlimmste Sturm war vorüber, und wir hatten vom Wind nur noch wenig zu befürchten. Doch sahen wir mit Entsetzen dem Augenblick entgegen, da er vollständig aufhören werde, denn wir mußten annehmen, daß unser beschädigtes Schiff den wilden Wogengang, der mit Sicherheit folgen würde, nicht aushalten könne. Doch schien sich diese Befürchtung nicht allzubald zu verwirklichen. Fünf ganze Tage und Nächte lang, während derer wir uns kümmerlich mit ein paar Stücken Palmenzucker, die wir mit großer Mühe von unten heraufgeschafft hatten, ernährten, floh unser Schiffsrumpf mit unberechenbarer Schnelligkeit vor den Windstößen, die, obgleich sie sich an Wut mit dem ersten nicht messen konnten, doch schrecklicher waren als irgendein Sturm, den ich bis dahin erlebt hatte. Wir glitten die ersten vier Tage mit ganz geringen Abweichungen nach Südsüdost und hätten also an der Küste von Neuholland landen müssen.

Am fünften Tage wurde es außerordentlich kalt, die Sonne ging mit krankhaft gelbem Glanz auf und erhob sich nur wenige Grade über den Horizont, ohne ein entscheidendes Licht zu entsenden. Wolken waren nicht zu sehen, doch nahm der Wind beständig zu und blies in wütenden, starken Stößen. Es mochte wohl Mittag sein, als das Aussehen der Sonne von neuem unsere Aufmerksamkeit auf sich zog. Sie strahlte kein eigentliches Licht aus, sondern brannte in dunkler, trüber Glut, ohne Widerschein, als wären alle ihre Strahlen polarisiert. Kurz bevor sie in den aufschwellenden Ozean versank, ging ihre mittlere Glut vollständig aus, als sei sie von einer unerklärlichen Gewalt gelöscht worden.

Wir warteten sehnsüchtig auf die Ankunft des sechsten Tages – aber dieser Tag kam mir nicht, noch meinem Gefährten. Wir blieben von jetzt ab in tiefe Dunkelheit gehüllt; einen Gegenstand, der zwanzig Schritt vom Schiff entfernt war, hätten wir nicht mehr sehen können. Ewige Nacht lag um uns gebreitet, und nicht einmal das Phosphorleuchten des Meeres, an das wir uns in den Tropen gewöhnt hatten, wollte sie matt erhellen. Obgleich der Sturm mit unverminderter Heftigkeit forttobte, bemerkten wir auf den Wellen weder Gischt noch Schaum mehr. Die Welt umher war nur Schrecknis – undurchdringliche Düsterkeit – eine ebenholzschwarze, schwankende Wüste. Alle Gespenster des Aberglaubens umflatterten das Haupt des Schweden, und meine Seele hüllte sich ein in schweigende Verwunderung. Wir sahen von jeder Sorge um das Schiff als unnütz ab, banden uns, so gut es gehen wollte, an den Stumpf des Fockmastes an und blickten, bitterniserfüllt, in die Meereswelt hinaus. Wir konnten weder die Zeit noch den Ort, an dem wir uns befanden, auch nur annähernd bestimmen. Doch wußten wir, daß kein Seefahrer vor uns so weit nach Süden gelangt war, und wunderten uns sehr, daß wir nicht durch die erwarteten Eismassen aufgehalten wurden. Jetzt jedoch konnte jeder Augenblick unser letzter sein – jede der ungeheuren Wellen konnte uns in den Abgrund ziehen. Der Wogengang übertraf an Wildheit alles, was ich bis jetzt erlebt hatte, und es ist wirklich ein Wunder, daß wir nicht beständig unter Wasser begraben waren. Mein Gefährte tröstete mich mit unserer leichten Ladung und dem ausgezeichneten Bau des Schiffes, doch ich empfand nur Hoffnungslosigkeit und dachte angstvoll an den Tod, der, wie ich glaubte, nicht länger als eine Stunde mehr auf sich warten lassen würde. Denn mit jedem Knoten, den das Schiff zurücklegte, wurden die Wogen dieses schwarzen, geheimnisvollen Ozeans erschreckender, wütender.

Wir befanden uns gerade wieder einmal in einem solchen Wellental, als mein Gefährte in grausiger Angst in die Nacht hinaus schrie: »Sehen Sie! Sehen Sie! Allmächtiger Gott! Sehen Sie!«

Ich bemerkte einen trüben, düsteren, roten Lichtschein, der an den Seiten des ungeheuren Schlundes, in dem wir schwankten, herabströmte. Als ich die Augen erhob, sah ich etwas, das mir das Blut in meinen Adern erstarren machte. In schauerlicher Höhe über uns, dicht am Rande der fast senkrechten Wasserwand, schwebte ein ungeheures Schiff. Obwohl es auf der Spitze einer Welle schwankte, die wohl hundertmal höher war als das Fahrzeug selbst, erkannte ich doch, daß es unendlich größer sein mußte, als irgendein Ostindienfahrer. Der riesige Rumpf war tief schwarz und wies keine der üblichen Verzierungen auf. Eine einfache Reihe eherner Kanonen sah aus den geöffneten Stückpforten hervor und spiegelte auf ihren glänzenden Oberflächen das Licht zahlloser Laternen, die im Takelwerk hin und her schwankten.

Was uns jedoch am meisten entsetzte, war, daß das Fahrzeug auf diesem gespenstischen Meer, bei diesem wüsten Orkan mit entfalteten Segeln dahinglitt. Als wir das Schiff zuerst bemerkten, erhob es sich langsam aus dem dunklen, gräßlichen Abgrund hinter ihm, so daß wir nur seinen Bug sehen konnten. Einen Augenblick lang, der voll unaussprechlichster Schrecken war, blieb es auf der schwindelnden Höhe still stehen, als berausche es sich an seiner eigenen Majestät, dann begann es zu zittern und zu schwanken und sauste herab!

Ich weiß nicht, wie es kam, daß in diesem Augenblick eine plötzliche Kaltblütigkeit in mich fuhr. Soweit es mir möglich war, stürzte ich nach vorn, um die Katastrophe, die uns vernichten mußte, zu erwaren. Unser eigenes Schiff schien den Kampf aufgegeben zu haben, und senkte sich mit seinem Vorderteil ins Wasser. Der Aufprall der heruntersausenden Masse traf es also gerade an der Stelle, die schon unter Wasser lag, und das Ende war, daß ich mit unwiderstehlicher Gewalt in das Takelwerk des fremden Schiffes geschleudert wurde.

Als ich fiel, erhob sich das Schiff wieder und stieg in die Höhe. In der Verwirrung, die auf dem Deck herrschte, bemerkte mich niemand von der Mannschaft. Ohne allzu große Mühe gelangte ich an die Hauptluke, die teilweise offenstand, stieg in sie hinein und verbarg mich im Schiffsraum; Warum ich dies tat, weiß ich nicht. Ein unbestimmtes Angstgefühl, das mich beim Anblick der unbekannten Seefahrer ergriffen hatte, trieb mich vielleicht dazu, mich zu verstecken. Ich wollte mich wohl nicht Menschen anvertrauen, an denen ich beim ersten flüchtigen Blick soviel Seltsames, Neues, soviel Furcht- und Zweifelerregendes wahrgenommen hatte. Ich hielt es deshalb für besser, mich im Schiffsraum zu verbergen. Dort rückte ich einen Teil der beweglichen Bretter, welche die Ladung stützten, beiseite, und richtete mir so ein genügend großes Versteck ein.

Ich hatte mein Werk kaum vollendet, als Schritte im Schiffsraum hörbar wurden. Ein Mann ging mit schwachem, unbestimmtem Tritt an mir vorüber. Sein Gesicht konnte ich nicht sehen, doch betrachtete ich aufmerksam seine allgemeine Erscheinung. Er war augenscheinlich schon hoch bejahrt und sehr gebrechlich. Seine Knie wankten von der Last der Jahre, sein ganzes Wesen schien unter ihr zu zittern. Er redete mit sich selbst, murmelte leise und gebrochen Worte einer Sprache, die ich nicht verstehen

konnte, und kramte in einem Winkel herum, in dem allerlei sonderbar aussehende Instrumente und zerfetzte Seefahrerkarten lagen. Sein ganzes Wesen war eine Mischung der üblen Laune zweiter Kindheit und der feierlichen Würde eines Gottes. Er ging alsbald wieder an Deck zurück. Und ich sah ihn nicht wieder.

Ein Gefühl, für das ich keinen Namen finde, hat von meiner Seele Besitz ergriffen – eine Empfindung, die keine Analyse zuläßt, und zu der ich in meinem vergangenen Leben keine Parallele finde, zu deren Erkenntnis mir, wie ich fürchte, auch die Zukunft keinen Schlüssel geben wird. Für einen Geist wie den meinigen ist diese letztere Überzeugung eine wahre Todesqual. Ich werde nie – ich weiß, ich werde nie – über das Wesen dieser Empfindungen belehrt werden. Und doch ist es nicht zu verwundern, daß diese Ideen ganz unbestimmbar sind, weil sie so ganz neuen Quellen entspringen. Eine neue Empfindung – eine neue Wesenheit ist in meiner Seele erwachsen.

Es ist schon lange Zeit verflossen, seit ich das Deck dieses fürchterlichen Schiffes zuerst betrat, wo sich die Strahlen meines Schicksals zu einem Brennpunkt sammeln. Unbegreifliche Menschen! In Betrachtungen versunken, die ich nicht erraten kann, gehen sie an mir vorbei, ohne mich zu bemerken. Es ist äußerste Torheit von mir, daß ich mich verberge, denn die Leute wollen nicht sehen. Eben jetzt ging ich dicht vor den Augen des Steuermanns vorüber; kurz vorher hatte ich mich in die Privatkajüte des Kapitäns gewagt und mir alles, was ich zum Schreiben nötig hatte, geholt. Ich werde diese Aufzeichnungen von Zeit zu Zeit vervollkommnen, wenn ich auch wahrscheinlich nie Gelegenheit haben werde, sie der Welt mitzuteilen: doch will ich es immerhin versuchen und das Manuskript im Notfall in einer Flasche verschließen und diese dem Meere übergeben.

Es hat sich neuerdings ein Ereignis zugetragen, das mir zu denken gibt. Sind dergleichen Dinge nur Werke des unlenkbaren Zufalls? – Ich hatte mich aufs Deck hinaufgewagt und, ohne bemerkt zu werden, auf einen Haufen alter Segel niedergeworfen. Während ich über mein seltsames Geschick nachgrübelte, strich ich in Gedanken mit einer Teerbürste über den Rand eines Beisegels, das sorgfältig gefaltet auf einer Tonne neben mir lag. Dieses Segel ist jetzt aufgezogen worden, und die ganz unbewußt gemachten Bürstenstriche bilden das Wort Entdeckung.

Ich habe neuerdings verschiedene Beobachtungen über die Bauart des Schiffes gemacht. Obgleich mit Waffen wohl ausgerüstet, scheint es doch kein Kriegsschiff zu sein. Sein Takelwerk, seine Konstruktion, seine sonstige Ausstattung sprechen gegen eine solche Annahme. Was es nicht ist, weiß ich also genau, doch fürchte ich, daß es mir stets unmöglich bleiben wird, zu sagen, was es ist. Ich weiß nicht, wie es geschieht – stets wenn ich seinen seltsamen Bau betrachte, die sonderbare Gestalt der Mastbäume, seine riesigen Verhältnisse, die übergroße Zahl der Segel, seinen streng geformten einfachen Bug, das altmodische Achterschiff – dann erscheint es mir, als durchblitze eine Erinnerung an nicht unvertraute Dinge meine Seele, als überglänze diese schwankenden Schatten ein unerklärliches Gedenken an alte, seltsame Legenden und langversunkene Zeiten.

Ich habe die Zimmerarbeit des Schiffes untersucht. Sie ist aus mir unbekannten Materialien hergestellt. Das Holz hat eine Eigentümlichkeit, die es eigentlich für den Zweck, dem es dienen soll, ganz ungeeignet erscheinen läßt. Ich meine seine außerordentliche Porosität, die von der Wurmstichigkeit, die das Meerwasser oft zur Folge hat, und von dem natürlichen Verfall durch Alter ganz verschieden ist. Vielleicht findet man diese Bemerkung ein wenig spitzfindig, doch scheint es mir, als habe das Holz alle Eigenschaften der spanischen Korkeiche, vorausgesetzt, daß man deren Holz durch künstliche Mittel ausdehnen könnte.

Als ich die obenstehenden Sätze noch einmal überlas, kam mir der seltsame Kernspruch einer alten holländischen Teerjacke wieder ins Gedächtnis: »Das ist so gewiß wahr«, pflegte er zu sagen, wenn man irgendeinen Zweifel an seiner Glaubwürdigkeit laut werden ließ, »wie es ein Meer gibt, in dem das Schiff von selber wächst; gerade wie ein Mensch!«

Vor einer Stunde war ich kühn genug, mich unter eine Gruppe von Leuten der Mannschaft zu mischen. Sie schienen mich wieder nicht zu bemerken; denn obwohl ich mich gerade in ihrer Mitte hielt, nahmen sie keine Notiz von meiner Anwesenheit. Wie der Mann, den ich zuerst im Schiffsraum gesehen, trugen auch sie alle Merkmale grauen Alters. Ihre Knie schlotterten vor Schwäche, auf ihren Schultern lagerte der Verfall, ihre geschrumpfte Haut wurde im Wind von Schaudern überlaufen, ihre Stimmen klangen leise, zitternd und gebrochen, in ihren Augen standen die Tränen der Greisenhaftigkeit, ihre grauen Haare flatterten unheimlich im Sturme. Um sie her, auf dem ganzen Deck verstreut, lagen sonderbare, längst veraltete mathematische Instrumente.

Ich habe oben von einem Beisegel gesprochen, das man neu angebracht hatte. Von jenem Augenblick an sauste das Schiff mit allen Segeln auf seiner schrecklichen Bahn nach Süden weiter und stürzte sich jeden Augenblick in Wasserschlünde, die wüster waren, als sich das Hirn von Menschen je ausdenken kann. Ich habe das Deck verlassen müssen, da ich mich dort nicht mehr halten konnte, obwohl die Mannschaft nur sehr wenig Unbequemlichkeit zu spüren scheint. Es bleibt mir ein unlösliches Rätsel, daß das ungeheure Fahrzeug nicht jeden Augenblick zugrunde geht. Wir sind wohl verdammt, ewig um den Rand der Ewigkeit kreisen zu müssen, ohne in ihren Abgrund hineinzustürzen. In sausendem Fluge gleiten wir wie die Meerschwalbe über Wellen dahin, die entsetzlicher sind als alles, was ich je gesehen habe. Wie Teufel des Abgrunds erheben ungeheure Wogen ihre Häupter über uns – wie Teufel, die nur drohen, aber nicht vernichten dürfen! Nur ein einziger einigermaßen natürlicher Grund kann mir erklären, daß wir in all diesen Schrecken erhalten bleiben: Ich muß annehmen, daß das Schiff von irgendeiner starken Strömung mit fortgerissen wird.

Ich habe den Kapitän in seiner eigenen Kajüte von Angesicht zu Angesicht gesehen – er jedoch bemerkte mich, wie ich erwartet hatte, durchaus nicht. Obgleich der flüchtige Beobachter an seinem Äußeren nichts findet, das ihn als etwas Höheres oder Geringeres als einen Menschen erscheinen läßt, mußte ich ihn mit unbezwinglicher Ehrfurcht, mit Angst und Verwunderung anschauen. Er ist ungefähr von meiner Größe, das heißt: etwa fünf Fuß acht Zoll hoch. Dabei fest und wohlgestaltet. Und doch ist seine Erscheinung weder durch besondere Kraft noch durch irgend etwas anderes bemerkenswert. Aber der seltsame Ausdruck seiner Züge – er war wie die wunderbare, starke, unbegreiflich gewaltige Offenbarung hohen Alters – erregte in mir eine unauslöschliche, unvergeßliche Empfindung. Seiner Stirn scheint, obschon sie nur leicht gefurcht ist, das Siegel von Myriaden von Jahren aufgedrückt zu sein, sein Haar hat das Grau unermeßlicher Vergangenheiten, seine noch graueren Augen sind wie Sibyllen, die in die Zukunft schauen.

Auf dem Boden seiner Kajüte lagen sonderbare, eisenbeschlagene Bände, vermorschende wissenschaftliche Instrumente und veraltete, lang vergessene Karten umher. Sein Haupt ruhte in seiner Hand, und mit heißem, unruhigem Auge grübelte er über ein Schriftstück nach, das ich für eine Urkunde hielt und das das Siegel eines Herrschers trug. Er murmelte – wie es der erste Mann, den ich an Bord gesehen hatte, tat – mit leiser, verdüsterter Stimme einige Worte in einer fremden Sprache vor sich hin; und obgleich ich dicht neben ihm stand, tönten die Laute wie aus meilenweiter Ferne an mein Ohr.

Das Schiff und alles, was es enthält, tönt von längst vergangenen Zeiten. Die Leute der Mannschaft wandeln hin und her wie die Geister begrabener Jahrhunderte; in ihren Augen lebt ein heißer, unruhiger Gedanke, und wenn in dem seltsamen Glühen der Laternen die Schatten ihrer Gestalten über meinen Weg fallen, überläuft mich ein Gefühl, das ich nie gekannt habe, obgleich ich stets das Altertum geliebt und mich im Schatten der gestürzten Säulen von Baalbek, Tadmor und Persepolis so oft ergangen habe, daß meine eigene Seele davon zur Ruine geworden ist.

Wenn ich um mich schaue, schäme ich mich meiner ersten Befürchtungen. Wenn mich der Sturm, der uns bis jetzt einhertrieb, schon erzittern ließ, so müßte mich dieser Kampf der Luftgewalten mit dem Ozean, von der die kargen Worte Orkan und Wirbelwind gar keine Vorstellung machen, mit Entsetzen schlagen. Die Finsternis der ewigen Nacht lagert über dem Schiff und dem wüsten Chaos schwarzen Wassers, das nicht schäumt; und doch können wir an jeder Seite, unbestimmt und eine Meile entfernt, schwindelnd hohe Eiswälle sehen, die sich wie die Grenzmauern der Welt bis in den trostlosen Himmel hinein auftürmen!

Wie ich gedacht habe, schießt das Schiff offenbar in einem Strom dahin, wenn man die Flut so nennen will, die an dem weißen Eis heulend und kreischend, mit der rasenden Schnelligkeit eines vom Felsen stürzenden Wasserfalles dem Süden zudonnert.

Es ist unmöglich, sich mein Entsetzen vorzustellen. Und doch überwiegt die Neugierde, die Geheimnisse dieser furchtbaren Regionen zu ergründen, noch meine Verzweiflung und ist stark genug, mich mit dem schauerlichen Anblick des Todes zu versöhnen. Es ist klar, daß wir irgendeiner furchtbaren Entdeckung zueilen – einem unmitteilbaren Geheimnis, dessen Offenbarung den Untergang bringen muß. Vielleicht reißt uns der Strom zum Südpol selbst? Diese seltsam klingende Mutmaßung hat Wahrscheinlichkeit für sich.

Die Mannschaft geht zitternden, unruhigen Schrittes auf Deck hin und her; und doch liegt auf allen Gesichtern ein Ausdruck, der mehr von der Glut der Hoffnung als von der Erstarrung der Verzweiflung zu kommen scheint. Wir fliehen noch immer vor dem Wind, und da das Schiff alle Segel entfaltet hat, werden wir manchmal hoch über das Wasser in die Luft getragen! O Grauen über Grauen! Die Eismauern öffnen sich plötzlich zur Rechten und zur Linken, und wir wirbeln pfeilgeschwind in ungeheuren konzentrischen Kreisen rund um ein riesenhaftes Amphitheater, dessen Gipfel sich in der Finsternis des Raumes verliert. Es bleibt mir nur wenig Zeit, an mein Schicksal zu denken. Die Kreise verengen sich mit reißender Schnelle, wir geraten in den Schlund des Strudels, und unter dem Brüllen, Bellen, Donnern des Ozeans und des Sturms geht ein Schauer durch das Schiff – und – o Gott! – es – schießt – hinab ....

Die unvergleichlichen Abenteuer eines gewissen Hans Pfaall

Als Herrscher über ein wildes Heer
Wilder Phantasien
Auf luftigem Roß und mit funkelndem Speer
Will ich in die Wildnis fliehn.

Tom O'Bedlams Gesang

Nach jüngsten Berichten aus Rotterdam scheinen sich alle Philosophen der Stadt in höchster Aufregung zu befinden. Es haben sich dort in der Tat so unerwartete, so absolut neue Phänomene gezeigt – Phänomene, die so im Widerspruch mit den bis jetzt behaupteten Ansichten stehen, daß ich fürchte, ganz Europa wird nach nicht allzulanger Zeit in eine Art Aufruhr geraten, die ganze Physik wird sich empören, der gesunde Menschenverstand und die Astronomie sich in den Haaren liegen.

Den Berichten nach hatte sich also im Monat... am... (ich erinnere mich des Datums nicht mit Bestimmtheit) auf dem großen Börsenplatz der Stadt Rotterdam zu einem nicht genauer erwähnten Zweck eine große Volksmenge versammelt. Der Tag war warm – ungewöhnlich warm sogar für diese Jahreszeit. Kein Lüftchen wehte, und der Menge war es durchaus nicht unangenehm, daß von Zeit zu Zeit aus den großen weißen Wolken, die über das blaue Himmelsgewölbe zogen, ein leichter Regen niederrieselte. Gegen Mittag machte sich in der versammelten Menge eine leichte, doch deutlich spürbare Erregung bemerkbar. Darauf folgte das Gemurmel von zehntausend Stimmen, und eine Minute später wandten sich zehntausend Gesichter zum Himmel empor, zehntausend Pfeifen fielen wie auf einen Schlag aus zehntausend Mündern, und ein Schrei, der nur mit dem Getöse der Niagarafälle verglichen werden kann, durchdröhnte die ganze Stadt und die Umgebung von Rotterdam.

Die Ursache dieses seltsamen Gebarens wurde bald offenbar. Hinter der scharf umrissenen Masse einer Wolke trat langsam ein rätselhaftes, heterogenes, doch offenbar stofflich festes Etwas von so sonderbarer Gestalt, so phantastischer Zusammensetzung hervor, daß es die wohlbeleibten Bürger, die mit offenem Mund nach oben starrten, nicht verstehen und nicht genug bewundern konnten. Was konnte es sein? Im Namen aller Teufel von Rotterdam, was konnte das zu bedeuten haben? Niemand wußte es, niemand hatte auch nur eine Ahnung; niemand, nicht einmal der Bürgermeister, Mynheer Superbus van Underduk. So steckte schließlich ein jeder seine Pfeife wieder sorgfältig in den Mundwinkel, richtete ein Auge beharrlich auf das Phänomen, paffte einmal nach rechts, mal nach links, grunzte bedeutungsvoll und – paffte wieder.

Mittlerweile jedoch kam der Gegenstand so außerordentlicher Neugierde und die Ursache so vielen Dampfes der guten Stadt näher und näher. In wenigen Minuten war das Wunder so nahe, daß man es deutlich erkennen konnte. Es schien – ja, es war bei Gott eine Art von Ballon, doch hatte man einen solchen Ballon in Rotterdam noch nie zuvor erblickt. Denn wer, lassen Sie mich fragen, wer hat jemals einen Ballon gesehen, der ganz aus schmutzigen Zeitungen gemacht ist? In Holland gewiß niemand! Und gerade vor der Nase oder vielmehr gerade über der Nase all dieser Leute befand sich nun ein solches Ding, eins, das, wie ich aus bester Quelle erfahren habe, gerade aus dem Material hergestellt war, von dem noch niemand gehört hatte, daß es je zu einem solchen Zweck verwendet worden wäre. Das erschien dem gesunden Menschenverstand der Bürger von Rotterdam eine ungeheure Beleidigung zu sein.

Was die Gestalt des Ballons anging, nun, so war sie noch tadelnswürdiger, denn sie hatte keine andere Form als die einer riesigen, umgestülpten Narrenkappe. Und diese Ähnlichkeit verminderte sich durchaus nicht, als die Menge bei genauerem Hinsehen von der Spitze eine große Troddel herabhängen und an dem oberen Rand oder der Basis des Kegels kleine Instrumente herumbaumeln sah, die Schafsglocken glichen und fortwährend die Melodie des schönen Liedes »Wilhelmus von Nassauen« klingelten.

Aber es sollte noch schlimmer kommen!

An blauen Bändern hing vom Rand dieser phantastischen Maschinerie ein riesiger, grauer Castorhut wie eine Gondel herab. Die Ränder waren übertrieben breit, der halbkugelförmige Kopf mit einem schwarzen Band und einer silbernen Schnalle geschmückt. Es muß jedoch höchst merkwürdig erscheinen, daß mancher Einwohner von Rotterdam schwor, er habe den Hut früher schon öfters gesehen – ja, die ganze versammelte Menge schien ihn mit den Augen eines guten Bekannten zu betrachten. Und Mevrouw Grettel Pfaall stieß gar bei seinem Anblick einen Ruf freudigster Überraschung aus und erklärte, es sei der Hut ihres guten Gatten. Dieser Umstand verdiente um so größere Beachtung, als Pfaall, Hans hieß er mit Vornamen, mit drei Genossen vor ungefähr fünf Jahren ganz plötzlich und auf unerklärliche Weise aus Rotterdam verschwunden war und bis zu dem Tag, an dem diese Erzählung beginnt, alle Nachforschungen nach seinem Verbleib ergebnislos blieben. Allerdings waren erst vor kurzem im Osten der Stadt an einem versteckten Ort mit anderen sonderbaren Trümmern einige menschliche Gebeine gefunden worden. Ein paar Leute hatten daraufhin vermutet, daß an dieser Stelle wahrscheinlich eine schreckliche Bluttat geschehen sei, deren Opfer jedenfalls Hans Pfaall und seine Kameraden gewesen seien. Doch kehren wir zu unserer Erzählung zurück.

Der Ballon (ohne Zweifel war es einer) hatte sich dem Boden bis auf hundert Fuß genähert und gestattete der Menge, die Person, der er zum Aufenthalt diente, genau in Augenschein zu nehmen. Es war ein sonderbarer Jemand. Er mochte kaum zwei Fuß hoch sein, und doch hätte ihn seine Winzigkeit nicht daran gehindert, das Gleichgewicht zu verlieren und über den Rand seiner Gondel hinauszufallen, wenn er nicht außerdem noch in einem runden Reifen gesteckt hätte, der ihm um Brust und Rücken ging und an den Stricken des Ballons festgebunden war. Der Körper des kleinen Mannes erschien über alle Proportion dick und ließ seine ganze Erscheinung absurd rund erscheinen. Seine Füße konnte man natürlich nicht sehen, und seine Hände waren ungeheuer groß. Sein Haar schimmerte grau und war zu einem Zopf geflochten. Seine Nase schien außerordentlich lang, war gebogen und leuchtend purpurrot, seine Augen blickten scharf und glänzend. Sein Kinn und seine Wangen, obwohl von Altersfalten durchzogen, waren breit, weich und doppelt, von einem Ohr war hingegen an keiner Stelle seines Kopfes auch nur das Geringste zu entdecken. Dieser sonderbare kleine Herr war in einen losen Überrock von himmelblauer Seide gekleidet; er trug enganliegende Beinkleider, die an den Knien mit silbernen Schnallen befestigt waren; seine Weste bestand aus einem gelben, glänzenden Stoff, eine Mütze aus weißem Taft saß zierlich und kokett schief auf seinem Kopf. Und um seinen Anzug zu vervollständigen, trug er ein blutrotseidenes Tuch um den Hals, das vorne zu einem ungeheuren Knoten geschlungen war, dessen Zipfel prunkvoll auf seine Brust herabhingen.

Als der alte Herr sich bis auf hundert Fuß der Erde genähert hatte, wurde er von einem Zittern ergriffen, und schien keine Lust zu verspüren, sich die terra firma genauer anzusehen. Er warf aus einem Leinwandbeutel, den er mit großer Mühe aufhob, eine Menge Sand aus, und der Ballon stand denn auch sofort still. Dann zog er in eiliger, aufgeregter Weise eine Brieftasche aus Maroquinleder aus der Seitentasche seines Überrockes. Er wog sie argwöhnisch in seiner Hand und betrachtete sie dann mit einem Ausdruck höchster Überraschung, als erstaune ihn ihr Gewicht. Endlich öffnete er sie und entnahm ihr einen riesigen Brief, der mit rotem Wachs versiegelt und mit einem Bändchen von derselben Farbe sorgfältig zusammengebunden war, und ließ ihn gerade vor die Füße des Bürgermeisters Superbus van Underduk hinabfallen.

Seine Exzellenz bückte sich, um ihn aufzuheben. Der Luftschiffer jedoch, der sich noch immer in großer Unruhe zu befinden schien und auch wohl keine weiteren Geschäfte in Rotterdam zu verrichten hatte, traf eilfertig seine Vorbereitungen zur Abfahrt. Da er wieder Ballast auswerfen mußte, um steigen zu können, so fiel ein halbes Dutzend Sandsäcke, die er, ohne sich die Mühe zu geben, sie zu leeren, einfach herunterwarf, dem unglückseligen Bürgermeister auf den Buckel. Das hatte zur Folge, daß dieser sich nicht weniger als ein halbdutzendmal vor den Augen von ganz Rotterdam überschlug.

Man muß nun nicht glauben, daß sich der große Underduk die Unverschämtheiten des kleinen alten Mannes gefallen ließ. Im Gegenteil, man erzählt, daß er während der sechs Umdrehungen nicht weniger als ein halbes Dutzend wütender Dampfwolken aus seiner Pfeife blies, die er während der ganzen Zeit mit aller Kraft zwischen den Zähnen festhielt, und – so Gott will – bis zum Tage seines Todes festhalten wird.

Mittlerweile erhob sich der Ballon wie eine Lerche, schwebte hoch über der Stadt und verschwand endlich ruhig hinter einer Wolke, die der, hinter welcher er hervorgekommen, sehr ähnlich war, und wurde so den staunenden Augen der guten Bürger für immer entzogen. Nun richtete sich die ganze Aufmerksamkeit auf den Brief, dessen Ankunft oder vielmehr dessen Begleitumstände sich so umstürzlerisch gegen die würdige Person seiner Exzellenz von Underduk gerichtet. Der hohe Beamte hatte jedoch während seiner kreisförmigen Bewegungen nicht vergessen, die Epistel in Sicherheit zu bringen, die, wie sich alsbald herausstellte, in die richtigen Hände gelangt war, da sie an ihn selbst und den Professor Sternekiek in ihrer Eigenschaft als Präsident und Vizepräsident des Rotterdamer Astronomischen Kollegiums adressiert war. Er wurde von den beiden Würdenträgern auf der Stelle geöffnet und enthielt folgende höchst seltsame und bei Gott höchst bedeutungsvolle Mitteilung:

An Ihre Exzellenzen von Underduk und Sternekiek, Präsident und Vizepräsident des Staatlichen Kollegiums für Astronomie in der Stadt Rotterdam.

Eure Exzellenzen erinnern sich vielleicht noch eines bescheidenen Handwerkers namens Hans Pfaall, seines Zeichens Blasebalgflicker, der mit drei anderen vor ungefähr fünf Jahren unaufgeklärterweise aus Rotterdam verschwand. Wenn es Euren Exzellenzen gefällt – ich, der Schreiber dieser Mitteilung, bin Hans Pfaall selbst. Es ist jedem meiner Mitbürger wohl bekannt, daß ich vierzig Jahre lang, bis zum Tage meines Verschwindens, das kleine Ziegelhaus am Anfang des Sauerkrautgäßchens innehatte. Meine Voreltern haben seit undenklichen Zeiten darin gelebt – und sie alle gingen, wie ich, dem ehrenwerten und einträglichen Handwerk des Bälgeflickens nach. So gab es wahrhaftig bis vor wenigen Jahren, als die Politik noch nicht in allen Köpfen spukte, keinen Erwerb, den sich ein ehrlicher Bürger hätte lieber wünschen mögen. Der Kredit war gut, das Geschäft ging flott, und es fehlte weder an Geld noch an gutem Willen. Doch wie ich schon sagte, wir begannen bald die Wirkungen der Freiheit, langer Reden, des Radikalismus und ähnlicher Sachen zu spüren. Leute, die sonst die besten Kunden der Welt gewesen, hatten jetzt nicht einen Augenblick Zeit mehr, um an uns zu denken. Sie mußten den ganzen Tag von Revolutionen lesen, um mit der Entwicklung der Vernunft und dem Geist der Zeit Schritt halten zu können. Wenn ein Feuer geschürt werden sollte, so fächelten sie es rasch mit einer Zeitung. Je schwächer die Regierung wurde, desto stärker wurde meine Überzeugung, daß Leder und Eisen immer unzerstörbarer wurden, denn in sehr kurzer Zeit gab es in ganz Rotterdam keinen Blasebalg mehr, der einen Flicken oder einen Schlag mit dem Hammer nötig gehabt hätte. Das war doch ein unhaltbarer Zustand, wenigstens konnte ich mich in demselben nicht halten. Ich war bald so arm wie eine Kirchenmaus, und da ich eine Frau und Kinder zu ernähren hatte, erschien mir das Leben nach kurzer Zeit unerträglich. Also dachte ich manchmal darüber nach, wie ich ihm am besten ein Ende machen könne.

Meine Herren Gläubiger ließen mir jedoch nur wenig Muße zum Nachdenken. Mein Haus war vom Morgen bis zum Abend buchstäblich belagert. Besonders drei Burschen quälten mich über alle Menschenmöglichkeit, hielten beständig an meiner Tür Wache und drohten mit dem Gesetz. Diesen dreien gelobte ich Rache, sobald sie mir nur mal in die Finger geraten würden. Und ich glaube, nur der Gedanke an diesen meinen Triumph verhinderte, daß ich meinen Selbstmordplan, mir eine Kugel durch den Kopf zu jagen, sofort ausführte. Mittlerweile hielt ich es für das beste, meine Wut zu verbergen und sie mit guten Worten und Versprechungen so lange hinzuhalten, bis mir irgendwelche glücklichen Umstände eine Gelegenheit zur Rache bieten würden.

Eines Tages, als ich ihnen gerade wieder einmal entwischt war, irrte ich, niedergeschlagener als je, ziellos durch verborgene Straßen, bis ich mich endlich zufällig an der Krambude eines Buchhändlers fürchterlich stieß. Ich sah einen Stuhl in der Nähe, in den ich mich verbittert hineinwarf, und öffnete, ohne recht zu wissen warum, das erste Buch, das mir in die Hand kam. Es war eine kleine Abhandlung über die spekulative Astronomie und entweder von dem Professor Encke aus Berlin oder von einem Franzosen mit ähnlichem Namen geschrieben. Ich hatte schon einen kleinen Schimmer von dieser Wissenschaft und las das Bändchen zweimal durch, ehe ich mich wieder auf das, was um mich herum vorging, besinnen konnte. Mittlerweile war es dunkel geworden, und ich lenkte meine Schritte heimwärts. Doch hatte die Abhandlung in Verbindung mit der Mitteilung einer wichtigen Entdeckung auf pneumatischem Gebiet, die mir vor kurzer Zeit ein Vetter aus Nantes unter dem Siegel der Verschwiegenheit eröffnete, einen unauslöschlichen Eindruck auf mich ausgeübt. Und während ich so durch die dämmerigen Straßen schlenderte, ließ ich die seltsamen und zum Teil unverständlichen Schlüsse des Autors sorgfältig noch einmal vor meinem Gedächtnis dahinziehen. Einige Stellen wirkten außerordentlich stark auf meine Phantasie; je länger ich über sie nachgrübelte, desto stärker wurde das Interesse, das sie in mir erregten. Meine im allgemeinen sehr beschränkte Bildung und meine in der Naturlehre ganz besonders große Unwissenheit zerstörten in mir doch nicht die Hoffnung, das, was ich gelesen, auch einmal verstehen zu können, und machten mich gegen die unbestimmten Gedanken, die mir während der Lektüre gekommen, durchaus nicht mißtrauisch, waren im Gegenteil meiner Phantasie nur ein mächtiger Antrieb. Und ich war eitel oder vielleicht vernünftig genug, mich zu fragen, ob die unreifen Ideen, die so oft bei ungeschulten Geistern auftauchen, nicht die ganze Kraft und Wahrheit und die anderen, dem Instinkt oder der Intuition eingeborenen Eigenschaften haben.

Als ich zu Hause ankam, war es schon spät, und ich ging gleich zu Bett. Doch war ich zu sehr beschäftigt, um einschlafen zu können, und lag die ganze Nacht in Nachdenken versunken wach. Am anderen Morgen stand ich sehr früh auf, eilte wieder zu der Bude des Buchhändlers und kaufte für mein letztes Geld einige Bücher über Mechanik und praktische Astronomie. Als ich mit diesen glücklich zu Hause angekommen war, widmete ich jeden freien Augenblick ihrem Studium und machte bald solche Fortschritte, daß ich an die Ausführung eines gewissen Planes, den mir entweder der Teufel oder mein guter Geist eingegeben, denken konnte. In dieser Zeit hatte ich mich auch verschiedentlich bemüht, die drei Gläubiger, die mich am meisten belästigten, zu befriedigen. Es gelang mir auch, teils durch den Verkauf von Hausgerät, mit dessen Ergebnis ich sie zur Hälfte bezahlte, teils durch das Versprechen, daß ich das übrige sofort begleichen würde, wenn ich ein kleines Projekt, das ich im Kopf hätte und zu dessen Ausführung ich ihrer Hilfe bedürfe, ausgeführt haben würde. Durch dieses Mittel (es waren sehr unwissende Leute) gelang es mir ohne Mühe, sie meinen Zwecken geneigt zu machen.

Nachdem alles soweit gediehen war, verschaffte ich mir mit Hilfe meiner Frau, durch den geheimen, vorsichtigen Verkauf all dessen, was mir noch geblieben war, und durch kleine, unter verschiedenen Vorwänden gemachte Anleihen, eine beträchtliche Summe baren Geldes; ohne mich, wie ich mit Beschämung gestehen muß, im geringsten darum zu kümmern, ob ich die Darlehen jemals würde zurückzahlen können.

Nun kaufte ich mir möglichst unauffällig verschiedene Stücke sehr feinen Batists – jedes Stück maß zwölf Ellen Bindfaden, einen Vorrat von Kautschukfirnis, einen großen, tiefen, auf Bestellung gemachten Korb aus Weidengeflecht und verschiedene andere Gegenstände, die zur Herstellung eines sehr großen Ballons nötig sind. Ich trug meiner Frau auf, ihn so rasch wie möglich zu nähen, und gab ihr während der Arbeit genaue Anweisungen. Ich selbst verfertigte aus dem Bindfaden ein Netz von genügender Größe, versah es mit dem Ring und den notwendigen Stricken und kaufte verschiedene, für Experimente in den Regionen der oberen Atmosphäre nötige Materialien und Instrumente. Dann suchte ich mir eine versteckte Stelle im Osten der Stadt aus und brachte zur Nachtzeit ungefähr fünf eisenbeschlagene Fäßchen, deren jedes fünfzig Gallonen faßte, sowie ein weit größeres Faß dahin; dann sechs zinnerne Röhren von ungefähr drei Zoll Durchmesser und zehn Fuß Länge, eine Quantität einer gewissen metallischen oder halbmetallischen Substanz, die ich nicht nennen will, und ein Dutzend mit gewöhnlicher Säure gefüllter Korbflaschen. Das Gas, das ich aus den beiden letztgenannten Materialien herstellte, ist ein Gas, das noch keine andere Person außer mir erzeugte – oder wenigstens jemals zu einem ähnlichen Zweck angewandt hat. Ich kann hier nur sagen, daß es ein Bestandteil des Stickstoffes ist, den man so lange Zeit für unzusammengesetzt hielt, und daß seine Dichtigkeit ungefähr 37,4mal geringer ist als die des Wasserstoffes. Es ist geschmack-, doch nicht geruchlos, brennt, wenn es rein ist, mit grünlicher Flamme und zerstört animalisches Leben im Augenblick. Ich würde das Geheimnis unverzüglich preisgeben, wenn es nicht von Rechts wegen (wie ich schon einmal andeutete) einem Bürger von Nantes in Frankreich, der es mir gelegentlich mitteilte, gehörte. Er lehrte mich auch, ohne von meinen Absichten eine Ahnung zu haben, wie man aus einem gewissen animalischen Gewebe einen Ballon herstellen kann, durch den Gas nicht zu entweichen vermag. Ich fand es jedoch zu teuer und hoffte obendrein auch, daß Batist mit einem Kautschukfirnis dieselben Dienste leisten werde. Ich erwähne diesen Umstand, weil ich es für möglich halte, daß die betreffende Person mit dem neuen Gas und dem animalischen Stoff, von dem ich gesprochen habe, eine Ballonfahrt unternehmen könnte, und ich sie der Ehre, eine sehr merkwürdige Erfindung gemacht zu haben, nicht berauben möchte.

An meinem Versteck grub ich nun für jedes der kleineren Fässer ein Loch, und zwar so, daß die zwölf Löcher einen Kreis von fünfundzwanzig

Fuß im Durchmesser bildeten. Der Mittelpunkt dieses Kreises war für das große Faß bestimmt, und ich grub dort ein größeres Loch. In jedes der fünf kleinen Löcher legte ich eine Zinnbüchse, die fünfzig Pfund Schießpulver enthielt, in das große Loch kam ein Faß mit hundertfünfzig Pfund. Dieses Faß und die Büchsen verband ich mittels langer, bedeckter Streifen, und nachdem ich in eine der Büchsen das Ende einer vielleicht vier Fuß langen Lunte eingeführt hatte, bedeckte ich das Loch und stellte das Faß darauf. Das andere Ende der Lunte ließ ich unauffällig etwa einen Zoll weit hervorragen. Dann füllte ich die übrigen Löcher und stellte auf jedes ein Fäßchen an der vorgesehenen Stelle auf.

Außer den aufgezählten Gegenständen brachte ich noch einen der verbesserten Grimmschen Apparate zur Kondensierung der atmosphärischen Luft in mein Depot und verbarg ihn dort. Ich entdeckte jedoch bald, daß ich diese Maschine noch verschiedentlich verändern müsse, ehe sie für meine Zwecke tauglich sei. Dank größter Beharrlichkeit und hartnäckiger Arbeit gelangen mir meine Vorbereitungen aufs beste, und mein Ballon war bald fertig. Er hielt mehr als vierzigtausend Kubikfuß Gas und mußte nach meiner Berechnung mich, meine ganzen Apparate sowie noch etwa hundertsiebzig Pfund Ballast mit Leichtigkeit tragen. Er hatte drei Firnisüberzüge erhalten, und ich bemerkte mit Freuden, daß der Batist im gleichen Maße geeignet war wie Seide. Er war ebenso haltbar und kostete viel weniger.

Als alles bereit war, nahm ich meiner Frau einen Eid ab, über all mein Tun vom ersten Tag an, da ich den Buchhändler aufgesucht, Stillschweigen zu bewahren; dagegen versprach ich ihr, sobald die Umstände es erlauben würden, zurückzukehren. Ich gab ihr alles Geld, das mir noch geblieben war, und sagte ihr Lebewohl. Ich machte mir ihretwegen auch nicht die geringste Unruhe. Sie war, was die Leute eine prächtige Frau nennen, und konnte sich in der Welt sehr gut ohne meine Hilfe zurechtfinden. Ich glaube sogar, um die Wahrheit zu sagen, daß sie mich für einen erbärmlichen Faulenzer hielt – für eine unnötige Last – für einen Hans-Guck-in-die-Luft, der zu weiter nichts taugte, als Luftschlösser zu bauen – und ziemlich froh war, mich los zu sein. Es war tiefe Nacht, als ich ihr Auf Wiedersehen sagte. Ich hatte die drei Gläubiger, die mich so sehr geärgert hatten, als Flügeladjutanten zu mir befohlen; wir vier packten uns nun den Ballon, die Gondel und alles Zubehör auf und begaben uns auf Umwegen an die Stelle, wo ich die übrigen Gegenstände schon versteckt hatte. Wir fanden alles in bestem Zustand vor und machten uns gleich ans Werk.

Man schrieb den 1. April. Die Nacht war, wie ich schon sagte, dunkel, kein Stern stand am Himmel, und ein dünner Regen, der von Zeit zu Zeit niederging, belästigte uns sehr. Auch machte mir der Ballon Unruhe, der trotz des dreifachen Überzugs Feuchtigkeit anzuziehen schien. Ebenso konnte das Pulver leicht Schaden leiden. Ich ließ deshalb meine drei Manichäer* hart arbeiten, ließ sie Eis um das mittlere Faß aufhäufen und in den anderen Fässern die Säure rühren. Sie hörten nicht auf, mich mit Fragen zu belästigen, was ich denn mit all diesen Apparaten vorhabe, und waren sehr unzufrieden über die schwere Arbeit, die ich sie verrichten ließ. Sie könnten nicht verstehen, meinten sie, was dabei Gutes herauskommen könne, daß ich sie bis auf die Haut naß werden lasse und zu Mitschuldigen an solch höllischem Zauberspuk mache. Ich wurde unruhig und arbeitete aus allen Kräften weiter, denn diese Dummköpfe glaubten wirklich, daß ich einen Pakt mit dem Teufel gemacht hätte und mein Tun nur Unheil bringen könne. Da ich fürchtete, sie würden mich im Stich lassen, beruhigte ich sie ein wenig, indem ich versprach, sie, sobald ich nur die augenblickliche Angelegenheit geordnet habe, bis auf den letzten Heller zu bezahlen. Sie legten sich meine Worte natürlich auf ihre Weise aus und bildeten sich ohne Zweifel ein, daß ich bald durch meine Zaubereien in den Besitz großer Summen baren Geldes gelangen würde. Und in der Hoffnung, daß ich ihnen dann meine Schulden und sogar vielleicht noch ihre Dienstleistungen bezahlen würde, scherten sie sich den Teufel darum, was aus meiner Seele oder meinem Leichnam noch einmal werden würde.

Nach ungefähr vier und einer halben Stunde war der Ballon genügend gefüllt. Ich befestigte die Gondel an ihm und legte all mein Gepäck hinein: ein Teleskop, ein Barometer, ein Thermometer, ein Elektrometer, einen Kompaß, eine Magnetnadel, eine Sekundenuhr, eine Glocke, ein Sprachrohr sowie einen gläsernen Globus, der luftleer gemacht und hermetisch verschlossen war, den Kondensierapparat, ungelöschten Kalk, ein großes Stück Siegellack, einen reichhaltigen Vorrat Wasser, genügende Lebensmittel sowie Pemmikan, das in kleiner Masse sehr viel Nährstoff enthält. Außerdem nahm ich ein paar Tauben und eine Katze mit in die Gondel.

Der Tag begann zu dämmern, und es wurde höchste Zeit zum Aufbruch. Ich ließ wie zufällig eine brennende Zigarre zur Erde fallen; und als ich mich bückte, um sie aufzuheben, steckte ich dabei heimlich das Ende der Lunte in Brand, das, wie ich schon sagte, etwas über den unteren Rand eines der kleinen Fässer herausragte.

Ich tat dies, ohne daß einer meiner drei Quälgeister auch nur das geringste merkte. Dann sprang ich in die Gondel, zerschnitt das einzige Seil, das den Ballon an die Erde fesselte, und wurde zu meiner großen Freude mit größter Schnelligkeit nach oben getragen. Als ich die Erde verließ, zeigte das Barometer dreißig Zoll und das Zentigradthermometer 19°.

* drängende Gläubiger.

Kaum war ich bis zu einer Höhe von fünfzig Ellen emporgestiegen, als unter mir mit schrecklichem Krachen und Donnern ein Feuerstrahl hochschoß, Kies, brennendes Holz, glühendes Metall und zerfetzte menschliche Gliedmaßen aufwirbelte, so daß mein Herz erbebte und ich mich vor Schrecken zitternd auf den Boden der Gondel niederwarf. Es wurde mir klar, daß ich die Minen viel zu sehr geladen hatte, und daß die schlimmste Folge der Explosion noch bevorstand. In weniger als einer Sekunde fühlte ich denn auch, wie mir das Blut in die Schläfen schoß, und gleich darauf ging eine so gräßliche Erschütterung durch die Luft, als wollte sie das Firmament auseinanderreißen. Als ich später Zeit zum Nachdenken hatte, führte ich die Heftigkeit der Explosion auf ihre wahre Ursache zurück. Ich befand mich nämlich gerade über derselben, also in ihrer direkten und stärksten Wirkungslinie; damals jedoch dachte ich nur daran, mein Leben zu schützen. Der Ballon fiel erst ein wenig zusammen, dann dehnte er sich wie wütend aus, kreiste mit schwindelnder Schnelligkeit um sich selbst herum nach oben, schwankte und torkelte wie ein Betrunkener und schleuderte mich aus der Gondel heraus, wobei ich mich zufällig, in fürchterlicher Höhe, mit dem Kopfe nach unten, mit dem linken Fuß in einer drei Fuß langen, dünnen Schlinge verfing, die aus einer Lücke der Weidengeflechtgondel nahe an ihrem Boden heraushing. Es ist unmöglich – ganz unmöglich, sich auch nur eine einigermaßen entsprechende Vorstellung von meiner schrecklichen Situation zu machen. Ich schnappte krampfhaft nach Luft, ein Schauder, als läge ich im Fieber, durchrann meine Nerven, schüttelte meine Muskeln, ich fühlte, wie meine Augen aus ihren Höhlen hervortraten, ein gräßlicher Schwindel befiel mich, ich verlor das Bewußtsein und wurde ohnmächtig...

Wie lange ich in diesem Zustand blieb, weiß ich nicht mehr. Doch muß er eine beträchtliche Zeit angehalten haben, denn als ich wieder zu mir kam, war es Tag geworden, und der Ballon schwebte in ungeheurer Höhe über dem unendlichen Ozean; innerhalb der Grenzen des Horizonts war jede Spur von Land verschwunden. Diese Entdeckung ängstigte mich jedoch nicht so sehr, als ich eigentlich erwartet hätte. Vielleicht lag schon etwas Wahnsinn in der Gelassenheit, mit der ich meine Lage erwog. Ich hob meine beiden Hände vor die Augen und fragte mich voll Erstaunen, woher es kommen könne, daß meine Adern so aufgeschwollen und meine Fingernägel so schwarz seien. Dann untersuchte ich genau meinen Kopf, bewegte ihn öfters hin und her, befühlte ihn mit gespannter Aufmerksamkeit, bis ich mich genügend davon überzeugt hatte, daß er nicht, wie ich zunächst vermutete, größer sei als mein Ballon. Dann tastete ich gewohnheitsmäßig in meinen Hosentaschen herum, und als ich merkte, daß ich mein Notiz-

buch und meinen Zahnstocher verloren hatte, dachte ich angestrengt nach, auf welche Weise sie wohl verschwunden sein könnten; als ich es mir nicht zu erklären vermochte, wurde ich tief bekümmert. Hierauf schien es mir, als empfände ich einen lebhaften Schmerz in meinem linken Knöchel, und eine dunkle Erkenntnis meiner Lage begann gleichzeitig in meinem Hirn zu dämmern.

Doch so seltsam es auch klingt – ich empfand weder Staunen noch Schrecken. Wenn ich überhaupt etwas spürte, so höchstens eine Art von Genugtuung über die Geschicklichkeit, die ich jetzt gleich entfalten wollte, um mich aus dem Dilemma zu befreien. Und keinen Augenblick lang schien mir meine Sicherheit auch nur im geringsten gefährdet. Einige Minuten überlegte ich, was nun zuerst zu tun sei. Ich erinnere mich deutlich, daß ich dabei oft die Lippen zusammenpreßte, meinen Zeigefinger an die Nase legte, kurz, all die Bewegungen und Grimassen vollführte, durch die sich andere Sterbliche, wenn sie zu Hause im gemütlichen Lehnstuhl über verzwickte oder wichtige Sachen nachgrübeln, auszeichnen. Nachdem ich meine Gedanken genügend gesammelt hatte, brachte ich mit der größten Vorsicht und Überlegung meine Hände auf den Rücken und löste die große Eisenschnalle, die den Gürtel, der meine Beinkleider trug, zusammenhielt. Diese Schnalle hatte drei Zähne, die ein wenig rostig waren und sich nur sehr schwer in ihren Achsen drehten. Mit vieler Mühe brachte ich es so weit, daß sie im rechten Winkel zu der Schnalle standen, und freute mich sehr, daß sie in dieser Lage unverrückbar fest blieben. Dies Instrument hielt ich nun mit den Zähnen fest und begann den Knoten meiner Krawatte zu lösen. Ich mußte verschiedene Male ausruhen, ehe ich das Werk zu Ende brachte. Endlich war ich fertig. An dem einen Ende der Krawatte befestigte ich die Schnalle, das andere band ich, der größeren Sicherheit wegen, um mein Handgelenk. Durch eine fabelhafte Anstrengung all meiner Muskelkraft schleuderte ich meinen Körper nach oben, und es gelang mir auch beim ersten Versuch, die Schnalle in die Gondel zu schleudern, wo sie sich, wie ich hoffte, am oberen Rand fest einhakte.

Mein Körper neigte sich nun in einem Winkel von ungefähr fünfundvierzig Grad gegen die Seitenwand der Gondel, doch muß man nicht glauben, daß ich jetzt nur noch fünfundvierzig Grad unter der Senkrechten gewesen wäre. Ich lag noch immer fast auf einem Plan mit dem Niveau des Horizonts, denn meine veränderte Lage hatte den Boden der Gondel weit von mir entfernt und meine Position war äußerst gefährlich.

Doch erinnere man sich daran, daß ich, falls ich mit dem Gesicht nach innen statt nach außen aus der Gondel gefallen wäre – oder falls die Schlinge, in die sich mein Fuß verwickelte, am oberen, statt am unteren

Rand herausgehangen hätte, ich dann gar nicht imstande gewesen wäre, das zu vollbringen, was ich nun vollbracht hatte. Folglich wären meine Enthüllungen für die Nachwelt verloren gewesen. Ich hatte deshalb allen Grund, dankbar zu sein, obwohl ich in Wirklichkeit noch zu dösig war, um überhaupt etwas zu sein, und vielleicht eine Viertelstunde lang so hängen blieb, ohne weiter etwas zu meiner Rettung zu tun, und dabei die sonderbare Ruhe einer idiotischen Zufriedenheit empfand. Dies Gefühl schwand jedoch wieder, und eine Empfindung äußerster Hilflosigkeit und schreckhafter Angst überkam mich. Das Blut, das sich so lange Zeit in den Gefäßen im Kopf und im Hals gestaut und mich mit einem heilsamen Delirium, das meine Energie anspannte, erfüllt hatte, begann jetzt wieder zurückzufließen und seinen gewöhnlichen Lauf zu nehmen. Das klare Bewußtsein, das mir plötzlich wiederkam, vergrößerte fast meine Vorstellung von der Gefahr und beraubte mich der Ruhe und des Mutes, den ich nötig hatte, um aus ihr herauszukommen. Diese Schwäche dauerte jedoch glücklicherweise nicht lange. Zur rechten Zeit kam mir der Geist der Verzweiflung zu Hilfe, und mit wütendem Geschrei und wilder Anstrengung bäumte und schleuderte ich meinen Körper vorwärts, bis es mir endlich gelang, den heißersehnten Rand zu erfassen. Mit einem schraubstockfesten Griff hielt ich ihn fest, wand meinen Körper darüber und fiel kopfüber und keuchend in die Gondel.

Es dauerte eine Zeitlang, ehe ich soweit Herr meiner selbst war, um mich mit dem Ballon beschäftigen zu können. Dann jedoch untersuchte ich ihn mit größter Aufmerksamkeit und fand ihn durchaus unbeschädigt. Auch meine Instrumente waren in bester Ordnung; glücklicherweise hatte ich sogar weder Lebensmittel noch Ballast verloren. Vor meiner Abfahrt waren alle mitgenommenen Gegenstände allerdings auch so fest angebunden worden, daß ein solcher Unfall eigentlich von vornherein ausgeschlossen war. Ich zog meine Taschenuhr; sie wies auf sechs. Der Ballon stieg noch immer rapide, und das Barometer zeigte eine Höhe von drei und dreiviertel Meilen. Unmittelbar unter mir im Ozean lag ein kleiner schwarzer, leicht länglicher Gegenstand von der Größe eines Dominosteins, auch einem solchen Spielzeug ähnlich. Ich richtete mein Teleskop darauf und sah deutlich, daß es ein englisches Schiff von vierundneunzig Kanonen war, das in westsüdwestlicher Richtung schwer auf dem Ozean dahinstampfte. Außer diesem Schiff sah ich nichts als das Meer, das Firmament und die Sonne, die schon lange aufgegangen war.

Nun ist es an der Zeit, daß ich Euren Exzellenzen den Zweck meiner Reise erkläre. Eure Exzellenzen mögen sich daran erinnern, daß mich die traurigen Verhältnisse in Rotterdam zu dem Entschluß gebracht hatten,

Selbstmord zu begehen. Das Leben selbst war mir nicht unangenehm geworden, nur das Elend meiner Lage quälte mich so, daß ich glaubte, es nicht mehr aushalten zu können. In dieser Geistesverfassung, das Leben liebend und doch meines Lebens müde, eröffnete mir die Abhandlung aus der Krambude des Buchhändlers in Verbindung mit der Entdeckung meines Vetters aus Nantes eine Zuflucht. Ich faßte einen endgültigen Entschluß. Ich beschloß, fortzugehen und doch zu leben, die Erde zu verlassen und doch weiter zu existieren; kurz, um den Rätseln ein Ende zu machen: ich beschloß, wenn es möglich sein sollte, mir einen Weg auf den Mond zu bahnen.

Damit man mich nicht für wahnsinniger hält, als ich wirklich bin, will ich die Gedanken auseinandersetzen, die mich zu der Annahme brachten. daß ein solches Unternehmen trotz aller Gefahren und Schwierigkeiten für einen kühnen Geist kein Ding der Unmöglichkeit sei.

Zuerst erwog ich die positive Entfernung der Erde vom Mond. Die mittlere oder durchschnittliche Entfernung der Zentren der beiden Planeten beträgt 59.9643mal den Äquatorial-Radius der Erde oder ungefähr 237000 Meilen. Ich sage die mittlere, durchschnittliche Entfernung – man muß sich jedoch erinnern, daß die Form des Mondgesteins eine Ellipse ist, deren Exzentrizität nicht weniger als 0,05484 ihrer großen Halbachse beträgt, und daß das Zentrum der Erde gerade unter dem Brennpunkt dieser Ellipse steht, daß sich also, wenn es mir gelänge, den Mond während seiner Erdnähe zu erreichen, die erwähnte Entfernung bedeutend vermindern würde. Doch um von dieser Hypothese abzusehen – ich mußte jedenfalls von den 237000 Meilen den Radius der Erde, also 4000, und den des Mondes, also 1080, im ganzen 5080 Meilen abziehen, so daß nur noch eine durchschnittliche Entfernung von 231920 Meilen zurückzulegen übrig blieb. Dies hielt ich für nichts allzu Unmögliches. Auf der Erde hat man schon oft Reisen mit der Schnelligkeit von 60 Meilen in der Stunde unternommen, und man hat allen Grund, zu glauben, daß man es bald zu größerer Schnelligkeit bringen wird. Doch wären auch mit der schon erlangten nicht mehr als hunderteinundsechzig Tage nötig, um die Oberfläche des Mondes zu erreichen.

Viele Umstände jedoch ließen mich glauben, daß die mittlere Geschwindigkeit meiner Reise sechzig Meilen in der Stunde weit übersteigen werde, und da dieser Gedanke einen großen Eindruck auf mich machte, will ich später noch einmal auf ihn zurückkommen.

Der zweite Punkt, den ich überlegen mußte, war von viel größerer Wichtigkeit. Das Barometer beweist, daß wir, wenn wir uns 1000 Fuß über der Oberfläche der Erde befinden, ungefähr ein Dreißigstel der atmosphärischen Luftmasse unter uns lassen, bei 10600 Fuß fast ein Drittel, und bei 18000 Fuß, die ungefähr der Höhe des Cotopaxi entsprechen, die Hälfte aller Luft, jedenfalls die Hälfte der wägbaren Atmosphäre, die die Erde einhüllt, zu unseren Füßen haben. Man hat auch berechnet, daß in einer Höhe, die den hundertsten Teil des Durchmessers der Erde nicht überschreitet, in einer Höhe von 80 Meilen also, die Verdünnung der Luft einen so hohen Grad erreicht hat, daß sie kein animalisches Leben mehr zu unterhalten vermag, und ferner, daß unsere feinsten Instrumente nicht mehr ausreichen, um das Vorhandensein von Luft zu konstatieren. Es entging mir jedoch nicht, daß die letzteren Berechnungen nur auf unsere experimentelle Kenntnis der Eigenschaften der Luft und der mechanischen Gesetze ihrer Zusammenpressung und Ausdehnung basieren, die wir, um vergleichsweise zu sprechen, in unmittelbarer Nähe der Erde beobachtet hatten. Zudem hält man es für bewiesen, daß animalisches Leben in irgendeiner gegebenen, von der Erdoberfläche unerreichbaren Entfernung sich seinem Wesen nach nicht modifizieren könne. Ein auf solche Annahmen gestütztes Raisonnement konnte natürlicherweise nur ein rein analogisches sein. Die größte Höhe, die Menschen je erreicht haben, beträge 25000 Fuß, bis zu welcher Gay-Lussac und Biot aufstiegen. Dies ist, selbst mit den achtzig fraglichen Meilen verglichen, nur eine sehr mäßige Höhe, und ich konnte den Gedanken nicht abweisen, daß hier dem Zweifel und der Spekulation ein weiter Raum gelassen war.

Nehmen wir nun einen Aufstieg zu irgendeiner gegebenen Höhe an, so werden wir finden, daß die Quantität der wägbaren, durchsegelten Luft auf verschiedenen Abschnitten der Reise durchaus nicht in gleichem Verhältnis zu der erreichten Höhe steht, sondern, wie vorhin schon einmal konstatiert wurde, in einem stets kleiner werdenden. Es ist also klar, daß wir, um buchstäblich zu sprechen, nicht an eine Grenze kommen können, über die hinaus es keine Luft mehr gibt. Sie muß da sein, so schloß ich, obgleich sie sich in einem Stadium unendlicher Verdünnung befinden kann.

Andererseits wußte ich jedoch, daß es keineswegs an Argumenten fehlte, die eine bestimmte Grenze der Atmosphäre beweisen sollten, über die hinaus es absolut keine Luft mehr geben könne. Ein Umstand, den alle, die an eine solche Grenze glaubten, übersehen hatten, schien mir, wenn auch nicht eben eine vollständige Widerlegung ihrer Überzeugungen, so doch Grund zu ernstlicher, neuer Nachforschung zu sein. Wenn man die Zwischenräume zwischen dem aufeinanderfolgenden Wiedererscheinen des Enckeschen Kometen zur Zeit seiner Sonnennähe vergleicht, dabei aber alle durch die Anziehungskraft der Planeten verursachten Störungen genau berechnet, so wird man erkennen, daß diese Perioden allmählich immer kleiner werden, das heißt, daß die große Achse der Ellipse des Kometen sich in langsamer, doch durchaus regelmäßiger Proportion verkürzt. Dies kann jedoch nur und muß der Fall sein, wenn wir annehmen, daß der Komet an einem unendlich feinen ätherischen Medium, das die Regionen seiner Bahn ausfüllt, einen Widerstand findet. Denn es ist klar, daß ein solcher Stoff, der sich der Schnelligkeit eines Kometen hindernd entgegenstellt, seine zentripetale* Kraft erhöhen, die zentrifugale aber schwächen muß. Mit anderen Worten: die Anziehungskraft der Sonne wird immer größer werden, und der Komet wird sich ihr bei jeder Umdrehung mehr nähern. Wir sehen in der Tat keinen anderen Ausweg, die fraglichen Veränderungen zu erklären.

Ich möchte noch eine Tatsache erwähnen: Man beobachtet, daß sich der wirkliche Durchmesser des Nebels dieses Kometen, je näher er der Sonne kommt, rapide zusammenzieht und sich mit derselben Schnelligkeit wieder ausdehnt, wenn er wieder auf dem Weg zur Sonnenferne ist. Ist es da nicht berechtigt, wenn ich mit Valz annehme, daß diese offenbare Kondensierung des Volumens seinen Ursprung in der Verdichtung jenes ätherischen Mediums hat, von dem ich schon gesprochen – und dessen Dichtigkeit im Verhältnis zur Sonne steht? Ferner erschien mir jene linsenförmige Erscheinung, die man das Zodiakallicht nennt, näherer Betrachtung würdig. Dieses in den Tropen deutlich sichtbare Licht, das man durchaus nicht für meteorisch halten kann, dehnt sich vom Horizont an länglich aufwärts und folgt im allgemeinen der Richtung des Äquators der Sonne. Es schien mir von einer dünnen Atmosphäre auszugehen, die sich von der Sonne bis über die Bahn der Venus hinaus und, wie ich glaube, noch unendlich viel weiter ausdehnt. Denn man kann wirklich nicht annehmen, daß sich dieses Medium auf die Bahn der Ellipse des Kometen oder auf die unmittelbare Nachbarschaft der Sonne beschränkt. Im Gegenteil, es ist viel einfacher, sich vorzustellen, daß es um die Planeten selbst zu dem kondensiert ist, was wir Atmosphäre nennen, und vielleicht bei einigen Planeten einer durch rein geologische Umstände hervorgerufenen Veränderung unterliegt, das heißt: ihren Eigenschaften (oder vielleicht auch ihrer Wesenheit) nach durch Stoffe umgestaltet wird, die aus den betreffenden Himmelskörpern verdunsten.

Als ich nun diese Anschauung gewonnen, zögerte ich nicht länger. Da ich annahm, auf meiner Reise stets eine Atmosphäre zu finden, die im wesentlichen der der Erde gleich sei, konnte ich sie durch den ungemein geistvoll konstruierten Apparat des Herrn Grimm genügend kondensieren, um sie zum Einatmen tauglich zu machen. Damit war das Hindernis einer Reise zum Mond behoben.

* zum Mittelpunkt hinstrebend.

Mit vielem Geld und vieler Mühe verschaffte ich mir einen solchen Apparat und vertraute seiner Anwendung, falls ich die ganze Reise nur in genügend kurzer Zeit vollbringen konnte, zuversichtlich mein Leben an. Dies bringt mich wieder auf die Frage der Schnelligkeit der Fahrt.

Jedermann weiß, daß sich ein Ballon im ersten Stadium des Aufstiegs von der Erde mit verhältnismäßig sehr mäßiger Geschwindigkeit erhebt. Die Kraft des Aufstiegs resultiert aus der Schwere der das leichte Gas im Ballon umgebenden Luft. Auf den ersten Blick scheint es nicht glaubwürdig, daß der Ballon, je mehr er an Höhe gewinnt und in Luftschichten von geringerer Dichte kommt, seine ursprüngliche Schnelligkeit vergrößere. Anderseits erinnerte ich mich jedoch, nie von einer Verminderung der absoluten Schnelligkeit des Aufsteigens gehört zu haben, obgleich dies der Fall gewesen sein müßte, und zwar, wenn schon aus keinem anderen Grunde, so doch aus dem, daß das Gas aus minder gut konstruierten und nur einmal mit gewöhnlichem Firnis gefirnißten Ballons notwendig langsam entweicht. Anscheinend genügt dies Entweichen nur, um die durch die weitere Entfernung vom Gravitationszentrum möglich gemachte größere Schnelligkeit wieder aufzuheben. Ich sagte mir nun, falls der angenommene, von mir zu durchsegelnde Stoff seinem Wesen nach atmosphärische Luft sei, so könne es für die Kraft des Aufsteigens von verhältnismäßig nur geringer Bedeutung sein, in welchem Grade der Verfeinerung ich ihn anträfe, denn das Gas im Ballon wäre nicht allein selbst ähnlicher Verdünnung unterworfen (ich brauchte in diesem Falle nur eine entsprechende Quantität Gas entweichen zu lassen, um einer Explosion vorzubeugen), sondern als das, was es war, würde es unter allen Umständen leichter sein als irgendeine Zusammensetzung aus reinem Nitrogen und Oxygen. So lag also die Vermutung nahe, ja, es war sogar höchst wahrscheinlich, daß ich niemals während meines Aufstiegs an einen Punkt kommen könne, an dem das gesamte Gewicht meines Ballons, das ungeheuer feine Gas, die Gondel und ihr Inhalt, dem Gewicht der verdrängten Atmosphäre gleichkommen könnte. Und dies war, wie jeder verstehen wird, die einzige Bedingung, der meine Reise nach oben unterlag. Aber falls ich nun doch einmal diesen angenommenen Punkt erreichen sollte, blieb mir noch immer die Möglichkeit, mich meines Ballastes und anderer Gewichte, die im ganzen 300 Pfund betrugen, zu entledigen.

Zu gleicher Zeit mußte die zentripetale Kraft auf Grund des Quadrats der Entfernungen immer geringer werden; und mit wunderbar zunehmender Schnelligkeit mußte ich endlich in jene entfernten Regionen gelangen, in denen die Anziehungskraft der Erde durch die des Mondes ersetzt werden würde.

Doch verursachte mir noch eine andere Schwierigkeit einige Unruhe. Man hat bei Aufstiegen zu beträchtlicher Höhe beobachtet, daß man, außer Atemnot, im Kopf und im ganzen Körper ein unerträgliches Mißbehagen empfindet, das von Nasenbluten und anderen beängstigenden Symptomen begleitet ist und je höher man steigt, an Heftigkeit zunimmt*. War es nicht anzunehmen, daß sich diese Symptome so steigern würden, daß sie endlich den Tod herbeiführten? Nach reiflicher Überlegung schloß ich, daß dies nicht der Fall sein könne. Sie hatten ihren Ursprung ohne Zweifel in der fortschreitenden Verringerung des gewohnten Drucks der Atmosphäre auf die Oberfläche des Körpers und der unausbleiblichen Ausdehnung der an der Oberfläche liegenden Blutgefäße, nicht in einer positiven Auflösung des animalischen Systems, wie im Falle wirklicher Atemnot, wo die Dichte der Atmosphäre zur regelmäßigen Erneuerung des Blutes in den Herzkammern chemisch ungenügend ist. Den Fall, daß diese Erneuerung unmöglich sei, ausgenommen, sah ich keinen Grund, weshalb sich das Leben nicht selbst in einem Vakuum erhalten könne, denn die Ausdehnung und Zusammenziehung der Brust, die man gewöhnlich Atmen nennt, ist eine nur auf den Muskeln beruhende Handlung und die Ursache und nicht etwa die Wirkung des Atmens. Kurz, ich schloß: wenn der Körper einmal an das Verschwinden des Luftdrucks gewöhnt war, so würden sich die Schmerzempfindungen nach und nach legen. So lange sie dauerten, wollte ich sie schon ertragen – das traute ich meiner eisenfesten Konstitution schon zu!

Ich habe nun Euren Exzellenzen einige, doch durchaus nicht alle Gedanken mitgeteilt, die mich veranlaßten, den Plan einer Reise auf den Mond zu fassen. Ich möchte jetzt, wenn es Euren Exzellenzen genehm ist, das Resultat dieses Versuches, der an Kühnheit in den Annalen der Geschichte wohl nicht seinesgleichen findet, eingehend mitteilen.

Als ich die vorhin erwähnte Höhe, dreiunddreiviertel Meilen also, erreicht hatte, warf ich einige Federn aus der Gondel und sah, daß ich noch immer mit genügender Schnelligkeit stieg. Es schien also nicht nötig, Ballast abzuwerfen. Ich war sehr froh darüber, denn ich wollte soviel Gewicht wie möglich behalten. Bis jetzt verspürte ich noch keinerlei körperliches Mißbehagen, ich atmete durchaus leicht und empfand auch keinen Kopfschmerz. Die Katze lag feierlich auf meinem Überrock, den ich abgelegt hatte, und sah die Tauben mit gleichgültigen Blicken an. Diese letzteren hatte ich am Bein gefesselt, damit sie nicht fortfliegen konnten. Sie hüpften in der Gondel umher und pickten ein paar Reiskörner auf.

* Nach der ersten Veröffentlichung des Hans Pfaall bemerkte ich, daß Herr Green, der berühmte Luftschiffer des Ballons »Nassau«, und andere jüngere Aeronauten diese Behauptungen Humboldts abstreiten und, im Einklang mit der hier entwickelten Theorie, von stets geringer werdenden Belästigungen reden. E.A.P.

Um sechs Uhr zwanzig Minuten wies das Barometer auf eine Höhe von 26400 Fuß oder auf beinahe fünf Meilen. Mein Blickfeld schien unbegrenzt zu sein. Übrigens kann man mittels der sphärischen Geometrie die Ausdehnung der Erdfläche, die mein Blick umschloß, leicht berechnen. Die konvexe Oberfläche eines Segmentes verhält sich zu der ganzen Oberfläche der Kugel wie der Sinus versus des Segmentes zum Durchmesser der Kugel. In meinem Fall also war der Sinus versus – das heißt: die Dicke des Segmentes unter mir – fast meiner Höhe gleich oder der Höhe des Aussichtspunktes über der Oberfläche. Wie fünf Meilen zu achttausend, so verhielt sich also der Teil, den ich überblickte, zur ganzen Oberfläche der Erde – ich überschaute, mit anderen Worten, den sechzehnhundertsten Teil der ganzen Erdoberfläche. Das Meer erschien mir glatt wie ein Spiegel, obwohl ich durch das Teleskop entdeckte, daß es sich in stürmischer Unruhe befand. Das Schiff war nicht mehr sichtbar; ohne Zweifel hatte seine Fahrt es nach Osten geführt. Jetzt spürte ich auch mit Unterbrechungen heftige Kopfschmerzen, besonders in der Nähe der Ohren – doch konnte ich noch immer verhältnismäßig leicht atmen. Die Katze und die Tauben schienen keine Beschwerden zu empfinden.

Um zwanzig Minuten vor sieben trat der Ballon in eine große, dichte Wolke, die mich sehr belästigte, meinen Kondensierapparat beschädigte und mich bis auf die Haut durchnäßte. Es war ohne Zweifel eine seltsame Begegnung, denn ich hatte es nicht für möglich gehalten, daß eine Wolke dieser Art sich in so großer Höhe aufhalten konnte. Ich hielt es für das beste, zwei Stück Ballast von je fünf Pfund abzuwerfen, so daß mir noch hundertsechzig Pfund blieben. Ich ließ die Wolke auch bald unter mir und bemerkte, daß die Schnelligkeit des Aufstiegs bedeutend zugenommen hatte. Wenige Sekunden, nachdem ich von der Wolke fort war, sah ich, wie ein Blitz sie von einem Ende zum anderen durchschoß und die ganze ungeheure Masse entzündete, die bald wie ein riesiges glühendes Kohlenlager aussah. Dies geschah bei hellem Tage. Ich glaube, keine Phantasie könnte sich die Großartigkeit eines solchen Schauspiels zu dunkler Nachtzeit ausmalen. Die Hölle selbst hatte ihr getreues Abbild gefunden. Mir sträubten sich die Haare, und doch suchte ich mit meinen Blicken in die gähnenden Feuerabgründe hineinzutauchen – und ließ meine Phantasie sich in den seltsamen Flammenhallen, purpurglühenden Meeren, wilden Lichtschlünden dieser furchtbaren Feuerwelt ergehen. Ich war ihr mit knapper Not entronnen. Wäre der Ballon nur noch eine kurze Zeit in der Wolke geblieben, das heißt, hätte mich die Nässe nicht dazu getrieben, Ballast abzuwerfen, so wäre ich unausbleiblich dem Untergang geweiht gewesen. Derartige Gefahren, an die fast niemand denkt, sind eigentlich die bedeutendsten, denen man sich bei einer solchen Ballonfahrt aussetzt. Ich hatte jedoch eine Höhe erlangt, die einen ähnlichen Unfall ausschloß und mich weiterer Sorgen enthob.

Wir stiegen rapide, und um sieben Uhr wies das Barometer auf eine Höhe von nicht weniger als neun und einer halben Meile. Das Atemholen machte mir jetzt bedeutende Schwierigkeiten, auch der Kopf schmerzte mich außerordentlich. Die Feuchtigkeit, die ich seit einiger Zeit auf meinen Wangen empfand, stellte sich als Blut heraus, das mir durch das Trommelfell sickerte. Der Zustand meiner Augen beunruhigte mich ebenfalls. Als ich mit der Hand über sie hinfuhr, schien es mir, als seien sie nicht unbeträchtlich aus ihren Höhlen herausgetreten, und der Ballon und alle Gegenstände in der Gondel erschienen mir in verzerrter Gestalt. Diese Symptome übertrafen doch meine mutigsten Erwartungen, und etwas wie Angst stieg in mir auf. Unklugerweise und ohne recht nachzudenken, warf ich noch drei Stück Ballast von je fünf Pfund aus. Die beschleunigte Schnelligkeit des Aufstiegs trug mich ohne die genügenden Abstufungen in eine schon ganz bedeutend verdünnte Luftschicht, die meinem Unternehmen und mir selbst fast verhängnisvoll geworden wäre. Ich wurde ganz plötzlich von einem Krampf erfaßt, der länger als fünf Minuten dauerte; und als er sich beruhigt hatte, konnte ich nur in langen Pausen und mit furchtbarer Anstrengung atmen. Während der ganzen Zeit drang mir reichlich Blut aus Nase und Ohren und sogar, allerdings in geringerer Menge, aus den Augen. Die Tauben schienen in Todesangst zu sein und schlugen mit den Flügeln, wie um zu entfliehen, während die Katze jämmerlich schrie und sich in der Gondel herumwand, als habe sie Gift gefressen.

Ich entdeckte nun zu spät, welch ungeheure Torheit ich begangen hatte, meinen Ballast so leichtsinnig auszuwerfen, und geriet in nicht geringe Bestürzung. Es war mir, als ob ich, und zwar schon in wenigen Minuten, sterben müsse. Ich konnte kaum noch denken. Mein Kopfschmerz nahm von Sekunde zu Sekunde an Heftigkeit zu. Und ich fühlte, daß mir die Sinne bald ganz schwinden würden. Schon hatte ich den Strick ergriffen, um das Ventil zu öffnen und den Ballon zum Sinken zu bringen, als mir der Gedanke an den schlechten Streich, den ich meinen drei Gläubigern gespielt hatte, wieder in den Sinn kam, und die Furcht vor seinen möglichen Folgen mich bewog, das Ventil doch lieber nicht zu öffnen. Statt dessen legte ich mich auf den Boden der Gondel und versuchte, mir durch einen Aderlaß Erleichterung zu verschaffen.

Da ich jedoch keine Lanzette bei mir hatte, blieb mir nichts anderes übrig, als mein Taschenmesser zu gebrauchen, mit dem ich mir eine Ader am linken Arm öffnete. Kaum begann das Blut zu fließen, empfand ich auch schon eine bemerkenswerte Erleichterung, und als ich vielleicht die Hälfte der üblichen Menge verloren hatte, waren die gefährlichsten Erscheinungen fast ganz verschwunden. Doch hielt ich es nicht für angebracht, mich gleich wieder auf die Füße zu stellen, sondern blieb, nachdem ich meinen Arm so gut als möglich verbunden hatte, noch ungefähr eine Viertelstunde ruhig liegen. Dann erhob ich mich, und empfand wirklich weniger Schmerzen, als während der letzten fünfviertel Stunden meines Aufstiegs.

Die Atembeschwerden hatten sich jedoch nur in sehr geringem Grade vermindert, und ich empfand immer dringender die Notwendigkeit, den Kondensierapparat zu gebrauchen. Mittlerweile sah ich mich wieder einmal nach der Katze um, die es sich auf meinem Überrock von neuem bequem gemacht hatte, und entdeckte zu meiner großen Überraschung, daß sie es für gut befunden hatte, während meines Unwohlseins drei kleine Kätzchen ans Tageslicht zu bringen. Dieser Zuwachs an Passagieren kam mir sehr unerwartet, doch amüsierte mich der Zwischenfall und bot mir überdies Gelegenheit, einer Vermutung auf den Grund zu gehen, die mich mehr als alles andere bewogen hatte, den Aufstieg zu versuchen.

Ich hatte angenommen, daß nur die Gewöhnung an den Druck der Atmosphäre zum größten Teil die Schmerzen verursacht, welche die Lebewesen in einer gewissen Höhe über der Oberfläche empfinden. Sollten die kleinen Katzen das Unbehagen ebenso wie ihre Mutter empfinden, so war meine Theorie widerlegt, im gegenteiligen Falle jedoch konnte ich mich auf einen ausgezeichneten Beweis meiner Annahme stützen.

Um acht Uhr hatte ich eine Höhe von siebzehn Meilen erreicht. Die Schnelligkeit des Aufstiegs nahm also in solchem Maße zu, daß sie sich unzweifelhaft auch dann gesteigert haben würde, wenn ich keinen Ballast abgeworfen hätte. Die Schmerzen im Kopf und in den Ohren machten sich in Pausen mit ungeheurer Heftigkeit wieder bemerkbar, und hin und wieder stellte sich noch Nasenbluten ein; im ganzen litt ich jedoch weit weniger, als ich zuerst erwartete. Dennoch wurde das Atmen von Minute zu Minute schmerzhafter und war von einem krampfhaften, ermüdenden Zusammenziehen der Brust begleitet. Ich packte also meinen Kondensierapparat aus und machte ihn zum Gebrauch fertig.

Der Anblick der Erde von meiner jetzigen Höhe herab war geradezu großartig. Nach Westen, Norden und Süden breitete sich, soweit ich sehen konnte, die grenzenlose, faltenlose Fläche des tiefblauen Ozeans aus. In ungeheurer Entfernung nach Osten lagen, dennoch deutlich wahrnehmbar, die britischen Inseln und die französische und die spanische Küste des Atlantischen Ozeans sowie ein kleiner Teil von Nordafrika unter meinen

Blicken. Von Bauwerken war nicht die Spur zu entdecken, und die stolzesten Städte der Menschen waren für mich vollständig vom Angesicht der Erde verschwunden.

Meine Tauben schienen entsetzlich zu leiden, und ich beschloß, ihnen die Freiheit zu geben. Ich band zuerst ein schönes, lachsgraues Exemplar los, und setzte es auf den Rand der Gondel. Sie schien sich in jämmerlichstem Zustand zu befinden und blickte angstvoll um sich, schlug mit den Flügeln, gurrte laut, schien sich jedoch nicht entschließen zu können, die Gondel zu verlassen. Endlich nahm ich sie, und warf sie etwa sechs Ellen weit hinaus. Statt jedoch, wie ich erwartet hatte, eiligst nach unten zu schießen, machte sie unter durchdringendem, lautem Geschrei heftige Anstrengungen, wieder in die Gondel zu gelangen. Es gelang ihr auch endlich, den Rand wieder zu erreichen, doch kaum hatte sie sich dort niedergelassen, so sank ihr Köpfchen auf die Brust, und sie fiel tot auf den Boden der Gondel. Der anderen erging es nicht so schlimm. Um ihr eine Rückkehr in den Ballon unmöglich zu machen, schleuderte ich sie mit aller Kraft nach unten und sah zu meiner Freude, wie sie bald ganz natürlich ihre Flügel gebrauchte und eilends nach unten segelte. In kurzer Zeit war sie nicht mehr zu entdecken, und ich zweifle nicht, daß sie ihre Heimat bald wieder erreichte. Die Katze, die sich von ihrem Unwohlsein wieder erholt hatte, tat sich an dem toten Vogel gütlich und schlief nach der Mahlzeit mit allen Zeichen der Zufriedenheit ein. Ihre Kleinen waren sehr lebhaft und schienen nicht die geringste Belästigung zu empfinden.

Um ein Viertel nach acht konnte ich nicht mehr atmen, ohne nicht unerträgliche Schmerzen zu empfinden. Unverzüglich stellte ich in der Gondel alle zum Kondensator gehörigen Apparate auf. Dieser Apparat bedarf einiger Erklärung, und ich muß Euren Exzellenzen zuerst mitteilen, daß ich anfangs die Absicht hatte, mich und die Gondel gegen die verfeinerte Atmosphäre gänzlich abzuschließen und in das Innere nur eine mit Hilfe des Kondensators genügend zusammengepreßte, zum Einatmen taugliche Luft einzulassen.

Zu diesem Zweck hatte ich einen großen, luftdichten, biegsamen Sack aus Kautschuk mitgenommen, der der Form der Gondel vollständig angepaßt war, das heißt, man konnte ihn über ihren Boden, an den Seiten vorbei, bis an den oberen Rand oder Ring, an dem das Netz befestigt war, hinziehen und dort ebenfalls fest anschließen. Als ich den Sack über die Gondel gezogen und an allen Seiten hermetisch verschlossen hatte, mußte ich nun seine Spitze oder Mündung schließen, indem ich den Kautschuk auch über dem Ring oder, mit anderen Worten, zwischen dem Netzwerk und dem Ring zusammenschloß. Wenn ich jedoch das Netz zu diesem

Zweck vom Ring trennte, wie sollte sich die Gondel mittlerweile halten? Das Netz war jedoch nicht durch ein einzelnes Tau an dem Ring befestigt, sondern durch eine Reihe einzelner, aufzuknüpfender Schlingen. Ich löste von diesen immer nur wenige auf einmal und ließ die Gondel unterdessen an den anderen hängen. Nachdem ich so einen Teil des oberen Sackes hindurchgezogen hatte, knüpfte ich die Schlingen wieder an, nicht an den Ring, den ich ja wegen des unter ihm sich hinstreckenden Kautschuks nicht mehr erreichen konnte, sondern an eine Reihe etwa drei Fuß unterhalb der Sacköffnung an dem Sack selbst angebrachter Knöpfe, deren Zwischenräume ich genau den Zwischenräumen der Schlingen angepaßt hatte. War ich damit fertig, so löste ich ein paar weitere Schlingen, zog ein weiteres Stück Kautschuk hindurch und befestigte die Schlingen wie vorhin an den Knöpfen. Auf diese Weise konnte ich den ganzen oberen Teil des Sackes zwischen dem Netz und dem Ring hindurchziehen. Der Ring mußte also zum Schluß in die Gondel fallen, und diese hing mit ihrem ganzen Inhalt an den Knöpfen. Auf den ersten Blick mag dies gefährlich erscheinen, war es jedoch nicht im geringsten, denn die Knöpfe waren nicht allein sehr stark, sondern auch so nahe aneinander angenäht, daß jeder nur einen sehr kleinen Teil des Gewichtes zu tragen hatte. Wäre die Gondel und ihr Inhalt auch dreimal so schwer gewesen, so hätte ich mich doch deswegen nicht im mindesten zu beunruhigen brauchen. Den Ring befestigte ich oben an der Decke des Kautschuksackes wieder, indem ich ihn fast ganz in seiner ursprünglichen Lage mittelst dreier leichter Stangen stützte.

Diese Vorrichtung hielt den Sack oben in genügender Ausdehnung und den unteren Teil des Netzes in der richtigen Lage. Jetzt blieb mir nichts weiter zu tun übrig, als die Mündung der ganzen Umhüllung zu schließen. Es gelang mir leicht, indem ich die Falten des Kautschuks zusammennahm und mittels einer Art feststehender Presse zusammenschloß.

An den Seiten dieser Kautschukmauer hatte ich drei runde Scheiben von klarem Glas eingesetzt, die es mir ermöglichten, nach allen Richtungen auszuspähen. In dem Teil der Hülle, die den Boden bildete, befand sich ebenfalls ein solches Fenster, das gerade über einer Öffnung im Boden der Gondel angebracht war. Ich konnte also auch senkrecht nach unten sehen. Nur gerade über mir konnte ich wegen der besonderen dichten Art des Verschlusses keine ähnliche Vorrichtung anbringen, so daß mir die Dinge gerade über mir unsichtbar bleiben mußten. Doch hatte dies nicht viel zu sagen. Denn der Ballon hätte mir ja doch eine weitere Aussicht durch dies obere Fenster unmöglich gemacht.

Ungefähr einen Fuß unter einem der seitlichen Fenster befand sich eine runde, im Durchmesser drei Zoll große Öffnung, deren kupferner Rand im

Innern gerade in die Spirale einer Schraube paßte. In diesen Rand war die große Röhre des Kondensators eingeschraubt; der Apparat selbst stand natürlich innerhalb des Kautschukzimmers. Durch einen in der Maschine geschaffenen leeren Raum zog man durch die Röhre eine Quantität der draußen befindlichen dünnen Atmosphäre in die Maschine. Dort wurde sie verdichtet und strömte wieder aus, um sich mit der unzureichenden Luft im Zimmer zu verbinden. Nachdem ich dies mehrere Male wiederholte, füllte ich den Raum mit einer zum Einatmen ausreichend dichten Luft. In dem kleinen Zimmer jedoch mußte sie sich bald wieder verschlechtern und durch ihren wiederholten Kontakt mit den Lungen zuletzt ganz unbrauchbar werden. Deshalb mußte ich sie von Zeit zu Zeit durch ein im Boden der Gondel befindliches Ventil ausströmen lassen. Um jedoch zu vermeiden, daß das Zimmer einmal einen Augenblick lang vollständig luftleer wurde, durfte die Reinigung nicht auf einmal vor sich gehen, sondern mußte nach und nach geschehen, indem ich das Ventil nur auf Sekunden öffnete und dann so lange geschlossen hielt, bis ein paar kräftige Pumpenstöße des Kondensators für die entlassene verbrauchte Luft genügend frische, neue hereingelassen hatten. Meine Vorliebe für Experimente hatte mich bewogen, die Katze und ihre Jungen in einem kleinen Korbe außerhalb der Gondel an einem in der Nähe des unteren Ventils, durch das ich sie zu jeder Zeit füttern konnte, angebrachten Knopf aufzuhängen. Ich tat es mittels eines der eben erwähnten Pflöcke, denn diese sowie der Ring waren überflüssig geworden, da die dichte Atmosphäre im Zimmer den Kautschuk oben von selbst kräftig ausdehnte.

Als ich alle Vorbereitungen getroffen und das Zimmer mit Luft gefüllt hatte, wies die Uhr auf zehn Minuten vor neun. Während der ganzen Zeit der Arbeit hatten mich die schmerzhaftesten Atembeschwerden gequält. Ich bereute die Nachlässigkeit oder vielmehr die törichte Unvorsichtigkeit, eine so wichtige Sache bis auf den letzten Augenblick aufgeschoben zu haben. Kaum war ich mit ihr fertig, so begann ich auch schon die Wohltaten meiner Erfindung zu genießen. Ich atmete vollständig frei und leicht und fühlte mich zu meiner angenehmen Überraschung von meinen heftigen Schmerzen fast ganz befreit. Ein leichtes Kopfweh und ein Gefühl von Fülle oder Ausdehnung in den Hand- und Fußgelenken sowie in der Kehle, das war eigentlich alles, was mich jetzt noch belästigte. Ein großer Teil des aus Mangel an Luftdruck entstehenden Unbehagens war also vollständig verschwunden, und alle Schmerzen, die ich während der letzten zwei Stunden empfunden hatte, mußte ich nur der Wirkung der ungenügenden Atmung zuschreiben.

Um zwanzig Minuten vor neun, das heißt also: kurz bevor ich die

Mündung des Zimmers geschlossen, hatte das Quecksilber meines Barometers, dessen Konstruktion ich, wie ich schon erwähnte, bedeutend vollkommnet hatte, seine äußerste Grenze erreicht und sank wieder nach unten. Es zeigte eine Höhe von 132000 Fuß oder fünfundzwanzig Meilen an, und ich überschaute zu jener Zeit nicht weniger als den dreihundertzwanzigsten Teil der ganzen Erdoberfläche. Um neun Uhr verlor ich nach Osten hin das Land aus den Augen, und ich bemerkte, daß der Ballon rapide nach Nordnordwesten steuerte. Der Ozean lag immer noch in scheinbar konkaver Gestalt unter mir, doch wurde mir die Aussicht oft durch sich auftürmende Wolkenmassen genommen.

Um halb zehn wiederholte ich das Experiment, eine Handvoll Federn durch das Ventil fallen zu lassen. Sie schwebten nicht, wie ich erwartet hatte, sondern schossen senkrecht wie Kugeln mit der größten Schnelligkeit nach unten und waren in wenigen Sekunden meinen Blicken entschwunden. Ich wußte zuerst nicht, wie ich mir die sonderbare Erscheinung erklären sollte, denn ich vermochte nicht zu glauben, daß sich die Schnelligkeit in so hohem Grade beschleunigt haben könne. Dann fiel mir ein, daß die Atmosphäre sich so verdünnt habe, daß sie selbst die Federn nicht mehr tragen könne, und dieselben mit größter Schnelligkeit fallen mußten; mich hatte nur die doppelte Schnelligkeit ihres Falles und meines Aufstiegs verblüfft.

Um zehn Uhr war nichts weiter zu verrichten, das meine Aufmerksamkeit erfordert hätte. Alles ging glatt – ich war überzeugt, daß der Ballon mit stetig zunehmender Geschwindigkeit stieg, obwohl ich keine Mittel mehr hatte, um die Steigerung der Schnelligkeit zu messen. Ich empfand keine Schmerzen, kein Unbehagen mehr, war in der besten Laune, seitdem ich Rotterdam verlassen hatte, und beschäftigte mich damit, meine verschiedenen Apparate zu untersuchen und die Luft im Zimmer zu erneuern. Dies letztere beschloß ich regelmäßig alle vierzig Minuten zu tun, weniger, weil eine so häufige Erneuerung eine absolute Notwendigkeit gewesen als um meiner Gesundheit willen. Und zwischendurch überließ ich mich dann meinen Gedanken. Meine Phantasie erging sich in den seltsamen, traumhaften Gefilden des Mondes, und meine Gedanken, jeder Fessel ledig, irrten durch die vielformigen Wunder des ewig sich wandelnden, schattenhaften Gestirns. Bald waren es eisgraue, ehrwürdige Wälder, zackige Abgründe, tosend ins Bodenlose fallende Wasserstürze. Dann kam ich plötzlich in mittäglich beglänzte, stille Einsamkeiten, in die kein Himmelswind jemals drang, wo sich Wiesen voll rotem Mohn ins Endlose dehnten, und hohe, schlanke, liliengleiche Blumen seit Ewigkeiten lautlos und ohne Regung standen. Dann wieder irrte ich umher, bis ich in ein Land kam, das

war nur ein schweigender, düsterer See, von einem ruhevollen Wolkenstreif begrenzt. Dann stellten sich mir Bilder voll wüster Schrecknisse vor, daß meine Seele bei dem bloßen Gedanken, sie könnten zu Wirklichkeiten werden, in ihren Tiefen erschauderte. Doch durfte ich meine Gedanken nicht länger solchen Betrachtungen anheimgeben, denn die wirklichen und greifbaren Gefahren meiner Reise verlangten vor allem meine Aufmerksamkeit.

Als ich um fünf Uhr nachmittags wieder einmal die Atmosphäre im Zimmer erneuerte, benutzte ich die Gelegenheit, um die Katze und ihre Jungen durch das Ventil zu beobachten. Die Katze selbst schien wieder Schmerzen zu haben, die ich nur ihren Atembeschwerden zuschreiben konnte, mein Experiment mit den jungen Katzen jedoch hatte nach genauer Prüfung ein ganz überraschendes Ergebnis. Ich hatte erwartet, daß sie, wenn auch in geringerem Grad als die Mutter, immerhin Schmerzen empfinden würden. Ich hatte jedoch nicht erwartet, sie in einem Zustand so absoluten Wohlbefindens zu sehen; sie atmeten mit der größten Leichtigkeit vollständig regelmäßig und empfanden offenbar nicht das geringste Unbehagen. Ich konnte mir dies alles nur erklären, wenn ich meine Theorie weiter ausdehnte und mir sagte, daß die sehr verfeinerte Atmosphäre um mich herum doch zum Leben chemisch nicht ungenügend sei, und eine in solcher Luft geborene Person möglicherweise nicht die geringsten Atembeschwerden empfinden würde, während sie in den unteren, dichteren, erdnäheren Luftschichten von Schmerzen befallen werden würde, die denen, die ich vor kurzem verspürt, analog sein mußten. Ich habe seither oft bedauert, daß mich ein unglücklicher Zufall meiner kleinen Katzenfamilie und mit ihr des Mittels beraubte, diese Frage durch weitere Experimente zu beantworten. Als ich nämlich meine Hand mit einem kleinen Wasserbehälter für die alte Katze durch das Ventil steckte, verwickelte sich der Ärmel meines Hemdes in die Schlinge, welche den Korb hielt, und löste ihn von dem Knopf. Wäre das Ganze in einem Augenblick zu nichts geworden, es hätte meinen Blicken nicht plötzlicher entschwinden können. Es konnte wirklich kaum der zehnte Teil einer Sekunde zwischen dem Abfallen der Schlinge vergangen sein, als der Korb auch schon verschwunden war. Meine besten Wünsche folgten ihm zur Erde, doch konnte ich nicht annehmen, daß die Katze oder eins der Jungen am Leben bleiben würden, um unten die Geschichte ihrer Mißfahrten zu erzählen.

Um sechs Uhr bemerkte ich, daß sich ein großer Teil der sichtbaren Erdoberfläche ostwärts in dichte Schatten hüllte, der stetig fortschritt, bis fünf Minuten vor sieben Uhr die ganze sichtbare Fläche von der Finsternis der Nacht bedeckt war. Erst lange nach dieser Zeit trafen die letzten

Strahlen der untergehenden Sonne den Ballon, und dieser Umstand, obwohl ich ihn natürlich erwartet hatte, erfüllte mich mit lebhafter Zufriedenheit. Offenbar würde ich am anderen Morgen das lichtspendende Gestirn lange vor den guten Bürgern von Rotterdam erblicken, obwohl sich die Stadt weit östlicher befand, als mein Ballon, und so mußte mir von Tag zu Tag, im Verhältnis zu der erreichten Höhe, die Sonne länger und länger scheinen. Ich beschloß, ein Reisetagebuch zu führen, indem ich nach je vierundzwanzig Stunden einen neuen Tag verzeichnete, ohne mich nach den Zeiten der Dunkelheit zu richten.

Als ich um zehn Uhr schläfrig wurde, beschloß ich, mich für den Rest der Nacht niederzulegen, doch stieß ich dabei auf eine Schwierigkeit, die, trotzdem sie auf der Hand lag, mir bis jetzt noch gar nicht in den Sinn gekommen war. Wer sollte, während ich schlief, die Luft im Zimmer erneuern? Die vorhandene Luft länger als höchstens eine Stunde einzuatmen, ging auf keinen Fall an, und ein und eine viertel Stunde lang in ihr zu verweilen, konnte die schlimmsten Folgen haben. Dies Dilemma beunruhigte mich in hohem Maße, und man wird kaum glauben, daß ich nach all den glücklich überstandenen Gefahren die Sache für so schwierig hielt und alle Hoffnung fahren ließ, meine endgültige Absicht ausführen zu können. Jetzt wollte ich zur Erde zurückkehren.

Doch währte meine Niedergeschlagenheit nicht lange. Ich dachte daran, daß der Mensch der Sklave seiner Gewohnheit ist und viele Dinge für unerläßlich zum Leben hält, die nur durch die Gewohnheit so geworden sind. Gewiß konnte ich ohne Schlaf nicht leben, doch mich leicht dazu bringen, es als nichts Störendes zu empfinden und jede Stunde während der Zeit meiner Ruhe einmal aufzuwachen. Die Erneuerung der Luft nahm fünf Minuten in Anspruch; ich mußte nur ein Mittel finden, das mich zur gegebenen Zeit pünktlich weckte. Diese Aufgabe schien mir nicht leicht zu lösen. Ich hatte allerdings einmal von einem Studenten gehört, der, um nicht über seinen Büchern einzuschlafen, in seiner Hand eine Metallkugel hielt, deren tönendes Aufschlagen in ein neben ihm stehendes Metallbekken ihn jedesmal, wenn er eingenickt war, aus dem Schlaf auffahren ließ. In diesem Fall hätte mir ein ähnlicher Gedanke doch nicht helfen können, denn ich wollte ja nicht wach bleiben, sondern nur in regelmäßigen Zwischenräumen geweckt werden. Endlich verfiel ich auf ein Hilfsmittel, dessen Erfindung, so einfach sie auch war, mir im ersten Augenblick der Erfindung des Teleskops, der Dampfmaschine, der Buchdruckerkunst gleichwertig erschien.

Ich muß vorher bemerken, daß der Ballon, in der Höhe, die er nun einmal erreicht hatte, in gerader Linie und vollständig gleichmäßig aufstieg, so daß ich in der Gondel nicht die geringste Schwankung bemerken konnte. Dieser Umstand kam meinem Plan sehr zustatten. Ich hatte meinen Wasservorrat in kleine Fässer verteilt, von denen jedes fünf Gallonen faßte und im Inneren der Gondel befestigt war. Ich löste eins von ihnen, nahm zwei Taue und band sie an jeder Seite des Gondelgeflechtes fest. Sie kreuzten also die Gondel und liefen, etwa einen Fuß voneinander entfernt, nebeneinander her. Sie bildeten eine Art Bord, auf welches ich die kleinen Fässer in horizontaler Lage befestigte. Ungefähr acht Zoll unter diesen beiden Seilen und vier Fuß über dem Boden der Gondel befestigte ich ein wirkliches Bord, das einzige Stück einfachen, dünnen Holzes, das ich mitgenommen hatte. Auf das untere Brett, genau unter die Ränder des Fäßchens, stellte ich einen irdenen Krug. Nun bohrte ich über ihm ein Loch in das Fäßchen und schnitt einen kerzen- oder kegelförmigen Keil aus weichem Holz zurecht. Diesen Keil steckte ich nun nach einigen Versuchen gerade so tief in die Öffnung, daß das an seinen Seiten hervorsickernde Wasser den unter ihm stehenden Krug in sechzig Minuten bis zum Rande füllen mußte. Dies konnte ich schnell berechnen, indem ich nachmaß, wie weit sich der Krug in einer gegebenen Zeit gefüllt hatte. Nach all diesen Vorbereitungen ist mein Plan leicht zu erraten. Mein Bett auf dem Boden der Gondel war so angebracht, daß mein Kopf gerade unter dem Kruge lag. War die Stunde vergangen und der Krug gefüllt, so mußte er überlaufen, und das Wasser, das von mehr als vier Fuß Höhe auf mein Gesicht fiel, mußte mich auch aus dem tiefsten Schlaf aufwecken.

Als ich meine Vorbereitungen beendet hatte, war es elf Uhr geworden, und ich begab mich in vollem Vertrauen auf die Wirksamkeit meiner Erfindung zur Ruhe. Ich täuschte mich auch nicht. Pünktlich alle sechzig Minuten weckte mich mein treuer Chronometer, ich leerte den Krug wieder in das Faß zurück, pumpte neue Luft ins Zimmer und begab mich wieder zu Bett. Diese regelmäßigen Unterbrechungen im Schlaf ermüdeten mich weit weniger, als ich gedacht, und als ich mich gegen sieben Uhr wieder erhob, stand die Sonne schon mehrere Grade über der Linie meines Horizonts.

3. April. Mein Ballon war während der Nacht zu ungeheurer Höhe aufgestiegen, und die konvexe Gestalt der Erde zeigte sich auffallend deutlich. Unter mir, im Ozean, sah ich eine Reihe schwarzer Flecken; ohne Zweifel waren es Inselgruppen. Der Himmel über mir war tiefschwarz, die Sterne funkelten wie schon am ersten Tag meines Aufstiegs. Weit gegen Norden bemerkte ich eine dünne, weiße, hell leuchtende Linie, und ich vermutete sofort, daß es die südliche Grenze des Polareismeeres sei. Dieser Anblick erregte meine Neugierde sehr, denn ich hoffte, weiter gegen

Norden getragen zu werden und mich vielleicht sogar einen Augenblick lang gerade über dem Pol zu befinden. Ich sah jedoch mit Verdruß, daß meine ungeheure Höhe mich hindern mußte, wie ich es wünschte, genauere Beobachtungen anzustellen.

Den ganzen Tag über ereignete sich nichts Außergewöhnliches. Meine Apparate befanden sich alle in guter Ordnung, und der Ballon stieg ohne merkbare Schwankung. Es wurde sehr kalt, und ich mußte mich fest in meinen Überrock einhüllen. Als sich die Erde wieder mit Dunkelheit bedeckte, legte auch ich mich zur Ruhe, obgleich es um mich herum noch manche Stunde lang taghell war. Die Wasseruhr tat pünktlich ihre Pflicht, und ich schlief mit Ausnahme der stündlichen Unterbrechungen gesund bis zum anderen Morgen.

4. April. Ich stand in bester Gesundheit und Laune auf und erstaunte über die sonderbare Veränderung, die mit der See vor sich gegangen war. Sie hatte ihre tiefblaue Färbung, in der sie mir bis jetzt erschienen war, verloren, und blendete meine Augen durch ein hartes, grauweißes Licht.

Die konvexe Gestalt des Ozeans trat so offen zutage, daß sich seine fernen Wassermassen in den Abgrund des Horizontes hineinzustürzen schienen, und ich überraschte mich dabei, wie ich lauschte, ob ich das Echo der ungeheuren Katarakte nicht vernehmen könne. Die Inseln waren nicht mehr zu sehen; ob sie südöstlich hinter den Horizont gesunken waren oder die Höhe sie meinen Blicken entzog, vermag ich nicht zu sagen. Ich vermute jedoch das letztere. Der Eisrand im Norden wurde immer deutlicher sichtbar. Die Kälte war nicht mehr so heftig. Es ereignete sich nichts Wichtiges, und ich vertrieb mir die Zeit mit Lesen, da ich mich mit Büchern für die Reise versorgt hatte.

5. April. Ich beobachtete das seltene Schauspiel eines Sonnenaufgangs, während die ganze sichtbare Erdoberfläche noch in Dunkelheit lag. Mit der Zeit jedoch verbreitete sich das Licht überallhin, und ich konnte im Norden wieder die Eislinie entdecken. Sie war deutlich sichtbar und erschien viel dunkler als das Wasser des Meeres. Augenscheinlich näherte ich mich ihr mit größter Schnelligkeit. Bildete mir ein, östlich sowohl wie westlich einen Streifen Land zu entdecken, doch war ich dessen nicht gewiß. Temperatur mäßig. Während des Tages ereignete sich nichts von Bedeutung. Ging früh zu Bett.

6. April. Bemerkte überrascht den Landstreifen in geringer Entfernung und ein ungeheures Eisfeld, das sich bis zum nördlichen Horizont erstreckte. Wenn der Ballon seine Richtung beibehielt, so mußte ich mich bald über dem nördlichen Eismeer befinden und konnte hoffen, auch endlich den Pol selbst zu erblicken. Den ganzen Tag näherte ich mich beständig dem Eis.

Als die Nacht anbrach, erweiterten sich plötzlich die Grenzen des Horizontes. Ich mußte diesen Umstand ohne Zweifel der Form der Erde, der abgeplatteten Kugel zuschreiben und dem Umstand, daß ich jetzt über der abgeplatteten Region in die Nähe des arktischen Kreises gekommen war. Als es ganz finster geworden war, legte ich mich zu Bett, unmutig, daß ich über den Gegenstand so vieler Neugierde hinsegelte, ohne daß es mir möglich war, irgenwelche Beobachtungen anzustellen.

7. April. Ich stand sehr früh auf und entdeckte zu meiner Freude, daß ich mich zweifellos gerade über dem Pol befand. Ja! er war es ganz bestimmt, genau unter meinen Füßen! Doch befand ich mich leider so hoch über ihm, daß ich nichts genauer unterscheiden konnte. Denn nach der Progression der Zahlen der verschiedenen Höhe, vom 2. April sechs Uhr vormittags bis um zehn Minuten vor neun desselben Morgens (dem Augenblick, da das Quecksilber zurückfiel) zu rechnen, mußte ich mich jetzt, am 7. April vier Uhr morgens, in einer Höhe von nicht weniger als 7254 Meilen über der Oberfläche des Meeres befinden. Dies mag ungeheuer erscheinen, doch hatte die Rechnungsart wahrscheinlich eine viel zu niedrige Summe ergeben. Jedenfalls lag mir die ganze nördliche Halbkugel wie eine Landkarte aus der Vogelperspektive zu Füßen, und der große Kreis des Äquators bildete die Grenzlinie meines Horizonts. Eure Exzellenzen können sich jedoch leicht vorstellen, daß die bis jetzt unerforschten Gegenden innerhalb der Grenzen des arktischen Kreises, obgleich sie gerade unter mir lagen und deshalb nicht verkürzt gesehen wurden, doch verhältnismäßig zu klein waren und zu tief unter mir lagen, als daß ich eine genauere Betrachtung hätte vornehmen können. Was ich jedoch sah, war immerhin eigentümlich und interessant genug. Nördlich der Eislinie, von der ich schon gesprochen und die mit geringen Abweichungen die Grenze des Vordringens der Menschen bedeuten kann, dehnt sich ununterbrochen oder beinahe ununterbrochen eine riesige Eisdecke aus. Sie glättet sich von Anfang an merklich, später wird sie ganz flach; endlich seltsam konkav, endigt sie beim Pole selbst, in einem runden, scharf begrenzten Zentrum, dessen anscheinender Durchmesser vom Ballon aus einen Winkel von ungefähr fünfundsechzig Grad umspannte. Er war von düsterer Farbe und immer dunkler als irgendeine andere Stelle der Halbkugel, die ich überschaute, und hin und wieder in tiefstes Schwarz getaucht. Genaueres konnte ich nicht feststellen. Gegen Mittag hatte das Zentrum bedeutend an Umfang eingebüßt, und um sieben Uhr nachmittags hatte ich es ganz aus dem Gesicht verloren. Der Ballon steuerte über den westlichen Eisrand in der Richtung auf den Äquator zu

8. April. Konstatierte eine merkliche Verkleinerung im anscheinenden

Durchmesser der Erde, von der wirklichen Veränderung ihrer Farbe und ihrer allgemeinen Erscheinung gar nicht zu reden. Die ganze sichtbare Oberfläche hatte eine gelbliche Färbung angenommen, einige Strecken glänzten so, daß es das Auge schmerzte, hinzusehen. Mein Blick nach unten wurde auch verschiedentlich durch die Atmosphäre behindert, die mit Wolken beladen war und mir nur hin und wieder einen kurzen Anblick der Erde selbst gestattete. Seit den letzten achtundvierzig Stunden war dies sehr oft der Fall gewesen, doch schien meine augenblickliche ungeheure Höhe die hin und her flutenden Dampfkörper für mein Auge näher zusammenzurücken. Natürlich steigerte sich die Erscheinung, je höher ich stieg. Immerhin konnte ich bemerken, daß der Ballon nun über die Reihe großer Seen in Nordamerika dahinsegelte, nach Süden zusteuerte und mich bald in die Tropen bringen mußte.

Dieser Umstand befriedigte mich in höchstem Maße und ich begrüßte ihn als ein Vorzeichen endgültigen Gelingens. Die Richtung, die er bis jetzt beibehalten hatte, erfüllte mich mit einigen Befürchtungen; wäre er länger in ihr fortgesteuert, so hätte ich den Mond überhaupt nicht erreichen können, denn seine Bahn neigt sich zur Ekliptik nur in einem kleinen Winkel von 5°8'48". So seltsam es auch klingen mag: erst jetzt fiel mir ein, welch großen Fehler ich begangen hatte, als ich meine Reise nicht von einem Punkt der Erde aus angetreten hatte, der innerhalb des Planes der Mondellipse lag.

9. April. Der Durchmesser der Erde scheint bedeutend kleiner, und die Oberfläche färbt sich immer tiefer gelb. Der Ballon blieb bei der Richtung südlich und kam um neun Uhr nachmittags über den nördlichen Rand des Golfs von Mexiko.

10. April. Heute morgen gegen 5 Uhr wurde ich durch ein schreckliches Getöse geweckt, das ich mir nicht erklären konnte. Es währte nur kurze Zeit, doch glich es keinem Ton, den ich auf der Erde je gehört hatte. Es ist wohl überflüssig zu sagen, daß ich sehr beunruhigt war, denn im ersten Augenblick konnte ich nur glauben, der Ballon platze. Ich untersuchte meine sämtlichen Apparate, fand sie jedoch alle in bester Ordnung. Ich habe tagsüber lange über dies sonderbare Ereignis nachgedacht, ohne die geringste Erklärung zu finden. Ging deshalb unbefriedigt, sehr aufgeregt und angstvoll zu Bett.

11. April. Bemerkte eine ganz auffallende Verkleinerung des Erddurchmessers und zum allerersten Male eine merkbare Vergrößerung des Durchmessers des Mondes, der in ein paar Tagen Vollmond sein wird. Es erfordert jetzt lange und mühsame Arbeit, eine genügende Menge atmosphärischer Luft zu kondensieren, um leben zu können.

12. April. Die Richtung des Ballons erfuhr eine sonderbare Veränderung, und obgleich ich sie erwarten mußte, gewährte sie mir eine ausgesprochene Befriedigung. Er war in der ersten Richtung bis ungefähr zum zwanzigsten Grad südlicher Breite gekommen, als er sich ganz plötzlich in einem spitzen Winkel ostwärts wandte und den ganzen Tag in dieser Richtung, genau im Plan der Mondellipse, fortsteuerte. Zu bemerken ist noch, daß ein merkliches Schwanken der Gondel die Folge dieses Richtungswechsels war. Es hielt, mehr oder weniger stark, mehrere Stunden lang an.

13. April. Von neuem beunruhigte mich das laute, krachende Geräusch, das mich schon am 10. erschreckt hatte. Dachte wieder lange über seine mögliche Ursache nach, ohne zu einem Schluß zu kommen. Der Durchmesser der Erde nimmt immer mehr ab und umspannt vom Ballon aus einen Winkel von wenig mehr als fünfundzwanzig Grad. Den Mond konnte ich nicht sehen, da er fast in meinem Zenit stand. Wir blieben noch immer in der Bahn der Ellipse, drangen jedoch nur sehr wenig weiter nach Osten vor.

14. April. Rapide Abnahme des Durchmessers der Erde. Heute kam mir die Erkenntnis, daß der Ballon jetzt auf der Linie der Apsiden zu dem Punkte der Erdnähe eilt – mit anderen Worten: die direkte Richtung genommen hat, die ihn in dem der Erde am nächsten kommenden Teil der Mondbahn auf den Mond selbst bringen muß. Dieser befindet sich jetzt gerade über mir und ist meinen Blicken also entzogen. Lange, harte Arbeit erfordert das Kondensieren der Luft.

15. April. Nicht einmal die Umrisse der Kontinente und Meere konnte ich noch erkennen. Gegen zwölf Uhr vernahm ich zum dritten Male das fürchterliche Getöse, das mich zweimal aus dem Schlaf geweckt hatte. Es hielt einige Augenblicke an und nahm während derselben an Heftigkeit zu. Schon erwartete ich irgendeine vernichtende Katastrophe, die Gondel schwankte heftig hin und her, und eine riesige flammende Masse, deren Natur ich nicht erkennen konnte, schoß mit einem Gebrüll von tausend Donnern am Ballon vorbei. Als sich mein Entsetzen und Erstaunen gelegt hatte, mußte ich mir sagen, daß es nur irgendein vulkanischer Ausbruch gewesen sein könne, und der höchstwahrscheinlich aus jenem eigentümlichen Stoff bestand, von dem oft Teile bis auf die Erde gelangen und mangels einer genaueren Bezeichnung Meteorsteine genannt werden.

16. April. Als ich heute so gut es gehen wollte durch die beiden Seitenfenster nach oben blickte, sah ich zu meiner großen Freude einen kleinen Teil der Mondscheibe sozusagen an allen Seiten über den großen Kreis, der den Ballon bildete, hervorragen. Ich geriet in ungeheure Aufregung, denn ich brauchte fast nicht mehr zu zweifeln, meine gefährliche Reise bis zum

Ende durchführen zu können. Der Kondensator erforderte mittlerweile auch so schwere, unablässige Arbeit, daß mir kaum Zeit zum Ausruhen blieb. An Schlaf durfte ich fast nicht mehr denken. Ich fühlte mich ganz krank, und mein Körper zitterte vor Erschöpfung. Ich fürchtete, daß meine Natur den Anstrengungen nicht länger gewachsen sein möchte. Während der kurzen Zeit der Dunkelheit sauste wieder ein Meteorstein an mir vorüber, und die relative Häufigkeit dieser Erscheinung beunruhigte mich nicht wenig.

17. April. Dieser Morgen war der Schluß und der Anfang einer Epoche meiner Reise. Man wird sich sicher erinnern, daß die Erde am 13. von mir aus einen Winkel von 25 Grad umschloß. Am 14. hatte sich der Winkel bedeutend verkleinert, am 15. hatte er noch viel schneller an Größe abgenommen, und am 16., kurz vor dem Schlafengehen, schätzte ich ihn bloß noch auf ungefähr sieben Grad fünfzehn Minuten. Nun stelle man sich mein Erstaunen vor, als ich am 17. nach einem kurzen, unruhigen Schlummer bemerkte, daß die Oberfläche unter mir plötzlich an Umfang zugenommen hatte, daß sie einen Winkel von wenigstens 30 Grad umschloß! Ich stand sozusagen wie vom Blitz gerührt! Kein Wort kann meinen ungeheuren Schrecken, mein niederschmetterndes Entsetzen ausdrücken. Meine Knie schlotterten – meine Zähne klapperten – die Haare standen mir zu Berge! Der Ballon war also geplatzt? Dies war der erste wilde Gedanke, der mir durchs Hirn schoß. Ich sauste – ich sauste mit unausdenkbarer Geschwindigkeit nach unten! Nach der ungeheuren Entfernung zu schätzen, die ich in der kurzen Zeit des Schlafens durchmessen, könnte es höchstens noch zehn Minuten dauern, bis ich die Oberfläche der Erde erreichte, der grausigsten Vernichtung zugeschleudert wurde!

Doch dann begann ich ruhiger nachzudenken – ich machte eine Pause und sammelte mich. Zweifel stellten sich ein. Es war ja eigentlich ein Ding der Unmöglichkeit! So rasend schnell hätte ich immerhin nicht nach unten fallen können. Und obwohl ich mich der Oberfläche unter mir zusehends näherte, stand diese Geschwindigkeit doch in keinem Verhältnis zu der, die ich anfangs mit solch ungeheurem Grausen für meinen Sturz angenommen hatte. Diese Überlegung beschwichtigte die Erregung in meinem Innern teilweise wieder, und es gelang mir endlich, die Erscheinung mit ruhigerem Auge zu betrachten. Erstaunen und Angst mußten mich wirklich meiner Sinne beraubt haben, daß ich die Verschiedenheit der Oberfläche des Weltkörpers unter mir und der meiner Mutter Erde nicht sofort erkannt hatte. Die stand jetzt über meinem Kopf und der Mond – der Mond in all seiner Glorie – lag zu meinen Füßen.

Das Staunen und die Erstarrung, die diese sonderbare Veränderung in der Lage der Welten in mir bewirkte, war vielleicht das Erstaunlichste und Unverständlichste an der ganzen Reise. Denn diese Umwälzung war nicht nur natürlich und unausbleiblich, ich hatte sie auch längst erwartet. Sie mußte eintreten, sobald ich an dem Punkte meiner Reise angekommen sein würde, an dem die Anziehungskraft des Planeten durch die Anziehungskraft des Satelliten aufgehoben werden würde, oder genauer: an dem die Gravitation des Ballons zur Erde geringer als zum Mond sein würde.

Allerdings erwachte ich gerade aus dem Schlaf und war noch nicht ganz bei Sinnen, als ich plötzlich diese seltsamste aller Erscheinungen gewahrte, die ich zwar erwartet – doch nicht in diesem Augenblick erwartet hatte.

Die Umdrehung selbst mußte ganz sanft und allmählich vor sich gegangen sein, und es ist durchaus nicht gewiß, daß ich selbst in wachem Zustand eine Umkehrung verspürt haben würde, irgendein inneres Symptom einer Umdrehung – eine Unbequemlichkeit oder eine Verschiebung an meinen Apparaten.

Es ist wohl überflüssig zu sagen, daß sich meine ganze Aufmerksamkeit, als ich zur klaren Erkenntnis meiner Situation gekommen und des Schrekkens, der meinen Geist vollkommen gelähmt hatte, Herr geworden war, auf die Betrachtung der allgemeinen äußeren Erscheinung des Mondes konzentrierte. Er lag unter mir wie eine Karte – und obgleich ich schließen mußte, daß er sich noch in bedeutender Entfernung befand, zeichneten sich doch alle Unebenheiten seiner Oberfläche mit einer mir unerklärlichen Deutlichkeit ab. Beim ersten Blick fiel mir, als hauptsächlichster Zug seiner geologischen Beschaffenheit, der Mangel an Meeren, Binnenseen oder Flüssen, überhaupt an irgendwelchen Wasseransammlungen auf.

Dennoch, so seltsam es klingt, sah ich weite, flache Strecken, die durchaus den Charakter angeschwemmten Erdreichs aufwiesen, obgleich der bei weitem größere Teil der sichtbaren Hemisphäre von zahllosen kegelförmigen Vulkanen bedeckt war, die eher künstlichen als natürlichen Erhebungen glichen. Die höchste unter ihnen mochte nicht mehr als dreidreiviertel Meilen senkrechter Höhe betragen – übrigens wird eine Karte der Campi Phlegraei Euren Exzellenzen eine viel bessere Vorstellung der allgemeinen Oberfläche geben, denn jede Beschreibung meinerseits, die doch nur sehr unvollkommen bleiben würde. Bei den meisten Bergen fanden offenbar gerade Eruptionen statt. Sie gaben mir ein furchtbares Bild ihrer Wut und ihrer Kraft durch wiederholt mit donnerndem Krach emporgeschleuderte Meteorsteine, die immer häufiger und beunruhigender am Ballon vorübersausten.

18. April. Bemerkte eine bedeutende Zunahme im anscheinenden Volumen des Mondes, und die offenbar stetig wachsende Schnelligkeit des

Abwärtssegelns beginnt mich mit Besorgnis zu erfüllen. Man wird sich erinnern, daß meine Berechnungen anfangs der Möglichkeit einer Mondfahrt die Annahme einer dichten, im Verhältnis zum Volumen des Planeten stehenden Atmosphäre eine große Rolle gespielt hatte, trotz verschiedener Theorien, die das Gegenteil beweisen sollten, ja, trotzdem man im allgemeinen überhaupt nicht an eine Mondatmosphäre glaubte. Doch außer den Schlüssen, die ich aus der Beobachtung des Enckeschen Kometen und des Zodiakallichtes hergeleitet, wurde ich in meiner Ansicht doch durch die Behauptungen des Herrn Schroeter aus Lilienthal bestärkt. Er beobachtete den Mond, als derselbe einmal wieder seit zwei und einem halben Tage sichtbar war, kurz nach Sonnenuntergang des Abends, ehe die dunkle Partie kenntlich wurde, und beobachtete sie so lange, bis sie ganz zu sehen war. Die beiden Hörner schienen sich spitz und scharf zu verlängern, und ihr äußerster Rand war schwach von Sonnenstrahlen beschienen, ehe ein Teil der Hemisphäre sichtbar wurde. Kurze Zeit nachher wurde das ganze dunkle Feld erhellt. Diese Verlängerung der Hörner über den Halbkreis hinaus konnte seinen Grund meiner Meinung nach nur in einer Brechung der Sonnenstrahlen durch die Atmosphäre des Mondes haben. Ich berechnete ferner, daß die Höhe dieser Atmosphäre, die genug Lichtstrahlen brechen konnte, um in ihrer dunklen Hemisphäre eine Dämmerung, heller als das Licht zu bewirken, das die Erde reflektierte, wenn der Mond etwa im zweiunddreißigsten Grad seiner Konjunktion steht, 1356 Pariser Fuß betragen müsse. Deswegen nahm ich an, daß die größte Höhe, die Sonnenstrahlen brechen konnte, 5376 Fuß sein müsse. Meine Gedanken über diesen Punkt wurden durch eine Stelle aus dem zweiten Band der »Philosophischen Transaktionen« bestätigt, in denen bewiesen wird, daß bei einer Verfinsterung der Satelliten des Jupiter der dritte verschwand, nachdem er ein oder zwei Sekunden undeutlich gewesen, und der vierte, als er sich dem Rand näherte, unwahrnehmbar wurde*.

Die Sicherheit meiner endgültigen Landung hing natürlich von dem Widerstand oder vielmehr von der Unterstützung einer Atmosphäre ab, von der ich glaubte, daß sie im Zustande einer gewissen Dichte um den

* Hevelius schreibt, daß er mehrere Male bei vollkommen klarem Himmel, als selbst Sterne sechster und siebter Größe deutlich zu sehen waren, beobachtet habe, daß – bei gleicher Höhe des Mondes – bei gleichem Abstandswinkel von der Erde – durch dasselbe vorzügliche Teleskop gesehen – der Mond und seine Flecken uns nicht immer gleich hell erscheinen. Aus den gegebenen Umständen geht hervor, daß die Ursache dieser Erscheinung weder in unserer Atmosphäre, noch im Teleskop, noch im Mond, noch im Auge des Beobachters zu suchen ist, sondern in einem Etwas (einer Atmosphäre?), das um den Mond herum existiert.

Cassini hat oft beobachtet, daß Saturn, Jupiter und die Fixsterne im Augenblick, da sie vom Mond verfinstert werden, ihre Kreisform verlieren und eine ovale annehmen; bei anderen Verfinsterungen jedoch nahm er keine Veränderung der Gestalt wahr. Man mußte also annehmen, daß der Mond zu manchen Zeiten, doch nicht immer, von einer dichten Materie eingehüllt ist, in der sich die Strahlen der Sterne brechen. E.A.P.

Mond herum existieren müsse. Sollte ich mich geirrt haben, so konnte mein Abenteuer nicht anders als mit meiner Zerschmetterung an der zackigen Oberfläche des Satelliten endigen. Und ich hatte allen Grund, mich auf das Fürchterlichste gefaßt zu machen. Meine Entfernung vom Mond war verhältnismäßig nur noch eine unbedeutende; die Arbeit, die der Kondensator erforderte, hatte sich dagegen noch nicht vermindert: von einer zunehmenden Dichte der Atmosphäre war nichts zu spüren.

19. April. Heute morgen gegen neun Uhr, als mir die Oberfläche des Mondes erschreckend nahe gekommen und meine Befürchtungen aufs höchste gestiegen waren, wies zu meiner größten Erleichterung die Pumpe des Kondensators endlich Anzeichen einer Veränderung der Atmosphäre auf. Um zehn Uhr konnte ich glauben, daß die Dichte bedeutend zugenommen hatte. Um elf Uhr erforderte der Apparat nur noch eine geringe Arbeit; gegen Mittag wagte ich, erst zögernd, das Kautschukzimmer zu öffnen; als es jedoch keinerlei böse Folgen hatte, wickelte ich die Gondel gänzlich aus dem Gummisack heraus. Wie ich hätte erwarten müssen, ergriffen mich gleich nach dem übereilten, gefährlichen Experiment Krämpfe und heftige Kopfschmerzen. Doch da diese und andere mit Atembeschwerden verbundenen Erscheinungen nicht so stark auftraten, daß ich für mein Leben hätte fürchten müssen, beschloß ich, sie geduldig zu ertragen, in der Hoffnung, daß sie mich bald, da ich jeden Augenblick in dichtere Schichten der Mondatmosphäre kommen mußte, verlassen würden.

Ich näherte mich dem Gestirn noch immer mit rasender Eile, und es stellte sich bald als gewiß heraus, daß, obgleich ich mich wahrscheinlich in der Annahme einer im Verhältnis zu der Masse des Gestirns stehenden dichten Atmosphäre nicht getäuscht hatte, diese Dichtigkeit doch selbst an der Oberfläche nicht ausreichte, meine Gondel mit ihrem Inhalt zu tragen. Dies hätte der Fall sein müssen – und zwar in gleichem Maße – wie an der Oberfläche der Erde, wenn man annimmt, daß auf beiden Planeten die wirkliche Schwere der Körper im Verhältnis zur Dichte der Atmosphäre steht. Aber das war nicht der Fall; die Schnelligkeit, mit der ich fiel, bewies es deutlich. Warum? Ich konnte es mir nur durch eine jener möglichen geologischen Störungen erklären, von denen vorhin die Rede war.

Jedenfalls hatte ich den Planeten fast ganz erreicht und näherte mich ihm in schwindelndem, eiligem Fall. Es war keine Minute zu verlieren! Ich warf meinen Ballast über Bord, dann die Wasserfässer, den Kondensator, die Gummihülle, alles, was sich in der Gondel befand. Es half nichts. Ich fiel mit entsetzlicher Schnelligkeit, und war wohl nur noch eine halbe Meile vom Boden entfernt. In höchster Not warf ich meinen Rock, meinen Hut, meine Stiefel fort, löste die Gondel selbst, die ziemlich schwer war, vom Ballon, klammerte mich mit beiden Händen an das Netzwerk an und hatte kaum Zeit, zu sehen, daß das ganze Land, so weit das Auge reichte, mit winzigen Wohnstätten übersät war, als ich auch schon wie eine Kugel mitten in eine phantastische Stadt unter eine Menge häßlicher, kleiner Leute fiel, von denen keiner ein Wort sagte oder sich die geringste Mühe gab, mir beizustehen, sondern die alle wie ein Haufen von Idioten mich und meinen Ballon mit lächerlichem Grinsen und in die Seite gestemmten Armen anglotzten. Ich wandte mich von ihnen ab und blickte zur Erde auf, die ich erst kürzlich und vielleicht für immer verlassen hatte. Sie hing als ungeheurer, düsterer Kupferschild von vielleicht zwei Grad Durchmesser, starr und unbeweglich, in den Himmeln über mir. Ein Teil des Randes erglänzte in der Gestalt einer goldig leuchtenden Sichel. Von Land oder Meeren war nichts mehr zu sehen, die ganze Oberfläche schien mit veränderlichen Flecken besät und war von den tropischen und Äquatorial-Zonen wie von Gürteln umschlossen.

So hatte ich also, Euren Exzellenzen mit Respekt zu melden, nach einer langen Reihe von Beängstigungen und mannigfachen Gefahren, denen ich so unglaublich gut und unbeschädigt entronnen war, neunzehn Tage nach meiner Abfahrt von Rotterdam, heil und gesund das Ziel der zweifellos seltsamsten, wichtigsten Reise erreicht, die je ein Erdenbürger vollbracht oder auch nur beabsichtigt hat. Doch habe ich meine Abenteuer hier noch nicht erzählt, und Eure Exzellenzen können sich wohl vorstellen, daß ich nach fünfjährigem Aufenthalt auf einem Planeten, der, an sich schon höchst interessant, es in seiner Eigenschaft als Trabant der menschenbewohnten Erde erst recht wird, dem astronomischen Kollegium im geheimen noch viele und wichtigere Dinge mitzuteilen habe als die immerhin wunderbaren Einzelheiten der Reise, die ich so glücklich zu Ende geführt.

Ich könnte viel von dem Klima des Mondes erzählen, von dem wunderbaren Wechsel von Wärme und Kälte, von dem unerbittlichen, glühenden Sonnenschein, der stets vierzehn Tage hintereinander anhält, und der darauf folgenden vierzehntägigen, mehr polaren Eiseskälte. Auch über die Einwohner selbst gäbe es viel zu sagen, über ihre Sitten und Gewohnheiten, ihre politischen Einrichtungen, ihren besonderen Organismus, ihre Häßlichkeit, ihren Mangel an Ohren, die in einer anderen Atmosphäre nur nutzlose Anhängsel sein würden, über das Fehlen jeglicher Sprache bei ihnen, über ihre seltsame Methode einer inneren Mitteilung, welche die Sprache vollständig ersetzt; könnte von der unerklärlichen Beziehung reden, die je einen Mondbewohner mit je einem Erdenbürger verbindet – eine Beziehung, die den Bahnen des Planeten und des Satelliten analog ist, von ihnen abhängt, und mittels deren das Leben und Schicksal der Bewohner beider Sterne innig miteinander verbunden sind. Und vor allem, mit Eurer Exzellenzen Erlaubnis, möchte ich auch über die dunklen, fürchterlichen Geheimnisse der anderen Hemisphäre des Mondes sprechen, die, dank der fast wunderbaren Übereinstimmung der Umdrehung des Satelliten um seine eigene Achse mit seiner Sternenbahn um die Erde, und durch Gottes Barmherzigkeit den Teleskopen der Menschen niemals zugänglich sein wird.

Alles möchte ich erzählen und noch viel mehr. Aber – um mich kurz zu fassen – ich verlange eine Belohnung dafür. Ich sehne mich danach, zu meiner Familie und in mein Heim zurückzukehren. Und als Preis für das Licht, das ich in viele wichtige Gebiete der physischen und metaphysischen Wissenschaften bringen kann, erbitte ich durch Fürsprache des hochzuverehrenden astronomischen Kollegiums Straflosigkeit für das Verbrechen, dessen ich mich bei einer Abreise aus Rotterdam durch den Mord meiner Gläubiger schuldig gemacht. Diesen Zweck verfolge ich mit dem Briefe, den Eure Exzellenzen soeben gelesen. Der Überbringer, ein Mondbewohner, den ich zu meinem Boten ausgewählt und genügend instruiert habe, wird auf Eurer Exzellenzen gnädige Äußerung warten und mir die erbetene Verzeihung, falls man sie mir gewähren wird, überbringen.

Ich habe die Ehre mich zu unterzeichnen als Eurer Exzellenzen allerergebenster Diener

Hans Pfaall.

Als Bürgermeister und Professor diese überraschende Botschaft gelesen hatten, ließ der letztere, so erzählt man, überrascht seine Pfeife auf die Erde fallen. Mynheer Superbus van Underduk nahm seine Brille ab, putzte sie, steckte sie in die Tasche und vergaß sowohl sich selbst als auch seine Würde soweit, daß er sich vor Verwunderung dreimal auf dem Absatz herumdrehte.

Zweifellos mußte die Straflosigkeit erwirkt werden. Wenigstens schwor es sich Herr Professor Sternekiek mit einem festen Fluch, als auch schon van Underduk den Arm seines Bruders in der Wissenschaft ergriff und sich, ohne ein Wort zu sagen, mit ihm schleunigst auf den Weg nach Hause machte, um über die dringenden Maßregeln, die man jetzt ergreifen müsse, zu beraten. Als sie jedoch die Tür der bürgermeisterlichen Wohnung erreicht hatten, wagte der Professor den Einwurf, daß der Bote, ohne Zweifel durch das Gebaren der Rotterdamer zu Tode erschrocken, schon wieder verschwunden sei, das zu erwirkende Pardon also zwecklos sei;

denn wohl nur ein Mondmensch würde eine so weite Reise unternehmen, um es doch noch zu überbringen!

Der Richtigkeit dieser Bemerkung konnte sich der Bürgermeister nicht entziehen und die Affäre hatte damit eigentlich ein Ende; nicht jedoch alle möglichen Gerüchte und Vermutungen. Der Brief wurde veröffentlicht und gab Anlaß zu den verschiedensten Meinungsäußerungen und den dümmsten Klatschgeschichten. Einige Neunmalkluge blamierten sich sogar soweit, die ganze Sache als einen bloßen Schwindel hinzustellen. Aber ich fürchte, für diese Leute ist eben alles, was über ihren Verstand hinausgeht, »Schwindel«. Ich für meinen Teil kann wenigstens nicht verstehen, wodurch sie ihre Annahme begründen könnten.

Sehen wir zu, was sie sagen!

Erstens: Daß gewisse Spaßvögel in Rotterdam einige Antipathien gegen gewisse Bürgermeister und Astronomieprofessoren haben.

Zweitens: Daß ein wunderlicher, alter Zwerg, seines Zeichens Taschenspieler, dem man einmal für irgendeinen schlechten Streich beide Ohren dicht am Kopf abschnitt, seit einigen Tagen in der benachbarten Stadt Brügge vermißt werde.

Drittens: Daß die Zeitungen, mit denen der kleine Ballon beklebt war, holländische Zeitungen waren und deshalb nicht vom Monde kommen konnten. Sie waren schmutzig, sehr schmutzig – und van den Druck, der Buchdrucker, wollte es auf seinen Eid nehmen, daß sie in seiner Druckerei hergestellt worden seien.

Viertens: Daß Hans Pfaall, ein Schuft und ein Trunkenbold, mit den drei Faulenzern, die er seine Gläubiger nannte, vor zwei oder drei Tagen in einer berüchtigten Vorstadtkneipe gesehen worden sei, nachdem sie eben von einer Reise übers Meer mit vollen Taschen zurückgekommen.

Fünftens und letztens: Daß die Annahme verbreitet ist oder es wenigstens sein sollte, daß das Astronomische Kollegium der Stadt Rotterdam, wie alle anderen Kollegien in allen anderen Teilen der Welt – von den Kollegien und Astronomen im allgemeinen überhaupt ganz zu schweigen – gelinde gesagt, nicht besser, nicht klüger und nicht weiser sei, als unbedingt nötig ist.

Ein Sturz in den Malstrom

Die Wege Gottes in der Natur wie in den Anordnungen der Vorsehung sind nicht unsere Wege; und die Vorstellungen, die wir uns bilden, entsprechen keineswegs der Großartigkeit, Unermeßlichkeit und Unerforschlichkeit Seiner Werke, welche eine Tiefe in sich haben, die großartiger ist, als der Brunnen des Demokritos.

Joseph Glanville.

Wir hatten jetzt den Gipfel der höchsten Felsenklippe erreicht. Einige Minuten lang war der alte Mann zu erschöpft, um sprechen zu können.

»Es ist noch nicht lange her«, begann er endlich, »daß ich Sie so gut wie der jüngste meiner Söhne diesen Weg hätte führen können, aber vor ungefähr drei Jahren hatte ich ein Erlebnis, wie es keinem Sterblichen vorher begegnete – wenigstens überlebte es keiner, um davon erzählen zu können –, und die sechs Stunden Todesangst, die ich damals erdulden mußte, haben mich an Leib und Seele gebrochen. Sie halten mich für einen sehr alten Mann – ich bin es nicht. Es bedurfte weniger als eines einzigen Tages, um dieses Haar von glänzendem Schwarz in Weiß zu verwandeln, meine Glieder zu schwächen und meine Nerven so zu zerrütten, daß ich bei der geringsten Anstrengung zittere und ein Schatten mich zu erschrecken vermag. Glauben Sie wohl, daß ich kaum von dieser kleinen Klippe herunterblicken kann, ohne schwindlig zu werden?«

Die kleine Klippe, an deren Rand er sich so sorglos zum Ausruhen hingeworfen hatte, daß die schwerere Hälfte seines Körpers über dieselbe hinaushing, während nur die beiden, auf dem äußersten schlüpfrigen Rand aufgestützten Ellbogen ihn vor dem Fallen bewahrten – diese »kleine Klippe«, ein steiler, senkrecht stehender Felsblock von glänzend schwarzem Granit, erhob sich etwa fünfzehn- oder sechzehnhundert Fuß hoch aus einer Welt von Felsen unter uns. Nichts hätte mich bewegen können, dem Rand auf Ellenweite nahe zu treten. Ich war in der Tat so erregt durch die gefährliche Stellung meines Begleiters, daß ich mich der Länge nach auf den Boden streckte, mich an das Gestrüpp des Bodens festklammerte und nicht einmal wagte, zum Himmel zu blicken. Vergebens suchte ich die Vorstellung zu bekämpfen, daß die Gewalt des Sturmes die Grundfesten des Berges in Gefahr brächte. Es dauerte lange, bis mir meine Vernunft genügenden Mut zugesprochen hatte, so daß ich mich aufrecht setzen und in die Ferne ausblicken konnte.

»Sie müssen solche Einbildungen überwinden«, sagte der Führer, »denn ich habe Sie hierhergebracht, damit Sie den möglichst besten Überblick über den Ort der Begebenheit erhalten, die ich eben erwähnte – und damit

ich Ihnen die ganze Geschichte erzählen kann, während Sie den Schauplatz vor Augen haben.«

»Wir sind jetzt« – fuhr er in der ihm eigenen umständlichen Art und Weise fort – »wir sind jetzt dicht über der norwegischen Küste – auf dem achtundsechzigsten Breitengrad, in der großen Provinz Nordland – und in dem traurigen Distrikt Lofoten. Der Berg, auf dessen Gipfel wir sitzen, heißt Helseggen, der Bewölkte. Erheben Sie sich jetzt einmal ein wenig – halten Sie sich am Gras fest, wenn Ihnen schwindelt –, so, und blicken Sie, über den Gürtel von Dunst unter uns, hinaus auf das Meer.«

Ich schaute mit unsicheren Blicken auf und sah auf einen weiten Ozean hinab, dessen Wasser von tintenschwarzer Farbe war, so daß mir sofort der Bericht des Nubischen Geographen von seinem Mare Tenebrarum in den Sinn kam. Keine menschliche Phantasie kann sich ein erschreckenderes, trostloseres Panorama ausdenken. Zur Rechten und zur Linken, soweit das Auge reichte, lagen die Wälle, wie Grenzsteine der menschenbewohnten Welt, Reihen von schreckhaft finsteren, überhängenden Felsenklippen, deren düsterer Charakter durch die wüste Brandung, die seit Ewigkeiten heulend und kreischend ihre weißen, geisterhaften Schaumkämme emporpeitscht, grauenhaft gesteigert wird.

Dem Felsenvorsprung, auf dessen Spitze wir uns niedergelassen, gerade gegenüber, lag etwa fünf oder sechs Meilen weit in der See eine kleine, schwärzliche Insel. Etwa zwei Meilen näher dem Lande zu erblickte man eine zweite, kleinere, die erschreckend unfruchtbar und steinig und mit Unterbrechungen von Gruppen dunkler Felsen begrenzt war.

Das Aussehen des Ozeans zwischen der entfernteren Insel und der Küste hatte etwas Ungewöhnliches an sich. Obwohl gerade zu der Zeit eine so starke Brise landwärts wehte, daß eine Brigg weit draußen auf der offenen See die Segel gerefft hatte und fortwährend mit dem ganzen Rumpf untertauchte, so herrschte doch hier durchaus kein regelmäßiges Anschwellen der Wellen, sondern nur ein kurzes, rasches, zorniges Aufplatschen des Wassers nach jeder Richtung hin – selbst gegen den Wind. Schaum kam wenig vor, ausgenommen in der nächsten Nähe der Felsen.

»Die entferntere Insel«, fuhr der alte Mann fort, »nennen die Norweger Vurrgh. Die näherliegende heißt Moskoe. Jene dort, eine Meile weiter nach Norden, heißt Ambaaren. Nach dieser Seite liegen Islesen, Hotholm, Keildhelm, Suarven und Buckholm und weiterhin – zwischen Moskoe und Vurrgh – Otterholm, Flimen, Sandflesen und Stockholm. Dies sind die wirklichen Namen aller dieser Erdenflecke –, aber weshalb man es für nötig gefunden hat, dieselben überhaupt zu benennen, werden wir uns wohl nicht erklären können. Hören Sie etwas?«

Wir befanden uns nun seit etwa zehn Minuten auf der Spitze des Helseggen, zu dem wir aus dem Innern von Lofoten aufgestiegen waren, so daß wir nicht den kleinsten Ausblick auf das Meer gehabt hatten, bis es plötzlich in seiner ungeheuren Weite vor uns gelegen. Während der alte Mann sprach, wurde ich mir eines dumpfen, allmählich zunehmenden Getöses bewußt, ähnlich dem Brüllen und Stöhnen einer riesigen Büffelherde auf einer amerikanischen Prärie. Und zu gleicher Zeit bemerkte ich, daß das, was die Seeleute den »springenden« Wogengang zu bezeichnen pflegen, sich mit äußerster Schnelligkeit in einen nach Osten treibenden Strom verwandelte. Während ich hinblickte, wuchs die Strömung mit reißender, ungeheurer Schnelligkeit. Mit jedem Augenblick nahm ihr gigantisches Ungestüm zu. In fünf Minuten war die ganze See bis nach Vurrgh hin zu unbezähmbarer Wut aufgepeitscht, doch zwischen Moskoe und der Küste raste der Aufruhr am wildesten. Hier narbte und zerfurchte sich das ungeheure Wasserbett in tausend gegeneinander wütende Kanäle, brach sich plötzlich mit krampfhaften Zuckungen – toste, brodelte, zischte, wirbelte in riesenhaften, unzählbaren Strudeln und schoß mit einer Schnelligkeit nach Osten, die man sonst nur bei wilden Wasserstürzen findet.

Wenige Minuten später erlitt die Szene wieder eine vollkommene Veränderung. Die Oberfläche wurde im allgemeinen ruhiger. Die Strudel verschwanden einer nach dem andern, während mächtige Schaumstreifen an Stellen sichtbar wurden, an denen man bis jetzt noch keine wahrgenommen hatte. Die Streifen breiteten sich allmählich weithin nach allen Richtungen aus, verbanden sich miteinander und nahmen die wirbelnden Bewegungen der verschwundenen Strudel an, als wollten sie einen neuen, größeren hervorbringen. Plötzlich – ganz plötzlich – nahm dieser deutlich und bestimmt Gestalt an in einem Umkreis, der mehr als eine Meile im Durchmesser hatte. Den Rand des Wirbels bildete ein breiter Gürtel schimmernden Gischts; doch nicht das kleinste Teilchen desselben schlüpfte in den Schlund des fürchterlichen Trichters, dessen Inneres, so weit das Auge es ergründen konnte, eine ebene, glänzende, kohlschwarze Wassermauer war, die mit dem Horizont einen Winkel von fünfundvierzig Grad bildete und mit schwindelnder Hast immerfort in der Runde herumraste und dabei mit grauenhafter Stimme in den Sturm hinein schrie und brüllte, gräßlicher als der mächtige Katarakt des Niagara zum Himmel schreit.

Der Berg erzittert in seinen Grundfesten, und der Felsen bebte. Ich warf mich auf mein Angesicht und klammerte mich im Übermaß nervöser Erregung an das Gras an.

»Dies«, sagte ich endlich zu dem alten Mann, »kann nichts anderes sein, als der große Strudel des Malstroms.«

»So wird er zuweilen genannt«, antwortete er; »wir Norweger nennen ihn den Moskoestrom, von der Insel Moskoe in seiner Nähe.«

Die gewöhnlichen Berichte über diesen Strudel hatten mich keineswegs auf das, was ich sah, vorbereitet. Die Beschreibung des Jonas Ramus, die vielleicht die umständlichste von allen ist, gibt auch nicht die schwächste Vorstellung, weder von der Großartigkeit noch von der Furchtbarkeit des Schauspiels – noch von dem seltsam ergreifenden Gefühl des »noch nie Gesehenen«, Einzigartigen, das den Beschauer verwirrt. Ich weiß nicht, von welchem Ort aus, noch zu welcher Zeit der genannte Schriftsteller die Erscheinung beobachtete; keinesfalls geschah es vom Gipfel des Helseggen aus und während des Sturmes. Dennoch gibt es ein paar Stellen in seiner Beschreibung, die es um ihrer Einzelheiten willen verdienen, angeführt zu werden, obgleich ihre Wirkung im Vergleich mit dem Eindruck des Schauspiels außerordentlich schwach ist.

»Zwischen Lofoten und Moskoe«, sagt er, »schwankt die Tiefe des Wassers zwischen fünfunddreißig und vierzig Faden; aber nach der anderen Seite, nach Vurrgh hin, nimmt sie derart ab, daß sie keinem Schiff genügende Durchfahrt gewährt. Es läuft Gefahr, an den Klippen zu zerschellen, was sich schon bei dem ruhigsten Wetter ereignet hat. Zur Zeit der Flut schießt der Strom mit tosender Hast zwischen Lofoten und Moskoe dahin, aber bei seinem Zurückebben ins Meer kommt seinem Gebrüll kaum das Getöse des lautesten, furchtbarsten Kataraktes gleich. Man hört das Gebrause mehrere Meilen weit, und die Strudel und Abgründe sind von solcher Ausdehnung und Tiefe, daß ein Schiff, welches in ihren Bereich gerät, unausweichlich hinuntergezogen werden und in der Tiefe an den Felsklippen zerschellen muß. Wenn die Gewalt des Wassers nachläßt, werden die Trümmer wieder nach oben geworfen. Aber diese Ruhepausen finden nur im Wechsel von Ebbe und Flut während sehr ruhigen Wetters statt und dauern nur eine Viertelstunde, dann beginnt allmählich das alte Ungestüm wieder. Wenn der Strom am wildesten tobt oder ein Sturm seine Gewalt noch steigert, kann es schon Gefahr bringen, sich ihm auf eine norwegische Meile zu nähern. Boote, Yachten und selbst große Schiffe, die sich nicht vorsichtig fernhielten, sind schon von ihm ergriffen und zum Grund gerissen worden. Es kommt auch häufig vor, daß Walfische der Strömung zu nahe kommen und von ihrer Macht überwältigt werden; ihr Heulen und Bellen bei den fruchtlosen Anstrengungen, sich der Wut des Stromes zu entziehen, ist ganz unmöglich zu beschreiben. Einmal wurde ein Bär, der von Lofoten nach Moskoe zu schwimmen versuchte, vom Strom erfaßt und hinabgezogen; sein entsetzliches Gebrüll konnte man an der Küste noch hören. Föhren und andere Nadelholzbäume, die der Strom verschlungen hat, kommen zerbrochen und so zersplittert wieder an die Oberfläche, als wüchsen Borsten auf ihnen. Dies zeigt klar, daß der Meerboden an dieser Stelle aus zackigen Felsen besteht, zwischen denen sie hin und her gewirbelt wurden. Der Strom wird durch die Ebbe und Flut des Meeres reguliert, alle sechs Stunden wechselt hohes und niedriges Wasser. Im Jahre 1645 in der Morgenfrühe des Sonntags Sexagesimae raste er mit solcher Wut und solchem Getöse, daß die Steine von Häusern an der Küste zu Boden fielen.«

Was nun die Wassertiefe betrifft, so war mir nicht klar, wie man sie in unmittelbarer Nähe des Strudels überhaupt hätte bestimmen können. Die »fünfunddreißig bis vierzig Faden« können sich allein auf Teile des Kanals dicht am Ufer von Lofoten oder von Moskoe beziehen. Die Tiefe im Zentrum des Malstroms muß unermeßlich viel größer sein, es bedarf dazu keines weiteren Beweises, als eines seitlichen Blickes in den Abgrund des Strudels, wie man ihn von der Spitze des Helseggen aus haben kann. Während ich von dem Gipfel in den heulenden Phlegethon unter mir hinabblickte, konnte ich nicht umhin, die Einfalt zu belächeln, mit welcher der ehrliche Jonas Ramus, als sei es schwer zu glauben, seine Anekdoten von Walfischen und Bären erzählt; denn mir war es ganz selbstverständlich, daß das größte Linienschiff, das in den Bereich dieser tödlichen Anziehungskraft geriet, derselben ebensowenig widerstehen könne wie eine Feder dem Orkan, und sofort mit Mann und Maus verschwinden müsse.

Die Versuche, dies Phänomen zu erklären – ich erinnere mich, daß mir einige derselben beim Lesen ziemlich überzeugend und erschöpfend vorgekommen waren –, machten mir nun einen ganz anderen, einen ungenügenden Eindruck. Man nimmt im allgemeinen an, daß dieser Strudel, wie auch drei kleinere zwischen den Ferroe-Inseln, »keine andere Ursache haben, als das Aufeinanderstoßen von Wellen, die sich während Flut und Ebbe an zackigen Felswänden brechen, zwischen denen das Wasser so eingepreßt ist, daß es wie Katarakte hinunterstürzt. Je höher die Flut steigt, desto tiefer muß der Fall sein; die natürliche Folge davon ist ein Strudel oder Trichter, dessen wunderbare Einsaugekraft von kleineren Experimenten her genügend bekannt ist«. Dies sind die Worte der Encyclopaedia Britannica. Kircher und andere nehmen an, daß sich in der Mitte des Malstroms ein Abgrund befindet, der den ganzen Erdball durchbohrt und seinen Ausgangspunkt in irgendeinem entfernten Erdteil hat – in einem Fall wird der Bottnische Meerbusen mit Entschiedenheit als Endpunkt angegeben.

Dieser vielleicht ein wenig kindlichen Annahme stimmte meine Phantasie beim Anblick der Erscheinung am liebsten zu. Ich teilte dies meinem Führer mit und war nicht wenig erstaunt, als er mir antwortete, er teile diese Ansicht, die in Norwegen allgemein verbreitet sei, durchaus nicht. Die erstere Annahme verstehe er überhaupt nicht – hier war ich vollständig einer Meinung mit ihm, denn so überzeugend sie auf dem Papier erscheint, so unbegreiflich, ja absurd findet man sie mitten im Donner des Abgrundes.

»Nun haben Sie den Strudel wohl genugsam betrachtet«, sagte der alte Mann, »und wenn Sie um diesen Felsblock herumgleiten wollen, der uns vor dem Wind schützt und zugleich das Getöse des Wassers abschwächt, will ich Ihnen eine Geschichte erzählen, die Sie überzeugen wird, daß ich wohl etwas von dem Moskoestrom wissen muß.«

Ich ließ mich nieder, wo er es wünschte, und er begann:

»Meine beiden Brüder und ich besaßen früher eine zweimastige aufgetakelte Schmack von etwa siebzig Tonnen, mit der wir gewöhnlich zwischen den Inseln über Moskoe hinaus in der Nähe von Vurrgh auf den Fischfang fuhren. In allen heftigen Brandungsstellen ist der Fischfang zuzeiten sehr ergiebig, wenn man nur den Mut hat, sich hinauszuwagen, doch wir drei waren die einzigen unter den Küstenbewohnern von Lofoten, die ein regelmäßiges Geschäft daraus machten, an den Inseln zu fischen. Das gewöhnliche Gebiet des Fischfangs liegt viel weiter ab, nach Süden zu. Dort kann man zu jeder Zeit und ohne viel Gefahr fischen und zieht deshalb jene Stellen bei weitem vor. Die bevorzugten Stellen zwischen den Felsen liefern jedoch nicht nur die verschiedensten Arten, sondern diese obendrein in so reichlichem Überfluß, daß wir an einem einzigen Tage oft mehr fingen, als unsere furchtsameren Berufsgenossen zusammen in einer Woche. Kurz, wir machten eine Art verzweifelter Spekulation aus der Sache. Die Gefahr für unser Leben war unser Arbeitseinsatz und der Mut unser Kapital.

Wir brachten unser Fahrzeug in einer Bucht unter, die ungefähr fünf Meilen aufwärts von hier liegt, und hatten es uns zur Gewohnheit gemacht, bei schönem Wetter die fünfzehn Minuten Ruhepause zu benutzen, um den Hauptkanal des Moskoestromes weit oberhalb zu durchschiffen und dann irgendwo in der Nähe von Otterholm oder Sandflesen, wo die Brandungen bei weitem nicht so stark sind wie an anderen Stellen, vor Anker zu gehen. Hier blieben wir, bis wieder ruhige See eintrat, lichteten dann sofort die Anker und fuhren heimwärts.

Im Laufe von sechs Jahren mußten wir zweimal die ganze Nacht vor Anker liegen, weil eine vollständige Windstille eintrat, die sonst in dieser Region nur selten vorkommt; und einmal konnten wir sogar ungefähr eine Woche lang nicht an die Heimkehr denken und wären fast verhungert, weil sich gleich nach unserer Ankuft ein Sturm erhoben hatte, der so wütete, daß an die Rückfahrt nicht zu denken war. Bei dieser Gelegenheit würden wir trotz aller Anstrengungen in die offene See getrieben worden sein – die Strudel warfen uns so wild hin und her, daß wir den Anker aufgezogen hatten –, wären wir nicht in einen der zahlreichen Gegenkanäle geraten, die heute da sind und morgen verschwinden, und der uns endlich an einer windgeschützten Stelle von Flimen glücklich landen ließ.

Ich könnte Ihnen nicht den zwanzigsten Teil der Schwierigkeiten aufzählen, die uns begegneten. Dort, an den Inseln, ist nicht gut sein, selbst nicht bei gutem Wetter gelang es uns immer, dem Moskoestrom selbst zu trotzen, obwohl mir oft das Herz bis zum Hals schlug, wenn wir uns bei Berechnung der Ruhepause auch nur um eine Minute geirrt hatten. Manchmal war der Wind nicht so stark, wie wir beim Ausfahren gehofft, und wir kamen langsamer voran, als wir erwartet, weil der Strom das Fahrzeug unregierbar machte. Mein ältester Bruder hatte einen achtzehnjährigen Sohn, ich selbst zwei kräftige Knaben. Diese hätten uns in solchen Fällen wichtigen Beistand leisten können, durch Rudern sowohl wie nachher beim Fischfang, aber obwohl wir selbst unser Leben wagten, hatten wir nicht das Herz, diese Jugend der Gefahr auszusetzen, denn, um die Wahrheit zu sagen: Es war stets eine furchtbare Gefahr.

In ein paar Tagen wird es drei Jahre her sein, daß sich das, was ich erzählen will, ereignete. Es war am 10. Juli 18.., ein Tag, den die Leute hier niemals vergessen werden, denn er brachte uns den fürchterlichsten Orkan, der hier jemals zwischen Himmel und Erde wütete. Doch wehte den ganzen Morgen bis spät in den Nachmittag hinein eine sanfte und beständige Brise aus Südwest, während die Sonne freundlich schien, so daß der älteste Seemann unter uns nicht vorhersehen konnte, was sich ereignen sollte.

Wir drei – meine beiden Brüder und ich – waren ungefähr um zwei Uhr nachmittags zu den Inseln hinübergefahren und hatten das Fahrzeug fast ganz mit vorzüglichen Fischen beladen. Sowohl mir wie meinen Brüdern war aufgefallen, daß die Beute heute reichlicher war als jemals vorher. Meine Uhr zeigte sieben Uhr, als wir Anker lichteten und uns auf die Heimfahrt machten, um die schlimmste Stelle der Strömung zur Zeit der größten Ruhe zu durchqueren, die, wie wir wußten, gegen acht Uhr eintreten mußte.

Mit einem frischen Wind über Steuerbord brachen wir auf und kamen eine Zeitlang sehr gut vorwärts. Plötzlich wurden wir von einer Brise überrascht, die über den Helseggen daherkam. Das war etwas ganz Ungewohntes, etwas, das uns früher noch nie vorgekommen war; Unruhe bemächtigte sich meiner, obwohl ich nicht genau wußte, weshalb eigentlich. Wir richteten das Boot nach dem Wind, konnten jedoch der Wirbel wegen nicht mehr vorwärts kommen, und ich war schon bereit, die Rückkehr zum Ankerplatz vorzuschlagen, als wir, rückwärts blickend, den ganzen Himmel von einer seltsamen kupferfarbenen Wolke umhüllt sahen, die mit erstaunlicher Schnelligkeit heraufgestiegen.

Zu gleicher Zeit legte sich plötzlich der Wind, der uns überrascht hatte; es trat eine tote Windstille ein; wir trieben ungewiß nach verschiedenen Richtungen hin und her. Doch währte dieser Zustand nicht lange genug, um uns Zeit zum Nachdenken zu lassen. In weniger als einer Minute überfiel uns ein wilder Sturm – und in weniger als zwei war der Himmel vollständig bezogen. Die Wolken und der aufspritzende Schaum verursachten eine solche Dunkelheit, daß wir einander nicht sehen konnten.

Es wäre eine Torheit, einen Orkan, wie den, der jetzt losbrach, beschreiben zu wollen. Der älteste Seemann in Norwegen hat nie auch nur Ähnliches erlebt. Wir hatten unsere Segel gelöst, ehe der Sturm uns überraschte, aber bei dem ersten Windstoß gingen unsere beiden Maste über Bord, als seien sie abgesägt worden – der Hauptmast riß meinen jüngsten Bruder, der sich zur Sicherheit an ihn angebunden hatte, mit sich fort.

Unser Boot war das federleichteste Ding, das jemals auf dem Wasser schaukelte. Es hatte ein vollständig geschlossenes Verdeck, das am Bug nur durch eine kleine Falltür, die wir beim Durchkreuzen des Stromes als Vorsichtsmaßregel gegen die »springende« See stets niederließen, zu öffnen war. Dieser Umstand allein rettete uns vor dem sofortigen Untergang, denn ein paar Augenblicke lang waren wir buchstäblich unter dem Wasser begraben. Wie es kam, daß mein ältester Bruder dem Tode entging, kann ich nicht sagen; ich habe es mir nie zu erklären vermocht. Ich hatte mich, sobald ich das Vordersegel losgelassen, glatt auf die Erde geworfen, stemmte meine Füße gegen die enge Laufplanke des Bugs und klammerte mich mit den Händen an einem Ringbolzen am Fuße des Vordermastes fest. Der Instinkt trieb mich an, dies alles zu tun – zweifellos das beste, was ich tun konnte: der Schreck ließ mich nachdenken.

Einige Sekunden lang waren wir vollständig überflutet, wie ich schon sagte. Ich hielt während der Zeit den Atem an und klammerte mich an den Bolzen. Als ich fühlte, daß ich dies nicht länger mehr ertragen konnte, ohne zu ersticken, erhob ich mich auf die Knie, ohne daß meine Hände ihren Stützpunkt losließen. So bekam ich wenigstens meinen Kopf frei. Dann gab sich unser kleines Boot selbst einen Stoß, wie ein Hund, der aus dem Wasser will, und erhob sich teilweise über die See. Ich bemühte mich nach Kräften, die Betäubung, die über mich gekommen war, abzuschütteln und meine Sinne so weit zu sammeln, daß ich erkennen könnte, was nun zu tun sei, als ich fühlte, wie mich jemand am Arm packte. Es war mein ältester

Bruder, mein Herz klopfte vor Freude, denn ich glaubte ihn längst über Bord gerissen. Im nächsten Augenblick jedoch verwandelte sich die Freude in Grausen, denn er näherte seinen Mund meinem Ohr und kreischte das Wort: »Moskoestrom!«

Kein Mensch könnte beschreiben, was ich in diesem Augenblick fühlte. Es schüttelte mich vom Kopf bis zu den Füßen, als habe ich einen heftigen Fieberanfall. Ich verstand nur zu wohl, was er durch das eine Wort sagen, was er mir zu verstehen geben wollte! Der Wind, der uns vorwärts trieb, führte uns dem Strudel entgegen – nichts konnte uns retten!

Ich sagte Ihnen schon, daß wir, wenn wir den Strömungskanal durchkreuzten, selbst bei ruhigstem Wetter stets in weiter Entfernung oberhalb des Wirbels fuhren und auch mit größter Sorgfalt die Zeit der ruhigen See abwarteten – aber nun trieben wir mit dem fürchterlichsten Orkan auf den Strudel zu. Jedenfall, dachte ich, kommen wir gerade zur Zeit der stillsten See dort an – wir haben also noch etwas Hoffnung. Aber im nächsten Augenblick verfluchte ich mich für die Torheit, noch von Hoffnung zu träumen. Ich wußte nur zu gut, daß wir dem Untergang geweiht waren, und wären wir zehnmal ein Schiff mit neunzig Kanonen gewesen.

Mittlerweile hatte sich die erste Wut des Sturmes erschöpft; oder vielleicht fühlten wir ihn nicht mehr so sehr wie vorhin, da er uns vor sich her trieb; jedenfalls erhob sich die See, die der Sturm bis jetzt flach und schäumend niedergehalten hatte, zu Bergeshöhe. Auch der Himmel hatte eine sonderbare Veränderung erlitten. Rundherum in jeder Richtung war er pechschwarz, aber gerade über unserem Kopf war eine kreisförmige Öffnung entstanden, durch die das Firmament herabsah, so klar und so glänzend tiefblau, wie ich es nie vorher gesehen, mit einem Vollmond, der in so hellem Licht strahlte, wie ich es nie zuvor wahrgenommen hatte. Er erleuchtete alles um uns mit größter Deutlichkeit – aber großer Gott! Welch ein Schauspiel war da zu erleuchten!

Ich versuchte ein- oder zweimal mit meinem Bruder zu sprechen, aber das Getöse hatte unerklärlicherweise so zugenommen, daß ich mich mit keinem Wort verständlich machen konnte, obgleich ich ihm mit aller Kraft ins Ohr schrie. Plötzlich schüttelte er den Kopf, wurde totenbleich und erhob einen Finger, als wolle er sagen: »Horch!«

Zuerst begriff ich nicht, was er sagen wollte, doch kam mir bald ein grauenvoller Gedanke. Ich zog meine Uhr aus der Tasche. Sie ging nicht mehr. Ich betrachtete ihr Zifferblatt beim Mondschein, begann zu weinen und schleuderte sie in den Ozean. Sie war um sieben Uhr stehen geblieben. Wir hatten die Ruhezeit der See versäumt, und der Wirbel der Strömung war in voller Wut.

Wenn ein Fahrzeug gut gebaut, richtig ausgerüstet, nicht zu schwer beladen ist und mit dem Winde geht, so scheinen die Wellen stets unter ihm wegzuschlüpfen – eine Tatsache, die den Landratten immer sehr seltsam vorkommt. Man nennt dies in der Seemannssprache »reiten«. Bis jetzt waren wir ganz geschickt auf den Wogen »geritten« – nun aber erfaßt uns eine riesenhafte Welle von hinten und hob uns höher und höher, als sollte es in den Himmel gehen. Ich hätte nie geglaubt, daß eine Welle sich so hoch auftürmen könne. Dann sausten wir hinab mit einer gleitenden, tauchenden Bewegung, daß mir übel und schwindlig wurde, als fiele ich im Traum von einem hohen Berg hinab. Aber von der Höhe der Welle hatte ich einen raschen Blick hinuntergeworfen – und dieser eine Blick genügte. In einer Sekunde überblickte ich unsere ganze Lage. Der Strudel des Moskoeströms lag etwa eine Viertelstunde vor uns, aber er glich so wenig dem Malstrom aller Tage, wie der Strudel, den Sie jetzt sehen, einem Rinnsal gleicht. Wenn ich nicht gewußt hätte, wo wir waren und was uns bevorstand, ich hätte den Ort nicht wiedererkannt. So aber schloß ich meine Augen vor Grauen, und meine Lider zogen sich wie im Krampf zusammen.

Kaum zwei Minuten später fühlten wir, wie die Wogen nachgaben, dann wurden wir von Gischt eingehüllt. Das Boot machte eine scharfe halbe Drehung nach Backbord und schoß dann blitzschnell nach dieser neuen Richtung fort. Zu gleicher Zeit wurde das Gebrüll des Wassers von schrillem Gekreisch übertönt – ein Ton, den man sich nur als das Pfeifen von Tausenden von geöffneten Dampfventilen vorstellen kann. Wir befanden uns nun in dem Schaumgürtel, der den Strudel umgibt, und ich glaubte natürlich, der nächste Augenblick werde uns in den Abgrund hinabschleudern, in den wir wegen der rasenden Schnelligkeit, mit der wir vorwärtsschossen, nur sehr undeutlich hineinblicken konnten. Das Boot schien das Wasser gar nicht mehr zu berühren, sondern wie eine Luftblase darüber hinweg zu fliegen. Die Steuerbordseite war dem Strudel zugekehrt, und hinter dem Backbord erhob sich die Meereswelt, die wir verlassen hatten. Sie stand wie eine ungeheure verzerrte Wand zwischen uns und dem Horizont.

Es mag seltsam klingen, aber jetzt, da wir uns schon im Rachen des Abgrundes befanden, fühlte ich mich gefaßter, als da wir uns ihm näherten. Nachdem ich mich einmal jeder Hoffnung begeben hatte, verließ mich auch zum großen Teil jenes Entsetzen, das mich zuerst überwältigt hatte. Ich glaube, daß das Übermaß der Verzweiflung keine Wirkung auf meine Nerven mehr ausüben konnte.

Es klingt vielleicht wie Prahlerei, doch ist es reine Wahrheit – ich begann nachzudenken, welche Großartigkeit darin läge, in dieser Weise zu sterben, und wie töricht es von mir gewesen, angesichts dieser wunderbaren Kundgebung der göttlichen Allmacht ein so kleinliches Interesse, wie die Erhaltung meines persönlichen Daseins war, gehabt zu haben. Ich glaube, ich errötete vor Scham bei diesem Gedanken. Nach einer kleinen Weile ergriff mich eine durchdringende Neugierde in bezug auf den Strudel selbst. In mir erwachte der Wunsch, seine Tiefen zu erforschen, selbst auf Kosten meiner selbst; mein Hauptkummer war, daß ich meinen alten Gefährten an der Küste die Geheimnisse, die ich schauen sollte, niemals würde mitteilen können. Dies sind ohne Zweifel sonderbare Gedanken für einen Mann, der sich in der äußersten Todesgefahr befindet – ich habe es mir später damit erklärt, daß die vielen Umdrehungen des Bootes um den Schlund mich wohl ein wenig durcheinander gemacht haben könnten.

Noch ein anderer Umstand trug dazu bei, mir meine Selbstbeherrschung wiederzugeben: der Wind belästigte uns nicht mehr im geringsten, da er uns in unserer jetzigen Lage nicht erreichen konnte, denn der Schaumgürtel liegt, wie Sie selbst sahen, bedeutend niedriger als das Meeresbett im allgemeinen, das sich jetzt wie ein hoher schwarzer Berggrat vor uns auftürmte. Wenn Sie sich niemals während eines heftigen Sturmes auf See befunden haben, können Sie sich nicht vorstellen, welche Geisterverwirrung der Wind und der aufspritzende Wasserschaum verursachen. Man kann nichts mehr sehen noch hören, man erstickt fast und verliert die Kraft zum Handeln und zum Denken. Von diesen Belästigungen waren wir, wie gesagt, jetzt zum größten Teil befreit – wie die zum Tode verurteilten Verbrecher im Kerker, denen man kleine Annehmlichkeiten gestattet, die man ihnen, solange der Urteilsspruch noch zweifelhaft war, verweigerte.

Wie oft wir in dem Schaumgürtel die Runde machten, kann ich nicht angeben. Wir kreisten wohl eine Stunde lang herum, flogen mehr, als daß wir glitten, gelangten allmählich in die Mitte des Strudels und näherten uns immer mehr seinem gräßlichen inneren Rande. Während der ganzen Zeit hatte ich den Ringbolzen nicht losgelassen. Mein Bruder befand sich auf dem Hinterdeck und hielt sich an einem kleinen, leeren Wasserfaß fest, das unter der Steuerbank angebunden war; es war der einzige Gegenstand, den der erste gewaltige Windstoß nicht über Bord geweht hatte.

Als wir uns dem Rande des Abgrundes näherten, ließ mein Bruder seinen Halt los und stürzte sich auf den Ring, den er im Entsetzen seiner Todesangst meinen Händen zu entreißen versuchte, da er uns beiden keinen sicheren Halt gewähren konnte. Niemals habe ich eine tiefere Betrübnis empfunden als in dem Augenblick, da ich ihn dies tun sah, obgleich ich wußte, daß er vor Angst wahnsinnig geworden war.

Mir lag jedoch nichts daran, ihm den Platz streitig zu machen. Ich wußte, daß es jetzt nichts mehr zu sagen hatte, ob wir uns überhaupt irgendwo festhielten. So überließ ich ihm den Ring und kroch auf das Hinterdeck zu dem Faß. Das war nicht besonders schwierig, denn die Schmack flog ziemlich gleichmäßig mit glattem Kiel rundumher und schwankte nur in dem ungeheuren Schwellen und Brodeln des Strudels hin und her.

Kaum hatte ich mich in meiner neuen Lage befestigt, als wir mit einem wilden Satz Hals über Kopf in den Abgrund stürzten. Ich stammelte ein kurzes Gebet und dachte, alles sei vorüber.

Als ich fühlte, wie übel mir beim Hinabschießen wurde, hatte ich mich fester an die Tonne angeklammert und die Augen geschlossen. Einige Sekunden lang wagte ich nicht, sie zu öffnen, denn ich erwartete jeden Augenblick unseren Untergang und wunderte mich nur, daß ich noch nicht im Todeskampf im Wasser läge. Aber Sekunde für Sekunde verging. Ich lebte noch. Das Gefühl des Fallens hatte aufgehört, und die Bewegung des Schiffes glich der von vorhin in dem Schaumgürtel, nur mit dem Unterschied, daß es jetzt mehr der Länge nach fuhr. Ich faßte Mut und blickte wieder auf den Schauplatz hinaus. Niemals werde ich das Gefühl der Furcht, des Grauens und der Bewunderung vergessen, mit dem ich nun um mich blickte. Das Boot schien wie durch Zauberkraft auf halbem Weg nach unten auf der inneren Fläche eines ungeheuer weiten, unermeßlich tiefen Trichters zu hängen, dessen vollständig glatte Seitenwände man für Ebenholz gehalten hätte, hätte man nicht gesehen, daß sie sich mit betäubender Schnelligkeit rundum drehten, während sie einen blendenden, geisterhaften Glanz widerspiegelten, als aus der eben beschriebenen kreisrunden Öffnung der Wolken die Strahlen des Vollmondes wie eine Flut glorreichen Goldes die schwarzen Wände hinab und bis tief in die innersten Tiefen des Abgrundes hineinströmten.

Zuerst war ich zu verwirrt, um irgend etwas genau beobachten zu können. Nur ein allgemeiner Eindruck grauenhafter Größe kam mir zum Bewußtsein. Als ich wieder zu mir gekommen war, sandte ich den Blick instinktiv nach unten. Nach dieser Richtung hin konnte mein Blick ungehindert erforschen, wie es kam, daß unsere Schmack auf der geneigten Oberfläche des Abgrundes hängenblieb. Sie ging auf ebenem Kiel, das heißt, ihr Deck bildete mit der Oberfläche des Wassers eine Parallele, aber das letztere schrägte sich in einem Winkel von mehr als fünfundvierzig Grad nach unten ab, so daß es schien, als befinde sich das Schiff in senkrechter Lage. Dessenungeachtet bemerkte ich, daß es mir kaum schwieriger war, mich mit Hand und Fuß festzuhalten, als wenn wir uns auf ebenem Platz befunden hätten. Dies mochte wohl seinen Grund in der Schnelligkeit haben, mit der wir uns drehten.

Die Strahlen des Mondes schienen den innersten Grund des Schlundes erforschen zu wollen, doch konnte ich wegen des dichten Nebels nichts deutlich erkennen. Dieser Nebel oder dieser Schaum wurde ohne Zweifel durch das Aufeinanderprallen der mächtigen Wasserwände auf dem Boden des Trichters verursacht, aber den gräßlichen, gellenden Schrei, der aus dem Nebel zum Himmel emporstieg, wage ich nicht zu beschreiben.

Unser erstes Hinabgleiten aus dem Schaumgürtel in den eigentlichen Abgrund hatte uns ein großes Stück den Abhang hinuntergerissen, doch glitten wir nicht im selben Verhältnis weiter nach unten. Wir sausten vielmehr in der Runde herum, nicht in gleichmäßiger Bewegung, sondern in schwindelerregenden Stößen, die uns manchmal nur etwa hundert Ellen vorwärts, manchmal fast rund um den Strudel herumschleuderten. Mit jeder Runde näherten wir uns langsam, aber sicher dem Abgrund.

Als ich auf der weiten Wüste flüssigen Ebenholzes, die uns trug, umherblickte, bemerkte ich, daß unser Boot nicht der einzige Gegenstand war, den der Strudel an sich gerissen hatte. Über uns und unter uns erblickte ich Schiffstrümmer, große Mengen Bauholz und Baumstämme, viele kleinere Gegenstände, Hausgeräte, zerbrochene Kisten, Fässer und Latten. Ich erzählte Ihnen schon von der unnatürlichen Neugierde, die an die Stelle meiner ursprünglichen Angst getreten war. Sie schien nur zu wachsen, je näher ich meinem schrecklichen Untergang zutrieb. Ich fing an, die Gegenstände, die mit uns dahintrieben, mit ganz eigentümlichem Interesse zu betrachten. Ich muß wohl von Sinnen gewesen sein, denn es machte mir Vergnügen, über die verschiedene Geschwindigkeit ihres Hinabstürzens in den Schaum da unten Betrachtungen anzustellen. Ich überraschte mich einmal, wie ich zu mir sagte: »Diese Fichte wird sicher den grausigen Sprung tun und verschwinden«, und ich war enttäuscht, als ich bemerkte, daß sie von dem Wrack eines holländischen Handelsschiffes, das vor ihr verschwand, überholt wurde.

Zuletzt, als ich mehrere Vermutungen dieser Art aufgestellt und mich in allen verrechnet hatte, brachte mich die Tatsache – die Tatsache meiner unfehlbar falschen Berechnungen – auf einen Gedankengang, der meine Glieder wieder erbeben und mein Herz noch einmal heftig schlagen ließ.

Es war kein neues Entsetzen, das mich so ergriff, sondern das noch fürchterliche Dämmern einer Hoffnung. Sie erstand mir teils aus der Erinnerung, teils aus meinen gegenwärtigen Beobachtungen. Ich erinnerte mich an die große Verschiedenheit der an die Küste von Lofoten angeschwemmten Dinge, die der Moskoestrom erst an sich gerissen und dann wieder ausgeworfen hatte. Diese Gegenstände waren größtenteils in der ungewöhnlichsten Weise zersplittert und zerrieben, so daß es aussah, als seien sie mit Borsten bedeckt; aber dann besann ich mich deutlich, daß einige von ihnen ganz unbeschädigt geblieben waren. Für diese Erscheinung fand ich keinen anderen Grund, als die Annahme, daß die zersplitterten Trümmer die einzigen gewesen seien, die der Strudel vollständig eingesogen habe – daß die anderen so spät in die Strömung geraten oder aus irgendeinem Grunde nach dem Eintritt so langsam abwärts geglitten waren, daß sie den Boden nicht erreichten, ehe die Zeit der Flut oder je nachdem auch der Ebbe wiedergekommen war. Ich hielt es in beiden Fällen für möglich, daß sie wieder auf die Oberfläche des Meeres emporgewirbelt werden könnten, ohne das Schicksal der Dinge zu teilen, die der Strudel früher oder schneller in sich aufgesogen hatte.

Außerdem machte ich drei wichtige Beobachtungen. Die erste war die allgemeine Regel, daß ein Körper, je größer er ist, desto schneller sinkt; die zweite, daß bei zwei Körpern von gleichem Volumen, von denen der eine von sphärischer, der andere von irgendeiner anderen Gestalt war, der sphärische stets rascher unterging; die dritte, daß bei zwei Körpern von gleichem Volumen, von denen der eine zylindrisch, der andere von irgendeiner anderen Gestalt war, der Zylinder am langsamsten eingesogen wurde. Nach meiner Rettung habe ich mich öfters mit einem alten Schulmeister unseres Distrikts über diese Erscheinungen unterhalten; von ihm habe ich auch die Bedeutung der Worte »Zylinder« und »Sphäre« gelernt. Er erklärte mir auch – ich vergaß jedoch wie –, daß das, was ich gesehen hatte, die natürliche Folge der Formen der schwimmenden Trümmer sei, und zeigte mir, woher es kommt, daß ein Zylinder der Einsaugkraft eines Strudels größeren Widerstand entgegensetzt als ein Körper von gleichem Volumen in irgendeiner anderen Form*.

Außerdem trug noch ein auffälliger Umstand dazu bei, mich von der Richtigkeit meiner Beobachtungen zu überzeugen und mich anzutreiben, Nutzen aus ihnen zu ziehen. Bei jeder Umdrehung um den Trichter kamen wir an einer Tonne oder Segelstange oder einem Schiffsmast vorüber, während viele derartige Gegenstände, die mit uns auf gleicher Höhe gewesen waren, als ich es wagte, meine Augen für die Wunder des Strudels zu öffnen, jetzt hoch über uns schwammen und sich nur wenig von ihrer ursprünglichen Lage fortbewegt hatten.

Nun war mir nicht länger zweifelhaft, was zu tun sei. Ich beschloß, mich fest an das Wasserfaß, an das ich mich bisher anklammerte, anzubinden, das Seil, mit dem es an das Boot befestigt war, zu lösen und mich mit ihm zusammen ins Wasser zu werfen. Ich machte meinen Bruder durch Zeichen aufmerksam, deutete auf die Fässer, die in unserer Nähe schwammen und versuchte alles, was in meinen Kräften stand, um ihm mein Vorhaben

* Archimedes, »De Incidentibus in Fluido«, lib. 2. E. A. P.

verständlich zu machen. Ich nahm endlich an, daß er mich begriffen habe; aber wie dem auch sei; er schüttelte verzweifelt den Kopf und weigerte sich, seinen Platz bei dem Ringbolzen zu verlassen. Ihn mit Gewalt fortzubringen war ein Ding der Unmöglichkeit, denn die Situation duldete keinen Aufschub. So überließ ich ihn denn nach bitterem Seelenkampf seinem Schicksal, band mich mit den Seilen, mit denen das Faß am Schiff befestigt war, an und stürzte mich mit ihm, ohne noch einen Augenblick Zeit zu verlieren, in das Wasser.

Der Erfolg entsprach vollkommen meinen Hoffnungen. Da ich Ihnen selbst diese Geschichte erzähle und Sie also sehen, daß ich wirklich dem Untergang entronnen bin, und Sie überdies wissen, auf welche Art Weise ich meine Rettung bewerkstelligte, will ich schnell zum Schluß kommen.

Es mochte wohl eine Stunde vergangen sein, seit ich die Schmack verlassen, als ich sie in weiter Entfernung unter mir plötzlich drei bis vier wilde Umdrehungen machen und mit meinem geliebten Bruder kopfüber auf immer in das Chaos von Schaum hinabstürzen sah. Das Faß, an das ich mich festgebunden hatte, sank wenig tiefer als über die Hälfte der Strecke zwischen dem Boden des Abgrundes und der Stelle, an der ich über Bord gesprungen war, als das Aussehen des Strudels plötzlich eine große Veränderung erfuhr. Der Abhang der Seitenwände des ungeheuren Trichters wurde von Minute zu Minute weniger steil. Die Umdrehungen des Strudels ließen immer mehr an Heftigkeit nach. Allmählich verschwand der Schaum und der Regenbogen, und der Boden des Strudels schien sich langsam zu erheben. Der Himmel wurde klar, die Winde hatten sich gelegt, und der Vollmond ging strahlend im Westen unter, als ich mich auf der Oberfläche des Ozeans wiederfand, angesichts der Küste von Lofoten, oberhalb der Stelle, wo der Wirbel des Moskoestromes gewesen war. Die Ruhepause war eingetreten, doch ging die See infolge des Orkans noch haushoch. Ich wurde heftig in den Kanal der Strömung gerissen und in wenig Minuten an die Küste gespült, in der Nähe der beliebten Fangstellen unserer Fischer.

Ein Boot nahm mich auf; ich war vollständig erschöpft, und jetzt, da die Gefahr vorüber, sprachlos beim Andenken an ihre Greuel. Die Leute, die mich an Bord zogen, waren meine alten Kameraden und täglichen Genossen, aber sie erkannten mich ebensowenig, wie sie einen Wanderer aus dem Schattenlande wiedererkannt haben würden. Mein Haar, das tags zuvor rabenschwarz gewesen, war so weiß geworden, wie es heute ist. Man sagte auch, daß sich der ganze Ausdruck meines Gesichts verändert habe. Ich erzählte ihnen meine Geschichte – man glaubte sie nicht. Nun habe ich sie auch Ihnen erzählt und kann erwarten, daß sie dieselbe für wahrhaftiger halten, als die zweifelsüchtigen Fischer von Lofoten.«

Die längliche Kiste

Es war vor einigen Jahren, als ich einen Platz auf dem beliebten Paketboot »Unabhängigkeit« von Charleston, im Staat Süd-Karolina, nach New York belegte. Wir sollten, falls es das Wetter zuließ, am 15. Juni absegeln; am vierzehnten ging ich an Bord, um in meiner Kabine allerlei vorzubereiten.

Ich sah, daß wir sehr viele Passagiere haben würden, vor allem viele Damen. Die Passagierliste wies mehrere Bekannte von mir auf, und unter anderen Namen entdeckte ich mit Freuden den des Herrn Cornelius Wyatt, eines jungen Künstlers, für den ich eine herzliche Freundschaft empfand. Er war in der Universitätsstadt C. mein Studienkamerad gewesen und wir waren damals sehr viel zusammen. Wie die meisten begabten Menschen war er ein wenig menschenfeindlich, empfindsam und begeisterungsfähig. Mit diesen Eigenschaften verband er das treueste Herz, das je in einer Menschenbrust geschlagen hatte.

Ich bemerkte, daß drei Kabinen auf seinen Namen belegt waren; und als ich nochmals die Passagierliste durchging, sah ich, daß er für sich, seine Frau und seine zwei Schwestern Plätze belegt hatte. Die Kabinen waren geräumig, und jede hatte zwei Schlafkojen, eine über der anderen. Diese Kojen waren freilich so eng, daß sie nur für eine Person ausreichten; dennoch konnte ich nicht begreifen, warum für diese vier Personen drei Kabinen nötig waren. Ich befand mich zu jener Zeit gerade in solch einer grüblerischen Stimmung, in der man sich über Kleinigkeiten Gedanken macht, und beschämt gestehe ich, daß ich mich mit einer Menge alberner und unangebrachter Vermutungen betreffs der überzähligen Kabine abgab. Selbstredend ging mich die Sache gar nichts an, doch mit um so größerer Hartnäckigkeit versuchte ich, das Rätsel zu lösen. Schließlich fand ich eine Antwort dafür, von der ich nicht begriff, daß sie mir nicht schon früher gekommen war.

»Es ist natürlich ein Dienstbote«, sagte ich, »wie dumm von mir, daß mir so etwas Naheliegendes nicht früher eingefallen ist!« Und dann blickte ich wieder in die Liste – doch hier sah ich deutlich, daß die Familie keinen Dienstboten mitzunehmen gedachte, obgleich man offenbar zuerst die Absicht gehabt hatte – denn die Worte: »und Zofe« waren hingeschrieben und wieder durchgestrichen worden. »Aha, Extragepäck!« sprach ich bei mir – »irgend etwas, das er nicht in den Gepäckraum geben möchte – etwas, das er im Auge behalten möchte... Ha, ich hab's – ein Bild oder dergleichen – und das ist es wohl auch, worüber er mit Nicolino, dem italienischen Juden, verhandelt hat!« Diese Idee befriedigte mich, und so gab ich also für diesmal meine Neugierde auf.

Die beiden Schwestern Wyatts kannte ich recht gut, es waren sehr liebenswürdige und gescheite junge Mädchen. Seine Frau hatte er erst kürzlich geheiratet, und ich hatte sie bisher noch nicht gesehen. Er hatte mir aber oft in seiner üblichen, begeisterten Art von ihr erzählt. Er nannte sie außerordentlich schön, klug und gebildet. Ich war daher, wie man verstehen kann, sehr begierig, ihre Bekanntschaft zu machen.

An dem Tag, an dem ich das Schiff besuchte (am vierzehnten also), sollten auch Wyatt und Familie zur Besichtigung kommen – so hatte der Kapitän mir gesagt –, und ich brachte eine Stunde mehr als beabsichtigt an Bord zu, in der Hoffnung, der jungen Frau vorgestellt zu werden; doch da kam die Botschaft, Frau Wyatt fühle sich ein wenig unpäßlich und ziehe es vor, erst morgen, kurz vor der Abfahrt, an Bord zu kommen.

Am anderen Tag war ich gerade auf dem Weg zum Hafen, als Kapitän Hardy mir begegnete und sagte, er vermute, daß die »Unabhängigkeit« umständehalber (eine dumme, aber gebräuchliche Phrase) erst in ein oder zwei Tagen absegeln werde und daß er mir die Nachricht zukommen lassen wolle, sobald es soweit sei.

Das schien mir seltsam, denn wir hatten einen steifen Südwind. Da aber die »Umstände« nicht verraten wurden, konnte ich nichts weiter tun, als wieder nach Hause gehen und meine Ungeduld bezähmen.

Eine Woche lang wartete ich vergeblich auf die versprochene Nachricht des Kapitäns. Schließlich kam sie, und ich ging gleich an Bord. Das Schiff wimmelte von Passagieren, und alles war geschäftig bei den Vorbereitungen. Die Familie Wyatt traf etwa zehn Minuten nach mir ein. Da waren die beiden Schwestern, die junge Frau und der Künstler – der letztere in einer seiner menschenfeindlichen Stimmungen. An diese war ich jedoch zu sehr gewöhnt, als daß ich ihnen besondere Aufmerksamkeit geschenkt hätte. Er stellte mich nicht einmal seiner Frau vor, so daß diese Höflichkeitsform notgedrungen seiner Schwester Marianne zufiel – einem sehr lieben Mädchen, das uns mit wenigen Worten miteinander bekannt machte.

Frau Wyatt war dicht verschleiert; und als sie nun den Schleier hob, um meinen Gruß zu erwidern, erfaßte mich, ich muß es bekennen, große Bestürzung. Diese wäre wohl noch größer gewesen, hätten mich nicht lange Erfahrungen gelehrt, den enthusiastischen Beschreibungen meines Freundes, des Malers, in Hinsicht auf Frauenschönheit keine allzu große Bedeutung beizumessen. Ich wußte gut, daß, wenn es sich um Schönheit handelte, er mit vollen Segeln ins Land der reinen Ideale schiffte.

Um die Wahrheit zu sagen: mir schien Frau Wyatt ein sehr gewöhnliches Äußeres zu haben; wenn sie auch nicht häßlich war, so war sie doch, nach meiner Ansicht, nicht weit davon. Sie kleidete sich jedoch äußerst ge-

schmackvoll – auch zweifelte ich nicht daran, daß sie das Herz meines Freundes wahrscheinlich mehr durch hervorragende Gaben des Geistes und der Seele gewonnen hatte. Sie sprach nur wenige Worte und begab sich sogleich mit Herrn Wyatt in ihre Kabine.

Die Neugier packte mich wieder. Sie hatten keinen Dienstboten bei sich – das war Tatsache. Ich forschte also nach dem Extragepäck. Nach einiger Zeit hielt ein Karren auf dem Kai, beladen mit einer länglichen Kiste aus Tannenholz – und das war alles, worauf wir noch gewartet hatten. Gleich nachdem sie verladen war, stachen wir in See, hatten in kurzer Zeit den Hafen hinter uns und segelten ins offene Meer hinaus.

Die fragliche Kiste war, wie ich schon sagte, länglich. Sie war etwa sechs Fuß lang und zweieinhalb Fuß breit; ich betrachtete sie aufmerksam und so genau wie möglich. Diese Form war entschieden sonderbar, und kaum hatte ich sie bemerkt, als ich mir zu meinem Scharfsinn gratulierte.

Man wird sich erinnern, daß ich zu der Schlußfolgerung gekommen war, das Extragepäck meines Freundes, des Künstlers, würde aus Bildern oder wenigstens aus einem Bild bestehen; denn ich wußte, daß er wochenlang mit Nicolino in Verhandlungen gestanden hatte. Hier war nun eine Kiste, die ihrer Form nach einfach nichts anderes enthalten konnte als eine Kopie von Leonardos »Abendmahl«. Und eine Kopie gerade dieses »Abendmahls«, von Rubini dem Jüngeren aus Florenz, war, wie ich wußte, eine Zeitlang in Nicolinos Besitz gewesen. Diese Sache schien mir also zur Genüge aufgeklärt. Ich frohlockte über meine Scharfsinnigkeit. Es war das erstemal, daß Wyatt in künstlerischen Dingen ein Geheimnis vor mir hatte; aber hier hatte er offenbar vor, mir einen glücklichen Kauf zu verschweigen und vor meinen Augen ein erstklassiges Gemälde nach New York einzuschmuggeln, in Erwartung, daß ich von der Sache nichts erfahren würde. Ich beschloß, ihn jetzt und später gehörig damit aufzuziehen. Etwas jedoch beunruhigte mich nicht wenig. Die Kiste kam nicht in die Extrakabine, sie wurde in Wyatts eigene Kabine gestellt, und dort blieb sie auch und nahm fast den ganzen Fußboden ein – gewiß eine große Unbequemlichkeit für den Künstler und seine Frau – und dies wohl um so mehr, als der Lack oder die Farbe der Aufschrift auf der Kiste einen strengen, unangenehmen und für meine Begriffe geradezu ekelerregenden Geruch ausströmte. Auf dem Deckel standen die Worte: »Frau Adelaide Curtis, Albany, New York. Gepäck von Cornelius Wyatt. Hier öffnen. Vorsicht!«

Nun wußte ich, daß Frau Adelaide Curtis in Albany die Schwiegermutter des Künstlers war; doch hielt ich die ganze Aufschrift für eine Finte, durch die besonders ich irregeführt werden sollte. Ich sagte mir natürlich, daß die Kiste und ihr Inhalt nie weiter als bis ins Arbeitszimmer meines Freundes,

des Misanthropen, in der Chamberstreet, New York, gelangen würden. Die ersten drei oder vier Tage hatten wir schönes Wetter, aber keinen Wind; wir hatten uns gleich beim Verlassen der Küste dem Norden zugewandt. Die Passagiere waren in heiterer Laune und geneigt, Bekanntschaften anzuknüpfen. Ich muß jedoch Wyatt und seine Schwestern ausnehmen, die sich zurückhaltend und den Mitreisenden gegenüber fast unhöflich benahmen. Wyatts Betragen beachtete ich weniger. Er war noch griesgrämiger als sonst – aber bei ihm war ich auf Übertriebenheiten gefaßt. Für die Schwestern jedoch fand ich keine Entschuldigung. Sie zogen sich fast während der ganzen Dauer der Fahrt in ihre Kabine zurück und weigerten sich, trotz meiner wiederholten Bitten, mit irgend jemand an Bord in Beziehung zu treten.

Frau Wyatt selbst war weit liebenswürdiger, das heißt, sie war geschwätzig; und Geschwätzigkeit ist auf See keine schlechte Empfehlung. Sie wurde mit den meisten Damen ganz außerordentlich intim und zeigte zu meiner tiefsten Verwunderung nicht wenig Lust, mit den Männern zu kokettieren. Sie amüsierte uns alle sehr. Ich sage, amüsierte – und weiß nicht, wie ich es anders ausdrücken soll. In Wahrheit sah ich bald, daß man weit öfter über Frau Wyatt als mit ihr lachte. Die Männer sprachen wenig über sie; die Frauen aber nannten sie bald ein gutherziges, doch recht unbedeutendes und ungebildetes Ding – und sehr gewöhnlich. Es war ein Wunder, wie Wyatt eine solche Verbindung hatte eingehen können. Der nächstliegende Gedanke wäre gewesen, daß es eine Geldheirat sei – aber ich wußte, diese Annahme war irrig; denn Wyatt hatte mir gesagt, daß sie ihm nicht einen Dollar mitgebracht, noch irgendwoher etwas zu erwarten hatte. Er habe, sagte er, aus Liebe und nur aus Liebe geheiratet; und seine Braut sei mehr als seiner Liebe würdig. Wenn ich an diese Äußerungen meines Freundes dachte, so schien mir die Lösung des Rätsels immer verhängnisvoller. Konnte es möglich sein, daß er daran war, den Verstand zu verlieren? Was sonst sollte ich annehmen? Er, der so empfindsam, so geistvoll, so wählerisch war, er, der einen so ausgesprochenen Abscheu vor allem Falschen, Unechten hatte und eine so starke Vorliebe für alles Schöne! Gewiß, sie war sehr eingenommen von ihm – besonders in seiner Abwesenheit – wo sie sich oft lächerlich machte durch die neugierige Frage, was ihr »geliebter Gatte, Herr Wyatt« gesagt habe. Das Wort »Gatte« schien ihr stets – um mit ihren eigenen beliebten Worten zu reden – »auf der Zunge zu liegen«. Indessen hatten alle an Bord bemerkt, daß er ihr auswich, soviel er konnte, und die meiste Zeit allein in seiner Kabine verbrachte; ja, man kann sagen, daß er fast ganz dort lebte und seiner Frau alle Freiheit ließ, sich nach Lust und Laune im großen Salon mit den anderen zu unterhalten. Meine Schlußfolgerung aus dem, was ich sah und hörte, war die: der Künstler hatte aus irgendeiner Laune des Schicksals oder vielleicht in einem Anfall von Begeisterung und toller Leidenschaft die Dummheit begangen, sich mit einer weit unter ihm stehenden Person zu verbinden, und die natürliche Folge, Abscheu und Ekel, war nun eingetreten. Ich bemitleidete ihn aus tiefstem Herzen – konnte ihm aber aus jenem Grunde doch nicht ganz seine Verschlossenheit in Sachen des »Heiligen Abendmahls« verzeihen. Hierfür beschloß ich, Rache zu nehmen.

Eines Tages, als er auf Deck kam, nahm ich ihn beim Arm und schritt mit ihm auf und ab. Er schien – wie ich das unter den vorliegenden Umständen auch nicht anders erwartete – in unverändert düsterer Stimmung. Er sprach nur wenig und mißgelaunt und mit sichtlicher Anstrengung. Ich versuchte zu scherzen, und er machte einen schwachen Versuch zu lächeln. Armer Kerl! Wenn ich an seine Frau dachte, wunderte es mich geradezu, daß er es überhaupt bis zu dem Versuch eines Lächelns brachte. Schließlich wagte ich einen Vorstoß. Ich beschloß eine Reihe versteckter Andeutungen oder Vermutungen hinsichtlich der länglichen Kiste fallenzulassen – gerade ausreichend für ihn, um zu merken, daß ich seinem Geheimnis auf die Spur gekommen war. Zunächst beabsichtigte ich, aus dem Hinterhalt vorzugehen. Ich sagte etwas über die »sonderbare Form jener Kiste«; und während ich das sagte, lächelte ich, zwinkerte mit den Augen und stieß ihn sanft in die Rippen.

Die Art und Weise, in der Wyatt diesen harmlosen Spaß aufnahm, überzeugte mich sofort, daß er irrsinnig war. Zuerst starrte er mich an, als sei es ihm unmöglich, den Sinn meiner Bemerkung zu erfassen; schließlich aber war sie doch allmählich in sein Hirn eingedrungen und je mehr das geschah, desto weiter traten seine Augen aus den Höhlen. Dann wurde er sehr rot, dann entsetzlich bleich, dann, als amüsierte mein Ausspruch ihn köstlich, begann er laut und gezwungen zu lachen – zehn Minuten lang oder mehr. Endlich fiel er der Länge nach aufs Deck. Als ich hinzueilte, um ihn aufzuheben, schien es, als sei er tot.

Ich rief Hilfe herbei, und mit größter Mühe brachten wir ihn wieder zu sich. Als er erwachte, redete er zunächst irre. Schließlich brachten wir ihn zu Bett. Am anderen Morgen hatte er sich wieder ganz erholt – soweit es seine körperliche Gesundheit betraf. Von seinem geistigen Zustand sage ich selbstredend nichts. Auf Anraten des Kapitäns, der meine Anschauung über sein Leiden völlig teilte, mir aber riet, keinem Menschen an Bord etwas davon zu sagen, mied ich für den Rest der Überfahrt seine Gesellschaft.

Kurz nach diesem Anfall Wyatts ereignete sich allerlei, was die Neugier, die mich erfüllte, noch steigerte. Unter anderem dies: ich war sehr nervös gewesen, hatte zuviel starken grünen Tee getrunken und hatte daher eine schlechte Nacht. – Richtiger gesagt, waren es zwei Nächte, in denen ich fast gar nicht schlief. Nun führte die Tür meiner Kabine in die Hauptkajüte oder den Speisesaal, wie alle einschläfrigen Kabinen an Bord. Wyatts drei Räume befanden sich in der Nebenkajüte, die von dem Hauptraum durch eine leichte Gleittür getrennt war; diese Tür war aber nie verschlossen, selbst nachts nicht. Da wir fast immer guten, ja sogar kräftigen Wind hatten, neigte sich das Schiff sehr erheblich leewärts; und immer, wenn das Steuerbord leewärts lag, glitt die Tür zwischen den zwei Kajüten auf und blieb offen stehen, da niemand sich die Mühe machte, aufzustehen und sie zu schließen. Wenn nun meine eigene Kabinentür ebenso wie die erwähnte Gleittür offenstand (und meine eigene Tür war wegen der großen Hitze immer offen), so konnte ich von meinem Lager aus ganz deutlich die Nebenkajüte überblicken und auch jenen Teil, wo sich die Kabinen Wyatts befanden. Da sah ich nun in zwei nicht aufeinander folgenden Nächten, wie gegen elf Uhr Frau Wyatt vorsichtig aus der Kabine Herrn Wyatts herauskam und die Extrakabine betrat, wo sie bis Tagesanbruch blieb. Um diese Zeit wurde sie von ihrem Gatten gerufen und kehrte zu ihm zurück. Daß sie tatsächlich getrennt lebten, war mir nun klar. Sie hatten getrennte Zimmer – zweifellos, weil sie eine dauernde Trennung beabsichtigten; hier also, dachte ich, liegt das Geheimnis der Extrakabine. Da war noch ein weiterer Umstand, der mich sehr interessierte. In den zwei genannten Nächten und kurz nachdem Frau Wyatt in der Extrakabine verschwunden war, wurde meine Aufmerksamkeit von eigentümlichen, behutsamen, wie absichtlich gedämpften Geräuschen aus dem Zimmer ihres Gatten gefesselt. Nachdem ich eine Zeitlang aufmerksam gelauscht hatte, gelang es mir schließlich, ihre Bedeutung festzustellen. Es waren Geräusche, die der Maler durch Öffnen der länglichen Kiste mit Hilfe von Meißel und Hammer verursachte; die Schläge des letzteren suchte er offenbar dadurch zu dämpfen, daß er das Eisen mit weichem Stoff umhüllt hatte.

Ich glaubte sogar den Augenblick feststellen zu können, in dem er den Deckel völlig abgelöst hatte – auch konnte ich deutlich hören, wie er ihn aufhob und auf das untere Bett der Kajüte hinlegte. Letzteres zum Beispiel erriet ich aus dem leichten Anstoßen des Deckels gegen die Holzleisten des Bettes, bei den Versuchen, ihn recht leise niederzulegen; auf dem Fußboden war kein Platz dafür. Danach trat Totenstille ein, und bis zum Morgengrauen war nicht das geringste mehr zu hören – es sei denn, ein leises Seufzen und Murmeln, das aber beinahe unhörbar war, falls es nicht überhaupt nur in meiner Einbildung bestand. Ich sage, es schien ein Seufzen oder Schluchzen zu sein, aber natürlich war das ausgeschlossen. Ich glaube eher, daß es ein Klingen in meinen eigenen Ohren war. Herr Wyatt ließ sicherlich nur einem seiner Steckenpferde die Zügel schießen – in irgendeinem Anfall von Kunstbegeisterung. Er hatte seine längliche Kiste geöffnet, um seine Augen auf dem Kunstschatz da drinnen ruhen zu lassen. Und so etwas konnte ihn doch nicht zum Schluchzen bringen! Ich wiederhole daher, daß es lediglich eine Vorspiegelung meiner eigenen Phantasie gewesen sein mußte, die Kapitän Hardys grüner Tee allzusehr angeregt hatte. In jener der beiden erwähnten Nächte hörte ich beim Morgengrauen deutlich, wie Herr Wyatt den Deckel der länglichen Kiste wieder schloß und die Nägel mit Hilfe des umwickelten Hammers wieder in ihre Löcher schlug. Nachdem er dies getan hatte, kam er völlig angekleidet aus seiner Kabine heraus und rief Frau Wyatt aus der ihrigen.

Unsere Seefahrt hatte schon sieben Tage gedauert, und wir ließen nun Kap Hatteras hinter uns, als ein ungemein heftiger Südweststurm einsetzte. Wir waren allerdings darauf vorbereitet gewesen, da das Wetter schon seit einiger Zeit bedrohlich ausgesehen hatte. Oben und unten wurde alles gut festgemacht; und da der Wind ständig zunahm, lagen wir schließlich unter Giek- und Vorbramsegel, beide doppelt gerefft.

So schwammen wir, leidlich sicher, achtundvierzig Stunden dahin, und das Schiff bewährte sich in vieler Hinsicht vorzüglich; das eindringende Wasser war nicht von Bedeutung. Nach dieser Zeit aber wurde der Sturm zum Orkan, und unser Hintersegel ging in Fetzen, wodurch wir so tief ins Wasser gerieten, daß wir kurz hintereinander ein paar gewaltige Sturzseen schluckten. Bei dieser Gelegenheit gingen drei Mann über Bord mitsamt der Kombüse und fast die ganze Backbord-Schanzkleidung. Kaum waren wir wieder bei Sinnen, als das Vormarssegel in Fetzen ging; wir hißten nun ein Notsegel, und ein paar Stunden ging alles gut, da das Schiff den Wellen jetzt viel ruhiger als vorher begegnen konnte.

Der Sturm blieb jedoch derselbe und keine Verminderung war wahrzunehmen. Die Takelage war nicht mehr in Ordnung, und am dritten Tag des Sturms ging gegen fünf Uhr nachmittags bei einem plötzlichen Stoß unser Basanmast über Bord. Mehr als eine Stunde mühten wir uns vergeblich, ihn loszubekommen, denn das Schiff schlingerte gewaltig, und ehe wir unser Ziel erreicht hatten, kam der Zimmermann und verkündete, daß der Schiffsraum vier Fuß unter Wasser stehe. Zum Überfluß waren die Pumpen verstopft und fast unbrauchbar.

Alles war nun Entsetzen und Verwirrung – doch machte man einen Versuch, das Schiff zu erleichtern, indem man alle erreichbare Ladung über Bord warf und die zwei noch übriggebliebenen Mastbäume absägte. Das gelang uns endlich; an den Pumpen konnten wir aber immer noch nicht arbeiten, und inzwischen nahm das Leck schnell zu.

Bei Sonnenaufgang hatte der Sturm an Heftigkeit nachgelassen, und da auch das Meer sich etwas beruhigte, gewann die Hoffnung Raum, daß wir uns in den Booten retten könnten. Um acht Uhr zerstreuten die Wolken, und wir hatten glücklicherweise Vollmond – ein Umstand, der unsere gesunkenen Lebensgeister wundervoll auffrischte.

Nach unglaublicher Arbeit gelang es uns schließlich, das große Boot an der Schiffswand herunterzulassen, und die ganze Schiffsmannschaft und der größte Teil der Passagiere drängte sich darin zusammen. Dieses Boot entfernte sich sofort und erreichte schließlich am dritten Tag nach dem Unfall Ocracoke Inlet.

Vierzehn Passagiere und der Kapitän waren noch an Bord; sie wollten ihr Glück in der kleinen Jolle vom Heck versuchen. Wir brachten sie ohne Schwierigkeiten ins Wasser, wenngleich es uns nur durch ein Wunder gelang, sie so hinunterzubringen, daß sie nicht gleich umschlug. Als sie abstieß, trug sie den Kapitän und seine Frau, Herrn Wyatt und Familie, einen mexikanischen Offizier mit Frau und vier Kindern und mich selbst mit einem Neger, meinem Diener.

Wir hatten natürlich für nichts weiter Raum als für die allernötigsten Hilfsmittel, etwas Proviant und die Kleider, die wir trugen. Niemand hätte auch nur den Versuch gemacht, irgend etwas anderes zu retten. Man kann sich also das Erstaunen aller denken, als Herr Wyatt, nachdem wir uns ein paar Faden vom Schiff entfernt hatten, von der Bank aufstand und Kapitän Hardy kühl aufforderte, das Boot umkehren zu lassen, um seine längliche Kiste mitzunehmen!

»Setzen Sie sich, Herr Wyatt«, erwiderte der Kapitän ziemlich streng; »Sie werden uns umwerfen, wenn Sie nicht ganz stillsitzen. Unser Dollbord ist schon beinahe im Wasser.«

»Die Kiste!« rief Herr Wyatt, der noch immer stand – »die Kiste, sage ich, Kapitän Hardy, Sie können, Sie werden mir das nicht verweigern! Das Gewicht ist eine Kleinigkeit, ein Nichts – wirklich ein Nichts. Bei dem Andenken Ihrer Mutter – bei der Liebe des Himmels – bei Ihrem Glauben – bei Ihrer Hoffnung auf die ewige Seligkeit beschwöre ich Sie, umzukehren und die Kiste zu holen!« Für einen Augenblick schien es, als sei der Kapitän von dem inständigen Bitten des Künstlers gerührt, aber er gewann seine strenge Haltung zurück und sagte nur:

»Herr Wyatt, Sie sind toll! Ich darf Ihnen nicht nachgeben. Setzen Sie sich hin, sage ich, oder Sie werden das Boot zum Kentern bringen. Halt – haltet ihn – greift ihn! Er springt über Bord! Es ist geschehen!«

Bei diesen Worten des Kapitäns war Herr Wyatt tatsächlich über Bord gesprungen. Wir befanden uns gerade leewärts vom Wrack, und seinen beinahe übermenschlichen Anstrengungen gelang es, ein Seil zu erfassen, das an der Bordwand herabhing. Einen Moment darauf war er an Bord und stürzte wie rasend in die Kabine hinunter.

Inzwischen waren wir hinter das Schiff und von der Leeseite abgetrieben worden und sahen uns nun ganz dem ungeheuer stürmenden Meer überlassen. Mit letzter Anstrengung versuchten wir zurückzukommen, aber unser kleines Boot war in dem Wüten des Sturmes nur wie eine winzige Feder. Wir übersahen mit einem Blick, daß das Schicksal des Künstlers besiegelt war. Als unsere Entfernung vom Wrack schnell zunahm, sahen wir, daß der Rasende (denn dafür mußten wir ihn halten) die Kajütentreppe heraufkam; mit gigantischer Kraft schleppte er die längliche Kiste mit sich. Während wir in zitternder Erwartung hinblickten, ergriff er ein drei Zoll dickes Seil, schlang es um die Kiste und dann um seinen Leib. Im nächsten Augenblick waren beide, Mensch und Kiste, im Meer; sie verschwanden sofort und für immer.

Wir stoppten traurig die Ruder, und unsere Augen hingen an der Stelle, wo der Mann versunken war. Schließlich ruderten wir fort. Eine Stunde lang herrschte völliges Schweigen. Endlich wagte ich eine Bemerkung.

»Haben Sie beobachtet, Kapitän, wie plötzlich sie sanken, war das nicht äußerst merkwürdig? Ich gestehe, daß ich ein wenig Hoffnung auf seine Rettung hatte, als ich sah, daß er sich an die Kiste band und sich so dem Meer anvertraute.«

»Sie mußten sinken«, erwiderte der Kapitän, »und schnell wie ein Schuß. Sie werden aber bald wieder auftauchen, allerdings nicht, bevor das Salz sich auflöst.«

»Das Salz?« rief ich aus.

»Still!« sagte der Kapitän, auf Wyatts Frau und Schwestern deutend. »Wir müssen zu gelegenerer Zeit einmal darüber sprechen.«

Wir hatten viel durchzustehen und kamen kaum mit dem Leben davon; doch das Glück war uns günstig, uns wie auch den Kameraden im Langboot. Wir landeten endlich nach vier verzweifelten Tagen mehr tot als lebendig an der Küste gegenüber der Roanoke-Insel. Hier blieben wir eine Woche, wurden von den Stranddieben leidlich gut aufgenommen, und es gelang uns schließlich, eine Überfahrt nach New York zu bekommen.

Etwa einen Monat nach dem Untergang der »Unabhängigkeit« begegnete ich zufällig dem Kapitän Hardy auf dem Broadway. Unsere Unterhaltung drehte sich natürlich um das Unglück und besonders um das traurige Schicksal des armen Wyatt. Danach erfuhr ich folgende Einzelheiten:

Der Künstler hatte für sich, seine Frau, seine zwei Schwestern und eine Dienerin die Überfahrt belegt. Seine Frau war tatsächlich, wie man sie mir geschildert hatte, eine reizende und gebildete Person. Am Morgen des 14. Juni (dem Tag, an dem ich zum erstenmal das Schiff besuchte) erkrankte sie plötzlich und starb. Der junge Gatte war rasend vor Schmerz – zwingende Gründe aber erforderten seine sofortige Abreise nach New York. Es war nötig, den Leichnam seiner angebeteten Frau zu ihrer Mutter zu überführen, andererseits aber scheute er das allgemeine Vorurteil, das ihm verbot, dies öffentlich zu tun. Neun Zehntel der Passagiere hätten lieber das Schiff verlassen, als daß sie die Fahrt mit einem Leichnam an Bord gemacht hätten.

In diesem Dilemma ordnete Kapitän Hary an, der Leichnam solle flüchtig einbalsamiert und mit einer großen Menge Salz in eine passende Kiste gelegt und als Handelsware an Bord geschafft werden. Vom Tod der Frau durfte nichts verlauten; und da es bekannt war, daß Herr Wyatt auch für sie die Überfahrt gebucht hatte, ergab sich die Notwendigkeit, daß irgend jemand während der Reise ihre Stelle einnehmen mußte. Die Zofe der Verstorbenen war leicht dazu zu bewegen. Die Extrakabine, die ursprünglich für dieses Mädchen bestimmt gewesen war, wurde nun des Nachts als Schlafraum für die Pseudo-Frau benutzt. Bei Tage spielte sie, so gut sie eben konnte, die Rolle ihrer Herrin – deren Persönlichkeit, wie man sich vorher vergewissert hatte, niemand an Bord bekannt war. Meine eigenen Fehlschlüsse entsprangen, was nicht weiter verwunderlich ist, einem zu oberflächlichen, zu neugierigen und zu impulsiven Temperament. In letzter Zeit aber habe ich nachts nur noch selten einen festen Schlaf. Was ich auch tue – da ist ein Anlitz, das mich verfolgt, und ein hysterisches Lachen, das mir für immer in den Ohren gellen wird.

Der Elch

Die Landschaft Amerikas ist oft in ihren Hauptzügen und auch im einzelnen den Landschaften der Alten Welt, insbesondere Europas, gegenübergestellt worden, und wie sehr die Freunde einer jeden Gegend sich begeisterten, so weit gingen ihre Meinungen auseinander. Die Diskussion scheint noch lange nicht abgeschlossen, denn, wieviel auch auf beiden Seiten schon gesagt worden ist, es bleibt noch unendlich viel zu sagen.

Die bekanntesten englischen Reisenden, die solchen Vergleich unternommen haben, tun so, als ob von ganz Amerika, oder zumindest von den Vereinigten Staaten eigentlich nur unser nördliches und östliches Küstenland als besonders reizvoll in Betracht komme. Über die prachtvollen Naturbilder im Innern von einigen unserer westlichen und südlichen Gebiete, – das gewaltige Louisianatal zum Beispiel –, wo die kühnsten Träume vom Paradies Wirklichkeit werden, sagen sie wenig, weil sie noch weniger gesehen haben. In der Regel begnügen sich diese Reisenden mit einer eiligen Besichtigung der landschaftlichen »Löwen« – als da sind Hudson und Niagara, die Catskills, Harpers Ferry, die Neuyorker Seen, der Ohio, die Prärien und der Mississippi. Das sind nun freilich Dinge, die sogar für einen, der gerade den burggekrönten Rhein abgestreift hat oder herkommt »vom blauen Sturz der pfeilgeschwinden Rhone«, wohl sehenswürdig sind; doch das ist nicht alles, worauf wir stolz sein können und ich stelle die kühne Behauptung auf, daß es innerhalb der Grenzen der Vereinigten Staaten eine Unzahl von stillen, entlegenen und so gut wie unerforschten Winkeln gibt, die der echte Künstler oder der für das Große und Schöne in der Gottesnatur empfängliche Mensch jedem der sauber verzeichneten und höher bewerteten Naturbilder, die ich angeführt habe, ja allen insgesamt vorziehen wird.

Es ist so, die wahren Paradiese liegen weitab von der Bahn unserer höchst vorsichtigen Reisenden – wie weit erst jenseits von dem Bereich des Fremden, der, nachdem er zu Hause mit seinem Herausgeber ein Abkommen über die ungefähre Seitenzahl seines Berichtes über Amerika, der bis zu dem und dem Termin geliefert, getroffen hat, auf keine andere Weise hoffen darf, seinen Verpflichtungen nachzukommen, als daß er sein Tagebuch in der Hand das Land abdampft, natürlich auf den allerausgewahrtesten Pfaden.

Ich erwähnte oben das Tal von Louisiana. Von allen großen Flächen lieblicher Gestaltung ist dies wohl die lieblichste. Keine Dichtung reicht an sie heran. Die Phantasie mag noch Eingebungen empfangen aus der üppig wuchernden Schönheit dieses Tales. Und »Schönheit« ist freilich sein einziger Wesenszug. Es hat wenig oder besser gar nichts Erhabenes. Ein sanft gewelltes Hügelland, durch das sich wunderbar klare Flüsse schlängeln, von blumenübersäten Abhängen eingefaßt, und überall Wälder, riesige in bunten Farben glühende Wälder, funkelnd von seligen Vögeln, eine Wolke von Wohlgerüchen – dies alles macht aus dem Tal von Lousiana das wundervollste Naturbild auf Erden.

Doch selbst von dieser köstlichen Gegend sind die wahrhaft lieblichen Gebiete nur auf Seitenpfaden zu erreichen. Es ist überall so in Amerika, der Reisende, der die wirklich feinen Landschaften sehen möchte, darf dieselben weder mit der Eisenbahn noch mit dem Dampfboot, noch mit der Postkutsche aufsuchen, auch nicht im eigenen Wagen, ja nicht einmal zu Pferde, – sondern zu Fuß. Er muß laufen, er muß über Abgründe springen, er muß gegen plötzliche Gefahren sein Leben einsetzen, oder er muß sie ungesehen verlassen, diese echtesten, reichsten und unaussprechlich schönen Wunder der Natur.

In Europa gibt es solche Notwendigkeit im allgemeinen nicht. In England gibt es sie überhaupt nicht. Der blankste Dandy von einem Touristen kann dort unbeschadet seiner seidenen Strümpfe einen jeden sehenswerten Ort aufsuchen, so durch und durch bekannt sind alle merkwürdigen Punkte, und so gut ausgerichtet sind die Zugangsmittel. Diese Überlegung ist bei den landschaftlichen Vergleichen der Alten und Neuen Welt nie mit dem nötigen Gewicht eingesetzt worden. Der gesamten Herrlichkeit auf der einen Seite entspricht eine bloße Auswahl der meistgenannten, aber durchaus nicht hervorragendsten Schätze auf der anderen.

Eine Flußlandschaft enthält fraglos alle wesentlichen Bestandteile der Schönheit, und sie ist seit undenklichen Zeiten das Lieblingsbild der Dichter gewesen. Ein guter Teil dieses Raumes ist aber dem Umstand zuzuschreiben, daß in den Flußniederungen regerer Verkehr herrscht als im Gebirge. Aus demselben Grunde haben die großen Ströme als Hauptverkehrsstraßen in allen Ländern ein verdientes Maß an Bewunderung empfangen. Sie sind auffallender und infolgedessen Gegenstand von Besprechungen als weniger bedeutende, aber oft viel merkwürdigere Flüsse.

Als ein günstiges Beispiel für meine Bemerkungen in dieser Hinsicht erwähne ich den Wissahiccon, ein Buch – denn eine andere Bezeichnung verdient er kaum –, der sich ungefähr sechs Meilen westlich von Philadelphia in den Schuylkill ergießt. Nun ist der Wissahiccon von so überraschender Lieblichkeit, daß er, wenn er in England flösse, sicher von allen Sängern besungen und geflügeltes Wort in sämtlichen Sprachen sein würde, vorausgesetzt natürlich, daß seine Ufer nicht in Grundstücke parzelliert und zu ungeheuerlichen Preisen als Bauland für die Villen der reichen

Leute verkauft wären. Und doch ist es nur wenige Jahre her, daß man von dem Wissahiccon kaum mehr als den Namen kannte, während der ansehnlichere schiffbare Wasserlauf, in den er sich ergießt, längst als eine der reizvollsten Proben amerikanischer Flußlandschaften berühmt ist. Der Schuylkill, dessen Schönheit man sehr übertrieben hat und dessen Uferbänke, wenigstens in der Gegend von Philadelphia, sumpfig sind wie die des Delaware, läßt sich unter malerischem Gesichtspunkt keineswegs mit dem bescheideneren und nicht so bekannten Flüßchen vergleichen, von dem wir sprechen.

Erst als Fanny Kemble in ihrem humorvollen Buch über die Vereinigten Staaten die Philadelphier auf die seltene Lieblichkeit eines vor ihren Toren gelegenen Flusses hinwies, begannen etliche Wanderer aus der Umgegend, diese Lieblichkeit zunächst mißtrauisch zu untersuchen. Aber nachdem das »Journal« aller Augen geöffnet hatte, wurde der Wissahiccon bis zu einem gewissen Grade plötzlich allgemein bekannt. Ich sage »bis zu einem gewissen Grade«, denn tatsächlich beginnt die wahre Schönheit des Flusses weit jenseits von den üblichen Jagdgründen der Naturfreunde aus Philadelphia, die selten weiter als ein oder zwei Meilen über die Mündung des Flüßchens hinaus vordringen, – aus dem einfachen Grund, weil dort die fahrbare Straße aufhört. Ich empfehle dem Wanderer, der die wirklich reizvollen Punkte besichtigen möchte, die Ridge-Road, die in westlicher Richtung die Stadt verläßt, zu folgen, nach dem sechsten Meilenstein den zweiten Fußweg einzuschlagen und diesen bis zu Ende zu gehen. So wird er an einer der schönsten Stellen auf den Wissahiccon stoßen, und er kann, in einem Nachen oder an den Ufern entlang turnend, sich flußabwärts oder -aufwärts schlagen, ganz wie ihm der Sinn steht und wo es ihm am verlockendsten erscheint.

Ich habe bereits gesagt, oder hätte sagen sollen, daß es ein schmales Flüßchen ist. Seine Ufer sind meistens, eigentlich beinahe durchgängig steil und bestehen aus hohen, nach dem Wasser zu mit edeln Strauchern bewachsenen Hügeln, die höher hinauf von Hainen gekrönt sind, in denen man einige der prächtigsten amerikanischen Baumarten findet, darunter weithin sichtbar die »Liriodendron Tulipifera«. Das direkte Ufer jedoch ist von Granit, scharf abgezeichnete oder moosüberzogene Ränder, gegen die das durchsichtige Wasser sanftmurmelnd sich drängt, wie die blauen Wellen des Mittelmeers an die Stufen seiner Marmorpaläste. Manchmal, an einer klippenreichen Biegung, öffnet sich sauber abgegrenzt ein schmales hochgelegenes Feld mit üppigem Graswuchs, ein wahrhaft entzückender Platz, für ein Häuschen mit Garten, wie sich die reichste Phantasie ihn nicht schöner denken kann. Die Windungen des Flusses sind häufig und jäh, wie es bei steilabfallenden Ufern der Fall zu sein pflegt, und infolgedessen gewinnt der vorwärts dringende Wanderer den Eindruck einer endlosen Aufeinanderfolge von unendlich vielen kleinen Seen, oder richtiger gesagt Sümpfen. Man sollte übrigens den Wissahiccon nicht, wie »fair Melrose« in Mondnächten besuchen, auch nicht bei bedecktem Himmel, sondern mitten im hellsten Sonnenschein; denn die Enge des Schlundes, durch den er fließt, die kräftigen Anhöhen zu beiden Seiten und die Dichte des Laubwerks wirken zusammen, um eine Düsternis oder gar völlige Finsternis entstehen zu lassen, die, wenn sie nicht von dem hellen, ringsum eindringenden Licht zerstreut wird, imstande ist, einen vom Genuß der reinen Schönheiten abzuhalten.

Vor nicht langer Zeit besuchte ich den Fluß auf dem vorher beschriebenen Weg und brachte den größeren Teil eines schwülen Tages damit zu, mich in einem Nachen auf seinen Wellen zu wiegen. Allmählich überkam mich die Hitze, und indem ich mich der Einwirkung der Szenerie und der Witterung und der sanft schaukelnden Strömung hingab, sank ich in einen Halbschlummer, währenddessen meine Phantasie in Traumbildern von dem Wissahiccon vergangener Zeiten schwärmte, – von der »guten alten Zeit«, als es den Dämon der Maschine nicht gab, als man nicht von Picknicks träumte, als »Wassergerechtigkeiten« weder gekauft noch vergeben wurden, und als der rote Mann einsam mit dem Elch über die Höhen schritt, die über mich wegflogen. Und während allmählich diese Vorstellungen meinen Geist gefangennahmen, hatte der langsame Bach mich Zoll für Zoll um einen Bergvorsprung herumgetragen mit voller Sicht eines anderen, der in einer Entfernung von fünfzig bis sechzig Schritt die Aussicht verschloß. Es war eine steile felsige Klippe, die weit hinausragte in den Fluß und sehr viel mehr vom Salvatorcharakter hatte als irgendein Teil der bisher geschauten Ufer. Was ich auf dieser Klippe sah – obgleich sicher in Anbetracht des Ortes und der Jahreszeit –, flößte mir anfangs weder Furcht noch Verwunderung ein, so tief und unmittelbar verwandt erschien es den Gebilden, die mich in meinem Halbschlummer umgaukelten. Ich sah, oder träumte zu sehen, auf dem äußersten Rand über dem Abgrund stehend, mit ausgestrecktem Hals, hochgestellten Ohren und in der ganzen Haltung tiefen und melancholischen Lauschens einen der ältesten und kühnsten jener Elche, die ich in meinem Traumbild dem roten Manne zugesellt hatte.

Ich sage, daß ein paar Minuten lang diese Erscheinung mich weder erschreckte noch in Erstaunen setzte. Während dieser Zeitspanne ging meine ganze Seele auf in grenzenlosem Mitgefühl. Ich bildete mir ein, der Elch sei ebenso vergrämt wie erstaunt über die offenkundigen Veränderungen zum Schlimmen, die in den letzten Jahren der Bach und seine Umgebung durch die fühllose Hand der Utilitarier erlitten hatten. Doch eine leichte Bewegung des Tieres mit dem Kopf zerriß plötzlich die Träume, die mich umhüllten, und erweckte mich zum vollen Bewußtsein der Seltsamkeit des Abenteuers. Ich erhob mich in dem Boot auf ein Knie, und während ich zögerte, ob ich meine Fahrt stoppen oder mich näher an den Gegenstand meines Wunders herantreiben lassen sollte, hörte ich ein schnell, aber vorsichtig ausgestoßenes »Still, still« in dem Gebüsch droben. Gleich darauf tauchte ein Neger aus dem Dickicht auf, indem er die Büsche sorgfältig zur Seite bog und behutsam auftrat. Er trug in einer Hand ein Häufchen Salz, und indem er dieselbe gegen den Elch ausgestreckt hielt, kam er langsam aber stetig näher. Das edle Tier wurde leicht unruhig, machte jedoch keinen Versuch zu entrinnen. Der Neger drang vor, bot ihm das Salz und sprach ein paar ermutigende oder tröstende Worte. Sogleich bellte und stampfte der Elch, legte sich dann ruhig nieder und bekam ein Halfter um.

So endete meine Romanze vom Elch. Er war ein uralter, lieber Kerl von sehr häuslichen Gewohnheiten und gehörte einer englischen Familie, die in der Nähe eine Villa bewohnte.

Die Domäne von Arnheim

Der Garten war geschmückt wie eine schöne Frau,
Die hingestreckt in wonn'gem Schlummer liegt,
Geschloßnen Aug's hinauf zum Himmel träumt,
Azurnes Gefild spannt oben rund sich aus,
Und an den Irisblicken unten lasten schwere Tropfen
Von Glitzertau und schimmern manchmal auf,
Wie Sterne zwinkern in des Abends tiefem Blau

Giles Fletcher
»Christ's Victory and Triumph«

Von der Wiege bis zum Grabe segelte mein Freund Ellison mit einem wahren Sturm von Wohlergehen dahin. Ich meine hier das Wort Wohlergehen noch nicht einmal so sehr in seinem äußeren weltlichen Sinn, sondern verstehe darunter wirkliches inneres Glück. Die Person, von der ich rede, schien geboren zu sein, um den Doktrinen eines Turgot, Price, Priestley und Condorcet als Symbol zu dienen – ein leuchtender Beweis für die Möglichkeit dessen zu sein, was man die »Schimäre der Perfektionisten« genannt hat. Es kommt mir vor, als habe ich während der Lebensdauer Ellisons das Dogma widerlegt gesehen, welches sagt, daß im Wesen des Menschen ein geheimnisvolles Prinzip als Gegner jeglichen Glückes wirke. Eine genaue Untersuchung seiner Lebensweise hat mich in der Ansicht bestärkt, daß im allgemeinen das Elend der Menschen seinen Ursprung in der Verletzung einiger einfacher Gesetze der Menschlichkeit hat – daß wir als Gattung im Besitz nur noch nicht entwickelter Elemente innerer Zufriedenheit sind – und daß selbst heutzutage, in der gegenwärtigen Dunkelheit und Verworrenheit aller Gedanken über die große soziale Frage, der Mensch, das Individuum, unter gewissen ungewöhnlichen Umständen glücklich sein kann.

Mein junger Freund war von solchen und ähnlichen Ansichten vollkommen durchdrungen; indes ist es nicht überflüssig, zu bemerken, daß das ungetrübte Glück, das sein Leben überstrahlte, das Resultat eines streng befolgten Systems war. Denn es liegt wohl auf der Hand, daß sich Ellison ohne jene instinktive Philosophie, die zuweilen die Erfahrung vollkommen ersetzt, in den Wirbel von Unglück gestürzt haben würde, der alle vom Schicksal außerordentlich begünstigten Menschen umkreist. Doch beabsichtige ich keineswegs, einen Essay über das Glück zu schreiben. Die Ideen meines Freundes lassen sich in wenige Worte zusammenfassen. Sie beschränkten sich auf nur vier Prinzipien oder genauer, vier Elementarbedingungen zum Glück. Für die hauptsächlichste hielt er – es klingt seltsam genug – körperliche Übungen im Freien. Er pflegte zu sagen: »Die Gesundheit, die man auf andere Weise erwirbt, ist dieses Namens kaum wert.« Er sprach mit Feuer von den Freuden der Fuchsjagd und nannte die Männer am Pfluge die einzigen Menschen, die man als Klasse mit Recht für glücklicher halten könne als irgendeine andere.

Die zweite Bedingung war die Liebe zum Weib.

Die dritte und am schwersten erfüllbare war die Verachtung jeglichen Ehrgeizes.

Die vierte Bedingung endlich war ein Objekt unaufhörlichen Strebens; und er behauptete, daß, wenn alle anderen Bedingungen gleich gut erfüllt würden, die Größe des erreichbaren Glückes im Verhältnis zu dem geistigen Wert dieses Objektes stehe.

In ganz merkwürdiger Weise hatte das Schicksal meinen Freund Ellison mit seinen Gaben überhäuft. An Anmut und persönlicher Schönheit übertraf er alle Menschen, die ich je gekannt habe. Sein Verstand war von der Art, für die die Erwerbung von Kenntnissen weniger eine Arbeit als Intuition und Notwendigkeit ist. Seine Familie gehörte zu den vornehmsten des Landes. Seine Gattin war die lieblichste und zärtlichste Frau. Er hatte stets ein bedeutendes Vermögen besessen; als er volljährig wurde, stellte es sich jedoch heraus, daß das Schicksal zu seinen Gunsten wieder einmal eine jener bizarren Streiche vollführt hatte, die das ganze soziale Milieu, in dem sie sich ereignen, in höchstes Erstaunen setzen und kaum jemals verfehlen, die moralische Konstitution der von ihnen Betroffenen gänzlich umzugestalten.

Ungefähr hundert Jahre vor der Großjährigkeit des Mr. Ellison war in einer entfernten Provinz ein gewisser Mr. Seabright Ellison gestorben. Dieser hatte ein fürstliches Vermögen erworben, und da er keine direkten Verwandten besaß, war er auf die Laune verfallen, dies Vermögen – und zwar für den Zeitraum von hundert Jahren von seinem Tode an – sich einfach unangestastet vermehren zu lassen. Nachdem er selbst auf das genaueste mit großer Klugheit bestimmt hatte, wie das Geld angelegt werden sollte, vermachte er seinen gesamten Besitz derjenigen Person, die, nach Ablauf des hundertsten Jahres nach seinem Tode, sein nächster Blutsverwandter sein werde und den Namen Ellison trug. Mehrere Versuche waren gemacht worden, dies seltsame Vermächtnis für nichtig zu erklären, da jedoch alle Einwendungen ex post facto kamen, blieben sie wirkungslos. Sie hatten nur zur Folge, daß die Eifersucht der Regierung erregt wurde und ein Gesetz ins Leben trat, das eine derartige Anhäufung von Kapital für die Zukunft untersagte. Es konnte jedoch nicht mehr verhindern, daß der junge Ellison an seinem einundzwanzigsten Geburstag als Erbe seines Vorfahren Seabright in den Besitz eines Vermögens von vierhundertundfünfzig Millionen Dollar gelangte.*

Als es bekannt wurde, welch ungeheuren Reichtum er geerbt hatte, tauchten natürlich viele Vermutungen über die Art und Weise seiner Verwendung auf. Die ungeheure Höhe der Summe und ihre sofortige Verwertbarkeit verwirrten alle Köpfe, die sich mit der Lösung dieser Frage abgaben. Hätte es sich um den Besitzer irgendeiner berechenbaren Summe gehandelt, so hätte man sich wohl vorstellen können, auf welche von den tausend landläufigen Arten er sein Geld ausgeben würde. Hätten seine Reichtümer bloß die seiner Mitbürger überschritten, so hätte man mit Sicherheit annehmen dürfen, daß er sich irgendeiner gerade modernen Extravaganz überlassen werde, daß er sich in den Strudel der politischen Intrigen stürzen oder nach der Ministerwürde streben, daß er sich einen höheren Adelsrang erkaufen oder Kunstsammlugen anlegen, daß er die Rolle eines freigebigen Mäzens der Künste und Wissenschaften spielen oder große wohltätige Stiftungen gründen werde, die dann seinen Namen tragen sollten. Für den unschätzbaren Reichtum jedoch, der ihm so plötzlich zugefallen war, boten all diese und ähnlichen Arten, Geld anzuwenden, ein viel zu beschränktes Feld. Man berechnete, daß selbst zu dem niedrigsten Zinssatz von drei Prozent das jährliche Einkommen Ellisons nicht weniger als dreizehn Millionen fünfhunderttausend Dollar betrug, monatlich also eine Million einhundertfünfundzwanzigtausend Dollar, oder sechsunddreißigtausendneunhundertsechsunddreißig Dollar täglich, oder eintausendfünfhunderteinundvierzig Dollar in der Stunde, gleich sechsundzwanzig Dollar in der Minute. Der Weg für übliche Vermutungen war also nach allen Richtungen versperrt. Man konnte sich durchaus denken, was nun geschehen sollte. Einige gingen so weit, zu vermuten, daß Mr. Ellison sich selbst wenigstens der Hälfte seines Vermögens als einer lästigen Überfülle berauben und die ganze Schar seiner Verwandten mit diesem Überfluß bereichern werde. In der Tat trat Ellison seinen Angehörigen das außergewöhnlich große Vermögen ab, das er schon vor seiner ungeheuerlichen Erbschaft besessen hatte.

* Ein Fall, der dem hier entworfenen in Umrissen gleicht, ereignete sich vor nicht sehr langer Zeit in England. Der Name des Erben war Thelluson. Eine erste Betrachtung darüber las ich in der »Reise« des Fürsten Pückler-Muskau, der die Erbschaftssumme auf neunzig Millionen Pfund schätzte und sehr richtig bemerkt, daß »in der Betrachtung einer solchen Riesensumme, und was für Werke mit Hilfe derselben ausgeführt werden könnten, sogar etwas Erhabenes liege«. Um den Rahmen dieses Aufsatzes der Wirklichkeit anzupassen, bin ich den allerdings erheblich übertriebenen Angaben des Fürsten gefolgt. Tatsächlich waren die ersten Seiten dieser Schilderung mitsamt den Grundgedanken schon Jahre vorher gedruckt, noch vor dem Erscheinen der ersten Bogen von Eugène Sues wundervollem Roman »Der ewige Jude«, den Pücklers Erzählung vielleicht angeregt haben mag.

Es überraschte mich nicht im geringsten, daß er selbst über die Frage, die seinen Freunden so viel Kopfzerbrechen machte, längst im klaren war. Auch setzte mich seine Entscheidung durchaus nicht in Erstaunen. Den Forderungen der Nächstenliebe hatte sein Gewissen Genüge getan. Und an die Möglichkeit einer sogenannten Verbesserung der allgemeinen Verhältnisse durch die Bemühungen einzelner glaubte er, wie ich leider gestehen muß, in nur sehr beschränktem Maße. Kurz, zu seinem Glück oder Unglück, kehrte er in hohem Maße stets wieder auf sich selbst zurück.

Er war im edelsten und weitesten Sinne ein Poet. Er hatte den wahren Charakter, die hehren Ziele, die erhabene Majestät und größte Notwendigkeit des poetischen Geistes begriffen. Sein Instinkt sagte ihm, daß die vollkommenste, wenn nicht die einzigste Befriedigung dieses Geistes in dem Schaffen neuer Formen der Schönheit bestehe. Einige Besonderheiten, in seiner Erziehung vielleicht oder ererbter Geistesanlagen, hatten seinen ethischen Spekulationen eine Neigung zum Materialismus gegeben; und wahrscheinlich führte ihn diese Neigung zu dem Glauben, daß das beste, wenn nicht allein berechtigte Gebiet der Ausübung poetischer Fähigkeiten das Erschaffen neuer Formen rein physischer Schönheit sei. Dies war wohl auch die Ursache, daß er weder Musiker noch Dichter wurde – wenn wir das letztere Wort in seiner Alltagsbedeutung gebrauchen wollen. Vielleicht hatte er es auch nur versäumt, das eine oder andere zu werden, weil er seiner Lieblingsidee folgte, der Überzeugung nämlich, daß in der Verachtung jeglichen Ehrgeizes eine der wesentlichsten Bedingungen irdischer Glückseligkeit liegt. Und ist es wirklich so schwer zu glauben, daß, wenn ein Genie höherer Ordnung notwendig ehrgeizig ist, ein solches höchster Ordnung selbst über dem steht, was man Ehrgeiz nennt? Und könnte es auf diese Weise nicht vorkommen, daß viel größere Menschen als Milton zufrieden, stumm und ruhmlos blieben? Ich glaube, daß die Welt – wenn nicht durch eine Reihe unseliger Ereignisse ein Genie jener höchsten Ordnung zu der ihm widerstrebenden Ausführung seiner Ideen gezwungen wird – niemals das vollkommene triumphierende Werk sieht und sehen wird, das die menschliche Natur auf den ergiebigen Gebieten der Kunst zu schaffen durchaus fähig ist.

Ellison wurde weder Musiker noch Dichter, obwohl kein Mensch Musik und Dichtung heißer liebte als er. Unter anderen Lebensumständen wäre er vielleicht Maler geworden. Die Skulptur ist, obgleich ihrem Wesen nach rein poetisch, eine Kunst, deren Sphäre und Wirkung zu beschränkt ist, als daß sie seine Aufmerksamkeit lange und tiefer in Anspruch hätte nehmen können. Ich habe nun alle Gebiete aufgezählt, in welchen sich nach Behauptung der Kenner der poetische Geist äußern kann. Ellison jedoch behauptete, daß das reichste, wirklichste und natürlichste, wenn nicht sogar das allerumfassendste Gebiet in unerklärlicher Weise vernachlässigt worden sei. Noch nie hat irgendeine Definition vom Landschaftsgärtner als von einem Dichter gesprochen; mein Freund jedoch glaubte, daß die Schöpfung eines Landschaftsgartens der Muse eine ganz besonders glückliche Gelegenheit zur Entfaltung geben werde. Hier ergab sich in der Tat für die Phantasie das herrlichste Feld zur unaufhörlichen Verbindung von neuen Formen der Schönheit; denn die Elemente dieser Verbindungen sind die herrlichsten, die die Erde dem Künstler überhaupt darbietet. in der Vielgestalt und Vielfarbigkeit der Blumen und Bäume erkannte er den mittelbarsten und kräftigsten Willen der Natur zu physischer Schönheit. Und zu der Leitung und Konzentration dieses Willens – oder besser, zu seiner Anpassung an die Augen, die ihn auf Erden erkennen sollten, glaubte er sich verpflichtet, die besten Mittel anzuwenden und fruchtbringend zu arbeiten: um so nicht nur seine Bestimmung als Dichter zu erfüllen, sondern auch den erhabenen Zwecken zu dienen, um deretwillen die Gottheit dem Menschen das poetische Gefühl gegeben habe.

»Ihre Anpassung an die Augen, die sie auf Erden betrachten sollen.«

Durch die Erklärung, die Ellison diesem Satz gab, wurde mir etwas offenbar, das mir lange Zeit rätselhaft erschienen war, ich meine die Tatsache (die nur ein Ignorant bestreiten kann), daß die Natur keine solche Kombination von Landschaften, wie ein genialer Maler sie aufweisen kann, hervorzubringen vermag. Man findet in der Wirklichkeit keine Paradiese, wie sie auf der Leinwand Claude Lorrains erstrahlen. In der entzückendsten natürlichen Landschaft wird man immer einen Fehler oder ein »Allzuviel«, viele Fehler, viele »Allzuviel« entdecken. Während die einzelnen wesentlichen Bestandteile der Geschicklichkeit jedes Menschenkünstlers Hohn sprechen, wird die Zusammensetzung dieser Teile stets der Verbesserung bedürfen. Kurz, auf der ganzen Oberfläche der Erde wird man keinen Punkt finden können, von dem aus gesehen die Komposition der Landschaft für ein künstlerisches Auge nicht irgendeinen Fehler enthält. Und doch, wie unverständlich ist dies! Man hat uns mit Recht gelehrt, in jeder anderen Beziehung die Natur als vollkommen zu verehren, und wir fürchten uns, bei der Nachbildung ihrer Einzelheiten mit ihr zu rivalisieren. Wer wollte es sich anmaßen, die Farben der Tulpen nachzuahmen oder die Proportionen der Lilie zu verbessern? Die Kritik, die von der Skulptur oder Porträtkunst behauptet, daß hier die Natur mehr geadelt und idealisiert als nachgeahmt wird, befindet sich im Irrtum. Keine gemalte oder plastische Nachbildung von Elementen menschlicher Schönheit kann mehr tun, als sich der lebenden, atmenden Schönheit nähern. Nur auf die Landschaft allein kann dieses Prinzip der Kritik mit Recht Anwendung finden, und da sie diese als wahr empfunden, trieb die unbesonnene Neigung zu Verallgemeinerungen sie dazu, dasselbe auch auf allen anderen Kunstgebieten für richtig zu halten. Da sie seine Wahrheit fühlte, sagte ich, denn das Gefühl führt uns niemals zu erkünstelter Überzeugung und Trugschlüssen. Die Mathematik hat keine absolutere Beweiskraft, als das Kunstgefühl für den Künstler. Er glaubt nicht nur, sondern weiß positiv, daß diese und jene, scheinbar willkürliche Zusammenstellung des Stoffes die wahre Schönheit herbeiführen wird. Seine Gründe jedoch sind noch nicht bis zur Ausdrucksreife gediehen. Eine Analyse, die tiefer sieht als alle bis jetzt bekannten, bleibt es überlassen, diese Gründe vollständig zu erforschen und zu formulieren. Immerhin ist der Künstler schon heute durch die Stimme all seiner Brüder von der Richtigkeit seiner instinktiv gefaßten Meinungen vollständig überzeugt. Stellen wir uns einmal eine fehlerhafte Komposition vor, und nehmen wir an, daß man ihre Anordnung verbessert und daß man die Verbesserung allen Künstlern der Welt zur Beurteilung vorlegt. Ein jeder von ihnen wird ihre Notwendigkeit zugeben. Mehr noch! Um dem Fehler der betreffenden Komposition abzuhelfen, würde jeder der Künstler die gleiche Verbesserung vorgeschlagen haben.

Ich wiederhole, daß allein in der Komposition der Landschaft die physische Natur der Vervollkommnung fähig ist, und daß ich das Geheimnis, weshalb sie gerade in diesem einen Punkt der Verbesserung fähig erscheint, nicht lösen konnte. Meine eigenen Gedanken darüber lagen in dem Glauben beschlossen, daß der Urwille der Natur die Oberfläche der Erde so geschaffen habe, daß sie dem Gefühl des Menschen für das Schöne, das Erhabene oder das Malerische und seinem Bedürfnis nach Vollkommenheit entsprach, daß jedoch diese ihre Urabsicht durch die bekannten geologischen Umwälzungen vereitelt worden sei – durch die Umwälzungen von Formen und Farbenzusammenstellungen, in deren Verbesserungen und Mischungen die Seele aller Kunst liegt. Die überzeugende Kraft dieser Annahme wurde jedoch durch die aus ihr resultierende Notwendigkeit sehr abgeschwächt, diese Umwälzungen als anormale und zwecklose anzusehen. Ellison jedoch behauptete, daß sie Anzeichen des Todes seien, und suchte sie so zu erklären: »Nehmen wir an, die irdische Unsterblichkeit des Menschen sei eigentlich ihre Urabsicht gewesen. Die erste Anordnung der Oberfläche der Erde war also diesem seligen Dasein angepaßt, einem Zustand, der nicht verwirklicht, jedoch beabsichtigt wurde. Diese Umwälzungen waren nur Vorbereitungen eines allmählich gewollten sterblichen Daseins.«

»Überdies« – behauptete mein Freund weiter – »was wir als eine Vervollkommnung der Landschaft ansehen, kann wirklich eine solche sein, doch nur vom moralischen oder menschlichen Standpunkt aus. Jede Änderung der natürlichen Szenerie kann möglicherweise für das Gesamtbild einen Makel bedeuten, wenn wir uns dasselbe, im großen, en masse gesehen, vorstellen, von irgendeinem, von der Oberfläche der Erde entfernt, doch nicht außerhalb ihrer Atmosphäre liegenden Punkt überschaut vorstellen. Jeder wird leicht verstehen, daß die Vervollkommnung eines in der Nähe gesehenen Details den allgemeinen, erst auf eine gewisse Entfernung hin erreichbaren Eindruck stören kann. Es ist auch nicht unmöglich, daß es eine Klasse von Wesen gibt, welche, einst menschlich, dennoch der Menschheit unwahrnehmbar bleiben, für die ordentlich erscheint, was uns unordentlich, malerisch, was uns nicht malerisch ist; mit anderen Worten eine Art irdischer Engel, für deren durch den Tod verfeinertes Schönheitsgefühl noch mehr als für unseres die Gottheit vielleicht die ungeheueren Landschaftsgärten der Hemisphären entstehen ließ.«

Im Laufe dieses Gespräches zitierte mein Freund einige Stellen aus dem Buch eines Schriftstellers, den man für eine Autorität auf dem Gebiete der Landschaftsgärtnerei hält:

»Eigentlich teilt sich die Landschaftsgärtnerei nur in zwei Stile, den natürlichen und den künstlichen. Der eine sucht die ursprüngliche Schönheit der Landschaft wieder zu erwecken, indem er seine Mittel der Umgebung anpaßt; indem er Bäume pflanzt, die mit den Hügeln oder der Ebene ringsumher harmonieren, und jene schönen Beziehungen von Größen, Verhältnissen und Farben entdeckt oder unterstreicht, die, dem gewöhnlichen Beobachter verborgen, sich dem erfahrenen Schüler der Natur aber sofort enthüllen. Das Resultat des natürlichen Stils der Gärtnerei äußert sich mehr als Abwesenheit aller Fehler und Störungen und in der Herrschaft einer gesunden Harmonie und Ordnung als in der Schöpfung irgendwelcher besonderen Wunder und Mirakel. Der künstliche Stil hat soviel Variationen wie es Geschmacksarten zu befriedigen gibt. Er hat eine gewisse allgemeine Beziehung zu den verschiedenen Baustilen. Erinnern wir uns an die majestätischen Alleen und stillen Verstecke von Versailles; an die italienischen Terrassen; an den zusammengesetzten alten englischen Stil, der mit der häuslichen Gotik oder dem alten Elisabethanischen Stil Ähnlichkeit hat. Was man auch immer gegen den Mißbrauch der künstlichen Landschaftsgärtnerei sagen mag, die Einführung reiner Kunst in einen Landschaftsgarten teilt ihm eine neue, große Schönheit mit. Diese ist zum Teil eine moralische, zum Teil eine äußere, die dem Auge durch ihren Ausdruck von Ordnung und Absicht gefällt. Eine Terrasse mit einer alten, moosbewachsenen Balustrade ruft uns sofort die schönen Geschöpfe ins

Gedächtnis zurück, die in früheren Zeiten auf ihr geweilt haben. Die leiseste Andeutung ist ein Zeugnis von Teilnahme und humaner Gesinnung.«

»Aus dem Ebengesagten«, sprach Ellison weiter, »werden Sie schon entnommen haben, daß ich die Idee, die ursprüngliche Schönheit der Landschaft wiederherstellen zu wollen, zurückweise. Die ursprüngliche Schönheit ist niemals so groß, wie jene, die man neu hinzufügen könnte. Natürlich hängt alles von der Wahl eines geeigneten Ortes ab. Was von dem ›Entdecken oder Unterstreichen jener schönen Beziehungen von Größen, Verhältnissen und Farben‹ gesagt war, ist von einer Unbestimmtheit, die nur die unzureichenden Gedanken verschleiern sollte. Der fragliche Satz bedeutet vielleicht etwas, vielleicht auch nichts und kann uns zu nichts nützen. Und daß ›das Resultat des natürlichen Stils der Gärtnerei sich mehr als Abwesenheit aller Fehler und Störungen und in der Herrschaft einer gesunden Harmonie und Ordnung, als in der Schöpfung irgendwelcher besonderen Wunder und Mirakel äußert‹, ist eine Behauptung, die mit Rücksicht auf den schleichenden Verstand der Masse, nicht aber für den genialen Menschen gemacht wurde. Das eben erwähnte negative Verdienst konnte nur von jener hinkenden Kritik gefällt werden, die auf dem Gebiete der Literatur einen Addison in den Himmel heben wollte. In der Tat, jene Tugend, die darin besteht, das Laster zu meiden, appelliert unmittelbar an den Verstand und kann folglich auch in eine Regel beschränkt werden – jene erhabenere Tugend jedoch, die im Schaffen glüht, kann nur in ihren Resultaten verstanden werden. Eine Regel ist nur auf negative Verdienste anwendbar, auf Erkenntniss von hemmender Natur – über diese hinaus kann die Kunst der Kritik nichts weiter als suggerieren. Man kann uns lehren, einen ›Cato‹ zu konstruieren, kann uns jedoch nicht sagen, wie man einen ›Parthenon‹ oder ein ›Inferno‹ schafft. Ist das Werk jedoch geschaffen, das Wunder vollbracht, so wird die Fähigkeit, es zu begreifen, allgemein. Die Sophisten der negativen Schule, die aus Unfähigkeit, zu schaffen, das Schaffen beschimpften, rufen jetzt am lautesten Beifall. Was in dem embryonalen Zustand des Prinzips ihren Pedantenverstand beleidigte, zwingt nun ihrem Instinkt für Schönheit im Zustand der Vollendung Bewunderung ab.

Die Ansichten des Autors über den künstlichen Stil«, fuhr Ellison fort, »sind weniger verwerflich. Die Einführung reiner Kunst kann die Schönheit eines Landschaftsbildes nur erhöhen. Das ist richtig. Und auch die Bemerkung, die sich auf das Gefühl von menschlichem Interesse bezieht. Sein Prinzip ist, so wie er es ausdrückt, unbestreitbar. Doch vielleicht reicht es nicht aus, ist über dasselbe hinaus noch etwas zu finden – eine Wirkung, die den Bereich der Mittel, über die die Menschen gewöhnlich verfügen, überschreitet und die, wenn sie erreicht wird, in die Landschaftsgärtnerei einen Reiz einführen würde, der denjenigen, der ihr ›das Gefühl‹ bloß ›humanen Interesses‹ geben kann, weit überträfe. Ein Dichter, der über ungewöhnlich große pekuniäre Hilfsquellen verfügte, könnte, während er die notwendige Idee von Kunst oder Kultur, oder, wie unser Autor sich ausdrückt, von ›Interesse‹ beibehält, seine Entwürfe so mit neuer Schönheit, mit Unendlichkeit in der Schönheit durchtränken, daß uns das Gefühl einer geistigen Einwirkung nie abhanden käme. Und man wird begreifen, daß, wenn er ein solches Resultat erzielt, sein Werk all die Vorteile jenes ›humanen Interesses‹ behält und noch dazu von der Sprödigkeit und der sichtbaren Technik der bloß weltlichen ›Kunst‹ befreit ist.

In der rauhesten Wildnis – in der abschreckendsten Landschaft äußert sich die Kunst eines Schöpfers, doch ist diese Kunst nur durch Nachdenken zu erkennen. Sie hat niemals die unwiderstehliche Kraft eines Gefühles. Stellen wir uns also vor, daß dieser Ausdruck der Absicht Gottes einen Grad weniger stark hervortrete, mit dem Gefühl für menschliche Kunst harmoniere, demselben so angepaßt sei, daß er ein Mittelding zwischen beiden bilde. Stellen wir uns zum Beispiel eine Landschaft vor, deren Großartigkeit und geschickte Abgrenzung mit dem Bestimmbaren, deren Schönheit und Pracht mit dem Wunderbaren vereint ist und in uns die Vorstellungen von Sorgfalt, Pflege und Überwachung seitens höherer, jedoch der Menschheit verwandter Wesen auslösen – so wäre das Gefühl des Interesses gewahrt, und die neue Kunst, von der das Werk durchdrungen wäre, würde ihm den Hauch einer vermittelnden oder sekundären Natur geben – einer Natur, die nicht Gott, noch eine Emanation Gottes, sondern die Natur ist, wie sie sein würde, wenn sie aus den Händen jener Engel hervorginge, die zwischen Gott und dem Menschen schweben.«

In der Hingabe seines ungeheueren Vermögens für die Verkörperung eines solchen Planes – in der persönlichen Überwachung der Ausführung seines Werkes, die ihn zu Bewegungen im Freien anhielt – in dem Gegenstand all seiner Pläne – in der hohen Geistigkeit dieses Gegenstandes – in der Verachtung jeglichen Ehrgeizes nach außen hin – in den unversiegbaren Quellen, die seinen Durst nach Schönheit belohnte, dieser Hauptleidenschaft seiner Seele, die dennoch nie ganz gesättigt werden konnte – und vor allem in der Liebe einer nicht unweiblichen Frau, deren Schönheit und Güte sein Dasein wie die Purpurlüfte eines Paradieses umschmeichelten, suchte und fand Ellison Befreiung von den der Menschheit angeborenen Sorgen und ein größeres, positiveres Glück, als es Madame de Staël je in ihren hingerissenen Träumereien blühen sah.

Ich fürchte, es wird mir unmöglich sein, dem Leser eine deutliche Vorstellung von den Wundern zu geben, die mein Freund ausführte. Ich möchte sie gerne beschreiben, aber schrecke doch vor der Schwierigkeit zurück und zögere zwischen der Beschreibung von Einzelheiten und dem Gesamtbild. Vielleicht ist es das beste, die beiden in ihren Extremen zu vereinigen.

Herr Ellison richtete seine Aufmerksamkeit natürlich zuerst auf die Wahl eines geeigneten Ortes. Anfangs dachte er an die üppige Natur der Inseln im Stillen Ozean. Schon hatte er sich zu einer Reise in die Südsee entschlossen, als eine durchgrübelte Nacht ihn bewog, diesen Plan wieder fallen zu lassen.

»Wenn ich ein Misanthrop wäre«, sagte er, »so würde ich einen solchen Ort wählen. Die gänzliche Einsamkeit, die vollkommene Abgeschlossenheit, die Schwierigkeit, dort hin- und wieder zurückzugelangen, wäre in diesem Falle der größte Reiz. Doch bin ich kein Timon. Ich wünsche Ruhe und Sammlung, doch nicht den Druck der Einsamkeit. Mir wird stets eine gewisse Kontrolle nottun über Zulänglichkeit und Ausdauer meiner Seele. Es werden sehr oft Stunden kommen, in denen ich der Sympathie poetischer Geister für mein vollendetes Werk bedarf. Ich muß einen Ort finden, der nicht allzuweit von einer volkreichen Stadt liegt, deren Nähe mir im übrigen auch die Ausführung meines Werkes wesentlich erleichtern wird.«

Auf der Suche nach einem solchen Orte reiste Ellison mehrere Jahre umher, und ich durfte ihn begleiten. Unzählige Orte, die mich mit Entzükken erfüllten, schienen ihm aus Gründen, die mich nach einigem Nachdenken stets überzeugten, ungeeignet. Endlich gelangten wir zu einer Hochebene von wunderbarer Fruchtbarkeit und Schönheit, die einen Rundblick gewährte, der an Weite dem, den man vom Gipfel des Ätna hat, nicht viel nachstand und sowohl meiner als Ellisons Meinung nach die weitgerühmte Aussicht von jenem Berge in allen Dingen des wahrhaft Malerischen übertraf.

»Ich weiß sehr wohl«, sagte er mit einem Seufzer des Entzückens, nachdem er das Bild wohl eine Stunde lang wie gebannt betrachtet hatte, »ich weiß sehr wohl, daß in meiner Lage neun Zehntel aller Menschen hier zufrieden bleiben würden. Dieses Panorama ist wirklich wundervoll, und ich würde mich in Frieden an ihm erfreuen, wenn es nicht eben so übermäßig herrlich wäre. Alle Architekten, die ich kenne, hatten die Neigung, um der ›Aussicht‹ willen ihre Gebäude auf der Spitze eines Hügels oder Bergs zu errichten. Es liegt auf der Hand, daß dies eine schlechte Spekulation ist. Größe jeder Art, doch besonders die des Raumes, macht unruhig, regt auf – ermüdet auf die Dauer und drückt nieder. Es kann nichts Besseres geben für eine gelegentlich gesehene Landschaft – für eine, die man immer vor Augen haben muß, gibt es nichts Schlimmeres. Die für den beständigen Anblick unangenehmste Größe ist die der Ausdehnung und die schlimmste Ausdehnung der Raum. Sie steht in Widerspruch mit dem Gefühl und dem Bedürfnis von Abgeschlossenheit, das wir zu befriedigen wünschen, wenn wir uns ›aufs Land zurückziehen‹. Wenn wir von dem Gipfel eines Berges ausschauen, können wir der Empfindung nicht wehren, ›draußen‹ in der Welt zu sein. Der Seelenkranke meidet weite Aussichten wie die Pest.«

Erst gegen Ende des vierten Jahres unserer Nachforschungen fanden wir eine Gegend, die Ellison zu befriedigen schien. Es ist ohne Zweifel überflüssig, zu sagen, wo sich diese Gegend befand. Der kürzlich erfolgte Tod meines Freundes öffnete sein Besitztum einer gewissen Klasse von Besuchern und gab der Domäne von Arnheim eine Art geheimer, fast feierlicher Berühmtheit, die, obwohl ähnlich im Wesen, in unvergleichlich geringerem Grade derjenigen glich, die Beckfords Fonthill so lange Zeit hindurch auszeichnete.

Gewöhnlich begab man sich auf dem Flußweg nach Arnheim. Man verließ die Stadt am frühen Morgen. Während des Vormittags glitt man an Ufern von ruhiger und traulicher Schönheit vorüber, wo auf den glänzend grünen Wiesen Scharen weißwolliger Schafe weideten. Nach und nach schwand der Eindruck von Kultur zu dem eines bloß pastoralen Lebens hin. Dieser änderte sich allmählich in einen Eindruck von Abgeschiedenheit, der sich bald zu einem vollkommenen Bewußtsein von Einsamkeit steigerte. Als sich der Abend nahte, wurde der Fluß enger, die mit reicherem, üppigerem, dunklerem Laubwerk bewachsenen Ufer langsam steiler und das Wasser durchsichtiger. Der Fluß machte tausend Biegungen, so daß man seine schimmernde Oberfläche niemals weiter als bis vielleicht auf eine achtel Meile überschauen konnte. Jeden Augenblick schien das Fahrzeug wie in einem Zauberkreis gefangen, den undurchdringliche Laubwände ringsum abschlossen, über sich ein Dach aus ultramarinblauer Seide, und unter sich nichts, denn der Kiel des Schiffes tanzte mit wunderbarer Geschicklichkeit auf dem eines phantomhaften Fahrzeuges, das irgendein Zufall umgestürzt und das nun das wirkliche körperhafte Boot ständig zu stützen und zu begleiten schien. Das Flußbett wurde jetzt zur Schlucht – ich bediene mich dieses Wortes, obwohl es eigentlich hier nicht anwendbar ist, weil die Sprache kein anderes hat, das den auffallendsten, nicht den unterscheidendsten Zug der Landschaft besser wiedergibt. Der Eindruck der Schlucht wurde nur durch die hohen, parallel laufenden Ufer hervorgebracht, sonst war nichts in der Landschaft dazu angetan, diesen zu erregen. Die Wände dieses Hohlweges, zwischen denen das Wasser klar und friedlich dahinströmte, erhoben sich bis zu einer Höhe von hundert, ja, wohl hundertfünfzig Fuß und waren so gegeneinander geneigt, daß sie beinahe kein Tageslicht hindurch ließen, während das lange, federartige Moos, das dicht von dem überragenden Gesträuch herabhing, dem Abhang eine seltsame, feierliche Düsterkeit verlieh. Die Windungen des Flusses wurden immer häufiger und geschwungener und schienen im Kreislauf wieder auf sich zurückzukommen, so daß der Reisende längst jede Vorstellung von der Richtung, die er verfolgte, verloren hatte. Überdies fühlte er sich immer tiefer in eine glückliche Empfindung von etwas Wunderbarem versinken. Noch hatte er das Gefühl, sich in der Natur zu befinden, doch schien ihr Wesen eine Veränderung erfahren zu haben. Es war eine geheimnisvolle, feierliche Symmetrie, eine ergreifende Übereinstimmung, eine zauberhafte Eigentümlichkeit in allen diesen Erscheinungen. Kein abgestorbener Zweig, kein welkes Blatt, kein verlorener Kieselstein, kein Klümpchen brauner Erde war irgendwo zu sehen. Das kristallhelle Wasser wogte gegen den glatten Granit oder gegen fleckenlose Moosbänke, deren scharfe Ränder das Auge zugleich verwirrten und entzückten.

Wenn man nun einige Stunden den Irrgarten dieses Wasserkanals entlang geglitten war und die Düsterkeit der Landschaft mit jedem Augenblick zunahm, brachte eine unerwartete Biegung das Schiff plötzlich in ein kreisrundes, im Vergleich zu der Breite des Schlundes sehr großes Becken. Es hatte ungefähr zweihundert Ellen Durchmesser und war ringsherum – ausgenommen an der Stelle, die dem Einfahrtspunkt gerade gegenüber lag – von Hügeln umgeben, die genauso groß waren wie die Felswände, die sich am Fluß entlang erhoben, doch von ganz anderem Charakter. Vom Rand des Wassers an erhoben sie sich in einem Winkel von etwa fünfundvierzig Grad und waren ohne die geringste Unterbrechung von oben bis unten in das Gewand prächtigster Blüten gehüllt. Kaum ein grünes Blatt war in dieser See duftender, flutender Farben zu entdecken. Das Becken war sehr tief, das Wasser jedoch so durchsichtig, daß der Boden, der mit kleinen, runden, alabasterweißen Kieselsteinen über und über bedeckt, deutlich zu sehen war, das heißt, wenn man es über das Herz bringen konnte, den Blick von dem Spiegelbild abzuwenden. Auf ihnen wuchsen weder Bäume noch Sträucher irgendwelcher Art. Der Anblick löste in dem Beschauer ein Gefühl von Reichtum, Wärme, Farbe, Ruhe, Einheitlichkeit, Güte, Zartheit, Anmut, Wollust und einer zauberhaften Überkultur aus, die in ihm Träume von einem unbekannten Stamm von Feen erregten, die fleißig, mit vollkommenstem Geschmack begabt, mächtig und prachtliebend sein mußten: doch wenn das Auge von der feinen Abschlußlinie am Wasser unten den tausendfarbigen Abhang entlang hinauf bis zu den Falten der

A. Willms
04/03

überhängenden Wolken oben glitt, drängte sich einem unwillkürlich die Vorstellung eines weiten Katarakts von Rubinen, Saphiren, Opalen und goldenen Onyxen auf, der sich schweigend in unaussprechlicher Pracht vom Himmel stürzte.

Der Besucher, der plötzlich aus der Finsternis der Schlucht in diese Bucht gelangt, sieht mit Entzücken und Erstaunen die volle Sonnenscheibe, die er längst hinter den Horizont verschwunden glaubte, als einzige Grenze einer unermeßlichen Fernsicht durch eine andere wundersame Spalte in der Hügelkette.

Hier verläßt der Reisende das Schiff, das ihn bisher getragen hat, und besteigt ein leichtes elfenbeinernes Kanu, das außen und innen mit Arabesken in lebhaftem Scharlachrot verziert ist. Bug und Stern dieses Bootes erheben sich hoch über das Wasser und enden in einer scharfen Spitze, so daß seine Form einer unregelmäßigen Mondsichel gleicht und mit der stolzen Anmut eines Schwanes auf dem hellen Spiegel ruht. Auf seinem mit Hermelin bedeckten Boden liegt ein Paddel aus Atlasholz, aber kein Diener, kein Ruderer ist zu sehen. Der Gast braucht jedoch nicht den Mut zu verlieren; die guten Geister nehmen sich seiner an. Das größere Schiff verschwindet, und er bleibt allein im Kanu zurück, das regungslos in der Mitte des Sees liegt. Doch während er darüber nachdenkt, welche Richtung einzuschlagen sei, empfindet er eine sanfte Bewegung der Feenbarke. Sie kreist langsam um sich selbst, bis ihr Schnabel gegen die Sonne gerichtet ist. Mit sanfter, doch stetig zunehmender Geschwindigkeit gleitet sie vorwärts, während sich das leichte Gekräusel, das sie hervorruft, als himmlische Melodie an den Elfenbeinwänden zu brechen scheint – und so die einzig mögliche Erklärung für die süße, melancholische Musik abgibt, nach deren geheimnisvollem Ursprung sich der staunende Reisende vergeblich umsieht.

Das Boot gleitet unterdessen immer weiter und nähert sich einem Felsentor, das ich »Tor der Fernsicht« nenne, denn man hat nun die Sicht in ihrer ganzen Tiefe vor sich. Zur Rechten erhebt sich eine Kette von stolzen Hügeln mit rauhem, üppigem Baumwuchs. Doch bemerkt man noch immer, daß die charakteristische Reinheit der Linien selbst an der Stelle, wo die Ufer ins Wasser sinken, auch hier vorherrscht. Nicht das geringste Anzeichen von Uferschlamm oder von sonstigen Unreinlichkeiten ist zu entdecken. Die Szenerie zur Linken ist sanfter und trägt mehr den Anschein der Künstlichkeit. Hier steigt das Ufer sehr weich an und bildet einen breiten Rasenteppich, der weich wie Samt und so strahlend grün ist, daß er den Vergleich mit dem reinsten Smaragd aushalten kann. Die Breite dieses Plateaus schwankt zwischen zehn und dreihundert Ellen und reicht vom Flußufer bis zu einer Mauer, die, fünfzig Fuß hoch, sich in zahllosen Windungen, die jedoch im allgemeinen dem Flusse parallel laufen, dahinzieht, bis sie sich in der Ferne nach Westen hin verliert. Sie besteht aus einem einzigen, fortlaufenden Felsen und ist dadurch entstanden, daß man den ursprünglich zerklüfteten Abhang am südlichen Flußufer in einiger Entfernung senkrecht abschnitt; doch nicht das geringste Zeichen dieser Arbeit ist zurückgeblieben. Die Schnittfläche des Steines hat die Farbe von Jahrhunderten und ist mit Efeu, Geißblatt, Heckenrosen und Klematis üppig bewachsen. Die Einförmigkeit der Boden- und Gipfellinie der Mauer wird durch hohe, prächtige Bäume angenehm unterbrochen, die einzeln oder in kleinen Gruppen auf dem Plateau der Mauer entlang und auf der Domäne hinter der Mauer, doch in ihrer nächsten Nähe, wachsen, so daß sie ihre langen Äste (vor allem die der schwarzen Walnuß), über dieselben hinwegstrecken und bis in das Wasser tauchen. Eine undurchdringliche grüne Laubwand läßt dem Auge jedoch keinen Blick auf die Domäne.

Dies alles beobachtet man, während das Boot der Stelle zugleitet, die ich das »Tor der Fernsicht« genannt habe. Je mehr man sich ihm nähert, desto mehr verliert man den Eindruck eines Abgrundes; man erblickt zur Linken einen neuen Ausweg aus der Bucht, und auch die Felswand läuft in dieser Richtung, immer den Fluß entlang, weiter. Das Auge kann jedoch nicht weit in diese neue Öffnung eindringen, denn Felswände und Wasser ziehen sich immer mehr nach links, und bald ist die eine, bald das andere in Laubwerk verschwunden.

Der Kahn jedoch gleitet wie durch Zauber in den Bogen zur Linken, und es entfaltet sich das der Felswand gegenüberliegende Ufer, das dem soeben geschilderten in der gestreckten Fernsicht sehr ähnlich sieht. Hohe Hügel, die sich zuweilen zu Bergen erheben und eine wilde, üppige Vegetation tragen, schließen noch immer jede Fernsicht seitlich aus.

Mit sanfter, doch stetig zunehmender Geschwindigkeit gleitet der Reisende vorwärts, bis er nach vielen kurzen Windungen seinen Weg plötzlich durch ein riesiges Tor aus brüniertem Gold aufgehalten sieht, das, mit seltsam prächtigen Gravierungen und Ziselierungen geschmückt, die Strahlen der sinkenden Sonne zurückwirft, die mit ihren letzten Flammen den ganzen Wald ringsumher zu durchlohen scheint. Das Tor ist in eine hohe Felswand eingelassen, die hier den Fluß im rechten Winkel zu durchschneiden scheint. Ein paar Augenblicke später jedoch sieht man, daß der Hauptteil des Wassers in sanfter, weit geschweifter Biegung zur Linken, wie zuvor die Felswand entlang weiter fließt, während sich ein recht wasserreicher Arm vom Hauptstrom abzweigt und mit leichtem Schäumen unter dem Tor verschwindet. Das Kanu gerät in diesen kleineren Strom und nähert sich dem Tore, dessen schwere Flügel sich langsam und majestätisch öffnen. Das Boot gleitet durch sie hindurch und eilt schnell in ein weites Amphitheater hinunter, das vollkommen von purpurnen Bergen eingeschlossen ist, deren Fuß ringsumher ein schimmernder Fluß umspült. Und nun eröffnet sich unseren Blicken das ganze Paradies von Arnheim. Eine hinreißende Melodie klingt in unser Ohr; ein seltsam schwerer, süßer Duft umflutet uns: und wir sehen einen traumhaften Reichtum von hohen, schlanken morgenländischen Bäumen, üppige Büsche, Scharen goldener und strahlendrot gefiederter Vögel, lilienumrahmte Seen, Wiesen, die mit Veilchen, Tulpen, Mohn, Hyazinthen und Tuberosen übersät sind, weich gewundene Bänder silberner Wasserläufe und, wie in seliger Verwirrung hier und da aufspringend, Bauwerke halb gotischen, halb maurischen Stils, die wie durch einen Zauber in der Luft zu schweben scheinen, mit Hunderten von Erkern, Minaretten, Zinnen und Bogenfenstern in der roten Sonne schimmern, geisterhaft schön wie das gemeinsame Werk aller Sylphen, Feen, Genien und mächtigen Gnome der Welt.

Landors Landhaus

Als ich im vergangenen Sommer eine Fußtour durch einige Flußprovinzen des Staates New York machte, wußte ich eines Tages gegen Abend nicht mehr genau, auf welchem Weg ich mich befand. Die Gegend war merkwürdig hügelig, und mein Pfad hatte sich während der letzten Stunde bei seinem Bestreben, in den Tälern zu bleiben, so verworren hin und her gewunden, daß ich nicht mehr wußte, in welcher Richtung das liebliche Dorf B..., in dem ich die Nacht zu bleiben beschlossen hatte, suchen mußte. Während des Tages, der unangenehm schwül gewesen war, hatte die Sonne eigentlich kaum einmal wirklich geschienen. Ein dampfartiger Nebel, der mich an den Altweibersommer erinnerte, hüllte alle Dinge ein und machte mich noch unsicherer. Doch war ich durchaus nicht beunruhigt. Wenn ich das Dorf auch vor Sonnenuntergang oder vor Einbruch der Dunkelheit nicht erreichte, so mußte ich doch höchstwahrscheinlich bald auf eine kleine holländische Farm oder ein ähnliches Gebäude stoßen, obgleich die Umgebung (vielleicht weil sie eher malerisch als fruchtbar war) nur spärlich besiedelt wurde. Und im schlimmsten Fall hätte mir die Notwendigkeit, mit meinem Rucksack als Kissen und meinem Hund als Schildwache unter freiem Himmel biwakieren zu müssen, gerade Spaß gemacht. So vertraute ich denn Ponto meine Flinte an und schlenderte nach Herzenslust weiter; und als ich endlich anfing, genauer zuzusehen, ob die zahllosen kleinen Schneisen, die bald hier, bald dorthin liefen, überhaupt Wege sein sollten, führte mich bald der verlockendste von ihnen auf ein wirkliches Wagengleis. Man bemerkte deutlich die Spuren leichter Räder, und obgleich das hohe Gesträuch und das aufgeschossene Unterholz oben wieder zusammenschlugen, bot sich unten doch nicht das geringste Hindernis, nicht einmal für einen virginischen Bergkarren, der doch das anspruchsvollste Vehikel ist, das ich kenne. Der Weg selbst hatte, abgesehen davon, daß er frei durch den Wald lief – wenn Wald für dieses schmächtige Gesträuch nicht ein viel zu großer Name ist –, und Räderspuren aufwies, nicht die geringste Ähnlichkeit mit allen den Wegen, die ich bis jetzt gesehen hatte. Die Spuren waren nur sehr schwach sichtbar, da seine angenehm feuchte Oberfläche fest war: sie erinnerte an grünen genuesischen Samt. Er war mit einem Rasen bedeckt, so kurz, dicht, gleichmäßig, von so leuchtender Farbe, wie wir ihn sonst nur in England zu sehen bekommen. In den Räderfurchen lag nicht das kleinste Hindernis, kein Stückchen Holz, kein welker Zweig. Die Steine, die ehemals die Bahn versperrten, hatte man sorgfältig an den Rand des Weges gelegt, nicht etwa hingeworfen, so daß sie eine seitliche Grenze mit einer Art zufälliger

Genauigkeit angaben, die äußerst malerisch wirkte. Aus den Zwischenräumen wuchsen überall üppige Büschel wilder Blumen hervor.

Ich wußte nicht recht, was für Schlüsse ich aus all dem ziehen sollte. Daß hier zweifellos eine Kunst vorhanden war, überraschte mich nicht, denn im eigentlichen Sinne sind ja alle Straßen Werke der Kunst. Auch kann ich nicht sagen, daß mich das Maß oder Unmaß der angewendeten Kunst so sehr verwunderte. Alles, was man getan hatte, konnte man vielleicht hier bei den günstigen »natürlichen Möglichkeiten« (so heißt es, glaube ich, in den Büchern der Landschaftsgärtner) mit wenig Mühe und Kosten getan haben. Es war also nicht der Aufwand, sondern der Charakter der Kunst, der mich veranlaßte, mich auf einen der blumenüberwucherten Steine niederzulassen und die elfenhaft schöne Allee wohl eine halbe Stunde oder länger in wundersamem Erstaunen anzuschauen. Und je länger ich schaute, desto offenbarer wurde mir eins: nur ein Künstler, und zwar einer mit dem empfindlichsten Auge für Formenschönheit, konnte diese Anlage geschaffen haben. Er hatte die größte Sorgfalt darauf verwandt, zwischen dem Netten und Anmutigen einerseits und dem Pittoresken im wahren Sinne des italienischen Begriffes andererseits die richtige Mitte zu halten. Man sah wenig gerade und keine langen ununterbrochenen Linien. Die gleiche, durch eine Biegung oder eine Farbe hervorgerufene Wirkung erschien gewöhnlich von einem bestimmten Gesichtspunkt aus zweimal, doch nicht öfter. Überall herrschte Abwechslung in der Einheitlichkeit. Das Ganze war eine Komposition, an der auch der anspruchsvollste kritische Geschmack nichts mehr zu verbessern gefunden haben würde.

Ich war, als ich den Weg betrat, nach rechts eingebogen und ging in dieselbe Richtung weiter. Der Pfad zog sich in kurzen Serpentinen dahin, so daß ich keinen Augenblick lang weiter als zwei oder drei Schritte überschauen konnte. Sein Charakter wies keine Veränderung auf.

Plötzlich drang das sanfte Murmeln von Wasser an mein Ohr, und ein paar Augenblicke später, als ich mit dem Weg eine etwas engere Kurve machte als bisher, erblickte ich am Fuß eines sanften Abhangs gerade vor mir ein Gebäude. Ich konnte es jedoch wegen des Nebels, der das kleine Tal vor mir einnahm, nicht genau erkennen. Die Sonne ging gerade unter – ein sanfter Wind sprang plötzlich auf. Und während ich auf der Anhöhe stehenblieb, zerstreute sich der Nebel in luftige Girlanden und schwebte über die Szene dahin. Als alles sichtbar wurde, ganz allmählich, nach und nach – hier ein Baum, dort ein aufschimmernder Wasserstreifen, dann wieder die Kante eines Schornsteins –, konnte ich mich der Vorstellung nicht erwehren, das Ganze sei nur eine jener geistvollen Täuschungen, die manchmal mit dem Namen »verschwindende Bilder« benannt werden.

Während der letzte Nebel vollständig hinwegtrieb, war die Sonne hinter die anmutigen Hügel gesunken und strahlte mir plötzlich, als habe sie einen kleinen Schritt gegen Süden gemacht, durch einen Hohlweg, der sich von Westen in das Tal auftat, in vollem purpurnem Glanz entgegen.

Wie durch Zauberkraft wurde mit einem Mal das ganze Tal und alles in ihm von glänzendstem Licht erleuchtet.

Der erste Coup d'oeil auf die Landschaft, nachdem die Sonne in die eben beschriebene Lage geschlüpft war, machte mir den Eindruck, den ich als Kind oft von der Schluß-Szene eines geschickt gemachten Theaterstücks oder eines Melodrams empfand. Alles erinnerte mich daran, selbst die Übertriebenheit der Farben war die gleiche; denn das Sonnenlicht schoß in flammendstem Orange und Purpur durch den Hohlweg, und das strahlende Grün des Rasens wurde von der leichten Dunstdecke, die mir noch immer zu Häupten hing, als zögere sie, sich von diesem so bezaubernd schönen Anblick endgültig zu verabschieden, auf alle Dinge zurückgeworfen. Das kleine Tal, in das ich unter meinem Dunstbaldachin hinabblickte, mochte nicht mehr als vierhundert Ellen lang sein; seine Breite schwankte zwischen fünfzig, hundertfünfzig, ja, vielleicht zweihundert Ellen. Am nördlichen Ende war es am engsten und erweiterte sich, doch nicht regelmäßig, nach Süden zu. Vielleicht achtzig Ellen vom Südende entfernt war es am weitesten. Die Abhänge, die das Tal umrahmten, konnten mit Ausnahme derer am Nordende kaum Hügel genannt werden. Dort jedoch erhob sich ein steiler Granitblock zu einer Höhe von etwa neunzig Fuß; und das Tal selbst war, wie ich schon bemerkte, an dieser Stelle nicht mehr als fünfzig Fuß breit. Blickte man jedoch nach Süden, so fanden sich zur Rechten und zur Linken Abhänge, die weniger hoch, weniger steil und felsig waren. Kurz, nach Süden hin wurde alles niedriger und sanfter; und doch war das ganze Tal so von mehr oder minder hohen Anhöhen umgeben, daß nur zwei Stellen blieben. Eine von diesen habe ich schon erwähnt; sie lag nach Nordwesten und ließ durch einen regelmäßigen, natürlichen Spalt in der Granitmauer das Licht der untergehenden Sonne in das Amphitheater hinein. Dieser Spalt mochte, so weit das Auge in ihn hineindringen konnte, an seiner weitesten Stelle zehn Ellen breit sein und schien wie eine natürliche Bahn in das Innere noch unerforschter Berge und Wälder zu führen. Die andere Öffnung befand sich genau am südlichen Ende des Tales. Hier waren die Hügel im allgemeinen nur sanfte Abhänge, die sich vielleicht hundertfünfzig Ellen weit von Ost nach West hin ausdehnten. Ungefähr in ihrer Mitte war eine Senkung, etwa in gleicher Höhe mit der Talsohle. Auch die Vegetation wurde, wie alles andere nach Süden hin niedriger und sanfter. Im Norden erhoben sich, wenig Schritte von dem steilen Abgrund entfernt, die prächtigen Stämme zahlreicher Hickory-, Walnuß- und Kastanienbäume, darunter hier und da eine Eiche, und besonders die Walnußbäume spreizten ihre starken Seitenarme weit über den Rand der Klippe hinaus. Weiter nach Süden hin erblickte der Wanderer dieselben Bäume, doch waren sie da weniger hoch, weniger zahlreich, überhaupt von weniger Salvatorischem Charakter; hier wuchs die zartere Ulme inmitten von Sassafras und Akazien, weiter grünte die lieblichere Linde, und auf diese folgten noch anmutigere, biegsamere Arten. Der ganze südliche Abhang war mit Wildsträuchern bedeckt, nur hin und wieder erhob sich eine Silberweide oder der helle Stamm einer Pappel. Auf dem Grund des Tales selbst (alles bis jetzt erwähnte wuchs, wie man sich erinnern wird, an den Abhängen und auf den Felsen) sah man drei einzeln stehende Bäume. Einer von ihnen war eine Ulme, von schlanker Größe und ausgesucht schöner Form. Sie stand wie eine Wache am südlichen Eingang des Tales. Der zweite war ein Hickory, ausladender als die Ulme, überhaupt viel prächtiger, obwohl sie beide in ihrer Art herrlich waren; er schien den nordwestlichen Eingang behüten zu wollen, entsprang mitten in dem Schlund der Schlucht zwischen Felsbrocken und streckte seinen schönen Körper in einem Winkel von fast fünfundvierzig Grad weit in den Sonnenschein des Amphitheaters hinein. Ungefähr dreißig Ellen nach Osten von diesem Baum stand jedoch der Stolz des Tales – ohne Zweifel der schönste Baum, den ich je gesehen, (es sei denn unter den Zypressen von Itchiatuckanee). Es war ein dreistämmiger Tulpenbaum – Liriodendron Tulipiferum – aus der Familie der Magnolien. Die drei Stämme trennten sich etwa drei Fuß über dem Boden von dem gemeinsamen Mutterstock, wandten sich leicht und regelmäßig voneinander ab, und waren an der Stelle, an welcher der stärkste Stamm Laubwerk ansetzte, vielleicht vier Fuß auseinander, was in einer Höhe von vielleicht acht Fuß geschah. (Die volle Höhe des Hauptstamms mochte hundertzwanzig Fuß betragen.) Nichts kann die Schönheit der Form und das glänzende Grün der Blätter des Tulpenbaumes übertreffen. Augenblicklich mochten sie wohl acht Zoll breit sein, aber ihre Herrlichkeit wurde durch die strahlende Pracht üppigsten Blütenreichtums noch verdunkelt. Stellen Sie sich einmal auf engstem Raum zusammengedrängt eine Million der größten, glänzendsten Tulpen vor. Nur auf diese Weise kann ich ein Bild von dem Anblick geben. Und dann die kraftvolle Anmut der sauberen, zart gekörnten säulengleichen Stämme; der größte von ihnen maß zwanzig Fuß vom Boden und volle vier Fuß im Durchmesser. Seine zahllosen Blüten, deren Hauch sich mit denen anderer, kaum weniger schöner, doch bei weitem nicht so großartiger Bäume mischte, erfüllten das Tal mit mehr als arabischen Wohlgerüchen.

Der Boden des Amphitheaters war mit dem gleichen Gras bewachsen, das ich schon auf der Waldstraße bewundert hatte; vielleicht war es sogar noch zarter, dichter, samtähnlicher, von noch tieferem Grün. Es war schwer zu begreifen, wie man eine solche Schönheit erzielt haben mochte.

Ich sprach eben von den zwei Eingängen, die in das Tal führten. Aus dem nordwestlichen ergoß sich ein Flüßchen, das mit sanftem Murmeln und weißem Schäumen die Schlucht hinuntersprudelte, bis es gegen den Felsbrocken stieß, in dem der einsame weiße Hickory wurzelte. Es schlang sich um den Baum herum, wandte sich dann ein wenig nach Nordosten, wobei es den Tulpenbaum vielleicht zwanzig Fuß südlich liegen ließ, floß ohne Änderung in seinem Lauf weiter, bis es halbwegs in der Mitte zwischen der östlichen und der westlichen Talgrenze anlangte. An diesem Punkt drehte es sich in rechtem Winkel nach Süden und schlängelte seinen Weg dahin, bis es sich in einen kleinen See von unregelmäßiger, im allgemeinen ovaler Form verlor, der schimmernd am unteren Ende des Tales lag. Er mochte an seiner breitesten Stelle vielleicht hundert Ellen breit sein. Sein Wasser war klar wie der reinste Kristall und sein Boden, den man deutlich sehen konnte, bestand durchweg aus glänzenden weißen Kieseln. Seine Ufer mit dem smaragdgrünen Gras rundeten sich mehr, als daß sie abfielen, in den klaren Widerschein der Himmels drunten; und so klar war dieser Wasserhimmel, so vollständig spiegelte er alle Dinge wider, daß es schwer war, zu unterscheiden, wo die grüne, wirkliche Uferbank aufhörte und ihr Spiegelbild begann. Die Forellen und einige andere Fischarten, von denen es in diesem See fast über Gebühr wimmelte, erweckten den Eindruck, wirklich und wahrhaftig zu fliegen. Es war fast unmöglich, sich diese anders als in freier Luft schwebend vorzustellen. Ein leichtes Birkenkanu, das ruhig auf dem Wasser lag, wurde getreuer als von dem besten Spiegel mit seinen kleinsten Maserungen abgebildet. Ein Inselchen, das im Schmuck seiner blühenden Blumen heiter wie ein Lächeln schimmerte und gerade groß genug war, um ein reizendes kleines Vogelhaus zu tragen, erhob sich nicht weit von der nördlichen Küste des Sees und war mit diesem durch eine unglaublich zart aussehende, doch ganz einfache Brücke verbunden, die aus einer einzigen breiten und dicken Planke aus Tulpenbaumholz bestand. Sie war vierzig Fuß lang und bog sich in leichtem, doch deutlichem Bogen, der jedes Schwanken ausschloß, von Ufer zu Ufer. Am südlichen Ende des Sees trat das Flüßchen wieder aus diesem heraus, schlängelte sich vielleicht noch dreißig Ellen weiter, trat durch die schon erwähnte Senkung in der Mitte der südlichen Abhänge, stürzte dann einen steilen Abgrund von vielleicht hundert Fuß hinunter, um sich auf vielfach gewundenen Wegen zum Hudson durchzuschlagen.

Der kleine See war tief, an manchen Stellen wohl dreißig Fuß, während das Flüßchen selten mehr als drei Fuß tief und acht Fuß breit war. Sein Bett und seine Ufer waren genau so, wie die des Sees – wenn man ihnen vom Standpunkt des Malerischen aus hätte einen kleinen Makel nachsagen können, so wäre es der der übertriebenen Sauberkeit gewesen.

Die große, grüne Rasenfläche wurde hier und da von Büschen und Sträuchern unterbrochen, es gab Hortensien oder den gemeinen Schneeball und duftende Syringen, oder, noch häufiger, einen Tuff Geranien, die in allen Farben prächtig in Blüten standen. Sie wuchsen in Töpfen, die sorgfältig im Boden vergraben waren, so daß es den Eindruck machte, als ob sie hier heimisch seien. Außerdem war der samtene Rasen über und über mit Schafen gesprenkelt, die sich mit drei zahmen Rehen und einer großen Zahl prächtig gefiederter Enten im Tal tummelten. Ein mächtiger Bullenbeißer schien alle diese Tiere und jedes einzelne zu bewachen.

An den östlichen und westlichen Höhen, die ziemlich steil abfielen, wuchs üppigster Efeu, so daß nur hier und da der nackte Fels zum Vorschein kam. Der steile nördliche Abhang war fast vollständig von selten schönem Weinlaub bedeckt, das zum Teil dem Boden am Fuß der Klippe, zum Teil den Spalten der Felswand entsproß.

Die leichte Erhebung, die die untere Grenze dieses Besitztums bildete, wurde von einer kleinen Steinmauer gekrönt, die hoch genug war, das Entkommen der Rehe zu verhindern. Nirgendwo sonst war eine Einfriedung zu sehen, da die natürlichen Grenzen jeden Zaun unnötig machten. Wenn sich zum Beispiel ein Schaf verirrte und durch die Schlucht aus dem Tal entweichen wollte, wäre es schon ein paar Ellen weiter auf diese steile Felswand gestoßen, über die der Wasserfall herabstürzte, der zuallererst meine Aufmerksamkeit erregte, als ich mich der Domäne näherte. Als einziger Aus- und Eingang diente ein Tor, das die zwischen Felsen dahinführende Straße abschloß.

Ich sagte schon, daß sich das Flüßchen oder der Bach während seines ganzen Laufes sehr unregelmäßig hin und her schlängelte. Seine Hauptrichtung ging erst von Westen nach Osten und dann von Norden nach Süden. Bei der Biegung schwenkte er zurück, machte eine fast kreisförmige Schlinge, so daß er eine Halbinsel umschloß, die fast ein vollständiges Eiland geworden wäre und wohl sechzehn Morgen groß sein mochte. Auf dieser Halbinsel stand ein Wohnhaus – und wenn ich von diesem Haus sage, daß es, wie die von Vathek geschaute unterweltliche Terrasse, »était d'une architecture inconnue dans les annales de la terre«, so meine ich damit, daß sein ganzer Anblick das stärkste Gefühl von Eigenart und Neuartigkeit in mir auslöste – kurz von Poesie (denn ich könnte nur mit diesen beiden

Worten eine schärfere Definition des abstrakten Begriffes Poesie geben) – damit will ich jedoch keineswegs behaupten, daß der Eindruck des bloß Außergewöhnlichen in irgendeiner Hinsicht überwog.

Man konnte sich in der Tat nichts Einfacheres, nichts Anspruchsloseres denken als dieses Landhaus. Es verdankte seine wunderbare Wirkung vollständig seinem künstlerisch bildhaften Aufbau. Wenn man es so ruhig betrachtete, konnte einem wohl der Gedanke kommen, daß es irgendein hervorragender Landschaftsmaler mit seinem Pinsel geschaffen hätte.

Der Punkt, von dem aus ich das Tal überschaute, war nicht unbedingt, wenn auch fast die beste Position, von dem aus man das Haus in Augenschein nehmen konnte. Ich möchte das Landhaus deshalb so beschreiben, wie ich es nachher von der Steinmauer aus, am südlichen Ende des Amphitheaters sah.

Das Hauptgebäude war ungefähr vierundzwanzig Fuß lang und sechzehn breit – auf keinen Fall länger oder breiter. Seine volle Höhe vom Boden bis zum Dachfirst konnte nicht mehr als achtzehn Fuß betragen. An das westliche Ende dieses Bauwerks schloß sich ein weiteres an, das in allen seinen Verhältnissen ein Drittel kleiner war. Seine Fassade lag vielleicht zwei bis drei Fuß hinter der des Hauptgebäudes zurück, und auch sein Dach war naturgemäß niedriger. Im rechten Winkel zu diesen Gebäuden und vom hinteren Teil des größeren, jedoch nicht vollständig ganz genau von dessen Mitte, erhob sich ein dritter, sehr viel kleinerer Anbau, in allem wohl wieder ein Drittel schmäler als der westliche Flügel. Die Dächer der zwei größeren waren sehr steil, sie schweiften vom Dachfirst einen langen, konkaven Bogen abwärts und ragten wohl wenigstens vier Fuß über die Frontmauern hinaus, so daß sie zu gleicher Zeit die Dächer für zwei Veranden bildeten. Sie hatten natürlich keinerlei Stütze notwendig, da es jedoch so aussah, als brauchten sie welche, hatte man unter die Ecken leichte, ganz einfache Säulen gestellt. Das Dach des nördlichen Flügels bestand vollständig aus einem solch überragenden Teil des Hauptdaches. Zwischen dem Hauptgebäude und dem westlichen Flügel erhob sich ein ziemlich hoher, schlanker, viereckiger Kamin aus harten, holländischen, teils schwarz, teils rot gefärbten Ziegeln, den ein kleines Kranzgesims aus vorspringenden Ziegeln krönte. Auch über die Giebel ragten die Dächer ziemlich weit hinaus, bei dem Hauptgebäude vier Fuß nach Osten und zwei nach Westen. Der Haupteingang befand sich nicht genau am Hauptgebäude, sondern lag ein wenig nach Osten, während zwei Fenster die Front des westlichen Teiles unterbrachen. Sie reichten nicht ganz bis zum Boden, waren jedoch viel länger und schmäler als gewöhnlich; jedes war durch einen türähnlichen Fensterladen verschlossen; die Scheiben waren aus

großen, rautenförmigen Flächen zusammengesetzt. Die obere Hälfte der Tür bestand ebenfalls aus Glas in rautenförmigen Scheiben. Ein beweglicher Laden verschloß sie bei Nacht. Die Tür des westlichen Flügels befand sich an der Giebelseite und war ganz einfach. Ein einziges Fenster schaute nach Süden. Der nördliche Flügel hatte keine Außentür und ebenfalls nur ein nach Osten gehendes Fenster.

An der glatten Mauer, die den östlichen Giebel trug, lief eine leichte Treppe schräg hinauf, die vom Süden her aufstieg. Beschützt von dem weit vorragenden Dach, führten diese Stufen zu einer Tür, die in die Mansarden oder vielmehr auf den Speicher führte, denn dieser ganze Teil wurde nur durch eine nach Norden schauende Luke erhellt und schien als Vorratskammer zu dienen.

Die Vorplätze des Hauptgebäudes und des westlichen Flügels waren nicht wie üblich gepflastert; vor den Türen und vor jedem Fenster lagen große, flache, unregelmäßig geformte Granitplatten in den wundervollen Rasen eingebettet, die bei jedem Wetter bequem beschritten werden konnten. Vorzügliche Pfade der gleichen Art – die Steine nicht fugenlos aneinandergepaßt, sondern mit samtartigem Rasen dazwischen – führten vom Hause weg zu einer vielleicht fünf Schritt seitlich gelegenen Quelle, zu der Landstraße und zu ein paar Gartenhäuschen, die nördlich, jenseits des Baches, zwischen Robinien und Katalpas versteckt waren.

Ungefähr sechs Schritte vor dem Haupteingang erhob sich der abgestorbene Rumpf eines phantastisch geformten Birnbaumes, der von der Wurzel bis zum Gipfel über und über mit den farbenprächtigsten Begoniablüten bedeckt war, so daß man nur mit Mühe erkennen konnte, welcher Gattung diese reizende Erscheinung angehören mochte. In verschiedenen Ästen des Baumes hingen Vogelkäfige. In einem breiten, zylinderförmigen Weidengeflecht mit einem Ring hüpfte eine Spottdrossel hin und her, in einem anderen ein Feuervogel, in einem dritten der freche Bobolink, während drei oder vier zierlicher gebaute Käfige laut von Kanarienvögeln schallten.

Die Pfeiler, die die Veranden stützten, waren von Jasmin und Geißblatt umrankt, und in dem Winkel, den das Hauptgebäude mit dem westlichen Flügel bildete, kletterte ein Weinstock von beispielloser Üppigkeit empor. Jeden Versuch der Abgrenzung verachtend, war er zuerst auf das niedrige Dach geklettert, dann auf das höhere und kroch und schlängelte sich nun am Dachfirst entlang, verschwenderische Ranken rechts und links auswerfend, bis er endlich den Ostgiebel erreichte und sich die Treppe hinabschlang.

Das Haus und die Nebenflügel waren nach alter holländischer Art mit breiten, an den Ecken ungerundeten Schindeln erbaut. Dieses Material hat die Eigentümlichkeit, den daraus erbauten Häusern den Anschein zu geben, als wären sie unten breiter als oben, etwa nach Art alter ägyptischer Architektur; im vorliegenden Fall wurde dieser außerordentlich malerische Eindruck noch durch zahlreiche große Blumentöpfe mit reichen Blüten verstärkt, die fast das ganze Haus umgaben. Die Schindeln waren dunkelgrau gestrichen, und wie glücklich ihr neutraler Ton in das lebhafte Grün der Tulpenbäume, die das Haus zum Teil überschatteten, überging, kann sich jeder Künstler leicht vorstellen.

Von der erwähnten Steinmauer aus konnte man die Gebäude am besten übersehen, denn der vorspringende südöstliche Winkel erfaßte die beiden Fassaden am vorteilhaftesten, dazu den malerischen Ostgiebel, einen ziemlichen Teil des Nordgiebels, ein Stück des reizenden Brunnenhäuschens und fast die Hälfte einer zierlichen Brücke, die den Bach in der Nähe des Hauptgebäudes überspannte.

Ich blieb nicht lange auf dem Kamm des Hügels stehen, doch lange genug, um das Bild zu meinen Füßen gründlich in Augenschein zu nehmen. Da sich jeder sagen mußte, daß ich mich auf meinem Weg zum nächsten Dorf verirrt hatte, machte ich von dem guten Recht des Wanderers Gebrauch, öffnete ohne weitere Zeremonien das Tor und trat in die kleine Besitzung ein, um mich nach dem Weg zu erkundigen.

Der Weg vom Tor schien, den nordöstlichen Abhang hinab, auf einem natürlichen Felsband zu verlaufen. Er führte mich an den Fuß des nördlichen Abhanges und von da aus über die Brücke, am Ostgiebel vorbei zum Haupteingang. Ich bemerkte beim Gehen, daß man im Tal von den kleinen Nebengebäuden nichts zu sehen bekam.

Als ich um die Ecke des Hauses bog, sprang der Bullenbeißer auf mich zu, lautlos, aber mit dem Blick und der Haltung eines Tigers. Ich hielt ihm jedoch zum Zeichen meiner Freundschaft die Hand hin, denn ich habe nie einen Hund gekannt, der einem solchen Appell an seine Höflichkeit widerstanden hätte. Er schloß nicht nur das Maul und wedelte mit dem Schweif, sondern bot mir sogar seine Pfote – und dehnte seine Liebenswürdigkeit sogar noch auf Ponto aus.

Da ich keine Klingel bemerkte, klopfte ich mit meinem Stock gegen die halb offen stehende Tür. Im selben Augenblick erschien auf der Schwelle die Gestalt einer jungen Frau von vielleicht achtundzwanzig Jahren – schlank, fast zart und etwas über Mittelgröße. Als sie sich mir mit einer unbeschreiblich anmutigen, bescheidenen Bestimmtheit des Schrittes näherte, mußte ich mir sagen, daß ich hier die Vollkommenheit natürlicher Grazie im Gegensatz zu aller künstlichen gefunden. Die zweite und bei weitem stärkere Empfindung bei ihrem Anblick war lebhaftes Entzücken.

Nie noch war mir ein solcher Ausdruck von Romantik, von – ich möchte sagen – Unirdischkeit, wie er aus dem Blick ihrer tiefen Augen sprach, mit gleicher Gewalt ins innerste Herz gedrungen. Ich weiß nicht, wie es kommt, doch dieser besondere Ausdruck der Augen, der sich manchmal in dem Schwung der Lippen widerzuspiegeln scheint, ist der mächtigste, wenn nicht der einzigste Reiz, der meine Aufmerksamkeit auf eine Frau lenkt. Romantik – ich nehme an, daß meine Leser vollständig verstehen, was ich alles mit diesem Wort sagen will – »Romantik« und »Weiblichkeit« scheinen mir zwei gleichbleibende Ausdrücke zu sein, und schließlich liebt kein Mann in einer Frau etwas anderes als ihre »Weiblichkeit«. Annies Augen – ich hörte, wie jemand aus dem Innern des Hauses ihr »liebe Annie« zurief – waren von durchseeltem Grau, ihr Haar ein helles Kastanienbraun; dies war alles, was ich in der kurzen Zeit von ihr wahrnehmen konnte.

Auf ihre höfliche Einladung hin trat ich ein und durchschritt zuerst ein ziemlich geräumiges Vestibül. Da ich hauptsächlich gekommen war, um zu »beobachten«, blickte ich mich ein wenig um und bemerkte zu meiner Rechten ein Fenster, das genauso gestaltet war, wie die an der Vorderseite des Hauses; zu meiner Linken eine Tür, die in das Hauptgemach führte, während ich dem Eingang gegenüber durch eine offene Tür in ein kleines Zimmer blickte, das, genauso groß wie das Vestibül, als Studierzimmer eingerichtet war und ein nach Norden gehendes Bogenfenster hatte.

Ich trat ins Wohnzimmer und befand mich Herrn Landor gegenüber – dies war, wie ich später erfuhr, der Name des Hausherrn. Er kam mir höflich, ja, herzlich entgegen, doch lag mir in dem Augenblick mehr daran, die Einrichtung des Hauses, das mich so sehr interessierte, zu studieren als die persönliche Erscheinung seines Bewohners.

Den nördlichen Flügel füllte, wie ich jetzt sah, das Schlafzimmer aus, dessen Tür zum Wohnzimmer offenstand. Westlich von der Tür ging ein Fenster auf den Bach hinaus. Am äußeren Ende des Wohnzimmers befand sich ein Kamin und eine Tür, die in den westlichen Flügel führte, der allem Anschein nach die Küche enthielt.

Man konnte sich nichts Schlichteres denken als die Ausstattung dieses Wohnzimmers. Den Boden bedeckte ein Ingrain-Teppich von gefärbter Wolle und von ausgezeichnetem Gewebe. Der Grund war weiß und mit kleinen, kreisrunden Gestalten durchwebt. Die Fenster waren mit Vorhängen aus schneeweißem Jaconet-Musselin verhüllt, die ziemlich schwer in starr regelmäßigen, parallel laufenden Falten bis auf den Boden hingen, gerade bis auf den Boden. Die Wände waren mit sehr zarter französischer Tapete bezogen, auf deren silbernem Grund ein blaßgrüner Streifen in Zickzacklinie herumlief. Die Wandfläche wurde von drei ausgezeichneten

Lithographien à trois crayons von Julien unterbrochen, die, ohne Rahmen, als einziger Wandschmuck dienten. Eine dieser Zeichnungen war eine Darstellung von fast orientalischer Pracht und fast wollüstiger Üppigkeit; eine andere eine unvergleichlich lebensprühende Karnevalsszene; die dritte war ein griechischer Frauenkopf, ein himmlisch-schöner Anblick mit einer aufreizenden Unbeteiligtheit im Ausdruck, wie ich ihn noch nie erlebt hatte.

Die substantiellere Ausstattung bestand aus einem Tisch, einigen Stühlen (darunter ein Schaukelstuhl) und einem Sofa oder vielmehr einem Kanapee, dessen Holzwerk aus weißgemaltem, leicht mit grünen Fäden durchwobenem Ahorn und dessen Sitz aus Rohr bestand. Die Stühle und der Tisch gehörten zueinander, doch all ihre Formen hatte offenbar dasselbe Hirn ausgedacht, das die Anlagen draußen entworfen hatte; man konnte sich unmöglich etwas Anmutigeres vorstellen.

Auf dem Tisch lagen ein paar Bücher, ein großes viereckiges Kristallflakon mit irgendeinem neuen Parfüm, daneben eine einfache Astrallampe aus ungeschliffenem Glas mit einem italienischen Schirm und eine große Vase mit leuchtenden Blumen. Ihre strahlenden Farben und ihr zarter Duft bildeten die einzige Dekoration im Raum. Den Kamin füllte ein Topf glänzender Geranien fast vollständig aus. Auf dreieckigen Borden in jedem Winkel des Zimmers standen ähnliche Vasen; sie unterschieden sich voneinander nur durch ihren verschiedenfarbigen, lieblichen Inhalt. Ein oder zwei kleinere Bouquets schmückten den Kaminsims und überall aus den offenen Fenstern quollen späte Violen.

Ich schließe – denn diese Arbeit sollte nur ein genaues Bild von dem Landhaus des Mr. Landor geben, wie ich es eines Tages auf meinen Streifzügen fand.

Der Geist des Bösen

Der Untergang des Hauses Usher

Sein Herz gleicht der schwebenden Laute,
Erklingend beim leisesten Hauch.

Bèranger

An einem trüben und stillen Herbsttag war ich schon vom frühen Morgen an durch eine Gegend geritten, die etwas eigentümlich Trauriges hatte. In der Luft herrschte düsteres Schweigen, und die Wolken hingen mit drükkender Schwere bis tief zur Erde herab. Endlich, als die abendlichen Schatten zu dunkeln begannen, erblickte ich vor mir den Stammsitz der Familie Usher. Ich weiß nicht, wie es kam, aber gleich bei dem ersten Blick auf diese Mauern bemächtigte sich meines Geistes eine unerträglich düstere Stimmung. Ich sage unerträglich, weil sie in keiner Weise durch jene poetische und eben deswegen beinah angenehme Empfindung gemildert wurde, mit der das Gemüt selbst die von der Natur gebotenen schroffsten Bilder der Verödung und des Schreckens in sich aufzunehmen pflegt. Ich blickte auf die vor mir liegende Szene – das Gebäude mit seiner einfachen landschaftlichen Umgebung, die frostigen Mauern –, die leeren Augenhöhlen gleichenden Fenster, die in spärlichen Gruppen aufgeschossenen Binsen und die hier und da weißlich schimmernden Stämme abgestorbener Bäume – mit einem Gefühl tiefster Trostlosigkeit, das ich mit keiner anderen Stimmung dieses irdischen Daseins so passend zu vergleichen wüßte als mit der bitteren Nachempfindung des Opiumrauchers – jenem trostlosen Zurücksinken in die Alltagswelt –, dem fürchterlichen Zerreißen des verklärenden Schleiers. Auf dem Ganzen da vor mir lagerte eine Kälte, eine Versunkenheit, ein Versiegen der Lebenskräfte – kurz, eine nicht zu lösende Gedankenöde, die durch keinen Aufschwung der Phantasie in ein Bild des Romantischen zu verwandeln war. Was mochte es sein? Was war es, das bei der Betrachtung des Stammsitzes der Usher mit so entnervender Gewalt auf mich eindringen konnte? Es war für mich ein nicht zu lösendes Geheimnis, und ebensowenig wollte es mir gelingen, während ich noch darüber grübelte, die düsteren Phantasiegebilde zu verscheuchen, die meine Seele umringten. Schließlich sah ich mich gezwungen, auf den unbefriedigenden Schluß zurückzugreifen, daß ohne Zweifel ganz einfache Gegenstände der Natur in gewissen Verbindungen die Macht gewinnen, eine so eigentümliche Wirkung auf uns auszuüben, ohne daß wir uns selbst Rechenschaft darüber zu geben vermöchten, weil eben jene Macht unter Bedingungen entsteht, die sich unserem Erkenntnisvermögen entziehen. Ich dachte über die Möglichkeit nach, daß allein schon eine veränderte

Anordnung der die Landschaft bildenden Eigentümlichkeiten – also der einzelnen Bildbestandteile – hinreichend sein möchte, die Gewalt der düsteren Wirkungen zu mildern oder vielleicht auch ganz aufzuheben. Durch diese Vorstellung bestimmt, lenkte ich mein Pferd an das steil abfallende Ufer eines düsteren Teiches, der mit seiner glänzenden Fläche in unheimlicher Regungslosigkeit neben dem Hause lag. Ich beugte mich über den Hals des Pferdes, und noch mehr von Schauder erfaßt als zuvor – erblickte ich im umgekehrten Spiegelbild die fahlen Binsen, die gespenstischen Baumstümpfe und die wie leere Augenhöhlen starrenden Fenster.

Dennoch hatte ich es mir vorgenommen, in dieser unheimlich düsteren Behausung einen mehrwöchigen Aufenthalt zu nehmen; war doch deren Besitzer, Roderick Usher, in meiner Knabenzeit einer meiner lustigen Gefährten gewesen. Aber seitdem wir uns zum letzten Mal gesehen, waren viele Jahre verflossen. Unlängst jedoch hatte mich in einem fernen Winkel des Landes ein Brief erreicht – ein Brief von seiner eigenen Hand –, worin er nach seiner leidenschaftlich dringlichen Art keine andere als eine persönliche Antwort zulassen wollte. Die Handschrift zeugte von nervöser Aufregung, und der Schreiber sprach von akuter körperlicher Erkrankung, von einer geistigen Zerrüttung, die ihn niederdrückte, und von dem ernstlichen Verlangen, mich, seinen besten und allerdings einzigen persönlichen Freund, wiederzusehen, in der Hoffnung, daß meine aufheiternde Gesellschaft seinem Zustand einige Erleichterung verschaffen könne. Es war die Art und Weise, in der er dies und doch manches andere ausgedrückt hatte – es war das in seiner Bitte deutlich durchklingende Herzensbedürfnis –, was mir nicht zu zögern gestattete, und so folgte ich augenblicklich der gegebenen Aufforderung, die mir allerdings sehr seltsam erschien. Obgleich wir als Knaben sehr vertraute Gefährten gewesen waren, so wußte ich über die Verhältnisse meines Freundes doch nur sehr wenig. Er war von jeher sehr verschlossen. Immerhin hatte ich davon gehört, daß seine sehr alte Familie seit undenklichen Zeiten durch ein besonders ausgeprägtes Feingefühl bekannt gewesen sei, das sich im Lauf der Jahrhunderte in manchem erhabenen Werk der Kunst entfaltet habe. Neuerdings sollte sie sich nicht nur durch wiederholte Akte einer großzügigen, wenn auch still verborgenen Wohltätigkeit, sondern auch durch eine leidenschaftliche Hingabe an die Musik kundgetan haben, vielleicht noch mehr an die schwierigen Verschlingungen der musikalischen Theorie als an die hergebrachten und leicht verständlichen Schönheiten derselben. Auch hatte ich erfahren, daß sich von dem Familienstamm der Usher, die zu allen Zeiten in hohem Ansehen gestanden hatten, zu keiner Zeit irgendeine dauernde Seitenlinie abgezweigt hatte. Mit anderen Worten, daß die ganze Familie ihre Abstammung in direkter Linie herleitete, und daß dies mit sehr geringen und sehr vorübergehenden Abweichungen stets so der Fall gewesen war. Während ich nun meine Gedanken über die Tatsache hingleiten ließ, daß mit der vollkommenen Aufrechterhaltung des eigentlichen Charakters des Grunderbes sich auch der anerkannte Familiencharakter seiner Besitzer erhalten hatte, und weiter über den möglichen Einfluß grübelte, den im langen Verlauf der Jahrhunderte jene beiden Faktoren wechselwirkend beeinflußt haben mochten – da schien es mir, daß vielleicht gerade der Mangel einer Seitenlinie und die daraus folgende unabänderlich vom Vater auf den Sohn stattfindende Übertragung des Grunderbes wie des Namens, die Ursache sein mochte, warum diese beiden letzteren so miteinander verwebt waren, daß der ursprünglich mit dem Erbe verbundene Titel in die seltsame und zweideutige Benennung »Haus Usher« aufgegangen war, eine Benennung, welche in der Vorstellungsweise der sich ihrer bedienenden Bauern die Familie sowohl wie das herrschaftliche Schloß zusammenzufassen schien.

Ich sagte schon, daß mein etwas kindisches Unterfangen – auf den dunklen Spiegel des Teiches hinunterzublicken – keinen anderen Erfolg hatte, als den ersten sonderbaren Eindruck, den mir das Ganze gemacht hatte, noch zu verschärfen. Es unterliegt gar keinem Zweifel, daß die lebhafte Empfindung meiner rasch sich steigernden abergläubischen Furcht – warum sollte ich sie nicht so nennen? – wesentlich dazu beitrug, jene Steigerung noch zu beschleunigen. Dies ist, wie mir seit langem bekannt, das paradoxe Gesetz aller Gefühle, die auf der Grundlage des Grauens entstehen. Und vielleicht war auch nur dies der Grund, daß, sobald ich meine Augen von dem Spiegelbild im Teich wieder zu dem Haus selbst erhob, ein seltsamer Wahn sich meiner Sinne bemächtigte. – Ein allerdings so lächerlicher Wahn, daß ich seiner überhaupt nur erwähne, um einen Beweis von der intensiven Macht der Empfindungen zu geben, unter deren Herrschaft ich mich befand. Meine Phantasie war so aufgeregt, daß ich wirklich zu sehen glaubte, das Haus mit seiner näheren Umgebung sei in eine besondere, nur ihnen eigene Atmosphäre gehüllt – eine Atmosphäre, die nichts gemein hatte mit der gewöhnlichen Himmelsluft, sondern von den verwitterten Bäumen, den grauen Mauern und dem unbewegten Teich aufstieg. Es war etwas wie ein giftiger Hauch in diesem mysteriösen Dunst, der, wenn auch kaum merklich, trübe, schwer und bleifarben in der Luft schwebte.

Ich bemühte mich, diese Eindrücke abzuschütteln und mein Gemüt von dem zu befreien, was nur das Resultat einer Träumerei sein konnte. Prüfend beschäftigte ich meine Blicke mit dem wirklichen Aussehen des Gebäudes. Die am meisten hervortretenden Merkmale desselben schienen auf ein außerordentlich hohes Alter zu deuten. Der verwitternde Einfluß der Zeit schien groß gewesen zu sein und hatte manche Spuren hinterlassen. Das ganze Gemäuer war von winzig kleinen Pilzen wie übersponnen, die in zart verschlungenen Geweben von den Dachrinnen herunterhingen. Allein dies stand keineswegs in Verbindung mit irgendeinem sonstigen außergewöhnlichen Verfall. Auch nicht an einer einzigen Stelle war das Mauerwerk eingesunken, und die noch vollkommen erhaltenen Baulichkeiten standen mit dem zerbröckelnden Zustand der einzelnen Steine in schreiendem Widerspruch. In dieser Hinsicht erinnerte mich hier vieles an alte Holzvertäfelungen, die viele Jahre lang in einer verlassenen Halle vermodernd, ihr stattliches Aussehen bewahren, so lange kein Hauch der äußeren Luft daran rührt. Außer diesen, auf der ganzen Oberfläche verstreuten leichten Andeutungen der Verwitterung zeigte das Gebäude sonst nur wenige Spuren mangelnder Festigkeit. Dem Auge eines scharfen Beobachters möchte indessen ein kaum merklicher Riß nicht entgangen sein, der an der Vorderseite des Gebäudes vom Dach anfangend im Zickzack an der Mauer herunterlief, bis er in den düsteren Gewässern des Teiches verschwand.

Während ich mit diesen Beobachtungen beschäftigt war, ritt ich auf einem kurzen, gepflasterten Weg bis vor das Haus. Ein Diener übernahm mein Pferd, und ich trat unter den gotisch gewölbten Bogen der Halle. Ein Lakai auf leisen Sohlen führte mich durch verschiedene düstere und sich kreuzende Korridore bis zu dem Studierzimmer seines Herrn. Vieles von dem, was ich auf diesem Wege sah, trug dazu bei, ohne daß ich mir Rechenschaft darüber zu geben wußte, die abergläubischen Empfindungen, von denen ich bereits sprach, wieder zu beleben. Die Gegenstände um mich her – das Schnitzwerk der Zimmerdecken, die düsteren Wandbekleidungen, die ebenholzartige Schwärze des Fußbodens und die bei jedem meiner Schritte rasselnden, phantastisch zusammengestellten Wappenschilde – waren doch nur Dinge, an die – oder wenigstens an Ähnliches – ich von Kindesbeinen an gewöhnt war. Ich zögerte nicht, mir zu gestehen, wie bekannt mir das alles war, zugleich aber wunderte ich mich, daß ein gewohnter Anblick so fremdartige Vorstellungen in mir wachrufen konnte. Auf einem der Treppenabsätze begegnete mir der Hausarzt. In seinen Zügen glaubte ich einen Ausdruck niedriger Pfiffigkeit zu erkennen, in die sich eine Art Bestürzung mischte. Er begrüßte mich mit ängstlicher Verwirrung und ging seines Weges. Jetzt warf der mich begleitende Diener eine Türe weit auf, meldete mich bei seinem Herrn und ließ mich eintreten.

Das Gemach, in dem ich mich fand, war sehr groß und stattlich. Die im Spitzbogen auslaufenden Fenster waren hoch und schmal und in solcher

Höhe von dem mit Eichenholz getäfelten Fußboden angebracht, daß sie von diesem aus geradezu unerreichbar waren. Durch die vergitterten Scheiben drangen matte, rötlich schimmernde Strahlen. Diese genügten, die aus ihrer Umgebung hervortretenden Gegenstände gerade erkennen zu lassen. Dagegen strebte das Auge vergeblich, in die entfernteren Winkel des Gemaches oder in die Vertiefungen der gewölbten und reichlich verzierten Decke zu dringen. Die Wände waren mit dunklen Stoffen bekleidet und im allgemeinen war die Ausstattung reich, aber ohne Behaglichkeit, veraltet und schadhaft. Viele Bücher und musikalische Instrumente lagen zerstreut umher, trugen aber nicht dazu bei, der Szene Wärme zu verleihen. Ich fühlte, daß ich in einer Atmosphäre atmete, die vom Gram getränkt war. Eine tiefe, starre, nicht zu bannende Düsterkeit umhüllte und durchdrang alles.

Bei meinem Eintritt hatte Usher ausgestreckt auf einem Sofa gelegen. Er stand auf und begrüßte mich mit lebhafter Wärme, die, wie mir anfangs schien, viel von der übertriebenen Herzlichkeit – von dem erkünstelten Bemühen des blasierten Weltmannes an sich trug. Allein ein Blick in sein Antlitz überzeugte mich von seiner vollkommenen Aufrichtigkeit. Wir setzten uns, und einige Augenblicke, während er sprach, betrachtete ich ihn mit einer aus Mitleid und seltsamer Scheu vermischten Empfindung. Sicherlich war noch nie mit einem Menschen in so kurzer Zeit eine so fürchterliche Veränderung vorgegangen wie mit Roderick Usher! Nur mit Mühe konnte ich mir vorstellen, daß die bleiche Gestalt da vor mir identisch sein sollte mit dem Gefährten aus meiner frühen Knabenzeit. Seine Gesichtszüge waren allerdings stets von eigentümlichen Gepräge gewesen. Das leichenblasse Kolorit, das große, klare, unvergleichlich leuchtende Auge, die etwas dünnen und farblosen Lippen, deren Linien aber von einer alles übertreffenden Schönheit der Zeichnung waren, die Nase von feinem, jüdischen Schnitt, aber mit etwas breiter Bildung der Nasenflügel, ein schön geformtes Kinn, dessen geringes Vortreten auf einen Mangel an Energie schließen ließ, ein Haar von mehr als seidenartiger Weiche und Feinheit – alle diese einzelnen Züge und dazu noch die ungewöhnlich breiten Schläfen bildeten in ihrer Vereinbarung ein Antlitz, das man so leicht nicht vergaß. Dazu hatte sich durch ein betontes Hervortreten der in ihm vorherrschenden Züge und des gewohnten Ausdrucks eine Veränderung vollzogen, die es mir zweifelhaft machte, mit wem ich sprach. Vor allem aber geriet ich über die geisterhafte Blässe des Gesichts und den übernatürlichen Glanz der Augen in Bestürzung, ja, sie erregten in mir sogar eine gewisse Scheu. Das seidenartige Haar war zu vernachlässigter Länge herangewachsen und da es mit seiner geschmeidigen Fülle das

Gesicht weniger umrahmte, als vielmehr regellos darüber hinfloß, kostete es mich Mühe, diese sonderbaren Verschlingungen der einzelnen Strähnen mit einem menschlichen Wesen in Einklang zu bringen.

In dem Wesen meines Freundes fiel mir sofort eine Inkonsequenz – ein innerer Widerspruch auf. Und bald fand ich heraus, daß die Ursache davon in wiederholt versuchten und vergeblichen Anstrengungen lag, eine zur Gewohnheit gewordene ängstliche Unschlüssigkeit, eine aufs höchste gesteigerte nervöse Aufregung zu bemeistern. Auf etwas Derartiges war ich allerdings schon gefaßt gewesen, nicht sowohl seinem Briefe nach, als durch die Erinnerung an gewisse Züge aus der Knabenzeit, und durch die sich aus der eigentümlichen Beschaffenheit seiner physischen Konstitution und seines Temperaments von selbst ergebenden Schlüsse. In seinem ganzen Wesen zeigte er sich abwechselnd lebhaft und wiederum verdrossen. Seine Sprache und selbst der Ton seiner Stimme verwandelte sich in raschen Übergängen von bebender Unschlüssigkeit zu energischer Kürze – zu jener kurzen, wuchtigen, bedachtsamen und hohlklingenden Formung aller Laute –, dieser schwerfälligen, abgemessenen und sonderbar modellierten Sprechweise, wie sie bei verkommenen Trunkenbolden oder dem unverbesserlichen Opiumesser zu bemerken sind, wenn diese Unglücklichen sich im Stadium der höchsten Euphorie befinden.

In dieser Form sprach er von dem Sinn und Zweck meines Besuches, von seinem dringenden Verlangen, mich zu sehen, und von der wohltätigen Wirkung, die er sich davon versprach. Er ließ sich in eine eingehende Erörterung ein, wie er selbst seine Krankheit auffasse. Sie sei, wie er sagte, ein angeborenes und ererbtes Übel, an dessen Heilung er verzweifle. »Übrigens nichts als eine nervöse Angegriffenheit«, fügte er sogleich hinzu, »die jedenfalls bald wieder vergehen wird.«

Dann erklärte er weiter, daß die Krankheitserscheinungen in unnatürlichen Erregungen beständen. Einige derselben, über die er sich näher ausließ, erregten im hohen Grade mein Interesse und machten mich bestürzt. Freilich mochten die von ihm gebrauchten Ausdrücke sowie überhaupt die ganze Art und Weise seiner Schilderung viel dazu beigetragen haben. Er litt schwer durch eine krankhafte Verschärfung der Sinne. Von den Nahrungsmitteln waren ihm nur solche vom fadesten Geschmack erträglich, und seine Kleider durften nur aus bestimmten Geweben gefertigt sein. Er fühlte sich belästigt vom Duft der Blumen, selbst der schwächste Lichtstrahl schmerzte seine Augen, und nur besondere Töne, und zwar solche von Saiteninstrumenten, vermochte er ohne Schauder anzuhören.

Ich erfuhr außerdem von einer ganz unnatürlichen Art von Furcht, der er sklavisch unterworfen war. »Ich werde«, sagte er, »ich muß an dieser beklagenswerten Torheit zugrunde gehen. So, und in keiner anderen Weise wird es mit mir ein Ende nehmen. Ich fürchte die zukünftigen Ereignisse nicht um ihrer selbst willen, wohl aber in ihren Folgen. Schon der bloße Gedanke an irgendeinen Vorfall, wenn auch nur von der gewöhnlichsten Art, der diese unerträgliche Gemütserregung hervorrufen könnte, macht mich schaudern. Das, wovor ich mich fürchte, ist wahrscheinlich nicht die Gefahr selbst, wohl aber ihre unabweisliche Auswirkung, das Grauen. In diesem entnervten und kläglichen Zustand fühle ich, daß früher oder später der Zeitpunkt eintreten wird, wo ich im Ringen mit diesem gräßlichen Hirngespinst ›Furcht‹ zugleich mit der Vernunft auch das Leben verlieren werde.«

In verschiedenen Zwischenräumen und durch abgerissene, unbestimmte Andeutungen erfuhr ich noch von einer anderen sonderbaren Eigentümlichkeit seines geistigen Zustandes; hinsichtlich des Schlosses, das er bewohnte, verfolgten ihn bestimmte, abergläubische Vorstellungen. Während einer Reihe von Jahren hatte er es nicht mehr gewagt, sich daraus zu entfernen, einer Einwirkung, über deren vorausgeahnte Gewalt er sich in Andeutungen erging, die zu dunkel waren, um hier wiederholt werden zu können. Diese Gewalt gründete sich auf einen Einfluß, den einige, nur in der äußeren Gestalt und im Material seines Stammschlosses gelegene Eigentümlichkeiten auf seinen Geist gewonnen hatten, und, wie er hinzufügte, nach endlosen Leiden. Durch die sonderbare Beschaffenheit der grauen Mauern und Türme, durch den düsteren Teich, in dem sich alles widerspiegelte, war schließlich jener Einfluß auf sein geistiges Wesen zustande gebracht worden.

Er gab jedoch, wenn auch zögernd, zu, daß vieles von der düsteren Stimmung, die ihn niederbeugte, sich auf eine natürlichere und bei weitem erklärlichere Ursache zurückführen lasse – nämlich auf die schwere und langwierige Krankheit, ja, die unverkennbar nahe bevorstehende Auflösung einer zärtlich geliebten Schwester. Sie war seine einzige und letzte Verwandte auf Erden und seit langen Jahren seine einzige Gefährtin gewesen. »Ihr Hinscheiden«, sagte er mit einer Bitterkeit, die ich nie vergessen kann, »wird mich, den Hoffnungslosen und Gebrechlichen, als den letzten vom alten Geschlecht der Usher zurücklassen.« Während er sprach, schritt Lady Madeline (dies war der Name der Schwester) fern im Hintergrund des Gemachs langsam vorüber und verschwand, ohne von meiner Gegenwart etwas bemerkt zu haben. Ich betrachtete sie mit dem höchsten Erstaunen, das nicht frei von Furcht war, ohne mir jedoch meine Gefühle erklären zu können. Wie ich mit meinen Augen ihrer entschwebenden Gestalt folgte, fühlte ich mich plötzlich wie von einer Erstarrung umklammert. Als sich endlich eine Tür hinter ihr geschlossen hatte, richtete ich unwillkürlich meine Blicke forschend auf ihren Bruder, aber er hielt sein Gesicht mit den Händen bedeckt, und alles, was ich bemerken konnte, war, daß seine abgemagerten Finger, zwischen denen manch bittere Träne hervorquoll, noch viel bleicher geworden zu sein schienen als gewöhnlich.

Das Leiden der Lady Madeline hatte lange der Kunst ihrer Ärzte gespottet. Eine dauernde Apathie, eine zunehmende Entkräftung des ganzen Körpers, verbunden mit häufigen, wenn auch vorübergehenden Anfällen von partieller Starrsucht bildeten die ungewöhnliche Diagnose. Bisher hatte sie sich gegen die Wirkungen der Krankheit standhaft aufrecht erhalten, so daß sie nicht bettlägerig geworden war. Am Tage meiner Ankunft jedoch, als die Dämmerung eintrat, vermochte sie nicht länger, wie ihr Bruder mir abends in unaussprechlicher Aufregung mitteilte, der niederdrückenden Gewalt der Krankheit zu widerstehen. Ich erfuhr, daß der flüchtige Anblick, den ich von ihrer Person erhascht hatte, wahrscheinlich auch der letzte bleiben würde, und daß ich die Lady, wenigstens bei ihren Lebzeiten, nicht mehr sehen würde. In den darauffolgenden Tagen wurde ihr Name nicht mehr erwähnt, weder von Usher noch von mir. Während dieser Zeit war ich eifrigst bemüht, der schwermütigen Stimmung meines Freundes Erleichterung zu verschaffen. Wir malten oder lasen miteinander, oder ich horchte mit träumerischer Aufmerksamkeit den leidenschaftlichen Phantasien seines ausdrucksvollen Gitarrespiels. So wurde ich durch eine stets inniger werdende Vertrautheit, bei zunehmender Rückhaltlosigkeit in die verborgensten Winkel seines Wesens eingeführt. Mit um so größerer Bitterkeit erkannte ich die Fruchtlosigkeit aller Versuche, ein Gemüt erheitern zu wollen, dessen Schwermut bereits ein Teil seiner selbst geworden war, so daß sie sich wie eine unaufhaltsam quellende düstere Ausstrahlung auf alle Dinge der moralischen und physischen Welt übertrug.

Ewig unvergeßlich werden mir die vielen feierlich ernsten Stunden bleiben, die ich in dieser Art einsam mit dem Oberhaupt des Geschlechtes der Usher verbrachte. Dennoch, wollte ich die Studien und Beschäftigungen, in die er mich hineinzog oder hineinführte, ihrer eigentlichen Beschaffenheit nach genau zergliedern, so würde mir dies nicht gelingen. Sein aufgeregter, mit allem unzufriedener Idealismus warf über alles einen schwefliggelben Schimmer. Die langen Improvisationen seiner Grabgesänge werden mir für immer in den Ohren klingen. Unter anderem ist mir eine schmerzliche Erinnerung an eine seltsame, erweiternde Umgestaltung und Paraphrase von Carl Maria von Webers »letztem Walzer« geblieben. Die Malereien, womit seine aufgeregte Phantasie beschäftigt war und die eine um die andere in unbestimmten Umrissen auf der Leinwand entstanden, erfüllten mich mit einem Schauder, der um so heftiger war, je weniger ich mir der Ursache klar bewúßt werden konnte. So lebendig mir jene Bilder auch jetzt noch gegenwärtig sind, so würde ich mich doch vergeblich bemühen, mehr als nur eine kleine Anzahl von ihnen, was sich innerhalb der Grenzen des geschriebenen Wortes ausdrücken läßt, in meiner Erinnerung zu schildern. Durch die höchste Einfachheit und das klare Hervortreten seiner Absicht wußte Usher die Aufmerksamkeit auf seine Malereien zu lenken und zu fesseln. Wenn es je einem Sterblichen gelang, eine Idee darzustellen, so war es Roderick Usher. Für mich wenigstens – in der damaligen Lage und Umgebung – entstieg den reinen Abstraktionen, wie dieser Melancholiker sie auf die Leinwand zu werfen wußte, eine wahrhaft packende Gewalt unerträglichen Schauders, wie ich ihn nie, auch nicht annähernd ähnlich, bei der Betrachtung der gewiß glühenden und dabei realistisch wirkenden Träumereien Fuselis empfunden habe.

Eine der phantastischen Schöpfungen meines Freundes, die weniger streng den Geist der Abstraktion atmete, mag hier, wenn auch nur als schwacher Versuch, in Worten wiedergegeben werden. Auf einem kleinen Gemälde war das Innere eines ungeheuer langen und rechtwinkligen Gebäudes oder Tunnels dargestellt; die niedrigen, glatten, weißen Mauern waren ohne jede Unterbrechung oder Verzierung. Gewisse Andeutungen auf der Zeichnung dienten dazu, die Idee zu erwecken, daß dieser gewölbte Gang sich in beträchtlicher Tiefe unter der Erde befinde. Dabei war seiner ganzen Länge nach an keiner einzigen Stelle ein Ausgang zu entdecken, und ebensowenig war eine Fackel oder irgendein anderes Mittel künstlicher Beleuchtung zu bemerken. Dennoch war das Gebäude durchwogt von einer Flut blendender Strahlen, die dem Ganzen einen gespenstisch rätselhaften Glanz verliehen.

Ich habe bereits von einem krankhaften Zustand der Gehörnerven gesprochen, wodurch dem Leidenden jede Musik unerträglich wurde, ausgenommen gewisse Töne von Saiteninstrumenten. Vielleicht waren es die engen Grenzen, auf die er sich selbst durch das Gitarrespiel begrenzte, was in hohem Grade dazu beitrug, seinem Vortrag einen phantastischen Charakter zu verleihen. Aber der brillierende Schwung seiner Impromptus war in dieser Weise nicht zu erklären. Töne und Worte – denn nicht selten begleitete er sein Spiel mit seinen eigenen gereimten Improvisationen – müssen das Ergebnis jener tief innerlichen Einkehr und Versunkenheit gewesen sein und waren dies auch wirklich. Ich habe diese Seelenstimmungen, die sich nur in besonderen Augenblicken der höchsten künstlerischen Begeisterung erschlossen, schon früher erwähnt. Die Worte einer dieser

Rhapsodien sind mir ohne weitere Anstrengung im Gedächtnis geblieben. Vielleicht war ihr Eindruck auf mich um so nachhaltiger, weil ich in der unter ihnen verborgenen oder mystischen Bedeutung ihres Inhaltes die Tatsache zu bemerken glaubte, und zwar zum erstenmal, daß Usher sich völlig klar darüber war, wie sehr seine erhabene Vernunft auf ihrem Thron wankte. Die Verse »Das verzauberte Schloß« lauteten, wenn auch nicht gar wörtlich, doch ungefähr folgendermaßen:

Einst erhob sich hier ins Blaue,
Stolz und herrlich von Gestalt,
Ein auf grüner Aue –
Guter Engel Aufenthalt. –
Lichtbeglänzt der schimmernd schlanke
Giebel wie ein Zauberhort –
Denn ein König – der Gedanke –
Herrschte dort.

Damals auch – doch längst zerronnen
Sind die schönen Zeiten, ach! –
Wehten Banner hell wie Sonnen –
Siegeszeichen – hoch am Dach,
Und von außen jedes Schauern
Der bewegten lauen Luft
Fächelte des Schlosses Mauern
Als beschwingter Duft.

Durch zwei lichte Fensterbögen
Sah man einen Saal entlang
Geister rhythmisch sich bewegen
Unter holdem Lautenklang
Um den Thron, den strahlend hehren,
Drauf, im gleichen reichen Schloß
Ausgeschmückt mit Herrscherehren,
Des Palastes König saß.

Und aus dieser Heimstatt Pforte
Von Rubin und Elfenbein
Strömte Wohllaut guter Worte
In der Brust ein Geisterreihn,
Schwebte fort auf Echo-Schwingen,

Nur der einen Pflicht geweiht,
Zu verkünden, zu besingen
Seines Königs Herrlichkeit,

Doch weh! Es brach ein schwer Verhängnis
Herein: Der Fürst ringt mit dem Tod,
Sein lichtes Schloß ward ein Gefängnis,
Und ihn befreit kein Morgenrot.
Ach! jene freudenstolzen Tage
Der Herrlichkeit,
Sie schwanden hin zur halbvergessenen Sage
Aus eingesargter Zeit.

Durch beide roterhellte Fenster
Sieht man beim schrillen Mißton jetzt
Verstimmten Saitenspiels Gespenster,
Von Unrast hin und her gehetzt –
Und, wie ein Nix durch bleiche Klippen,
Stürzt aus dem Tor,
Hohnlachend aus verzerrten Lippen,
Ein Geister-Larven-Chor.

Ich erinnere mich noch sehr wohl, daß uns diese Ballade auf Gedankengänge brachte, bei der Usher seine Ansicht kundtat, die ich nicht deshalb erwähne, weil ich sie etwa für neu hielte, sondern wegen der Hartnäckigkeit, womit er sie vertrat. Im wesentlichen bezog sich diese Ansicht auf das Empfindungsvermögen der Pflanzenwelt. Aber in Ushers verworrener Phantasie hatte die Idee einen kühneren Aufschwung genommen, so daß er sie unter gewissen Bedingungen sogar auf das Gebiet der anorganischen Stoffe übertrug. Es fehlt mir an Worten, seine Ansicht in ihrer vollen Bedeutung oder auch nur den unfaßbaren Ernst zu schildern, womit er seine Überzeugung vertrat. Sie stand jedoch, wie ich bereits früher andeutete, in Verbindung mit den grauen Mauern des Hauses seiner Vorfahren. Die Bedingungen jenes Empfindungsvermögens waren hier, wie er meinte, erfüllt worden durch die bei der Zusammenfügung der Steine beobachteten Methode – durch die Art ihrer Anordnung sowohl als durch die vielen Schwammgewächse, wovon sie überwuchert waren, und der sie umgebenden Bäume, vor allem aber durch die lange ungestörte Dauer der ganzen Anlage und durch die Spiegelung in der regungslosen Wasserfläche des Teiches. Der augenscheinliche Beweis für dieses Empfindungsvermögen zeige sich, sagte er (hier machten seine Worte mich betroffen), in der allmählichen aber sicheren Verdichtung der auf den Gewässern des Teiches und auf dem Gebäude lagernden Atmosphäre. Das Ergebnis sei unverkennbar, fügte er hinzu, in dem stillen, aber unabweislichen Einfluß, der seit Jahrhunderten die Schicksale der Familie bestimmt habe, und der aus ihm selbst das gemacht habe, wie ich ihn da vor mir sähe, als das, was er sei. Solche Ansichten bedürfen keiner Erläuterungen, und ich will auch nicht den Versuch machen, eine zu geben.

Unsere Bücher – die Bücher, welche seit Jahren in nicht geringem Maße das geistige Wesen des Leidenden genährt hatten – standen, wie man sich denken kann, mit diesem Hang zum Phantastischen in genauer Übereinstimmung. Gemeinsam saßen wir über solchen Werken wie »Vert-Vert et Chartreuse« von Graeset, über Machiavellis »Belphegor«, Swedenborgs »Himmel und Hölle«, »Die unterirdische Reise des Nicholas Klim« von Holberg, »Die Chiromantie (Wahrsagerei aus den Linien der Hand)« von Robert Flud, Jean d'Indaginé und la Chambre, über Ludwig Tiecks »Reise ins Blaue« und über den »Sonnenstaat« von Campanella. Ein Lieblingsbuch war eine Klein-Oktavausgabe des »Directorium Inquisitorium« des Dominikaners Eymeric de Gironne, auch gab es einige Stellen in Pomponius Melas über die alten afrikanischen Feld- und Waldgeister, worüber sich Usher stundenlang in Träumereien verlor. Aber das höchste Entzükken genoß er beim Durchblättern eines äußerst seltenen und merkwürdigen Buches in gotischem Quartformat – dem Manuale einer vergessenen Kirche – die »Vigilae Mortuorum secundum Chorum Ecclesiae Maguntiae«.

Ich konnte nicht umhin, über das sonderbare Ritual dieses Werkes und seine vermutliche Wirkung auf den Gemütszustand des Kranken nachzudenken, als dieser mir eines Abends plötzlich die Mitteilung von Lady Madelines Hinscheiden machte. Gleich darauf sprach er seine Absicht aus, den Körper seiner Schwester, während der ihrer endgültigen Bestattung vorangehenden vierzehntägigen Frist, in einem der zahlreichen Gewölbe, die sich zwischen den Grundmauern des Gewölbes befanden, aufzubahren. Der für dieses eigentümliche Vorhaben angegebene äußere Grund war der Art, daß ich mich keineswegs berufen fühlte, ihn irgendwie in Zweifel zu ziehen. Wie der Bruder mir sagte, war dieser Entschluß in ihm entstanden in Anbetracht der ungewöhnlichen Krankheitserscheinungen der Verstorbenen, und gewisser zudringlich eifriger Fragen von seiten ihrer Ärzte und schließlich wegen der entfernten und schutzlosen Lage der Familiengruft. Ich will nicht leugnen: als ich mich der unheimlichen Persönlichkeit erinnerte, die mir am Tag meiner Ankunft auf der Treppe begegnet war, verspürte ich keinerlei Lust, mich seinem Vorhaben zu widersetzen, das ich im schlimmsten Fall als eine harmlose und keineswegs unnatürliche Vorsichtsmaßregel ansah.

Auf Ushers Verlangen war ich ihm bei der Ausführung dieser vorläufigen Bestattung behilflich. Nachdem wir den Körper in den Sarg gelegt hatten, trugen wir beide allein ihn an den bestimmten Ort. Das Gewölbe, worin wir ihn niedersetzten, war eng, feucht und ohne jegliche Vorkehrung, dem Tageslicht das Eindringen zu gestatten. Es war so lange nicht mehr geöffnet worden, daß unsere Fackeln fast verlöschten und wir uns nur mit Mühe orientieren konnten. Es war in großer Tiefe und unmittelbar unter dem Flügel des Gebäudes gelegen, der auch mein Schlafgemach enthielt. Augenscheinlich hatte es in längst entschwundenen Zeiten der Feudalherrschaft zu den schlimmsten Zwecken als Burgverlies gedient und in späteren Jahren als Aufbewahrungsort für Pulver und andere feuergefährliche Stoffe, denn ein Teil des Fußbodens und sämtliche Innenseiten eines langen Bogenganges, der als Eingang zu dem Gewölbe diente, waren sorgfältig mit Kupfer ausgekleidet. Die aus massivem Eisen bestehende Türe war in ähnlicher Weise geschützt. Als sie in ihren Angeln bewegt wurde, verursachte dies durch ihr ungeheueres Gewicht ein ungewöhnlich lautes und durchdringendes Kreischen.

Nachdem wir unsere traurige Bürde an diesem Ort des Grauens auf ein Gerüst niedergesetzt hatten, schoben wir den noch nicht zugeschraubten Deckel des Sarges zur Seite und betrachteten das Antlitz der Toten. Eine auffallende Ähnlichkeit zwischen Bruder und Schwester fesselte jetzt zum ersten Male meine Aufmerksamkeit. Usher, der meine Gedanken erraten mochte, murmelte einige Worte, aus denen ich erfuhr, daß die Verstorbene und er Zwillinge gewesen waren, und daß von jeher eine beinah rätselhafte Art von Sympathie zwischen ihnen bestanden hatte. Unsere Blicke verweilten indessen nicht lange auf der Toten, denn wir vermochten sie nicht ohne eine gewisse Scheu zu betrachten. Die Krankheit, von der die Lady so in der Blüte ihrer Jugend aufs Totenbett gestreckt wurde, hatte, wie dies bei allen Krankheiten von ausgeprägt kataleptischer Natur der Fall zu sein pflegt, auf Brust und Antlitz, gleichsam zum Hohn, den Schein einer matten Röte zurückgelassen, und auf den Lippen spielte jenes tückisch zögernde Lächeln, das im Tode so fürchterlich ist. Wir schoben den Deckel des Sarges wieder zurecht, und nachdem wir auch die eiserne Tür geschlossen hatten, kehrten wir auf unserem beschwerlichen Weg in die kaum weniger düsteren Gemächer der oberen Stockwerke des Hauses zurück.

Und jetzt, nachdem einige Tage bitteren Schmerzes vorübergegangen waren, trat in den äußeren Anzeichen der geistigen Störung meines Freundes eine merkliche Änderung ein. Die bisherige Art und Weise in seinem Verhalten war verschwunden. Seine gewohnten Beschäftigungen wurden vernachlässigt oder ganz aufgegeben. Er durchirrte die Reihe der Gemächer mit hastigen, ungleichmäßigen Schritten und ohne Ziel. Die Blässe seines Gesichts hatte einen womöglich noch geisterhafteren Ton erhalten, und der leuchtende Glanz seines Auges war gänzlich verschwunden. Die frühere gelegentliche Rauheit seiner Stimme war nicht mehr zu bemerken, aber ein zitterndes Vibrieren, wie es in höchstem Schrecken entsteht, pflegte in seinem Ton beim Sprechen durchzuklingen. Es gab allerdings Zeiten, in denen ich glaubte, sein unaufhörlich erregtes Gemüt kämpfe gegen irgendein drückendes Geheimnis und ringe danach, den Mut aufzubringen, davon zu sprechen. Manchmal wiederum war ich genötigt, alles einzig und allein den unberechenbaren Launen des Wahnsinns zuzuschreiben. Stundenlang sah ich ihn in der Haltung tiefster Aufmerksamkeit ins Leere starren, als ob er irgendeinem eingebildeten Geräusch lauschte. Es war kein Wunder, das sein Zustand mich erschreckte – ja, daß ich selbst davon angesteckt wurde. Ich fühlte, wie die schädlichen Einflüsse seiner eigenen phantastischen und doch rührenden Wahnbegriffe auch über mein Denken Macht gewannen.

Besonders den siebten oder achten Tag nach Lady Madelines Beisetzung im Burgverlies, als ich mich spät in der Nacht zur Ruhe begab, war es, daß ich die volle Gewalt dieser Gefühle erfahren sollte. Stunde um Stunde schwand dahin, und kein Schlaf wollte meinem Lager nahen. Mit Vernunftgründen versuchte ich, die mich beherrschende nervöse Aufregung zu bekämpfen. Ich bemühte mich zu glauben, daß vieles, wenn nicht alles von dem, was ich empfand, dem verwirrenden Eindruck der düsteren Ausstattung des Gemachs zuzuschreiben sei: den dunklen, hin und wieder losgerissenen Draperien, die, von dem Luftzug eines aufziehenden Sturmes berührt, hin- und herwehten und an den Verzierungen der Bettstatt ein unheimliches Rascheln verursachten. Allein, alle meine Bemühungen blieben erfolglos. Nach und nach wurde mein Körper von nicht zu bewältigendem Zittern erfaßt, und zuletzt lag es mir von diesem durchaus grundlosen Schrecken wie ein schweres Alpdrücken auf der Brust. Mit einem gewaltsamen Ruck und einem tiefen Atemzug befreite ich mich von der Beklemmung und richtete mich in den Kissen auf. Ich horchte – ich weiß nicht warum, nur von einem unwillkürlichen Gefühl dazu gedrängt –, während ich mit meinen Blicken die dichte Finsternis des Gemachs zu durchdringen strebte, auf gewisse leise und unbestimmte Töne, die, wenn der Sturm schwieg, in langen Zwischenpausen – ich weiß nicht woher – sich vernehmen ließen. Überwältigt von der heftigen Empfindung eines nicht zu erklärenden und doch unerträglichen Grauens, warf ich mich hastig in die Kleider, denn ich fühlte, daß ich in dieser Nacht kein Auge schließen würde. Durch rasches Auf- und Abgehen im Gemach war ich bemüht, der kläglichen Verfassung, in die ich hineingeraten war, Herr zu werden.

Ich war kaum ein paarmal auf- und abgegangen, als meine Aufmerksamkeit durch leichte Tritte auf der anstoßenden Treppe erregt wurde. Ich erkannte darin augenblicklich Ushers Tritt. Im nächsten Augenblick klopfte es mit sanftem Pochen an meine Tür, und mit einer Lampe in der Hand trat Usher herein. Sein Gesicht war wie gewöhnlich von leichenhafter Blässe, dazu aber leuchtete in seinen Augen eine Art wahnsinniger Heiterkeit – eine augenscheinlich mühsam unterdrückte hysterische Erregung sprach aus seinem ganzen Wesen. Sein Anblick entsetzte mich, dennoch war alles andere eher zu ertragen als die Einsamkeit, in der ich so lange ausgehalten hatte. Daher empfand ich seine Gegenwart sogar als Erleichterung.

»Und du hast es nicht gesehen?« fragte er plötzlich, nachdem er während einiger Augenblicke des Schweigens wild umher geblickt hatte. – »Du hast es also nicht gesehen? Aber, warte nur! Du wirst es sehen!« So sprach er, indem er seine Lampe vorsichtig mit der Hand verdeckte, und eilte an eines der Fenster, dessen Flügel er, dem Sturm Einlaß verschaffend, weit aufwarf.

Die wütende Gewalt des Sturmes riß uns fast vom Boden empor. Es war in der Tat eine wilde, zugleich aber furchtbar schöne Nacht voller Schrekken und Schönheit. Dicht in unserer Nähe schien ein Wirbelwind seine ganze Gewalt zu entfesseln. Denn in der Richtung des Luftstromes trat ein häufiger und heftiger Umschwung ein. Die außerordentliche Schwere der Wolken, die so tief herabhingen, daß sie auf die Türme des Hauses zu drücken schienen, hinderten uns nicht, zu bemerken, mit welcher Geschwindigkeit sie beseelten Wesen gleich von allen Seiten gegeneinander stürmten, ohne sich wieder in der Ferne zu verziehen. Ich sage, daß selbst ihre außerordentliche Dichtigkeit uns nicht hinderte, dies zu bemerken; trotzdem auch nicht ein Schimmer vom Mond oder von den Sternen zu erblicken war, noch irgendein aufzuckender Blitzstrahl. Aber die untere Fläche der ungeheuren Massen des wogenden Dunstes, so wie auch alle zur Erde gehörenden Dinge unserer unmittelbaren Umgebung glühten in unnatürlichem Glanz; sie wurden von einer matt leuchtenden, aber deutlich sichtbaren gasartigen Ausdünstung angestrahlt, die in der Luft verbreitet war und das Gebäude umhüllte.

»Du darfst – du sollst dies nicht ansehen!« wandte ich mich schaudernd zu Usher und zog ihn mit sanfter Gewalt von dem Fenster fort zu einem

Sessel hin. »Diese Erscheinungen, die dich so aus der Fassung bringen, sind nichts weiter als keineswegs ungewöhnliche elektrische Prozesse, es kann aber auch sein, daß sie ihr spukhaftes Treiben den verderblichen Ausdünstungen des Teiches verdanken. Wir wollen das Fenster schließen, die Luft ist eisig und für deinen Zustand gefährlich. Da ist eine deiner Lieblingsdichtungen. Ich will dir vorlesen, und du wirst mir zuhören: so wollen wir diese schreckliche Nacht miteinander verbringen.«

Der altertümliche Band, den ich aufgegriffen hatte, war »Mad Trist« von Sir Launcelot Canning. Es war mehr in trübseligem Scherz als im Ernst geschehen, als ich das Werk Ushers Lieblingsbuch nannte; denn wahrlich, in der wunderlichen und phantasielosen Weitschweifigkeit desselben war wenig enthalten, was für den erhabenen und geistreichen Idealismus meines Freundes von Interesse sein konnte. Allein, es war das einzige Buch, das augenblicklich zur Hand war; und ich hatte eine unbestimmte Hoffnung, daß es der Aufregung, von welcher der Gemütskranke gerade ergriffen war, selbst durch das Übermaß von Narrheit, von der die Lektüre handelte, Linderung verschaffen könnte, denn die Geschichte der Geistesstörungen ist voll ähnlicher Anomalien.

Hätte ich nach der hingebungsvoll gespannten Aufmerksamkeit, womit er den Worten der Erzählung lauschte oder zu lauschen schien, urteilen dürfen, dann hätte ich mich zu dem glücklichen Erfolg meiner Absicht wohl beglückwünschen können.

Ich war in der Erzählung bis zu der wohlbekannten Stelle gekommen, wo Ethelred, der Held des Trist, nachdem er vergeblich versucht hat, sich in friedlicher Weise Einlaß in die Behausung des Eremiten zu verschaffen, dazu übergeht, sich den Eintritt mit Gewalt zu erzwingen. Wie man sich erinnern wird, heißt es im Text der Erzählung ab hier etwa folgendermaßen: »Und Ethelred, der von Natur einen mannhaften Mut besaß und der sich jetzt noch dazu stark fühlte, durch die Kraft des Weins, den er getrunken hatte, war der Verhandlungen mit dem tückischen und boshaften Eremiten müde, zumal er den Regen bereits auf seinen Schultern fühlte und den Ausbruch des heraufziehenden Wetters fürchtete. So erhob er seine Keule, und rasch schaffte er sich durch mächtige Stöße gegen die starken Bretter der Tür so viel Raum als nötig war, um seine bepanzerte Hand hindurchzwängen zu können. Dann wußte er diese kräftig zu gebrauchen, zerbrach und zerstieß und riß alles auseinander, so daß der Lärm des trockenen und krachenden Holzes im ganzen Wald widerhallte und Schrekken verbreitete.«

Am Schluß dieses Satzes fuhr ich erschreckt empor und hörte für einen Augenblick auf zu lesen. Es schien mir – trotzdem ich sogleich dachte, es sei nur eine Täuschung meiner aufgeregten Phantasie gewesen –, es schien mir, als ob von einem sehr entlegenen Teil des Gebäudes her ein Ton in mein Ohr gedrungen wäre, der seiner genauen Ähnlichkeit wegen von jenem ächzenden und krachenden Geräusch, wie Sir Launcelot es so genau beschrieben hatte, das Echo hätte sein können, wenn auch nur ein unterdrücktes und dumpfes. Ohne Zweifel war es nur das gleichzeitige Zusammentreffen, was meine Aufmerksamkeit erregte: denn inmitten des heftigen Rüttelns an den Fensterläden und all des vielfach lärmenden Tobens des noch wachsenden Sturmes würde jener Ton an und für sich gewiß gleichgültig an mir vorübergegangen sein, ohne etwas Auffallendes oder Beunruhigendes für mich gehabt zu haben. Ich las also in der Erzählung weiter:

»Aber als der wackere Kämpe Ethelred jetzt in die Tür trat, erstaunte er und geriet in schweren Zorn, daß von dem boshaften Eremiten keine Spur zu entdecken war. Statt dessen fand er einen schuppigen Drachen von fürchterlichem Aussehen und mit feuersprühender Zunge, der vor einem Palast von Gold und silbernem Fußboden lag, den er bewachte. An der Wand hing ein Schild aus schimmerndem Erz, auf dessen Rand folgende Inschrift eingegraben war:

Ein Sieger ist wahrlich, wer hier eindringt,
Wer den Drachen erschlägt, auch den Schild sich erringt.

Und Ethelred schwang seine Keule und traf damit den Kopf des Drachen, daß dieser vor ihm zu Boden stürzte und seinen giftigen Atem mit ebenso fürchterlichem wie mißtönendem Geheul verhauchte, der überdies so durchdringend und gellend war, daß Ethelred sich gern mit der Hand die Ohren verstopft hätte gegen dies entsetzliche Getöse, desgleichen noch nie zuvor vernommen wurde.«

Hier hörte ich plötzlich wieder auf zu lesen, und dieses Mal im Gefühl der höchsten Bestürzung: denn jetzt unterlag es keinem Zweifel mehr, daß ich in diesem Augenblick – wenn es mir auch unmöglich war zu sagen, aus welcher Richtung her – tatsächlich einen leisen und anscheinend fernen, dabei aber langgezogenen und ganz ungewöhnlich gellenden oder schnorrenden Ton vernahm, die genaue Wiedergabe des unnatürlichen Drachengeheuls, wie es mir nach des Dichters Beschreibung meine Einbildung bereits heraufbeschworen hatte.

Von tausend widerstreitenden Gefühlen, unter denen Staunen und höchstes Entsetzen vorherrschten, bewahrte ich dennoch so viel Geistesgegenwart, um nicht durch irgendeine Bemerkung die empfindliche Nervosität meines Gefährten zu erregen. Ich war keineswegs sicher, daß er die fraglichen Töne bemerkt habe, obgleich während der letzten paar Minuten ganz gewiß eine sonderbare Veränderung in seinem Wesen vorgegangen war. Aus seiner Stellung mir gerade gegenüber hatte er seinen Stuhl allmählich so herumgedreht, daß er mit dem Gesicht der Zimmertür zugewandt saß. So konnte ich seine Züge nur noch teilweise wahrnehmen, obgleich ich eine zitternde Bewegung seiner Lippen sah, als ob er unvernehmbar etwas vor sich hinmurmelte. Sein Kopf war auf die Brust herabgesunken, und doch erkannte ich an dem starr und weit geöffneten Auge in seinem Profil, daß er keineswegs eingeschlafen war. Auch die Bewegung seines Körpers widersprach diesem Gedanken, denn er wiegte sich mit sanfter, aber beständiger und gleichmäßiger Schwingung von einer Seite zur anderen. Nachdem ich dies alles rasch bemerkt hatte, nahm ich die Erzählung Sir Launcelots wieder auf und fuhr fort: »Und jetzt, da der Recke der furchtbaren Wut des Drachens entronnen war, erinnerte er sich des ehernen Schildes und an die damit verknüpfte Lösung des Zaubers. Er schaffte den Kadaver des Drachens aus dem Weg und schritt auf dem silbernen Boden des Palastes mutig auf die Stelle zu, wo der Schild an der Wand hing. Dieser aber wartete nicht, bis der Held ganz herangekommen war, sondern fiel mit einem mächtigen und fürchterlichen Klirren zu seinen Füßen auf den silbernen Boden.«

Kaum waren die letzten Silben dieser Worte meinen Lippen entflohen, da – als ob wirklich in demselben Augenblick ein Schild von Erz wuchtig auf einen silbernen Boden gestürzt wäre – drang ganz deutlich ein hohler, metallisch dröhnender, aber offenbar gedämpfter Widerhall an mein Ohr. Ganz außer Fassung gebracht, sprang ich auf, aber Usher verharrte ungestört bei seiner abgemessen schaukelnden Bewegung. Ich stürzte zu dem Stuhl, auf dem er saß. Seine Blicke waren unbeweglich vor sich hin gerichtet, und in seinem ganzen Aussehen drückte sich die starre Unbeweglichkeit einer steinernen Ruhe aus. Als ich ihm aber meine Hand auf die Schulter legte, durchlief ein heftiges Schaudern seinen ganzen Körper, ein mattes Lächeln zitterte um seine Lippen, und ich bemerkte, daß er leise murmelnd hastige und unverständliche Worte vor sich hin redete, als ob er sich meiner Gegenwart nicht bewußt sei. Mich dicht über ihn beugend, gelang es mir endlich, den gräßlichen Inhalt seiner Worte zu verstehen.

»Ich es nicht hören? – O, ja! Ich höre es wohl und habe es gehört. Lange – lange – sehr lange – viele Minuten lang – viele Stunden, ja, viele Tage lang habe ich es gehört! Aber ich wagte nicht – o, ich elender Wicht, der ich bin! – Ich wagte nicht – ich wagte nicht zu reden! Wir haben sie lebendig ins Grab gelegt! Sagte ich nicht, daß meine Sinne scharf sind? Jetzt sage ich dir, daß ich in der tiefen Gruft ihre schwachen Regungen hörte. – Ich hörte sie – es ist viele, viele Tage her – aber ich wagte nicht – ich wagte nicht zu reden!

Und jetzt – in dieser Nacht – Ethelred – ha! – ha! – Das Aufbrechen der Tür des Eremiten, das Sterbegeheul des Drachen und der dröhnende Klang des Schildes! – sage lieber: das Bersten ihres Sarges und das Rasseln der eisernen Angeln ihres Kerkers und ihr qualvolles Tasten durch den kupfernen Bogengang des Gewölbes! O, wohin soll ich fliehen? Wird sie nicht binnen kurzem hier sein? Eilt sie nicht schon herbei, mir Vorwürfe zu machen wegen meiner Hast? Habe ich nicht ihre Tritte schon auf der Treppe gehört? Vernehme ich nicht das schwere und fürchterliche Pochen ihres Herzens? Wahnsinniger!« – Jetzt sprang er wie rasend vom Stuhl auf und schrie, als ob er damit seine Seele hätte herausstoßen wollen, »Wahnsinniger! Ich sage dir, daß sie in diesem Augenblick vor der Tür steht!«

Und als läge in der übermenschlichen Kraft seines Aufschreis eine Zaubergewalt – begann in demselben Augenblick das schwere alte Getäfel der Tür, worauf er mit der Hand deutete, seine schweren Kiefern aus Ebenholz langsam auseinander zu schieben. Es war wohl nur die Wirkung der eingedrungenen Zugluft – aber hinter diesem Türflügel erschien zugleich die in ihre Leichentücher gehüllte Gestalt der Lady Madeline Usher. Ihre weißen Gewänder waren mit Blut befleckt, und an ihrem abgezehrten Körper waren überall die Spuren eines verzweifelten Kampfes zu erkennen. Einen Augenblick verharrte sie zitternd und wankend auf der Schwelle – dann taumelte sie mit einem leise aufstöhnenden Schrei auf den Körper ihres Bruders zu und riß ihn in ihrem letzten Todeskampf als ein Opfer seiner eigenen zuvor empfundenen Schrecken entseelt mit sich zu Boden.

Entsetzt ergriff ich die Flucht aus jenem Zimmer und aus jenem Hause. Als ich mich wieder auf der schon bekannten Landstraße befand, tobte draußen der Sturm noch mit voller Wut. Plötzlich fiel ein greller Schein auf den Weg. Ich blickte zurück, um zu sehen, von wo ein so ungewöhnliches Leuchten ausgehen könnte, da hinter mir nur das weitläufige Gebäude mit seinem Schatten lag. Die strahlende Helle rührte von dem blutrot untergehenden Vollmond her, der in diesem Augenblick mit grellem Schimmer den sonst kaum merklichen Riß beschien, der, wie ich früher bereits sagte, im Zickzack vom Dach bis zum Fundament am ganzen Gebäude hinunterlief. Während ich noch staunend darauf hinblickte, erweiterte sich der Spalt mit großer Schnelligkeit – dann raste ein Windstoß heran – die volle Scheibe des Satelliten brach mit überflutender Helle auf einmal hervor – der Kopf schwindelte mir, als ich die mächtigen Mauern bersten sah. – Ein langes, endloses Getöse entstand – dann war es wie die Stimme von tausend Wassern –, und der tiefe, düstere Teich zu meinen Füßen schloß sich finster und schweigend über den Trümmern des »Hauses Usher«.

William Wilson

Red' ich von ihm? red' ich von Dir, Gewissen;
Du Schreckgespenst auf meinem Pfad?
Chamberlaine »Pharronida«

Erlaubt, daß ich mich für diesmal William Wilson nenne. Das reinliche Blatt, das jetzt vor mir liegt, soll nicht durch meinen wirklichen Namen beschmutzt werden. Dieser ist schon zu sehr ein Gegenstand des Hohnes, des Abscheus, des Hasses meiner Mitmenschen gewesen. Haben nicht die empörten Winde seine unvergleichliche Schmach bis in die fernsten Gegenden des Erdballs getragen? O, Auswurf der Auswürflinge, Verlassenster! Bist du nicht auf ewig geächtet für die Welt, für ihre Ehren, ihre Kränze, ihre goldenen Möglichkeiten? Hat sich nicht eine Wolke, dicht, düster und ohne Grenzen, auf immerdar zwischen deine Hoffnungen und den Himmel gesenkt?

Unter keinen Umständen würde ich, wenn ich's auch könnte, über meine späteren Jahre voll unaussprechlichen Elends und unverzeihlicher Verbrechen berichten. Diese Epoche, diese späteren Jahre, brachten einen plötzlichen Aufschwung zu einem schändlichen Leben mit sich, dessen Ursprung allein ich hier aufzuzeichnen gedenke. Wenn ein Mensch verdorben wird, geschieht es meistens stufenweise. Von mir ist in einem einzigen Augenblick alle Tugend leibhaftig wie ein Mantel abgefallen. Aus einem geradezu trivialen Schwächling habe ich mich mit einem Riesenschritt zum ungeheuerlichsten Heliogabal gemacht. Wie ein Zufall, wie ein Geschehnis das Böse ins Rollen brachte, das lastet auf mir, während ich dieses niederschreibe. Der Tod naht, und die Schatten, die ihm vorausgehen, haben lindernd mein Gemüt umfangen. Ich sehne mich vorm Betreten des dunklen Tales nach der Sympathie – fast hätte ich gesagt nach dem Mitleid – meiner menschlichen Brüder. Wenn sie es doch glauben wollten, daß ich nur der Sklave der Umstände gewesen bin, die jenseits menschlichen Einflusses lagen. Wenn sie doch bereit wären, in dem, was ich erzählen will, etwas von Schicksal zu erkennen, eine kleine Oase inmitten einer Wüste von Irrtümern. Wenn sie nur zugeben wollten – und sie können eigentlich nicht daran vorbei, es zuzugeben –, daß, mag es auch noch so schwere Versuchungen gegeben haben, niemand je zuvor so versucht worden ist und sicher nicht so gefallen. Warum kam mir das Leiden denn gar nie zu Bewußtsein? Habe ich nicht wirklich in einem Traum gelebt? Und bin ich nicht jetzt ein sterbendes Opfer des Grauens vor dem Geheimnis der gräßlichsten aller irdischen Visionen?

Ich stamme von einem Geschlecht ab, das sich von jeher durch sein phantasievolles und leicht reizbares Temperament ausgezeichnet hat, und ich bewies schon in meiner frühesten Kindheit oft genug, daß ich den Familiencharakter voll geerbt hatte. Dieser entwickelte sich mit den Jahren immer stärker, wurde aus mancherlei Gründen Ursache zu ernsthafter Beunruhigung bei meinen Freunden und zu einem schimpflichen Betragen bei mir selber. Ich zeigte mich trotzig, mit wildesten Launen und eine Beute der unbändigsten Leidenschaften. Schwach und mit ähnlichen seelischen Gebrechen wie ich behaftet, vermochten meine Eltern den schlimmen Neigungen meines Wesens nur geringen Einhalt zu tun. Einige schwache und falsch angesetzte Versuche endigten von ihrer Seite mit vollständigem Mißlingen und natürlich bei mir mit einem totalen Triumph. Von nun an trat meine Stimme an Stelle der Hausordnung, und in einem Alter, wo die meisten Kinder noch am Gängelband laufen, war ich meinem eigenen Willen überlassen und wurde bis auf den Namen völlig Herr meiner Entschlüsse.

Meine frühesten Erinnerungen aus der Schulzeit knüpfen sich an ein geräumiges, vielverzweigtes Haus im Elisabethstil, das in einem trübseligen englischen Städtchen stand, wo es eine Menge riesiger, knorriger Bäume gab, und wo die Häuser alle unglaublich altmodisch aussahen. Es war in der Tat ein traumhafter und einschläfernder Platz, diese ehrwürdige alte Stadt. In diesem Augenblick meine ich die erquickende Kühle ihrer schattigen Alleen zu spüren, ich atme den glühenden Duft ihrer tausend Sträucher und schaure mit unerklärlichem Entzücken erneut zusammen bei dem schrecklich falschen Ton der Kirchenglocke, die jede Stunde mit gräßlichem und plötzlichem Gelärm in die Stille der dämmrigen Atmosphäre losbrach, in der friedvoll eingebettet der gotische Kirchturm mit seinen Zierraten schlief.

Es macht mir vielleicht ebensolche Freude, daß ich überhaupt irgendwie imstande bin, bei einzelnen Erinnerungen aus der Schulzeit zu verweilen. Im Elend versunken wie ich bin – ach, nur zu wahr ist dieses Elend! –, muß ich um Vergebung bitten dafür, daß ich eine wenn auch schwache und flüchtige Erleichterung suche in der Erinnerung an ein paar lose Tatsachen. Diese an sich äußerst trivialen und sogar lächerlichen Tatsachen nehmen doch für mich eine zufällige Bedeutung an, indem sie an eine Zeit und Örtlichkeit gebunden sind, wo ich die ersten zweideutigen Mahnungen des Verhängnisses wiedererkenne, das später mein ganzes Leben verdunkelte. Laßt mich also erzählen.

Das Haus, wie ich schon sagte, war alt und unmodern. Es gab viel Grund und Boden, der von einer hohen und starken Backsteinmauer eingeschlossen wurde, die oben eine Schicht von Mörtel und Glassplittern trug. Dieser gefängnisartige Wall bildete die Grenze unseres Reichs, darüber hinaus sahen wir nur dreimal in der Woche, einmal jeden Sonnabendnachmittag, wo wir unter Aufsicht von zwei Unterlehrern uns auf den umliegenden Feldern ergehen durften, und zweimal an den Sonntagen, wo wir in der gleichen förmlichen Weise feierlich zum Morgen- und Abendgottesdienst in die einzige Kirche des Städtchens geführt wurden. Pfarrer an dieser Kirche war unser Schulvorsteher. Wie groß war mein Erstaunen und meine Verblüffung, wenn ich ihn von unseren Kirchenstühlen aus in den hintersten Reihen der Galerie erblickte, wie er mit feierlichen langsamen Schritten auf die Kanzel stieg! Dieser ehrwürdige Mann in so ernsthaft gütiger Haltung, in den glänzenden, priesterlich wallenden Gewändern, mit der sorgfältig gepuderten, furchtbar steifen, ungeheuren Perücke – konnte das er sein, der, vor kurzem noch, mit saurem Gesichte und in verschmutzten Kleidern, die Rute in der Hand, die drakonischen Gesetze der Anstalt ausübte? Welch fürchterlicher Widerspruch, der jeder Lösung spottete!

In einem Winkel der gewaltigen Mauer drohte ein noch gewaltigeres Tor. Es war vernietet und gebuckelt mit Eisenbolzen und oben mit eisernen Zinken besetzt. Wie weh uns sein Anblick tat! Es wurde nie geöffnet, außer zu den bereits erwähnten drei immer gleichen Ausgängen; alsdann empfanden wir bei jedem Knirschen der mächtigen Angeln eine geheimnisvolle Angst: eine Welt tat sich auf, die eine Fülle von ernsthaften Bemerkungen und noch ernsthafteren Betrachtungen veranlaßte.

Die weitläufige Einfriedung verlief unregelmäßig. Es gab viele geräumige Schlupfwinkel, drei oder vier der größten bildeten den Spielplatz. Dieser war eben und mit feinem harten Kies bestreut. Ich erinnere mich wohl, es gab da weder Bäume, noch Bänke, noch irgend etwas ähnliches. Er lag natürlich im Bereich des Hauses. Davor befand sich ein schmales Beet mit Buchsbaum und anderen Sträuchern; diesen geheiligten Abschnitt durften wir freilich nur bei seltenen Gelegenheiten betreten: bei der ersten Ankunft in der Schule oder beim endgültigen Verlassen derselben, oder wenn etwa Eltern oder Bekannte uns eingeladen hatten und wir uns freudig auf den Weg machten, um an Weihnachten oder zu den großen Sommerferien heimwärts zu wandern.

Aber das Haus – was für ein verschnörkelter, alter Bau war das! und doch in meinen Augen der reinste Zauberpalast. Es war gar kein Ende abzusehen von seinen Winkeln und unbegreiflichen Unterabteilungen. Es war schwer, zu einer gegebenen Zeit mit Sicherheit zu sagen, auf welchem seiner beiden Stockwerke man sich gerade befand. Um von einem Raum in einen anderen zu gelangen, mußte man unfehlbar drei oder vier Stufen

hinauf oder hinunter. Auch gab es zahllose, unübersehbare Seitengänge, die so untereinander verknüpft waren, daß unsere genauesten Vorstellungen von der Beschaffenheit dieses Hauses sich annähernd mit dem Begriff decken mochten, den wir von der Unendlichkeit hatten. Während meines fünfjährigen Aufenthaltes hier war ich niemals imstande, mit Bestimmtheit zu sagen, in welcher von den vielen Verschachtelungen der kleine Schlafsaal lag, der mir und etlichen achtzehn oder zwanzig anderen Schülern zugewiesen war.

Der Schulraum war der größte im Haus und – ich konnte mir nicht helfen, es kam mir so vor – der größte der Welt. Er war sehr lang, schmal und entsetzlich niedrig, mit spitzzulaufenden gotischen Fenstern und einer getäfelten Decke aus Eichenholz. In einem entlegenen und furchteinflößenden Winkel befand sich ein quadratischer, acht bis zehn Fuß breiter Verschlag, der in den Zwischenpausen das »Heiligtum« unseres Oberhauptes, des Reverend Dr. Bransby, darstellte. Es war ein solider Bau mit wuchtiger Tür, und ich glaube, eher als daß wir diese in Abwesenheit des »Domine« geöffnet hätten, wären wir alle miteinander lieber unter Folterqualen gestorben. In zwei anderen Ecken waren ähnliche Verschläge, die zwar zweit weniger gefürchtet, doch immerhin große Schmerzbereiter waren. Das eine war die Kanzel des Klassenlehrers; dieser war von der Gattung der wahren »Engländer und Mathematiker«. Kreuz und quer in endloser Unregelmäßigkeit über den Raum verstreut standen schwarze, verwitterte Bänke und Pulte von Anno dazumal, verzweifelt überhäuft mit abgegriffenen Büchern und so übersät mit Anfangsbuchstaben, ausgeschriebenen Namen, grotesken Figuren und anderen Messerkünsten, daß sie das bißchen eigenartige Form, das sie einmal in längst verflossenen Tagen besessen haben mochten, nun gänzlich eingebüßt hatten. Ein riesiger Eimer mit Wasser stand an einem Ende des Raumes, gegenüber hing eine Glocke von geradezu lächerlichen Dimensionen.

Eingesperrt hinter den dicken Mauern dieser ehrwürdigen Anstalt verbrachte ich, damals noch nicht angeekelt oder überdrüssig, ca. fünf Jahre meines Lebens. In der Kindheit ist das Gehirn so reich gesegnet, daß es zu seiner Beschäftigung oder Unterhaltung keine äußere Welt der Geschehnisse braucht, und die unverkennbar häßliche Eintönigkeit des Schullebens war von stärkeren Aufregungen erfüllt, als sie mir in meiner reiferen Jugend der Luxus und im vollen Mannesalter das Verbrechen beschert haben. Doch nehme ich an, daß meiner ersten seelischen Entwicklung manches Ungewöhnliche anhaftete, sogar manches Outrierte. Die Menschen pflegen von den Erlebnissen der frühen Jugend im reiferen Alter keine deutlichen Vorstellungen mehr zu haben. Alles ist grauer Dunst, schwaches und flatterhaftes Erinnern, blindes Tasten nach entschwundenen Gefühlen, wenig Lust und viel eingebildete Schmerzen. Bei mir ist das nicht so. Mit männlicher Energie muß ich in der Kindheit alles das empfunden haben, was sich nun in der Erinnerung in so lebendigen, tiefen und dauerhaften Linien eingeprägt hat wie die Exerguen auf den karthagischen Münzen.

Und doch wie wenig – wenig nach den Begriffen der Welt – gab es da zu erinnern! Das Wecken morgens, das Zubetttreiben am Abend, die Befehle, das Aufsagen, die Kalenderferien und Besichtigungen an Feiertagen, der Spielplatz mit seinen Zankereien, seiner Kurzweil und seinen Verschwörungen – alles das, von der Hexenmeisterin Seele längst verdrängt, war einmal treibende Kraft der wildesten Gärungen, eine Welt von reichen Ereignissen, ein Tummelplatz der mannigfaltigsten Empfindungen und leidenschaftlicher, die Phantasie anstachelnder Reize. Oh le bon temps, que ce siècle de fer!

Mein feuriger, begeisterungsfähiger und herrischer Charakter brachte mir bald eine hervorragende Stellung unter meinen Schulkameraden ein, und es kam langsam, jedoch ganz natürlich dahin, daß ich über alle, die nicht viel älter als ich selbst waren, eine Art Führerschaft gewann – über alle, mit einer einzigen Ausnahme. Diese Ausnahme fand sich in der Person eines Schülers, der, ohne mit mir verwandt zu sein, den gleichen Vor- und Zunamen trug: ein Umstand, der allerdings nicht so sehr merkwürdig war, denn trotz einer adeligen Abstammung gehörte mein Name zu jenen alltäglichen, die seit Menschengedenken kraft Verjährung ein Erbteil der großen Masse zu sein scheinen. In dieser Erzählung habe ich mich daher als William Wilson bezeichnet, ein Name, der von dem wirklichen nicht sehr verschieden ist. Von allen den Knaben, die im Schülerlatein als »unsere Bande« galten, war mein Namensvetter der einzige, der sich unterstand, im Klassenunterricht und in den Turnspielen und Balgereien auf dem Spielplatz mit mir zu wetteifern, meinen Behauptungen keinen absoluten Glauben zu schenken und meinem Willen nicht zu gehorchen, ja, er nahm jede Gelegenheit wahr, sich meinen selbstherrlichen Schiedssprüchen zu widersetzen. Wenn es auf Erden einen äußersten, hemmungslosen Despotismus gibt, so ist es der Despotismus eines herrischen Knaben über seine weniger energisch veranlagten Kameraden.

Wilsons rebellische Haltung war für mich eine Quelle schwerster Bedrängnis, denn je prahlerischer ich ihn und seine Anmaßungen vor der Öffentlichkeit abfertigte, desto mehr war ich mir insgeheim darüber klar, daß ich ihn zu fürchten hatte, und ich konnte mir nicht helfen: die Leichtigkeit, mit der er sich mir gewachsen zeigte, dünkte mir der Beweis für seine tatsächliche Überlegenheit; seitdem kostete es mich einen beständigen Kampf, um nicht zu unterliegen. Dabei wurde diese Überlegenheit und selbst die Ebenbürtigkeit von niemandem außer mir anerkannt, unsere Genossen schienen in unverständlicher Blindheit nicht einmal den Verdacht zu haben. In der Tat beschränkten sich sein Wetteifer, sein Widerstand und vor allem sein unverschämtes und finsteres Einmischen in meine Absichten ganz auf den privaten Verkehr. Er war offensichtlich völlig frei von dem Ehrgeiz und dem leidenschaftlichen Feuer des Geistes, die mich drängten und zugleich befähigten, eine Rolle zu spielen. Die Triebfeder seiner Nebenbuhlerschaft mochte in einem wunderlichen Bedürfnis bestehen, mich zu ärgern, zu verblüffen oder mattzusetzen; allerdings gab es Zeiten, wo ich mit einer aus Verwunderung, Demütigung und Ingrimm gemischten Empfindung beobachten mußte, daß in der Art, wie er seine Beleidigungen und Widersetzlichkeiten vorbrachte, eine gewisse höchst unangebrachte und sicher höchst unwillkommene Zuneigung zum Vorschein kam. Ich konnte mir dies sonderbare Betragen nur als Ausdrucksform eines wahnsinnigen Dünkels erklären, der sich die Rolle des wohlwollenden Gönners anmaßte.

Vielleicht war es dieser letztere Zug in Wilsons Benehmen, der, in Verbindung mit unserer Namensgleichheit und der Tatsache, daß wir zufällig an ein und demselben Tage in die Schule eingetreten waren, unter den oberen Klassen der Anstalt das Gerücht in Umlauf brachte, daß wir Brüder wären. Die älteren Jahrgänge kümmern sich in der Regel nicht besonders um die Angelegenheiten der Jüngeren. Ich habe hoffentlich schon gesagt, daß Wilson nicht im entferntesten mit meiner Familie verwandt war. Aber wenn wir Brüder gewesen wären, so hätten wir bestimmt Zwillinge sein müssen, denn nach meiner Entlassung aus der Anstalt hörte ich irgendwann, daß mein Namensvetter am 19. Januar 1813 geboren war, und das ist freilich ein höchst merkwürdiges Zusammentreffen, denn an gerade diesem Tag wurde auch ich geboren.

Es mag seltsam erscheinen, daß ich ihn trotz der beständigen Angst, die mir Wilsons Nebenbuhlerschaft verursachte, und trotz seines unerträglichen Widerspruchsgeistes nicht hassen konnte. Wir hatten wohl fast jeden Tag einen Streit, in dem er zwar mir öffentlich die Siegespalme überließ, jedoch auf seine Weise geflissentlich zu verstehen gab, daß eigentlich er der Sieger war; doch hielt eine Regung von Stolz auf meiner Seite und echte Würde auf der seinen uns beide stets in den Grenzen des sogenannten Unterhaltungstones, während wir in vielen Punkten eine auffallende Geistesverwandtschaft besaßen, die in mir ein Gefühl aufkommen ließ, das vielleicht nur durch unsere Stellung gehindert wurde, zu Freundschaft zu werden. Es ist in der Tat schwierig, meine wirklichen Gefühle ihm gegenüber zu benennen oder gar zu beschreiben. Sie bildeten eine buntscheckige und heterogene Mischung, ein wenig trotzige Gereiztheit, die darum noch kein Haß war, etwas Achtung, noch mehr Respekt und viel Furcht, dazu eine Welt von unruhiger Neugierde. Für den Psychologen bedarf es keiner Erwähnung, daß Wilson und ich die unzertrennlichsten Gefährten waren.

Es lag zweifellos an diesem unnormalen Charakter unseres Verhältnisses, daß alle meine Angriffe auf ihn (und deren gab es viele, offene und versteckte) meistens ins Spaßhafte gingen, in Neckereien oder derbe Späße, die schmerzhaft waren, eben weil sie sich als bloßer Scherz gebärdeten und eigentlich nie in ernstere, entschiedene Feindseligkeit ausarteten. Doch hatte ich bei meinen Anstrengungen in dieser Richtung durchaus nicht immer Erfolg, mochten meine Reden noch so sehr mit Witz durchsetzt sein; denn mein Namensvetter hatte in seinem Wesen etwas von jener anspruchslosen und stillen Herbheit an sich, die, während sie sich an der Treffsicherheit des eigenen Spottes ergötzt, selbst keine Achillesferse hat und gegen jede Lächerlichkeit immun ist. Tatsächlich konnte ich nur eine verwundbare Stelle an ihm entdecken, die einen wohl aus konstitutioneller Veranlagung entspringenden, persönlichen Mangel betraf, und die ein nicht so wie ich am Ende seines Witzes angelangter Gegner sicherlich geschont haben würde: mein Rivale hatte sehr schwach ausgebildete Kehlorgane und war deshalb nicht imstande, seine Stimme über ein sehr leises Flüstern zu erheben. Ich verfehlte nicht, aus diesem Gebrechen nach Kräften einen erbärmlichen Vorteil zu ziehen.

Wilsons Vergeltungsmaßregeln waren vielfältig, doch gab es eine Anwendungsform seines boshaften Witzes, die mich geradezu außer mir brachte. Wie sein Scharfsinn es angestellt hat herauszubekommen, daß mich eine solche Kleinigkeit treffen würde, ist mir nie recht klar geworden, jedenfalls, nachdem er es herausbekommen hatte, betätigte er seine Kenntnis gewohnheitsmäßig. Ich empfand nämlich von jeher einen Widerwillen gegen meinen unmöglichen Familiennamen und auch gegen den sehr gewöhnlichen, geradezu plebejischen Vornamen. Die beiden Worte waren Gift in meinem Ohr, und als am Tage meiner Ankunft sich gar ein zweiter William Wilson in der Anstalt meldete, nahm ich es ihm übel, daß er den Namen trug und haßte den letzteren nun doppelt, weil ihn ein Fremder trug, der zu seiner zweifachen Wiederholung Anlaß geben und der selbst beständig um mich sein würde, und dessen Angelegenheiten nach dem üblichen Gang des Schulbetriebes unvermeidlicherweise auf Grund der abscheulichen Identität fortwährend mit meinen eigenen vermengt werden würden.

Das also entstandene Gefühl der Verhextheit steigerte sich mit einem jeden Umstand, der auf irgendeine geistige oder körperliche Ähnlichkeit zwischen meinem Rivalen und mir hindeutete. Ich hatte damals noch nicht die merkwürdige Tatsache entdeckt, daß wir gleichen Alters waren, aber ich sah, daß wir gleiche Länge hatten, und ich erkannte, daß auch in der Gestalt und in der Gesichtsbildung eine auffallende Ähnlichkeit bestand. Außerdem wurde ich gereizt durch das Gerücht von unserer angeblichen Verwandtschaft, das allgemein in den oberen Klassen verbreitet war. Mit einem Wort, nichts konnte mich ernstlicher aufbringen (obwohl ich mir solche Aufgebrachtheit um keinen Preis anmerken ließ) als irgendeine Anspielung auf eine zwischen uns bestehende Ähnlichkeit geistiger, körperlicher oder sachlicher Natur. Und doch hatte ich nicht den geringsten Grund anzunehmen, daß (mit Ausnahme der Sache mit der Verwandtschaft und abgesehen von Wilsons eigener Person) diese Ähnlichkeit jemals unter unseren Mitschülern besprochen oder überhaupt von ihnen beobachtet worden wäre. Daß er sie beobachtete, und zwar ausgiebig und ebenso gespannt wie ich, war offenbar, doch daß er unter solchen Umständen ein so fruchtbares Feld von Plackereien zu entdecken vermochte, muß, wie ich schon sagte, seinem ungewöhnlichen Scharfsinn zugeschrieben werden.

Die Absicht, mich in möglichst vollendeter Weise nachzuahmen, bildete das Prinzip seiner Reden und Handlungen, und er spielte seine Rolle bewundernswürdig. Meine Kleidung war mit Leichtigkeit zu kopieren, auch mein Gang und sonstiges Gebaren übernahm man einfach, nicht einmal meine Stimme entging ihm, trotz seines organischen Fehlers. Meine kräftigeren Laute versuchte er natürlich nicht, und doch, der Grundton war völlig der gleiche: sein Flüstern wurde zum unheimlichen Echo meiner Sprache.

Wie stark dieses vorzügliche Porträt meiner selbst mich quälte (denn es konnte durchaus nicht als Karikatur angesprochen werden), will ich jetzt nicht zu schildern versuchen. Ich hatte nur einen Trost, – den, daß die Nachahmung offenbar von mir allein bemerkt wurde, und daß ich bloß das Wissen und das seltsam sarkastische Lächeln meines Namensvetters zu ertragen hatte. Zufrieden damit, daß er in meinem Gemüt die beabsichtigte Wirkung hervorgerufen hatte, schien er innerlich zu kichern über den Stachel, den er mir eingesenkt, und war bezeichnenderweise unempfindlich für den Beifall des Publikums, den er sich durch seine witzigen Bemühungen so leicht hätte verschaffen können. Daß allerdings die Schüler seinen Plan nicht begriffen, von dessen allmählicher Verwirklichung nichts merkten und keinen Anteil an meiner Verspottung nahmen, bildete etliche bange Monate hindurch ein unlösbares Rätsel für mich. Vielleicht ließ die allmähliche Entstehung der Kopie deren Bedeutung nicht gleich ersichtlich werden, oder wahrscheinlicherweise verdankte ich meine Sicherheit dem meisterhaften Verfahren des Kopisten, der, unter Verschmähung des Buchstabens, der bei einer Schilderei immer stumpf wirkt, nur den wesentlichen Geist seines Originals darstellte, zu meiner ganz persönlichen Einsicht und Bekümmernis.

Ich habe schon mehrmals von der widerwärtigen Gönnermiene gesprochen, die er sich mir gegenüber anmaßte, und von seinen häufigen zudringlichen Versuchen, meinen Willen zu beeinflussen. Diese Versuche erfolgten oft in der groben Form eines Rates, nicht eines offen gegebenen, sondern versteckten oder irgendwie verschleierten Ratschlages. Ich setzte dem einen Widerstand entgegen, der heftiger wurde, je mehr ich zunahm an Jahren. Doch möchte ich heute, nach so langer Zeit, ihm Gerechtigkeit widerfahren lassen und wenigstens anerkennen, daß ich mich keiner Gelegenheit entsinnen kann, wo die Ratschläge meines Rivalen sich auf die Seite meiner Verirrungen und Torheiten geschlagen hätten, wie es bei seinem unreifen Alter und scheinbaren Unerfahrenheit eigentlich zu erwarten war, daß vielmehr sittliches Empfinden und überhaupt Geistesgaben und Lebensauffassung bei ihm weit besser entwickelt waren als bei mir, und daß ich heute ein besserer und also glücklicherer Mensch wäre, hätte ich damals die Ratschläge, die in jenen nur zu sehr gehaßten und zu bitter verachteten Flüsterlauten enthalten waren, nicht gar so hartnäckig zurückgewiesen.

So wie es stand, verstockte ich mich allmählich unter seiner widerlichen Bevormundung und wurde von Tag zu Tag empfindlicher gegen das, was mir unerträglicher Hochmut schien. Ich sagte einmal, daß in den ersten Jahren unserer Schulbekanntschaft meine Gefühle ihm gegenüber sich möglicherweise in Freundschaft verwandelt haben würden, doch in der späteren Zeit meines Aufenthaltes in der Anstalt regte sich, während er in seinem Betragen zweifellos milder und weniger aufdringlich wurde, umgekehrt in mir ein fast im gleichen Maße zunehmendes Gefühl von positivem Haß. Bei irgendeiner Gelegenheit, glaube ich, merkte er das und daraufhin mied er mich oder gab sich den Anschein, mich zu meiden.

Etwa um dieselbe Zeit, wenn ich mich recht erinnere, geschah es, daß anläßlich eines heftigen Streites mit ihm, in dem er mehr als üblich auf Deckung verzichtet und mit einer seinem Wesen ganz fremden Hemmungslosigkeit gesprochen und sich gebärdet hatte, ich in seinem Tonfall, in seiner Miene und ganzen Erscheinung etwas entdeckte oder zu entdecken glaubte, ein Etwas, das mich zunächst bestürzte und dann aufs äußerste interessierte, da es dunkle Bilder aus meiner frühesten Kindheit in mir aufdämmern ließ, verworrene und wild durcheinander gemischte Erinnerungen aus einer Zeit, wo die Erinnerung selbst noch ungeboren war. Ich kann die Empfindung, die mich bedrückte, nicht besser beschreiben als indem ich sage, daß mich die schwer abzuschüttelnde Vorstellung überkam, als hätte ich das Wesen, das da vor mir stand, vor unendlich langer Zeit an irgendeinem Punkt einer weit zurückgelegenen Epoche der Vergangenheit schon einmal gekannt. Die Täuschung indessen verschwand ebenso schnell, wie sie gekommen war, und ich erwähne sie eigentlich nur wegen des zeitlichen Zusammenhanges mit dem letzten Erlebnis, das ich damals in der Bransbyschen Anstalt mit meinem sonderbaren Namensvetter hatte.

Das unmoderne alte Haus mit seinen zahllosen Unterabteilungen enthielt eine Reihe von großen, miteinander verbundenen Zimmern, wo die Mehrzahl der Schüler schlief. Es gab da, wie es in einem Gebäude von so verschnörkelter Anlage selbstverständlich ist, viele kleine Winkel und Eckchen, den Unebenheiten des Baues entsprechend, und diese Nebenräume hatte Dr. Bransbys geniale Ökonomie als Schlafstellen hergerichtet, die reinsten Wandschränke, die immerhin eine einzelne Person aufnehmen konnten. In einem dieser kleinen Alkoven schlief Wilson.

Eines Nachts, kurz vor Schluß meines fünften Schuljahres und unmittelbar nach dem oben erwähnten Streit, als alles schlief, stand ich auf und schlich mich, die Lampe in der Hand, durch ein Labyrinth von schmalen Gängen aus meiner Schlafkammer in die meines Rivalen. Es war das einer jener bösartigen Streiche auf seine Kosten, an denen mein Witz bis dahin immer so völlig versagt hatte, doch diesmal sorgfältig erwogen und vorbereitet. Es galt jetzt, mein System umzusetzen, und ich beschloß, ihn die ganze Schärfe der in mir angesammelten Bosheit fühlen zu lassen. Vor seinem Alkoven angelangt, stellte ich die abgeblendete Lampe auf den Boden und trat geräuschlos ein. Drinnen blieb ich stehen und lauschte dem ruhigen Gang seiner Atemzüge. Nachdem ich mich versichert hatte, daß er schlief, kehrte ich um, nahm das Licht und näherte mich mit demselben abermals dem Bett. Dieses war mit dichten Vorhängen umhüllt, die ich, wie in meinem Plan vorgesehen, leise und behutsam zurückzog, so daß die hellen Strahlen gerade auf den Schläfer fielen und gleichzeitig mein Blick auf sein Gesicht, und ein erstarrendes, eisiges Gefühl durchdrang plötzlich meinen Leib. Meine Brust keuchte, meine Knie schlotterten, mein ganzer Geist wurde von einem gegenstandslosen, unerträglichen Grauen erfaßt. Nach Atem schnappend brachte ich die Lampe noch näher an sein Gesicht heran. Waren dies, dies die Züge William Wilsons? Ich sah, wahrhaftig, sie waren es, doch ein Schütteln wie bei einem Anfall von kaltem Fieber packte mich bei dem Gedanken, daß sie es nicht wären. Was aber war es, das mich in dieser Form erschüttern konnte? Ich starrte, während mein Gehirn eine Fülle von unzusammenhängenden Gedanken abhaspelte. So sah er nicht aus, nein, gewiß nicht so, im lebendigen Zustand des Wachens! Gleicher Name, gleiche Gestalt, gleicher Ankunftstag in der Schule, und dann seine finstere und zwecklose Nachahmung meines Ganges, meiner Stimme, meiner Kleider und Gewohnheiten! War es wirklich mit den Grenzen der menschlichen Natur vereinbar, das, was ich jetzt sah, als das bloße Resultat einer gewohnheitsmäßigen Ausübung dieser sarkastischen Nachahmung aufzufassen? Bebend und von Schauern geschüttelt, löschte ich die Lampe, ging leise aus dem Zimmer und verließ alsbald die Hallen des alten Schulhauses auf Nimmerwiedersehen.

Nach einer Pause von einigen Monaten, die ich vollkommen müßig daheim zubrachte, wurde ich Student in Eton. Die kurze Zwischenzeit hatte genügt, um in mir die Erinnerung an die Begegnisse in Dr. Bransbys Anstalt abzuschwächen oder zum mindesten eine wesentliche Veränderung der Gemütsstimmung zu bewirken, mit der ich solche Erinnerungen anstellte. Die Wahrheit – das Tragische – des Dramas war nicht mehr. Ich hatte nun genügend Abstand, um das Zeugnis meiner Sinne anzuzweifeln, und, wenn ich überhaupt noch über die Sache nachdachte, so geschah es mit Verwunderung über die menschliche Leichtgläubigkeit und einem Lächeln über die lebendige Kraft der von meinen Vätern ererbten Phantasie. Auch war das Leben, das ich in Eton führte, keineswegs geeignet, diese Art Skeptizismus zu verringern. Der Strudel von hemmungsloser Tollheit, in den ich mich sogleich unbekümmert gestürzt hatte, verschlang bis auf den Schaum meine sämtliche Vergangenheit, löschte jeden ernsthaften und gründlichen Eindruck aus und ließ dem Gedächtnis nur die alleroberflächlichsten Merkzeichen eines Vorlebens.

Ich gedenke nicht einen genauen Abriß meines verworfenen Lebens hier zu geben, eines Lebens, das den Gesetzen Trotz bot, während es der Wachsamkeit der akademischen Behörden spottete. Drei Jahre der Ausschweifung, die lasterhafte Gewohnheiten in mir einwurzeln ließen und höchstens meine körperliche Gewandtheit in ziemlich ungewöhnlichem Maße förderten, waren ohne Gewinn dahingegangen, als ich nach einer Woche geistloser Zerstreuung eine kleine Schar der liederlichsten Studenten zu einem heimlichen Zechgelage in meine Räume einlud. Wir kamen erst spät in der Nacht zusammen, da unsere Ausschweifungen meistens bis zum anderen Morgen durchhielten. Der Wein floß reichlich, und es war kein Mangel an anderen, gefährlicheren Verführungen, so daß schon ein erstes schwaches Morgengrauen sich im Osten zeigte, als unsere wahnsinnigen Orgien ihren Höhepunkt erreichten. Sehr erhitzt vom Kartenspiel und den genossenen Giften, war ich soeben dabei, auf dem Ausbringen eines ungewöhnlich blasphemischen Trinkspruches zu bestehen, als meine Aufmerksamkeit plötzlich abgelenkt wurde durch das Geräusch der halb aufgerissenen Flurtür und durch die heftige Stimme eines Bedienten draußen. Dieser meldete, es sei jemand da, der es offenbar sehr eilig habe und mich in der Halle zu sprechen wünsche.

In meinem wilden Weinrausch kam mir die unerwartete Unterbrechung keineswegs überraschend, ich war vielmehr entzückt. Schwankend ging ich hinaus, und nach ein paar Schritten stand ich im Vestibül des Hauses. In dem niedrigen und schmalen Raum hing keine Lampe, und es war überhaupt kein Licht vorhanden außer der ganz spärlichen Dämmerung, die durch das halbrunde Fenster Einlaß fand. Als ich meinen Fuß über die Schwelle setzte, gewahrte ich die Gestalt eines jungen Mannes von etwa meiner Größe, der in einen weißwollenen Hausrock von modernstem Schnitt gekleidet war, wie ich selbst im Augenblick einen trug. Dies konnte ich in der schwachen Beleuchtung erkennen, seine Gesichtszüge jedoch konnte ich nicht unterscheiden. Bei meinen Eintritt stürzte er sich förmlich auf mich, und, mit einem rücksichtslosen Griff meinen Arm packend, flüsterte er mir die Worte »William Wilson« ins Ohr.

Auf der Stelle wurde ich vollkommen nüchtern. Es war etwas in der Art und Weise des Fremden und in der zitternden Bewegung seines erhobenen Fingers, wie er die Hand zwischen meinen Augen und dem Fenster ausstreckte, was mich mit unbestimmtem Schrecken erfüllte, doch das war es nicht, was mich so gewaltig bewegte. Es war der Ausdruck von feierlicher Ermahnung in der sonderbaren, leise hervorgezischten Äußerung, es war vor allem der charakteristische Tonfall, der Grundton in den paar einfachen und vertrauten Silben, und das Flüstern, das mit tausenderlei Erinnerungen auf mich einstürmte und mit dem Schlag einer galvanischen Batterie meine Seele traf. Bevor ich den Gebrauch meiner Sinne wiedererlangte, war er fort.

Obgleich dieses Ereignis einer lebhaften Wirkung auf mein Gemüt nicht verfehlte, war sie doch ebenso flüchtig wie lebhaft. Einige Wochen beschäftigte ich mich mit ernsten Untersuchungen oder ließ mich in eine Wolke von krankhafter Spekulation entrücken. Ich machte keinen Versuch vor meinem Verstand, die Identität des sonderbaren Individuums zu verschleiern, das sich so hartnäckig immer wieder in mein Leben eindrängte und mich mit seiner schmarotzerhaften Teilnahme plagte. Doch wer oder was war dieser Wilson? Wo kam er her? Was hatte er für Absichten? Bei keinem dieser Punkte konnte ich mich beruhigen. Nur das eine ließ sich ermitteln, daß ein plötzlicher Unfall in seiner Familie Wilsons Ausscheiden aus Dr. Bransbys Anstalt am Nachmittag desselben Tages veranlaßt hatte, an dem ich selbst entlaufen war. Binnen kurzem hörte ich auf, über die Sache nachzudenken, da meine Aufmerksamkeit von einer geplanten Übersiedlung nach Oxford vollauf in Anspruch genommen wurde. Diese erfolgte auch bald, und die bedenkenlose Eitelkeit meiner Eltern versah mich mit einer Ausstattung und einem jährlichen Einkommen, die es mir gestatteten, in dem mir bereits so sehr ans Herz gewachsenen Luxus weiterhin nach Belieben zu schwelgen und mit den vornehmsten Erben der reichsten Grafschaften an Verschwendung zu wetteifern.

Durch solche Unterstützung des Lasters angespornt, brach mein angeborenes Temperament mit verdoppelter Hitze durch, und ich trat in der wahnwitzigen Verblendung meiner Lust sogar den gewöhnlichsten Anstand mit Füßen. Doch es wäre sinnlos, im einzelnen bei meinen Ausschweifungen zu verweilen. Es mag genügen, daß ich im Punkt Schwelgerei herodeischer als Herodes war und daß ich als Taufpate für eine Menge von neuen Lüsten dem langen Katalog der damals in der sittenlosesten Universität Europas im Umlauf befindlichen Laster einen erklecklichen Anhang hinzufügte.

Indessen war ich, so unglaublich es klingt, von gesellschaftlicher Anständigkeit so gänzlich abgekommen, daß ich mit der übelsten Sorte von professionellen Spielern Umgang suchte und, nachdem ich zum Adepten in ihrer verächtlichen Wissenschaft geworden, dieselbe gewohnheitsmäßig als Mittel zur Vermehrung meiner schon ohnedies enormen Einkünfte auf Kosten der beschränkten Köpfe unter meinen Kommilitonen betätigte. Mein Frevel war Tatsache, und nur seine Ungeheuerlichkeit, die jedem männlichen und ehrenhaften Empfinden einen Schlag ins Gesicht gab, war ein hinreichender Grund für die Straflosigkeit, in der ich mich bewegte. Denn welcher unter meinen liederlichsten Kumpanen hätte nicht lieber das klarste Zeugnis seiner Sinne bestritten, als den frischfröhlichen, den hochgemuten William Wilson in einem solchen Verdacht zu haben, ihn, den edelsten und freigiebigsten Bürgerlichen in Oxford, dessen tolle Streiche, sagten seine Schmarotzer, nur Jugendtorheit und ungezügelte Einbildungskraft, dessen Verirrungen unnachahmliche Laune und dessen dunkelste Laster nur Zeichen einer sorglosen, überquellenden Lebenslust waren?

Zwei Jahre hatte ich mich in dieser Richtung erfolgreich betätigt, als ein junger adeliger Parvenü namens Glendinning auf die Universität kam, reich wie Herodes Atticus, sagte man, und ebenso unvermittelt in den Besitz seines Geldes gelangt. Ich erkannte ihn rasch als einen Schwachkopf und merkte ihn natürlich vor als geeignetes Objekt für meine Kunst. Ich forderte ihn häufig zum Spiel auf und legte es, nach der üblichen Methode der Falschspieler, darauf an, ihn beträchtliche Summen gewinnen zu lassen, um ihn desto wirksamer in meine Schlingen zu verstricken. Als nun meine Pläne reif waren, veranstaltete ich, in der vollen Absicht, diesmal den entscheidenden Schlag zu führen, eine Sitzung in den Räumen eines Kommilitonen, Mr. Preston, der uns beiden gleich nahestand; doch ich bemerke, um der Gerechtigkeit willen, daß dieser Herr nicht den leisesten Verdacht von meinem Vorhaben hatte. Um der Sache einen besseren Anstrich zu geben, hatte ich es darauf angelegt, eine Gesellschaft von acht bis zehn Köpfen zu versammeln, und gab mir alle Mühe, das Hereinbringen von Karten scheinbar zufällig erfolgen zu lassen, und zwar ausgerechnet auf den Vorschlag des von mir aufs Korn genommenen Gimpels hin. Um einen so widerlichen Gegenstand kurz abzumachen, nichts war versäumt von jenen gemeinen Finessen, die bei ähnlichen Gelegenheiten so gebräuchlich sind, daß man sich wundern muß, wie es immer noch Törichte gibt, die darauf hereinfallen.

Unsere Sitzung hatte sich bis tief in die Nacht ausgedehnt, und ich hatte es mit der Zeit dahingebracht, Glendinning als einzigen Gegenspieler zu bekommen. Gespielt wurde das von mir bevorzugte Ecarté. Die übrigen von der Gesellschaft hatten, durch den hohen Einsatz unseres Spieles verlockt, ihre eigenen Karten hingelegt und standen um uns herum als Zuschauer. Der Parvenü, der dank meiner geschickten Leitung in der ersten Hälfte des Abends zu starkem Weingenuß verführt worden war, zeigte beim Mischen, Geben und Ausspielen eine wilde Nervosität, die sich meiner Ansicht nach nur zum Teil aus dem Alkohol erklären ließ. Binnen kurzem war er zu einem hohen Betrag mein Schuldner geworden, als er, ein großes Glas Portwein hinunterstürzend, etwas tat, was ich kühl vorausberechnet hatte: er schlug vor, unsere bereits unerhört hohen Einsätze zu verdoppeln. Mit gutgespieltem Widerstreben und nicht eher als bis meine wiederholte Weigerung ihm ein paar ärgerliche Worte entlockt hatte, die mir ein rachsüchtiges Motiv als Vorwand gaben, willigte ich ein. Das Ergebnis bestätigte nur, wie rettungslos die Beute in meinen Klauen war, in weniger als einer Stunde hatte er seine Schuld vervierfacht. Vor kurzem hatte sein Gesicht den blühenden Schmelz, der vom Wein herkam, verloren, jetzt aber bemerkte ich zu meiner Verwunderung, daß es eine geradezu entsetzliche Blässe angenommen hatte. Ich sage, zu meiner Verwunderung. Glendinning war mir bei meinen eifrigen Nachforschungen stets als unermeßlich reich geschildert worden, und die Summen, die er bis dahin verloren hatte, obwohl an sich ungeheuer hoch, konnten ihn meiner Meinung nach nicht ernstlich bekümmern, geschweige denn eine so gewaltige Erregung begründen. Mein nächster selbstverständlicher Gedanke war, daß ihn der soeben hinuntergestürzte Wein übermannt habe, und eher mit Rücksicht auf die Rechtfertigung meines eigenen Charakters in den Augen meiner Kumpane als aus irgendeinem mehr altruistischen Motiv war ich gerade im Begriff, nachdrücklich auf einer Unterbrechung des Spieles zu bestehen, als einige Stöße gegen meinen Ellenbogen und ein äußerste Verzweiflung verratender Ausdruck von seiten Glendinnings mir zu verstehen gaben, daß ich seinen vollständigen Ruin herbeigeführt hatte, und das unter Umständen, die ihn zum Gegenstand des allgemeinen Mitleids machten und selbst die Ausfälle eines Feindes entwaffnen mußten.

Wie ich mich anschließend verhalten haben würde, ist schwer zu sagen. Die erbarmungswürdige Lage meines Gimpels hatte eine beklommene, düstere Stimmung verbreitet, und eine Weile herrschte tiefe Stille, während unwillkürlich unter dem Feuer der verachtungs- oder vorwurfsvollen Blicke, die mich von seiten der nicht ganz bewußtlosen Teilnehmer trafen, mein Gesicht zuckte. Ich gebe sogar zu, daß ein unerträgliches Angstgefühl auf mir lastete, und daß es mir geradezu eine Erlösung dünkte, als nun plötzlich das Unerwartete geschah. Die weiten, schweren Flügeltüren des Saales flogen plötzlich nach beiden Seiten auf, mit so kraftvollem Ungestüm, daß wie durch Zauberei sämtliche Kerzen im Raum erloschen. Ihr letztes Flackern ließ uns eben noch erkennen, daß ein Unbekannter eingetreten war, ein Mann von meiner Größe, dicht vermummt in einen Mantel. Indessen war es völlig dunkel geworden, und wir konnten nur fühlen, daß er in unserer Mitte stand. Bevor irgendeiner von uns sich von der durch diese Rücksichtslosigkeit erzeugten allgemeinen Verblüffung erholen konnte, hörten wir die Stimme des Eindringlings:

»Gentlemen«, sagte er mit einer leisen, deutlichen, nie zu vergessenden Flüsterstimme, die mir bis in die innerste Seele ging, »Gentlemen, ich entschuldige mein Betragen nicht, da ich nur in Erfüllung einer Pflicht handle. Sie sind zweifellos nicht über den wahren Charakter der Persönlichkeit informiert, die heute Nacht dem Lord Glendinning eine bedeutende Summe im Ekarté abgewonnen hat. Ich will Ihnen daher ein schnelles und sicheres Verfahren an die Hand geben, um diese höchst notwendige Information zu erlangen. Bitte wollen Sie die Innenseite der Manschette seines linken Ärmels untersuchen und die verschiedenen kleinen Päckchen, die sich in den äußerst geräumigen Taschen seines gestickten Schlafrockes finden werden.«

Während er sprach, herrschte so tiefe Stille, daß man eine Stecknadel fallen gehört hätte. Nachdem er geendet, ging er sofort und ebenso brüsk, wie er eingetreten war, hinaus. Kann ich, soll ich meine Empfindungen beschreiben? Muß ich sagen, daß ich alle Schrecken des Verdammten spürte? Tatsächlich blieb mir wenig Zeit für Überlegungen. Mehrere Hände packten mich auf der Stelle, und unverzüglich wurden Lichter herbeigebracht. Eine Durchsuchung folgte. In meinem Ärmelfutter fanden sich all die kurzen Karten, die zum Ekarté gehören, und in den Taschen meines Schlafrockes eine Anzahl von Kartenspielen, die den bei unseren Sitzungen benutzten vollkommen glichen, mit der einzigen Ausnahme, daß meine von der sogenannten arrondierten Gattung waren, das heißt, die Honneurs waren am schmalen Ende leicht nach außen gebogen und die niederen Karten an den Seiten. Demzufolge wird der Gimpel, der wie üblich der Länge nach abhebt, stets finden, daß er seinem Gegner ein Honneur abhebt, während der Falschspieler, der die Karten an der schmalen Seite anfaßt, sicher nichts abheben wird, was seinem Opfer im Verlauf des Spieles zugute kommen könnte.

Wäre auf diese Entdeckung hin ein Sturm der Entrüstung losgebrochen, es hätte mich weniger schwer getroffen als die stillschweigende Verachtung und sarkastische Haltung, die alles bekundete.

»Herr Wilson«, sagte unser Gastfreund, indem er sich bückte und einen ungewöhnlich kostbaren, mit seltenem Pelzwerk besetzten Mantel, der vor ihm auf dem Boden lag, aufhob, »Herr Wilson, dies ist Ihr Eigentum.« Draußen war es kalt, und ich hatte beim Verlassen meiner Wohnung einen Mantel über meinen Schlafrock geworfen, den ich ablegte, als ich die Spielräume betrat. »Es dürfte sich wohl von selbst verstehen, daß eine weitere Betätigung Ihrer Kunst«, dabei streifte er die Falten meines Rockes mit einem bitteren Lächeln, »hier ein für allemal ausgeschlossen ist. Unser Bedarf ist wirklich vollkommen gedeckt. Sie begreifen hoffentlich die Notwendigkeit, Oxford zu verlassen. Auf alle Fälle bitte ich Sie, sofort meine Wohnung zu verlassen.«

Niedergeschmettert und in den Staub getreten, wie ich war, würde ich diese höhnische Ansprache wahrscheinlich auf der Stelle mit einem Faustschlag beantwortet haben, wäre nicht gerade in diesem Augenblick meine ganze Aufmerksamkeit durch eine Tatsache von schreckenerregender Bedeutung gefesselt worden. Der Mantel, den ich mitgebracht hatte, war mit seltenem Pelzwerk besetzt, ich wage nicht zu sagen, wie selten und wie märchenhaft kostbar er war. Auch war der Schnitt nach meinem eigenen phantastischen Entwurf, denn ich war in solch frivolen Dingen höchst peinlich bis zur völligen Albernheit. Als daher Herr Preston mir den Mantel reichte, den er auf dem Flur dicht bei der inneren Flügeltür abgenommen hatte, bemerkte ich mit Staunen, das an Entsetzen grenzte, daß mein eigener bereits über meinem Arm hing (zweifellos hatte ich ihn unbewußt dahin gebracht), und daß der mir dargereichte in allen Stücken bis in die kleinsten Einzelheiten sein genaues Abbild war. Das unheimliche Wesen, das mich so gräßlich entlarvt hatte, war, ich entsann mich jetzt, in einen Mantel eingehüllt gewesen, und von den Mitgliedern unserer Gesellschaft hatte keiner einen getragen, mit Ausnahme von mir selbst. Nachdem ich einige Besinnung wiedererlangte hatte, nahm ich den mir von Preston gereichten, legte ihn unbemerkt über meinen eigenen und ging in finster trotziger Haltung hinaus; noch vor Tagesgrauen brach ich auf und hetzte, von Scham und Entsetzen getrieben, nach dem Kontinent.

Ich floh vergeblich. Mein böses Schicksal verfolgte mich gleichsam mit Frohlocken und bewies mir, daß die Ausübung seiner unheimlichen Gewaltherrschaft bis dahin erst begonnen hatte. Kaum hatte ich in Paris Fuß gefaßt, als ich neue Proben von der abscheulichen Teilnahme dieses Wilson an meinen Angelegenheiten erhielt. Jahre vergingen, ohne daß ich eine Erleichterung verspürte. Der Nichtswürdige! Wie tückisch er mir in Rom unter der Maske ekelhafter Dienstbeflissenheit das Bein stellte, als ich gerade dicht vor dem Ziel meines Ehrgeizes stand. Ebenso in Wien, in Berlin und in Moskau. Wo hatte ich nicht bitter Ursache, ihm in meinem Herzen zu fluchen? Vor seiner unfaßbaren Tyrannei floh ich zuletzt in panischem Schrecken wie vor einer Pest, floh bis ans Ende der bewohnten Welt und floh vergebens.

Und immer wieder ging ich insgeheim mit meinem Geist zu Rate und grübelte über die Fragen: »Wer ist es? Woher kommt er? Was will er?« Doch eine Antwort erhielt ich nicht. Nun durchforschte ich mit erdenklichstem Scharfsinn die Formen und Methoden und die Grundzüge seiner unverschämten Aufseherei. Doch auch hier ergab sich sehr wenig, worauf sich eine Schlußfolgerung hätte stützen lassen. Es war allerdings auffallend, daß er bei den vielen Malen, die er meinen Weg gekreuzt hatte, ausnahmslos den einen Zweck betätigt hatte, solche Intrigen oder Handlungen zu vereiteln, die, zur Ausführung gelangt, schlimmes Unheil angerichtet haben würden. Aber das war eine schwache Rechtfertigung für eine so herrisch angemaßte Autorität! War das ein Grund, um die natürlichen Rechte der Handlungsfreiheit einer so hartnäckigen, schamlosen Vergewaltigung preiszugeben?

Übrigens mußte es mir auffallen, daß mein Peiniger die ganze lange Zeit hindurch (während er sorgfältig und mit wunderbarer Gewandtheit die Maskerade von der Identität unserer äußeren Erscheinung aufrechterhielt) bei den vielfältigen Gelegenheiten, wo er meine Absichten durchkreuzte, es jeweils so eingerichtet hatte, daß ich auch nicht eine Sekunde lang seine

Gesichtszüge sehen konnte. Was auch mit Wilson los sein mochte, dies war jedenfalls bloße Affigkeit oder Verrücktheit. Wie hätte er sonst auch nur auf den Gedanken kommen können, daß ich in der warnenden Stimme zu Eton, in dem Zerstörer meiner Ehre in Oxford, in diesem Menschen, der in Rom meinen Ehrgeiz, in Paris meine Rache, in Neapel meine leidenschaftliche Liebe und in Ägypten meine angebliche Habsucht durchkreuzte, daß ich in diesem meinen Erzfeinde und bösen Dämon nicht den William Wilson meiner alten Schulzeit wiedererkennen würde, den Namensvetter und Spielgefährten, den Rivalen, den gehaßten und gefüchteten Rivalen bei Dr. Bransby? Unmöglich! Doch nun zu der letzten inhaltsschweren Szene des Dramas.

So war ich willenlos immer tiefer in den Bann seiner Herrschaft geraten. Das Gefühl tiefsten, inneren Schmerzes, das ich empfand, so oft sich mir der erhabene Charakter, die majestätische Weisheit und die nicht zu bezweifelnde Allgegenwart und Allmächtigkeit Wilsons offenbarten, dazu das fassungslose Grauen, welches gewisse andere Züge seines Wesens oder Auftretens mir einflößten, hatten es fertiggebracht, mich mit Vorstellungen von eigener äußerster Schwäche und Hilflosigkeit zu erfüllen, so daß mir unbedingte, wenn auch bitter aufbäumende Unterwerfung unter seinen herrischen Willen zur schleichenden Gewohnheit wurde. Doch hatte ich mich in der letzten Zeit völlig dem Wein ergeben, und dessen erhitzender Einfluß auf mein ererbtes Temperament machte mich immer unduldsamer gegen seine Bevormundung. Ich begann zu murren, zu weigern, zu widerstehen. Und es war bloße Einbildung, was mich glauben ließ, mit der Abnahme meiner eigenen Lebenskräfte müßten auch die meines Peinigers eine entsprechende Verminderung erleiden? Mag es sein, wie es wolle, ich empfing in meiner Seele das erste Licht einer brennenden Hoffnung, und mit der Zeit nährte ich in meinen geheimen Gedanken einen festen und verzweifelten Entschluß, der sich bald nicht länger in Fesseln halten ließ.

Es war in Rom während des Karnevals 18..., ich befand mich auf einem Maskenfest in dem Palast des neapolitanischen Fürsten Di Broglio. Ich hatte den Weinen und Likören noch hemmungsloser als gewöhnlich zugesprochen, und die erstickende Luft der überfüllten Räume fing an, mir unerträglich zu werden. Auch die Schwierigkeit, mir durch das Gewimmel der Masken hindurch einen Weg zu bahnen, trug nicht wenig zu meiner Verstörung bei, denn ich war ängstlich auf der Suche (mit was für unwürdigen Absichten, laßt mich verschweigen) nach der jungen, reizenden, wunderschönen Frau des alten kindischen Di Broglio. Mit allzu argloser Vertrauensseligkeit hatte sie mir das Geheimnis des Kostüms, in dem sie erscheinen wollte, im voraus mitgeteilt, und kaum hatte ich einen Schimmer ihrer Anwesenheit erblickt, so kämpfte ich, um mich in ihre Nähe durchzuschlagen. In diesem Augenblick spürte ich eine Hand sich leicht auf meine Schulter legen und hörte jenes nie vergessene, leise, verfluchte Flüstern an meinem Ohr.

In einem Anfall von rasender Wut kehrte ich mich gegen ihn, der mich also aufzuhalten gewagt hatte, und packte ihn heftig am Kragen. Er war, wie ich es nicht anders erwartete, in ein dem meinigen vollkommen ähnliches Kostüm gekleidet; er trug ein spanisches Kleid von blauem Samt, das Wams umschloß ein karmesinroter Gürtel mit Gehänge, darin ein Rapier. Eine schwarzseidene Maske verbarg das Gesicht völlig.

»Schurke!« sagte ich mit vor Wut knirschender Stimme, während jede Silbe, die ich hervorstieß, dieser Wut als Nährstoff zu dienen schien, »Schurke, Verräter, abscheulicher Halunke! Du sollst nicht, du sollst nicht mich zu Tode hetzen. Folge mir, oder auf der Stelle erstech' ich dich« – und ich bahnte mir einen Weg durch den Ballsaal in ein anstoßendes kleines Vorzimmer, indem ich den Widerstandslosen hinter mir herzog.

Kaum in dem Gemach angelangt, stieß ich ihn wütend von mir. Er taumelte gegen die Wand, ich riegelte die Tür ab und gebot ihm zu ziehen. Er zögerte, nur einen Augenblick, dann, mit einem leisen Seufzer, zog er schweigend und verlegte sich auf die Verteidigung.

Der Handel war kurz genug. Ich war mit allen Sorten von wildesten Reizmitteln geladen und fühlte die Kraft und Macht einer ganzen Truppe in meinem Arm. Binnen weniger Sekunden hatte ich ihn mit schneidigen Ausfällen gegen die Wandtäfelung gedrängt, und so, angesichts seiner Wehrlosigkeit, versenkte ich mein Schwert mit tierischer Roheit mehrmals durch und durch in seine Brust.

In diesem Augenblick rührte jemand an der Türklinke. Ich erfand etwas, um ein Eindringen zu verhindern und kehrte sofort zu meinem sterbenden Gegner zurück. Doch welche menschliche Sprache ist zureichend, um dies Erstaunen, dieses Entsetzen zu schildern, das mich bei dem jetzt sich mir bietenden Anblick befiel! Der kurze Moment, den ich meine Augen abgewendet hatte, hatte genügt, um an dem oberen oder hinteren Ende des Raumes eine offensichtliche materielle Verwandlung vor sich gehen zu lassen. Ein hoher Spiegel, so kam es mir anfangs vor in meiner Verwirrung, stand nun da, wo vorher nichts dergleichen wahrzunehmen gewesen war, und, als ich von Schrecken geschüttelt darauf losging, kam mir schwach und taumelnd entgegengewankt mein eigenes Bildnis, das Gesicht leichenblaß und mit Blut besudelt.

So kam es mir vor, sage ich, doch es war nicht so. Es war mein Gegner, es war Wilson, der da vor mir stand in den letzten Zuckungen des Todeskamp-

fes. Seine Maske und sein Rock lagen auf dem Boden, da wo er sie hingeworfen hatte. Und – bis auf den letzten Faden seiner Kleidung, bis auf die kleinste Linie in der starken, einzigartigen Zeichnung seines Gesichtes war er mein vollkommenes Ebenbild.

Es war Wilson, doch er sprach nicht mehr flüsternd, und, während er das Folgende sagte, hätte ich meinen können, ich selbst sei der Sprecher:

»Du hast gesiegt, und ich weiche. Doch hinfort wirst auch du tot sein, tot für die Welt, für Hoffnung und für Seligkeit. In mir lebte dein Leben, und in meinem Tod – sieh's an diesem Bildnis, welches dein eigenes ist – wie rettungslos in meinem Tod du dich selbst gemordet hast.«

Der Mann in der Menge

Ce grand malheur, de ne pouvoir être seul.

La Bruyère

Von einem gewissen deutschen Buch* hat man sehr richtig gesagt: »Es läßt sich nicht lesen.« So gibt es geheimnisvolle Dinge, die sich einfach nicht aussprechen lassen. Menschen sterben des Nachts in ihren Betten, während sie gespenstischen Beichtigern die Hände drücken und ihnen flehend in die Augen sehen – sterben mit verzweifeltem Herzen und verkrampfter Kehle –, zu gräßlich waren die Geheimnisse, die sich nicht enthüllen lassen. Und manchmal, ach! ist das Gewissen des Menschen mit so grauenvoller Last beladen, daß sie nur ins Grab abgeworfen werden kann. So bleibt der Kern eines jeglichen Verbrechens unenthüllt.

Vor nicht langer Zeit, an einem Herbstabend, saß ich an dem Bogenfenster des vielbesuchten Café D. in London. Ich war einige Monate krank gewesen, befand mich jetzt jedoch auf dem Wege der Besserung. Das Gefühl der wiederkehrenden Kräfte hatte mich in jene glückliche Stimmung gebracht, die das Gegenteil von Langeweile ist, alle Sinne schärft, aufnahmefähiger macht, und der Schleier vom geistigen Auge fällt, der Intellekt erhebt sich über den Bereich seiner alltäglichen Fähigkeiten so hoch, wie der klare Verstand Leibnizens über die trübselige und windige Rhetorik des Gorgias. Es bereitete mir schon einen Genuß zu atmen; und sogar Quellen des Leids wurden mir Anlaß zur Freude. Ich empfand ein gelassenes, doch reges Interesse an allen Dingen. Die Zigarre im Mund und eine Zeitung im Schoß hatte ich mich den größten Teil des Nachmittags damit unterhalten, Annoncen durchzusehen, die bunte Gesellschaft im Raum zu beobachten und durch die dunstbelaufenen Scheiben auf die Straße hinauszusehen.

Diese Straße ist eine der Hauptverkehrsadern der City und war den ganzen Tag über sehr belebt. Als es dunkel wurde, nahm das Gedränge jeden Augenblick zu, und im Licht der Straßenlaternen strömte die Menge in zwei dichten, ununterbrochenen Reihen an der Tür vorbei. Zu dieser Abendstunde hatte ich mich noch nie zuvor in ähnlicher Situation befunden, und das unruhige Auf- und Abwogen der tausendköpfigen Menge brachte mich in eine ganz neue, köstliche Aufregung. Schließlich wurde ich gleichgültig gegen alles, was im Lokal vorging, und vertiefte mich ganz in die Betrachtung der Szenen, die sich auf der Straße vor mit abspielten.

Zuerst beobachtete ich nur im abstrakten und allgemeinen. Ich blickte

* Hortulus Animae cum Oratiunculis Aliquibus Superaditis von Grüninger. E.A.P.

auf die Masse der Vorübergehenden und stellte mir ihre Beziehungen zueinander vor. Bald jedoch ging ich mehr auf Einzelheiten ein und studierte mit sorgfältigstem Interesse die unzähligen Verschiedenheiten an den Gestalten, in der Kleidung, der Haltung, den Gesichtern und dem Mienenspiel.

Der größere Teil der Vorübergehenden hatte ein zufriedenes, geschäftiges Aussehen und schien nur daran zu denken, sich einen Weg durch das Gedränge zu bahnen. Ihre Stirnen waren gefaltet, und ihre Augen gingen lebhaft hin und her; wurden sie von den Vorübergehenden gerempelt, so richteten sie ohne das geringste Zeichen von Unmut ihre Kleider wieder zurecht und eilten weiter. Eine andere, zahlreiche Gattung fiel mir durch ihre rastlosen Bewegungen auf. Sie hatten gerötete Gesichter und sprachen und gestikulierten mit sich selbst, als verleihe ihnen gerade das dichte Menschengewimmel um sie herum das Gefühl der Einsamkeit. Wurden sie irgendwie aufgehalten, so stellten sie plötzlich ihr Murmeln ein, verdoppelten jedoch die Gestikulation und warteten, mit abwesendem und übertriebenem Lächeln, bis die Personen, die sie hinderten, weitergingen. Wurden sie gestoßen, so verbeugten sie sich überschwenglich vor dem Betreffenden und schienen vor lauter Verlegenheit ganz verwirrt. An beiden Gruppen war jedoch außer dem eben Erwähnten nichts Besonderes zu bemerken. Ihre Kleidung läßt sich mit dem Wort »anständig« bezeichnen. Es waren zweifellos Aristokraten, Kaufleute, Advokaten, Börsenspekulanten, die Eupetriden und Durchschnittsmenschen der Gesellschaft, Müßiggänger und andere, die fleißig ihren Privatangelegenheiten nachgingen und ihre Geschäfte auf eigene Verantwortung führten. Sie fesselten meine Aufmerksamkeit nicht allzusehr. Die Zunft der Angestellten war leicht zu erkennen. Ich unterschied zwei besondere Klassen. Da waren die unteren Vertreter und Ladenverkäufer, junge Herrchen in enganliegenden Überröcken, blanken Stiefeln, pomadisiertem Haar und hochmütig aufgeworfenen Lippen. Abgesehen von einer gewissen Behendigkeit in ihren Bewegungen, die sich in Ermangelung eines besseren Wortes »Ladentischallüren« nennen ließe, schienen die Manieren dieser Leute ein vollständiges Konterfei dessen zu sein, was vor einem oder anderthalb Jahren als Muster des guten Tones gegolten hatte. Sie trugen gewissermaßen die abgelegten Manieren der großen Welt auf – und damit ist, glaube ich, die treffendste Schilderung dieser Klasse gegeben.

Die Klasse der höheren Angestellten alter, solider Häuser schaute ganz anders aus. Man erkannte diese »bewährten alten Knaben« leicht an ihren schwarzen oder braunen Röcken und Beinkleidern von bequemem Schnitt, an ihren weißen Krawatten und Westen, an den breiten, festen Schuhen, den dicken Strümpfen oder Gamaschen. Sie hatten alle schon gelichtetes Haar, und ihr rechtes Ohr, das so lange Jahre den Federhalter getragen, neigte dazu, abzustehen. Ich bemerkte noch, daß sie ihre Hüte ständig mit beiden Händen zurechtrückten und Taschenuhren mit kurzen goldenen Uhrketten von schwerer, alter Machart trugen. Sie bemühten sich, recht respektabel auszusehen, wenn man überhaupt bei ihrem ehrenhaften Auftreten von »bemühen« noch reden darf.

Dann tauchte auch eine Anzahl herausgeputzter Individuen auf, in denen ich leicht jene feinere Sorte von Taschenmardern erkannte, mit denen alle großen Städte reichlich gesegnet sind. Ich beobachtete diese Herren sehr genau und konnte kaum verstehen, wie es möglich war, daß sie jemals von wirklichen Gentlemen für ihresgleichen angesehen wurden. An ihren um das Handgelenk auffallend weiten Manschetten und ihrem übertriebenen biederen Gesichtsausdruck müßte sie jedermann sofort erkennen.

Die Gewohnheitsspieler, von denen ich ebenfalls nicht wenig entdeckte, waren noch leichter zu erkennen. Sie trugen die verschiedenartigsten Kostüme: vom desperaten Allerweltskuppler mit Samtweste, modischer Halsbinde, vergoldeten Schnüren und filierten Knöpfen bis zu mit schlichter Sorgfalt gekleideten Geistlichen, so daß dann auch nicht mehr das Geringste an ihm verdächtig war. Doch zeichneten sie sich alle durch eine gewisse dunkle Bräunung ihrer Gesichter aus, durch ihre verschwommenen, trüben Augen und ihre farblosen, zusammengepreßten Lippen. Außerdem erkannte ich sie noch an zwei anderen Merkmalen: an einem in der Unterhaltung stets sorgfältig beibehaltenem, leisen Ton und an der seltsamen Angewohnheit, ihren Daumen in fast rechtem Winkel zu den übrigen Fingern ausgestreckt zu halten. Sehr oft bemerkte ich in Gesellschaft dieser Gauner eine Sorte Menschen von etwas abweichender Kleidung, aber doch Vögel von einer ähnlichen Gattung. Man könnte sie vielleicht als die Klasse von Ehrenmännern bezeichnen, die von ihrem »Witz« leben. Auf die Menschheit losgelassen werden sie scheinbar in zwei Bataillonen: dem der Dandys und dem der Militärs. Hauptmerkmale der ersten Klasse sind Locken und ständiges Lächeln, die der zweiten Schnürröcke und gerunzelte Stirnen.

Ich stieg die Stufenleiter der Gesellschaft immer tiefer hinab und beschäftigte mich mit der Betrachtung der düstersten, niedrigsten Typen. Jüdische Hausierer mit Habichtsaugen sah ich, aus deren Augen gieriges Lauern glühte, während ihre Mienen den Ausdruck kriecherischer Demut trugen. Dann die gewohnheitsmäßigen Straßenbettler, die die anderen, die verschämten Bettler besserer Herkunft, die wohl die Not allein in die Nacht hinausgetrieben hatte, mit bösen Blicken betrachteten. Abgezehrte Krüppel, auf die der Tod schon seine Hand gelegt, und die sich mühsam durch die Menge schleppten und jedem flehend ins Gesicht blickten, als suchten sie nach einem tröstlichen Zufall, einer letzten Hoffnung. Schüchterne junge Mädchen, die nach langer, harter Arbeit in ihr freudloses Heim zurückkehrten und mehr traurig als entrüstet vor den Blicken von Rohlingen zurückschreckten, deren körperliche Berührung nicht zu vermeiden war; Frauen aller Arten und jeden Alters: tadellose Schönheiten in der Blüte weiblicher Reize, die mich an jene Statue des Lukian gemahnten, die äußerlich von parischem Marmor und im Innern mit Unrat gefüllt war – die ganz verkommene Aussätzige in Lumpen –, die verrunzelte, geschminkte, mit Juwelen beladene, alte Vettel, die mit krampfhafter Anstrengung versucht, jugendlich zu bleiben – das halb entwickelte Kind mit unreifen Formen, aber doch, bei solcher Umgebung, in allen Künsten ihres Gewerbes wohl erfahren und brennend vor Ehrgeiz, es ihren älteren Kolleginnen im Laster gleichzutun; unbeschreibliche Trunkenbolde – einige in Fetzen und Lumpen, schwankend und unverständliche Worte lallend, mit zerschundenen Gesichtern und glanzlosen Augen – andere in ganzen, doch schmutzigen Kleidern, leicht schwankend mit dicken Lippen und roten Gesichtern –, wieder andere waren in Stoffe gekleidet, die einstmals gut gewesen und auch jetzt noch sorgfältig gebürstet waren: Menschen, die sich bemühten, mit erkünstelt festem und elastischem Schritt einherzugehen, jedoch fahlen Gesichtern, die Augen wild blickend und gerötet, und die mit zittriger Hand nach allem griffen, was ihnen in den Weg kam. Außerdem sah ich noch Pastetenverkäufer, Packträger, Kaminfeger, Kohlenträger, Orgeldreher, Affenführer, Bänkelsänger, Verkäufer sowohl als Sänger, ärmliche, fast zerlumpte Artisten, erschöpfte Arbeiter; und sie alle erfüllt von einer lärmenden und ziellosen Geschäftigkeit, die mit wirren Mißtönen in meinem Ohr summte und von der mich mein Auge bald schmerzte.

Doch steigerte sich mit zunehmender Dunkelheit mein Interesse an all diesen Szenen immer mehr. Denn nicht nur der allgemeine Charakter der Menge nahm alsbald eine andere Gestalt an, weil der ordentliche, gesittete Teil der Bevölkerung sich langsam in die Wohnungen zurückzog und nun der rohere noch kühner hervortrat, sich zu dieser vorgerückten Stunde jedes Laster aus seiner Höhle hervorwagte – auch die Strahlen der Gaslaternen, die matt erschienen waren in ihrem Ringen mit dem sterbenden Tag, hatten an Leuchtkraft zugenommen und warfen über jegliches Ding einen flackernden Schein. Alles war dunkel und doch erhellt – wie jenes Ebenholz, mit dem man den Stil des Tertullian verglichen hat.

Diese phantastische Beleuchtung regte mich wieder zur Betrachtung der einzelnen Gesichter an, und wenn die Geschwindigkeit, mit welcher die Lichterwelt vor meinem Fenster vorüberglitt, es auch unmöglich machte, mehr als einen flüchtigen Blick auf einen Vorübergehenden zu werfen, so war's mir doch, als könne ich in meiner seltsam gesteigerten Seelenverfassung auch in diesem kurzen Augenblick die Geschichte langer Jahre lesen. So studierte ich also, die Stirn an die dunstige Fensterscheibe gedrückt, die vorüberhastende Menge, als ich plötzlich ein Antlitz erblickte (das eines alten hinfälligen Mannes von fünfundsechzig bis siebzig Jahren) – ein Gesicht, das infolge der unerhörten Idiosynkrasie seines Ausdrucks sofort meine ganze Aufmerksamkeit fesselte.

Ich habe in meinem ganzen Leben nie etwas gesehen, das diesem Ausdruck auch nur entfernt ähnlich war. Aber ich erinnere mich sehr wohl, daß gleich mein erster Gedanke bei seinem Anblick war, daß Retzsch, hätte er ihn gesehen, dieses Gesicht seinen eigenen bildlichen Darstellungen des Satans vorgezogen hätte. Noch während der knappen Zeitspanne, die mir zum Betrachten blieb, versuchte ich, den ersten sinnfälligen Eindruck zu analysieren, erhoben sich in meinem Kopf allerlei wirre und sich widersprechende Vorstellungen von großer geistiger Kraft, von Vorsicht, Armut, Geiz, Herzenskälte, Bosheit, Blutdurst, von Triumph, ausgelassenster Lustigkeit, tiefstem Schrecken und grenzenloser Verzweiflung. Ich fühlte mich sonderbar erregt, ergriffen und fasziniert. »Welch seltsame Geschichte«, sagte ich mir, »mag in dieser Brust geschrieben stehen.« Und plötzlich überkam mich das unwiderstehliche Verlangen, den Mann im Auge zu behalten, mehr von ihm zu erfahren. Ich zog eiligst meinen Überrock an, ergriff Stock und Hut, trat auf die Straße hinaus und drängte mich in der Richtung, die ich ihn hatte einschlagen sehen, durch die Menge, denn er war inzwischen verschwunden. Doch bald schon erblickte ich ihn wieder, näherte mich und folgte ihm aber so vorsichtig, daß er mich nicht bemerkte.

Ich hatte nun die beste Gelegenheit, seine ganze Erscheinung zu mustern. Er war von sehr kleiner Statur, sehr mager und äußerst schwächlich. Seine Kleider schienen im allgemeinen schmutzig und zerlumpt, jedoch bemerkte ich, als er zufällig unter das Licht der Gaslaterne kam, daß seine Wäsche, wenn auch gleichfalls unsauber, doch aus feinem Gewebe war; auch glaubte ich durch einen Schlitz seines sonst fest zugeknöpften und wahrscheinlich aus zweiter Hand erstandenen Regenmantels einen Diamanten und einen Dolch zu sehen. Diese Beobachtung erhöhte meine Neugierde, und ich beschloß, dem Unbekannten zu folgen – wohin er auch gehen würde.

Es war mittlerweile völlig Nacht geworden, und über der Stadt lag ein dichter, feuchter Nebel, der alsbald in heftigen Regen überging. Die Veränderung des Wetters hatte eine störende Wirkung auf die Menge, die plötzlich in eine ganz neue Bewegung geriet und sich mit einem Wald von

Regenschirmen überdachte. Das Schwanken, das Stoßen und das Summen schien noch zehnmal stärker zu werden. Ich selbst machte mir nicht viel aus dem Regen, mein kaum überstandenes Fieber brannte mir noch im Körper und ließ mich die kühle Feuchtigkeit angenehm prickelnd empfinden. Und so schützte ich mir denn den Mund mit einem Taschentuch und schritt rüstig weiter. Eine halbe Stunde bahnte sich der alte Mann mühsam seinen Weg durch die belebte Hauptstraße, und aus Furcht, ihn zu verlieren, folgte ich ihm immer dichter auf den Fersen. Doch er bemerkte mich nicht, da er nicht ein einziges Mal den Kopf wandte. Endlich bog er in eine Querstraße ein, die, obwohl auch noch sehr belebt, doch nicht so überfüllt war wie die Hauptstraße, die wir eben verlassen hatten. Hier zeigte sich eine Änderung in seinem Benehmen. Er ging langsamer, unbestimmter, unschlüssiger. Ohne ersichtlichen Grund kreuzte er wiederholt die Fahrbahn, und das Gedränge war noch immer so dicht, daß ich mich immer ganz nah hinter ihm halten mußte. Die Straße war sehr eng und lang, und bis wir an ihr Ende kamen, verging fast eine Stunde. Doch nahm die Menge der Passanten jetzt nach und nach ab, bis nur noch so viele da waren, wie man sie gewöhnlich zu Mittag auf dem Broadway in der Nähe des Parks erblickt; ein so großer Unterschied ist noch in der Bevölkerungsdichte zwischen London und der menschenreichsten Stadt Amerikas. Wir bogen wiederum ab und kamen auf einen hellerleuchteten und von Leben überfluteten Platz. Und gleich nahm der Unbekannte wieder seine anfängliche Haltung an. Sein Kinn sank tiefer auf die Brust, während seine Augen unter den zusammengezogenen Brauen nach allen Richtungen hin wilde Blicke auf die schleuderten, die ihm hemmend in den Weg kamen. Den Weg selbst aber verfolgte er mit unerbittlicher Beharrlichkeit. Als er jedoch die Runde um den Platz gemacht hatte, sah ich mit Erstaunen, daß er sich wendete und auf seiner eigenen Spur zurückging, wobei er mich einmal bei einer raschen Wendung fast entdeckt hätte. Noch mehr aber erstaunte mich, daß er denselben Weg verschiedene Male wiederholte.

So kreiste er eine ganze zweite Stunde herum, an deren Ende wir immer weniger von Passanten gestört wurden, denn zu Anfang.

Der Regen fiel in Strömen, es wurde kalt, und die Menschen zogen sich mehr und mehr in ihre Häuser zurück. Mit einer ungeduldigen Gebärde bog der Wanderer schließlich in eine verhältnismäßig leere Seitenstraße ab. Eine Viertelmeile weit durcheilte er diese mit einer Schnelligkeit, die ich einem so bejahrten Mann niemals zugetraut hätte und die mir meine Verfolgung sehr erschwerte. Nach ein paar Minuten erreichten wir einen großen, noch stark besuchten Bazar, mit dessen Lokalitäten der Fremde sehr bekannt zu sein schien. Er nahm sein ursprüngliches Gebaren wieder

an und bahnte sich durch den Schwarm der Kunden und Verkäufer seine ziellosen Kreuz- und Querwege.

Wir verbrachten ungefähr anderthalb Stunden an diesem Ort, und es erforderte meinerseits mancher Vorsicht, mich in seiner Nähe zu halten, ohne von ihm bemerkt zu werden. Glücklicherweise trug ich ein paar Gummischuhe und konnte mich beinahe lautlos bewegen. Nicht einen Augenblick merkte er, daß er verfolgt wurde. Er ging von einem Verkaufsladen zum anderen, kaufte nichts, sprach kein Wort und starrte die ausgestellten Waren mit einem wilden, seltsam abwesenden Blick an. Sein Benehmen setzte mich in immer höheres Erstaunen, und ich beschloß, ihn jetzt erst recht nicht aus den Augen zu lassen, bis ich wenigstens irgend etwas über ihn in Erfahrung gebracht hatte.

Von einem Turm schlug es laut elf, und die Menge beeilte sich, den Bazar zu verlassen. Einer der Ladenbesitzer, der die Läden vor den Schaufenstern herunterließ, stieß den alten Mann zufällig an, und ich sah, wie ein heftiger Schauder seinen ganzen Körper durchfuhr. Er stürzte auf die Straße hinaus, blickte angstvoll umher und lief dann mit unglaublicher Schnelligkeit durch einige winkelige und öde Gassen, bis wir wieder auf die Hauptstraße gelangten, von der aus wir unsere Wanderung unternommen hatten, der Straße des D... Hotels. Diese bot indessen nicht mehr denselben Anblick. Zwar war immer noch alles hell erleuchtet, aber bei dem strömenden Regen waren nur noch wenige Menschen zu sehen. Der Unbekannte erbleichte. Mit düsterer Miene tat er ein paar Schritte auf der vordem so belebten Straße, dann schlug er mit einem schweren Seufzer die Richtung nach dem Fluß ein und kam am Ende nach manchen Umwegen vor eines der größeren Theater. Die Vorstellung war gerade zu Ende, und das Publikum drängte aus den Türen. Ich sah den alten Mann nach Atem ringen, während er sich mitten in das Gewühl stürzte; doch schien der angstvolle Ausdruck in seinem Gesicht etwas nachgelassen zu haben. Sein Kopf sank wieder auf die Brust, und er sah so aus, wie ich ihn zuerst erblickt hatte. Ich bemerkte, daß er die nämliche Richtung einschlug, welche die größere Masse des Publikums genommen; doch im ganzen blieb ich ratlos, wie ich mir sein wunderliches Gebaren erklären sollte.

Im Weitergehen zerstreuten sich die Leute mehr und mehr, und der alte Mann fiel wieder in seine frühere Rastlosigkeit und Verdrießlichkeit zurück. Eine Zeitlang folgte er einer Gesellschaft von zehn oder zwölf lärmenden Nachtschwärmern, aber auch diese verloren sich nach und nach, bis in einer engen, düsteren, verlassenen Straße nur noch drei beisammen waren. Der Unbekannte stand still und schien einen Augenblick in Gedanken verloren, dann schlug er mit allen Anzeichen innerer Erregung einen

Weg ein, der uns bis an die äußerste Grenze der City führte, in Gegenden, gänzlich verschieden von den bisher durchstreiften. Es war das widerwärtigste Viertel Londons, wo allem und jedem der schlimme Geruch trostlosester Armut und abscheulichster Verkommenheit anhaftete. In dem trüben Licht einer vereinzelten Laterne bemerkte man alte, hohe, wurmstichige, hölzerne Behausungen, die dem Einsturz nahe schienen und so unordentlich und willkürlich umherstanden, daß kaum die Passage zwischen ihnen erkennbar war. Die Pflastersteine waren durch das frei wuchernde Gras aus ihren Fugen gedrängt. Grauenhafter Unrat verweste in den verstopften Gossen. Die ganze Atmosphäre schien von dieser Trostlosigkeit vergiftet. Doch als wir weiter vordrangen, lebten die Laute menschlichen Lebens vereinzelt wieder auf, und schließlich sahen wir ganze Rotten des verkommensten Pöbels einhertaumeln. Die Lebensgeister des alten Mannes flammten noch einmal auf, gleich einer Lampe dicht vor dem Erlöschen, und noch einmal wurden seine Schritte schneller. Als wir um eine Ecke bogen, schoß uns ein blendender Lichtschein entgegen, und wir standen vor einem der vorstädtischen Riesentempel der Unmäßigkeit – vor einem der Paläste des Dämons Alkohol. Es hatte schon zu dämmern begonnen, doch immer noch drängten sich ganze Rotten elender Trunkenbolde zum prunkvollen Portal aus und ein. Mit einem halb unterdrückten Freudenschrei bahnte sich der alte Mann einen Weg hinein, gewann mit einem Schlag sein ursprüngliches Gebaren wieder und schritt ziel- und zwecklos unter der Menge auf und ab. Dies dauerte jedoch nicht allzulange, da sich bald ein hastiges Drängen nach den Ausgängen ankündigte, da der Wirt für diese Nacht sein Lokal zu schließen gedachte. Was sich jetzt auf den Zügen des sonderbaren Wesens, das ich so hartnäckig verfolgte, abzeichnete, war schlimmer als Verzweiflung. Doch hielt er nicht einen Augenblick in seiner Wanderung inne, sondern lenkte seine Schritte mit krankhafter Ausdauer wieder dem Herzen des mächtigen London zu. In langen Eilschritten floh er dahin, während ich ihm voller Bestürzung folgte, fest entschlossen, nicht von einer Untersuchung zu lassen, die meine Seele völlig gefangen nahm. Die Sonne ging auf, derweil wir so dahineilten, und als wir einmal mehr jenen belebtesten Teil der volkreichen Stadt, die Straße des D... Hotels erreichten, herrschte dort bereits wieder Menschengewühl und ein Verkehr, der dem Treiben am vorhergehenden Abend schwerlich nachstand. Und auch hier, während das Getümmel von Stunde zu Stunde wuchs, setzte ich meine Verfolgung beharrlich fort. Seiner Gewohnheit nach wanderte der Unbekannte hin und her und wich den ganzen Tag nicht mehr aus dem Getümmel jener Straße. Doch als sich die Schatten des zweiten Abends niedersenkten, fühlte ich mich zu Tode erschöpft und hielt an. Ich trat dem Wanderer entgegen und blickte ihm unverwandt ins Gesicht. Aber er bemerkte mich nicht, sondern setzte seine feierliche Wanderung ruhig fort, während ich abließ, ihm noch weiter zu folgen und in Gedanken versunken zurückblieb.

»Dieser alte Mann«, sagte ich schließlich zu mir selbst, »ist das Urbild und der Genius tiefer Schuld. Er flieht vor dem Alleinsein. Er ist der Mann der Menge. Es wäre vergebens, ihm zu folgen, denn ich werde doch nicht von ihm, von seinen Taten erfahren. Das böseste Herz der Welt ist ein unergründlicheres Buch als der Hortulus Animae; und vielleicht ist es nur eine der großen Barmherzigkeiten Gottes, daß es sich nicht lesen läßt.«

Die Grube und das Pendel

Ich war zu Tode erschöpft durch die langen Qualen der Ungewißheit, und als sie mir endlich die Fesseln abnehmen und ich mich setzen durfte, fühlte ich nur noch, wie mir die Sinne schwanden. Das Todesurteil war das letzte, was meine Ohren noch deutlich vernahmen. Danach klang alles, was die Inquisitoren sagten, wie verworrenes, dumpfes Gesumme, das mich an das Rauschen eines Mühlrads erinnerte und so die Vorstellung in mir weckte, als ob sich rings um mich alles drehe. Das dauerte aber nur kurze Zeit, dann hörte ich nichts mehr. Nur sehen konnte ich noch, aber alles war gräßlich entstellt und vergröbert! Ich sah die Lippen der schwarzgekleideten Richter, aber sie schienen mir vollkommen farblos, weißer als das Papier, auf das ich diese Sätze schreibe, und dabei bis zur Verzerrung schmal. Es war der Ausdruck furchtbarer Entschlossenheit, die sich über alle menschlichen Qualen hinwegsetzt. Ich sah, wie diese Lippen sich weiterbewegten, als ob sie jetzt erst das Urteil sprächen, das über mein Schicksal entscheiden sollte. Todbringende Worte hingen an diesen Lippen. Sie sprachen die einzelnen Silben meines Namens, und Schauder ergriff mich, weil ich nichts hörte. In meiner fiebernden Angst sah ich die schwarzen Wandbehänge des Saales sich leise bewegen, und dann fiel mein Blick auf die sieben großen Wachskerzen, die auf dem Tisch standen. Anfangs erschienen sie mir wie Sinnbilder des Erbarmens, wie schlanke weiße Engelsgestalten, die mich erretten wollten; dann aber fühlte ich plötzlich in mir eine furchtbare Schwäche, und jeder Nerv meines Körpers zitterte, als hätte ich den Draht einer galvanischen Batterie berührt. Die Engelsgestalten wurden zu wesenlosen Gespenstern mit flammenden Köpfen, von denen ich keine Hilfe erwarten konnte, und wohltuend wie eine schöne Musik zog die Vorstellung durch meine Seele, wie herrlich die Ruhe im Grab sein müsse. Ganz langsam entstand diese Vorstellung; und als sie mich völlig durchdrungen hatte, entschwanden wie durch einen Zauberschlag die Gestalten der Richter, die Kerzen sanken in sich zusammen, ihre Flammen erloschen, und ringsum war tiefschwarze Finsternis. Mir war, als würden alle meine Empfindungen von einem brausenden Strom fortgeschwemmt, als würde meine Seele zur Hölle fahren. Dann herrschte das lautlose Schweigen der Nacht.

Ich war in Ohnmacht gesunken, jedoch nicht völlig besinnungslos. Wieviel Bewußtsein mir verblieben war, weiß ich nicht. Aber weder im tiefen Schlaf noch im Delirium, weder in der Betäubung durch eine Ohnmacht noch im Tod, nicht einmal im Grab hört das Bewußtsein völlig auf; sonst gäbe es ja für uns Menschen keine Unsterblichkeit.

Ganz plötzlich fühlte ich, wie meine Seele sich wieder regte. Es war das stürmische Klopfen des Herzens, das ich deutlich vernahm. Dann trat von neuem eine Pause ein, während der alles still blieb; dann wieder ein Laut, eine Regung, ein Aufzucken; prickelnd durchrieselte es meine Glieder. Dem folgte ein schwaches Daseinsbewußtsein, ohne Gedankenregung, und dieser Zustand hielt lange an. Auf einmal erwachte das Denkvermögen und mit ihm ein schauderndes Entsetzen und das ernste Bemühen, meine Lage zu begreifen. Dann der lebhafte Wunsch, in die Bewußtlosigkeit zurückzusinken, und wieder ein stürmisches Aufbäumen der Seele und der erfolglose Versuch, mich zu rühren. Gleich danach eine vollkommen klare Erinnerung an das Verhör, an die Richter, die schwarzen Wandbehänge und den Urteilsspruch, an die innere Erschütterung und die Ohnmacht. Was jedoch weiter geschehen war, wußte ich nicht; das konnte ich mir erst später durch lebhafte Anstrengung ins Gedächtnis zurückrufen.

Noch hatte ich die Augen nicht wieder geöffnet. Ich fühlte, daß man mir meine Fesseln abgenommen hatte und das ich auf dem Rücken lag. Ich streckte meine Hand aus und berührte etwas Feuchtes und Hartes. Ein paar Minuten lang ließ ich sie dort liegen und versuchte mir klarzumachen, wo ich wohl sei und was aus mir werden mochte. Ich hätte mich gern durch Augenschein überzeugt, doch wagte ich nicht, meine Lider zu heben; ich fürchtete mich vor dem ersten Blick in meine Umgebung. Nicht, daß ich Schreckliches vermutet hätte, aber mir graute bei dem Gedanken, überhaupt nichts zu sehen. Von wilder Verzweiflung getrieben, öffnete ich schließlich doch meine Augen und fand meine schlimmste Erwartung bestätigt: tiefschwarze Nacht umgab mich. Mühsam rang ich nach Atem. Die Luft war unerträglich dick. Ich hatte das Gefühl, als ob das undurchdringliche Dunkel mich ersticken müsse. Noch immer lag ich regungslos da und bemühte mich, meine Gedanken in Fluß zu halten. Ich rief mir noch einmal das Inquisitionsverfahren ins Gedächtnis zurück und versuchte, daraufhin meine Lage zu deuten. Der Urteilsspruch war erfolgt, und eine lange Zeit mußte seitdem verstrichen sein, wie ich annahm. Dennoch hatte ich mich keinen Augenblick wirklich für tot gehalten. Solange man atmet, ist solch eine Vorstellung (was man darüber auch lesen mag) ganz unmöglich. Aber wo und in welcher Lage befand ich mich denn? Ich wußte, daß man die zum Tode Verurteilten in der Regel bei den Ketzerverbrennungen umbrachte, und gerade in der Nacht nach meiner Verhandlung hatte eine solche stattgefunden. War ich in meinen Kerker zurückgeführt worden, um für die nächste, erst nach Monaten stattfindende Hinrichtung aufgespart zu bleiben? Das konnte nicht sein, denn augenblicklich war Mangel an Opfern.

Plötzlich trieb mir ein fürchterlicher Gedanke alles Blut zu Kopfe, so daß ich erneut auf kurze Zeit das Bewußtsein verlor. Als ich wieder zu mir kam,

sprang ich sofort auf die Beine und fühlte ein krampfhaftes Zittern am ganzen Körper. In wilder Aufregung streckte ich die Arme aus und tastete in die Runde; ich stieß auf nichts, wagte aber doch keinen Schritt vorwärts zu tun, aus Angst, die Wände eines Grabes zu berühren. Der Schweiß drang mir aus allen Poren und stand bald auch in dicken, eiskalten Tropfen auf meiner Stirn. Schließlich hielt ich die tödliche Qual der Ungewißheit nicht mehr aus. Mit vorgestreckten Armen tastete ich mich behutsam vorwärts, während meine Augen in dem Verlangen, irgendeinen schwachen Lichtschimmer zu erhaschen, fast aus den Höhlen traten. So ging ich einige Schritte, aber überall war die gleiche Leere und Finsternis. Ich atmete etwas freier, mein Schicksal schien wenigstens keines von der scheußlichen Sorte zu sein.

Während ich behutsam weitertastete, durchfuhren Erinnerungen an tausend unkontrollierbare Gerüchte über die Schrecken der Kerker Toledos mein Hirn. Fürchterliches war da berichtet worden – Erfindungen, wie ich stets annahm, aber so ungeheuerliche und grauenhafte, daß sie nie anders als im Flüsterton vorgebracht wurden. War ich verschont worden, um nun in diesem unterirdischen Reich der Finsternis Hungers zu sterben? Oder war mir vielleicht ein noch schrecklicheres Schicksal beschieden? Ich kannte meine Richter zu gut, um daran zu zweifeln, daß mir der Tod bestimmt war, und zwar ein Tod von ungewöhnlicher Grausamkeit. Was mich einzig und allein noch ungewiß beschäftigte, war die Art des Todes.

Endlich stießen meine suchenden Hände an etwas Festes. Es war eine Wand, anscheinend eine steinerne Mauer, aber merkwürdig schlüpfrig und kahl. Ich tastete daran entlang mit dem vorsichtigen Mißtrauen, das mir die ungeheuerlichen Erzählungen eingeflößt hatten. Dieses Weitertasten gab jedoch keinerlei sicheren Aufschluß über die Größe meines Gefängnisses. Ich konnte den Raum in der Runde durchschritten haben und ahnungslos zum Ausgangspunkt zurückgekehrt sein, so gleichmäßig und glatt war die Mauer. Ich suchte nach meinem Taschenmesser, das ich bei meiner Abführung ins Gerichtszimmer noch bei mir hatte. Aber es war fort! Ich hatte die Klinge in irgendeine winzige Spalte des Mauerwerks einzwängen wollen, um so den Punkt zu kennzeichnen, von dem ich ausging. Das war aber auch ohne das Messer nicht so schwer zu bewerkstelligen, wie ich in meiner Verwirrung zunächst glaubte. Ich riß einen Streifen vom Saum meines Rockes und legte ihn der Länge nach auf den Boden, im rechten Winkel zur Wand. So mußte ich, sobald ich meinen tastenden Rundgang durch das Gefängnis beendet hatte, wieder auf diesen Tuchfetzen stoßen. Das glaubte ich wenigstens, aber ich hatte dabei sowohl die Größe meines Kerkers als auch meine eigene Schwäche stark unterschätzt. Der Boden war feucht und schlüpfrig, und als ich eine Weile vorwärts gewankt war, stolperte ich und fiel hin. Vor Erschöpfung gelähmt, blieb ich liegen und schlief ein.

Als ich wieder erwachte und meine Arme ausstreckte, fand ich neben mir einen Laib Brot und einen Krug Wasser. Ich war zu erschöpft, um mir Gedanken darüber zu machen und aß und trank gierig. Dann setzte ich meinen Rundgang fort und gelangte schließlich mit viel Mühe wieder an meinen Stoffetzen. Bis zu der Stelle, wo ich gestolpert war, hatte ich zweiundfünfzig Schritte gezählt; nachdem ich meine Wanderung wieder begonnen hatte, zählte ich bis zum Wollstreifen noch einmal achtundvierzig. Das waren im ganzen hundert Schritte, und wenn ich zwei auf eine Elle rechnete, so betrug der Umfang meines Gefängnisses fünfzig Ellen. Allerdings war ich auf mehrere Winkel in der Mauer gestoßen und konnte mir deshalb keine Vorstellung von der Form des Gewölbes machen; daß es aber ein Gewölbe sei, nahm ich ohne weiteres an.

Alle diese Untersuchungen waren im Grunde für mich ganz zwecklos; ich versprach mir auch nichts davon, aber ein merkwürdiger Zwang trieb mich an, weiterzumachen. Die Mauer ließ ich jetzt auf sich beruhen; ich wollte die Grundfläche meines Kerkers durchqueren. Anfangs schritt ich sehr vorsichtig weiter, denn wenn auch der Boden anscheinend aus festem Material bestand, war er doch überaus schlammig und schlüpfrig. Schließlich faßte ich mir ein Herz und ging mutig drauflos, um das Verlies so direkt wie nur möglich zu durchkreuzen. So mochte ich zehn oder zwölf Schritte gegangen sein, als mir ein herabhängendes Stück des zerrissenen Rocksaumes zwischen die Füße geriet und ich mit dem Gesicht nach unten mit großer Gewalt zu Boden stürzte.

Vor lauter Schreck bemerkte ich erst nach ein paar Sekunden das Ungewöhnliche meiner Lage. Mein Kinn lag auf dem Boden des Kerkers, aber meine Lippen und der obere Teil meines Kopfes berührten nichts Festes, obgleich sie offenbar tiefer lagen als das Kinn. Dabei fühlte ich um meine Stirn einen feuchtkalten Hauch, und in meine Nase drang der Geruch von modrigem Mauerschwamm. Ich streckte meinen Arm aus und entdeckte zu meinem Entsetzen, daß ich am Rand einer runden, tiefen Öffnung lag, über deren Größe ich mir natürlich im Augenblick keine Klarheit verschaffen konnte. Als ich innerhalb der Öffnung das Mauerwerk abtastete, gelang es mir, ein kleines Stück Mörtel loszubrechen, das ich in den Abgrund hineinfallen ließ. Sekundenlang hörte ich ein hallendes Geräusch, das offenbar durch das Anprallen des fallenden Mörtelstücks an die Wände des Schlundes verursacht wurde. Schließlich folgte ein dumpfes Plumpsen im Wasser, das sich in lauten Echos wiederholte, und im gleichen Augenblick vernahm ich ein Geräusch, als ob über mir eine Tür geöffnet und ebenso rasch wieder geschlossen würde. Gleichzeitig schoß ein schwacher Lichtschein durch die Dunkelheit, um blitzartig zu verschwinden.

Jetzt wußte ich, was für ein Schicksal mir bestimmt gewesen war, und beglückwünschte mich zu dem rettenden Unfall. Einen Schritt weiter und ich wäre spurlos verschwunden gewesen. Die Todesart hätte auch durchaus zu den Berichten gepaßt, die ich bis jetzt für pure Erfindungen gehalten hatte. Den Opfern der grausamen Inquisition blieb die Wahl, entweder unter gräßlichen physischen Folterungen oder unter furchtbarsten seelischen Qualen zu enden. Mir war also die zweite Todesart zugedacht. Da meine Nerven durch lange Leiden schon derart zerrüttet waren, daß ich vor meiner eigenen Stimme erschrak, sah man in mir vermutlich ein besonders taugliches Objekt für auserlesene Folterungen.

Am ganzen Körper zitternd, tappte ich zur Mauer zurück; lieber wollte ich dort meinen Tod erwarten, als in eine der Wassergruben zu stürzen, von denen ich mehrere in meinem Kerker vermutete. Früher noch hätte ich vielleicht den Mut besessen, meine Leiden durch einen entschlossenen Sprung in die Tiefe zu beenden, jetzt aber war ich zu feige dazu. Außerdem entsann ich mich, von den Wassergruben gelesen zu haben, daß auch sie durchaus nicht für einen raschen Tod geplant waren.

Viele bange Stunden hielten meine erregten Nerven mich wach, bevor ich endlich wieder einschlief. Bei meinem Erwachen fand ich wieder ein Brot und einen Krug Wasser neben mir. Von brennendem Durst geplagt, leerte ich das Gefäß in einem einzigen Zug. Es mußte wohl etwas hineingemischt worden sein, denn unmittelbar danach wurde ich unheimlich müde und versank in einen tiefen, todähnlichen Schlaf. Wie lange er dauerte, weiß ich nicht, aber als ich die Augen wieder aufschlug, waren die Dinge um mich her plötzlich sichtbar. Ein flackernder, schwefliger Schein, über dessen Ursprung ich mir zunächst nicht klarwerden konnte, ließ mich Umfang und Form meines Kerkers erkennen.

Über seine Größe hatte ich mich gründlich getäuscht; er hatte einen Umfang von kaum fünfundzwanzig Ellen, was mich ein paar Minuten lang mit einer Flut überflüssiger Sorgen erfüllte. Tatsächlich überflüssig, denn was war in meiner entsetzlichen Lage gleichgültiger als das Ausmaß des Kerkers? Ich klammerte mich jedoch mit zähem Eifer an Kleinigkeiten und versuchte krampfhaft, den Grund meines Irrtums herauszufinden. Endlich wußte ich es. Bei meinem ersten Versuch, den Raum zu erforschen, zählte ich fünfundzwanzig Schritte bis zu der Stelle, an der ich stürzte. Ich konnte nur noch einen oder zwei Schritte von dem Tuchstreifen entfernt gewesen sein, mußte also das ganze Gewölbe umkreist haben. Gleich darauf war ich eingeschlafen, und nach dem Erwachen war ich vermutlich denselben Weg wieder zurückgegangen und hatte den Umfang so fast um das Doppelte überschätzt. In meiner Aufregung war mir entgangen, daß ich am Anfang meiner Wanderung die Mauer zur Linken, am Schluß aber zur Rechten gehabt hatte.

Auch die Form des Gefängnisses hatte ich mir falsch vorgestellt. Während ich mir den Weg ertastete, glaubte ich mehrfach auf Winkel zu stoßen, und daraus entstand dann die Vorstellung großer Unregelmäßigkeit. Die vermeintlichen Winkel waren nur leichte Vertiefungen oder Spalten in ungleichen Abständen. Im großen und ganzen war das Gefängnis ein regelmäßiges Viereck. Was ich für Mauerwerk hielt, sah jetzt wie Eisen aus, und überall da, wo die riesigen Metallplatten zusammengefügt waren, befanden sich jene Einschnitte, die ich für Winkel gehalten hatte. Die Metallplatten selbst waren mit scheußlichen Bildern bemalt, wie sie der groben Phantasie der Mönche entsprachen: Teufelsfratzen mit verzerrten Zügen, Totengerippe und ähnliche gräßliche Malereien bedeckten die Wände. Die Umrisse all dieser Ungeheuerlichkeiten waren noch deutlich zu erkennen, während die ausfüllenden Farben wohl unter dem Einfluß der feuchten Luft verblaßt und verblichen waren. Der Fußboden war aus Stein. In seiner Mitte gähnte der kreisrunde Schlund des Abgrunds, dem ich entkommen war.

All das sah ich undeutlich und nur mit erheblicher Anstrengung, denn während ich schlief, hatte man mich wieder meiner relativen Freiheit beraubt. Ich lag jetzt der Länge nach auf dem Rücken, und zwar auf einem hölzernen Lattengestell, an das ich mit langen, sattelgurtartigen Riemen gefesselt war. Mein Körper, die Beine und der rechte Arm waren mehrfach umwunden, nur meinen Kopf und den linken Arm hatte man frei gelassen, letzteren aber nur so weit, daß ich gerade noch eine irdene Eßschüssel erreichen konnte, die neben mir auf dem Fußboden stand. Mit Schrecken merkte ich, daß der Wasserkrug fort war. Mit Schrecken, sage ich, denn ein fast unerträglicher Durst quälte mich. Meine Peiniger schienen ihn auch noch verstärken zu wollen, denn das Fleisch war scharf gesalzen.

Während ich so dalag, betrachtete ich die Decke meines Kerkers etwa dreißig bis vierzig Fuß über mir. Sie war aus demselben Material wie die Seitenwände. Auf einer der Platten war eine seltsame Figur angebracht. Es war das Symbol der Zeit, wie es meistenteils dargestellt wird, nur trug die Zeit keine Sense, sondern eine Art großes Pendel, wie man es bei altmodischen Uhren findet. Die Form des Instrumentes fesselte meinen Blick, und während ich so darauf hinstarrte, (es war gerade über mir angebracht), kam es mir vor, als ob sich das Pendel bewege. Kurz darauf fand ich das auch bestätigt. Die Schwingungen waren kurz und langsam. Eine Weile beobachtete ich sie mit furchtsamer Spannung und noch mehr Erstaunen, dann richtete ich ermüdet den Blick auf andere Dinge in meiner Zelle.

Ein sonderbares, schlurfendes Geräusch ließ mich aufhorchen, und als ich auf den Boden sah, huschten unheimlich große Ratten darüber hin. Sie waren aus der Wassergrube gekommen, die rechts von mir lag und mit den Augen gerade noch erreichbar. Noch während ich hinsah, kamen sie truppweise herauf, hastig, mit lüsternen Augen, angelockt durch den Fleischgeruch. Ich konnte sie kaum von der Eßschüssel fernhalten.

So war vielleicht eine halbe, vielleicht auch eine ganze Stunde verstrichen (ich hatte keinen richtigen Zeitbegriff mehr), bis ich den Blick wieder zur Decke richtete. Was ich sah, erfüllte mich mit Schrecken. Das Pendel hatte seinen Ausschlag um fast eine Elle erweitert, wodurch natürlich die Geschwindigkeit größer geworden war. Am meisten beunruhigte mich, daß das Pendel sich merkwürdig herabgesenkt hatte. Ich erkannte jetzt auch – mit welchen Empfindungen, brauche ich nicht erst zu sagen –, daß ein Halbmond aus blitzendem Stahl, dessen Spitzen etwa einen Fuß voneinander entfernt waren, das untere Ende des Pendels bildete. Die Spitzen des Halbmonds waren aufwärts gerichtet, die untere Kante so dünn und scharf wie die Schneide eines Rasiermessers. Diese wurde nach oben zu dicker und dicker, um schließlich in einen breiten und massiven Rücken auszulaufen. Der Halbmond hing an einem starken Messingstab, und wenn er die Luft durchschnitt, sauste er förmlich.

Nun konnte ich nicht mehr länger über das Schicksal im Zweifel sein, das die im Erfinden von gräßlichen Foltern geradezu genialen Mönche mir zugedacht hatten. Daß ich die Grube entdeckt hatte, war den Kerkermeistern der Inquisition nicht entgangen –, die Grube, deren Schrecken ich als verstockter Ketzer durchkosten sollte, den höllischen Schlund, der, wie es hieß, das Äußerste ihrer Bestrafungen war. Durch bloßen Zufall war ich vor dem Sturz in den Abgrund bewahrt worden, ich wußte aber, daß nun andere Überraschungen und unerwartete Qualen auf mich warteten. Nachdem ich die Grube einmal verfehlt hatte, verzichtete man auf meinen Sturz in den Abgrund. Er gehörte nicht länger in den teuflischen Plan. Mich erwartete also, da einmal mein Ende in jedem Fall beschlossene Sache war, eine andere mildere Todesart. Milder! Trotz meiner Angst mußte ich beinahe lachen, daß mir das Wort in den Sinn kommen konnte.

Wozu die endlos langen und bangen Stunden des Schreckens schildern, während der ich die sausenden Schwünge des scharfgeschliffenen Stahlmessers zählte! Zoll um Zoll und Linie um Linie senkte sich das Instrument allmählich tiefer und tiefer herab! Tage vergingen – jawohl, es mußten Tage verstrichen sein, bis es so nahe über mir schwang, daß ich den scharfen

Luftzug fühlte, den es hervorrief. Ich betete, ich beschwor den Himmel, das Pendel rascher sinken zu lassen. Ich wurde fast wahnsinnig und versuchte mich mit aller Kraft aufzurichten, um den Schwingungen des fürchterlichen Krummsäbels näher zu kommen. Dann wurde ich plötzlich ruhig, sank zurück und lächelte dem blitzenden Tod zu wie das Kind einem seltsamen Spielzeug.

Noch einmal wurde ich bewußtlos, aber es kann nur für ganz kurze Zeit gewesen sein, denn als ich wieder zu mir kam, war keine erhebliche Senkung des Pendels bemerkbar. Die Ohnmacht konnte freilich ebensogut auch länger gedauert haben, gab es doch Teufel, die mich überwachten und nach Belieben die Pendelschwingungen anhalten konnten. Zudem fühlte ich mich matt, als ob ich seit längerer Zeit nichts gegessen hätte. Trotz meiner furchtbaren Seelenqualen verlangte die Natur gebieterisch ihr Recht. Nach vielen mühsamen Versuchen gelang es mir endlich, den linken Arm trotz meiner Fesseln weit genug auszustrecken, um die dürftigen Speisereste, die die Ratten noch übriggelassen hatten, zu erreichen. Als ich ein Stückchen davon in den Mund schob, regte sich in mir ein Hoffnungsschimmer. Es war, wie gesagt, nur ein Schimmer der Hoffnung, ein unklarer Gedanke, der mir vorschwebte. Ich fühlte zwar, daß er Freude und Hoffnung beinhaltete, konnte ihm aber keine feste Gestalt geben, so daß die hoffnungsvollen Regungen bald wieder erstickt wurden. Durch langes Leiden waren meine geistigen Fähigkeiten so gut wie vernichtet. Ich war schwachsinnig geworden, beinahe ein Idiot.

Das Pendel schwang im rechten Winkel zu meinem Körper. Ich merkte, daß der Halbmond bestimmt war, mein Herz zu durchschneiden. Zuerst würde er den Stoff meines wollenen Rockes schlitzen, dann bei der Rückkehr den Schnitt wiederholen, und so immer wieder und immer wieder. Trotz der entsetzlich weit ausholenden Schwingung, die einige dreißig Fuß oder noch mehr betrug, und trotz der sausenden Gewalt, die ausreichen mußte, selbst Eisenwände zu spalten, würde der Stahl noch mehrere Minuten brauchen, um nur mein Gewand zu zerschneiden.

Auf diese Vorstellung konzentrierte ich mich; ich wagte nicht, sie weiter auszuspinnen und hielt sie mit solcher Beharrlichkeit fest, als ob ich das Fallen des Stahls dadurch aufhalten könnte. Ich stellte mir den Ton des Messers beim Durchschneiden der Kleider vor und malte mir aus, welch ein Schauer dabei meine Nerven durchrieseln würde. Über all diese nebensächlichen Dinge grübelte ich endlos.

Tiefer und immer tiefer senkte sich das Pendel herab. Ich empfand ein wahnsinniges Vergnügen dabei, die Schnelligkeit dieses Herabsinkens mit der Geschwindigkeit der Seitwärtsschwingungen zu vergleichen. Jetzt schwang es nach rechts, jetzt nach links – jetzt war es weit von mir weg, jetzt ganz dicht bei mir, und immer kam es meinem Herzen näher, mit dem schleichenden Schritt einer Tigerkatze.

Tiefer und tiefer, erbarmungslos! Nur noch drei Zoll von meinem Herzen entfernt schwang das Pendel. Ich machte wilde, verzweifelte Anstrengungen, meinen linken Arm ganz frei zu bekommen, der ja nur vom Ellbogen ab aufwärts gefesselt war. Hätte ich die Fesseln an meinem Ellbogen zerreißen können, so würde ich das Pendel gepackt haben, um es zum Stillstand zu bringen. Sicherlich hätte ich aber ebensogut den Versuch machen können, eine Lawine aufzuhalten.

Unaufhörlich und unerbittlich sank es herab! Ich rang nach Atem und bot bei jeder neuen Schwingung all meine Kräfte auf, um mich loszumachen. Krampfhaft schrak ich zusammen, wenn der Krummsäbel über mich hinwegsauste, und folgte mit den Blicken seinen Schwingungen. Jedesmal, wenn er seinen Tiefpunkt erreichte, schlossen sich zuckend meine Augenlider, obgleich der Tod eine Erlösung, eine unaussprechlich schöne Erlösung bedeutet hätte. Jeder Nerv in mir zitterte bei dem Gedanken, daß nur noch eine einzige Sekunde fehlte, bis der scharfe, blitzende Stahl in mein Herz drang. Und doch war es nichts als die Hoffnung, was meine Nerven zittern und meinen Körper beben ließ – Hoffnung, die selbst auf der Folter noch triumphiert und den zum Tode Verurteilten tröstet.

Ich erkannte, daß der mörderische Stahl nach zehn oder zwölf Schwingungen unweigerlich mit meiner Kleidung in Berührung kommen mußte, und bei dieser Erkenntnis überkam mich mit einem Mal die ruhige Gefaßtheit des Verzweifelten. Zum ersten Mal seit vielen Stunden, vielleicht sogar seit Tagen, begann ich wieder zu denken. Und jetzt bemerkte ich erst, daß die Gurte, die mich an das Lager fesselten, aus einem Stück waren. Der erste Schnitt, den der scharfgeschliffene Halbmond in einen Teil meiner Fesseln machte, mußte sie lösen, so daß ich mich mit einer linken Hand vollends befreien konnte. Aber wie drohend blieb selbst in diesem Fall die nahe Berührung des Messers! Wie leicht konnte ein einziges Zucken den Tod bedeuten! Und wahrscheinlich hatten auch meine Kerkermeister eine solche Möglichkeit schon vorgesehen und rechtzeitig vorgebeugt. Wenn die über meine Brust laufende Fessel nicht genau in der Richtung der Pendelschwingung lag, konnte sie auch nicht durchschnitten werden. Voll Angst, meine schwache und wohl letzte Hoffnung vernichtet zu sehen, hob ich den Kopf so weit hoch, daß ich meine Brust überblicken konnte. Nach allen Richtungen waren Rumpf und Glieder mit Gurten umwunden, nur nicht da, wo der stählerne Halbmond bei seinem Vorbeisausen anstreifen mußte.

Kaum war mein Kopf in seine frühere Lage zurückgesunken, als etwas in meinem Gehirn aufblitzte, was ich nur die Fortsetzung jenes halbentwikkelten Gedankens an meine Befreiung nennen kann. Damals, als ich noch imstande war, die Fleischspeise an meine verschmachteten Lippen zu bringen, zog er nur unklar und unfertig durch mein Gehirn, jetzt aber schwebte er plötzlich als Ganzes vor meinem Geist. Zunächst zwar auch erst in schwachen Umrissen, aber jedenfalls als etwas Ganzes. Mit fiebernder Hast der Verzweiflung ging ich daran, ihn sofort in die Tat umzusetzen.

Seit mehreren Stunden wimmelte es rings um das Lattengestell, auf dem ich lag, förmlich von Ratten. Die Tiere waren wild, dreist und heißhungrig; sie glotzten mich mit ihren glühenden Augen an, als warteten sie nur auf den Augenblick, da ich bewegungslos daliegen würde, um mich dann aufzufressen. Was mag in der Grube wohl ihre Nahrung sein? mußte ich denken.

Den Inhalt der Schüssel hatten sie trotz meiner Abwehrbemühungen bis auf ein dürftiges Überbleibsel gefressen. Meine Hand war zwar unaufhörlich über der Schüssel hin und her gefahren, doch die Gleichförmigkeit der Bewegung hatte sehr bald ihre Wirkung verloren. Wiederholt fühlte ich die scharfen Zähne des gierigen und gefräßigen Ungeziefers an meinen Fingern. Mit den Überresten der fettigen, öligen Fleischspeise rieb ich nun, soweit ich reichen konnte, die umschnürenden Gurte ein. Dann zog ich meine Hand zurück und wartete regungslos, mit verhaltenem Atem, der kommenden Dinge.

Anfangs erschraken die Tiere über das Aufhören der Bewegung. Verschüchtert stoben sie zurück, und viele flüchteten in die Grube. Das dauerte aber nur ganz kurze Zeit, denn ihre Gefräßigkeit war größer als ihr Schreck. Als sie merkten, daß ich ganz ruhig liegenblieb, sprangen ein paar der verwegensten auf das Gestell und beschnupperten die Gurte. Das war das Signal zum allgemeinen Sturm. Neue Trupps stiegen aus der Grube heraus, kletterten am Holz meiner Bahre hoch und stürzten sich zu Hunderten auf meinen Körper. Die gleichmäßige Bewegung des Pendels beunruhigte die Ratten nicht im geringsten. Sie wichen geschickt seinen Schwingungen aus und beschäftigten sich eifrig mit den eingefetteten Gurten. Immer größere Scharen fielen über mich her, liefen über meine Kehle und berührten mit ihren kalten Schnauzen meine Lippen. Ihr Gewicht erdrückte mich fast. Unbeschreiblicher Ekel stieg in mir auf und schnürte mein Herz zusammen. Aber ich fühlte: noch eine Minute, und der Kampf war zu Ende. Deutlich spürte ich, wie meine Fesseln sich lösten, sie mußten bereits an mehreren Stellen durchnagt worden sein. Mit übermenschlicher Anstrengung zwang ich mich, regungslos liegenzubleiben.

Meine Rechnung stimmte, ich hatte nicht umsonst ausgeharrt. Endlich fühlte ich, daß ich frei war. Der Gurt hing in Stücken von meinem Körper herab, aber schon berührte das Pendel auch meine Brust. Der Stoff meines Gewandes war bereits aufgeschlitzt, sogar das Hemd war schon durchschnitten. Noch zweimal schwang das Pendel, und ein heftiger Schmerz durchfuhr mich; dann war der Augenblick der Befreiung da! Mit einer raschen Handbewegung schlug ich meine Befreier in die Flucht. Durch eine wohlberechnete Bewegung – behutsam und nach der Seite hin – schlüpfte ich aus meinen Fesseln und gleichzeitig aus dem Bereich des Krummsäbels. Für einen Augenblick wenigstens war ich gerettet.

Gerettet – aber immer noch in den Klauen der Inquisition! Kaum hatte ich mein hölzernes Schreckenslager verlassen, als die Bewegung der höllischen Maschinerie aufhörte. Eine unsichtbare Kraft zog das Pendel herauf durch die Decke. Das ließ meine ganze Hoffnung wieder schwinden, denn offenbar wurden alle meine Bewegungen scharf überwacht. Gerettet? Nein, ich war nur einer der entsetzlichen Todesarten entgangen, um einer anderen, noch schlimmeren überliefert zu werden. In Erwartung des Schrecklichen wanderten meine Augen an den eisernen Wänden, die mich einschlossen, entlang. Irgend etwas Ungewöhnliches, irgendeine Veränderung, über die ich mir jedoch zunächst nicht recht klarwerden konnte, war unverkennbar in meinem Kerker vor sich gegangen. Minutenlang war ich wie vor den Kopf geschlagen, dann quälte ich mich mit allerlei vagen Vermutungen. Das einzige, was ich fürs erste feststellen konnte, war die Quelle des schwefligen Lichtscheins, der meine Zelle erhellte. Er kam aus einem Spalt, der etwa einen halben Zoll breit war und im ganzen Umkreis des Kerkers am Fuß der Wände entlanglief und diese vom Fußboden trennte. Vergebens versuchte ich durch die Öffnung nach außen zu spähen.

Als ich mich nach dem Versuch wieder aufrichtete, wurde mir plötzlich klar, worin die Veränderung meines Kerkers bestand. Ich habe schon erwähnt, daß die Umrisse der Wandmalerei ziemlich deutlich, die Farben der Ausmalung dagegen stark verblaßt und verschwommen erschienen. Jetzt aber waren diese Farben erschreckend lebhaft und leuchtend geworden, und die gespenstischen Teufelsfratzen bekamen dadurch ein Aussehen, das auch stärkere Nerven als die meinen hätte entsetzen können. Tausend dämonische Augen funkelten auf, wo eben noch gar nichts zu sehen gewesen war, starrten mich wild und geisterhaft an und glühten in einem so unheimlichen Feuer, daß das Ganze unmöglich bloße Sinnestäuschung sein konnte.

Sinnestäuschung! Beim Atemholen schon stieg der Geruch von erhitztem Eisen in meine Nase! Ein erstickender Rauch durchdrang das Gefängnis, und immer feuriger wurde die Glut der Augen, die sich an meiner

Todesangst weideten. Meine Lider bebten, keuchend rang ich nach Luft. Die Absicht meiner Peiniger war jetzt unverkennbar. Entsetzt floh ich vor dem glühenden Metall in die Mitte des Kerkers. Angesichts des mich bedrohenden Feuertodes erschien mir die Kühle der Wassergrube wie Balsam. Ich stürzte an ihren Rand und spähte in den Abgrund, der bis in seine entferntesten Winkel vom Feuerschein erhellt war. Aber alles in mir sträubte sich gegen diesen Schritt.

Die Hitze nahm unheimlich rasch zu, und wie im Fieberwahn sah ich nochmals nach der Decke. Wieder hatte sich etwas verändert in meiner Zelle, und zwar war es jetzt offenbar deren Form. Der Zweck der Veränderung war mir auch diesmal zunächst nicht verständlich, doch blieb ich nicht lange im Zweifel. Mein zweimaliges Entrinnen vor dem Verderben hatte die Rache der Inquisitoren aufgestachelt. Dieses Mal nun sollte der Schrekken in seiner grausamsten Gestalt mich packen. Der Kerker war vorher quadratisch gewesen, jetzt sah ich, daß zwei seiner eisernen Winkel spitz und die beiden anderen demgemäß stumpf geworden waren. Leise knarrend und ächzend schoben die Winkel sich immer weiter zusammen beziehungsweise auseinander, und bald darauf war die Form meiner Zelle rautenförmig. Es blieb aber nicht bei dieser Verwandlung. Ich hatte jetzt auch weder die Hoffnung noch den Wunsch, daß es dabei bleiben möchte. Im Gegenteil: Ich hätte die feurigen Wände wie ein Gewand der ewigen Ruhe ans Herz drücken können. „Sterben!“ rief ich, „sterben, wie immer die Todesart sein mag; nur nicht den Tod in der Wassergrube!“ Doch was für ein Narr war ich doch! Begriff ich denn nicht, daß die glühenden Eisenwände mich rettungslos in die Grube hineinzwingen sollten? Es war ja ganz unmöglich, der Hitze zu trotzen. Und selbst wenn – konnte ich mich denn dem Druck der näherrückenden Wände entgegenstemmen? Enger und enger wurde die Raute, mir blieb keine Zeit mehr zum Grübeln. Der Mittelpunkt des Vierecks lag ausgerechnet über dem gähnenden Schacht. Ich schauderte zurück, aber die immer näher aneinanderrückenden Wände drängten mich unwiderstehlich weiter. Schließlich blieb meinem kranken, zuckenden Körper kein Zoll fester Boden mehr übrig. Ich gab den Kampf auf; in einem gellenden, langen und letzten Schrei der Verzweiflung machte sich die Todesangst meiner Seele Luft.

Da – ein dumpfes Gemurmel von Menschenstimmen! Schallendes Trompetengeschmetter! Ein dröhnendes Rollen wie von tausend Donnern – die feurigen Wände wichen zurück! Ein ausgestreckter Arm ergriff den meinigen, gerade als ich daran war, besinnungslos in den Abgrund zu taumeln. Es war General Lasalle. Die französische Armee war in Toledo eingedrungen, die Inquisition befand sich in der Gewalt ihrer Feinde.

Das verräterische Herz

Wahrhaftig! Nervös, entsetzlich nervös war ich in jener Zeit und bin es noch, aber warum soll ich denn wahnsinnig sein? Die Krankheit hatte meine Sinne verschärft, aber nicht zerstört, nicht abgestumpft. Vor allem war mein Gehör außerordentlich reizbar und fein geworden. Ich hörte alles, was im Himmel und auf Erden geschah, auch manches, was in der Hölle vorging. Wie könnte ich also wahnsinnig sein? Man höre nur! wie vernünftig und ruhig ich den Hergang der Geschichte erzählen kann.

Wie der Gedanke daran zuerst in mir entstanden ist, weiß ich wirklich nicht zu sagen, aber, als ich ihn einmal gefaßt hatte, verfolgte er mich Tag und Nacht. Einen besonderen Zweck hatte ich nicht dabei. Auch nicht Haß war es, was mich dazu verleitete, denn ich hatte den alten Mann gern. Er war mir nie zu nahe getreten, hatte mich nie auch nur mit einem Worte beleidigt. Auch sein Gold verlockte mich nicht – aber ich glaube, es war sein Auge. Ja, das mußte es sein! Eins seiner Augen glich nämlich dem eines Geiers – es war von bläulich blasser Farbe und mit einem Häutchen darüber. So oft er mich damit ansah, hatte ich eine Empfindung, als ob mir das Blut in den Adern gerinne, und so kam es, daß in meiner Seele allmählich, ganz allmählich der Entschluß reifte, dem alten Mann das Leben zu nehmen, um mich für immer von jenem Auge zu befreien.

Das ist alles, weshalb man mich nun für wahnsinnig hält. Wahnsinnige aber handeln ohne Überlegung, und man hätte mich nur sehen sollen! Wie planmäßig ich dabei zu Werke ging – mit welcher Vorsicht, mit welcher Bedachtsamkeit, mit welcher Vorstellung ich zur Ausführung schritt! Nie war ich freundlicher gegen den alten Mann gewesen als während der ganzen letzten Woche, bevor ich ihn erschlug. Jede Nacht, wenn es auf Mitternacht ging, schlich ich an seine Tür, legte die Hand auf den Drücker des Schlosses und öffnete sie – ach! wie leise! wie allmählich! Und wenn ich die Tür weit genug geöffnet hatte, um durch den Spalt meinen Kopf hineinbringen zu können, zog ich eine Laterne hervor, die ringsum geschlossen war, so daß kein Strahl hinausdringen konnte, und dann streckte ich meinen Kopf hinein. O, hätte mich jemand dabei gesehen, der hätte sicherlich gelacht, wie vorsichtig und geschickt ich ihn vorstreckte, und wie schlau und behutsam ich das alles anfing! Ganz, ganz sachte schob ich ihn vor, um den alten Mann ja nicht aus dem Schlafe aufzustören. Es dauerte eine geschlagene Stunde, bis ich endlich meinen Kopf so weit durch die Öffnung hineingebracht hatte, daß ich den alten Mann in seinem Bette liegen sehen konnte. Ha! würde wohl ein Wahnsinniger so viel Geduld und Behutsamkeit gehabt haben? Und dann, wenn ich meinen Kopf glücklich innerhalb des Zimmers hatte, öffnete ich leise – ach wie leise – wie überaus vorsichtig, damit die Scharniere nicht etwa zu laut knirschen möchten – die Blenden der Laterne. Ich öffnete sie, aber gerade nur so weit, daß ein einziger winziger Strahl auf das Geierauge fallen konnte. Und so trieb ich es sieben Nächte lang, und jedesmal gerade um die Mitternachtsstunde, allein, ich fand das Auge stets geschlossen, und so konnte ich unmöglich ans Werk gehen, denn es war ja nicht der alte Mann, sondern nur sein böses Auge, was mich ärgerte. Und jeden Morgen, sobald der Tag graute, ging ich dreist in sein Zimmer ein und sprach ganz unbefangen mit ihm, redete ihn in herzlichem Tone mit seinem Namen an und erkundigte mich, wie er geschlafen habe. Er hätte also ein ganz besonders argwöhnischer alter Mann sein müssen, um auch nur eine Ahnung davon zu haben, mit welchen Gedanken ich ihn gerade in der Mitternachtsstunde, während er schlief, allnächtlich betrachtete.

Als in dieser Weise die achte Nacht herangekommen war, öffnete ich die Tür mit noch mehr als der gewöhnlichen Vorsicht. Der Sekundenzeiger einer Uhr bewegt sich rascher, als ich meine Hand bewegte. Noch nie war ich mir in solchem Grade meiner Fähigkeiten und meines Scharfsinnes bewußt gewesen, als wie in dieser Nacht. Ich empfand einen inneren Triumph darüber, den ich kaum zu bemeistern vermochte. Zu denken, daß ich auf der Schwelle seines Zimmers stand und die Tür ganz allmählich, immer etwas weiter und weiter öffnete, und daß er auch nicht einmal im Traume eine Ahnung von meinem heimlichen Tun und Treiben hatte! O, bei dieser Vorstellung mußte ich geradezu in mich hineinkichern. Vielleicht aber hatte er mich doch gehört, denn in diesem Augenblicke bewegte er sich plötzlich in seinem Bette, als wäre er durch irgend etwas aufgeschreckt worden. Jetzt wird man denken, daß ich mich aus dem Staube gemacht hätte – doch keineswegs! In seinem Zimmer war es stockfinster, denn aus Furcht vor Räubern hatte er die Läden fest verschlossen. Ich wußte also, daß er das Öffnen der Tür nicht sehen konnte, und mit unerschütterlicher Ausdauer hielt ich mich daran, sie immer etwas weiter und weiter zu öffnen.

Endlich hatte ich meinen Kopf ganz hineingeschoben, und ich war gerade im Begriff, die Blenden der Laterne zu öffnen, da glitt mir der Daumen von dem zinneren Halter ab, und der alte Mann richtete sich im Bette auf und rief: »Wer ist da?«

Ich verhielt mich ganz ruhig und erwiderte nichts. Eine ganze Stunde lang verharrte ich regungslos, während dieser Zeit hörte ich aber auch nicht, daß er sich wieder niedergelegt hätte. Noch immer saß er im Bett aufrecht und horchte; gerade wie ich selbst es Nacht für Nacht getan hatte, lauschte auch er auf das Klopfen der Totenuhren in der Wand.

Plötzlich hörte ich etwas wie ein leises Stöhnen. Ich erkannte darin das Aufseufzen eines tödlichen Schreckens. Ein Stöhnen vor Schmerz oder Kummer war es nicht. – Es war jener dumpfe, halberstickte Laut, wie er sich aus der Tiefe einer angsterfüllten Seele losreißt. Ich kenne dieses qualvolle Aufseufzen nur zu gut. Manche Nacht, wenn in der Mitternachtsstunde alles in tiefem Schlafe lag, stieg es aus meiner eigenen Brust herauf, mit seiner entsetzlichen Beklemmung, die Schrecken zu vermehren, die mich von Sinnen brachten. Ich sage, ich kannte es nur zu gut, und ich wußte, was der alte Mann empfinden mußte. Er tat mir leid, obgleich ich innerlich kicherte. Ich wußte, daß er seit dem ersten leisen Geräusch, das ihn veranlaßt hatte, sich im Bette umzudrehen, die ganze Zeit über wach gelegen hatte. Immer mehr von der Angst überwältigt, würde er bemüht gewesen sein, sie sich als grundlos vorzuspielen, doch war's ihm nicht gelungen. Vergeblich würde er sich gesagt haben: »Es ist nichts, nur der Wind, im Kamin, vielleicht eine Maus, die über den Boden lief, oder das leise Zirpen eines Heimchen.« – Sicherlich, der alte Mann versuchte sich selbst zu trösten mit solchen Erklärungen. Aber es war alles eitles Bemühen, alles umsonst! Der ihm nahende Tod war bereits zu ihm getreten, und seine schwarzen Schatten über die Seele seines Opfers breitend, war es die schauerliche Wirkung dieser unsichtbaren Schatten, die den alten Mann, trotzdem er weder etwas sah noch hörte, die Anwesenheit meines Kopfes in seinem Zimmer empfinden ließ.

Nachdem ich längere Zeit sehr geduldig gewartet hatte, ohne daß ich ihn sich niederlegen hörte, entschloß ich mich, an meiner Laterne wieder einen ganz – ganz kleinen Spalt zu öffnen. Ich tat dies mit der größten Vorsicht. Es ist unmöglich, sich eine Vorstellung davon zu machen, wie leise und allmählich ich die Blenden öffnete, bis endlich ein einziger dünner Strahl, so fein wie der Faden eines Spinngewebes, durch den Spalt hervorschimmerte und auf das Geierauge fiel.

Es stand offen, weit offen, und Wut überkam mich. Vollkommen deutlich sah ich es – ein mattes Blau, mit einem scheußlichen Schleier darüber, daß es mich schaudernd durchrieselte bis ins innerste Mark der Glieder. Aber von des alten Mannes Gesicht konnte ich nichts weiter erkennen, denn ich hatte förmlich instinktiv den Strahl gerade auf die verwünschte Stelle gerichtet.

Ich habe ja schon gesagt, daß mein vermeintlicher Wahnsinn in nichts anderem, als in einer überreizten Verschärfung meiner Sinne bestand. So drang in mein Ohr ein leises, dumpfes, aber rasch bewegliches Geräusch wie das Tickern einer mit Watte umwickelten Uhr. Auch dieses Geräusch war mir bekannt. Es war des alten Mannes Herzklopfen, und es entflammte meine Wut nur noch mehr, wie durch den Trommelwirbel der Mut des Soldaten aufgestachelt wird.

Doch selbst jetzt bezwang ich mich noch und blieb ruhig. Ich wagte kaum zu atmen, und die Laterne hielt ich unbeweglich fest in der Hand. Ich versuchte, wie sicher ich den Strahl auf das Auge gerichtet halten konnte. Mittlerweile nahm das höllische Pochen des Herzens immer mehr zu. Mit jedem Augenblick wurden die Schläge rascher und lauter. Des alten Mannes Entsetzen mußte den höchsten Grad erreicht haben. Ich sagte, mit jedem Augenblick wurde sein Herzschlag lauter und immer lauter! – Wird man mich auch verstehen? Ich sagte schon, daß ich nervös sei, und das bin ich wirklich. Jetzt, in tiefster Mitternachtsstunde und bei der furchtbaren Totenstille in dem alten Hause, geriet ich durch jenes sonderbare Geräusch in einen gar nicht mehr zu bewältigenden Schrecken. Nur noch ein paar Minuten lang konnte ich mich bezwingen, daß ich ruhig stehen blieb. Aber das Klopfen wurde lauter und lauter, und ich dachte, das Herz müsse ihm davon zerspringen. Und nun wurde ich von einer neuen Sorge befallen: – das Pochen konnte von einem Nachbar gehört werden! Dies machte allem ein Ende! Die Stunde des alten Mannes war gekommen. Mit einem wilden Schrei riß ich die Blenden an der Laterne auf und sprang ins Zimmer. Nur einmal – ein einziges Mal stöhnte er auf. In einem Nu hatte ich ihn auf den Boden gerissen und die schweren Kissen über ihn geworfen. Dann lächelte ich vergnügt, daß die Tat so weit vollbracht war. Aber das Herz schlug mit gedämpftem Tone noch mehrere Minuten lang fort. Allein, das bekümmerte mich nicht; durch die Wand würde man es ja doch nicht hören, und endlich hörte es auch auf. Der alte Mann war tot. Ich entfernte die Kissen und untersuchte den Körper. Kein Zweifel mehr, er war tot – tot, als hätte er nie geatmet. Ich legte meine Hand auf das Herz und ließ sie mehrere Minuten lang darauf liegen. Es regte sich nichts mehr. Er war mausetot. Sein Auge konnte mich nicht mehr quälen.

Sollten Sie mich immer noch für wahnsinnig halten, werden Sie den Gedanken daran sofort aufgeben, wenn ich schildere, wie wohlüberlegte Vorkehrungen ich traf, um die Leiche zu verbergen. Die Nacht begann zu schwinden, und ich arbeitete in schweigender Hast. Zuerst zerstückelte ich den Leichnam. Ich schnitt Kopf, Arme und Beine ab.

Vom Boden des Zimmers riß ich drei Bohlen auf und barg alles zwischen der Füllung. Dann fügte ich die Dielen so geschickt und genau an der vorigen Stelle wieder ein, daß keines Menschen Auge – selbst nicht einmal seines – irgendeine Veränderung hätte entdecken können. Da war auch gar nichts wegzuwaschen – nirgendwo ein Flecken – nicht die geringste Blutspur. Dazu war ich viel zu schlau gewesen.

Als ich diese Arbeiten beendet hatte, war es vier Uhr, aber noch stockfinstere Nacht. Gerade als von der Uhr die Stunde schlug, wurde von der Straße her an die Haustür geklopft. Leichten Herzens ging ich hinaus, um sie zu öffnen. Ich sage leichten Herzens, denn was hätte ich jetzt auch noch zu fürchten gehabt? Drei Männer traten herein, die sich mit aller Höflichkeit als Beamte der Polizei zu erkennen gaben. Einer von meinen Nachbarn hatte in der Nacht einen Schrei gehört; dies hatte den Verdacht an irgendeine Untat erweckt. Die Polizei war davon in Kenntnis gesetzt, und da schickte sie nun ihre Beamten, um an Ort und Stelle eine Untersuchung vorzunehmen.

Ich lächelte, – denn was hatte ich zu befürchten? Ich hieß die Herren willkommen. Über den Schrei gab ich an, daß ich ihn selbst im Traume ausgestoßen hätte, und was den alten Mann betrifft, erwähnte ich, daß er aufs Land gereist sei. Ich führte meine Besucher im ganzen Hause herum und forderte sie auf, überall Umschau zu halten und alles recht genau zu untersuchen. Schließlich führte ich sie auch in des alten Mannes Zimmer, zeigte ihnen, daß all sein Hab und Gut sicher aufbewahrt und gänzlich unversehrt war. In meinem Selbstvertrauen war ich förmlich wie berauscht, so daß ich Stühle herbeiholte und die Beamten nötigte, sich hier von ihren Mühen auszuruhen. Für mich selbst stellte ich in der Kühnheit meines vollkommenen Triumphes einen Stuhl gerade auf die Stelle, wo ich den Leichnam meines Opfers verborgen hatte.

Die Polizisten waren zufriedengestellt. Mein Benehmen hatte sie überzeugt, und mir selbst war ganz besonders wohl zumute. Sie hatten Platz genommen, und während ich vergnügt ihre Fragen beantwortete, plauderten sie dazwischen von anderen Dingen. Aber, es dauerte nicht lange, da fühlte ich, wie ich blaß wurde, und ich wünschte sie fort. Der Kopf tat mir weh, und es sauste mir in den Ohren, aber sie saßen noch immer da und plauderten weiter. Das Sausen wurde heftiger – es dauerte immer fort und nahm einen bestimmteren Ton an. Um die fürchterliche Empfindung los zu werden, mischte ich mich freier in die Unterhaltung. Aber das sausende Geräusch dauerte fort und wurde immer deutlicher, bis ich mich endlich überzeugte, daß es nicht in meinen Ohren war.

Jedenfalls mußte ich jetzt sehr blaß geworden sein; aber ich sprach noch mehr darauf los und mit lauterer Stimme. Allein auch das Geräusch wurde stärker – was konnte ich tun? Es war ein leiser, dumpfer, rascher Ton – ganz ähnlich dem Ticken einer mit Watte umwickelten Uhr. Der Atem verging mir – und die Beamten hörten es noch immer nicht. Ich sprach noch rascher – noch lebhafter; aber auch das Geräusch wurde beständig lauter! Ich stand auf und disputierte über Kleinigkeiten mit stark erhobener Stimme und heftigen Gebärden. Es half nichts! auch das Geräusch steigerte sich. Warum gingen sie denn nicht endlich?! Als ob mich die Beamten durch ihre Beobachtungen zur Wut aufgestachelt hätten, schritt ich mit schweren Tritten im Zimmer auf und nieder. – Alles vergeblich! Das Geräusch nahm beständig zu. Mein Gott! was konnte ich noch tun? Ich schäumte vor Wut – ich raste und fluchte. Ich ergriff den Stuhl, auf dem ich gesessen hatte, und scharrte damit auf den Dielen herum, aber das Geräusch wurde immer lauter, alles andere übertönend. Lauter – lauter – noch immer lauter wurde es! Und die Männer plauderten vergnüglich weiter und lächelten dazu. War es möglich, daß sie es nicht hörten? Allmächtiger Gott! – nein, nein! – Sie hörten es! – Sie vermuteten den Zusammenhang! – Sie kannten die Bedeutung! – Sie trieben nur ihren Spott mit meinem Entsetzen! – Dies waren meine Gedanken, und sie sind es noch heute. Aber alles andere lieber noch als diese Qual. Alles ertragen – nur nicht diesen Hohn! Dieses heuchlerische Lächeln konnte ich nicht länger aushalten. Es war mir, als hätte ich sterben müssen, wenn ich nicht laut aufschrie! – Und jetzt – horch! lauter und immer lauter und lauter! – »Schurken!« schrie ich heraus, »verstellt euch nicht länger! Ich bekenne die Tat! – reißt die Bohlen auf! – hier, hier! – hier schlägt sein Herz, das fürchterliche Herz!«

Der schwarze Kater

Für die höchst wilde und doch schlichte Geschichte, die ich hier niederschreiben will, erwarte und beanspruche ich keinen Glauben. Es wäre auch töricht, dies zu tun, denn ich selbst vermag der Wahrnehmung meiner Sinne kaum zu trauen. Doch bin ich weder toll, noch habe ich geträumt. Aber morgen muß ich sterben und darum möchte ich heute meine Seele entlasten. Zu diesem Zweck will ich der Welt klar und bündig und ohne weitere Erörterungen eine Reihe von ganz alltäglichen Begebenheiten vor Augen führen. Die Folgen dieser Begebenheiten haben mich dem Entsetzen, haben mich der Qual anheimgegeben und mich schließlich zugrunde gerichtet. Doch will ich nicht versuchen, sie zu deuten. Mir haben sie eigentlich nur Grauen bereitet; anderen mögen sie vielleicht weniger schrecklich denn barock erscheinen. Später vielleicht wird ein denkender Geist meine Phantasmen auf Selbstverständlichkeiten zurückführen – er wird, ruhiger, logischer und weniger erregbar als ich, in all den Vorgängen, die ich nun mit Grauen erzähle, die gewöhnliche Folge ganz natürlicher Ursachen und Wirkungen erkennen.

Von Kindheit an war ich bekannt für mein gelehriges, menschenfreundliches Wesen. Die Zärtlichkeit meines Herzens war so ungewöhnlich, daß sie mich zum Gespött meiner Kameraden machte. Ich war ein großer Tierfreund, und meine Eltern gestatteten mir, eine ganze Anzahl solcher vierbeiniger Lieblinge zu halten. Mit ihnen verbrachte ich den größten Teil meiner Zeit und fühlte mich nie so glücklich, als wenn ich sie füttern und streicheln durfte. Diese Eigenheit meines Wesens wuchs mit den Jahren und war später im Mannesalter der Quell meiner größten Vergnügungen. Denen, die jemals Neigung für einen treuen und gelehrigen Hund gehabt haben, brauche ich wohl die Natur und die Intensität der Befriedigung, die daraus wächst, nicht weiter zu erklären. In der selbstlosen und aufopferungsfähigen Anhänglichkeit eines Tieres liegt etwas, das unmittelbar zum Herzen dessen spricht, der oft Gelegenheit gehabt hat, die armselige Freundschaft und unbeständige Treue bloßer Menschen zu erproben.

Ich heiratete früh und war glücklich, in meiner Frau eine verwandte Seele zu finden. Als sie meine Vorliebe für Haustiere bemerkte, ließ sie keine Gelegenheit vorübergehen, uns solche der nettesten Arten anzuschaffen. Und so besaßen wir denn Vögel, Goldfische, einen schönen Hund, Kaninchen, einen kleinen Affen und einen – Kater.

Es war ein auffallend großes und schönes Tier, völlig schwarz und erstaunlich klug. Meine Frau, die ein wenig abergläubisch war, machte oft, wenn sie von dieser Klugheit sprach, Anspielungen auf den alten Volksglauben, nach dem alle schwarzen Katzen verkleidete Hexen sind. Ich will nicht sagen, daß sie jemals ernsthaft daran glaubte; ich erwähne die Sache überhaupt nur, weil ich mich zufällig eben wieder erinnere.

Pluto – so hieß der Kater – war mein Lieblingstier und Spielgenosse. Ich allein fütterte ihn, und er begleitete mich auf Schritt und Tritt im ganzen Haus. Ich konnte ihn nur mit Mühe daran hindern, mir auch durch die Straßen zu folgen.

Unsere Freundschaft dauerte in dieser Weise mehrere Jahre – Jahre, in denen mein Temperament und mein Charakter (wie ich mit Beschämung gestehen muß), durch den Kuß des alten Feindes Unmäßigkeit allmählich eine radikale Wandlung zum Schlimmen erfuhr. Ich wurde von Tag zu Tag trübsinniger, reizbarer, rücksichtsloser gegen die Empfindung anderer. Selbst meiner Frau gegenüber erlaubte ich mir eine brutale Sprache und vergriff mich schließlich sogar tätlich an ihr. Meine Tiere mußten natürlich ebenfalls unter dieser Veränderung meiner Gemütsart leiden. Ich vernachlässigte sie nicht nur, sondern mißhandelte sie. Für Pluto jedoch empfand ich noch immer soviel Neigung, daß ich ihn wenigstens nicht mutwillig quälte, so wie ich jederzeit skrupellos die Kaninchen, den Affen und selbst den Hund mißhandelte, sooft mir eins aus Zufall oder Anhänglichkeit über den Weg lief. Aber meine Krankheit gewann immer mehr Macht über mich – denn welche Krankheit ist an Hartnäckigkeit dem Hang zum Alkohol zu vergleichen? – und mit der Zeit bekam selbst Pluto, der anfing alt und infolgedessen etwas mürrisch zu werden, die Wirkungen meiner inneren Zerrüttung zu spüren.

Eines Nachts, als ich schwer betrunken aus einer meiner Spelunken in der Stadt nach Hause zurückkehrte, bildete ich mir ein, der Kater meide meine Gegenwart. Ich packte ihn, da brachte er mir, erschrocken ob meiner Heftigkeit, mit den Zähnen eine kleine Wunde an der Hand bei. Augenblicklich ergriff mich eine dämonische Wut. Ich kannte mich selbst nicht mehr. Meine Seele schien plötzlich aus meinem Körper entwichen; eine mehr denn teuflische, vom Gin noch angefeuerte Bosheit zuckte in jeder Fiber meines Leibes. Ich zog ein Federmesser aus meiner Westentasche, öffnete es, ergriff das arme Tier bei der Kehle und schnitt ihm ohne Zögern eines seiner Augen aus der Höhle.

Ich glühe und schaudere, während ich diese fluchwürdige Scheußlichkeit niederschreibe.

Als am anderen Morgen der Schlaf den Dunst meiner nächtlichen Ausschweifung verscheucht hatte und ich wieder zur Besinnung kam, empfand ich über mein Verbrechen ein halb aus Grauen, halb aus Reue gemischtes Gefühl; doch war es nur ein schwaches, zweideutiges Empfinden, das meine Seele unberührt ließ. Ich stürzte mich aufs neue in Exzesse, und bald hatte ich jede Erinnerung an die Tat im Wein ertränkt.

Der Kater erholte sich langsam. Seine leere Augenhöhle bot allerdings einen schauerlichen Anblick, doch schien er keine Schmerzen mehr zu leiden. Wie früher strich er im Hause umher, floh aber, wie zu erwarten, entsetzt davon, sobald ich in seine Nähe kam. Ich hatte mir noch so viel Gefühl bewahrt, daß mich die offenbare Abneigung eines Geschöpfes, das mich einst so geliebt hatte, betrübte. Doch wich diese Empfindung bald einer tückischen Erbitterung. Und dann kam, um meinen endgültigen, unwiderruflichen Untergang zu besiegeln, der Geist des Perversen über mich. Die Philosophie hat sich noch nie mit diesem Trieb befaßt. Doch so gewiß meine Seele lebt, glaube ich, daß die Perversität einer der Grundtriebe des menschlichen Herzens ist, eine der unteilbaren Urfähigkeiten oder Empfindungen, die dem Charakter des Menschen Richtung geben. Wer hat sich nicht schon hundertmal ertappt, daß er eine gemeine oder törichte Tat nur deshalb beging, weil er wußte, daß sie verboten war? Haben wir denn nicht fortwährend – wider all unseres besseren Wissens – die Neigung, die Gesetze zu verletzen, bloß weil wir sie als solche begreifen? Dieser Geist des Perversen kam, wie ich schon sagte, über mich, um meine Vernichtung zu vollenden. Jenes unergründliche Verlangen der Seele, sich selbst zu quälen – der eigenen Natur Gewalt anzutun, unrecht zu handeln nur um des Unrechts willen –, drängte mich, das dem unschuldigen Tier zugefügte Unrecht fortzusetzen und zu vollenden. Eines Morgens legte ich kaltblütig eine Schlinge um seinen Hals und hängte es an dem Ast eines Baumes auf – erhängte es, während mir die Tränen aus den Augen strömten und bitterste Reue mein Herz zerriß; erhängte es, nur weil ich wußte, daß es mich geliebt hatte, und weil ich fühlte, daß es mir nie eine Ursache zu dieser Mißhandlung gegeben; erhängte es, weil ich wußte, daß ich damit eine Sünde beging, eine Todsünde, die das Heil meiner unsterblichen Seele so gefährden mußte, daß – wenn das noch möglich gewesen wäre – die unendliche Gnade des allbarmherzigen und zornigen Gottes sie nicht mehr zu retten vermochte.

In der Nacht, welche dem Tag dieser grausamen Tat folgte, wurde ich durch Feueralarm aus dem Schlaf geweckt. Die Vorhänge meines Bettes brannten schon, das ganze Haus stand in Flammen. Unter größter Mühe konnten meine Frau, eine Dienerin und ich der Feuersbrunst entkommen. Alles wurde zerstört, mein ganzer irdischer Besitz war dahin, und fortan überließ ich mich der Verzweiflung.

Ich bin längst über die Schwäche hinaus, ein Verhältnis von Ursache und Wirkung zwischen diesem Unglück und der vorhergegangenen Schändlichkeit zu erblicken. Ich stelle nur eine Kette von Tatsachen fest und möchte dabei kein Glied unerwähnt lassen. Am Tage nach dem Brand besichtigte ich die Trümmer. Die Mauern waren bis auf eine zusammengestürzt; diese eine war die nicht sehr dicke Innenwand in der Mitte des Hauses, gegen die das Kopfende meines Bettes gestanden hatte. Der Verputz hatte dem Feuer ganz auffallend gut widerstanden – ich führte dies auf den Umstand zurück, daß sie erst vor kurzem neu beworfen worden war. Um diese Mauer herum hatte sich eine dichte Menschenmenge versammelt und schien einen bestimmten Teil derselben einer eingehenden, eifrigen Prüfung zu unterziehen. Worte wie »seltsam« und »sonderbar« und ähnliche Ausrufe erregten meine Neugierde. Ich näherte mich und erblickte auf der weißen Oberfläche, wie in ein Basrelief eingegraben, die Gestalt eines riesigen Katers. Die Konturen waren verblüffend natürlich. Um den Hals des Tieres lag ein Strick.

Als ich diesen Spuk – für etwas anderes konnte ich's kaum halten – erblickte, geriet ich vor Staunen und Entsetzen außer mich. Schließlich erinnerte ich mich, daß ich den Kater in einem angrenzenden Garten erhängt hatte. Bei dem Feueralarm hatte sich der Garten sofort mit Menschen gefüllt. Einer von ihnen mußte das Tier abgeschnitten und durch ein offenes Fenster – wahrscheinlich in der Absicht, mich aus dem Schlaf zu wecken – in mein Zimmer geschleudert haben. Der Fall der anderen Mauern hatte dann das Opfer meiner Grausamkeit in den frisch angetragenen Verputz fest eingedrückt. Das Feuer hatte dann unter dem Einfluß der Hitze und in Verbindung mit dem tierischen Ammoniak des Kadavers das Abbild so zustande gebracht, wie ich's vor mir sah.

Obgleich ich, was diese aufregende, rasch erzählte Tatsache angeht, meiner Vernunft, wenn nicht gar meinem Gewissen gegenüber rasch eine Erklärung bereit hatte, machte sie nichtsdestoweniger einen tiefen Eindruck auf meine Phantasie. Monatelang konnte ich mich von dem Trugbild des Katers nicht befreien, und eine unbestimmte Empfindung, die wie Reue erschien, es aber doch nicht war, kehrte in mein Bewußtsein ein. Ich fing sogar an, den Verlust des Tieres aufrichtig zu bedauern, und begann, mich in den elenden Spelunken, die ich jetzt gewöhnlich besuchte, nach einem anderen Tier derselben Art und einigermaßen ähnlichem Aussehen umzusehen, das seine Stelle einnehmen konnte.

Eines Nachts, da ich halb stumpfsinnig in einer der verrufenen Lasterhöhlen saß, wurde meine Aufmerksamkeit plötzlich auf einen schwarzen Gegenstand gelenkt, der oben auf einem riesigen Oxhoft voll Gin oder Rum lag, aus denen in der Hauptsache die Ausstattung des Lokals bestand. Einige Minuten blickte ich fest auf dieses Faß, und es setzte mich in

Erstaunen, daß ich das Ding nicht eher bemerkt hatte. Ich ging darauf zu und berührte es mit der Hand. Es war ein schwarzer Kater – ein sehr großes Tier –, ganz so groß wie Pluto und ihm, mit Ausnahme einer einzigen Abweichung, vollständig ähnlich. Pluto hatte an seinem ganzen Körper kein einziges weißes Haar, dieser Kater hatte dagegen einen großen, wenn auch undeutlich gezeichneten Fleck, der beinahe die ganze Brust bedeckte.

Als ich das Tier berührte, erhob es sich sofort, begann laut zu schnurren, rieb sich an meiner Hand und schien über meine Aufmerksamkeit höchst erfreut zu sein. Dies war also wohl gerade das Tier, das ich suchte! Ich machte dem Wirt sofort ein Angebot, um es zu kaufen, doch er erhob überhaupt keinen Anspruch darauf, sagte, er kenne es nicht und habe es nie zuvor gesehen.

Ich setzte meine Liebkosungen fort, und als ich mich auf den Heimweg machte, schien das Tier mir folgen zu wollen. Ich ließ es gewähren und bückte mich gelegentlich, es zu streicheln. Zu Hause angekommen, gewöhnte es sich gleich ein und wurde sofort der Liebling meiner Frau.

Was mich angeht, fühlte ich bald eine Abneigung gegen das Tier in mir aufsteigen. Das war gerade das Gegenteil von dem, was ich erwartet hatte, doch – ich weiß nicht wie und weshalb – seine augenscheinliche Anhänglichkeit zu mir ekelte mich an. Nach und nach verwandelte sich dies Gefühl des Widerwillens in erbitterten Haß. Ich mied die Kreatur, ein gewisses Schamgefühl und die Erinnerung an meine frühere Grausamkeit verhinderten jedoch, daß ich sie mißhandelte. Einige Wochen vergingen, ohne daß ich sie schlug oder sonst quälte. Aber allmählich – ganz allmählich – fing ich an, sie mit unaussprechlichem Widerwillen zu betrachten und ihre verhaßte Gegenwart wie den Hauch der Pest zu vermeiden.

Was ohne Zweifel meinen Haß gegen das Tier noch verschärfte, war die Entdeckung, die ich gleich am ersten Morgen machte: daß dem Tier, ebenso wie Pluto, das eine Auge fehlte. Dieser Umstand machte es meiner Frau nur noch lieber, die, wie ich schon sagte, in hohem Grade jenes menschliche Empfinden besaß, welches einst auch mein hervorstechendster Charakterzug und die Quelle einfachster und reinster Freuden gewesen war.

Doch schien mit meinem Widerwillen gegen den Kater dessen Vorliebe für mich nur noch zu wachsen. Er folgte mir stets auf dem Fuße, mit einer Beharrlichkeit, die ich nur schwer beschreiben kann. Setzte ich mich, kauerte er sich unter meinen Stuhl oder sprang mir auf die Knie und überhäufte mich mit seinen widerlichen Liebkosungen. Erhob ich mich, um wegzugehen, so zwängte er sich zwischen meine Füße und warf mich fast zu Boden, oder er klammerte sich mit seinen langen, scharfen Krallen in meinen Anzug und kletterte an meiner Brust herauf. Und obgleich es mich zu solchen Gelegenheiten verlangte, ihn mit einem Hieb zu erschlagen, hielt mich immer wieder irgend etwas davon zurück, teils die Erinnerung an mein früheres Verhalten, jedoch hauptsächlich – ich will's nur gleich gestehen – eine wirkliche Furcht vor dem Tier.

Ich fürchtete mich nicht gerade vor einer körperlichen Verletzung – und doch wüßte ich nicht, wie ich dieses Gefühl erklären sollte. Ich schäme mich fast, selbst in dieser Verbrecherzelle zu bekennen, daß zu dem Schreck und dem Grauen, den das Tier mir einflößte, ein Hirngespinst, wie man es sich kaum trügerischer vorzustellen vermag, am meisten beigetragen hat. Meine Frau hatte mich verschiedentlich auf die Form des weißen Flecks hingewiesen, von dem ich bereits gesprochen habe, und der den einzigen sichtbaren Unterschied zwischen diesem fremden Tier und dem von mir umgebrachten ausmachte. Der Leser wird sich erinnern, daß dieser Fleck, wennschon groß, ursprünglich nur sehr undeutliche Umrisse aufwies; doch in ganz allmählichen, kaum wahrnehmbaren Steigerungen, die meine Vernunft sich lange Zeit mühte, sie als phantastisch abzutun, nahmen sie eine fürchterliche Deutlichkeit an. Sie stellten jetzt einen Gegenstand dar, den zu nennen es mir graut – und um dessentwillen ich das Ungeheuer verabscheute und fürchtete und mich von ihm befreit haben würde –, hätte ich es nur gewagt. Es war, sage ich, das Abbild eines scheußlichen, gespenstischen Gegenstandes – die Zeichnung eines Galgens. O traurige und furchtbare Maschine des Verbrechens – der Todesqual und des Todes!

Und nun war ich elend, elend über alle Grenzen menschlicher Natur hinaus. Und ein unvernünftiges Tier, dessen Vorgänger ich verächtlich getötet – ein vernunftloses Tier bereitete mir, einem Menschen nach dem Ebenbilde des höchsten Gottes, eine solche unerträgliche Qual. Ach! Nicht bei Tag noch bei Nacht empfand ich mehr die Wohltat der Ruhe. Tagsüber ließ mich das Tier keinen Augenblick allein, und des Nachts schreckte ich stündlich aus unaussprechlichen Träumen der Angst empor, fühlte seinen heißen Atem auf meinem Gesicht und sein schweres Gewicht gleich einem körperlichen Alb, den ich abzuschütteln nicht die Kraft hatte – nun auch im Wach-Sein unablässig auf meiner Brust.

Unter dem Druck solcher Qualen erlag der schwache Rest des Guten in mir. Böse Gedanken wurden meine einzigen Begleiter – schlimmste, finsterste Gedanken! Mein gewöhnlicher Trübsinn wuchs zum Haß gegen alles Lebendige, Menschen und Dinge, und meist war es meine still duldende Frau, die unter den plötzlichen zügellosen und unbezwinglichen Wutausbrüchen, denen ich mich jetzt blindlings überließ, bitter zu leiden hatte.

Eines Tages begleitete sie mich wegen irgendeiner häuslichen Angelegenheit in den Keller des alten Gebäudes, das uns unsere Armut nun zu bewohnen zwang. Der Kater folgte mir die steilen Stufen hinunter und hätte mich fast kopfüber hinuntergestürzt, was mich in irrsinnige Wut versetzte. Ich ergriff eine Axt, vergaß in meinem kindischen Taumel die Angst, die bis jetzt meine Hand zurückgehalten hatte und führte einen Streich nach dem Tier, der sicher tödlich gewesen wäre, wenn er so getroffen hätte, wie ich's wünschte. Meine Frau jedoch hielt den Schlag auf. Durch diese Einmischung wurde meine wahnsinnige Wut zu mehr als teuflischer Raserei, ich riß meinen Arm aus den Händen meiner Frau und grub ihr die Axt in den Schädel. Ohne den geringsten Laut brach sie auf der Stelle tot zusammen. Kaum war dieser grauenvolle Mord geschehen, machte ich mich in voller Überlegung daran, den Leichnam zu verbergen. Ich wußte, daß ich ihn weder bei Tage noch bei Nacht aus dem Hause schaffen konnte, ohne Gefahr zu laufen, von den Nachbarn bemerkt zu werden. Mancherlei Pläne kamen mir in den Sinn. Einmal dachte ich daran, den Körper in ganz kleine Stücke zu zerschneiden und zu verbrennen. Ein andermal beschloß ich, ihn im Boden des Kellers zu vergraben, dann erwog ich, ihn in den Brunnen im Hof zu werfen – ja, ich dachte sogar daran, ihn wie eine Ware in eine Kiste zu verpacken und diese von einem Dienstmann aus dem Hause schaffen zu lassen. Schließlich kam ich auf eine Idee, die mir bei weitem noch die beste schien. Ich beschloß, den Leichnam im Keller einzumauern, wie es nach verschiedenen Überlieferungen die Mönche des Mittelalters mit ihren Opfern gemacht haben sollen.

Der Keller schien mir für einen solchen Zweck wohlgeeignet. Die Mauern waren leicht gebaut und erst kürzlich mit grobem Mörtel beworfen worden, der in der feuchten Kellerluft noch nicht vollständig erhärtet war. Überdies befand sich an einer der Mauern ein Vorsprung, hinter dem sich ein blinder Schornstein oder Kamin befand, den man ausgefüllt und dem übrigen Keller angeglichen hatte. Ich zweifelte nicht, die Ziegel an dieser Stelle leicht herausbrechen, den Leichnam in der Höhlung verbergen und das Ganze wieder so zumauern zu können wie zuvor, so daß kein Auge irgend etwas Verdächtiges entdecken könnte.

Und in dieser Berechnung täuschte ich mich nicht. Ich entfernte mit Hilfe eines Brecheisens mit leichter Mühe die Steine, lehnte den Körper gegen die innere Wand, befestigte ihn etwas in dieser Stellung und führte dann die Mauer wieder auf, wie sie ursprünglich gestanden hatte. Mörtel, Sand und Mauerwolle hatte ich mir unter allen möglichen Vorsichtsmaßregeln bereits beschafft, worauf ich einen Verputz anrührte, der von dem vorigen nicht zu unterscheiden war, und verstrich ihn sorgfältig auf das neue Gemäuer. Als ich fertig war, fand ich alles zu meiner Zufriedenheit gelungen. An der Wand war nicht das Geringste zu bemerken, den Fußboden säuberte ich mit peinlichster Sorgfalt von dem übriggebliebenen Schutt. Dann blickte ich in die Runde und sagte zu mir: »Diesmal wenigstens ist meine Arbeit nicht vergeblich gewesen.«

Mein nächster Schritt war, nach dem Vieh Ausschau zu halten, das dies Elend verschuldet hatte, und das ich nun mit Bestimmtheit töten wollte. Hätte ich es im Augenblick erwischt, so wäre sein Schicksal entschieden gewesen, doch es schien, daß das schlaue Tier, gewarnt durch meinen letzten Wutanfall, es vermied, sich vor mir in meiner augenblicklichen Stimmung blicken zu lassen. Es ist unmöglich, das tiefe, selige Gefühl der Erleichterung, mit welchem mich die Abwesenheit der verhaßten Kreatur erfüllte, zu beschreiben oder gar sich vorzustellen.

Auch in der Nacht kam es nicht wieder zum Vorschein, und so verbrachte ich wenigstens die erste Nacht, seit ich sie damals mit ins Haus gebracht, in gesundem, tiefem Schlaf; ja, ich schlief, trotzdem ein Mord meine Seele belastete!

Der zweite und dritte Tag verging, und mein Peiniger zeigte sich immer noch nicht. Endlich atmete ich wieder als freier Mensch. Das Untier war aus Schrecken für immer aus meinem Hause entflohen! Ich würde es nicht mehr wiedersehen müssen! Mein Glück war unbeschreiblich. Die Folgen meiner dunklen Tat beunruhigten mich so gut wie gar nicht. Es hatte einige Verhöre gegeben, die ich gewandt überstand. Sogar eine Haussuchung wurde vorgenommen, die natürlich ergebnislos verlaufen war. Ich betrachtete meine Zukunft als gesichert.

Am vierten Tag nach der Mordtat erschienen jedoch ganz unerwartet einige Polizisten und nahmen von neuem eine sorgfältige Durchsuchung des Grundstücks vor. Da ich jedoch vollkommen überzeugt war, daß man das verhängnisvolle Versteck nicht auffinden werde, blieb ich ganz kaltblütig. Die Beamten forderten mich auf, sie auf ihrem Rundgang zu begleiten. Sie ließen keinen Winkel, keine Ecke außer acht. Schließlich stiegen sie zum dritten- oder viertenmal in den Keller hinab. Ich zuckte nicht mit der Wimper, und mein Herz schlug so ruhig, wie das eines Menschen, der in unschuldigem Schlafe liegt. Ich durchschritt den Keller von einem Ende zum anderen, kreuzte die Arme über der Brust und ging seelenvergnügt auf und ab. Die Beamten waren durchaus befriedigt und schickten sich an, fortzugehen. Die Freude in meinem Herzen war zu groß, als daß ich sie hätte ganz verbergen können. Ich brannte darauf, meinem Triumph, wenn auch nur mit einem Wort, Ausdruck zu verleihen und sie in ihrer Überzeugung von meiner Schuldlosigkeit doppelt sicher zu machen.

»Meine Herren«, sagte ich schließlich, als die Gesellschaft schon die Stufen hinaufschritt, »ich bin entzückt, daß sich Ihr Verdacht als unbegründet erwiesen hat. Ich wünsche Ihnen alles Gute und etwas mehr Höflichkeit. Im übrigen, meine Herren, ist dies ein sehr solide gebautes Haus!« (In dem wahnsinnigen Verlangen, irgend etwas Anzügliches leicht hinzuwerfen, wußte ich kaum noch, was ich da eigentlich redete.) »Man könnte es fast ein außerordentlich solide gebautes Haus nennen! Diese Mauern – Sie gehen schon, meine Herren? – alles ganz massive Mauern.« Und hierbei klopfte ich aus purer Prahlerei mit einem Stock, den ich in der Hand hielt, heftig gerade gegen die Stelle der Mauer, hinter der der Leichnam jener Frau stand, die ich von Herzen geliebt hatte.

Doch möge Gott mich vor den Fängen des Erzfeindes behüten und beschirmen! Kaum war der Nachklang meiner Schläge in der Stille verhallt, als eine Stimme aus dem Innern des Grabes antwortete. Es war ein Schrei, zuerst gebrochen und gedämpft gleich dem Wimmern eines Kindes, das dann zu einem langen, lautanhaltenden Gekreisch anschwoll, das übernatürlich und unmenschlich klang – einem Geheul, einem Klageschrei, in dem sich Grauen und Triumph zu mischen schien, wie er nur der Hölle entfahren sein konnte, vereinigt aus den Kehlen der Verdammten in ihren Qualen und triumphierenden Dämonen.

Es wäre unnütz, von meinen Empfindungen zu sprechen. Einer Ohn-

AK.

macht nahe, taumelte ich zur gegenüberliegenden Wand. Einen Augenblick standen die Polizisten im Übermaß des Entsetzens und Grauens regungslos. Doch schon im nächsten arbeiteten bereits ein Dutzend kräftige Arme an der Mauer. Sie war bald niedergerissen und der schon stark in Verwesung übergegangene, mit geronnenem Blut bedeckte Leichnam meiner Frau stand aufrecht vor ihren Augen. Auf seinem Kopf aber saß, mit aufgerissenem roten Rachen und seinem einzigen glühenden Auge, die scheußliche Bestie, deren Bosheit mich zum Mord verleitet und deren verräterische Stimme mich jetzt dem Henker überlieferte.

Ich hatte das Ungeheuer mit ins Grab gemauert.

Eine Erzählung aus den rauhen Bergen

Gegen Ende des Jahres 1827 wohnte ich in der Nähe von Charlottesville, Virginia, und machte dort zufällig die Bekanntschaft eines Herrn Augustus Bedloe. Dieser junge Mann war in jeder Hinsicht bemerkenswert und erweckte mein Interesse aufs höchste. Ich fand es unmöglich, mir seine äußere Erscheinung wie sein Wesen zu erklären. Es gelang mir nicht, über seine Familie bestimmte Angaben zu erhalten. Auch woher er kam, konnte ich nicht in Erfahrung bringen. Sogar hinsichtlich seines Alters – obwohl ich ihn eben erst einen jungen Mann nannte, befand ich mich in einer Ungewißheit, die mich ratlos machte. Gewiß schien er jung – und in seinen Reden betonte er oft seine Jugend, – doch gab es auch Augenblicke, in denen ich ihm ohne weiteres ein Alter von hundert Jahren zugestanden hätte. Was an ihm aber vor allem auffiel, das waren gewisse Einzelheiten seiner Erscheinung. Er war außergewöhnlich mager und schlank, ging sehr gebückt, und seine Glieder waren übermäßig lang und abgezehrt. Seine Stirn war breit und niedrig, sein Teint gänzlich blutleer, sein Mund war groß und beweglich, und seine Zähne, wenn auch gesund, so doch unregelmäßiger, als ich sie je zuvor in einem Menschenkopf gesehen hatte. Der Ausdruck seines Lächelns war aber bei alledem nicht, wie wohl zu erwarten gewesen wäre, unangenehm, nur lagen keinerlei Abstufungen darin. Das Lächeln zeugte von tiefer Melancholie – von ewiger, immer gleichbleibender Umdüsterung. Seine Augen waren ungewöhnlich groß und rund wie die einer Katze. Auch zogen sich die Pupillen zusammen oder dehnten sich aus, je nach dem Wechsel von Licht und Dunkelheit, gerade wie man es bei den Katzen beobachten kann. In Augenblicken der Erregung bekamen die Augen einen geradezu unfaßbaren Glanz und schienen Strahlen auszusenden, und zwar nicht reflektiertes, sondern eigenes Licht, wie das bei einer Kerze ist oder wie die Sonne. Doch waren sie gemeinhin so gänzlich ausdruckslos, stumpf und trüb, daß man unwillkürlich an die Augen eines längst begrabenen Leichnams denken mußte.

Dieses sonderbare Aussehen schien ihm sehr lästig zu sein, und er spielte im Gespräch fortwährend darauf an, halb erklärend und halb entschuldigend, was mir zunächst sehr peinlich war. Bald aber gewöhnte ich mich daran, und mein Unbehagen schwand. Er schien tatsächlich mehr andeuten als behaupten zu wollen, daß er körperlich nicht immer das gewesen sei, was er nun war –, sondern daß eine lange Reihe neuralgischer Anfälle ihn von ungewöhnlicher Schönheit zu dem gemacht hätte, wie ich ihn nun sah. Seit langen Jahren wurde er von einem Arzt namens Templeton behandelt – einem alten Herrn von vielleicht siebzig Jahren –, dem er zuerst in

B.E.D. L.O.E.

Saratoga begegnet war und dessen Behandlungsweise ihm eine wesentliche, gleichviel ob wahre oder eingebildete, Erleichterung verschafft hatte. Das Ergebnis war, daß Bedloe, der reich war, mit Doktor Templeton ein Übereinkommen getroffen hatte, demzufolge der letztere gegen ein erhebliches Jahreshonorar verpflichtet war, seine Zeit und seine ärztliche Erfahrung ausschließlich der Pflege dieses Kranken zu widmen.

Doktor Templeton war in seinen jungen Jahren viel gereist und hatte sich in Paris weitgehend zu den Lehren Mesmers bekehren lassen. Durch Magnetismus war es ihm auch gelungen, die schlimmen Schmerzen seines Patienten zu lindern, und der Erfolg hatte in dem Letzteren naturgemäß ein gewisses Vertrauen zu der Lehre geweckt, der die Behandlung zu danken war. Der Doktor hatte, wie alle Enthusiasten, alles versucht, um seinen Pflegling gänzlich zu belehren, und hatte ihn schließlich auch dazu gebracht, sich zu mancherlei Versuchen herzugeben. – Durch häufige Wiederholung dieser Experimente hatte sich etwas ergeben, was heute ganz alltäglich ist und keines oder nur geringes Interesse erweckt; zu der Zeit aber, von der ich schreibe, war es in Amerika nahezu unbekannt. Ich meine den ausgesprochenen starken Rapport oder die magnetische Verbindung, die sich ganz allmählich zwischen Doktor Templeton und Bedloe ausgebildet hatte. Ich kann nicht behaupten, daß diese Verbindung sich auf mehr als auf die hypnotische Kraft erstreckte, Schlaf herbeizuführen. Diese Macht aber war jedenfalls zu großer Intensität gelangt. Beim ersten Versuch, hypnotischen Schlaf zu induzieren, hatte der Mesmerist einen völligen Mißerfolg. Der fünfte oder sechste Versuch gelang in geringem Maße und nur nach langwierigen Anstrengungen. Erst der zwölfte wurde zum vollen Triumph. Hiernach beugte sich der Wille des Patienten ohne weiteres dem des Arztes, so daß, als ich die beiden kennenlernte, der Tiefschlaf fast unmittelbar herbeigeführt werden konnte, durch den bloßen Willen des Arztes, auch wenn dem Leidenden seine Gegenwart gar nicht bewußt war. Erst heute, im Jahre 1845, wo ähnliche Wunder täglich von Tausenden bezeugt werden, wage ich es, von dieser anscheinenden Unmöglichkeit als einer ernsthaften Tatsache zu berichten.

Bedloes Gemüt war im höchsten Maße feinfühlig, erregbar und überschwenglich. Seine Vorstellungskraft war außergewöhnlich lebhaft und schöpferisch. Zweifellos wurde sie erheblich gesteigert durch gewohnheitsmäßigen Morphiumgenuß; er nahm die Droge in großen Mengen und meinte, ohne dasselbe nicht leben zu können. Er hatte die Gewohnheit, eine sehr starke Dosis davon jeden Morgen, unmittelbar nach dem ersten Frühstück zu nehmen – oder vielmehr unmittelbar nach einer Tasse starken Kaffees, denn er aß am Vormittag nichts –, dann machte er sich allein oder höchstens von einem Hund begleitet auf, um in langen Märschen die wilde und düstere Hügelkette zu durchstreifen, die sich westlich und südlich von Charlottesville hinzieht und mit dem Namen der »Rauhen Berge« bezeichnet wird.

An einem trüben, warmen, nebligen Tag, gegen Ende November, in jener toten Pause zwischen den Jahreszeiten, die in Amerika der »indianische Sommer« genannt wird, brach Herr Bedloe wie gewöhnlich nach den Bergen auf. Der Tag verging, und er kehrte nicht zurück.

Gegen acht Uhr abends, als wir eben, durch seine lange Abwesenheit beunruhigt, uns auf die Suche nach ihm machen wollten, tauchte er plötzlich auf; er befand sich nicht schlechter als gewöhnlich und zeigte sogar Anzeichen einer gehobenen Stimmung. Der Bericht, den er von seinem Ausflug und den Ereignissen gab, die ihn aufgehalten hatten, war allerdings überaus merkwürdig.

»Sie erinnern sich«, sagte er, »daß ich Charlottesville etwa um neun Uhr morgens verließ. Ich wandte mich sofort den Bergen zu und betrat gegen zehn Uhr eine Schlucht, die mir vollständig neu war. Ich folgte den Windungen des Engpasses mit größter Spannung. Die Landschaft, die sich mir auf allen Seiten darbot, hatte aber einen unbeschreiblichen und für mich besonders anziehenden Reiz düsterer Einöde. Die Einsamkeit schien völlig unberührt. Ich hatte unwillkürlich den Eindruck, daß der grüne Rasen und die grauen Felsen, auf denen ich ging, nie zuvor von einem Menschenfuß betreten worden waren. Der Eingang zu der Schlucht ist derart verborgen und nur mit solcher Schwierigkeit zugänglich, es sei denn durch eine Reihe von Zufällen, daß es durchaus nicht unmöglich erscheint, ich sei tatsächlich der erste und einzige Wanderer gewesen, der den Weg dorthin fand.

Der dicke und eigenartige Nebel oder Dunst, der ein Kennzeichen des indianischen Sommers ist und der nun schwer über der Gegend hing, trug zweifellos dazu bei, die vagen Eindrücke zu steigern, die die Umgebung in mir wachrief. So dicht war der Nebel, daß ich niemals mehr als ein Dutzend Ellen des Weges vor mir sehen konnte. Der Pfad zog sich in bizarren Windungen hin, und da die Sonne nicht zu sehen war, so verlor ich bald jeden Sinn für die Richtung. Inzwischen tat das Morphium seine gewöhnliche Wirkung, die der Außenwelt ein ins Unfaßbare gesteigertes Interesse verleiht. Das Zittern eines Blattes – die Farbe eines Grashalms – die Form eines Kleeblattes – das Summen einer Biene – das Glitzern eines Tautropfens – jeder Windhauch und die linden Düfte, die vom Wald herwehten, dies alles löste eine ganze Welt von Eingebungen aus, einen bunten Zug unzusammenhängender, verworrener Gedanken.

In dieser Stimmung ging ich nun stundenlang fort, und unterdessen verdichtete sich der Nebel so, daß ich mich schließlich nur noch vorwärts tasten konnte. Mit einem Mal befiel mich ein unbeschreibliches Unbehagen, eine Art nervösen Zauderns und Zitterns, ich fürchtete mich, weiter zu gehen, um nicht in irgendeinen Abgrund zu stürzen. Überdies fielen mir auch merkwürdige Geschichten ein, die man sich von diesen rauhen Bergen erzählte, von dem wilden und rohen Menschenschlag, der ihre Höhlen und Schluchten bewohnt. Tausend unbestimmte Ängste bedrückten und erregten mich, Ängste, die durch ihre Unbestimmtheit besonders quälend waren. Ganz plötzlich erregte lauter Trommelschlag meine Aufmerksamkeit.

Meine Bestürzung war natürlich unbeschreiblich. Eine Trommel war in diesen Bergen. Die Posaune des Erzengels hätte mich nicht mehr erstaunen können. Da aber ergab sich ein neuer Anlaß zur Verblüffung. Ein wildes Rasseln oder Klirren wie von einem Bund großer Schlüssel näherte sich, und im Augenblick darauf stürzte ein dunkelhäutiger, halbnackter Mann mit einem gellenden Schrei an mir vorüber, und zwar so nahe, daß ich seinen heißen Atem im Gesicht fühlen konnte. Er trug in einer Hand ein Instrument, das aus einer Reihe von Stahlringen bestand, die er beim Laufen heftig schüttelte. Kaum war er im Nebel verschwunden, als keuchend, mit offenem Maul und glühenden Augen, ein großes Tier hinter ihm her stürmte, über dessen Gattung ich keinen Augenblick im Zweifel sein konnte. Es war eine Hyäne.

Der Anblick dieses Ungeheuers besänftigte meinen Schrecken mehr als er ihn steigerte, denn nun war ich überzeugt, daß ich träumte und versuchte, mich selbst in waches Bewußtsein zu bringen. Ich ging rasch weiter, rieb mir die Augen, schrie laut, zwickte mich in die Arme. Ich kam an einem kleinen Wasserlauf vorbei, beugte mich darüber und netzte mir Hände, Kopf und Nacken. Dies schien die zweifelhaften Eindrücke, unter denen ich bisher gelitten hatte, zu zerstreuen. Ich erhob mich, so dachte ich, als ein neuer Mann, und setzte meinen unbekannten Weg rüstig und wohlgemut fort.

Schließlich wurde ich ein wenig müde, und da auch die Luft schwül und drückend war, setzte ich mich unter einen Baum. Zugleich brach auch die Sonne ein wenig durch, und der Schatten der Baumblätter zeichnete sich schwach, aber doch deutlich auf dem Rasen ab. Diesen Schatten starrte ich viele Minuten erstaunt an. Seine Zeichnung machte mich sprachlos vor Verwunderung. Ich blickte empor. Der Baum war eine Palme.

Nun sprang ich auf, und zwar in furchtbarer Erregung – denn die Einbildung, daß ich träumte, war nicht länger aufrecht zu erhalten. Ich sah – ich fühlte, daß ich meine Sinne völlig in der Gewalt hatte – und diese Sinne vermittelten mir nun eine Welt neuer und unfaßbarer Eindrücke. Die Hitze

wurde mit einem Schlag unerträglich. Aufreizende Düfte lagen in der Luft. Ein leises, anhaltendes Murmeln, ähnlich dem eines großen, langsam strömenden Flusses, drang in mein Ohr, untermischt mit dem unverkennbaren Gesumm ungezählter Menschenstimmen. Während ich noch in einer Bestürzung, deren Übermaß ich wohl nicht zu schildern brauche, lauschte, trug ein kurzer, starker Windstoß die hängenden Nebelschwaden wie durch einen Zauber hinweg.

Ich befand mich am Fuß eines hohen Berges und sah in eine weite Ebene hinab, durch die sich ein mächtiger Fluß wand. Am Ufer dieses Flusses erhob sich eine Stadt von orientalischem Aussehen, der Art, wie wir sie in den arabischen Märchen geschildert finden, doch von noch ausgesprochenerer Eigenart. Von meinem Standort aus, der hoch über der Stadt lag, konnte ich alle ihre Winkel und Ecken überblicken, als wären sie auf einer Karte vor mir aufgezeichnet. Die Straßen schienen zahllos und kreuzten einander unregelmäßig in allen Richtungen, schienen aber eher lang gewundene Alleen als Straßen, und es wimmelte auf ihnen von Menschen. Die Häuser waren wildmalerisch, umwuchert von einem Dickicht von Balkonen, Veranden, Minaretts, Nischen und wunderlich geschnitzten Erkern. Ich sah eine Unzahl Basare, in denen unübersehbare Mengen kostbarer Waren aufgestellt waren. Seide, Musselin, wundervolle Stücke der Messerschmiedekunst, herrliche Juwelen und Gemmen. Überdies waren ringsum Banner und Palankine, Sänften mit vornehmen, dicht verschleierten Damen, Elefanten mit prächtigem Zaumzeug, groteske Götzenbilder, Trommeln und Gongs, Speere, silberne und vergoldete Keulen. Mitten unter der Menge, durch das laute, wirre Gewühl der vielen Hunderttausende von schwarzen und gelben Menschen in Turbanen und Kaftanen, mit langen Bärten, unzählige heilige, mit Kopfbändern geschmückte Stiere, während Legionen der schmutzigen, aber heiligen Affen schnatternd und kreischend auf den Gesimsen der Moscheen herumkletterten oder an den Minaretts und Erkern herumturnten. Vom Gewimmel der Straßen führten endlose Fluchten von Treppen zum Flußufer und zu den Badeplätzen hinab, während der Fluß selbst sich nur mit Mühe durch die riesigen Flotten beladener Schiffe Bahn zu brechen schien, die, soweit das Auge reichte, seine Oberfläche bedeckten. Jenseits der Stadt erhoben sich dichte, Ehrfurcht gebietende Palmenhaine und Gruppen zauberhafter, uralter Riesenbäume; da und dort war ein Reisfeld zu sehen, die Strohhütte eines Bauern, eine Zisterne, ein einsamer Tempel, ein Zigeunerlager oder ein anmutiges Mädchen, das mit einem Krug auf dem Kopf zu den Ufern des majestätischen Stromes hinabging.

Nun werden Sie natürlich sagen, daß ich träumte. Doch Sie irren. Was ich hörte – sah – fühlte – dachte, hatte nichts von der unverkennbaren Unwirklichkeit des Traumes an sich. Das ganze Bild lebte sein eigenes Leben. Beim ersten Zweifel daran, ob ich wirklich wach sei, machte ich einige Proben, die mich sofort überzeugten, daß ich's wirklich war. Wenn aber irgend jemand träumt und im Traum zu fühlen beginnt, dann folgt diesem Gefühl alsbald die Bestätigung, und der Schläfer wacht fast unmittelbar auf. So irrt Novalis nicht, wenn er sagt: ›Wir sind dem Erwachen nahe, wenn wir träumen, daß wir träumen.‹ Hätte sich mir die geschilderte Vision dargeboten, ohne daß mir der Gedanke gekommen wäre, ohne daß ich den Argwohn gehabt hätte, nur zu träumen, so hätte sie sehr wohl ein Traum sein können. Unter den gegebenen Umständen aber, wo ich selbst ihre Wirklichkeit bezweifelte und mich doch davon überzeugt habe, muß ich sie einer Erscheinung anderer Art zurechnen.«

»Ich möchte fast glauben, daß Sie da nicht einmal Unrecht haben«, bemerkte Doktor Templeton, »aber fahren Sie fort. Sie erhoben sich also und stiegen in die Stadt hinunter.«

»Ich erhob mich«, fuhr Bedloe fort und sah dabei den Arzt mit einem Ausdruck tiefsten Erstaunens an, »ich erhob mich, wie Sie sagen, und stieg in die Stadt hinunter. Unterwegs geriet ich in eine ungeheure Menschenmenge, die alle Straßen füllte und sich mit allen Anzeichen wildester Erregung in eine bestimmte Richtung fortbewegte. Ganz plötzlich wurde ich, einem unbegreiflichen Antrieb folgend, von einem starken persönlichen Interesse an den Ereignissen durchdrungen. Es schien mir, als hätte ich eine bedeutende Rolle dabei zu spielen, ohne daß es mir klar gewesen wäre, worin sie bestand. Der Menge gegenüber, die mich umgab, empfand ich heftigen Abscheu. Ich trennte mich von dem Haufen, bog rasch in einen Seitenweg und erreichte die Stadt. Hier war alles in wildestem Aufruhr. Eine kleine Schar von Männern, die halb indisch, halb europäisch gekleidet und von anderen in teilweise britischer Uniform befehligt wurde, lag in heftigstem Kampf mit dem ihnen zahlenmäßig weit überlegenen Pöbel. Ich schlug mich auf die Seite der Schwächeren, ergriff die Waffe eines gefallenen Offiziers und focht, ich weiß nicht gegen wen, doch mit dem Mut wildester Verzweiflung. Bald jedoch wurden wir durch die Übermacht überwältigt und gezwungen, in einer Art von Kiosk Zuflucht zu suchen. Hier verbarrikadierten wir uns und waren für den Augenblick sicher. Aus dem Guckloch unter dem Dach sah ich, wie eine rasende Menschenmenge einen prächtigen Palast, der über den Fluß hinausgebaut war, einschloß und bestürmte. Zugleich sah ich auch, wie sich aus einem der oberen Fenster dieses Palastes ein augenscheinlich weibisch aussehender Mann an einem Seil herabließ, das aus den Turbanen seiner Begleiter geflochten war. Sein Boot war zur Stelle, und damit rettete er sich an das jenseitige Ufer des Stromes.

Nun reifte ein neuer Plan in mir. Ich sagte zu meinen Gefährten einige hastige, doch eindringliche Worte und machte, sobald es mir gelungen war, einige auf meine Seite zu bringen, einen wütenden Ausfall aus dem Kiosk. Wir stürzten uns mitten unter die Menge, die uns eingeschlossen hatte. Zunächst wich sie vor uns zurück, sammelte sich dann wieder, kämpfte erbittert und mußte abermals zurück. Inzwischen waren wir weit vom Kiosk abgedrängt worden und gerieten zu unserer Bestürzung in das Gewirr der engen Gäßchen zwischen den überhängenden Häusern, in deren Winkel noch nie ein Sonnenstrahl gedrungen war. Der Pöbel drückte stürmisch nach und überschüttete uns mit Schwärmen von Speeren und Pfeilen. Diese letzteren waren sehr merkwürdig und erinnerten in gewisser Beziehung an die gewundenen Kris der Malaien. Ihre Form sollte den Körper einer kriechenden Schlange nachbilden, war lang und schwarz mit vergifteter Spitze. Einer davon traf mich in die rechte Schläfe. Ich taumelte und fiel. Plötzlich überkam mich eine fürchterliche Übelkeit. Ich schlug um mich, keuchte und starb.«

»Nun aber werden Sie doch kaum noch behaupten wollen, daß Ihr ganzes Abenteuer kein Traum war?« bemerkte ich lächelnd, »oder haben Sie den Beweis in der Hand, daß Sie tot sind?«

Auf diese Worte erwartete ich natürlich irgendeine muntere Abwehr von seiten Bedloes. Zu meinem Erstaunen aber zögerte er, zitterte, wurde totenblaß und blieb stumm. Ich sah Templeton an. Er saß kerzengerade in seinem Stuhl, seine Zähne klapperten, und seine Augen traten fast aus den Höhlen. »Fahren Sie fort!« sagte er endlich heiser zu Bedloe.

»Minutenlang«, fuhr Bedloe fort, »war mein einziges Gefühl das von Dunkelheit und Nicht-Sein mit dem Bewußtsein des Todes. Schließlich schien ein jäher, heftiger Schlag durch meine Seele zu zucken wie von Elektrizität. Zugleich durchdrang mich ein Gefühl von Spannkraft und von Licht. Dies letztere empfand ich, ohne es zu sehen. Im Augenblick schien ich mich vom Boden zu erheben, doch hatte ich keine sichtbare, hörbare oder greifbare Körperlichkeit. Die Menge hatte sich verlaufen, der Lärm war verklungen, die Stadt befand sich in verhältnismäßiger Ruhe, unter mir lag mein Leichnam mit dem Pfeil in der Schläfe und dem stark geschwollenen, entstellten Kopf. Alles dies aber sah ich nicht, sondern fühlte es nur. Absolute Gleichgültigkeit beherrschte mich. Sogar der Leichnam erschien mir als ein Etwas, womit ich nichts zu tun hatte. Ich hatte keinen Willen, fühlte mich aber in Bewegung gesetzt und schwebte gleichsam aus der Stadt heraus, den Seitenweg zurück, auf dem ich gekommen war. An dem Punkt der Schlucht angelangt, wo mir die Hyäne begegnet war, fühlte ich wieder einen Schlag, wie von einer galvanischen Batterie; das Gefühl der Schwere, des Willens, der Körperlichkeit kehrte zurück. Ich wurde wieder zu meinem ursprünglichen Ich und trat schleunigst den Heimweg an. Das Erlebte aber hatte von seiner lebendigen Wirklichkeit nichts verloren, und auch jetzt noch kann ich keinen Augenblick meinen Verstand dazu bringen, alles nur als Traum anzusehen.«

»Es war auch kein Traum«, sagte Templeton mit tiefer Feierlichkeit. »Doch würde es schwerfallen, einen anderen Namen dafür zu finden. Begnügen wir uns mit der Tatsache, daß die Seele des Menschen unserer Tage an der Schwelle ungeahnter psychischer Entdeckungen steht. Im übrigen habe ich eine Erklärung abzugeben. Hier habe ich eine Aquarell-Zeichnung, die ich Ihnen längst hätte zeigen sollen. Ein unerklärliches Gefühl des Grauens hat mich aber bisher davon abgehalten.«

Wir sahen das Bild an. Ich sah daran nichts Außergewöhnliches. Seine Wirkung auf Bedloe aber war gewaltig. Er wurde beinahe ohnmächtig, als er es ansah, und doch war es nur eine verkleinerte, allerdings aber wunderbar genaue Wiedergabe seiner eigenen merkwürdigen Züge. Diesen Eindruck hatte ich wenigstens, als ich es betrachtete.

»Sie werden«, sagte Doktor Templeton, »das Erscheinungsdatum dieses Bildchens bemerken, es steht hier, kaum noch leserlich, in diesem Eck: 1780. In diesem Jahr wurde das Porträt gemalt. Es ist das Bild eines toten Freundes, eines gewissen Herrn Oldeb, mit dem ich in Kalkutta während der Amtszeit von Warren Hastings eng befreundet war. Ich war damals erst zwanzig Jahre alt. Als ich Sie, Herr Bedloe, zum ersten Mal in Saratoga sah, da bewog mich die wunderbare Ähnlichkeit zwischen Ihnen und dem Bilde, Ihre Bekanntschaft zu machen, Ihre Freundschaft zu suchen und die Vereinbarung zustande zu bringen, die mich zu Ihrem Begleiter machte.

Ihre Schilderung der Vision, die Sie in den Bergen hatten, ist eine bis ins kleinste genaue Beschreibung der indischen Stadt Benares am Heiligen Strom. Der Aufruhr, die Kämpfe und das Massaker sind tatsächlich Ereignisse aus dem Aufstand der Cheyte Sing, der 1780 stattfand, und wobei Hastings in unmittelbare Lebensgefahr geriet. Der Mann, der an dem aus Turbanen geknüpften Seil entkam, war Cheyte Sing selbst. Die Leute im Kiosk waren Sepoys und britische Offiziere, von Hastings geführt. Auch ich war einer von ihnen und tat alles, was ich konnte, um den übereilten und verhängnisvollen Ausfall des Offiziers zu verhindern, der dann im Straßengewühl von dem vergifteten Pfeil eines Bengalen fiel. Der Offizier war mein liebster Freund. Es war Oldeb. Aus diesem Manuskript (hier zeigte uns der Sprecher ein Tagebuch, in dem mehrere Seiten frisch abgeschrieben worden waren) werden Sie ersehen, daß ich zu genau der Zeit, da Sie die Vorgänge in den Bergen zu erleben glaubten, hier zu Hause damit beschäftigt war, sie zu Papier zu bringen.«

Etwa eine Woche nach diesem Gespräch erschien in einer Charlottesviller Zeitung der folgende Artikel:

»Wir haben die schmerzliche Pflicht, das Ableben des Herrn Augustus Bedlo anzuzeigen, einem Manne, der durch sein liebenswürdiges Wesen und seine vortrefflichen Eigenschaften den Bürgern von Charlottesville seit langem teuer war.

Herr B. hatte seit mehreren Jahren an Neuralgien zu leiden, die oftmals verhängnisvoll zu enden drohten. Doch kann dies nur mittelbar als Ursache seines Hinscheidens angesehen werden. Die unmittelbare Ursache ist vielmehr in höchstem Maße merkwürdig. Bei einem Ausflug in die rauhen Berge vor einigen Tagen hatte sich Herr B. eine leichte Erkältung mit Fieber zugezogen, die heftigen Blutandrang zum Kopf hin erzeugte. Um diesem abzuhelfen, verordnete Herr Doktor Templeton einen örtlichen Aderlaß. Blutegel wurden an der Schläfe angesetzt. Doch in erschreckend kurzer Zeit starb der Patient, und es stellte sich heraus, daß durch Zufall in das Gefäß mit den Blutegeln ein Exemplar der giftigen, wurmartigen Art geraten war, die sich ab und zu einmal in den umliegenden Teichen findet. Das Tier saugte sich an einem kleinen Blutgefäß in der rechten Schläfe fest. Seine große Ähnlichkeit mit dem medizinischen Blutegel ließ den Irrtum erst zu spät erkennen.

NB. Der giftige Blutegel von Charlottesville ist von dem medizinischen immer durch seine Schwärze zu unterscheiden, und besonders auch durch seine ringelnden, wurmartigen Bewegungen, die sehr stark an eine Schlange erinnern.«

Ich sprach mit dem Herausgeber der erwähnten Zeitung über die Einzelheiten dieses merkwürdigen Unfalles und fragte, warum wohl der Name des Verstorbenen mit Bedlo angegeben worden sei.

»Ich nehme an«, sagte ich, »daß Sie zu dieser Schreibweise ermächtigt sind, doch habe ich immer geglaubt, der Name würde mit einem e am Ende geschrieben werden.«

»Ermächtigt«, antwortete er, »nein! Es ist ein reiner Druckfehler. Der Name schreibt sich in der ganzen Welt Bedloe, mit e am Ende, und ich habe Zeit meines Lebens nie gehört, daß er anders geschrieben worden wäre.«

»Dann«, murmelte ich und machte kurz kehrt, »dann hat es sich wieder einmal bestätigt, daß eine Wahrheit merkwürdiger ist als jede Erfindung – denn Bedlo ohne e ist nichts anderes als die Umkehrung von Oldeb. Und der Mensch will mir sagen, es sei nur ein Druckfehler.«

Das vorzeitige Begräbnis

Es gibt gewisse Themen, die stets das größte Interesse erregen, aber zu schaurig sind, als daß man sie zum Gegenstand einer Erzählung machen dürfte. Der bloße Romancier darf sie nicht zu seinem Stoff wählen, wenn er nicht Gefahr laufen will, zu beleidigen oder abzuschrecken. Man kann sie schicklicherweise nur behandeln, wenn ihnen die ernste Majestät der Wahrheit heiligend und schützend beisteht. So werden wir zum Beispiel von »wollüstigem Schauder« erfaßt bei den Berichten vom Übergang über die Beresina, über das Erdbeben von Lissabon, über die Pest in London, über das Blutbad in der Bartholomäusnacht, über den Erstickungstod der hundertunddreiundzwanzig Gefangenen im Black Hole zu Kalkutta. Doch immer ist es die Tatsache an sich – die Wirklichkeit –, die Geschichte, die unser Interesse weckt. Wären diese Begebenheiten Erfindungen, sie würden nur unseren Abscheu erregen.

Ich habe einige wenige große und in ihrer Art teilweise großartige Schrecklichkeiten aus der Geschichte erwähnt; und es ist sowohl die Tragweite wie die besondere Art der betreffenden Begebenheiten, die unsere Phantasie so lebhaft erregt. Ich brauche dem Leser wohl nicht zu versichern, daß ich aus der langen, schaurigen Liste menschlichen Elends Einzelfälle hätte herausgreifen können, bei denen die Leiden noch qualvoller waren, als bei irgendeinem dieser ungeheuren beklagenswerten Ereignisse, die so zahlreiche Opfer forderten. In der Tat: die tiefste Tiefe von Elend, das Äußerste an Qual trifft immer den einzelnen, nicht eine Anzahl von Menschen. Das unheimliche Schmerzensübermaß des Todeskampfes muß der Mensch einzeln ertragen, nie wird es der Masse der Menschen zuteil; und dafür wollen wir einem gnädigen Gott danken.

Lebendig begraben zu werden ist ohne Zweifel die gräßlichste unter den Qualen, die das Schicksal einem Sterblichen zuteilen kann. Und daß dies oft, sehr oft geschieht, wird kein Nachdenkender leugnen können. Die Grenzlinien, die das Leben vom Tod trennen, sind immer schattenhaft und unbestimmt. Wer vermag zu sagen, wo das eine endet und das andere beginnt? Wir wissen, daß es Krankheiten gibt, bei denen ein vollkommener Stillstand jeder sichtbaren Lebensfunktion eintreten und bei denen dieser Stillstand doch nur eine Unterbrechung genannt werden kann. Es sind lediglich Pausen, in denen der unbegreifbare Mechanismus seine Tätigkeit einmal aussetzt. Eine gewisse Zeit verläuft, und irgendein geheimnisvolles Prinzip, das wir nicht kennen, setzt das magische Getriebe wieder in Bewegung. Die silberne Saite hatte ihre Spannkraft noch nicht verloren! Aber wo war indessen die Seele?

Abgesehen von dem unvermeidlichen Schluß a priori, daß solche Ursachen solche Wirkungen hervorbringen müssen – daß in den nicht abzuleugnenden Fällen pausierender Lebensfunktion natürlicherweise dann und wann verfrühte Begräbnisse stattfinden müssen –, abgesehen davon, haben Ärzte und Erfahrungen bewiesen, daß solche Beerdigungen in der Tat stattgefunden haben. Wäre es nötig, so könnte ich auf der Stelle wohl hundert erwiesene Fälle anführen.

Ein ganz besonders bemerkenswerter, dessen Einzelheiten manchem Leser noch frisch im Gedächtnis sein werden, ereignete sich vor nicht allzulanger Zeit in Baltimore und erregte ein schmerzliches, heftiges und weitgehendes Aufsehen. Die Frau eines hochgeachteten Bürgers – eines namhaften Advokaten, der auch Mitglied des Kongresses war – wurde von einer plötzlichen, unerklärlichen Krankheit befallen, bei der die geschicktesten Ärzte nicht aus noch ein wußten. Nach vielem Leiden starb sie oder wurde vielmehr für tot erklärt. Niemand ahnte oder hatte auch nur den geringsten Grund zu der Annahme, daß sie nicht wirklich tot sei. Ihr Körper wies alle Kennzeichen des Todes auf. Das Gesicht verfiel und schrumpfte zusammen, die Lippen zeigten die gewöhnliche Marmorblässe, die Augen waren glanzlos. Keine Spur von Wärme war mehr wahrnehmbar, der Herzschlag hatte vollständig ausgesetzt. Drei Tage lag der Körper aufgebahrt, und eine steinerne Leichenstarre war eingetreten. Dann nahm man eiligst die Beerdigung vor, weil das, was man für Verwesung hielt, rasche Fortschritte machte.

Die Tote wurde in der Familiengruft beigesetzt, die nun drei Jahre unberührt blieb. Nach Ablauf dieser Zeit wurde sie wieder geöffnet, um einen anderen Sarg aufzunehmen; doch ach! Welch gräßlicher Schlag harrte des Gatten, der selbst die Grabstätte öffnete! Als er den Riegel der Tür, die sich nach außen öffnete, zurückschob, sank ihm klappernd ein weiß umhülltes Ding in die Arme. Es war das Skelett seiner Frau in ihrem noch nicht verfaulten Leichentuche.

Bei der nun folgenden sorgfältigen Untersuchung stellte es sich heraus, daß sie zwei Tage nach dem Begräbnis wieder zu Bewußtsein gekommen sein mußte, daß ihre verzweifelten Anstrengungen im Sarge wohl bewirkt hatten, daß er von seinem Ständer oder dem Sockel auf den Fußboden gefallen und zerbrochen war, so daß sie selbst aus ihm heraussteigen konnte. Eine Lampe, die man zufällig mit Öl gefüllt in der Gruft gelassen hatte, wurde leer vorgefunden, doch konnte dies auch die Folge von Verdunstung sein. Auf der obersten Stufe, die in das Totengemach führte, lag ein Stück von dem Sarg, mit dem sie, in der Hoffnung gehört zu werden, gegen die eiserne Tür geschlagen haben mochte. Wahrscheinlich wurde sie

alsbald ohnmächtig oder starb vor Schrecken: als sie niedersank, hakte sich dann ihr Leichentuch in einigen nach innen stehenden Eisenstücken fest. Und so, in aufrechter Stellung, ging sie in Verwesung über.

Im Jahre 1810 ereignete sich in Frankreich ein Fall von vorzeitigem Begräbnis, dessen nähere Umstände die Richtigkeit der Behauptung, daß die Wahrheit seltsamer als alle Dichtung ist, von neuem beweist. Die Heldin dieser Geschichte ist eine Mademoiselle Victorine Lafourcade, ein junges Mädchen aus reicher, vornehmer Familie und von großer Schönheit.

Unter ihren zahlreichen Anbetern befand sich auch ein gewisser Julien Bossnet, ein armer »litterateur« oder Journalist, der in Paris lebte. Seine Talente und seine Liebenswürdigkeit schienen die Aufmerksamkeit der Erbin auf ihn gelenkt und ihm ihre aufrichtige Liebe erworben zu haben. Ihr Standesbewußtsein bestimmte sie aber endlich doch, ihn abzuweisen und einen Monsieur Renelle, einen Bankier und Diplomaten von einigem Ruf, zu heiraten. Nach der Hochzeit wurde sie von ihrem Gatten vernachlässigt, ja, vielleicht sogar mißhandelt. Nachdem sie einige elende Jahre an seiner Seite dahingelebt hatte, starb sie, wenigstens glich ihr Zustand so sehr dem Tode, daß er jeden, der sie sah, täuschte. Sie wurde begraben – nicht in einer Gruft, sondern in einem gewöhnlichen Grabe auf dem Kirchhof ihres Heimatdorfes.

Verzweifelt und noch voll von der Erinnerung an seine ehemalige tiefe Zuneigung reist der erste Liebhaber aus der Hauptstadt in die entfernte Provinz, in der das Dorf liegt, mit dem romantischen Vorsatz, den Leichnam auszugraben und sich die üppigen Locken der Toten anzueignen. Er findet das Grab, gräbt um Mitternacht den Sarg aus, öffnet ihn und will gerade das Haar abschneiden, als sich die geliebten Augen öffnen: In der Tat, man hatte die Dame lebendig begraben! Das Leben war noch nicht vollständig entwichen, und die Zärtlichkeiten ihres ehemaligen Geliebten hatten sie wohl aus der Lethargie, die man fälschlich für den Tod gehalten, erweckt. Er brachte sie in wahnsinniger Freude in seine Wohnung im Dorf und wandte alle Stärkungsmittel an, die ihm – er war in der Medizin ziemlich bewandert – nützlich erschienen. Kurz und gut, die Totgeglaubte kam wieder vollständig zum Leben. Sie erkannte ihren Retter und blieb so lange bei ihm, bis sie ihre frühere Gesundheit vollständig wiedererlangt. Sie hatte kein Herz aus Stein, und dieser letzte Beweis von Liebe genügte, um es zu erweichen. So schenkte sie es Bossnet. Zu ihrem Gatten kehrte sie nicht wieder zurück, sie hielt ihre Wiederauferstehung geheim und floh mit ihrem Geliebten nach Amerika.

Nach zwanzig Jahren kehrten beide nach Frankreich zurück, überzeugt, daß die Zeit das Aussehen der Dame so verändert habe, daß ihre Freunde sie nicht wiedererkennen würden. Doch täuschten sie sich; Monsieur Renelle erkannte bei dem ersten Zusammentreffen seine Frau wieder und machte seine Ansprüche geltend. Sie weigerte sich, dieselben anzuerkennen; die Gerichte sprachen sich zu ihren Gunsten aus, indem sie erklärten, daß die eigentümlichen Umstände sowie die lange, inzwischen verflossene Zeit die Ansprüche des Mannes ungültig gemacht hätten – nicht nur moralisch, sondern auch juristisch.

Das Leipziger »Chirurgische Journal« – eine Autorität auf seinem Gebiet – brachte einmal einen Bericht über einen höchst betrüblichen ähnlichen Vorfall.

Ein Offizier der Artillerie, ein Mann von mächtigem Körperbau und bester Gesundheit, wurde von einem scheuenden Pferd abgeworfen und erlitt eine schwere Kopfwunde, die ihn sofort bewußtlos machte. Doch schien direkte Gefahr nicht vorhanden, da der Schädelbruch nur ein unbedeutender war. Der Verletzte wurde mit Erfolg trepaniert. Man ließ ihn zur Ader und wandte auch sonst alle Erleichterungsmittel an. Allmählich jedoch verschlimmerte sich sein Zustand, er sank in Betäubung und anhaltende Erstarrung, so daß man ihn zuletzt für tot ansah.

Das Wetter war warm, und vielleicht war dies der Grund, daß er mit eigentlich unschicklicher Hast auf einem der öffentlichen Kirchhöfe begraben wurde. Das Begräbnis fand am Donnerstag statt. An dem darauffolgenden Sonntag wurde der Kirchhof wie gewöhnlich von einer zahlreichen Volksmenge besucht, und gegen Mittag entstand unter den Leuten eine ungeheure Aufregung, weil ein Bauer erklärte, er habe, als er auf dem Grabe des Offiziers gesessen, ganz deutlich eine Erschütterung des Bodens gefühlt, als kämpfe unten jemand, um heraufzugelangen.

Anfänglich schenkte man den Behauptungen des Mannes wenig Glauben, aber das offenbare Entsetzen und die Hartnäckigkeit, mit der er diese wiederholte, übten endlich ihre Wirkung auf die Menge aus. Man verschaffte sich schleunigst Spaten, und das oberflächlich bereitete, gar nicht tiefe Grab, war bald so weit geöffnet, das der Kopf seines Bewohners zu Tage kam. Er war scheinbar tot, doch saß er fast aufrecht in dem Sarge, dessen Deckel er bei seinen wütenden Befreiungsversuchen zum Teil aufgestoßen hatte.

Er wurde sofort in das nächste Spital gebracht, wo man ihn als noch lebend, obgleich im Zustand des Scheintodes befindlich, erklärte. Nach einigen Stunden kam er langsam zu sich, erkannte Personen aus seiner Bekanntschaft und erzählte in abgerissenen Sätzen von seiner Todesangst und Qual im Grabe.

Aus dem, was er sagte, ging hervor, daß er nach dem Begräbnis noch länger als eine Stunde das Bewußtsein gehabt habe, er lebe noch, und dann erst in den Zustand der Empfindunglosigkeit versank. Das Grab war nachlässig und mit besonders poröser Erde zugeworfen worden, so daß immerhin ein wenig Luft hindurchdrang. Er hörte die Tritte der Menge über sich und wollte sich ebenfalls bemerkbar machen. Es schien, sagte er, als habe ihn der Trubel auf dem Kirchhofe aus einem tiefen Schlafe geweckt, doch kaum war er vollständig erwacht, als ihm auch das Bewußtsein seiner gräßlichen Lage aufging.

Der Patient befand sich also, wie gesagt, in relativ günstigem Zustand, und es war die beste Hoffnung vorhanden, daß er sich vollständig wieder erholen würde; da wurde er das Opfer quacksalberischer Experimente. Man wendete nämlich die galvanische Batterie bei ihm an, und er verschied in einem jener ekstatischen Paroxismen, welche die Anwendung der Elektrizität manchmal herbeiführt.

Da ich gerade von der galvanischen Batterie spreche, kommt mir ein wohlbekannter außerordentlicher Fall ins Gedächtnis, wo sich ihre Wirkung als ausgezeichnetes Mittel bei den Wiederbelebungsversuchen erwies, die man mit einem jungen Londoner Advokaten anstellte, der schon zwei Tage im Grab gelegen hatte. Auch dieser Fall – er geschah im Jahre 1831 – erregte überall, wo er besprochen wurde, das außerordentlichste Aufsehen.

Ein Herr Edward Stapleton war anscheinend an einem typhösen Fieber gestorben, das von einigen abnormen Symptomen begleitet gewesen war, die die Neugier der Ärzte erregt hatten. Nach seinem scheinbaren Tode wurden die Freunde ersucht, ihn sezieren zu lassen, doch willigten sie nicht ein. Wie es nun bei solchen Weigerungen öfters geschieht, beschlossen die Ärzte, den Körper heimlich auszugraben und die Sezierung im Verborgenen und in aller Muße vorzunehmen. Man setzte sich mit leichter Mühe mit ein paar Leichenräubern in Verbindung, von denen London damals wimmelte, und in der dritten Nacht nach dem Begräbnisse wurde der scheinbare Leichnam aus einem acht Fuß tiefen Grab wieder ausgegraben und in das Operationszimmer eines Privathospitals gebracht.

Als bei einem ziemlich großen Schnitt in den Unterleib das frische, unverweste Aussehen des Körpers auffiel, beschloß man, Gebrauch von der galvanischen Batterie zu machen. Ein Experiment folgte dem anderen, und die gewohnten Wirkungen traten ein, ohne daß etwas Auffälliges zu bemerken gewesen wäre, als daß die Konvulsionen ein paarmal in ganz außerordentlich hohem Grade an das wirkliche Leben erinnerten.

Es war schon spät in der Nacht, der Tag begann zu dämmern, und man entschloß sich, zur Sektion selbst überzugehen. Ein Student jedoch wollte noch eine von ihm aufgestellte Theorie erproben und bestand darauf, den elektrischen Strom noch einmal auf die Brustmuskeln spielen zu lassen. Man machte einen tiefen Schnitt und führte schnell einen Draht in die Wunde.

Da stieg der Patient mit einer eiligen, aber absolut nicht krampfhaften Bewegung vom Tisch, trat in die Mitte des Zimmers, blickte ein paar Sekunden unbehaglich umher – und sprach. Was er sagte, war nicht verständlich, doch sprach er jedenfalls Worte aus, da man deutliche Silbenbildung vernahm. Dann fiel er schwer zu Boden.

Einige Sekunden lang standen die Anwesenden ganz schreckerstarrt – doch bald brachte die Dringlichkeit des Falles sie in den Besitz der vollen Geistesgegenwart zurück. Es war offenbar, daß Herr Stapleton noch am Leben, wenn jetzt auch ohnmächtig war. Durch Anwendung von Äther wurde er vollständig zu sich gebracht und erlangte bald seine Gesundheit wieder. Seinen Angehörigen gab man ihn jedoch erst dann zurück, als keine Gefahr für einen Rückfall mehr zu befürchten war. Ihr Erstaunen, ihre Freude und ihr Entzücken kann man sich kaum vorstellen!

Das Schaudererregende, Merkwürdige dieses Falles ist jedoch das, was Herr Stapleton selbst erzählt. Er erklärt, daß er keinen Augenblick vollständig fühllos gewesen sei, – daß er, wenn auch nur dumpf und verworren, von allem Bewußtsein gehabt habe, was man mit ihm getan habe, von dem Augenblick an, in dem ihn die Ärzte für tot erklärten, bis zu dem, wo er im Spital ohnmächtig zu Boden sank. »Ich lebe noch«, das waren die unverständlichen Worte, die er, als er den Seziersaal erkannte, im Übermaß des Entsetzens hatte aussprechen wollen.

Es wäre mir ein Leichtes, noch viele solcher Geschichten hier anzuführen, aber ich stehe davon ab, da wir ihrer, wie gesagt, nicht bedürfen, um die Tatsache festzustellen, daß verfrühte Begräbnisse stattfinden. Und wenn wir uns daran erinnern, wie selten es in unserer Macht steht – die Natur der Sache macht dies ja leicht begreiflich –, dergleichen Ereignisse zu entdecken, dann müssen wir sogar annehmen, daß sie häufig vorkommen. Man kann in der Tat kaum einen Kirchhof umgraben, ohne Skelette in Stellungen zu finden, die zu den grauenvollsten Mutmaßungen führen müssen.

Wahrhaftig, grauenvoll ist solch eine Mutmaßung, noch grauenvoller aber das Schicksal eines lebendig Begrabenen. Man kann wohl ohne weiteres behaupten, daß kein Unfall ein solches Übermaß körperlicher und seelischer Qualen mit sich bringt wie das Lebendig-begraben-Werden. Der unerträgliche Druck auf die Lungen – die erstickenden Ausdünstungen der feuchten Erde – die peinigende Enge der Totenkleider – die rauhe Umarmung der schmalen Ruhestätte – die Schwärze der vollkommenen Nacht – die Stille, die wie ein Meer über dem Unglückseligen zusammenschlägt – die unsichtbare, aber gefühlte Gegenwart des ewigen Siegers Tod – alles dies und dazu die Erinnerung an die freie Luft und das Gras über einem, an teure Freunde, die uns zu retten eilen würden, wüßten sie bloß von unserem Schicksal, und die Gewißheit, daß sie es nie, nie wissen werden, daß der wirkliche Tod hoffnungslos unser Teil geworden ist. Alles dies muß das noch klopfende Herz mit solch gräßlichem, unerträglichem Grausen erfüllen, daß auch die kühnste Phantasie vor seiner Ausmalung zurückschaudert. Wir kennen auf Erden nichts Fürchterlicheres – und können uns nichts Scheußlicheres ausdenken; und so wecken denn alle Erzählungen, die an dieses Thema knüpfen, ein tiefes Interesse – ein Interesse, das bei der heiligen Furchtbarkeit des Themas ganz besonders durch die Überzeugung verstärkt wird, daß die Wahrheit berichtet wird.

Was ich nun zu erzählen habe, weiß ich wirklich und gewiß – weiß ich aus eigener Erfahrung.

Seit mehreren Jahren war ich Anfällen jener merkwürdigen Krankheit unterworfen, die die Ärzte, mangels eines bezeichnenderen Namens, Katalepsie genannt haben. Obgleich die unmittelbaren und mittelbaren Ursachen, ja, sogar die Diagnose des Übels noch immer nicht feststehen, noch immer Geheimnis sind, so kennt man doch seine äußeren wesentlichen Erscheinungen zur Genüge. Variationen scheinen nur bezüglich der Heftigkeit der Erkrankung vorzukommen. Zuweilen liegt der Patient nur einen Tag lang, ja, oft auch noch kürzere Zeit in einem lethargischen Zustand. Er ist ohne Empfindung und äußerlich vollständig bewegungslos, doch ist noch ein schwacher Herzschlag bemerkbar; eine ganz geringe Wärme bleibt sowie ein leichter Anflug von Farbe auf den Wangen; und bringt man einen Spiegel an die Lippen, so kann man eine langsame, schwache, ungleiche Lungentätigkeit wahrnehmen. Andererseits kann die Erstarrung aber auch Wochen – ja Monate lang anhalten, und selbst die genaueste Untersuchung und die stärksten medizinischen Mittel können keinen materiellen Unterschied zwischen dem Zustand des Leidenden und dem, was wir Tod nennen, konstatieren. Gewöhnlich wird ein solcher Unglücklicher nur dadurch vor dem Lebendig-begraben-Werden gerettet, daß seine Freunde wissen, daß er öfter dergleichen Anfällen unterworfen ist, und deshalb mit Recht mutmaßen, der Tod sei noch nicht eingetreten – oder dadurch, daß man beobachtet, wie die Verwesung allzu ersichtlich nicht eintritt. Glücklicherweise macht die Krankheit nur gradweise Fortschritte. Schon die ersten Anzeichen sind charakteristisch und unzweideutig. Die Anfälle werden allmählich ausgeprägter, und jeder folgende dauert länger als der vorhergehende. Dies bewahrt die Kranken hauptsächlich vor dem Lebendig-begraben-Werden. Der Unglückselige, dessen erster Anfall schon die Heftigkeit eines seiner späteren hätte, würde diesem Schicksal wohl kaum entgehen.

Mein Krankheitsfall wich in keinem wesentlichen Punkt von denen ab, die man in medizinischen Schriften erwähnt findet. Zuweilen versank ich ohne scheinbare Ursache allmählich in eine halbe Ohnmacht, und in diesem schmerzlosen Zustand, in dem ich mich nicht bewegen, noch sprechen, noch denken konnte, aber immerhin noch ein dunkles Bewußtsein vom Leben und von der Gegenwart der Personen, die mein Bett umstanden, hatte, blieb ich, bis die Krisis der Krankheit mir ganz plötzlich wieder den Gebrauch meiner Sinne wiedergab.

Zu anderen Zeiten ergriff mich die Krankheit jäh und unerwartet. Mir wurde übel, eine Taubheit legte sich auf meine Glieder, ich fröstelte. Dann ergriff mich ein Schwindel und warf mich plötzlich nieder. Und dann war wochenlang alles schwarz, leer und stumm – die ganze Welt sank mir in ein Nichts. Die vollständigste Vernichtung kann nicht mehr sein als dieser Zustand. Aus solchen Anfällen erwachte ich jedoch im Vergleich zu der Plötzlichkeit, mit der sie kamen, nur sehr langsam. Und so langsam wie dem freund- und heimatlosen Bettler, der die lange, öde Winternacht hindurch die Straßen durchirrt, der Tag dämmert, so langsam, so zögernd, so befreiend strahlte auch mir das Licht der rückkehrenden Seele wieder zu.

Abgesehen von diesen Krampfanfällen schien mein allgemeiner Gesundheitszustand ein guter; ich bemerkte nie, daß meine Krankheit ihn in irgendeiner Weise beeinflußte, wenn man nicht eine Idiosynkrasie in meinem gewöhnlichen Schlaf aus ihr herleiten will. Wenn ich aus dem Schlummer erwachte, konnte ich nie auf einmal wieder die Herrschaft über meine Sinne antreten, sondern blieb stets noch mehrere Minuten lang verwirrt und verlegen, da mich meine gedanklichen Fähigkeiten, besonders das Erinnerungsvermögen, verlassen zu haben schienen.

Körperliche Leiden hatte ich nicht zu erdulden, dagegen eine Unendlichkeit an Seelenqualen. Meine Phantasie beschäftigte sich nur noch mit Leichen. Ich sprach nur noch von Würmern, von Gräbern und Grabinschriften. Ich verlor mich in Grübeleien über den Tod, und der Gedanke, zu früh begraben zu werden, setzte sich fast als Gewißheit in meinem Kopf fest. Das Gespenst der Gefahr, die mich bedrohte, verfolgte mich Tag und Nacht. Am Tage war die Qual solcher Vorstellungen schon groß, in der Nacht fast übermenschlich. Wenn die Dunkelheit ihre grauen Fittiche über die Erde breitete, ließ mich das Grausen über meine Gedanken erbeben – wie die Trauerwedel auf einem Leichenwagen zittern. Konnte meine Natur das Wachen nicht länger ertragen, so überließ ich mich nur nach hartem Kampf dem Schlafe, denn mich schauderte bei dem Gedanken, mich erwachend vielleicht in einem Grabe wiederzufinden. Und fiel ich endlich in Schlaf, so versank ich in eine Welt gespenstischer Traumgestalten, die meine Grabesidee mit riesigen, schwarzen Fittichen beschattete.

Von den unzähligen Greuelszenen, die ich im Traum schauen mußte, will ich nur eine einzige erzählen. Es war mir, als sei ich in einen Starrkrampfanfall von ungewöhnlich langer Dauer und Heftigkeit versunken. Plötzlich berührte eine eisige Hand meine Stirn, und eine ungeduldige, kaum verständliche Stimme flüsterte die Worte: »Steh auf!« in mein Ohr.

Ich setzte mich aufrecht. Die Dunkelheit war undurchdringlich. Ich konnte die Gestalt dessen, der mich geweckt hatte, nicht erkennen. Ich konnte mich weder der Zeit erinnern, zu der ich in die Erstarrung gesunken war, noch hatte ich eine Vorstellung von dem Ort, an dem ich mich befand. Und während ich noch regungslos saß und mich bemühte, meine Gedanken zu sammeln, ergriff die kalte Hand zornig die meine, schüttelte sie heftig, und die Stimme sagte wieder:

»Steh auf! Befahl ich dir nicht, aufzustehen?«

»Und wer«, fragte ich, bist du?«

»Ich habe keinen Namen in den Regionen, die ich jetzt bewohne«, antwortete die Stimme trauervoll. »Ich war sterblich, nun bin ich zum Leben eines Dämons erwacht; ich war unbarmherzig, nun bin ich barmherzig; du fühlst, daß ich schaudere. Meine Zähne klappern, während ich rede, doch nicht weil die Nacht kalt ist – diese Nacht ohne Ende. Aber die Gräßlichkeiten sind unerträglich. Wie kannst du ruhig schlafen? Ich finde keine Ruhe vor dem Schrei dieser großen Todesqualen. Diese Seufzer sind mehr, als ich ertragen kann. Auf! Auf! Komm mit mir in die äußere Nacht, ich will dir die Gräber enthüllen. Ist dies nicht ein Schauspiel voll Weh? – Sieh hin!«

Ich sah hin; die unsichtbare Gestalt, die noch immer mein Handgelenk umklammert hielt, hatte die Gräber der ganzen Menschheit sich öffnen heißen, und aus jedem kam der schwache, phosphoreszierende Glanz der Verwesung hervor, so daß ich in die verborgensten Höhlen schauen und die leichentuchumhüllten Körper in ihrem trüben, feierlichen Schlafe bei den Würmern erblicken konnte. Aber ach! Die wirklichen Schläfer waren millionenfach seltener als die, die nicht schlummerten; ein schwaches Kämpfen ging durch ihre Reihen; eine irre, matte Rastlosigkeit; und aus den Tiefen zahlloser Gruben kam ein trauervolles Rascheln der Gewänder

der Begrabenen; und ich sah, daß eine ungeheuere Zahl derer, die regungslos zu ruhen schienen, die starre, steife Lage, in der man sie begraben, verändert hatte. Und während ich noch schaute, sagte die Stimme wieder zu mir:

»Ist das nicht – oh Gott, ist das nicht ein mitleiderregender Anblick?« Doch ehe ich noch ein Wort der Erwiderung finden konnte, hatte die Gestalt meine Hand losgelassen, der Lichtschein verlosch; die Gräber schlossen sich mit plötzlicher Gewalt, während verzweifelte Schreie aus ihnen hervortönten: »Ist das nicht – oh Gott, ist das nicht ein mitleiderregender Anblick?«

Solche schrecklichen nächtlichen Phantasien dehnten ihren unheilvollen Einfluß auch auf meine wachen Stunden aus. Meine Nerven wurden zerrüttet, ich lebte in beständigem Entsetzen. Nicht mehr reiten wollte ich, nicht spazierengehen, noch überhaupt das Haus verlassen. Zum Schluß wagte ich überhaupt nicht mehr, mich aus der unmittelbaren Gegenwart derer zu entfernen, die um meine Anfälle wußten, nur, damit ich nicht, sollte sich wieder ein Anfall einstellen, begraben werden würde, ehe man meinen wirklichen Zustand erkannt hätte. Ich mißtraute der Pflege und Treue meiner liebsten Freunde und fürchtete, daß sie mich bei einer Erstarrung von vielleicht ungewöhnlich langer Dauer doch für tot ansehen würden. Ich ging sogar soweit, anzunehmen, daß sie einen längeren Anfall mit Freuden als Gelegenheit begrüßen würden, mich und damit die Mühe, die ich ihnen bereitete, endgültig loszuwerden. Vergeblich bemühten sie sich, mich durch die feierlichsten Versprechungen zu beruhigen.

Sie mußten mir mit den heiligsten Eiden schwören, daß sie mich unter keinen Umständen begraben lassen würden, bis die Zersetzung soweit vorgeschritten wäre, daß jede Erhaltung ausgeschlossen war. Und selbst dann noch ließ sich meine Todesangst durch keine Vernunftgründe, keinen Trost beschwichtigen. Ich traf zahlreiche Vorsichtsmaßregeln. Unter anderem ließ ich die Familiengruft so umändern, daß sie von innen leicht zu öffnen war. Der leiseste Druck auf einen langen Hebel, der weit in das Grab hineinreichte, verursachte, daß die Eisentüren weit aufflogen. Außerdem waren Vorkehrungen getroffen, daß Luft und Licht freien Zutritt hatten, und im übrigen waren in unmittelbarer Nähe des Sarges, der mich einst beherbergen sollte, passende Gefäße zur Aufnahme von Speise und Trank befestigt worden. Der Sarg selbst war warm und weich gefüttert und mit einem Deckel geschlossen, der nach demselben Prinzip wie die Grufttür gebaut und mit Sprungfedern versehen war, die ihn bei der schwächsten Bewegung im Sarge aufspringen ließen und die eingeschlossene Person in Freiheit setzten. Überdies war an der Decke des Gewölbes eine große

Glocke aufgehängt, deren Seil, wie abgemacht wurde, durch ein Loch in den Sarg geführt und an der Hand des Leichnams befestigt werden sollte. Doch ach! Was vermag alle Vorsicht gegen das Schicksal? Nicht einmal diese so wohl erdachten Sicherheitsmaßregeln genügten, einen Bedauernswürdigen, zu diesem Lose Vorherbestimmten, von den Höllenqualen des Lebendig-begraben-Werdens zu retten.

Es kam wieder einmal eine Zeit, in der ich – wie schon so oft – fühlte, daß ich aus vollständiger Bewußtlosigkeit zu einem ersten, schwachen Gefühl des Daseins zurückkehrte. Langsam, mit schildkrötenhafter Langsamkeit kam das schwache, graue Dämmern meines geistigen Tages herauf. Eine starre Unbehaglichkeit. Ein apathisches Ertragen dumpfen Schmerzes. Keine Furcht – keine Hoffnung – keine Bewegung. Dann nach langer Pause ein Sausen in den Ohren; dann nach längerer Zeit eine prickelnde oder stechende Empfindung in den Extremitäten; dann eine scheinbar endlose Zeit genußreicher Ruhe, während derer die erwachenden Gefühle sich zu Gedanken formen wollten; dann ein kurzes Zurücksinken ins Nichtsein; dann ein plötzliches Zusichkommen. Endlich ein leichtes Zucken des Augenlides und gleich darauf der elektrische Schlag eines tödlichen, endlosen Schreckens, der das Blut aus den Schläfen zum Herzen peitschte. Und nun der erste Versuch, wirklich zu denken. Und dann die erste Anstrengung, sich zu erinnern. Ein teilweiser, vorübergehender Erfolg. Bis schließlich das Erinnerungsvermögen soweit wiederhergestellt war, daß ich mir meines Zustandes bewußt wurde. Jedenfalls fühlte ich, daß ich nicht aus einem gewöhnlichen Schlaf erwachte. Und es wurde mir klar, daß ich wieder einen meiner Anfälle gehabt hatte. Da aber schlug wie ein Ozean das Bewußtsein einer grauenvollen Gefahr über mir zusammen, die geisterhafte Idee beherrschte mich wieder.

Einige Minuten blieb ich regungslos. Warum? Ich konnte den Mut nicht finden, auch nur eine einzige Bewegung zu machen. Ich wagte es nicht, mich von meinem Schicksal zu überzeugen, und doch flüsterte irgend etwas in meinem Herzen mir die Gewißheit zu. Eine Verzweiflung, wie sie keine andere Art menschlichen Elends hervorbringen kann, trieb mich endlich dazu, die schweren Augenlider zu öffnen. Es war dunkel – undurchdringlich dunkel um mich. Ich wußte, daß der Anfall vorüber – ich wußte, daß die Krisis längst vorbei war. Ich wußte, daß ich den Gebrauch meines Sehvermögens vollständig wiedererlangt hatte, und doch war alles dunkel – undurchdringlich dunkel, die äußerste, lichtloseste, undurchdringlichste Nacht!

Ich versuchte zu schreien, meine Lippen und meine trockene Zunge bewegten sich mit krampfhafter Anstrengung; doch kein Ton entrang sich meinen Lungen, die, wie von einer Bergeslast bedrückt, bei jedem mühsam ringenden Atemzug zugleich mit dem Herzen keuchten und zuckten.

Als ich bei dem Versuch aufzuschreien, die Kinnbacken bewegen wollte, hatte ich gefühlt, daß man sie, wie bei Toten üblich, umbunden hatte. Ich fühlte ferner, daß ich auf etwas Hartem lag, und etwas Ähnliches mich auch an den Seiten drückte. Bis jetzt hatte ich noch nicht gewagt, ein Glied zu rühren, nun aber warf ich meine Arme, die ausgestreckt mit gekreuztem Handgelenk dagelegen, heftig in die Höhe. Sie stießen gegen einen festen, hölzernen Gegenstand, der sich über meinem ganzen Körper, vielleicht in der Höhe von sechs Zoll, ausdehnte. Nun konnte ich nicht länger zweifeln, daß ich in einem Sarg ruhte.

Aber da erschien mir in all dem grenzenlosen Elend ein süßer Hoffnungsengel – ich dachte an meine Vorsichtsmaßregeln. Ich wand mich und machte krampfhafte Anstrengungen, den Deckel zu öffnen – er war nicht zu bewegen. Ich suchte an meinen Handgelenken nach dem Glockenseil – es war nicht zu finden. Da entfloh mein Tröster für immer, und gräßliche Verzweiflung fiel mich an: ich bemerkte, daß die Polster fehlten, die ich für meinen Sarg hatte herrichten lassen, und dann drang plötzlich der starke, eigentümliche Geruch feuchter Erde in meine Nase. Nein, ich konnte mich nicht mehr betrügen – ich lag nicht in der Gruft. Ich war während einer Abwesenheit von zu Hause bei Fremden in Starrkrampf verfallen. Wann oder wie? Dessen entsann ich mich nicht mehr; und sie hatten mich wie einen Hund begraben, in einen gewöhnlichen Sarg eingenagelt und tief, tief und auf ewig in ein gewöhnliches, unbekanntes Grab verscharrt.

Als diese fürchterliche Überzeugung sich so ihren Weg in den innersten Winkel meiner Seele gebahnt hatte, versuchte ich noch einmal laut aufzuschreien; und es gelang mir. Ein langer, wilder, anhaltender Schrei oder vielmehr ein tierisches Gebrüll der Todesangst durchdrang die Reiche der unterirdischen Nacht.

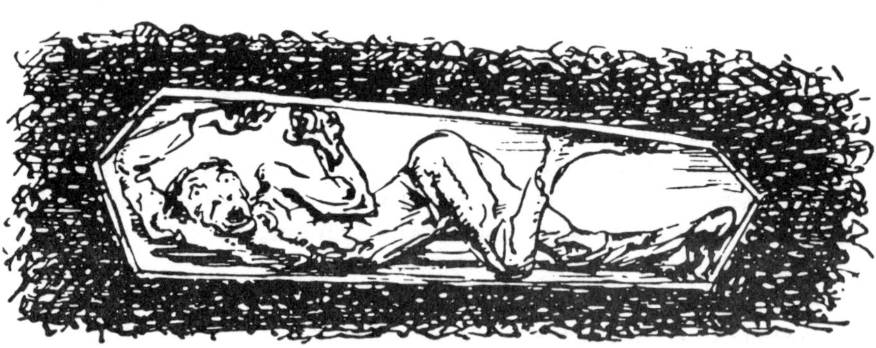

»Hallo, hallo, was soll das?« antwortete mir eine unwillige Stimme.

»Zum Teufel, was ist denn los?« hörte ich eine zweite.

»Heraus mit ihm«, meinte eine dritte.

»Was fällt Ihnen ein, hier wie eine wilde Katze zu heulen?« fragte eine vierte; und dann fühlte ich mich gepackt und ohne weitere Umstände ein paar Minuten lang von ein paar ziemlich rauhbeinig aussehenden Gesellen derb hin und her geschüttelt. Sie weckten mich nicht aus dem Schlafe, denn ich war, als ich schrie, schon völlig erwacht, sie gaben mir nur den vollen Besitz meines Gedächtnisses wieder.

Das Abenteuer ereignete sich in Virginia, in der Nähe von Richmond. In Begleitung eines Freundes hatte ich einen kleinen Jagdausflug den James River hinab unternommen.

Bei Einbruch der Nacht hatte uns ein Sturm überrascht; die Kajüte einer kleinen Schaluppe, die, mit Gartenerde beladen im Fluß vor Anker lag, gewährte uns Schutz und Obdach. Wir richteten uns, so gut es ging, ein und übernachteten auf dem Boot. Ich schlief in einer der beiden Kojen – und das Aussehen einer solchen auf einer Schaluppe von sechzig bis siebzig Tonnen brauche ich wohl nicht weiter zu beschreiben. In meinem Schlupfwinkel befand sich nicht das geringste Bettzeug. Sie maß an der breitesten Stelle achtzehn Zoll, und die Entfernung zwischen Boden und Decke betrug auch nicht mehr. Nur mit großer Schwierigkeit hatte ich mich in diesen Raum hineingezwängt. Dennoch war ich in einen gesunden Schlaf gesunken; und meine ganze Vision – sie war weder ein Traum noch ein Alp – war nur die natürliche Folge meiner Lage, meines gewöhnlichen Ideenganges und der Schwierigkeit, die es mir, wie schon bemerkt, bereitete, beim Erwachen sofort meine Sinne beherrschen und mein Gedächtnis befragen zu können. Die Männer, die mich schüttelten, gehörten zur Mannschaft des Schiffes. Der Erdgeruch kam von dessen Ladung her, und die Bandage um mein Kinn bestand aus einem seidenen Taschentuch, das ich mir, mangels einer gewohnten Nachtmütze, um den Kopf gebunden hatte.

Die Qualen jedoch, die ich erlitten hatte, kamen denen eines lebendig Begrabenen vollständig gleich – sie waren gräßlich – grauenvoll gewesen. Doch aus ihnen erwuchs mir unsagbar viel Gutes, denn gerade ihr Übermaß hatte den wohltätigsten Einfluß auf meinen Seelenzustand. Ich gewann mehr Herrschaft über mich, überließ mich nicht mehr so sehr meinen Gedanken und mehr meinem gesunden Gefühl. Ging viel aus und machte reichlich körperliche Übungen. Atmete aus vollen Herzen die freie Himmelsluft und begann an anderes als nur an den Tod zu denken. Meine medizinischen Bücher schaffte ich ab, »Buchan« verbrannte ich und las keine »Nachtgedanken« mehr, keinen Schwulst über Kirchhöfe, keine Schauergeschichten – *wie diese hier!* Kurz, ich wurde ein neuer Mensch und begann, wie ein Mensch zu leben. Von dieser denkwürdigen Nacht an verabschiedete ich auf immer meine Grabesphantasien, und mit ihnen verschwand auch meine Katalepsie, die vielleicht mehr ihre Wirkung als ihre Ursache war.

Es gibt Augenblicke, in denen diese Welt selbst dem Auge des nüchternsten Betrachters eine Hölle scheinen muß; doch die Phantasie des Menschen führt ihn zu keiner Katharsis, mit der er es wagen darf, all ihre Abgründe zu erforschen. Ach die unheimliche Schar der Todesschrecken sind doch nicht bloß Phantasien; aber wir müssen sie, wie die Dämonen, die den Afrasiab den Oxus hinab begleiteten, schlafen lassen, wenn sie uns nicht verschlingen sollen – wir müssen sie schlafen lassen, wenn wir nicht zugrunde gehen wollen!

Mesmerische Offenbarung

Wenn man sich über eine eigentliche Theorie des Mesmerismus auch noch unklar ist, so glaubt man jetzt doch im allgemeinen schon an seine erstaunlichen Wirkungen. Alle, die noch zweifeln, sind Zweifler von Profession – eine nichtsnutzige und wenig ehrenwerte Gesellschaft. Es wäre die reinste Zeitverschwendung, wenn man heutzutage beweisen wollte, daß der Mensch durch eine bloße Willensanstrengung seinen Mitmenschen so beeinflussen kann, daß er in eine anomale Verfassung gerät, deren Erscheinungen denen des Todes sehr ähnlich sind oder ihnen wenigstens näherkommen als die Erscheinungen irgendeines anderen normalen und uns bewußten Zustandes; daß ferner während der ganzen Dauer dieses Zustandes die so beeinflußte Person nur mit Anstrengung und folglich sehr schwach die äußeren Sinnesorgane gebrauchen kann und dennoch mit sonderbar geschärftem Empfindungsvermögen und auf bis jetzt unbekannten und vielleicht nicht zu erkennenden Wegen Dinge wahrnimmt, die außerhalb der Fassungskraft der physischen Organe liegen; daß überdies seine intellektuellen Fähigkeiten sich in wunderbarer Weise stärken, sich steigern; und daß die Sympathie zu demjenigen, unter dessen Einfluß die betreffende Person steht, eine sehr tiefe und innige ist; und endlich, daß die Empfänglichkeit für diesen Einfluß wächst und zu gleicher Zeit die bewirkten Erscheinungen in gleichem Maße ausgedehnter und ausgeprägter auftreten.

Ich sage also, daß es überflüssig ist, die Vorgänge, in deren allgemeinem Wesen das Gesetz des Mesmerismus beschlossen liegt, beweisen zu wollen – und will meine Leser mit einer so müßigen Demonstration denn auch nicht belästigen. Meine Absicht ist in der Tat eine ganz andere. Ich möchte einer ganzen Welt von Vorurteilen zum Trotz, ohne jeden Kommentar meinerseits den Inhalt eines sehr merkwürdigen Zwiegesprächs wiedergeben, das zwischen einem Somnambulen und mir selbst stattfand.

Ich hatte seit langer Zeit die Gewohnheit, die betreffende Person, einen Mr. Vankirk zu mesmerisieren; die übliche verstärkte Empfänglichkeit und Exaltation der mesmerischen Wahrnehmung hatte sich eingestellt. Bereits seit mehreren Monaten litt Mr. Vankirk an fortgeschrittener Schwindsucht, deren schlimmste Auswirkungen ich durch mein Verfahren zu erleichtern vermochte; und am Mittwochabend am 15. (dieses Monats) wurde ich an sein Bett gerufen.

Der Kranke litt an heftigen Schmerzen in der Herzgegend, zeigte alle Symptome des Asthmas und atmete infolgedessen sehr schwer. Bei ähnlichen Krämpfen hatte er meist durch Auflegen von Senfpflaster auf die

Nervenzentren Erleichterung empfunden. In dieser Nacht jedoch war dies Hilfsmittel erfolglos geblieben.

Als ich in das Zimmer trat, begrüßte er mich mit einem liebenswürdigen Lächeln und schien, obwohl er offensichtlich starke körperliche Schmerzen litt, geistig wohlauf zu sein.

»Ich habe heute abend nach Ihnen geschickt«, sagte er, »weniger um mir eine körperliche Erleichterung zu verschaffen, als um mich über gewisse psychische Eindrücke, die mir neuerdings viel Angst und Bestürzung bereitet haben, Ruhe und Gewißheit zu verschaffen. Ich brauche Ihnen wohl nicht zu sagen, wie skeptisch ich mich bis jetzt zu dem Glauben von der Unsterblichkeit der Seele gestellt habe. Ich kann zwar nicht leugnen, daß in dieser Seele, die ich stets verneinte, immer ein gewisses halbes Bewußtsein ihres eigenen Daseins existiert hat. Doch steigerte sich dieses halbe Bewußtsein niemals zur Überzeugung. Mit meiner Vernunft hatte es nichts zu tun. Alle Versuche logischer Erforschung machten mich noch skeptischer. Man riet mir, Cousin zu studieren. Ich studierte ihn also, sowohl in seinen eigenen Werken, wie in denen seiner europäischen und amerikanischen Nachbeter. So geriet zum Beispiel auch der »Charles Elwood« von Mr. Brownson in meine Hände. Ich las das Buch mit größter Aufmerksamkeit und fand, daß es durchaus logisch geschrieben sei, doch waren unglücklicherweise die nicht ausschließlich logischen Teile die hauptsächlichen Argumente des ungläubigen Helden des Buches. Schließlich kam es mir vor, als ob der wackere Denker sich nicht einmal selbst überzeugt habe. Sein Ende hatte offenbar seinen Anfang vergessen wie Trinculos die Regierung. Kurz, die Ansicht festigte sich alsbald in mir, daß der Mensch, soll er auf intellektuellem Weg von seiner Unsterblichkeit überzeugt werden, wohl niemals durch die bloßen Abstraktionen, welche so lange bei den englischen, französischen und deutschen Moralisten in Mode gewesen sind, zur Gewißheit gelangen wird. Abstraktionen mögen ganz amüsant sein und üben vielleicht den Geist, nehmen ihn jedoch nicht in Besitz. Solange wir auf dieser Erde wandeln, wird die Philosophie, davon bin ich überzeugt, immer vergeblich von uns fordern, Eigenschaften und Qualitäten als Dinge anzusehen. Der Wille mag schließlich zustimmen – die Seele, der Intellekt niemals.

Ich wiederhole also, daß ich nur halb fühlte, aber niemals mit dem Intellekt glaubte. Nun hat sich dieses Gefühl in der jüngsten Zeit so vertieft, daß es in Augenblicken fast der Zustimmung der Vernunft gleichkam, daß es mir schwerfällt, zwischen beiden zu unterscheiden. Die Ursache glaube ich mit Sicherheit dem Einfluß des Mesmerismus zuschreiben zu können. Ich kann Ihnen das, was ich meine, nicht besser erklären als durch

die Hypothese, daß die mesmerische Exaltation mich befähigt, eine Reihe von Vernunftsfolgerungen zu erspüren, die mich im Bereich meines anomalen Zustandes überzeugt, die jedoch – in voller Übereinstimmung mit den mesmerischen Phänomenen – nur durch ihre Wirkungen bis in mein gewöhnliches Dasein gelangen. In der Hypnose sind das Denken und seine Folgerungen – die Ursache und die Wirkung – gemeinsam gegenwärtig. In meinem natürlichen Zustand verschwand die Ursache allmählich und nur die Wirkung blieb, vielleicht auch diese nur teilweise, zurück.

Diese Betrachtungen brachten mich auf den Gedanken, daß man aus einer Reihe wohl gewählter und mir im magnetischen Schlafe gestellter Fragen gute Erfolge erzielen könne. Sie haben ohne Zweifel oft beobachtet, daß Somnambule eine tiefe Selbstkenntnis haben und über ein ausgedehntes Wissen in allem, was den Mesmerismus angeht, verfügen. Aus dieser Selbstkenntnis könnte man vielleicht genügend Hinweise zur Zusammenstellung eines ganzen Katechismus ableiten.«

Natürlich willigte ich ein, das Experiment zu machen. Einige Striche versetzten Mr. Vankirk in magnetischen Schlaf, er atmete sofort leichter und schien keine körperlichen Schmerzen mehr zu fühlen. Dann entspann sich (V. bedeutet Vankirk und P. bin ich) folgendes Gespräch:

P. Schlafen Sie?

V. Ja – nein, ich möchte gern noch tiefer schlafen.

P. (nach einigen weiteren Strichen) Schlafen Sie jetzt?

V. Ja.

P. Welchen Ausgang wird Ihre jetzige Krankheit haben?

V. (nach langem Zögern und nur mit Anstrengung sprechend) Ich werde sterben.

P. Betrübt Sie der Gedanke an den Tod?

V. (sehr lebhaft) Nein, nein!

P. Freuen Sie sich über diese Aussicht?

V. Wäre ich wach, so würde ich mich auf den Tod freuen, jetzt ist's mir gleichgültig. Das mesmerische Befinden ist dem Tod so nahe, daß es mich befriedigt.

P. Ich möchte, daß Sie sich genauer ausdrücken, Mr. Vankirk.

V. Das will ich gern, doch das verlangt eine Anstrengung, die über meine Kräfte geht. Sie fragen mich nicht richtig!

P. Was soll ich denn fragen?

V. Sie müssen mit dem Anfang beginnen.

P. Mit dem Anfang? Doch wo ist der Anfang?

V. Sie wissen, der Anfang ist GOTT.

(Dies sagt er in leisem, schwebendem Ton mit allen Zeichen tiefster Ehrfurcht.)

P. Was ist denn Gott?

V. (zögert etliche Minuten) Ich kann es nicht sagen.

P. Ist Gott nicht Geist?

V. Als ich noch wach war, wußte ich, was Sie unter ›Geist‹ verstanden, doch jetzt scheint es mir nur ein Wort – wie zum Beispiel Wahrheit, Schönheit – ein Eigenschaftswort meine ich.

P. Ist Gott nicht immateriell?

V. Nein, denn es gibt keine Immaterialität, das ist nur ein bloßes Wort. Was nicht ist, das existiert auch nicht – wofern nicht Eigenschaften Dinge sind.

P. Gott ist also materiell?

V. Nein. (Diese Antwort überraschte mich doch einigermaßen.)

P. Was dann ist er?

V. (nach einer langen Pause, stammelnd) Ich sehe es – doch ist es sehr schwer zu sagen (wieder eine lange Pause). Er ist nicht Geist, denn er existiert. Auch ist er nicht Materie, so wie Sie dieselbe auffassen. Es gibt Abstufungen in der Materie, von denen die Menschen nichts wissen, die gröbere nimmt die feinere in sich auf, die feinere durchdringt die gröbere. Die Atmosphäre zum Beispiel setzt das elektrische Prinzip in Bewegung, während das elektrische Prinzip die Atmosphäre durchdringt. Diese Abstufungen von Materie und Feinheit nehmen so lange zu, bis wir zu einer Dünne kommen, einer nicht mehr aus Molekülen bestehenden – unteilbaren – einzigen – Materie gelangen – und hier erfährt das Gesetz von Auftrieb und Durchdringung eine Veränderung. Diese äußerste, nicht mehr in Teilchen auflösbare Materie durchdringt nicht nur alle Dinge, sondern setzt sie auch in Bewegung und ist alle Dinge und enthält alle

Dinge in sich selbst. Diese Materie ist Gott. Was die Menschen mit dem Wort ›Gedanken‹ auszudrücken suchen, ist diese Materie in Bewegung.

P. Die Metaphysiker behaupten, daß sich jede Handlung auf Bewegung und Denken zurückführen läßt und daß das letztere der Ursprung des ersteren ist.

V. Ich sehe jetzt ein, daß diese Annahme eine Begriffsverwirrung ist. Bewegung ist das Wirken des Geistes, nicht des Denkens. Die unpartikulierte Materie oder Gott im Zustand der Ruhe ist das (soweit wir es begreifen), was die Menschen ›Geist‹ nennen. Und diese Fähigkeit des Selbstbewegens, die in der Wirkung dem Willen des Menschen gleichkommt, ist in der unteilbaren Materie das Resultat ihrer Einheit und Allmacht; wie, das erkenne ich nicht und sehe jetzt klar, daß ich es niemals erkennen werde. Aber diese unteilbare, durch ein Gesetz oder eine in ihr enthaltene Qualität in Bewegung gesetzte Materie – ist Denken.

P. Können Sie mir keine genauere Vorstellung von dem geben, was Sie unter der ›unpartikulierten Materie‹ verstehen?

V. In dem gleichen Maße, in denen die Materien sich abstufen, entgehen sie dem Erkenntnisvermögen des Menschen. Stellen wir uns zum Beispiel ein Metall vor, ein Stück Holz, einen Wassertropfen, die Atmosphäre, ein Gas, den Wärmestoff, die Elektrizität, den lichttragenden Äther. Alle diese Dinge nennen wir Materie und schließen die ganze Materie in eine einzige allgemeine Definition ein; trotzdem gibt es aber keine zwei Vorstellungen, die in ihrem Wesen verschiedener wären, als die, die wir uns von Metall und lichttragendem Äther machen. Wir fühlen uns unwiderstehlich versucht, den letzteren einem Geist, einem Nichts gleichzusetzen. Nur die Gewißheit, daß er aus Atomen zusammengesetzt ist, hält uns davon ab. Und dabei müssen wir noch unseren primitiven Begriff des Atoms zu Hilfe rufen und uns erinnern, daß es ein Etwas ist, das bei unbegrenzter Kleinheit Dichtigkeit, Greifbarkeit und Schwere besitzt. Sehen wir einmal von der Idee der atomaren Struktur ab, so wird es uns unmöglich, den Äther als eine Entität oder wenigstens als Materie zu betrachten. Mangels eines besseren Ausdrucks können wir ihn Geist nennen. Gehen wir nun noch eine Stufe über den lichttragenden Äther hinaus, stellen wir uns eine Materie vor, deren Verdünnung in demselben Verhältnis zum Äther, wie der Äther zum Metall steht, so gelangen wir (allen Schuldogmen zum Trotz) zu einer einheitlichen Masse – einer unteilbaren Materie. Denn wenn wir auch eine unbegrenzte Kleinheit der Atome selbst zugestehen mögen, so wäre doch die unendliche Kleinheit der sie trennenden Zwischenräume eine Absurdität. Es muß ein Punkt dasein, ein Grad der Verdünnung, bei dem, sofern Atome in genügender Anzahl vorhanden sind, die Zwischenräume verschwinden und die Masse absolut verschmelzen muß. Doch wenn wir einmal von der atomaren Zusammensetzung absehen, so gleitet die Natur dieser Masse unvermeidlich in Richtung dessen, was wir als Geist begreifen. Und dennoch ist es klar, daß sie ebenso gewiß Materie bleibt als zuvor. In Wahrheit ist es unmöglich, Geist zu begreifen, da es unmöglich ist, sich von etwas ein Bild zu machen, was nicht ist. Wenn wir uns schmeicheln, zu einer solchen Erkenntnis gekommen zu sein, so haben wir nur unseren Verstand durch den Begriff einer unendlich verdünnten Materie getäuscht.

P. Es scheint mir, daß gegen die Annahme einer absoluten Kohäsion ein unwiderlegbarer Einwand besteht; ich denke dabei an den sehr geringen Widerstand, den die Himmelskörper bei ihrem Umlauf durch den Weltraum erfahren – einen Widerstand, der, wie heute erwiesen ist, in gewissem, jedoch so geringem Maße besteht, daß er selbst dem Scharfsinn Newtons entgangen ist. Wir wissen, daß der Widerstand von Körpern im Verhältnis zu ihrer Dichtigkeit steht. Die absolute Kohäsion ist absolute Dichtigkeit; wo keine Interspatien sind, kann kein Durchlaß sein. Ein absolut dichter Äther würde dem Lauf seines Gestirns ein unendlich wirksameres Hindernis entgegensetzen als ein Äther von noch so hartem Diamant oder Eisen.

V. Ihr Einwand läßt sich gerade so leicht widerlegen, wie er unwiderlegbar erscheint. Was nämlich den Lauf eines Sterns betrifft, macht es gar keinen Unterschied, ob der Stern durch den Äther geht oder der Äther durch den Stern. Es gibt keinen unerklärlicheren Irrtum als die Ansicht der Astronomen, die die bekannten Verspätungen der Kometen ihrem Lauf durch den Äther zuschreiben: denn wie verdünnt man sich den Äther auch denken mag, er würde dem Umlauf der Gestirne in einer viel kürzeren Zeit ein Ende machen, als die Astronomen sich redlich bemüht haben, über einen Ihnen unbegreiflichen Punkt hinwegzugehen. Die tatsächliche Verspätung kommt überdies fast derjenigen gleich, die von der Friktion des Äthers während seines plötzlichen Durchgangs durch den Himmelskörper zu erwarten ist. Die retardierende Kraft des Widerstandes ist also eine doppelte: eine momentane, in sich selbst ruhende und eine endlos anwachsende.

P. Doch liegt in all diesem – in dieser Identifikation der reinen Materie mit Gott – nicht etwas Unehrbietiges? (Ich mußte diese Frage wiederholen, ehe der Somnambule mich richtig verstand.)

V. Können Sie mir etwa sagen, weshalb die Materie weniger ehrwürdig sein soll als der Geist? Sie vergessen, daß die Materie, von der ich spreche, in jeder Hinsicht und in Anbetracht ihrer hohen Eigenschaften dem ›Geist‹

der Schulmeinung entspricht, darüber hinaus zugleich dem, was eben diese Schulen als ›Materie‹ bezeichnen. Gott mit all den dem Geiste zugeschriebenen Kräften ist nichts anderes als die Vollkommenheit der Materie!

P. Sie behaupten also, daß die in Bewegung gesetzte, unpartikulierte Materie Denken sei?«

V. Im allgemeinen ist diese Bewegung der universale Gedanke des universalen Geistes. Dieser Gedanke erschafft. Alle erschaffenen Dinge sind nichts anderes als die Gedanken Gottes.

P. Sie sagen, im allgemeinen.

V. Ja, der universale Geist ist Gott, für neue Individualitäten ist Materie nötig.

P. Aber Sie sprechen jetzt von ›Geist‹ und ›Materie‹ ganz so, wie es die Metaphysiker tun.

V. Ja, der Klarheit halber. Wenn ich ›Geist‹ sage, so verstehe ich darunter die unpartikulierte oder äußerste Materie, unter dem Namen ›Materie‹ begreife ich dagegen alles übrige.

P. Sie sagten eben, daß für ›neue Individualitäten Materie notwendig‹ sei.

V. Ja, denn der Geist, der unverkörpert existiert ist Gott. Um individuelle, denkende Wesen zu erschaffen, war es notwendig, Teile des göttlichen Geistes zu inkarnieren. So wurde der Mensch individualisiert. Der körperlichen Hülle entblößt, würde er Gott sein. Die hauptsächliche Bewegung der verkörperten Partien der unpartikulierten Materie ist der Gedanke des Menschen; so wie die Bewegung des Ganzen der Gedanke Gottes ist.

P. Sie sagen, daß der der leiblichen Hülle entblößte Mensch Gott sein würde?

V. (nach langem Zögern) Das kann ich nicht gesagt haben, denn das wäre eine Absurdität.

P. (sieht in seinen Aufzeichnungen nach) Sie haben behauptet, daß der Mensch, seiner körperlichen Hülle entkleidet, Gott sein würde!

V. Und das ist wahr. Der so befreite Mensch würde Gott sein, denn er ist individualitätslos geworden; doch kann er niemals so erlöst werden – wird es niemals werden, denn sonst müßten wir uns eine Handlung Gottes vorstellen, die wieder auf ihn selbst zurückfiele – ein zweckloses, unnützes Handeln. Der Mensch ist Geschöpf. Geschöpfe aber sind Gedanken Gottes. Es liegt im Wesen des Gedankens, unwiderruflich zu sein.

P. Ich verstehe nicht. Wollen Sie sagen, daß der Mensch niemals seinen Körper ablegen kann?

V. Ich sage, daß er wird niemals körperlos sein.

P. Erklären Sie mir dies näher.

V. Es gibt zwei Körper, den rudimentären und den vollkommenen, die den beiden Zuständen der Raupe und des Schmetterlings entsprechen. Was wir ›Tod‹ nennen, ist nichts weiter als eine schmerzvolle Metamorphose. Unsere jetzige Inkarnation ist vorläufig, vorbereitend, zeitlich. Erst unsere zukünftige Inkarnation ist vollkommen, endgültig und unsterblich. Dieses endgültige Leben ist die Erfüllung unserer Bestimmung.

P. Aber wir haben eine greifbare Kenntnis von der Metamorphose der Raupe.

V. Wir gewiß, doch nicht die Raupe. Die Materie, aus der unser rudimentärer Körper besteht, ist den Organen dieses Körpers erfaßbar; oder deutlicher: Unsere unvollkommenen Organe sind dem Stoff, aus welchem unser rudimentärer Körper besteht, angepaßt, doch nicht der Materie des vollkommenen Körpers. Dieser ist für unsere unentwickelten Sinne demnach nicht wahrnehmbar, wir sehen nur die äußere Hülle, die sich beim Absterben von der inneren Form löst, nicht aber die Form selbst, die jedoch ebenso von denen wahrgenommen werden kann, die das endgültige Leben schon erlangt haben.

P. Sie haben oft gesagt, daß der mesmerische Zustand dem Tode sehr nahe kommt. Wie ist dies zu verstehen?

V. Wenn ich sage, er kommt dem Tode nahe, so meine ich, daß er dem endgültigen Leben gleicht, denn in Trance befinden sich die Sinne meines rudimentären Lebens zeitweise außer Kraft, und ich erschaue die äußeren Dinge ohne die Hilfe von Organen durch ein Medium, das mir im endgültigen unorganischen Leben dienstbar sein wird.

P. Sagten Sie ›unorganisch‹?

V. Ja, die Organe sind Vorrichtungen, durch welche das Individuum mit gewissen Kategorien und Formen der Materie in Beziehung tritt – unter Ausschluß anderer Kategorien und Formen. Die Organe des Menschen sind seinem rudimentären Zustand, und zwar ausschließlich diesem, angepaßt; erst sein endgültiges Leben, das unorganisch ist, läßt ihn alles, unbegrenzt alles verstehen – ausgenommen der Natur von Gottes Willen, das heißt die Bewegung der unpartikulierten Materie. Sie können sich eine ziemlich deutliche Vorstellung von dem endgültigen Körper machen, wenn Sie sich ihn als ein Gehirn vorstellen. Das ist er zwar nicht, doch macht Ihnen diese Vorstellung leichter verständlich, was er wirklich ist. Ein leuchtender Körper teilt dem lichttragenden Äther Schwingungen mit. Diese Schwingungen erzeugen ähnliche auf der Netzhaut, diese teilt ähnliche dem Sehnerv mit, der Nerv überbringt sie dem Gehirn und das Gehirn der unpartikulierten Materie, die dasselbe durchdringt. Die Bewegung dieser letzteren ist der Gedanke und dessen Vibration die Wahrnehmung.

Auf diese Weise tritt der Geist des rudimentären Lebens mit der Außenwelt in Verbindung; und diese äußere Welt wird in unserem rudimentären Leben durch die Idiosynkrasie seiner Organe begrenzt. Im endgültigen unorganischen Leben jedoch erfaßt die äußere Welt den ganzen Körper (der aus einer Substanz besteht, die, wie ich schon sagte, dem Gehirn verwandt ist), und zwar ohne andere Vermittlung als die eines Äthers, unendlich feiner als selbst des lichtfortpflanzenden; und mittels dieses Äthers und in Übereinstimmung mit ihm, schwingt der ganze Körper und setzt die unpartikulierte Materie, die ihn durchdringt, in Bewegung. Das fast unbegrenzte Wahrnehmungsvermögen im endgültigen Leben müßten wir also dem Mangel an idiosynkratischen Organen zuschreiben. Die Organe sind gewissermaßen Käfige, in welche die rudimentären Wesen eingeschlossen sind, bis sie flügge werden.

P. Sie sprechen von rudimentären ›Wesen‹. Gibt es außer dem Menschen noch andere denkende, rudimentäre ›Wesen‹?

V. Die unermeßlichen Anhäufungen feiner Materien in Nebeln, Planeten, Sonnen und anderen Himmelskörpern, die weder Nebel noch Sonnen, noch Planeten sind, haben nur den einen Zweck, den idiosynkratischen Organen einer unendlichen Anzahl rudimentärer Wesen als Nahrung zu dienen. Ohne die Notwendigkeit des unvollkommenen Lebens, das dem ewigen Leben vorausgeht, würden solche Himmelskörper nicht existieren. Jeder von ihnen wird von einer bestimmten Art organischer, unvollkommener, denkender Wesen bewohnt. Bei allen entsprechen die Organe dem allgemeinen Charakter der von ihnen bewohnten Welt. Beim Tod, also bei der Metamorphose, gelangen auch diese Wesen zu dem ewigen Leben, zur Unsterblichkeit, und erkennen alle Geheimnisse bis auf das Eine, vollbringen alles und bewegen sich überall hin durch ihre bloße Willenskraft; sie bewohnen nicht die Sterne, die wir für die einzig greifbaren Welten halten und für deren Lauf allein wir uns beschränkterweise den Raum geschaffen denken, sondern den Weltraum selbst; jene Unendlichkeit, deren wahrhaft substantielle Unermeßlichkeit die Sterne wie Schatten verschlingt – sie als Nicht-Wesenheiten der Wahrnehmung der Engel verhüllt.

P. Sie sagten, daß es ›ohne die Notwendigkeit des rudimentären Lebens‹ keine Gestirne gäbe. Doch warum diese Notwendigkeit?

V. Im anorganischen Leben ebenso wie in der anorganischen Materie gibt es nichts, was die Handlungen des einen einfachen, einzigen Gesetzes, des göttlichen Willens behindern könnte. Das organische Leben und die organische Materie (dieses komplexe, stoffliche, durch ein aus vielen Teilen bestehende Gesetz) wurde in der Absicht ersonnen, ein Hindernis zu schaffen.

P. Aber noch einmal – woher die Notwendigkeit, ein Hindernis zu schaffen?

V. Das Resultat des unverletzten Gesetzes ist Vollkommenheit – Recht – negatives Glück. Das Resultat eines verletzten Gesetzes ist Unvollkommenheit, Unrecht, positives Leiden. Durch die Hindernisse, welche die Vielfältigkeit, Zusammensetzung und Substantialität der Gesetze des organischen Lebens und der organischen Materie bilden, ist erst die Verletzung des Gesetzes in gewissem Ausmaß möglich. So also ist das Leid, das im anorganischen Leben unmöglich ist, im organischen Leben möglich.

P. Zu welchem vernünftigen Endzweck wurde das Leiden ermöglicht?

V. Alle Dinge sind nur durch Vergleich gut oder schlecht. Eine hinlängliche Analyse wird zeigen, daß in allen Fällen der Genuß nur der Kontrast von Leid ist. Positiver Genuß ist eine bloße Idee. Um in einem gewissen Punkt glücklich sein zu können, müssen wir in eben diesem Punkt gelitten haben. Niemals leiden hieße, niemals glücklich gewesen zu sein. Doch habe ich gezeigt, daß es im anorganischen Leben keinen Schmerz gibt, daher seine Notwendigkeit für das organische Leben. Das Leid dieses unentwikkelten Daseins auf Erden ist die einzige Grundlage der Seligkeit des ewigen Lebens im Himmel.

P. Sie gebrauchten noch einen Ausdruck, den ich nicht begreife – jene ›wahrhaft substantielle Unermeßlichkeit der Unendlichkeit‹?

V. Das mag daher kommen, daß Sie keine genügend generische Auffassung von dem Begriff ›Substanz‹ haben. Wir müssen sie nicht als eine Qualität, sondern als eine Empfindung sehen; es ist die Wahrnehmung denkender Wesen von der Angepaßtheit der Materie an ihre Organisation. Es gibt auf Erden viele Dinge, die den Bewohnern der Venus ein Nichts wären, und viele sichtbare und greifbare Dinge auf der Venus, deren Dasein wir überhaupt nicht wahrnehmen können. Doch für die anorganischen Wesen – für die Engel – ist die ganze unpartikulierte Materie Substanz; das heißt, die Ganzheit dessen, was wir ›Raum‹ nennen, ist für sie die wirklichste Substantialität; die Gestirne jedoch entgehen durch das, was wir für ihre Materialität halten, dem Wahrnehmungsvermögen der Engel im gleichen Maße, wie die uns stofflich erscheinende unpartikulierte Materie den Organen.

Während der Hypnotisierte diese letzten Worte mit sehr schwacher Stimme hervorbrachte, blickte ich ihn genauer an und bemerkte in seinen Zügen einen Ausdruck, der mich einigermaßen beunruhigte und mich veranlaßte, ihn sofort zu wecken. Kaum hatte ich dies getan, so sank er auf sein Kissen zurück und hauchte mit einem strahlenden Lächeln, das alle seine Züge erhellte, seinen Geist aus. Ich beobachtete, daß kaum eine

Minute später sein Körper starr wie ein Stein war und seine Stirn kalt wie Eis. So sieht ein Verstorbener gewöhnlich aus, wenn die Hand Azraels ihn schon lange berührt hat. Hatte des Mesmerisierten Stimme während des letzten Teiles seiner Rede schon aus dem Reich der Schatten zu mir gesprochen? Wer kann das sagen...

Der Kobold der Perversion

In der Betrachtung der Fähigkeiten und Antriebe der prima mobilia der menschlichen Seele haben die Phrenologen versäumt, einen Trieb zu beachten, der, obgleich deutlich erkennbar als wurzelhafte, ursprüngliche, unausrottbare Empfindung existiert, dennoch von sämtlichen vorausgegangenen Psychologen gleichfalls übersehen worden ist. Aus reinem geistigen Hochmut haben wir ihn alle übersehen. Wir haben seine Existenz unseren Sinnen entgehen lassen, allein deshalb, weil es uns an Vertrauen, an Glauben mangelte, sei es nun Glauben an die Offenbarung oder an die Kabbala. Die Idee dieses Triebes ist uns niemals aufgegangen, aus dem einfachen Grund, weil nichts danach verlangte. Wir sahen kein »Bedürfnis« für das Regewerden solchen Triebes. Wir konnten seine Notwendigkeit nicht verstehen. Wir konnten nicht begreifen, das heißt, wir konnten nicht verstanden haben, ob das Wissen um dies primum mobile jemals Gemeingut gewesen ist, und wir konnten nicht verstanden haben, inwieweit dasselbe beschaffen sei, die Zwecke der Humanität in zeitlicher oder ewiger Hinsicht zu fördern. Es ist nicht zu leugnen, daß die Phrenologie und in weitem Maßstab alle Metaphysik von vornherein ausgebrütet ist. Der intellektuelle oder logisch denkende Mensch, im Gegensatz zum anschaulichen und feststellenden Geist, setzt sich hin und erfindet Pläne, diktiert seine Absichten der Gottheit. Nachdem er also zu seiner Befriedigung die Absichten Jehovas ergründet hat, baut er aus dem Material dieser Intentionen seine zahllosen geistigen Systeme auf. Auf dem Gebiet der Phrenologie z. B. wurde, sehr natürlicherweise, zunächst festgestellt, daß es die Absicht der Gottheit sei, daß der Mensch esse. Folglich wurde dem Menschen ein Organ zugeteilt zum Zweck der Ernährung und dies Organ ist die Peitsche, mit der die Gottheit den Menschen nolens volens zum Essen antreibt. Zweitens, da es für Gottes Willen erklärt wurde, daß der Mensch seine Gattung fortpflanzt, so entdeckten wir ebenso ein Organ der Liebesbrunst. Und so ging es mit der Selbsterhaltung, mit Idealität, Kausalität, Schaffenstrieb, kurz, mit jedem organischen Phänomen, ob es sich nun als Trieb oder als seelische Empfindung oder als rein intellektueller Vorgang verwirklicht. Und mit dieser Anordnung der Prinzipien menschlichen Seins sind die Spurzheimiter, einerlei, ob zu Recht oder zu Unrecht, teilweise oder im ganzen prinzipiell den Fußstapfen ihrer Vorgänger gefolgt, indem sie alles und jedes aus der angenommenen Vorherbestimmung des Menschen ableiteten und mit den Urabsichten des Schöpfers begründeten.

Es wäre weiser und bestimmt auch klüger gewesen, das System (wenn überhaupt ein System sein muß) auf die Grundlage des wirklichen menschlichen Handelns zu stellen, wie es heute ist und von jeher war, und nicht auf die Grundlage des der Gottheit untergeschobenen Willens zur Beeinflussung dieses Handelns. Wenn wir nicht imstande sind, Gott in seinen sichtbaren Werken zu verstehen, wie sollten wir es in seinen unfaßbaren Gedanken, aus welchen die lebendigen Werke entstanden sind? Wir, die wir ihn nicht begreifen in dem Objekt seiner Schöpfung, wagen uns heran an die Substanz des Wollens und Erwägens im Schöpfer?

Induktives Verfahren nachfolgend hätte die Phrenologie dahin gebracht, das Vorhandensein eines angeborenen ursprünglichen Prinzips im menschlichen Tun einzuräumen, eines paradoxen Etwas, das ich, in Ermanglung eines treffenderen Ausdrucks, mit Perversion bezeichnen möchte. In dem von mir angestrebten Sinn meint es in der Tat ein Bewegtes ohne bewegende Kraft, eine bewegende Kraft ohne Beweger. Durch seinen Einfluß handeln wir ohne erkennbares Objekt oder, wird dies als Widerspruch in sich selbst empfunden, können wir den Satz insoweit abändern, daß es heißt, unter dem Einfluß jenes Triebes handeln wir aus dem Grund, weil wir es nicht sollten. Theoretisch gibt es wohl keinen Grund, der grundloser wäre, doch läßt sich, praktisch gesehen, kaum ein stärkerer finden. Bei einer gewissen Konstellation des Geistes und der Verhältnisse erweist er sich durchaus als unwiderstehlich. Daß ich atme, ist mir nicht bewußter als die Tatsache, daß die Überzeugung von der Schlechtigkeit oder Verkehrtheit irgendeiner Handlung oft die einzige unüberwindliche Kraft darstellt, die uns zwingt, diese Handlung zu vollbringen. Diese starke Neigung, das Böse zu tun um des Bösen willen, kann jedoch nicht von der Analyse oder Erläuterung der eigentlichen Elemente entbinden. Denn es ist ein ursprünglicher, wurzelhafter, elementarer Impuls. Ich bin überzeugt, daß, wenn wir auf einer Handlung bestehen aus dem Grund, weil wir fühlen, daß wir nicht darauf bestehen sollten, dies Verhalten nur eine Abart von dem darstellt, was die Phrenologen als »Selbsterhaltungstrieb« bezeichnen. Doch ist diese Vorstellung, wie sich sofort ergeben wird, irreführend. Der Selbsterhaltungstrieb der Phrenologen setzt zwangsläufig Selbstverteidigung voraus. Er ist unsere Notwehr gegen Kränkungen. Sein eigentliches Ziel ist unser Wohlbefinden, und der Wunsch nach Wohlbefinden regt sich an Hand seiner Entwicklung. Es folgt daraus, daß der Wunsch nach Wohlbefinden an Hand eines jeden Prinzips, das eine Abart des Selbsterhaltungstriebes darstellt, rege werden müßte, jedoch ist in dem bestimmten Fall, auf den ich das Wort Perversion anwende, der Wunsch nach Wohlbefinden nicht nur nicht vorhanden, sondern es läßt sich ein stark gegensätzliches Gefühl feststellen.

Ein Appell an das eigene Herz ist schließlich die beste Erwiderung auf diese sophistischen Darlegungen. Niemand, der seine eigene Seele ehrlich befragt und zu ergründen sucht, wird dazu bereit sein, die radikale Bedeutung des in Frage stehenden Triebes zu leugnen. Er ist ebenso deutlich erkennbar wie unverständlich. Es gibt keinen Menschen, der nicht irgendwann einmal beispielsweise von dem heftigen Wunsch besessen war, einen Zuhörer mit dunklen Redensarten zu quälen. Er weiß ganz genau, daß er Mißfallen erregt, auch hat er die beste Absicht zu gefallen; gewöhnlich ist er kurz, klar und bestimmt, die geschliffensten, lichtvollsten Sätze drängen sich ihm auf die Zunge, nur mit Mühe bremst er den Fluß seiner Rede, dabei fürchtet er den Ärger seines Gegenübers und leistet insgeheim Abbitte, und doch kommt er von dem Gedanken nicht los, daß mittelst bestimmter Verwicklungen und Parenthesen dieser Ärger wirklich angestachelt werden könnte. Dieser bloße Gedanke reicht aus. Das Verlocken wird zum Wunsch, der Wunsch zum Verlangen, das Verlangen zur hemmungslosen Begierde, und der Erfüllung dieser Begierde (trotz echten Bedauerns und wirklichen Leidwesens des Sprechers und aller Konsequenzen) steht nichts im Wege.

Wir haben eine Aufgabe vor uns, die auf der Stelle erledigt werden muß. Wir wissen, daß jedes Verzögern den Ruin herbeibringt. Die wichtigste Krise unseres Lebens ruft mit Posaunenzungen nach sofortiger willensstarker Tat. Glühender Eifer verzehrt uns, ein Werk zu beginnen, dessen geträumter herrlicher Abschluß unsere ganze Seele in Flammen setzt. Heute muß es, soll es unternommen werden, und doch verschieben wir es auf morgen, warum? Es gibt keine andere Antwort als, daß wir »pervers« empfinden. Morgen kommt, und mit demselben eine verstärkte, angstvolle Sorge, unsere Pflicht zu tun, doch mit dieser verstärkten Sorge fühlen wir auch ein namenloses, geradezu fürchterliches, weil unergründliches Verlangen nach Aufschub. Dies Verlangen wird drängender mit jeder Minute, die verrinnt. Die letzte Gelegenheit zum Handeln ist da. Wir zittern vor der Gewalt des inneren Konfliktes, wo das Bestimmte mit dem Unbestimmten, die Substanz mit dem Schatten ringt. Doch, wenn der Streit so weit gediehen ist, behält der Schatten die Oberhand – wir kämpfen vergebens. Die Glocke schlägt, es ist das Totenglöckchen für unser Heil. Zugleich ist es der Hahnenschrei für den Geist, der uns so lange gemartert. Er flieht, verschwindet – wir sind frei. Die alte Kraft kommt zurück. Jetzt wollen wir beginnen. Ach, es ist zu spät.

Wir stehen am Rand eines Abgrundes. Wir starren in die Tiefe, und uns wird elend und schwindlig. Unser erstes Gefühl ist, zurückzuweichen vor der Gefahr. Aus unerklärlichen Gründen bleiben wir stehen. Langsam und allmählich geht das Elendsgefühl und Schwindel und Grauen in eine wunderliche unnennbare Gefühlswolke über. Wieder allmählich und noch unmerklicher nimmt diese Wolke Gestalt an, gleich dem Dampf aus der Flasche, der der Geist entsteigt in Tausendundeine Nacht. Doch aus dieser unserer Wolke am Rand des Abgrundes bildet sich eine Gestalt in Fühlbarkeit heraus, schrecklicher noch als irgendein Geist oder sagenhafter Dämon, und doch ist es lediglich ein Gedanke, wenn auch ein furchtbarer, einer, der uns das Mark in den Knochen gefrieren läßt, kraft des wonnigen Schauders, den er ausströmt. Es ist nur die Vorstellung davon, was unsere Empfindungen sein könnten, während wir in sausendem Sturz aus solcher Höhe fallen. Und diesen Fall, diese rasende Selbstvernichtung, sie begehren wir so ungestüm aus keinem anderen Grund, als eben weil hier diese gräßlichste und abscheulichste von allen gräßlichen und abscheulichen Leidens- und Todesarten, die wir uns je in der Phantasie ausgemalt haben, sich anbietet. Und weil unsere Vernunft uns gebieterisch von dem Abgrund wegtreibt, ebendeshalb gehen wir um so begieriger an denselben heran. Nichts ist dämonischer, unbezähmbarer als die Leidenschaft eines Menschen, der schaudernd am Rand eines Abgrundes so seinen Sturz im voraus erwägt. Einen Moment lang einer solchen Versuchung in Gedanken nachgeben, hieße, rettungslos verloren sein, denn Nachdenken nötigt zum Verzichten, und ebendeshalb, wie gesagt, können wir es nicht. Wenn uns nicht eine freundliche Hand am Rockzipfel hält oder wenn es uns nicht gelingt, mit einer plötzlichen Anstrengung uns selber vom Abgrund zurückzureißen, so kommt es zu einem Sturz und alles ist vorbei.

Diese und ähnliche Handlungen mag man drehen und wenden nach Belieben, ihre einzige zureichende Erklärung wird stets in dem »Geist der Perversion« zu finden sein. Wir verüben sie nur aus dem Grund, weil wir spüren, daß wir es nicht sollten. Darüber hinaus oder dahinter gibt es kein erkennbares Prinzip, und wir könnten wahrhaftig diese Perversion unseres Empfindens als direkte Eingebung des Erzfeindes bezeichnen, wäre dieselbe nicht gelegentlich zur Förderung des Göttlichen wirksam geworden.

Ich habe nun so viel gesagt, daß ich in gewisser Hinsicht eine Antwort schuldig bin, erklären müßte, warum ich hier bin, und etwas sagen, was einer entfernten Begründung ähnlich sieht für die Ketten, die ich trage, und für meinen Aufenthalt in dieser Todeszelle der Verdammten. Wäre ich nicht so ausführlich gewesen, so hättet ihr mich entweder überhaupt nicht verstanden oder ihr hättet mich, mit dem Pöbel, für irrsinnig gehalten. So aber werdet ihr leicht verstehen, daß ich eines der vielen unzähligen Opfer bin, die dem Kobold des Perversen erliegen.

Kaum je ist wohl eine Tat mit ebensoviel kühler gründlicher Berechnung durchgeführt worden. Wochen, Monate zuvor bedachte ich die Mittel zum

Mord. Ich verwarf an die tausend Verfahren, weil ihre Ausführung eine geringe Möglichkeit der Entdeckung enthielt. Schließlich fand ich bei der Lektüre einiger französischer Memoiren die Geschichte einer Madame Pilau, die infolge der Wirkung einer zufällig vergifteten Kerze in eine fast tödliche Krankheit verfiel. Die Idee nahm mich sofort gefangen. Ich kannte die Gewohnheit meines Opfers, im Bett zu lesen. Ich wußte außerdem, daß das betreffende Zimmer eng und schlecht lüftbar war. Doch es steht mir nicht zu, euch mit schamlosen Details zu belästigen. Es ziemt mir nicht, näher zu beschreiben, welche einfachen Tricks ich anwendete, um in den Kerzenhalter im Schlafzimmer an Stelle des alten ein Wachslicht eigenen Fabrikates einzuschmuggeln. Am nächsten Morgen fand man ihn tot in seinem Bett und der Bescheid des Coroners lautete, »Tod eingetreten infolge Heimsuchung Gottes«.

Nachdem ich ihn beerbt hatte, ging es mir jahrelang in jeder Beziehung ausgezeichnet. Der Gedanke an Entdeckung kam mir überhaupt nicht. Die Reste des heillosen Wachsstockes hatte ich sorgfältig beseitigt. Nicht der Schatten eines Fadens, an Hand dessen es möglich gewesen wäre, mich des Verbrechens zu überführen oder auch nur zu bezichtigen, war mir entgangen. Ein unbegreiflich reiches Gefühl der Befriedigung entstand in meiner Brust, als ich mir meiner absoluten Sicherheit bewußt wurde. Eine Reihe von Jahren wurde es mir richtig zur Gewohnheit, in diesem Gefühl zu schwelgen. Es brachte mir echtere Wonnen als all die rein materiellen Genüsse, die meine Untat mir verschaffte. Doch kam eine Zeit heran, von wo ab dieser angenehme Gefühlszustand allmählich, fast unmerklich, zu einem immer wiederkehrenden, quälenden Gedanken wurde. Quälend, eben weil immer wiederkehrend. Ich konnte ihn kaum für Augenblicke vergessen. Jedermann kennt ja das Elend, wenn einem der Refrain irgendeines Gassenhauers oder seichten Stückchens aus einer Oper fortwährend in den Ohren oder vielmehr im Gedächtnis nachklingt. Die Sache ist und bleibt peinlich, selbst wenn es sich um ein gutes Lied oder eine wertvolle Arie handelt. Auf ähnliche Weise suchte ich ständig, mich selbst zu fangen, indem ich über meine Sicherheit nachdachte und immer wieder leise vor mich hin den Satz sagte: »Ich bin sicher.«

Eines Tages, als ich durch die Straßen bummelte, ertappte ich mich wieder einmal dabei, daß ich die üblichen Worte vor mich hin murmelte. Darauf blieb ich stehen. In einer Anwandlung von Mutwillen änderte ich die Worte so um: »Ich bin sicher – ich bin sicher – ja – wenn ich nicht so verrückt bin, mich selber anzuzeigen.«

Kaum hatte ich diese Worte ausgesprochen, als ich spürte, wie sich mein Herz unter eisigen Schauern zusammenzog. Ich besaß einige Erfahrung in

solchen Anfällen von Perversion (deren Wesen ich vorhin einigermaßen zu erklären versucht habe) und besann mich wohl, daß ich in keinem solchen Fall die Kraft zum Widerstand aufgebracht hatte. Und jetzt kam aus heiterem Himmel diese Selbstsuggestion, daß ich möglicherweise so verrückt sein könnte, den Mord, den ich begangen hatte, einzugestehen, und trat mir entgegen wie der leibhaftige Geist des Ermordeten – und lockte mich in den Tod.

Zuerst bäumte ich auf und suchte dies Nachtgespenst der Seele abzuschütteln. Ich schritt kräftig aus – schneller – noch schneller – zum Schluß kam ich ins Laufen. Ich spürte ein wildes Verlangen, laut zu schreien. Jede aufkommende Gedankenwelle überfiel mich mit neuem Entsetzen, denn, ach, so klar, zu klar fühlte ich's, daß Denken in meiner Lage dasselbe war wie Verlorensein. Ich lief immer schneller. Ich stürzte gleich einem Irrsinnigen durch die belebten Gassen. Schließlich gab es einen Aufstand, man verfolgte mich. Nun, fühlte ich, war mein Schicksal besiegelt. Hätte ich meine Zunge ausreißen können, ich hätte es getan, doch eine rauhe Stimme schlug an mein Ohr, eine noch rauhere Faust packte mich an den Schultern. Ich flog herum, ich schnappte nach Atem. Im ersten Augenblick machte ich sämtliche Martern der Selbsttötung mobil: ich wurde blind und taub und schwindlig, und dann war es irgendein unsichtbarer Feind, so dachte ich, der schlug mir mit seiner großen Hand auf den Rücken. Und das lang verschlossene Geheimnis brach aus meiner Seele.

Man sagt, ich habe laut und deutlich gesprochen, doch mit auffälliger Schwere und in leidenschaftlicher Hast, gleichsam wie aus Furcht, unterbrochen zu werden vor Beendigung der kurzen, aber haarscharfen Sätze, die mich dem Henker und der Hölle überantworteten.

Nachdem ich alles, was zur Bildung einer vollen richterlichen Überzeugung notwendig war, berichtet hatte, fiel ich jählings in Ohnmacht.

Doch warum soll ich mehr sagen? Heute trage ich diese Ketten und bin hier. Morgen, morgen bin ich ohne Fesseln – aber wo?

Die Tatsachen im Falle Valdemar

Es darf nicht wundernehmen, daß der Fall Valdemar lebhaftes Aufsehen erregt hat – man hätte es vielmehr ein Wunder nennen müssen, wäre es anders gewesen. Der Wunsch aller bei der Angelegenheit beteiligten Personen, diese wenigstens so lange geheimzuhalten, bis neue Nachforschungen ihnen noch weitere Beweise an die Hand gegeben hätten, bewirkte, daß ein entstellter und übertriebener Bericht an die Öffentlichkeit gelangte, der die ganze Angelegenheit in falschem Licht erscheinen ließ und – verständlicherweise – starken Unglauben hervorrief. Es erscheint mir daher notwendig, eine knappe Darstellung der Tatsachen dieses Falles zu geben, soweit sie mir selbst schon verständlich sind:

Meine Aufmerksamkeit war im Laufe der letzten drei Jahre schon verschiedentlich auf den Mesmerismus gelenkt worden, und vor etwa neun Monaten fiel es mir ganz plötzlich auf, daß es in der Reihe von Versuchen, die bisher gemacht worden waren, eine sehr empfindliche und schwer verständliche Lücke gab: Bisher war noch niemand in articulo mortis hypnotisiert worden. Es blieb also festzustellen, ob in diesem Zustand beim Patienten irgendwelche Empfänglichkeit für magnetische Einflüsse vorhanden war, zweitens, wenn ja, ob sie durch die augenblickliche Verfassung behindert oder gesteigert wurde; endlich noch, inwieweit oder für wie lange der Zugriff des Todes dadurch aufgehalten werden konnte. Auch andere Punkte waren noch klarzustellen, diese drei aber erregten meine Neugier am stärksten, ganz besonders der letztgenannte, wegen der ungeheuren Wichtigkeit seiner möglichen Folgen. Während ich nach einem geeigneten Versuchsobjekt Umschau hielt, fiel mir mein Freund, Monsieur Ernest Valdemar, ein, der wohlbekannte Herausgeber der »Bibliotheca Forsensica« und Verfasser (unter dem Pseudonym Issachar Marr) der polnischen Ausgabe des »Wallenstein« und des »Gargantua«. Monsieur Valdemar hatte seit dem Jahre 1839 fast ständig in Harlem N.Y. gewohnt und ist (oder war) besonders auffallend durch seine extreme Magerkeit (seine unteren Gliedmaßen erinnerten stark an die von John Randolph) und auch durch seinen weißen Backenbart, der sich von dem schwarzen Haupthaar seltsam abhob, weswegen man das letztere ganz allgemein fälschlicherweise für eine Perücke hielt. Valdemars Temperament war ausgesprochen nervös und machte ihn für mesmerische Versuche besonders geeignet. Zwei- oder dreimal hatte ich ihn mit geringer Mühe eingeschläfert, ohne jedoch im übrigen zu irgendwelchen Erfolgen zu gelangen, die ich seiner besonderen Veranlagung wegen sicher erhofft hatte. Sein Wille war keinen Augenblick lang tatsächlich und gänzlich dem meinigen unterworfen, und in bezug auf »Hellsehen« konnte ich mit ihm nichts Zuverlässiges erreichen. Meinen Mißerfolg schrieb ich seinem zerrütteten Gesundheitszustand zu, denn wenige Monate vor unserer Bekanntschaft hatten die Ärzte bei ihm eine chronische Lungenschwindsucht festgestellt. Er hatte auch die Gewohnheit, über seine bevorstehende Auflösung zu sprechen, wie über eine unvermeidliche und nicht weiter bedauerliche Tatsache.

Als die obengenannten Ideen mich zu beschäftigen begannen, war es nur natürlich, daß ich an Monsieur Valdemar denken mußte. Ich kannte den philosophischen Gleichmut des Mannes zu gut, um seinerseits irgendwelche Schwierigkeiten befürchten zu müssen. Und er hatte keine Verwandten in Amerika, die sich etwa einmischen würden. Ich sprach freimütig mit ihm über die Angelegenheit, und zu meiner Überraschung schien sein Interesse lebhaft angeregt. Ich sage zu meiner Überraschung, denn wenn er sich auch immer bereitwillig zu meinen Versuchen hergegeben hatte, so hatte er doch bisher nie irgendwelche Anteilnahme an meinem Tun gezeigt. Seine Krankheit war von einer Art, die eine genaue Zeitbestimmung des tödlichen Ausgangs zuließ; und schließlich kamen wir überein, daß er mich etwa vierundzwanzig Stunden vor der von seinen Ärzten verkündeten Sterbestunde holen lassen wollte.

Es ist nun etwas mehr als sieben Monate her, daß ich von Monsieur Valdemars eigener Hand folgende Mitteilung empfing:

Mein lieber P...,

am besten kommen Sie jetzt gleich. D... und F... sagen übereinstimmend, daß ich wohl nicht länger als bis morgen um Mitternacht aushalte. Und ich glaube, daß sie die Zeit in etwa richtig erraten haben.

Valdemar

Ich empfing den Brief eine halbe Stunde, nachdem er geschrieben war, und fünfzehn Minuten später stand ich in dem Zimmer des Sterbenden. Ich hatte ihn zehn Tage lang nicht gesehen und war erschüttert von der furchtbaren Veränderung, die während des kurzen Zeitraums mit ihm vorgegangen war. Sein Gesicht war bleifarben, die Augen völlig glanzlos und die Auszehrung so weit fortgeschritten, daß die Wangenknochen die Haut durchbohrt hatten. Er hatte außerordentlich viel Auswurf. Der Puls war kaum wahrnehmbar. Trotzdem hatte er sich in außergewöhnlichem Maße nicht nur die völlige geistige, sondern auch einen gewissen Teil körperlicher Kraft bewahrt. Er sprach deutlich, nahm ohne fremde Hilfe einige lindernde Medikamente und war bei meinem Eintreten dabei, mit Bleistift Eintragungen in sein Tagebuch zu machen. Eine Lage von Kissen stützte ihn so, daß er aufrecht im Bette saß. Die Doktoren D... und F... waren zugegen.

Nachdem ich Valdemars Hand gedrückt hatte, nahm ich die beiden Herren beiseite und ließ mir von ihnen das Befinden des Patienten genau auseinandersetzen. Die linke Lunge war seit achtzehn Monaten eingeschrumpft, halb verknorpelt und daher völlig nutzlos geworden. Die rechte war in ihrem oberen Lappen ebenso teilweise oder ganz verknorpelt, während der untere Lappen nur noch aus einer Unzahl von ineinandergreifenden, eiternden Tuberkeln bestand. Etliche ausgedehnte Perforationen waren vorhanden und an einer Stelle lag eine Verwachsung mit den Rippen vor. Diese Erscheinungen im rechten Lungenflügel waren verhältnismäßig neueren Datums. Die Verknorpelung war mit ungewöhnlicher Schnelligkeit vor sich gegangen. Einen Monat zuvor war noch nichts zu bemerken gewesen, und die Verwachsung war erst in den letzten Tagen festgestellt worden. Unabhängig von der Lungenschwindsucht waren Anzeichen für eine Erweiterung der Aorta da, doch machten die Verknöcherungen eine genaue Feststellung unmöglich. Es war die Meinung beider Ärzte, daß Valdemar etwa um Mitternacht des nächsten Tages (einem Sonntag) sterben würde. Jetzt hatten wir Samstag, sieben Uhr abends.

Als sie das Bett des Kranken verlassen hatten, um mit mir zu sprechen, hatten die Herren D... und F... dem Kranken ein letztes Lebewohl gesagt, da es nicht ihre Absicht war, nochmals zurückzukehren. Auf meine Bitte hin erklärten sie sich jedoch bereit, am nächsten Abend um zehn Uhr nochmals nachzusehen.

Sofort nach ihrem Weggang besprach ich mit Valdemar ganz offen die Tatsache seiner bevorstehenden Auflösung, wie auch noch eingehender das beabsichtigte Experiment. Er äußerte abermals nicht nur seine Bereitwilligkeit, sondern sogar den ängstlichen Wunsch danach, und bat mich dringend, sofort zu beginnen. Ein Pfleger und eine Pflegerin standen in Bereitschaft; ich hielt es aber nicht für angezeigt, ohne andere Zeugen als diese beiden Leute ein so schwerwiegendes Unternehmen zu beginnen, denn bei einem plötzlichen Zwischenfall mochten sie wenig zuverlässig sein. Darum verschob ich den Eingriff auf den nächsten Abend etwa um acht Uhr, bis ein junger Medizinstudent eintraf, mit dem ich bekannt war (ein Mr. Theodor L...l) und dessen Erscheinen mir aus der Verlegenheit half. Ursprünglich war es meine Absicht gewesen, auf die Ärzte zu warten. Dann aber sah ich mich dazu veranlaßt, erstens durch die dringenden Bitten von Herrn Valdemar, und zweitens durch meine Überzeugung, daß ich keinen Augenblick zu verlieren hätte, da es offensichtlich mit ihm rasch zu Ende ging.

Mr. L...l erklärte sich auf meinen Wunsch hin freundlicherweise bereit, alle Vorgänge schriftlich festzuhalten, und was ich nun erzähle, ist größten-

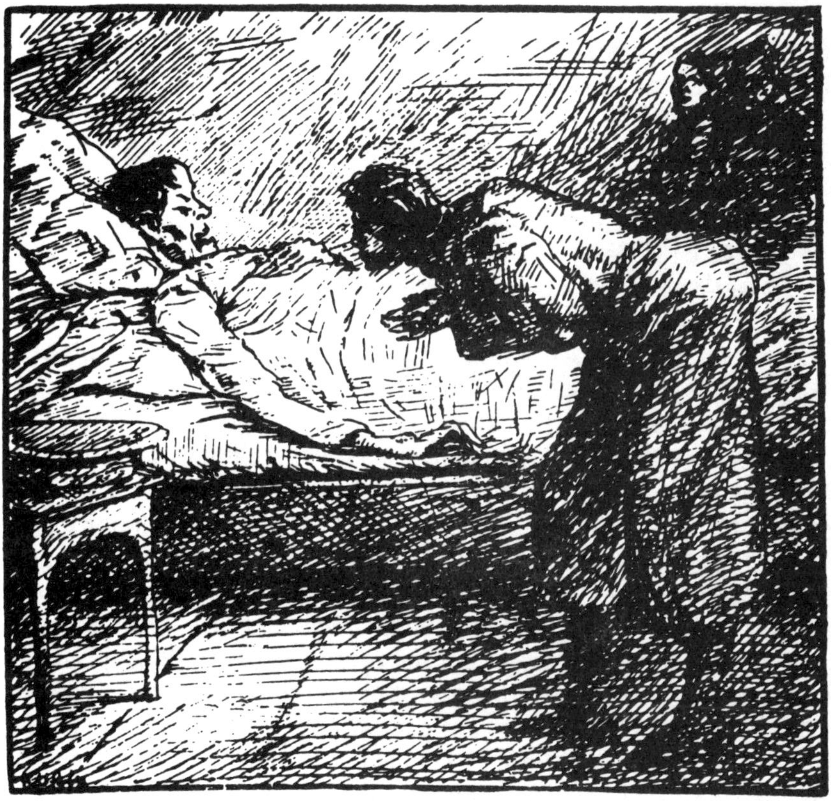

teils ein gekürzter Auszug oder eine wörtliche Abschrift seiner Aufzeichnungen.

Es war etwa fünf Minuten vor acht, als ich die Hände des Kranken nahm und ihn bat, so deutlich als es ihm möglich wäre, Herrn L...l zu erklären, daß er (Monsieur Valdemar) durchaus damit einverstanden sei, von mir in seinem augenblicklichen Zustand mesmerisiert zu werden.

Er gab mit schwacher, aber doch gut vernehmlicher Stimme zurück: »Ja, ich will mesmerisiert werden«, und fügte unmittelbar hinzu, »ich fürchte nur, Sie haben es zu lange aufgeschoben.«

Noch während er dies sagte, begann ich mit den Strichen, von denen ich aus Erfahrung wußte, daß sie ihn am schnellsten einschläferten. Der erste seitliche Strich meiner Hand über seine Schläfe hatte ersichtliche Wirkung. Doch obwohl ich alle Kraft zusammennahm, konnte ich keinen weiteren Erfolg erzielen, bis etwa wenige Minuten nach zehn, als die Doktoren D... und F... verabredungsgemäß eintrafen. Ich setzte ihnen mit wenigen Worten meine Absicht auseinander, und da sie keinerlei Einwände erhoben, da ja ohnehin der Todeskampf bereits eingesetzt hatte, fuhr ich ohne Zögern fort, wandte aber statt des seitlichen einen Strich von oben nach unten an und hielt meinen Blick starr auf das rechte Auge des Leidenden gerichtet.

Zu dieser Zeit war sein Puls kaum wahrnehmbar und seine Atemzüge rasselnd. Sie setzten auch wiederholt bis zu einer halben Minute aus.

Dieser Zustand hielt fast unverändert eine Viertelstunde an. Nach Ablauf dieser Zeit ließ der Sterbende einen natürlich klingenden Seufzer hören, und der rasselnde Atem hörte auf – das Rasseln war nicht weiter vernehmbar. Die Zwischenräume zwischen den Atemzügen blieben unverändert. Die Glieder des Kranken waren eiskalt.

Fünf Minuten vor elf bemerkte ich unverkennbare Zeichen des magnetischen Einflusses. Das glasige Rollen des Auges wich dem gequälten Ausdruck des Nach-innen-Starrens, der nur bei Somnambulen beobachtet wird und durchaus nicht zu verkennen ist. Mit wenigen Seitenstrichen brachte ich die Lider zum Beben und mit einigen mehr zum völligen Schließen. Hiermit war ich jedoch noch nicht zufrieden, sondern setzte die Striche nachdrücklich und unter schärfster Anspannung meines Willens fort, bis ich eine völlige Erstarrung der Glieder, die zuvor in bequeme Lage gebracht worden waren, erreicht hatte. Die Beine waren lang ausgestreckt und ruhten in geringem Abstand von den Hüften auf dem Bett. Der Kopf war ein wenig erhöht.

Als ich es so weit gebracht hatte, war gerade Mitternacht, und ich ersuchte die anwesenden Herren, Monsieur Valdemars Zustand zu prüfen. Nach wenigen Versuchen stellten sie fest, daß er sich in tiefem, magnetischem Schlaf befand; die Neugierde beider Ärzte war in höchstem Grad erweckt. Doktor D... beschloß sofort, die ganze Nacht bei dem Kranken zuzubringen, während sich Doktor F... mit dem Versprechen verabschiedete, bei Tagesanbruch wiederzukommen. Herr L... und die beiden Pfleger blieben zugegen.

Wir ließen Monsieur Valdemar bis gegen drei Uhr morgens völlig ungestört, dann trat ich an ihn heran und fand ihn im genau gleichen Zustand wie beim Weggang des Doktor F..., das heißt, er lag in der gleichen Stellung. Der Puls war nicht fühlbar, der Atem kaum wahrnehmbar, außer dadurch, daß man einen Spiegel vor seine Lippen hielt, die Augen waren in ganz natürlicher Weise geschlossen und die Glieder starr und kalt wie Marmor. Der allgemeine Eindruck war aber gewiß nicht der des Todes.

Sobald ich mich M. Valdemar genähert hatte, machte ich eine Art halbherzigen Versuch, seinen rechten Arm dazu zu bringen, den Bewegungen des meinigen zu folgen, den ich langsam über ihm hin und her schwenkte. Mit diesem Versuch hatte ich bisher bei diesem Patienten niemals zuvor Erfolg gehabt, und ich machte mir auch diesmal nur wenig Hoffnung. Zu meiner Verwunderung aber folgte sein Arm bereitwillig, wenn auch schwach, jeder Richtung, die ich ihm wies. Nun beschloß ich, ein kurzes Gespräch zu wagen.

»Monsieur Valdemar«, sagte ich »schlafen Sie?«

Er antwortete nicht. Ich bemerkte aber ein Zittern um seine Lippen und wurde dadurch veranlaßt, die Frage immer wieder zu wiederholen. Bei der dritten Wiederholung überlief ein leichter Schauer seinen ganzen Körper, die Augenlider öffneten sich so weit, daß ein weißer Streifen des Augapfels durchschimmerte, die Lippen bewegten sich schwerfällig, und zwischen ihnen drangen in kaum vernehmbarem Flüstern die Worte hervor:

»Ja... schlafe jetzt. Wecken Sie mich nicht, lassen Sie mich so sterben!«

Daraufhin befühlte ich die Glieder und fand sie so starr wie zuvor. Wie zuvor folgte der rechte Arm meiner Hand. Ich stellte dem Hypnotisierten eine weitere Frage.

»Fühlen Sie noch Schmerzen in der Brust, Monsieur Valdemar?«

Die Antwort kam diesmal unmittelbar, aber noch leiser als zuvor. »Keine Schmerzen – ich sterbe!«

Ich hielt es nicht für ratsam, ihn im Augenblick noch zu stören, und so wurde nichts weiter gesagt oder getan bis zur Ankunft des Doktor F..., der kurz vor Sonnenaufgang eintraf und seine höchste Verwunderung darüber ausdrückte, den Kranken noch lebend zu finden. Nachdem er den Puls gefühlt und dem Kranken einen Spiegel an die Lippen geführt hatte, verlangte er, daß ich nochmals mit dem Hypnotisierten sprechen sollte.

Das tat ich und sagte:

»Monsieur Valdemar, schlafen Sie noch?«

Wie beim erstenmal vergingen mehrere Minuten bis zur Antwort: und während dieser Zeit schien der Sterbende seine Kräfte zu sammeln, um sprechen zu können. Bei der vierten Wiederholung der Frage sagte er ganz leise, fast unhörbar:

»Ja, schlafe noch – sterbe!«

Es war nun die Meinung oder vielmehr der Wunsch der Ärzte, daß Monsieur Valdemar in dem augenblicklichen, ruhigen Zustand gelassen werden sollte bis zum Eintritt des Todes, der nach übereinstimmender Ansicht in den nächsten Augenblicken erfolgen mußte. Ich beschloß jedoch, ihn noch einmal anzusprechen, und wiederholte einfach meine vorhergehende Frage. Noch während ich sprach, ging eine merkliche Veränderung in den Zügen des Eingeschlafenen vor. Die Augen klappten langsam auf, die Pupillen verschwanden nach oben, die Haut bekam Leichenfarbe und erinnerte weniger an Pergament als an weißes Papier. Und die kreisrunden, hektischen Flecken, die sich bisher mitten in jeder Wange scharf abgezeichnet hatten, erloschen mit einem Mal. Ich gebrauche diesen Ausdruck, weil ihr plötzliches Verschwinden mich an nichts so sehr erinnerte als an das Ausgehen einer Kerze bei einem plötzlichen Luftzug. Zugleich zog sich die Oberlippe über die Zähne hinauf, die sie vorher gänzlich bedeckt hatte, und der Unterkiefer fiel mit hörbarem Klappen herab, ließ den Mund weit offen, und die geschwollene, schwarzangelaufene Zunge wurde deutlich sichtbar. Ich nehme an, daß keinem von allen damals Anwesenden die Schrecken des Sterbebettes unvertraut waren. Valdemars Aussehen in diesem Augenblick war aber so über alle Begriffe grauenhaft, daß alle aus dem Bereich des Bettes zurückwichen.

Ich fühle, daß ich nun einen Punkt der Erzählung erreicht habe, an dem bei jedem Leser der völlige Unglaube einsetzen wird; dennoch ist es meine Pflicht, einfach fortzufahren.

An Monsieur Valdemar war nicht mehr das geringste Lebenszeichen erkennbar. Wir nahmen an, er sei tot und wollten ihn eben der Obhut der Pfleger überlassen, als sich ein starkes Vibrieren der Zunge bemerkbar machte. Dies hielt etwa eine Minute lang an. Dann scholl zwischen dem offenen, bewegungslosen Kiefer hervor eine Stimme, die annähernd beschreiben zu wollen, Wahnwitz wäre. Tatsächlich gibt es zwei oder drei Eigenschaftswörter, die teilweise darauf anwendbar sind. So könnte ich sagen, daß der Ton heiser, gebrochen und hohl klang. Der schauerliche Gesamteindruck aber ist unbeschreibbar aus dem einfachen Grund, weil nie zuvor das menschliche Ohr ähnliche Töne vernommen hat. Immerhin

KUBIN

gibt es zwei Einzelheiten, die mir damals wie auch heute noch, die Klangfarbe irgendwie zu kennzeichnen und einen Begriff ihrer unirdischen Absonderlichkeit zu geben scheinen. Erstens schien die Stimme unseren oder wenigstens meinen Ohren aus großer Entfernung oder aus einer tiefen Höhle im Erdinnern zu kommen. Und zweitens vermittelte sie mir das Gefühl (ich fürchte tatsächlich, daß es mir unmöglich sein wird, mich verständlich zu machen), wie schleimige oder klebrige Substanzen auf den Tastsinn wirken. Ich habe von »Klang« und »Stimme« gesprochen, damit will ich sagen, daß die Silbenbildung deutlich, erstaunlich und schaurig deutlich war. Monsieur Valdemar sprach, augenscheinlich als Antwort auf die Frage, die ich ihm wenige Minuten zuvor gestellt hatte. Ich hatte ihn, wie man sich erinnern wird, gefragt, ob er noch schlafe. Nun sagte er:

»Ja – nein, ich habe geschlafen – und jetzt – jetzt – bin ich tot.« Keiner der Anwesenden machte den leisesten Versuch, das unaussprechliche Grauen zu leugnen oder zu unterdrücken, das diese wenigen in dieser Weise geäußerten Worte tatsächlich wohl bewirken konnte. Mr. L...l, der Student, fiel in Ohnmacht. Die Pfleger verließen augenblicklich das Zimmer und waren nicht zur Rückkehr zu bewegen. Ich will nicht versuchen, dem Leser meine eigenen Eindrücke verständlich zu machen. Nahezu eine Stunde bemühten wir uns im tiefsten Schweigen, Mr. L...l wieder zum Bewußtsein zu bringen. Sobald uns das gelungen war, widmeten wir uns einer neuerlichen Untersucheung von Monsieur Valdemars Zustand.

Er war in jedem Punkt unverändert, so wie ich ihn zuletzt beschrieben habe, nur mit dem Unterschied, daß auch der Spiegel keine Spur von Atem mehr anzeigte. Ein Versuch, Blut aus dem Arm zu ziehen, war erfolglos. Ich muß auch erwähnen, daß dieses Glied meinem Willen nicht länger gehorchte. Ich versuchte vergeblich, es der Richtung meiner Hand folgen zu lassen. Das einzig sichtbare Kennzeichen des hypnotischen Einflusses war nun das Vibrieren der Zunge, das sich regelmäßig einstellte, sobald ich M. Valdemar eine Frage vorlegte. Er schien mit aller Anstrengung antworten zu wollen, ohne die nötige Willenskraft dazu aufzubringen. Alle Fragen, die von anderen als mir selbst an ihn gerichtet wurden, schien er überhaupt nicht wahrzunehmen – obwohl ich der Reihe nach jeden Anwesenden in mesmerische Beziehung zu ihm zu bringen versuchte. Ich glaube nun, alles angeführt zu haben, um ein Verständnis für den Zustand des Mediums in diesem Zeitabschnitt zu ermöglichen. Es wurden andere Pfleger besorgt, und um zehn Uhr verließ ich das Haus in Begleitung der beiden Ärzte und von Mr. L...l.

Nachmittags sprachen wir alle wieder vor, um nach dem Patienten zu sehen. Sein Zustand war genau der gleiche. Nun ergab sich eine Auseinan-

dersetzung, ob es angezeigt und tunlich wäre, ihn aufzuwecken. Doch kamen wir schnell überein, daß dadurch unmöglich ein guter Zweck erreicht werden könne. Es war offensichtlich, daß bisher der Tod (oder was gewöhnlich so genannt wird) durch den mesmerischen Prozeß aufgehalten worden war. Es schien uns klar, daß es nur seine augenblickliche oder wenigstens beschleunigte Auflösung zur Folge haben würde, Valdemar aufzuwecken.

Von da ab bis zum Ende der letzten Woche – also während einer Zeit von nahezu sieben Monaten – fuhren wir fort, täglich Monsieurs Valdemars Wohnung aufzusuchen, zeitweilig von Ärzten und anderen Freunden begleitet. Während dieser ganzen Zeit blieb er in genau dem Zustand, den ich beschrieben habe. Die Pfleger taten weiter ihre Arbeit.

Letzten Freitag endlich beschlossen wir die Erweckung oder wenigstens den Versuch dazu vorzunehmen, und das (vielleicht) unglückliche Ergebnis dieses Versuches ist es, das in Privatkreisen zu so viel Geschwätz und im Volke, so muß ich es nennen, zu ganz ungerechtfertigten Gefühlsduseleien geführt hat.

Um Valdemar aus der magnetischen Trance zu erwecken, wandte ich die gewöhnlichen Striche an. Diese blieben eine Zeitlang erfolglos. Das erste Anzeichen von Wiederbelebung bestand in einem teilweisen Senken der

Iris. Als sehr auffallend wurde beobachtet, daß dieses Senken der Pupille mit dem Ausfluß einer gelblichen, scharf und sehr übel riechenden Flüssigkeit unter den Augenlidern hervor verbunden war.

Nun wurde angeregt, ich sollte wie seinerzeit noch einmal versuchen, den Arm des Patienten zu beeinflussen. Ich machte den Versuch, doch ohne Ergebnis. Dann sprach Doktor F... den Wunsch aus, ich sollte noch eine Frage stellen. Das tat ich denn auch wie folgt:

»Monsieur Valdemar, können Sie uns erklären, was augenblicklich Ihre Gefühle oder Wünsche sind?«

Sofort kehrten die hektischen Flecken auf den Wangen zurück. Die Zunge zitterte oder rollte vielmehr heftig im Mund hin und her (obwohl Kiefer und Lippen starr blieben wie zuvor) und schließlich brach dieselbe grauenvolle Stimme, die ich beschrieben habe:

»Um Gottes willen! – Schnell! – Schnell! – schläfern Sie mich ein! – oder schnell – Wecken Sie mich auf! – schnell ich sage Ihnen, ich bin tot!«

Ich verlor die Nerven und war einen Augenblick lang unschlüssig, was zu tun wäre. Zuerst bemühte ich mich noch, den Patienten wieder einzuschläfern, brachte es aber nicht fertig, da meine Willenskraft versagte, deshalb machte ich sofort kehrt und versuchte ebenso eifrig, ihn aufzuwecken. Bald sah ich, daß ich damit Erfolg haben würde, oder ich glaubte wenigstens an einen vollen Erfolg. Und sicherlich waren alle Anwesenden darauf gefaßt, den Patienten aufwachen zu sehen.

Auf das, was dann tatsächlich geschah, wäre wohl unmöglich irgendein menschliches Wesen gefaßt gewesen.

Während ich noch hastig die magnetischen Striche machte – wobei wiederholt der Ausruf »tot! tot!« von der Zunge und nicht von den Lippen des Leidenden hervorbrach, schrumpfte, verfiel, verfaulte mir im Verlauf einer Minute oder noch weniger sein ganzer Leib unmittelbar unter den Händen. Auf dem Bett, vor unser aller Augen, lag eine fast flüssige Masse von ekelhafter, von abscheuerregender Fäulnis.

Das Faß Amontillado

Die tausend Ungerechtigkeiten und Kränkungen hatte ich, so gut es ging, ertragen, doch als er mich zu beleidigen wagte, da schwor ich Rache. Sie werden mir glauben, daß ich auch nicht eine einzige Drohung gegen ihn ausstieß. Eines schönen Tages würde ich mich schon rächen – das stand felsenfest; und meine Rache sollte so vollkommen sein, daß ich selbst nicht das mindeste dabei zu wagen hatte. Ich wollte nicht nur strafen, sondern ungestraft strafen. Ein Unrecht ist nicht gesühnt, wenn den Rächer wiederum eine Strafe ereilt. Und nur dann ist die Rache vollkommen, wenn der Beleidiger weiß, von wem ihn die Rache trifft.

Sie können sich denken, daß ich Fortunato mit keinem Wort, mit keiner Handlung Anlaß gab, an meinem Wohlwollen ihm gegenüber zu zweifeln. Ich lächelte ihm freundlich zu wie immer, und er ahnte nicht, daß ich nur lächelte, weil ich seinen Untergang plante.

Er hatte eine schwache Seite, dieser Fortunato, obwohl er im übrigen ein Mann war, den man achten, ja sogar ein wenig fürchten müßte. Er tat sich nämlich etwas darauf zugute, ein gewiegter Weinkenner zu sein. Nur wenige Italiener sind wirkliche Kenner. Zum größten Teil paßt sich ihr Enthusiasmus der jeweiligen Situation an, wenn es darum geht, einen englischen oder österreichischen Millionär übers Ohr zu hauen. Von Gemälden und Edelsteinen verstand Fortunato wie die meisten seiner Landsleute herzlich wenig; doch was alte Weine anging, da war er, wie gesagt, wirklich ein Kenner. Ich selbst kannte mich ebenfalls sehr gut aus in den Erzeugnissen der italienischen Weinberge und kaufte reichlich ein, wo sich nur Gelegenheit bot.

Eines Abends in der Dämmerung, gerade während der tollsten Faschingszeit, traf ich meinen Freund auf der Straße. Er redete mich mit übertriebener Herzlichkeit an, denn er hatte viel getrunken. Der Gute sah buntscheckig genug aus in seinem enganliegenden Harlekinsgewand, dessen Hälften verschieden gefärbt waren, und seiner kegelförmigen, mit Schellen behangenen Kappe auf dem Kopf. Ich war so erfreut, ihn zu sehen, daß ich schier nicht aufhören konnte, seine Hand zu schütteln.

»Mein lieber Fortunato!« sagte ich zu ihm, »das trifft sich ausgezeichnet. Sie zu treffen! Nein – wie famos Sie heute aussehen! – Aber denken Sie nur, ich habe ein Faß Amontillado bekommen – oder vielmehr einen Wein, den man dafür ausgibt... aber ich habe meine Zweifel...«

»Wie?« fragte er, »Amontillado? Ein Faß? – ein ganzes Faß? – Nicht möglich! Und jetzt mitten im Karneval!«

»Ich habe ja auch meine Zweifel«, erwiderte ich, »ich war töricht genug, den vollen Preis für Amontillado zu zahlen, ohne vorher Ihr Urteil einzuholen. Aber Sie waren nirgendwo aufzutreiben, und ich wollte mir den Kauf nicht entgehen lassen...«

»Amontillado!?...«

»Ich habe meine Zweifel, wie gesagt...«

»Amontillado!?«

»Und möchte gern Gewißheit haben...«

»Amontillado??!!«

»Da Sie wohl heute abend keine Zeit haben werden, will ich Luchesi aufsuchen. Wenn irgend jemand ein Urteil hat, so ist er es.«

»Luchesi kann einen Amontillado nicht von einem Sherry unterscheiden...«

»Und doch gibt es Dummköpfe, die behaupten, daß er sich ebensogut auf Wein verstünde wie Sie!«

»Kommen Sie, gehen wir!«

»Wohin?«

»In Ihren Weinkeller!«

»Aber, mein Freund; ich will Ihre Liebenswürdigkeit nicht mißbrauchen. Sie haben sicher eine Verabredung! Luchesi...«

»Ich habe keine Verabredung. Kommen Sie!«

»Nein, mein Freund! die Einladung wäre ja auch noch das wenigste! Aber ich sehe, Sie sind erkältet. Die Gewölbe sind feucht, unerträglich feucht, die Wände ganz mit Salpeter bedeckt.«

»Trotzdem, kommen Sie nur! Meine Erkältung ist nicht der Rede wert! Amontillado? Wer weiß, was man Ihnen da angehängt hat! Und – Luchesi, der kann wirklich keinen Sherry von Amontillado unterscheiden.«

Damit ergriff Fortunato meinen Arm; ich zog mir eine schwarze Seidenmaske vors Gesicht, hüllte mich fest in meinen weiten Mantel und ließ mich von ihm zu meinem Palazzo führen.

Von der Dienerschaft war niemand im Hause. Die hatten sich alle davongemacht, um sich an den Karnevalsfreuden zu vergnügen. Ich hatte ihnen gesagt, daß ich vor den frühen Morgenstunden nicht zurückkehren werde, und den ausdrücklichen Befehl gegeben, sich nicht aus dem Hause zu rühren. Dies genügte, wie ich wohl wußte, daß sie allesamt verschwinden würden, sobald ich ihnen den Rücken gekehrt hatte...

Ich nahm zwei Fackeln aus ihren Haltern, gab Fortunato eine und führte ihn durch eine ganze Zimmerflucht bis an das Tor, das in die Kellergewölbe führte. Dann stiegen wir eine lange, gewundene Treppe hinab, und ich bat ihn, mir nur ja recht vorsichtig zu folgen. Wir kamen endlich unten an und standen auf dem feuchten Boden der Katakomben der Montresors.

Der Gang meines Freundes war schwankend, und die Schellen an seiner Kappe klingelten bei jedem Schritt. »Wo ist das Faß?« sagte er.

»Es liegt weiter hinten«, antwortete ich, »aber sehen Sie nur, wie das weiße Gespinst an den Kellerwänden glänzt!«

Er wandte sich zu mir und blickte mir mit glasigen Augen, aus denen Tränen der Trunkenheit quollen, ins Gesicht.

»Salpeter?« fragte er schließlich.

»Ja... Salpeter!« antwortete ich. »Aber wie lange haben Sie denn schon diesen schrecklichen Husten?«

Huch! huch! huch! huch! huch! huch! huch! huch! huch!

Wieder packte es ihn, und während mehrerer Minuten war es meinem armen Freund unmöglich, zu antworten.

»Es ist nichts«, meinte er endlich.

»Kommen Sie«, sagte ich mit Entschiedenheit, »wir wollen wieder hinaufgehen. Ihre Gesundheit ist zu kostbar. Sie sind reich, angesehen, geachtet, werden bewundert, geliebt; Sie sind so glücklich, wie ich es einst war. Es wäre wirklich schade um Sie. Wir wollen wieder hinaufsteigen. Ich könnte es nicht verantworten, wenn Sie krank würden. Überdies kann ich ja wirklich Luchesi...«

»Genug!« antwortete er. »Der Husten hat nichts zu sagen, er wird mich nicht gleich umbringen. Ich werde schon nicht daran sterben.«

»Das hoffe ich auch«, gab ich zurück, »ich hatte auch nicht die Absicht, sie unnötig zu beunruhigen, aber Sie sollten doch vorsichtig sein. Ein Schluck von diesem Medoc tut uns sicher gut – der wird uns vor der Feuchtigkeit schützen.«

Ich nahm eine der vielen dort aufgereihten Flaschen von der Stellage und entkorkte sie. »Trinken Sie!« sagte ich und reichte ihm den Wein. Er blinzelte mir zu und brachte sie an seine Lippen. Dann machte er eine Pause und blinzelte mir wieder zu, während seine Schellen klingelten.

»Ich trinke auf die Verstorbenen, die um uns ruhen!« lallte er. »Und ich auf Ihr langes Leben.«

Dann nahm er wieder meinen Arm und wir schritten weiter.

»Diese Katakomben«, meinte er nach einer Weile, »sind sehr geräumig...«

»Die Montresors«, erwiderte ich, »waren eine zahlreiche und große Familie.«

»Wie ist doch gleich ihr Wappen?«

»Ein großer, goldener Fuß in azurblauem Feld; der Fuß zertritt eine Schlange, die ihre Zähne in seine Ferse gegraben hat.«

»Und die Devise?«

»Nemo, me impune lacessit.«

»Nicht übel!« sagte er.

Der Wein funkelte in seinen Augen, und die Schellen klingelten. Auch meine Phantasie wurde durch den Medoc erhitzt. Wir waren – an ganzen Wällen aufgeschichteten Gebeins vorbeigekommen, dann wieder an langen Reihen von Fässern und Fäßchen und befanden uns nun im äußersten Teil der Katakomben.

Ich blieb stehen und faßte nun meinerseits Fortunato beherzt am Arm. »Sehen Sie doch nur«, sagte ich, »wie der Salpeter immer dichter wird. Er hängt wie Moos an den Wänden. Wir befinden uns jetzt gerade unterhalb des Flußbettes. Die Feuchtigkeit sickert in Tropfen durch das Gebein. Kommen Sie, wir wollen umkehren, ehe Sie sich schaden. Ihr Husten…«

»Hat nichts zu sagen«, entgegnete er lallend, »Los, wir gehen weiter! Aber zuerst noch einen Schluck Medoc.«

Ich entkorkte eine Flasche De Grave und reichte sie ihm. Er leerte sie auf einen Zug. Seine Augen funkelten jetzt wie glühende Kohlen. Er lachte und warf die Flasche mit einer Geste, die ich nicht verstand, in die Luft.

Ich sah ihn etwas erstaunt an. Er wiederholte die groteske Handbewegung.

»Sie verstehen nicht?« fragte er.

»Nein!« erwiderte ich.

»Sie sind also nicht… in der Loge?«

»Wie?«

»Sie sind… nicht Maurer?«

»Aber ja!« sagte ich. »Doch, doch!«

»Sie? Unmöglich! Ein Maurer?«

»Ja, Maurer«, behauptete ich.

»Ein Zeichen!« rief er.

»Hier!« gab ich zurück und zog eine Maurerkelle aus den Falten meines Mantels.

»Sie scherzen!« meinte er und trat ein paar Schritte zurück »Aber kommen Sie endlich zu Ihrem Faß Amontillado!«

»Ja, gehen wir weiter«, sagte ich, versteckte die Kelle wieder unter meinem Mantel und bot ihm wieder den Arm. Er stützte sich schwer auf mich, und wir setzten unseren Weg fort. Zunächst kamen wir durch eine Reihe niedriger Bogengänge, stiegen tiefer hinab, gingen weiter, stiegen noch tiefer hinab und gelangten endlich in ein niederes Gewölbe, in dem die Luft so stickig war, daß unsere Fackeln nur noch schwach brannten und fast kein Licht mehr gaben. Am Ende des Gewölbes befand sich ein zweites, weniger geräumiges. An seinen Wänden waren, wie in den großen

Katakomben zu Paris, bis zur Decke menschliche Gebeine aufgeschichtet. Drei Seiten dieser inneren Krypta waren in dieser Art geschmückt. Von der vierten war das Gebein herabgefallen, lag verstreut auf dem Boden umher und bildete einen Haufen von beträchtlicher Höhe. In der freigelegten Wand befand sich eine Nische von vielleicht vier Fuß Tiefe, drei Fuß Breite und sechs oder sieben Fuß Höhe. Sie war offenbar in keiner bestimmten Absicht angelegt worden, sondern bildete einfach den Zwischenraum zwischen zwei der ungeheuren Pfeiler, die das Gewölbe der Katakomben stützten. Ihre Rückwand war eine massive Granitmauer, die das Ganze umschloß.

Vergebens erhob Fortunato seine trüb flackernde Fackel, um in die Nische hineinzuspähen: das schwache Licht ließ die gegenüberliegende Mauer nicht erkennen.

»Treten Sie ein«, sagte ich, »dort liegt der Amontillado. Was Luchesi betrifft –«

»Er ist ein Dummkopf«, unterbrach mich mein Freund und tappte schwankend vorwärts, während ich ihm auf dem Fuße folgte. Einen Augenblick später war er am Ende der Nische angelangt, und als er fühlte, daß ihn die Mauer daran hinderte, weiter vorzudringen, blieb er verdutzt stehen. Im nächsten Augenblick schon hatte ich ihn an den Felsen angekettet. In diesen waren nämlich in einer Entfernung von ungefähr zwei Fuß zwei eiserne Ringe in den Granit eingelassen. Von einem dieser Ringe hing eine kurze eiserne Kette herab, von dem anderen ein Vorhängeschloß. Nachdem ich ihm blitzschnell die Kette um den Leib gewunden hatte, war es das Werk einer Sekunde, sie zuzuschließen. Er war zu verblüfft, um Widerstand zu leisten. Ich zog den Schlüssel ab und trat aus der Nische.

»Fahren Sie einmal mit der Hand über die Mauer«, sagte ich, »Sie müssen den Salpeter fühlen können. Er ist in der Tat sehr feucht. Ich bitte Sie noch einmal, gehen wir! Nein? Sie wollen nicht? Nun, dann muß ich Sie wirklich alleinlassen. Doch vorher will ich Ihnen einige kleine Bequemlichkeiten verschaffen, soweit es in meiner Macht steht.«

»Der Amontillado!« stammelte mein Freund, der sich von seinem Erstaunen noch nicht erholt hatte.

»Natürlich, natürlich!« erwiderte ich, »der Amontillado.«

Während dieser Worte machte ich mich über den Knochenhaufen her, von dem ich schon gesprochen habe, und warf die Gebeine beiseite. Bald hatte ich eine ziemliche Menge Bausteine und Mörtel freigelegt. Mit diesem Material und meiner Kelle begann ich nun eifrig, den Eingang zur Nische zu vermauern.

Ich hatte kaum die erste Lage Stein gelegt, als ich bemerkte, daß die

Trunkenheit Fortunatos fast ganz geschwunden war. Das erste Zeichen davon war ein dumpfer Schrei, der mir aus der Nische entgegenklang. Das war nicht der Schrei eines Betrunkenen! Dann folgte ein längeres Schweigen. Ich mauerte die zweite Lage auf, die dritte, die vierte, dann hörte ich wütendes Kettengerassel. Das Geräusch dauerte mehrere Minuten, und um mit rechter Genugtuung zuhören zu können, unterbrach ich meine Arbeit und ruhte mich auf dem Knochenhaufen ein wenig aus. Als das Gerassel dann endlich aufhörte, ergriff ich meine Kelle wieder und legte die fünfte, dann die sechste und die siebente Lage. Nun ging mir die Mauer schon bis an die Brust. Ich machte wieder eine Pause, erhob die Fackel über meine Mauer und beleuchtete mit schwachen Strahlen den Eingeschlossenen.

Da brach ein anhaltendes, lautes, schrilles Geschrei aus der Kehle des Gefesselten, gleichsam als wolle er mich damit zurückschleudern. Einen Augenblick lang zögerte – zitterte ich. Ich zog meinen Degen und begann in die Nische hineinzustechen, doch ein weiterer Augenblick des Nachdenkens beruhigte mich wieder. Ich legte meine Hand wie prüfend auf die festen Mauern des Gewölbes und fühlte mich höchst befriedigt. Ich näherte mich meinem Bauwerk von neuem und antwortete auf das Gebrüll des Heulenden. Ich half ihm, ich wurde sein Echo, ich schrie noch lauter als er und noch kräftiger. Das tat ich – und der Schreier verstummte.

Es war indessen Mitternacht geworden, und meine Arbeit näherte sich dem Ende. Ich hatte die achte, neunte und zehnte Lage vollendet und noch einen Teil der elften und letzten. Es blieb nur noch ein einziger großer Stein zu mauern. Mühsam hob ich ihn auf und hob ihn ungefähr an die richtige Stelle. Aber da scholl aus der Nische ein leises, verhaltenes Lachen, daß sich mir die Haare auf dem Kopf sträubten. Dann hörte ich eine traurige Stimme, die ich kaum als die des stolzen Fortunato wiedererkannte. Die Stimme sagte: »Hihihi... hi... hi... hihihihi... hi... ha. Das ist wirklich ein guter Spaß. Wir werden im Palazzo noch herzlich darüber lachen, – he! he! – über unseren Wein! ha! ha!.«

»Über den Amontillado?« fragte ich.

»Hi, hi, hi – Hi, hi! – Ja, über den Amontillado. Aber ist es nicht spät geworden? Werden uns die Signora Fortunato nicht im Palazzo erwarten? Und die anderen alle? Wollen wir nicht gehen?«

»Ja«, sagte ich, »wir wollen gehen.«

»Um Gottes willen, Montresor!«

»Ja», sagte ich, »um Gottes willen!«

Nach diesen Worten lauschte ich vergebens auf eine Antwort. Ich wurde ungeduldig und rief laut: »Fortunato!«

Keine Antwort. Ich rief nochmals: »Fortunato!«

Wieder keine Antwort. Ich zwängte eine Fackel durch die schmale Öffnung, die noch geblieben war, und ließ sie hineinfallen. Was ich vernahm, war leises Schellengeklingel. Mir wurde übel, ohne Zweifel von der dumpfen Luft des Gewölbes. Ich beeilte mich, meine Arbeit zu Ende zu bringen, rückte den letzten Stein in die richtige Lage und schloß die Fugen mit Mörtel. Dann schichtete ich vor dem neuen Mauerwerk den alten Wall von Gebeinen wieder auf. Seit einem halben Jahrhundert hat kein Sterblicher sie gestört. In pace requiescat!

Detektivgeschichten

Die Morde in der Rue Morgue

Gerade jene Veranlagung des Geistes, die man als die analytische bezeichnet, ist an sich besonders schwer zu analysieren. Wir können sie nur in ihren Wirkungen erkennen und schätzen. Wir wissen unter anderem, daß sie für den Glücklichen, der sie in ungewöhnlichem Grad besitzt, eine Quelle lebhaftesten Vergnügens bedeutet. Wie der Starke sich seiner körperlichen Fähigkeiten freut, wie er sich an Spielen ergötzt, die seine Muskeln in Tätigkeit setzen, so rühmt der Analytiker die Regsamkeit seines entwirrenden Geistes. Mit Lust erfüllt ihn auch die banalste Beschäftigung, die seiner Begabung Stoff darbietet. Er liebt Rätselfragen, Anagramme, Hieroglyphen und zeigt in seinen Lösungen dieser Aufgaben einen Grad von Scharfsinn, der dem gewöhnlichen Verständnis übernatürlich erscheint. Seine Ergebnisse, die ganz allein durch die reinste Methodik herbeigeführt werden, haben in Wahrheit den vollkommenen Anschein des Intuitiven.

Ich glaube, daß die Beschäftigung mit der Mathematik die Fähigkeit des Wiederauflösens beträchtlich stärkt; namentlich gilt das vom höchsten Zweig dieser Wissenschaft, den man ungerechterweise und wegen seiner rückblickenden Methode par excellence als Analyse bezeichnet. Aber berechnen heißt noch nicht analysieren. Ein Schachspieler zum Beispiel tut das eine, ohne sich ums andere zu kümmern. Infolgedessen wird das Schachspiel in seinen Wirkungen auf den geistigen Charakter ganz falsch verstanden. Ich will hier keine Abhandlung schreiben, sondern nur eine etwas ungewöhnliche Geschichte durch ein paar willkürliche Bemerkungen einleiten; ich will die Gelegenheit wahrnehmen, um zu behaupten, daß die höchsten Fähigkeiten des reflektierenden Intellekts durch das unscheinbare Damespiel entschiedener und nützlicher in Anspruch genommen werden als durch all die Nichtigkeit des Schachs. In letzterem hält man, da die Figuren verschiedene und oftmals bizarre Züge von wechselndem und wandelbarem Wert zu machen haben, das Verwickelte für tiefsinnig – kein ganz seltener Irrtum. Hier wird die Aufmerksamkeit gewaltig in Anspruch genommen. Läßt sie einen Augenblick nach, so kann eine Schlappe oder sogar die Niederlage erfolgen. Da die möglichen Züge nicht nur mannigfaltig, sondern auch vielfach verflochten sind, vervielfältigt sich die Wahrscheinlichkeit für solche Versehen, und in neun von zehn Fällen siegt nicht der scharfsinnige Spieler, sondern jener, der sich am besten konzentrieren kann. In dem einfacheren Damespiel dagegen wird der Sieg durch größeren Scharfsinn erfochten.

Analytische Fähigkeiten dürfen nicht mit bloßer Klugheit verwechselt werden; der Analytiker ist immer klug, der Kluge aber oft unfähig zu analysieren. Die aufbauende oder verbindende Geisteskraft, in der sich die Klugheit offenbart (die Phrenologen haben ihr, ich glaube irrtümlicherweise, ein besonderes Organ zugeschrieben, da sie in ihr eine ursprüngliche Fähigkeit erblicken), ist oft bei solchen beobachtet worden, deren Verstand an das Idiotische streifte. Der Unterschied zwischen Klugheit und analytischer Begabung ist viel größer als der zwischen Phantasie und Einbildungskraft, aber im Charakter diesem analog. In der Tat wird man finden, daß die bloß Gescheiten immer zu Einbildungen neigen, während die wahrhaft Phantasievollen stets analytisch veranlagt sind.

Die folgende Erzählung wird dem Leser einigermaßen als ein Kommentar zu den eben aufgestellten Behauptungen erscheinen.

Als ich mich im Frühjahr und einem Teil des Sommers 18.. in Paris aufhielt, lernte ich dort Monsieur C. Auguste Dupin kennen. Dieser noch jugendliche Mann stammte aus einer sehr guten, in der Tat aus einer berühmten Familie; aber durch die verschiedensten unglücklichen Zufälle war er so arm geworden, daß die Energie seines Wesens zusammenbrach und er aufgehört hatte, sich um die Welt zu kümmern oder der Wiederherstellung seines Vermögens nachzustreben. Die Rücksicht seiner Gläubiger ließ ihm noch einen kleinen Überrest des väterlichen Erbteils, und mit Hilfe strenger Sparsamkeit vermochte er mit den Zinsen dieser Summe die notwendigsten Bedürfnisse zu befriedigen, ohne daß er nach den Überflüssigkeiten des Lebens Verlangen trug. Sein einziger Luxus waren Bücher, und die sind in Paris leicht zu haben.

Wir trafen uns zum erstenmal in einer schäbigen Buchhandlung in der Rue Montmartre, und der Umstand, daß wir beide zufällig dasselbe höchst seltene und höchst merkwürdige Werk suchten, brachte uns gegenseitig näher.

Wir begegneten einander zu wiederholten Malen. Ich interessierte mich lebhaft für die kleine Familiengeschichte, die er mir mit jener Offenherzigkeit erzählte, mit der ein Franzose von seinen eigenen Angelegenheiten spricht. Auch wunderte ich mich über seine ungeheure Belesenheit, und vor allem belebte die wilde Glut, die lebensvolle Frische seiner Phantasie immer wieder das Feuer meiner Seele. Bei den Absichten, die ich damals in Paris verfolgte, schien mir der Umgang mit einem solchen Manne geradezu unschätzbar, und da meine weltlichen Umstände etwas angenehmer waren als die seinen, erlaubte ich mir (nachdem ich ihm meine Gesinnung offen gestanden und wir beschlossen hatten, eine gemeinsame Wohnung zu beziehen), auf meine Kosten ein altes, zerfallenes, groteskes Haus, das auf Grund eines Aberglaubens, dem wir niemals nachforschten, seit langem verlassen war, zu mieten und in einem Geschmack einzurichten, der dem phantastischen Trübsinn unserer gemeinsamen Stimmung entsprach; es trauerte in einem abgelegenen und öden Teil des Faubourg Saint Germain seinem Einsturz entgegen.

Hätte man in der Gesellschaft von der Lebensweise gehört, die wir an diesem Ort führten, so hätte man uns für Irre gehalten – für harmlose Irre allerdings. Unsere Abgeschlossenheit war vollkommen. Wir ließen keine Besucher vor. Allerdings hatte ich unseren Zufluchtsort mit Sorgfalt vor meinen früheren Bekannten geheimgehalten, und schon seit vielen Jahren war Dupin von den Parisern vergessen. So lebten wir nur für uns allein.

Es gehörte zu den Marotten (wie anders soll ich es bezeichnen) meines Freundes, daß er in die Nacht um ihrer selbst willen verliebt war, und dieser Bizarrerie stimmte ich, wie allem anderen, willig zu; denn ich ergab mich vollständig seinen wunderlichen Einfällen. Die dunkle Gottheit mochte zwar nicht immer bei uns verweilen, aber wir konnten uns ihre Gegenwart vortäuschen. Beim ersten Morgengrauen schlossen wir alle die schweren Jalousien unseres alten Bauwerks; dann zündeten wir ein paar Kerzen an, die einen starken Wohlgeruch verbreiteten, dabei aber nur den mattesten und geisterhaftesten Schein verbreiteten. Bei ihrem Schimmer versenkten wir unsere Seelen in Träume, schrieben, lasen oder sprachen, bis uns die Uhr die Ankunft der echten Dunkelheit verkündete. Dann begaben wir uns Arm in Arm auf die Straße, setzten die Gespräche des Tages fort oder wanderten weithin bis tief in die Nacht hinein, indem wir unter den wirren Lichtern und Schatten der volkreichen Stadt jene unbegrenzte geistige Anregung suchten, die ruhiges Beobachten zu bieten vermag.

Bei solchen Gelegenheiten konnte ich an Dupin eine besondere analytische Fähigkeit wahrnehmen und bewundern, die ich allerdings bei seiner reichen Gedankenwelt hätte voraussetzen dürfen. Auch schien er sie mit lebhaftem Vergnügen auszuüben, und wenn er auch nicht gerade damit prahlte, gestand er mir doch ohne Zögern, daß er an solchen Übungen große Freude habe. Er rühmte sich mir gegenüber mit einem leisen, kichernden Lachen, daß für ihn die meisten Menschen ein Fenster in ihrer Brust trügen, und alsbald bewies er durch überraschende Proben seine Kenntnis meines Innenlebens.

In solchen Augenblicken war sein Wesen kühl und trocken; seine Augen waren ohne Ausdruck, während seine Stimme, sonst ein volltönender Tenor, sich zu einem Diskant erhob, der ohne die Ruhe und vollkommene Deutlichkeit seiner Sprache etwas gereizt geklungen hätte. Wenn ich ihn in solcher Verfassung beobachtete, mußte ich oft an die alte Philosophie vom Zwei-Seelen-System denken und amüsierte mich mit der Vorstellung eines doppelten Dupins, eines schöpferischen und eines zerlegenden.

Nach allem, was ich bisher gesagt habe, lasse man sich aber nicht zu der Annahme verleiten, ich wolle ein Geheimnis auskramen oder einen Roman erzählen. Nein, was ich von dem Franzosen berichte, ist nur das Ergebnis einer überreizten, vielleicht krankhaften Intelligenz. Doch wird die Eigentümlichkeit seiner Bemerkungen, die er bei solchen Gelegenheiten machte, am besten durch ein Beispiel zu schildern sein.

Eines Nachts schlenderten wir eine lange, schmutzige Straße entlang, sie lag in der Nähe des Palais Royal. Beide waren wir in Gedanken vertieft und hatten vielleicht seit einer Viertelstunde keine Silbe gesprochen. Plötzlich sagte Dupin unvermittelt: »'s ist wahr, er ist ein ziemlich kleiner Bursche und würde besser für das Theatre des Varietés passen.«

»Zweifellos«, erwiderte ich unbedenklich, ohne in meinem versonnenen Zustand sogleich zu bemerken, auf wie außergewöhnliche Weise der Sprecher sich in meine Gedanken hineinversetzt hatte. Gleich darauf sammelte ich mich wieder und war aufs äußerste erstaunt. »Dupin«, sagte ich ernst, »das ist mehr, als ich begreifen kann. Ich zögere nicht, einzugestehen, daß ich verblüfft bin und kaum meinen Sinnen zu trauen vermag. Wie war es möglich, daß Sie wußten, ich dächte an...« Hier machte ich eine Pause, um ganz sicher zu sein, daß er wirklich wußte, an wen ich dachte.

»An Chantilly«, sagte er. »Warum halten Sie inne? Sie sagten eben zu sich selber, daß seine winzige Gestalt ihn für das Trauerspiel ungeeignet macht.«

Gerade das war der Gegenstand meiner Gedanken gewesen. Chantilly war ein ehemaliger Schuster der Rue Denis, der, vom Theaterteufel besessen, sich in der Rolle des Xerxes in Crébillons gleichnamiger Tragödie versucht hatte, um für seine Mühe nur Hohn und Spott zu ernten.

»Nennen Sie um Gottes willen die Methode«, rief ich, »– falls es eine solche Methode gibt –, die es Ihnen ermöglicht hat, meine Seele derart zu erforschen.« In der Tat war ich noch mehr überrascht, als ich zugegeben hätte.

»Es war der Obsthändler«, erwiderte mein Freund, »der Sie zu dem Schluß brachte, daß der Sohlenausbesserer nicht hoch genug gewachsen sei für Xerxes et id genus omne.«

»Der Obsthändler! Sie setzen mich in Erstaunen; ich kenne gar keinen solchen Menschen.«

»Der Mann, der Sie anrempelte, als wir diese Straße betraten – es dürfte etwa fünfzehn Minuten her sein.«

Jetzt entsann ich mich in der Tat des Umstandes, daß ein Obsthändler, der auf dem Kopf einen großen Korb Äpfel trug, mich aus Versehen beinahe über den Haufen gerannt hätte, als wir aus der Rue C. in die Straße eingebogen waren, in der wir uns jetzt befanden; aber was das mit Chantilly zu tun hatte, das überstieg meine Fassungskraft.

»Ich will es Ihnen erklären«, sagte er, »und damit Sie besser begreifen, wollen wir Ihre Gedanken zurückverfolgen von dem Augenblick an, als ich mit Ihnen sprach, bis zu dem Rencontre mit besagtem Obsthändler. Die Hauptglieder der Kette sind: Chantilly, Orion, Dr. Nichols, Epikur, Stereotomie, Pflastersteine, der Obsthändler.«

Wenige Menschen nur dürfte es geben, die nicht einmal zu irgendeiner Zeit ihres Lebens versucht hätten, die Schritte, durch die ihre Gedanken zu bestimmten Schlüssen gelangt sind, zurückzuverfolgen.

Es ist eine fesselnde Beschäftigung, und anfangs staunt man über die ungeheure Distanz und Zusammenhanglosigkeit zwischen dem Ausgangspunkt und dem Ziel. Wie groß war also mein Erstaunen, als ich die Worte des Franzosen vernahm und erkennen mußte, daß er die Wahrheit gesprochen hatte. Er fuhr fort:

»Wir hatten, entsinne ich mich recht, von Pferden gesprochen, als wir eben im Begriff waren, die Rue C. zu verlassen. Wie wir dann in diese Gasse einbogen, stürzte ein Obsthändler eilig an uns vorbei und stieß Sie gegen einen Haufen Pflastersteine, die dort bereitlagen, wo die Straße ausgebessert wird. Sie traten auf einen losen Stein, glitten aus, verrenkten sich ein wenig das Fußgelenk, wurden sichtlich ärgerlich oder mißgestimmt, murmelten ein paar Worte, wandten sich nach dem Haufen um und gingen dann schweigend weiter. Ich beachtete Ihr Verhalten nicht sonderlich; aber Beobachten ist mir in letzter Zeit zu einer Art Zwang geworden. Sie blieben mit den Augen am Boden haften und betrachteten mit gereiztem Ausdruck die Löcher und Spalten des Pflasters (woran ich erkannte, daß Sie noch mit den Steinen beschäftigt waren), bis wir die schmale Lamartinegasse erreichten, die versuchsweise mit übergreifenden Holzblöcken gepflastert ist. Hier erhellte sich Ihre Miene, Ihre Lippen bewegten sich, und ich konnte nicht daran zweifeln, daß Sie das Wort ›Stereotomie‹ murmelten – eine prätentiöse Bezeichnung für diese Art der Pflasterung. Ich wußte, daß Sie nicht an Stereotomie denken konnten, ohne sich gleichzeitig an die Atome und mithin an die Theorien Epikurs zu erinnern, und da ich kürzlich bei einer Besprechung dieses Gegenstandes zu Ihnen gesagt hatte, wie seltsam die unsicheren Vermutungen jenes erlauchten Griechen durch die Nebular-Kosmogonie bestätigt worden sind (was zu wenig anerkannt wird) – ahnte ich, daß Sie es nicht würden vermeiden können, Ihre Augen auf den großen Nebelfleck im Orion zu richten, ja, ich nahm das als ganz gewiß an. Und das taten Sie denn auch, und ich erkannte, daß ich Ihrem Gedankengang richtig gefolgt war.

Aber in jenem bitteren Ausfall auf Chantilly gestern im ›Musée‹ machte der Kritiker einige niederträchtige Anspielungen auf den Namenswechsel des Schusters beim Besteigen des Kothurn, in Anlehnung an einen lateinischen Vers, über den wir uns oft unterhalten haben. Ich meine die Zeile:

Perdidit antiquum litera prima sonum

Ich hatte Ihnen gesagt, daß sich diese Zeile auf Orion beziehe, den man früher Urion schrieb, und infolge einer bissigen Bemerkung, mit der diese Erklärung gewürzt war, zweifelte ich nicht daran, daß Sie sie im Gedächtnis behalten hatten. Es war danach klar, daß Sie die Vorstellungen ›Orion‹ und ›Chantilly‹ kombinieren würden. Daß Sie es taten, bewies Ihr flüchtiges Lächeln. Sie gedachten der Abschlachtung des unseligen Schusters. Bis dahin hatten Sie sich nachlässig gehalten; jetzt aber richteten Sie sich zu voller Höhe auf. Da war ich sicher, daß Ihnen die winzige Gestalt Chantillys vor die Augen trat. An diesem Punkt unterbrach ich Ihre Gedanken – und zwar mit der Bemerkung, daß der kleine Kerl besser für das Theatre des Varieté passe.«

Nicht lange danach durchblätterten wir eine Abendausgabe der »Gazette des Tribunaux«, als folgende Notiz unsere Aufmerksamkeit auf sich lenkte:

»Sensationeller Mord! – Diesen Morgen gegen drei Uhr wurden die Bewohner des Quartier St. Roch durch eine Reihe entsetzlicher Schreie geweckt, die offenbar aus dem vierten Stockwerk eines in der Rue Morgue liegenden Hauses drangen, das, soviel man weiß, ausschließlich von einer Madame L'Espanaye und ihrer Tochter, Mademoiselle L'Camille Espanaye, bewohnt wird. Nach einer Verzögerung, die durch die vergeblichen Bemühungen, den Eintritt auf die gewohnte Art zu erlangen, entstand, wurde das Haustor mit einer Brechstange geöffnet; und acht oder zehn Nachbarn drangen, begleitet von zwei Gendarmen, ein. Inzwischen hatten die Schreie aufgehört; aber man unterschied, während die Leute die erste Treppenflucht hinaufstürmten, zwei oder mehrere rauhe Stimmen, die sich zornig zu streiten schienen; sie schienen aus dem oberen Stock des Hauses zu kommen. Als man den zweiten Stock erreicht hatte, verstummte auch dieser Lärm, und alles blieb vollkommen ruhig. Die Gesellschaft verteilte sich und eilte von Zimmer zu Zimmer. Als man ein großes Hinterzimmer des vierten Stockwerks erreicht hatte (die Tür war versperrt, der Schlüssel steckte innen und man mußte sie aufbrechen), bot sich ein Anblick, der alle Anwesenden nicht weniger mit Entsetzen denn mit Erstaunen erfüllte.

Das Zimmer war in der furchtbarsten Unordnung – die Möbel waren zertrümmert und nach allen Richtungen durcheinandergeworfen. Es war nur eine Bettstatt da, und von dieser war das Bett entfernt und in die Mitte des Raumes geschleudert worden. Auf einem Stuhl lag ein Rasiermesser, triefend vor Blut. Im Kamin lagen zwei oder drei lange und dichte Büschel grauen, menschlichen Haares, ebenfalls mit Blut besudelt und offenbar samt den Wurzeln herausgerissen. Auf dem Fußboden fand man vier Napoleons, einen Ohrring mit einem Topas, drei kleinere aus métal d'Alger und zwei Beutel, die beinahe viertausend Franken in Gold enthielten. Die Schubladen des Schreibtisches, der in der einen Ecke stand, waren aufgerissen und offenbar beraubt worden, obwohl sie noch vielerlei Gegenstände enthielten. Ein kleiner, eiserner Kasten wurde unter den Betten (nicht unter der Bettstatt) hervorgezogen. Er war offen, und der Schlüssel steckte noch. Er enthielt nichts außer ein paar alten Briefen und anderen Papieren ohne Bedeutung.

Von Madame L'Espanaye war keine Spur zu erblicken; als man aber in der Herdasche eine ungewöhnliche Menge Ruß entdeckte, durchsuchte man den Kamin und zog (entsetzlich zu sagen) mit dem Kopf nach unten den Leichnam ihrer Tochter hervor. Er war in dieser Stellung durch die enge Öffnung ziemlich weit hinaufgezwängt worden. Der Körper war noch warm. Man untersuchte ihn und fand viele Hautabschürfungen, die ohne Zweifel von der Gewalt, mit welcher er hinaufgestoßen und wieder herausgezogen worden war, herrührten. Im Gesicht zeigten sich viele scharfe Kratzer und am Hals bläuliche Flecken und tiefe Spuren von Fingernägeln, als sei die Verstorbene zu Tode gewürgt worden.

Nach einer gründlichen Durchsuchung des ganzen Gebäudes, die keine weitere Entdeckung brachte, begaben sich die Leute in einen kleinen gepflasterten Hof auf der Rückseite; dort lag der Leichnam der alten Dame, und ihr Hals war so tief durchschnitten, daß bei einem Versuch, sie emporzuheben, der Kopf herabfiel. Kopf und Körper waren grauenhaft verstümmelt; letzterer hatte kaum noch etwas Menschliches an sich.

Für die Aufklärung dieses fürchterlichen Verbrechens hat sich, wie wir annehmen müssen, noch nicht der geringste Anhaltspunkt ergeben.«

Die Zeitung des nächsten Tages brachte noch folgende Einzelheiten: »Das Drama in der Rue Morgue. Im Zusammenhang mit dieser ganz ungewöhnlichen und entsetzlichen Affäre (das Wort affaire hat in Frankreich noch nicht den leichtfertigen Sinn wie bei uns) sind viele Personen verhört worden, aber es kam nichts zutage, das irgendwie Licht in die dunklen Vorgänge bringen könnte. Wir geben nachstehend den Inhalt der wichtigsten Zeugenaussagen:

›Pauline Dubourg, Wäscherin, kennt beide Verstorbenen seit drei Jahren, da sie während dieser Zeit für sie gewaschen hat. Die alte Dame und ihre Tochter schienen sich gut zu vertragen und waren einander sehr zugetan. Sie zahlten pünktlich. Die Zeugin weiß nichts über ihr Einkommen und ihre Lebensweise. Glaubt, daß Madame vom Wahrsagen lebte. Stand im Rufe, Geld zurückgelegt zu haben. Traf niemals jemand im Hause, wenn sie Wäsche abholte oder brachte. Ist sicher, daß beide Damen keinen Dienstboten hatten. In keinem Teil des Hauses, außer im vierten Stock, befanden sich irgendwelche Möbel.‹

›Pierre Moreau, Tabakhändler, gibt an, daß er seit vier Jahren kleine Mengen Schnupf- und Rauchtabak an Madame L'Espanaye verkauft habe. Ist in der Nachbarschaft geboren und hat immer hier gelebt. Die Verstorbenen hatten sechs Jahre in dem Haus gewohnt. Es gehörte früher einem Juwelier, der die oberen Zimmer an einzelne Parteien vermietete. Madame L. war Eigentümerin des Hauses. War unzufrieden über den Mißbrauch, den ihr Pächter mit ihrem Hause trieb, zog selbst hinein und wünschte, es allein zu bewohnen. Die alte Dame war recht kindisch gewesen. Der Zeuge hat die Tochter in fünf, sechs Jahren etwa fünf- oder sechsmal gesehen. Sie lebten sehr zurückgezogen; man hielt sie für reich. Die Nachbarn erzählten, daß Madame L. wahrsage; er glaube es aber nicht. Sah niemals einen Menschen hineingehen außer der alten Dame und ihrer Tochter; ein- oder zweimal kam ein Lastträger, etwa acht- oder zehnmal der Arzt.‹

Viele andere Nachbarn sagten im gleichen Sinne aus. Niemand sollte im Haus verkehrt haben. Man wußte von keinem lebenden Verwandten oder Bekannten der beiden Damen. Die Jalousien der vorderen Fenster standen nur selten offen. Die rückwärtigen waren stets geschlossen, mit Ausnahme des großen Hinterzimmers im vierten Stock. Das Haus war solide gebaut und nicht sehr alt.

›Isidore Musèt, Gendarm, sagte aus, daß er gegen drei Uhr früh zum Hause gerufen worden sei, wo er zwanzig bis dreißig Menschen fand, die sich Eingang zu verschaffen suchten. Er brach das Haustor mit dem Bajonett, nicht mit einer Brechstange, auf. Es war nicht sehr schwer zu öffnen, da es ein Flügeltor war und weder oben noch unten verriegelt. Die Schreie hielten an, bis das Tor erbrochen war, und hörten dann plötzlich auf. Es schienen die Schreie eines oder mehrerer Menschen zu sein, die sich in tödlicher Angst und Qual befanden; die Schreie waren laut und langgezogen, nicht kurz und rasch hervorgestoßen. Der Zeuge ging treppauf voran. Auf dem ersten Absatz angekommen, vernahm er zwei Stimmen in lautem und zornigem Streit; die eine Stimme war schroff, die andere viel schriller – eine höchst sonderbare Stimme. Ein paar Worte der ersten Stimme konnte er verstehen; es war die eines Franzosen. Sicher nicht die einer Frau. Er unterschied die Worte ›sacre‹ und ›diable‹.

Die schrille Stimme gehörte einem Ausländer. Er kann nicht bestimmt sagen, ob sie weiblich oder männlich war. Verstand die Worte nicht, glaubt aber, es sei Spanisch gewesen. Der Zustand des Zimmers und der Leichen wird vom Zeugen so geschildert, wie wir es gestern berichteten.‹

›Henri Duval, ein Nachbar, Silberschmied, sagt aus, daß er der Gruppe angehörte, die zuerst in das Haus eindrang. Bestätigt im allgemeinen die Aussage Musèts. Nach dem gewaltsamen Eindringen versperrten sie wieder das Tor, um die Volksmenge, die trotz der späten Nachtstunde rasch zusammengelaufen war, zurückzuhalten. Die schrille Stimme hält der Zeuge für die eines Italieners. Gewiß war es kein Franzose. Kann nicht sicher sagen, daß es die Stimme eines männlichen Individuums war. Vielleicht die einer Frau. Versteht kein Italienisch. Konnte die Worte nicht unterscheiden, hält aber wegen der Betonung den Sprecher mit Sicherheit für einen Italiener. Kannte Madame L. und ihre Tochter. Hat sich oft mit beiden unterhalten. Ist überzeugt, daß die schrille Stimme keiner der Verstorbenen gehörte.‹

›Odenheimer, Restaurateur. Dieser Zeuge hat sich freiwillig gemeldet. Kann nicht Französisch, wird durch einen Dolmetscher befragt. Stammt aus Amsterdam. Ging gerade am Haus vorbei, als die Schreie ertönten. Sie hielten einige Minuten an, wahrscheinlich zehn. Sie waren laut und lang, höchst entsetzlich und herzzerreißend. Er drang mit in das Haus ein. Bestätigt die früheren Aussagen in jedem Punkt bis auf einen. Ist sich nämlich sicher, daß die schrille Stimme die eines Mannes war – und zwar eines Franzosen. Konnte die Worte nicht unterscheiden. Sie waren laut, rasch, ungleich, offenbar in Angst und Zorn zugleich gesprochen. Die Stimme war heiser – nicht so sehr schrill als heiser. Schrill könnte er sie nicht nennen. Die schroffe Stimme sagte wiederholt »sacré‹, ›diable‹ und einmal ›mon Dieu‹.‹

›Jules Mignaud, von der Firma Mignaud et Fils, Rue Deloraine. Ist der ältere Mignaud. Madame L'Espanaye war wohlhabend. Hatte vor acht Jahren ein Konto in seiner Bank eröffnet. Es mochte im Frühling 18.. gewesen sein. Pflegte häufig kleinere Summen zu deponieren. Hatte bis drei Tage vor ihrem Tode nichts abgehoben; an diesem Tag hob sie persönlich viertausend Franken ab. Die Summe wurde in Gold ausgezahlt und durch einen Angestellten zu ihr nach Hause geschickt.‹

›Adolphe le Bon, Angestellter bei Mignaud et Fils, sagt aus, daß er am genannten Tag um die Mittagszeit Madame L. nach ihrer Wohnung begleitete, die viertausend Franken trug er in zwei Beuteln bei sich. Als die Tür geöffnet wurde, erschien Mademoiselle L. und nahm ihm den einen Beutel ab; den anderen nahm ihm die alte Dame aus den Händen. Dann empfahl er sich und ging. Er sah niemand auf der Straße.‹

›William Bird, Schneider, sagt aus, daß er einer von denen war, die in das Haus drangen. Er ist Engländer. Hat zwei Jahre in Paris gelebt. War einer der ersten auf der Treppe. Hörte die streitenden Stimmen. Die schroffe war die eines Franzosen. Verstand mehrere Worte, kann sich aber nicht mehr an alle erinnern. Hörte deutlich ›sacré‹ und ›mon Dieu‹. Es gab in diesem Augenblick ein Geräusch, als ob mehrere Personen miteinander kämpften; es war ein Scharren, ein Schlürfen. Die schrille Stimme war sehr laut, lauter als die barsche. Ganz gewiß war es nicht die Stimme eines Engländers. Wahrscheinlich die Stimme eines Deutschen. Vielleicht war es eine weibliche Stimme. Er versteht kein Deutsch.‹

Vier der obengenannten Zeugen wurden nochmals befragt; sie sagten aus, daß die Tür des Zimmers, in dem man den Leichnam von Mademoiselle L'Espanaye fand, versperrt gewesen sei. Alles war still – kein Stöhnen oder sonstiges Geräusch. Man erbrach die Tür und sah keinen Menschen. Die Fensterläden des vorderen wie des rückwärtigen Zimmers waren herabgelassen und fest von innen verschlossen. Eine Tür zwischen beiden Zimmern war zu, aber nicht versperrt. Die Tür vom vorderen Zimmer zum Korridor war zugesperrt, der Schlüssel steckte innen. Eine Kammer auf der Vorderseite des Hauses im vierten Stock stand offen, die Tür war angelehnt. Dieser Raum war mit alten Betten, Kisten und ähnlichem vollgestopft. Alles wurde sorgsam ausgeräumt und durchsucht. Jeder Zollbreit des Hauses wurde durchstöbert. Schornsteinkehrer mußten in die Kamine steigen. Das Haus ist vierstöckig, mit Mansarden. Eine Falltür im Dachboden war fest zugenagelt; sie schien seit Jahren nicht geöffnet worden zu sein. Der Zeitabstand zwischen dem Vernehmen der zankenden Stimmen und dem Aufbrechen der Zimmertür wird unterschiedlich angegeben. Nach einigen betrug er drei, nach anderen bis zu fünf Minuten. Die Tür ließ sich nur mit Schwierigkeiten öffnen.

›Alfonzo Garcia, Unternehmer, gibt an, daß er in der Rue Morgue wohnt. Ist in Spanien geboren. War einer von der Gruppe, die das Haus betrat. Ist nervös und fürchtet sich vor den Folgen der Aufregung. Hörte die streitenden Stimmen, weshalb er nicht die Treppen hinaufging. Die schroffe Stimme gehörte einem Franzosen. Konnte kein Wort verstehen. Die schrille Stimme war die eines Engländers, daran sei nicht zu zweifeln. Er verstehe nicht Englisch, kenne jedoch den Tonfall.‹

›Alberto Montani, Zuckerbäcker, sagt aus, daß er als einer der ersten die Treppe erstieg. Er hörte die fraglichen Stimmen. Die barsche Stimme war die eines Franzosen. Unterschied mehrere Worte. Der Sprechende schien jemandem Vorwürfe zu machen, antwortete, konnte Montani nicht verstehen. Sie sprach rasch und ungleichmäßig. War wohl die Stimme eines

Russen. Er bestätigt die allgemeinen Aussagen. Ist Italiener. Hat noch niemals mit einem Russen gesprochen.‹

Nunmehr geben mehrere Zeugen, die nochmals befragt wurden, an, daß die Kamine sämtlicher Zimmer zu eng waren, um ein menschliches Wesen durchzulassen. Unter Kaminkehrern seien zylinderförmige Besen, wie sie von Schornsteinfegern verwendet werden, zu verstehen. Mit diesen wurde jeder Aufzug im Hause abgesucht. Es gibt keine Hintertreppe, auf der jemand entflohen sein könnte, während die Leute vorn die Treppe hinaufstürmten. Der Leichnam von Mademoiselle L'Espanaye war so fest in den Kamin eingeklemmt, daß erst die vereinten Kräfte von vier oder fünf Männern ihn herausziehen konnten.

›Paul Dumas, Arzt, sagt aus, daß er gegen Tagesanbruch gerufen wurde, die Toten zu besichtigen. Sie lagen beide auf der Matratze des Bettes in dem Zimmer, wo Mademoiselle L. gefunden wurde. Die Leiche der jungen Dame zeigte viele Quetschungen und Hautabschürfungen. Die Tatsache, daß sie den Kamin hinaufgezwängt worden war, genügt, um diese Erscheinungen zu erklären. Der Hals war stark verletzt. Gleich unter dem Kinn waren mehrere tiefe Kratzwunden sowie eine Anzahl blaugelblicher Flecken, offenbar Fingereindrücke. Das Gesicht war entsetzlich verfärbt, die Augäpfel traten weit hervor. Die Zunge war zum Teil durchgebissen. Über der Magengrube fand sich eine große wunde Stelle, offenbar vom Druck eines Knies. Nach der Ansicht von Dr. Dumas ist Mademoiselle L'Espanaye von einer oder mehreren Personen zu Tode gewürgt worden. Der Leichnam der Mutter war schauderhaft verstümmelt. Alle Knochen des rechten Beines und des rechten Armes waren mehr oder weniger zerschmettert. Die linke Tibia weitgehend zersplittert, ebenso sämtliche Rippen auf der linken Seite. Der ganze Körper war fürchterlich zerschunden und verfärbt. Wie die Verletzungen beigebracht wurden, sei unmöglich zu erklären. Eine schwere Holzkeule oder eine starke Eisenstange oder ein Stuhl, irgendeine große, schwere und stumpfe Waffe hätte in den Händen eines sehr kräftigen Mannes solche Wirkungen hervorbringen können. Eine Frau hätte das unter keinen Umständen vermocht. Der Kopf der Verstorbenen war, als der Zeuge ihn sah, völlig vom Körper getrennt und ebenfalls gräßlich zertrümmert. Die Kehle war mit einem sehr scharfen Werkzeug, wahrscheinlich einem Rasiermesser, durchschnitten worden.‹

›Alexandre Etienne, Wundarzt, wurde gleichzeitig mit Monsieur Dumas zur Besichtigung der Leichen gerufen. Bestätigt die Aussage und die Anschauungen von Monsieur Dumas.‹

Es kam dann nichts Wichtiges mehr zutage, obwohl noch mehrere Leute vernommen wurden. Ein so rätselhafter und in allen seinen Einzelheiten so

unerklärlicher Mord ist noch nie in Paris begangen worden – falls es sich überhaupt um einen Mord handeln sollte. Die Polizei ist völlig ratlos, was bei solchen Begebenheiten nicht eben häufig der Fall ist. Doch ist diesmal nicht der mindeste Schatten einer Spur sichtbar.«

Die Abendausgabe des Blattes teilte den Lesern mit, daß im Quartier St. Roch noch immer die größte Aufregung herrsche; daß man den Schauplatz der Tat nochmals sorgfältig untersucht habe, daß neue Vernehmungen stattgefunden hätten, aber alles ohne Ergebnis. Eine Nachschrift meldete jedoch, daß Adolphe le Bon verhaftet und eingesperrt worden sei; obgleich außer den bereits erwähnten Tatsachen nichts Belastendes gegen ihn vorzuliegen scheine.

Dupin schien sich für den Verlauf dieser Affäre in auffallender Weise zu interessieren – zumindest schloß ich das aus seinem Benehmen, denn er enthielt sich jeder Äußerung. Erst als Le Bons Verhaftung gemeldet wurde, fragte er mich, wie ich über den Doppelmord dächte.

Ich konnte nur mit ganz Paris der Meinung sein, daß es sich um ein unergründliches Geheimnis handle. Ich sah keine Möglichkeit, dem Mörder auf die Spur zu kommen.

»Wir dürfen die Mittel«, sagte Dupin, »nicht nach dieser rein äußerlichen Untersuchung beurteilen. Die Pariser Polizei, deren Scharfsinn so sehr gepriesen wird, ist routiniert, aber nicht mehr als das. In ihrem Vorgehen ist keine Methode; sie besitzt nur die Methode des Augenblicks. Sie prunkt gewaltig mit ihren Maßnahmen; aber oftmals entsprechen diese so wenig dem Gegenstand, daß man an Monsieur Jourdain erinnert wird, der sich seinen Schlafrock bringen läßt, ›damit er die Musik besser hören könne‹. Ihre Erfolge sind oft überraschend, aber zumeist lassen sie sich auf Fleiß und Betriebsamkeit zurückführen. Sobald diese Eigenschaften nicht ausreichen, versagt ihr System. Da war zum Beispiel Vidocq, der ein tüchtiger Rater und überhaupt ein zielbewußter Mann war. Aber ihm fehlte die Erziehung zum Denken, so ließ er sich beständig eben infolge der verbohrten Beharrlichkeit in die Irre führen. Er hielt den Gegenstand zu nahe vors Auge und verstellte sich selbst den Blick. Er sah vielleicht ein oder zwei Punkte mit ungewöhnlicher Klarheit, aber dabei verlor er die Angelegenheit als Ganzes aus den Augen. So kann man in der Tat zuviel Profundität besitzen. Die Wahrheit sitzt nicht immer auf dem Grund einer Zisterne. Vielmehr glaube ich, daß sie sich in der Regel, was die wichtigeren Kenntnisse anbelangt, mehr an der Oberfläche befindet. Die Tiefe liegt in den Tälern, in denen wir sie suchen, nicht auf den Berggipfeln, wo man sie wähnt. Ursprung und Art solcher Irrtümer lassen sich leicht bei der Betrachtung der Himmelskörper erkennen. Auf einen Stern sollte man nur einen raschen Blick werfen, ihn von der Seite betrachten, indem man ihm die äußeren Teile der Netzhaut zuwendet (denn diese sind empfindlicher für schwache Lichteindrücke), das heißt, den Stern deutlich sehen, seinen Glanz am besten abschätzen können – und dieser Glanz wird um so trüber, je mehr wir unsere volle Sicht auf ihn wenden. Dann freilich fallen mehr Strahlen auf das Auge, aber bei der zuerst geschilderten Methode verfeinert sich die Aufnahmefähigkeit. Unangebrachte ›Tiefe‹ verwirrt und schwächt unser Denken; Venus selbst verschwindet vom Firmament, wenn man sie mit zuviel Ausdauer und Konzentration, zu unmittelbar betrachtet.

Ehe wir uns nun eine Ansicht über diese Mordsache bilden, wollen wir selbst eine kleine Untersuchung anstellen. Die Nachforschungen werden uns Spaß machen (ich fand den Ausdruck in dieser Anwendung sonderbar, sagte aber nichts), und außerdem hat mir Le Bon einmal einen Dienst erwiesen, für den ich ihm Dank weiß. Wir wollen den Schauplatz mit unseren eigenen Augen betrachten. Ich kenne G..., den Polizeipräfekten, und werde ohne Schwierigkeiten Zutritt erlangen.«

Wir erhielten die nötige Erlaubnis und begaben uns sogleich in die Rue Morgue. Es ist eine jener elenden Verbindungsstraßen zwischen der Rue Richelieu und der Rue St. Roch. Wir erreichten sie am späten Nachmittag, da dieses Viertel von dem unseren sehr weit entfernt ist. Bald fanden wir das Haus; denn es standen noch viele Leute auf der gegenüberliegenden Seite der Gasse und starrten in zweckloser Neugier zu den geschlossenen Fensterläden hinauf. Es war ein gewöhnliches Pariser Haus, mit einem Torweg, neben dem sich jener gläserne Verschlag mit Schiebefenster, die Loge de concierge, befindet. Bevor wir es betraten, schritten wir die Gasse hinauf, bogen in ein Seitengäßchen ein und gingen dann rückwärts an dem Gebäude entlang. Währenddessen betrachtete Dupin die ganze Umgebung und das Haus selbst mit Sorgfalt und Aufmerksamkeit, die mir ein wenig übertrieben vorkamen.

Wir kehrten um, erreichten wieder die Vorderfront, klingelten, zeigten unsere Beglaubigung vor und wurden von dem wachhabenden Polizisten eingelassen. Wir stiegen die Treppe hinauf und betraten das Zimmer, in welchem man den Leichnam von Mademoiselle L. gefunden hatte und wo die beiden Verstorbenen noch lagen. Wie üblich hatte man die Unordnung im Raum belassen. Ich sah nichts, was die »Gazette des Tribunaux« nicht schon mitgeteilt hatte. Dupin untersuchte alles, sogar die Leichen der Opfer. Dann beschauten wir uns die anderen Zimmer und den Hof in Begleitung eines Gendarmen. Die Untersuchung nahm uns bis zum Abend in Anspruch; dann verließen wir das Haus. Auf dem Heimweg trat mein Freund für einen Augenblick in das Bureau einer Tageszeitung.

Ich sagte schon, daß mein Freund mancherlei Schrullen hatte und daß »je les ménageais«; für diese Redensart gibt es kein Äqivalent in unserer Sprache! Diesmal befiel ihn die Laune, jedes Gespräch über den Mord von der Hand zu weisen. Erst am nächsten Mittag fragte er mich plötzlich, ob ich am Schauplatz jener Greueltat etwas Besonderes bemerkt hätte.

Die Art, in der er das Wort »Besonderes« betonte, verursachte mir ein Schaudern – ich wußte nicht recht warum.

»Nein, nichts Besonderes«, sagte ich, »wenigstens nichts, was wir nicht schon in der Zeitung gelesen haben.«

»Die Gazette«, erwiderte er, »hat, wie ich befürchten muß, das ungewöhnlich Grauenhafte der Angelegenheit nicht erfaßt. Aber lassen wir die müßigen Vermutungen der Presse beiseite. Es scheint, daß man dieses Geheimnis aus dem Grund für unlösbar hält, der gerade die Lösung erleichtern müßte – nämlich weil es so outrierte Züge trägt. Was die Polizei verwirrt macht, das ist das scheinbare Fehlen eines Motivs, nicht für den Mord selbst, sondern für die Scheußlichkeit des Mordes. Auch weiß ich nicht, wie sie die streitenden Stimmen mit der Tatsache in Einklang bringen soll, daß oben nur der Leichnam vom Mademoiselle L'Espanaye gefunden wurde, und daß es ferner keine Möglichkeit zur Flucht gab, den die die Treppe hinaufgehenden Leute nicht hätten beobachten können. Die seltsame Unordnung des Zimmers, der kopfabwärts in den Kamin hinaufgestoßene Leichnam, die gräßliche Verstümmelung des Körpers der alten Dame – diese Erwägungen mit den eben genannten sowie andere, die ich nicht zu erwähnen brauche, haben den vielgerühmten Scharfsinn der Regierungsbeamten irregeführt und so ihre geistigen Fähigkeiten lahmgelegt. Sie verfielen in den groben, aber weit verbreiteten Irrtum, das Ungewöhnliche mit dem Abstrusen zu verwechseln. Aber gerade diese Abweichungen vom Alltäglichen sind es eben, die dem Verstand, soweit dies überhaupt möglich ist, den einzig möglichen Weg zur Wahrheit weisen. Bei Untersuchungen wie der unsrigen sollte man weniger fragen, was ›sich ereignet‹ hat, als vielmehr ›was ist geschehen, das sich noch nie zuvor ereignete‹. Tatsächlich steht die Leichtigkeit, mit der ich die Lösung dieses Rätsels finden werde – oder bereits gefunden habe – in direktem Verhältnis zu der vermeintlichen Unlösbarkeit in den Augen der Polizei.«

Ich starrte meinen Freund in stummer Verwunderung an.

»Ich erwarte jetzt«, fuhr er fort, indem er nach der Wohnungstür blickte, »ich erwarte jetzt eine Person, die zwar die Metzeleien nicht selbst begangen hat, jedoch in gewissem Grade in die Sache verwickelt sein muß. Wahrscheinlich trägt er an den gräßlichen Umständen des Verbrechens keine Schuld. Ich hoffe, daß ich mit dieser Vermutung recht behalten werde; denn darauf gründet sich meine Zuversicht, das gesamte Rätsel zu lösen. Ich erwarte den Besuch des Mannes jeden Augenblick. Es kann sein, daß er ausbleibt, aber die Wahrscheinlichkeit ist, daß er kommt. In diesem Falle wird man ihn festhalten müssen. Hier sind Pistolen, und wir beide wissen sie ja zu gebrauchen, wenn es die Gelegenheit erfordert.«

Ich nahm die Pistolen, ohne recht zu wissen, was ich tat, oder zu glauben, was ich hörte, während Dupin wie im Selbstgespräch weiterredete. Ich habe schon von seinem abstrakten Gebaren bei solchen Anlässen gesprochen. Seine Worte waren zwar an mich gerichtet, aber seine Stimme hatte, obwohl nicht sehr laut, den Tonfall, den man für gewöhnlich nur bei großen Entfernungen braucht. Seine ausdruckslosen Augen starrten an die Wand.

»Daß die streitenden Stimmen«, sagte er, »den Frauen selbst nicht gehören konnten, hat die Beweisaufnahme hinreichend erwiesen. Daher brauchen wir gar nicht die Möglichkeit ins Auge zu fassen, daß die alte Dame erst ihre Tochter ermordet und dann sich selbst das Leben genommen haben könnte. Ich erwähne das nur um der Methode willen; denn Madame L. würde nie die Kraft besessen haben, den Leichnam ihrer Tochter dergestalt in den Kamin hinaufzustoßen, und die Art ihrer eigenen Verletzungen schließt jeden Gedanken an Selbstmord völlig aus. Daher muß ein Dritter diesen Mord begangen haben, und die Stimmen dieser Dritten waren es, die man streiten hörte. Ich will hier nicht alle Zeugenaussagen dieser Stimmen durchgehen, sondern nur darauf hinweisen, was daran besonders auffällig war. Ist Ihnen nichts Eigentümliches aufgefallen?«

Ich bemerkte, daß, während alle Zeugen darin einig waren, daß die schroffe Stimme einem Franzosen gehört haben müsse, ihre Meinungen über die schrille, oder, wie sie einer nannte, die grobe Stimme beträchtlich voneinander abwichen.

»Das betrifft die Aussagen selbst«, sagte Dupin, »aber nicht das Eigentümliche an ihnen. Sie haben nichts Auffälliges wahrgenommen, und doch war etwas zu bemerken. Die Zeugen waren, wie sie sagten, sich über die schroffe Stimme einig; hier herrschte Einstimmigkeit. Aber das Besondere liegt nicht darin, daß sie über die schrille Stimme verschieden aussagten, vielmehr darin, daß ein Italiener, ein Engländer, ein Spanier, ein Holländer und ein Franzose sie zu schildern versuchten und daß jeder die Stimme eines Ausländers zu hören glaubte. Jeder war gewiß, daß es nicht die Stimme eines Landsmannes war. Jeder vergleicht sie mit der Stimme eines Menschen, dessen Sprache er nicht versteht. Der Franzose hält sie für die Stimme eines Spaniers, und er hätte einzelne Worte unterscheiden können, wenn er mit dem Spanischen vertraut wäre. Der Holländer meint, einen

Franzosen gehört zu haben; aber wir lesen, daß dieser Zeuge durch einen Dolmetscher befragt werden mußte, da er nicht Französisch kann. Der Engländer hält sie für die Stimme eines Deutschen, aber er ›versteht kein Deutsch‹. Der Spanier ist gewiß, daß es ein Engländer gewesen sei, aber er urteilt nach dem Tonfall, da er keine Kenntnisse des Englischen besitzt. Der Italiener glaubt, die Stimme sei Russisch, aber er hat niemals mit einem Russen gesprochen. Ein zweiter Franzose weicht vom ersten ab und ist ganz sicher, daß es sich um einen Italiener handle; da er aber die Sprache nicht kennt, überzeugt ihn der ›Tonfall‹ wie zuvor den Spanier. Nun, wie seltsam und ungewöhnlich muß doch in Wahrheit diese Stimme gewesen sein, über die in so verschiedener Weise ausgesagt werden konnte, in deren Klang fünf Angehörige maßgeblicher europäischer Nationen keinen vertrauten Laut zu entdeckten vermochten. Sie werden sagen, daß es die Stimme eines Asiaten, eines Afrikaners gewesen sein könnte. Nun, weder Asiaten noch Afrikaner sind in Paris häufig; aber, ohne die Möglichkeit leugnen zu wollen, möchte ich Ihre Aufmerksamkeit auf drei Punkte lenken. Der eine Zeuge nennt die Stimme ›eher grob als schrill‹. Zwei andere sprechen von ›raschen und ungleichmäßigen Tönen‹. Daß Worte oder wortähnliche Lautbildungen zu unterscheiden waren, wird von keinem der Zeugen angegeben.

Ich weiß nicht«, fuhr Dupin fort, »was für einen Eindruck ich bis jetzt auf Ihr Verständnis gemacht habe; doch zögere ich nicht, zu behaupten, daß schon aus diesem Teil der Aussage (in Anbetracht der groben und der schrillen Stimme) verläßliche Schlußfolgerungen gezogen werden können, die einen Verdacht begründen, der dem Fortgang in der Untersuchung richtungweisend sein sollte. Ich sagte, ›verläßliche Schlußfolgerungen‹, aber das drückt noch nicht hinreichend deutlich aus, was ich meine. Ich gedachte zu sagen, daß diese Schlußfolgerungen die einzig richtigen sind, und daß sich der erwähnte Verdacht als einziges Ergebnis unmittelbar auf sie gründet. Was für ein Verdacht es ist, das will ich jetzt noch nicht sagen. Beachten Sie, daß er mir stark genug erschien, um meinen Nachforschungen in jenem Zimmer eine gewisse Richtung zu geben.

Versetzen wir uns jetzt im Geiste in dieses Zimmer. Was suchen wir dort zuerst? Den Ausgang, den die Mörder zur Flucht gefunden haben müssen. Wir beide glauben doch sicherlich nicht an übernatürliche Ereignisse. Madame und Mademoiselle L'Espanaye wurden nicht von Gespenstern ermordet. Die Täter waren körperlicher Natur und entwischten auf natürliche Weise. Aber wie? Zum Glück gibt es nur eine Methode, die Sache zu betrachten, und die muß uns zu einer gültigen Entscheidung verhelfen. Untersuchen wir einzeln die Möglichkeiten, aus dem Haus zu entkommen.

Es ist klar, daß sich die Mörder in dem Zimmer, wo Mademoiselle L. gefunden wurde, oder wenigstens nebenan befanden, als die Leute die Stiegen heraufkamen. Nur von diesen zwei Räumen also müssen die Ausgänge festgestellt werden. Die Polizei hat Fußböden, Decke und Mauerwerk der Wände aufreißen lassen. Kein geheimer Ausgang wäre ihrer Wachsamkeit entgangen. Trotzdem mißtraute ich ihrem Scharfblick und sah selber nach. Es gab wirklich keine geheimen Ausgänge. Die Türen, die auf den Gang führten, waren beide fest geschlossen und von innen versperrt. Wenden wir uns nun den Kaminen zu. Diese sind zwar acht bis zehn Fuß über der Feuerstelle und von üblicher Weite, könnten aber weiter oben kaum den Körper einer größeren Katze durchlassen. Da die Möglichkeit einer Flucht auf den eben genannten Wegen als absolut unmöglich feststeht, bleiben uns nur noch die Fenster. Durch die Fenster des Vorderzimmers konnte niemand entfliehen, ohne von der Menge auf der Gasse gesehen zu werden. Also müssen die Mörder die rückwärtigen Fenster benutzt haben. Nun, da wir zu diesem Schluß auf so unzweideutige Weise gelangt sind, wollen wir uns als Denker nicht durch scheinbare Unmöglichkeiten abschrecken lassen. Wir haben nur zu beweisen, daß diese anscheinende Unmöglichkeit in Wirklichkeit gar nicht so unmöglich ist.

Das Zimmer hat zwei Fenster. Eines davon ist, nicht durch Möbel verstellt, vollkommen sichtbar, vom anderen ist die untere Hälfte durch das Kopfende der plumpen Bettstatt verborgen, die dicht daran gerückt ist. Das erstere fand ich von innen fest verschlossen. Es widerstand der äußersten Kraft jener Leute, die es zu öffnen versuchten. In seiner Umrahmung war auf der linken Seite ein großes Bohrloch, und in diesem steckte fast bis zum Kopf ein sehr dicker Nagel. Ein ähnlicher Nagel zeigte sich bei einer Untersuchung des anderen Fensters, und ein kräftiger Versuch, es zu heben, war gleichfalls erfolglos. Nun war die Polizei vollkommen überzeugt, daß auf dieser Seite niemand das Zimmer verlassen haben könnte. Und darum hielt man es für überflüssig, die Nägel herauszuziehen und die Fenster zu öffnen.

Meine eigene Untersuchung war um einiges sorgfältiger, und zwar aus dem eben angegebenen Grund: weil gerade hier bewiesen werden mußte, daß sich die anscheinende Unmöglichkeit widerlegen lassen mußte.

Ich schloß nun a posteriori folgendermaßen:

Die Mörder entflohen durch eines dieser Fenster. Somit konnten sie die Schiebefenster nicht wieder so von innen befestigen, wie sie vorgefunden wurden – eine Folgerung, welche – da sehr naheliegend – die Polizei von weiteren Bemühungen zurückhielt. Dennoch waren die Rahmen verriegelt. Also mußten sie sich von selbst schließen.

Das war eine unentrinnbare Konsequenz. Ich trat an das freistehende Fenster, zog den Nagel mit einiger Mühe heraus und versuchte, den Schieberahmen zu heben. Er widerstand, wie ich vorausgesehen hatte, allen meinen Anstrengungen. Ich wußte jetzt, daß eine verborgene Feder da sein müsse, und dieser Gedanke überzeugte mich von der Richtigkeit meiner Vermutungen, obwohl die Sache mit den Nägeln noch rätselhaft genug erschien. Sorgfältiges Suchen brachte mich bald auf die geheime Feder; ich drückte darauf und, mit meiner Entdeckung zufrieden, zog ich den Rahmen nicht erst in die Höhe.

Ich brachte den Nagel in seine vorige Lage zurück und betrachtete ihn genau. Es konnte jemand durch das Fenster entfliehen, aber er konnte den Nagel nicht wieder an seine Stelle bringen. Das war klar, und schränkte wiederum das Feld meiner Nachforschungen ein. Die Mörder mußten also durch das andere Fenster entwischt sein. Waren nun die Federn an beiden Fenstern die gleichen, und dies schien wahrscheinlich, so mußte der Unterschied in den Nägeln liegen, oder sie mußten wenigstens auf verschiedene Art befestigt sein. Ich stieg auf die Bettmatratze und betrachtete aufmerksam das zweite Fenster. Dann fuhr ich mit der Hand hinter das Bett, entdeckte die Feder und setzte sie in Bewegung. Die Feder entsprach, wie ich angenommen hatte, ihrem Gegenstück vollkommen. Nun sah ich mir den Nagel an. Er war ebenso dick wie der andere und scheinbar in gleicher Weise eingeschlagen, nämlich fast bis zum Kopf.

Sie werden vielleicht glauben, daß mich das verblüffte, aber dann haben Sie die Natur meiner Folgerungen nicht richtig verstanden. Um einen Jagdausdruck zu gebrauchen, ich hatte die Fährte nicht einen Augenblick verloren.Die Kette zeigte nirgends ein fehlendes Glied. Ich war dem Geheimnis bis zum letzten Resultat gefolgt, und dieses war der Nagel. Er glich, sagte ich schon, vollständig seinem Widerpart am anderen Fenster; aber diese Tatsache (so schlüssig sie auch scheinen mochte) war von absoluter Nichtigkeit vor der Erwägung, daß hier an diesem Punkt die Spur endete. Mit diesem Nagel, sagte ich mir, muß etwas nicht in Ordnung sein. Ich berührte ihn und hielt den Kopf mit etwa einem Viertel Zoll des Stiftes in den Fingern. Der Rest des Stiftes steckte in dem Bohrloch, worin er abgebrochen war. Der Bruch war schon alt (denn es war Rost an den Rändern) und war offenbar durch einen Hammerschlag herbeigeführt worden, der den Teil in den unteren Schieberahmen eingetrieben hatte. Nun setzte ich den oberen Teil des Nagels wieder in die Höhlung, aus der ich ihn herausgenommen hatte, und er glich wieder völlig einem ganzen Nagel – der Bruch war unsichtbar. Ich drückte die Feder und schob das Fenster samt dem Kopf des Nagels ein paar Zoll in die Höhe. Ich schloß das

Fenster, und wieder schien die Ähnlichkeit mit einem ganzen Nagel vollkommen.

So weit nun hatte das Rätsel alles Rätselhafte verloren. Der Mörder war durch das Fenster über dem Bett entkommen. Von selbst zugefallen (oder vielleicht absichtlich geschlossen), war die Feder eingeschnappt, und die Polizei hatte die Befestigung dieser Feder mit der des Nagels verwechselt, so daß eine weitere Untersuchung für unnötig befunden wurde.

Die nächste Frage war: Wie gelangte er hinunter? Unser Gang um das Haus hatte mir in diesem Punkt Gewißheit verschafft. Etwa fünfeinhalb Fuß vom Fensterrahmen läuft ein Blitzableiter. Von dieser Stange aus das Fenster zu erreichen, geschweige denn einzusteigen, das wäre ganz unmöglich gewesen. Aber es fiel mir auf, daß die Fensterläden im vierten Stock von jener Art waren, welche die Pariser Zimmerleute ›ferrades‹ nennen; sie werden heutzutage selten verwendet, man sieht sie jedoch häufig an sehr alten Bürgerhäusern in Lyon und Bordeaux. Sie gleichen einer gewöhnlichen Tür (einer einteiligen, nicht einer Flügeltür), nur daß die obere Hälfte durchbrochen oder aus offenem Gitterwerk ist, was den Händen eine vortreffliche Stütze bietet. In unserem Fall sind diese Läden volle dreieinhalb Fuß breit. Als wir sie von unten sahen, waren beide halb offen, das heißt, sie standen im rechten Winkel von der Hausmauer ab. Wahrscheinlich wird die Polizei so gut wie ich selbst die Rückseite des Gebäudes untersucht haben; wenn sie aber diese ›ferrades‹ in perspektivischer Verkürzung betrachtet hat (und das muß der Fall gewesen sein), dann hat sie diese große Breite an sich gar nicht bemerkt oder wenigstens nicht gebührend in Betracht gezogen. In der Tat war sie überzeugt, daß hier ein Entkommen unmöglich gewesen sei, und ihre Prüfung fiel nur ganz oberflächlich aus. Mir hingegen war klar, daß der Laden des Fensters hinter dem Bett, wenn er zurückgeschlagen an der Mauer lag, nur zwei Fuß vom Blitzableiter entfernt war. Für mich stand fest, daß bei ungewöhnlicher Entfaltung von Gewandtheit und Mut ein Einsteigen durch das Fenster vom Blitzableiter aus durchaus möglich sein könnte. War ein Räuber einmal bis auf zweieinhalb Fuß herangekommen (wir nehmen jetzt an, daß der Laden ganz umgeschlagen war), so hätte er an dem Gitterwerk einen sicheren Griff finden können; ließ er dann den Blitzableiter los und stemmte seine Füße gegen die Hauswand, so hätte er mit einem kühnen Sprung den Laden herumschwingen und, wenn das Fenster nur offenstand, sich sogar ins Zimmer schwingen können.

Bitte, behalten Sie im Sinn, daß ich von einem sehr ungewöhnlichen Grad von Gewandtheit gesprochen habe, ohne den der Erfolg bei einem so tollkühnen und schwierigen Unternehmen nicht denkbar wäre. Ich möchte

Ihnen zunächst beweisen, daß die Sache überhaupt möglich war; zweitens und hauptsächlich aber möchte ich Ihr Verständnis für den ganz außerordentlichen, fast übernatürlichen Charakter dieser Behendigkeit wecken, mit der allein die Sache nur ausgeführt werden konnte.

Sie werden ohne Zweifel erwidern, wie ein Jurist wohl sagen würde, zur Stützung meiner Beweisführung die hier erforderliche Behendigkeit eher zu unterschätzen als auf ihrer vollen Würdigung zu bestehen. Das mag im Rechtsverfahren üblich sein, die Vernunft denkt anders. Mein letztes Ziel ist allein die Wahrheit. Augenblicklich möchte ich Sie dahinführen, diese sehr ungewöhnliche Behendigkeit, von der ich eben gesprochen habe, in Verbindung zu bringen mit jener sonderbaren, schrillen (oder groben) und ungleichmäßigen Stimme, über deren Nationalität keine zwei Menschen einer Meinung waren und in deren Äußerungen keine Spur von einer Silbenbildung wahrgenommen werden konnte.«

Bei diesen Worten glitt mir eine undeutliche und schemenhafte Vorstellung von dem, was Dupin meinen mochte, durch den Sinn. Ich fühlte mich an der Schwelle des Begreifens, ohne jedoch schon verstehen zu können, wie man zuweilen am Rande der Rückerinnerung schwebt, ohne sich schließlich erinnern zu können.

Mein Freund setzte seine Rede fort.

»Sie sehen nun«, sagte er, »daß ich die Untersuchung von der Möglichkeit der Flucht zur Möglichkeit des Eindringens verlagert habe. Ich wollte Ihnen den Gedanken nahelegen, daß beides auf gleiche Art und am gleichen Ort ausgeführt wurde. Wenden wir uns nun dem Innern des Zimmers zu. Überblicken wir hier alle Erscheinungen. Die Schubladen der Kommode, sagte man, sind ausgeplündert worden, obwohl sich noch allerlei Gegenstände darin befanden. Diese Schlußfolgerung ist absurd. Nichts als ein bloßes Raten, und noch dazu auf ungeschickte Weise. Woher sollen wir denn wissen, daß die Schubladen außer den vorgefundenen Sachen noch etwas anderes enthielten? Die beiden Damen lebten in größter Zurückgezogenheit, empfingen keine Besuche, gingen selten aus, brauchten ihre Kleidung sicher nicht allzuviel zu wechseln. Was man fand, war mindestens von so guter Qualität, als es eben bei diesen Frauen zu erwarten war. Wenn ein Dieb etwas genommen hat, warum nahm er nicht alles, warum nicht das Beste? Warum ließ er viertausend Franken im Stich, um sich mit einem Bündel Wäsche zu begnügen? Das Gold blieb liegen. Fast die ganze Summe, die der Bankier, Monsieur Mignaud, erwähnt hat, wurde in den Beuteln auf dem Fußboden gefunden. Befreien Sie sich daher bitte von der irrigen Annahme eines Motives zur Tat, die in den Köpfen der Polizei dadurch entstanden ist, daß nach den Zeugenaussagen das Geld am Haustor abgeliefert wurde. Zehnmal merkwürdigere Übereinstimmungen (als etwa die zwischen der Ablieferung des Geldes und der drei Tage danach erfolgten Ermordung der Empfängerinnen) begegnen uns in jeder Stunde unseres Daseins, ohne daß wir ihnen die geringste Bedeutung schenken. Das Zusammentreffen von Umständen bildet überhaupt ein großes Hindernis für alle, die sich bemühen, nachzudenken, ohne mit der Theorie der Möglichkeiten vertraut zu sein, der die erhabensten Gegenstände menschlicher Forschung die ruhmreichste Aufklärung verdanken. Fehlte im vorliegenden Fall das Gold, so wäre seine Ablieferung vor drei Tagen vielleicht mehr als ein blinder Zufall gewesen. Dies hätte unsere Vorstellung eines Motivs bedeutend unterstützt. Wenn wir aber unter den tatsächlichen Umständen das Gold als das Motiv der Gewalttat betrachten sollen, dann müssen wir auch annehmen, daß der Täter ein solch wankelmütiger Idiot war, daß er Gold und Motiv zugleich im Stich ließ.

Halten wir nun die Punkte fest, auf die ich aufmerksam gemacht habe: die seltsame Stimme, die ungewöhnliche Behendigkeit und das überraschende Fehlen eines Motivs für einen so grauenhaften Mord, und werfen wir einen Blick auf die Metzelei selbst. Durch die Kraft der Hände wird eine Frau erdrosselt und mit dem Kopf nach unten in einen Kamin hinaufgestoßen. Gewöhnliche Mörder pflegen anders vorzugehen. Jedenfalls verfahren sie anders mit den Opfern. In diesem Hinaufstoßen des Leichnams in den Kamin liegt, wie Sie zugeben werden, etwas außerordentlich Outriertes, etwas, das wir mit unseren Vorstellungen von menschlicher Handlungsweise auch dann nicht vereinigen können, wenn wir uns unter den Tätern die verworfensten Menschen vorstellen. Und dann, wie ungeheuer muß die Kraft gewesen sein, die den Körper eine solche Öffnung hinauftreiben konnte, daß es der vereinten Anstrengungen mehrerer Personen bedurfte, um ihn wieder herunterzuholen.

Beachten wir jetzt andere Spuren der Anwendung höchst wunderbarer Leibeskräfte. In der Herdasche lagen Strähnen, sehr dichte Strähnen grauen Menschenhaares. Sie waren mit den Wurzeln herausgerissen worden. Sie wissen, daß es großer Stärke bedarf, um zwanzig bis dreißig Haare auf diese Art herauszureißen. Sie sahen diese Haarsträhnen ebensogut wie ich. An ihren Wurzeln (ein gräßlicher Anblick) klebte in Klümpchen das Fleisch der Kopfhaut: ein sicherer Beweis für die gewaltige Kraft, mit der vielleicht eine halbe Million Haare zugleich entwurzelt wurden. Der Hals der alten Dame war nicht nur durchschnitten, der Kopf war richtig vom Rumpf getrennt, und das Werkzeug war bloß ein Rasiermesser. Bedenken Sie auch die brutale Wildheit der Tat. Von den Quetschungen am Körper der alten Dame rede ich gar nicht. Dumas und sein würdiger Gehilfe,

Monsieur Etienne, haben verkündet, daß sie durch ein stumpfes Werkzeug verursacht wurden, und soweit haben die Herren auch ganz recht. Das stumpfe Werkzeug war offenbar das Steinpflaster des Hofes, auf das die Unglückliche aus dem Fenster hinter dem Bett gefallen war. Dieser Gedanke entging der Polizei trotz seiner einleuchtenden Selbstverständlichkeit aus demselben Grund, mit der ihr die Breite der Fensterläden entging – weil nämlich die Sache mit den Nägeln ihr Begriffsvermögen gegen die Möglichkeit verschlossen hatte, daß die Fenster überhaupt aufgemacht worden sein könnten.

Betrachten wir nun im Einklang mit allen diesen Dingen die sonderbare Unordnung des Zimmers richtig, so haben wir folgende Vorstellungen aneinandergereiht: eine erstaunliche Behendigkeit, eine brutale Wildheit, ein Morden und Schlachten ohne Motiv, eine Groteskerie des Grauenhaften, die nichts Menschliches mehr an sich hat, und eine Stimme, deren Tonfall den Angehörigen verschiedener Nationen fremd erscheint und jeder deutlichen oder verständlichen Silbenbildung entbehrt. Was ist nun das Ergebnis? Welchen Eindruck habe ich auf Ihre Einbildungskraft gemacht?«

Ein Schauder überlief mich, als Dupin diese Frage stellte. »Ein Irrer«, sagte ich, »hat diese Tat vollbracht, ein tobsüchtiger Wüterich, der aus einer benachbarten Maison de Santé entflohen ist.«

»In mehr als einer Hinsicht«, erwiderte er, »ist Ihre Idee gar nicht so übel. Aber die Stimmen der Wahnsinnigen gleichen selbst in den wildesten Wutanfällen niemals jener besonderen Stimme, die man auf der Treppe vernahm. Auch Irre gehören doch irgendeiner Nationalität an, und ihre Sprache besitzt, wären die Worte auch noch so unzusammenhängend, immerhin die Fähigkeit der Silbenbildung. Überdies sehen die Haare eines Wahnsinnigen nicht gerade so aus wie diese hier in meiner Hand. Ich habe dieses kleine Büschel den krampfhaft geschlossenen Fingern der Madame L'Espanaye entwunden. Sagen Sie mir, wie es Ihnen vorkommt.«

»Dupin«, sagte ich ganz entgeistert, »das ist ein ganz ungewöhnliches Haar; das ist kein menschliches Haar.«

»Das habe ich auch nicht behauptet«, sagte er; »aber ich möchte, daß Sie diese kleine Zeichnung ansehen, bevor wir diesen Punkt entscheiden. Es ist eine genaue Nachbildung dessen, was ein Teil der Zeugenaussagen als ›dunkle Quetschwunden und tiefe Kratzer von Fingernägeln an dem Hals von Madame L'Espanaye‹ und von den Messrs. Dumas und Etienne als eine ›Reihe gelbblauer Flecken, offenbar als Abdruck von Fingern‹ beschrieben worden ist.

Sie werden erkennen«, fuhr mein Freund fort, indem er das Papier auf dem Tisch ausbreitete, »daß diese Zeichnung eine Vorstellung eines festen und harten Griffs vermittelt. Von einem Abgleiten bemerkt man nichts. Jeder Finger behielt, vielleicht bis zum Tod des Opfers, die fürchterliche Kraft, mit der er sich zuerst eingekrallt hatte. Versuchen Sie nun, Ihre Finger gleichzeitig in die betreffenden Eindrücke zu legen, wie sie hingezeichnet sind.«

Ich versuchte dies jedoch vergeblich.

»Vielleicht prüfen wir die Sache nicht richtig«, sagte er. »Das Papier liegt flach, aber der Hals des Menschen hat die Form eines Zylinders. Hier ist ein Holzscheit, das ungefähr den Umfang des Halses hat. Wickeln Sie die Zeichnung um den Klotz und wiederholen Sie den Versuch.«

Ich tat es; aber die Schwierigkeit war noch einleuchtender als zuvor. »Das hier«, sagte ich, »sind nicht die Spuren einer menschlichen Hand.«

»Lesen Sie jetzt«, sagte Dupin, »diese Stelle aus Cuvier.«

Es war eine ausführliche anatomische und allgemeine Beschreibung des großen rotbraunen Orang-Utans der ostindischen Inseln. Die riesige Gestalt, die erstaunliche Kraft und Behendigkeit, die furchtbare Wildheit sowie der Nachahmungstrieb dieser Säugetiere, sind hinreichend bekannt. Ich begriff mit einem Male all das Grauenvolle dieses Mordes.

»Die Beschreibung der Finger«, sagte ich, als ich das Buch weglegte, »stimmt vollkommen mit dieser Zeichnung überein. Ich sehe, daß kein Tier außer einem Orang-Utan der hier erwähnten Gattung die Eindrücke so verursacht haben kann, wie Sie sie gezeichnet haben. Dieses Büschel gelbroten Haars entspricht auch ganz der Beschreibung des Haares jener Bestie bei Cuvier. Dennoch kann ich die Einzelheiten dieses furchtbaren Geheimnisses noch nicht recht erfassen. Überdies hörte man zwei Stimmen, die sich zu streiten schienen, und die eine davon gehörte unzweifelhaft einem Franzosen.«

»Sehr wahr! Und Sie entsinnen sich gewiß noch eines Ausdrucks, den die Aussagen der Zeugen fast einstimmig dieser Stimme in den Mund legten: ›mon Dieu‹. Sie sind richtig von einem der Zeugen (dem Zuckerbäcker Montani) als ein Ausruf des Vorwurfs oder des Zuredens bezeichnet worden. Auf diese zwei Worte nun habe ich hauptsächlich meine Hoffnung, das Rätsel vollständig lösen zu können, gegründet. Ein Franzose war Mitwisser des Mordes. Es ist möglich, ja, sogar mehr als wahrscheinlich, daß er selber der Teilnahme an den blutigen Vorgängen nicht schuldig war. Der Orang-Utan kann ihm entflohen sein. Er kann ihn bis zu jenem Zimmer verfolgt haben; doch unter den erregenden Umständen, die dann eintraten, konnte er ihn nicht wieder einfangen. Das Tier läuft immer noch frei herum. Ich will diesen Vermutungen nicht weiter nachgehen, denn ich habe kein

Recht, sie anders zu nennen, da die vagen Ideengebilde, auf die sie sich gründen, zu wenig Tiefe haben, um meinem eigenen Intellekt annehmbar zu sein, und ich nicht imstande wäre, sie einem anderen verständlich zu machen. Wir wollen sie also Mutmaßungen nennen und als solche behandeln. Wenn der fragliche Franzose wirklich, wie ich annehme, an dieser Greueltat unschuldig ist, wird dieses Inserat, daß ich gestern auf dem Heimweg in der Expedition von ›Le Monde‹ (ein Blatt, das die Interessen der Schiffahrt vertritt und viel von Seeleuten gelesen wird) aufgegeben habe, veranlassen, uns aufzusuchen.

Er reichte mir die Zeitung, und ich las folgendes:

Eingefangen

wurde im Bois de Bologne, am frühen Morgen des ... (am Morgen des Mordes) ein sehr großer, lohfarbener Orang-Utan der Gattung Borneo. Der Besitzer (von dem bekannt ist, daß er Matrose auf einem maltesischen Schiff ist) kann das Tier zurückerhalten unter der Voraussetzung, daß er dessen Identität nachweist und die geringen Kosten für das Einfangen und den Unterhalt zurückerstattet. Anfragen unter: Faubourg, St. Germain, ... Rue Nr., im dritten Stockwerk.

»Wie war es möglich«, fragte ich ihn, »zu wissen, daß der Mann Matrose ist und auf einem maltesischen Schiff fährt?«

»Ich wußte es nicht«, erwiderte er, »und ich bin meiner Sache durchaus nicht sicher. Aber hier ist ein kleines Stückchen Band, das, nach seinem fettigen Aussehen dazu gedient haben kann, das Haar zu einem jener langen Zöpfe zusammenzubinden, wie sie bei Seeleuten so beliebt sind. Außerdem verstehen, außer Matrosen, nur wenige Leute einen solchen Knoten zu flechten, der gerade für Malteser eigentümlich ist. Ich habe das Band am Fuße des Blitzableiters aufgehoben. Es konnte keiner der beiden Verstorbenen gehört haben. Sollte ich nun aus dem Band mit Unrecht die Folgerung gezogen haben, daß der Franzose zur Mannschaft eines Malteser Schiffes gehört, so habe ich doch durch die Behauptung in meinem Inserat keinen Schaden angerichtet. Irre ich mich, so wird er denken, daß mich irgendein Umstand, der ihn nicht weiter interessieren dürfte, fehlgeleitet hat. Sollte ich aber recht haben, so ist viel gewonnen. Da er von dem Mord weiß, auch wenn er unschuldig daran ist, so wird der Franzose natürlich zögern, auf das Inserat zu antworten und den Orang-Utan zurückverlangen. Er wird sich also denken: ich bin arm, ich bin unschuldig; mein Orang-Utan hat großen Wert – für einen Menschen in meinen Verhältnissen bedeutet er ein Vermögen – warum sollte ich ihn aus törichter Furcht einbüßen? Er ist dort, ich kann ihn leicht wiederhaben. Man hat ihn im Bois de Bologne gefunden, weit entfernt vom Schauplatz der Mordtaten. Wie könnte man jemals annehmen, daß ein vernunftloses Tier diese Taten begangen hat? Die Polizei ist ratlos; sie hat nicht die geringste Spur entdeckt. Sollte sie das Tier aufspüren, so wäre es doch unmöglich, nachzuweisen, daß ich Mitwisser des Mordes bin und mich aufgrund dessen in eine Schuld zu verwickeln. Vor allem aber, man weiß von mir. Der Inserent bezeichnet mich als den Besitzer des Tieres. Ich weiß nicht recht, was ihm schon alles bekannt sein mag. Wenn ich ein so wertvolles Eigentum, von dem man weiß, daß es mir gehört, nicht zurückverlange, so würde mindestens auf das Tier ein Verdacht fallen. Es wäre unklug von mir, die Aufmerksamkeit auf mich oder auf das Tier zu lenken. Ich werde mich auf diese Anzeige hin melden, den Orang-Utan abholen und ihn gut verwahren, bis die Sache in Vergessenheit geraten ist.«

In diesem Augenblick hörten wir Schritte auf der Treppe.

»Halten Sie Ihre Pistolen bereit«, sagte Dupin, »aber gebrauchen oder zeigen Sie sie nicht, bevor ich Ihnen ein Zeichen gebe.«

Die Eingangstür des Hauses war offen gelassen worden; jemand war eingetreten, ohne zu klingeln und war ein paar Stufen hinaufgegangen. Aber plötzlich hörten wir ihn wieder hinabsteigen, Dupin stürzte zur Tür, als wir ihn wieder hinaufkommen hörten. Er kehrte nicht zum zweiten Male um, sondern näherte sich entschlossen und klopfte an unsere Zimmertür.

»Herein«, sagte Dupin in heiterem und aufmunterndem Ton.

Ein Mann trat ein. Offenbar ein Matrose, ein großer, starker, muskulös aussehender Mann mit einem gewissen Ausdruck von Verwegenheit, der keineswegs gegen ihn einnahm. Sein von der Sonne verbranntes Gesicht war mehr als zur Hälfte von einem Schnurr- und Backenbart verdeckt. Er hatte einen dicken Eichenknüppel; schien aber sonst ohne Waffen zu sein. Er machte eine linkische Verbeugung, bot uns einen »guten Abend« in einem Französisch, dessen Akzent an Neufchatel denken ließ, aber dennoch hinreichend Pariserisch klang.

»Setzen Sie sich, mein Freund«, sagte Dupin. »Ich vermute, Sie sind wegen des Orang-Utan gekommen. Wahrhaftig, ich beneide Sie fast um seinen Besitz; ein prachtvolles, gewiß auch sehr kostbares Tier. Wie alt mag er jetzt sein?«

Der Matrose schöpfte tief Atem, als hätte man ihm eine bedrückende Last von den Schultern genommen, und antwortete dann:

»Ich kann es Ihnen nicht genau sagen, aber mehr als vier bis fünf Jahre wird er nicht alt sein. Haben Sie ihn hier?«

»O nein, wir hatten keine Unterkunft für ihn. Er ist in einem Reitstall in der Nähe der Rue Dubourg untergebracht. Morgen früh können Sie ihn haben. Natürlich können Sie sich als Eigentümer legitimieren?«

»Gewiß, Monsieur.«

»Ich werde mich ungern von ihm trennen«, sagte Dupin.

»Sie sollen soviel Mühe nicht umsonst gehabt haben, Monsieur«, sagte der Fremde. »Das kann man nicht verlangen. Will gerne eine Belohnung für die Auffindung des Tieres zahlen – versteht sich, natürlich in vernünftigen Grenzen.«

»Gut«, erwiderte mein Freund, »das ist nur recht und billig. Lassen Sie mich nachdenken! Ich fordere als Belohnung ... daß Sie mir, soweit in Ihrer Macht, über diese Morde in der Rue Morgue alle Auskunft geben.«

Dupin sagte diese Worte sehr leise und mit der größten Ruhe. Mit ganz derselben Gelassenheit schritt er dann zur Tür, verschloß sie und steckte den Schlüssel in seine Tasche. Dann zog er eine Pistole aus dem Rock und legte sie ohne die geringste Hast auf den Tisch.

Das Gesicht des Seemanns lief rot an, als sei er am Ersticken. Er richtete sich auf und packte seinen Knüppel; gleich darauf aber fiel er in seinen Stuhl zurück, heftig zitternd und bleich wie der Tod. Er sprach kein Wort. Ich bedauerte ihn von ganzem Herzen.

»Guter Freund«, sagte Dupin wohlwollend, »Sie beunruhigen sich in der Tat ohne jeden Grund; nein, wirklich, wir planen nichts Schlimmes gegen Sie. Als Ehrenmann und Franzose versichere ich Ihnen, daß nichts gegen Sie unternommen wird. Ich weiß sehr wohl, daß Sie an den Greueltaten in der Rue Morgue keine Schuld haben. Doch will ich nicht leugnen, daß Sie in gewissem Maße darin verwickelt sind. Aus meinen Äußerungen können Sie, müssen Sie bereits erkannt haben, daß ich mich in dieser Sache zu unterrichten verstanden habe, mit Mitteln, von denen Sie sich nichts träumen lassen. Nun steht die Angelegenheit so. Sie haben nichts getan, was Sie hätten vermeiden können, sicherlich nichts, was Sie mit Schuld belastet. Sie haben nicht einmal etwas gestohlen oder geraubt, obwohl Sie doch straflos hätten rauben oder stehlen können. Sie haben nichts zu verheimlichen. Sie brauchen nichts zu verschweigen. Andrerseits verpflichtet Sie Ihr Ehrgefühl, alles zu gestehen, was Ihnen bekannt ist. Ein Unschuldiger sitzt gegenwärtig im Gefängnis unter der Anklage des Verbrechens, dessen Täter Sie angeben können.«

Der Matrose hatte, während Dupin sprach, seine Geistesgegenwart weitgehend wiedergewonnen; doch die Verwegenheit war dahin.

»Gott helfe mir denn!« sagte er nach kurzer Pause; »ich will Ihnen alles mitteilen, was ich von der Angelegenheit weiß; aber ich erwarte nicht, daß Sie auch nur die Hälfte davon glauben werden; ich müßte ein Narr sein, wenn ich das für möglich hielte. Dennoch bin ich unschuldig, und ich will meine Seele erleichtern, sollte es mich auch den Hals kosten.«

Was er nun berichtete, war im wesentlichen das Folgende:

Er hatte vor kurzem eine Seereise nach dem Indischen Archipel gemacht. Ein Teil der Mannschaft, der er sich anschloß, landete auf Borneo und begab sich zum Vergnügen ins Innere. Er fing zusammen mit einem Kameraden den Orang-Utan. Der Kamerad starb, und der Affe gehörte nunmehr ihm allein. Nach großen Mühen, verursacht von der unbezähmbaren Wildheit seines Gefangenen auf der Heimreise, gelang es ihm endlich, das Tier in seiner eigenen Wohnung in Paris sicher unterzubringen, wo er es, um nicht die unerfreuliche Neugierde der Nachbarn auf sich zu lenken, sorgsam unter Verschluß hielt, bis es sich von einer an Bord durch einen Splitter erzeugten Wunde erholt haben würde. Nachher wollte er es verkaufen.

In der Nacht, oder vielmehr am Morgen der Mordtat, kehrte er von einer Seemannszecherei heim und fand das Tier in seinem eigenen Schlafzimmer, in das es aus der angrenzenden Kammer, wo es gut verwahrt schien, ausgebrochen war. Der Affe saß vor einem Spiegel, völlig eingeseift, das Rasiermesser in der Hand, mit der Absicht, sich zu rasieren, so wie er es ohne Zweifel zuvor durch das Schlüsselloch bei seinem Herrn beobachtet hatte. Entsetzt vom Anblick einer so gefährlichen Waffe im Besitz eines so unbändigen Tieres, das zudem wohl noch damit umzugehen wußte, war der Mann zunächst völlig ratlos, was er tun sollte. Doch war er daran gewöhnt, das Tier selbst in seinen wildesten Ausbrüchen durch den Gebrauch einer Peitsche zu beruhigen, und auch jetzt griff er zu diesem Mittel. Kaum hatte jedoch der Orang-Utan die Peitsche gesehen, als er blitzschnell durch die Tür des Zimmers, die Treppe hinunter und von dort durch ein Fenster, das unglücklicherweise offenstand, auf die Straße sprang.

Verzweifelt eilte ihm der Franzose nach; der Affe hielt das Rasiermesser noch in der Hand, blieb zuweilen stehen, um sich nach seinem Verfolger umzudrehen und ihm Grimassen zu schneiden, bis dieser ihn fast erreicht hatte. Dann jagte er weiter. So dauerte die Hetze geraume Zeit. Die Straßen lagen in tiefster Stille, da es gegen drei Uhr morgens war. In einer engen Gasse an der Rückseite der Rue Morgue wurde seine Aufmerksamkeit durch ein Licht angezogen, welches aus dem offenen Fenster von Madame L'Espanayes Zimmer im vierten Stockwerk des Hauses schimmerte. Er stürzte auf das Haus zu, bemerkte den Blitzableiter, kletterte mit fabelhafter Behendigkeit daran empor, packte, im vierten Stockwerk angekommen, den Fensterladen, der breit an der Mauer anlag, und schwang sich mit seiner Hilfe direkt auf das Kopfende des Bettes. Alles das nahm weniger als eine Minute in Anspruch. Als der Orang-Utan in das Zimmer einbrach, flog der Laden wieder an seine Stelle zurück.

Der Matrose hatte sich alles gleichzeitig erleichtert und bestürzt angesehen! Er hoffte jetzt nicht ohne Grund, das Tier wieder in seine Gewalt zu bekommen, da es kaum aus der selbstgewählten Falle entrinnen konnte, ohne wieder den Blitzableiter zu benutzen, und beim Abstieg eingefangen werden konnte. Andererseits bedachte er mit großer Unruhe, was der Affe im Hause wohl alles anstellen mochte. Dieser Gedanke bewog den Mann, dem Flüchtling auch weiter zu folgen. Die Ersteigung des Blitzableiters ist, namentlich für einen Matrosen, nicht allzu schwierig; aber als er auf der Höhe des Fensters, das ziemlich weit zu seiner Linken lag, angelangt war, konnte er seinen Weg nicht fortsetzen. Alles, was er tun konnte, war, sich so weit hinüberzubeugen, um einen Blick in das Innere des Zimmers zu werfen. Aber bei diesem Anblick wäre er vor Entsetzen fast in die Tiefe gestürzt. Jetzt gellten auch jene grauenvollen Schreie durch die Nacht, jene Schreie, durch die alle Bewohner der Rue Morgue aus ihrem Schlummer gerissen wurden. Madame L'Espanaye und ihre Tochter, beide im Nachtgewand, waren offenbar damit beschäftigt gewesen, einige Papiere in der schon erwähnten eisernen Kassette zu ordnen, welche in die Mitte des Raumes gerückt worden war. Sie stand offen, und der Inhalt lag daneben auf dem Fußboden. Die Opfer mußten mit dem Rücken zum Fenster gesessen haben, und, da zwischen dem Eindringen des Tieres und dem Geschrei einige Zeit verging, hatten sie es offenbar nicht sofort bemerkt. Das Anschlagen des Fensterladens hatten sie wohl dem Wind zugeschrieben.

Als der Matrose in das Zimmer blickte, hatte das riesige Tier Madame L'Espanaye bei den Haaren gepackt (diese waren aufgelöst, da sie sie eben gekämmt hatte) und schwang das Rasiermesser vor ihrem Gesicht mit den Bewegungen eines Barbiers. Die Tochter lag bewegungslos hingestreckt; sie war ohnmächtig geworden. Das Schreien und Sträuben der alten Dame (während ihr das Haar vom Kopf gerissen wurde) hatte die vermutlich friedlichen Absichten des Orang-Utan in fürchterliche Wut verwandelt. Mit einem energischen Streich seines kräftigen Armes trennte er ihr fast den Kopf vom Rumpfe. Der Anblick des Blutes steigerte seine Wut zur Raserei. Zähnefletschend und mit funkelnden Augen warf er sich auf den Körper des Mädchens und grub seine fürchterlichen Krallen in ihren Hals und lockerte den Griff nicht, bis sie tot war. In diesem Moment fielen seine wilden und unstet flackernden Blicke auf das Kopfende des Bettes, über dem das Gesicht seines Herrn, starr vor Entsetzen, sichtbar war. Die Wut des Tieres, das ohne Zweifel die gefürchtete Peitsche noch in Erinnerung hatte, verwandelte sich unverzüglich in Furcht. Im Bewußtsein, Strafe verdient zu haben, strebte es offenbar danach, seine Taten irgendwie zu

verbergen; so sprang denn der Orang-Utan in höchster Aufregung im Zimmer umher, warf Möbel um, zerbrach einige und schleifte die Betten von der Matratze. Schließlich ergriff er den Leichnam der Tochter und stieß ihn den Kamin hinauf, so wie er später gefunden wurde; dann nahm er die Leiche der alten Dame und schleuderte sie kopfüber aus dem Fenster.

Als der Affe sich mit seiner verstümmelten Bürde dem Fenster näherte, fuhr der Seemann entsetzt gegen den Blitzableiter, kam, mehr fallend als gleitend, unten an und eilte sogleich nach Hause, voller Furcht vor den Folgen dieser Metzelei, und in seinem Schrecken alle Sorge um das Schicksal des Orang-Utans hinter sich lassend. Was die Leute auf der Treppe gehört hatten, waren die Ausrufe des Entsetzens und Grauens des Franzosen, vermischt mit dem boshaften Gekreische des Untiers.

Ich habe nur noch wenig hinzuzufügen. Der Orang-Utan muß gerade vor dem Aufbrechen der Wohnungstür über den Blitzableiter geflohen sein. Beim Hinaussteigen muß er das Fenster geschlossen haben. Er wurde von dem Besitzer selbst wieder eingefangen und für eine hohe Summe an den Jardin des Plantes verkauft.

Le Bon ließ man natürlich sofort frei, als wir (mit einigen Erklärungen Dupins) den Hergang geschildert hatten. Der Präfekt konnte, bei allem Wohlwollen, das er meinem Freund entgegenbrachte, seine Unzufriedenheit über die Wendung der Dinge nicht verbergen und erging sich in sarkastischen Bemerkungen über Leute, die sich um Dinge kümmern, die sie nichts angehen. »Lassen wir ihn reden«, sagte Dupin, der es nicht der Mühe wert fand, eine Antwort zu geben. »Lassen wir ihn schwatzen! Er will nur sein Gewissen beruhigen! Mir genügt es, daß ich ihn auf seinem eigentlichen Gebiet besiegt habe. Übrigens ist die Tatsache, daß er bei der Lösung des Rätsels versagt hat, keineswegs das Wunder, für das er es selbst hält. Denn unser Freund, der Präfekt, ist zu schlau, um tief sein zu können. Seine Weisheit hat kein Knochengerüst. Sie ist ganz Kopf und ohne Körper, wie die Bilder der Göttin Laverna – oder höchstens hat sie Kopf und Schultern wie ein Stockfisch. Aber im großen und ganzen ist er doch ein guter Kerl. Und ich schätze ihn besonders wegen seiner täuschenden Meisterschaft im ›caut‹, der ihm seinen Ruf, ein Genie an Scharfsinn zu sein, eingetragen hat. Ich meine seine Vorliebe* ›de nier ce qui est, et d'expliquer ce qui n'est pas‹, wie es in Rousseaus ›Nouvelle Héloise‹ einmal heißt.«

* Das Vorhandene zu leugnen und das Nichtvorhandene zu erklären.

Das Geheimnis um Marie Rogêts Tod

Ein junges Mädchen, Mary Cecilia Rogers, wurde in der Nähe von New York ermordet, und obwohl ihr Tod eine ungeheure Erregung verursachte, war das Geheimnis, das ihn umgab, zu der Zeit, in der diese Geschichte geschrieben und veröffentlicht wurde (1842), noch nicht enthüllt. Unter dem Vorwand, von dem tragischen Schicksal einer jungen Pariser Grisette zu berichten, folgt der Autor bis in die kleinsten Einzelheiten den wesentlichen Tatsachen des Mordes an der Mary Cecilia Rogers, während er die unwesentlichen nur parallel erwähnt. So ist jeder Beweis, der sich auf die Fiktion gründet, jede Schlußfolgerung auch auf das wahre Ereignis anwendbar, und die Erforschung der Wahrheit war der eigentliche Zweck dieser Geschichte.

»Das Geheimnis von Marie Rogêts Tod« wurde fern vom Schauplatz des Verbrechens geschrieben. Der Autor verfügte über keine anderen Unterlagen als Zeitungsberichte. So mußte ihm vieles entgehen, was ihm von Nutzen gewesen wäre, wenn er die Möglichkeit gehabt hätte, die Lokalitäten zu besichtigen.

Dessenungeachtet dürfte es nicht unangebracht sein zu bemerken, daß die Aussagen zweier Personen (deren eine die Madame Deluc der Erzählung ist), die zu verschiedenen Zeitpunkten lange nach Veröffentlichung dieser Blätter gemacht wurden, nicht nur die allgemeinen Schlußfolgerungen, sondern auch die hypothetischen Einzelheiten, Annahmen und Voraussetzungen, mit denen der Autor zu seinem Endergebnis gelangte, vollauf bestätigen.

Es gibt eine Reihe idealischer Begebenheiten, die der Wirklichkeit parallel laufen. Selten fallen sie zusammen. Menschen und Zufälle modifizieren gewöhnlich die idealische Begebenheit, so daß sie unvollkommen erscheint und ihre Folgen gleichfalls unvollkommen sind. So bei der Reformation; statt des Protestantismus kam das Luthertum hervor.

Novalis

Selbst unter den besonnensten Denkern finden sich hin und wieder Menschen, die gelegentlich von einem unbestimmten, quälenden Halbglauben an das Übernatürliche ergriffen worden sind – angesichts jener auffällig gleichzeitigen Zufälle, die oft so wunderbar erscheinen, daß der Verstand sie nicht mehr für bloße Koinzidenzen hinnehmen kann.

Derartige Gefühle (denn der Halbglaube, von dem ich hier rede, hat nie die Kraft wirklicher Gedanken), derartige Gefühle also können nur sehr schwer unterdrückt werden, wenn man nicht die Lehre vom Zufall oder, wie der terminus technicus lautet, die Wahrscheinlichkeitsberechnung zu Hilfe nimmt. Diese Berechnung ist jedoch ihrem Wesen nach eine rein mathematische, und so haben wir hier die Anomalie, daß die exakteste aller Wissenschaften angewendet wird auf Schatten und Schemen der unfaßbaren Spekulation.

Die merkwürdigen Einzelheiten, die man mich zu veröffentlichen aufgefordert hat, bilden zeitlich, wie man sehen wird, den primären Teil einer Reihe kaum verständlicher Zufälle, deren sekundären oder abschließenden Teil man in dem Morde an einer gewissen Mary Cecilia Rogers, der kürzlich in New York geschah, finden wird.

Als ich, vor etwa Jahresfrist, in meiner Erzählung »Die Morde in der Rue Morgue« einige höchst auffallende Geistesgaben meines Freundes, des Chavalier C. Auguste Dupin, zu schildern versuchte, hätte ich nicht gedacht, daß ich jemals wieder auf dieses Thema zurückkommen würde. Ich wollte damals eine Charakterschilderung geben und erreichte meine Absicht vollkommen, da mir der seltsame Gang der Ereignisse den Beweis für Dupins Idiosynkrasie gebracht hatte. Ich hätte noch mehr Beispiele anführen können, aber damit um nichts mehr bewiesen. Neuere Ereignisse haben mich aber durch ihre überraschende Entwicklung bestimmt, einige weitere Einzelheiten zu erwähnen, die vielleicht den Anschein des Erzwungenen haben werden. Es wäre jedoch sonderbar, wenn ich über etwas Stillschweigen bewahren sollte, was ich vor so langer Zeit hörte und sah.

Als die Tragödie des Todes von Madame L'Espanaye und ihrer Tochter aufgedeckt war, widmete Dupin ihr auch nicht mehr einen Gedanken und versank wieder in seine gewohnten düsteren Träumereien. Und da auch ich schon immer sehr zu abstrakten Grübeleien neigte, teilte ich ohne weiteres seine Stimmung.

Wir bewohnten unsere Zimmer im Faubourg St. Germain weiter, schlugen die Zukunft in den Wind, dämmerten friedlich in der Gegenwart dahin, und ein Netz von Träumereien umspann die graue Alltagswelt, die uns umgab.

Doch blieben diese Träume nicht ganz ungestört. Man kann sich leicht denken, daß die Rolle, die mein Freund in der Tragödie der Rue Morgue gespielt, Eindruck gemacht hatte auf die Phantasie der Pariser Polizei. Dupins Name ist ihren Beamten bekannt und geläufig. Da er den einfachen Charakter der Induktionen, durch die er das Geheimnis enthüllte, außer mir niemandem, selbst nicht dem Präfekten auseinandergesetzt hatte, ist es nicht erstaunlich, daß man die Sache fast als ein Wunder ansah oder seine analytischen Fähigkeiten für reine Intuition hielt. Seine Offenheit würde ihn ohne Zweifel veranlaßt haben, solche Vorurteile zu zerstreuen, hätte ihn nicht seine Indolenz davon abgehalten, noch irgend etwas in der Sache zu tun, die für ihn nicht mehr interessant war. So geschah es, daß die Augen der Polizei bewundernd an ihm hingen, und bei zahlreichen Gelegenheiten versuchte die Polizeipräfektur, seine Dienste in Anspruch zu nehmen. Einer der bemerkenswertesten Fälle war die Ermordung jenes jungen Mädchens namens Marie Rogêt.

Dieser Mord ereignete sich etwa zwei Jahre nach der Greueltat in der Rue Morgue. Marie, deren Tauf- und Familienname jedermann an eine unglückliche junge New Yorker Zigarrenverkäuferin erinnern wird, war die einzige Tochter der Witwe Estelle Rogêt. Als kleines Kind hatte sie ihren Vater verloren und seit seinem Tode bis achtzehn Monate vor ihrer Ermordung, die den Gegenstand unserer Erzählung bildet, hatte sie mit ihrer Mutter zusammen in der Rue Pavée Sainte Andrée gewohnt. Madame Rogêt leitete dort mit Maries Hilfe eine Pension. So verfloß ihr Leben ziemlich gleichförmig, bis die große, außerordentliche Schönheit des nun zweiundzwanzigjährigen Mädchens die Aufmerksamkeit eines Parfümhändlers auf sich zog, der im Erdgeschoß des Palais Royal einen Laden hatte und dessen Kundschaft hauptsächlich aus verwegenen Abenteurern bestand, die jene Gegend unsicher machten. Monsieur Le Blanc war sich sehr wohl der Vorteile bewußt, welche die Anwesenheit der schönen Marie seiner Parfümerie bringen mußte; das Mädchen ging auf seine glänzenden Angebote bereitwilligst ein, während die Mutter erst nach einigem Zögern ihre Zustimmung gab.

Die Erwartungen des Kaufmanns erfüllten sich, und die Reize der munteren Grisette machten sein Geschäft bald sehr bekannt. Marie stand fast ein Jahr in seinen Diensten, als ihre Verehrer durch ihr plötzliches Verschwinden in große Unruhe versetzt wurden. Monsieur Le Blanc wußte für ihr Fernbleiben keine Erklärung zu geben, und Frau Rogêt war vor Angst und Aufregung ganz verzweifelt. Die Zeitungen nahmen die Sache auf, und gerade wollte die Polizei ernstliche Nachforschungen anstellen, als nach Ablauf einer Woche Marie gesund, wenn auch ein wenig betrübt, eines schönen Morgens wieder hinter dem Ladentisch der Parfümerie erschien. Natürlich wurden sofort alle weiteren Nachforschungen mit Ausnahme jener privater Natur abgebrochen. Der Parfümeur behauptete nach wie vor, nichts zu wissen. Marie und Madame Rogêt antworteten auf alle Fragen, daß sie vergangene Woche in dem Hause einer Verwandten auf dem Land zugebracht habe. So geriet die ganze Geschichte in Vergessenheit, zumal das junge Mädchen bald darauf, um der dreisten Neugier zu entgehen, den Laden des Parfümeurs verließ und wieder unter dem Schutz der Mutter in der Rue Pavée Sainte Andrée wohnte.

Ungefähr fünf Monate nach der Rückkehr in das Haus der Mutter wurden ihre Freunde erneut durch ihr plötzliches Verschwinden in Aufregung versetzt. Es vergingen drei Tage, ohne daß man das Geringste von ihr hörte. Am vierten fand man ihre Leiche auf der Seine schwimmend, in der Nähe des Ufers, das dem Quartier der Rue Pavée Sainte Andrée gerade gegenüber liegt, nicht weit entfernt von der wenig besuchten Gegend an der Barrière du Roule.

Die Gräßlichkeit dieses Mordes – denn es stellte sich nur zu bald heraus, daß hier ein Mord vorlag –, die Jugend und Schönheit sowie vor allem die bekannte Persönlichkeit des Opfers brachte die sensiblen Pariser in gewal-

tige Aufregung. Ich kann mich keines ähnlichen Ereignisses erinnern, das ein so tiefes und allgemeines Aufsehen erregt hätte. Wochenlang vergaß man darüber selbst die wichtigsten politischen Tagesfragen. Der Polizeipräfekt machte ganz ungewöhnliche Anstrengungen; und die Kräfte der gesamten Pariser Polizei wurden zu den Nachforschungen aufgeboten.

Als man den Leichnam entdeckte, nahm man an, daß sich der Mörder nur kurze Zeit den sofort angestellten Nachforschungen entziehen könne. Erst nach Verlauf einer Woche hielt man es für nötig, eine Belohnung auszuzusetzen, und beschränkte diese noch auf tausend Francs. Indessen wurden die Nachforschungen mit großem Eifer, wenn auch nicht immer mit Verstand fortgesetzt, zahlreiche Personen wurden erfolglos verhört, da aber nach wie vor jeder Schlüssel zu dem Geheimnis fehlte, wuchs die öffentliche Erregung aufs höchste. Nach zehn Tagen hielt man es für angemessen, die ursprünglich ausgesetzte Belohnung zu verdoppeln. Und als endlich die zweite Woche ohne das geringste Resultat verstrichen war, und das Vorurteil, das in Paris nun einmal gegen die Polizei herrscht, zu Ausschweifungen geführt hatte, nahm es der Präfekt auf sich, für »die Überführung des Mörders« oder, falls die Tat von mehreren ausgeführt worden sei, »für die Überführung eines der Mörder« eine Belohnung von zwanzigtausend Francs auszusetzen. Der Aufruf, der diese Belohnung verkündete, sicherte zugleich jedem Mitschuldigen, der gegen seine Genossen aussagte, vollständige Straflosigkeit zu. Dieser amtlichen Bekanntmachung war überall ein privates Plakat beigefügt, in dem ein Bürgerkomitee die Summe um weitere zehntausend Francs erhöhte. Die Belohnung belief sich also insgesamt auf eine Summe von nicht weniger als dreißigtausend Francs – eine ganz außerordentliche Summe in Anbetracht der niederen sozialen Stellung des Mädchens und der Häufigkeit derartiger Greueltaten in großen Städten.

Es zweifelte jetzt niemand mehr, daß sich das Dunkel über dem geheimnisvollen Mord bald aufhellen werde. Aber obgleich man ein oder zwei Verhaftungen vornahm, ergab sich doch nichts, was die Schuld der Verdächtigen gerechtfertigt hätte, und man mußte sie alsbald wieder in Freiheit setzen. Vielen wird es sonderbar erscheinen, daß bereits drei Wochen seit der Auffindung des Leichnams verstrichen waren – drei Wochen die nicht den geringsten Anhalt zur Ermittlung des Täters erbracht hatten –, ehe auch nur das kleinste Gerücht über diese, die Öffentlichkeit so erregenden Ereignisse Dupin und mir zu Ohren kam. Da wir beide mit Forschungen beschäftigt waren, die unsere ganze Aufmerksamkeit in Anspruch nahmen, waren wir seit fast einem Monat nicht mehr ausgegangen, hatten keine Besucher empfangen und nur politische Leitartikel irgendwelcher

Tageszeitungen und auch diese nur sehr flüchtig gelesen. Die erste Nachricht von dem Mord brachte uns der Präfekt G.. persönlich. Er besuchte uns früh am Nachmittag des 13. Juli 18.. und blieb bis spät in die Nacht. Er war höchst gereizt darüber, daß alle seine Bemühungen, den Mörder aufzuspüren, resultatlos blieben. Sein Ruf, ja, seine Ehre stehe auf dem Spiel, sagte er mit der Selbstgefälligkeit des Parisers. Die Augen der Menge seien auf ihn gerichtet, und er würde jedes Opfer bringen, um das Geheimnis aufzudecken. Er beschloß seine etwas konfuse Rede mit einem Kompliment, was er Dupins »Taktgefühl« zu nennen beliebte und machte ihm ein direktes und äußerst einträgliches Angebot, dessen Natur anzugeben ich mich nicht berechtigt fühle, zumal es mit dem eigentlichen Gegenstand meiner Erzählung in keiner Beziehung steht.

Das Kompliment wies mein Freund so bestimmt wie nur möglich zurück, das Angebot jedoch nahm er an, obgleich die mit ihm verbundenen Vorteile nur in Aussicht standen. Als sie sich über diesen Punkt geeinigt hatten, erging sich der Präfekt in weitläufigen Darlegungen seiner eigenen Ansichten sowie in langen Kommentaren über das Beweismaterial, das uns noch unbekannt war. Er redete viel und ohne Zweifel sehr gelehrt, indes ich wagte gelegentlich eine Bemerkung, daß die Nacht langsam dahinschlich. Dupin saß ruhig in seinem gewohnten Lehnstuhl und schien die Verkörperung respektvoller Aufmerksamkeit. Er trug während des ganzen Gesprächs eine Brille, und ein gelegentlicher Blick unter ihre grünen Gläser genügte, um mich zu überzeugen, daß er während der sieben oder acht bleiernen Stunden, die der Präfekt bei uns weilte, zwar still, doch nichtsdestoweniger fest schlief.

Am folgenden Morgen beschaffte ich mir auf der Polizeipräfektur eine vollständige Zusammenstellung der Beweisaufnahme und auf den verschiedenen Zeitungsexpeditionen ein Exemplar jeder Nummer, in der bis jetzt irgendeine wichtige Nachricht über die traurige Angelegenheit veröffentlicht worden war. Sah man von allem ab, das sich als positiv falsch herausgestellt hatte, so war das bisherige Ergebnis der Ermittlungen auf Folgendes zu beschränken: Marie Rogêt verließ die Wohnung ihrer Mutter in der Rue Pavée Sainte Andrée am Sonntag, den 22. Juni 18.. etwa um neun Uhr morgens. Beim Fortgehen teilte sie einem Monsieur Jaques St. Eustache, und zwar diesem allein, die Absicht mit, den Tag bei einer Tante zuzubringen, die in der Rue des Dromês wohnte. Diese Rue des Dromês ist eine kurze, schmale, aber sehr belebte Straße in der Nähe des Flusses und in gerader Linie etwa zwei Meilen von der Pension der Madame Rogêt entfernt. St. Eustache war Maries anerkannter Bewerber und wohnte und speiste auch in der Pension. Er sollte seine Verlobte in der Dämmerung abholen und wieder nach Hause zurückbegleiten. Am Nachmittag jedoch setzte heftiger Regen ein, und da er annahm, daß sie die Nacht über, wie sie es unter ähnlichen Umständen schon getan hatte, bei der Tante bleiben würde, hielt er es nicht für notwendig, sein Versprechen zu halten. Als die Nacht kam, äußerte Madame Rogêt – eine gebrechliche, siebzigjährige Dame – sie fürchte, »Marie wohl nie wiederzusehen«. Diese Bemerkung wurde jedoch damals nicht beachtet.

Am Montag stellte sich heraus, daß das Mädchen gar nicht in der Rue des Dromês gewesen war; und als man auch im Laufe des Tages nichts von ihr hörte, stellte man noch spät abends in verschiedenen Teilen der Stadt und der Umgegend oberflächliche Nachforschungen an. Doch erst am vierten Tage nach ihrem Verschwinden konnte man Näheres über sie erfahren. An diesem Tage – es war also Mittwoch, der 25. Juni – benachrichtigte man einen Monsieur Beauvais, der in Gesellschaft eines Freundes bei der Barrière du Roule am Seineufer nach Marie gesucht hatte, daß eben zwei Fischer einen Leichnam aus dem Wasser gezogen hätten, den sie auf dem Fluß schwimmend fanden, Beauvais erkannte nach einigem Zögern in ihr das gesuchte Mädchen aus dem Parfümerieladen. Sein Freund erkannte sie sofort.

Das ganze Gesicht war von dunklem Blut bedeckt, das zum Teil aus dem Mund kam. Der bei Ertrunkenen übliche Schaum vor dem Mund fehlte. Im Zellgewebe ließ sich keine Verfärbung wahrnehmen. Am Hals zeigten sich Quetschwunden und Fingereindrücke. Die Arme waren über der Brust gekreuzt und steif. Die rechte Hand war zusammengeballt, die linke halb offen. Am linken Handgelenk befanden sich zwei kreisrunde Hautabschürfungen, anscheinend von Stricken oder einem einzigen, mehrfach herumgewundenen Strick verursacht. Auch ein Teil des rechten Handgelenks war zerschunden, ebenso der ganze Rücken, besonders die Schulterblätter. Die Fischer hatten den Leichnam mit einem Seil ans Ufer gezogen, aber keine der Hautabschürfungen rührte daher. Der Hals war dick angeschwollen, Schnitte und Spuren von Schlägen bemerkte man jedoch nicht. Ein Stück Spitze war so eng um den Hals gebunden, daß es zunächst den Blicken entging, es war ganz im Fleisch vergraben und mit einem Knoten gerade unter dem linken Ohr verschlungen. Dies allein hätte genügt, den Tod herbeizuführen. Das Zeugnis der Ärzte betonte den tugendhaften Charakter der Verstorbenen und erklärte, daß sie roher Gewalt unterlegen sei. Der Leichnam war, als man ihn fand, in einem Zustand, daß ihn alle ihre näheren Bekannten ohne die geringsten Schwierigkeiten erkennen konnten.

Die Kleidung war vielfach zerrissen und auch sonst in großer Unord-

nung. Aus dem Oberkleid war ein Streifen von ungefähr einem Fuß Breite, vom Saum bis zur Taille auf-, jedoch nicht abgerissen. Dieser Streifen war dreimal um die Hüften geschlungen und auf dem Rücken durch eine Art Schlinge befestigt worden. Der unmittelbar unter dem Kleid liegende Rock bestand aus feinem Musselin, und aus diesem hatte man einen ungefähr achtzehn Zoll breiten Streifen vollständig, und zwar sehr gerade und sorgfältig herausgerissen. Er lag lose um den Hals der Toten gewunden und war mit einem festen Knoten geschlossen. Über dem Spitzen- und dem Musselinstreifen waren noch Hutbänder geknüpft, der Hut hing noch daran. Der Knoten, mit dem die Hutbänder verknüpft waren, war kein Damenknoten, sondern ein sogenannter verlorener Schifferknoten.

Als der Leichnam identifiziert war, wurde er nicht, wie gewöhnlich, nach der Rue Morgue verbracht, sondern, da diese Formalität als überflüssig erachtet wurde, nicht weit von der Stelle, an der man ihn an Land gebracht hatte, eilig beerdigt. Den Bemühungen Beauvais gelang es, die Sache geschickt zu vertuschen, und mehrere Tage vergingen, ehe sie von der Öffentlichkeit beunruhigt aufgenommen wurde. Da nahm ein Wochenblatt den Fall von neuem auf, der Leichnam wurde ausgegraben und eine neue Obduktion angeordnet, die jedoch nichts weiter als das schon bekannte erbrachte. Doch wurden nun die Kleider der Verstorbenen der Mutter und Bekannten vorgelegt und von diesen mit Gewißheit als die erkannt, welche die Unglückliche bei ihrem Fortgehen von zu Hause getragen hatte.

Unterdessen wuchs die Aufregung von Stunde zu Stunde. Mehrere Personen wurden verhaftet, aber wieder freigelassen. Ganz besonders verdächtig erschien St. Eustache, da er zunächst nicht vermochte, eine zufriedenstellende Erklärung über sein Tun und Lassen an jenem Sonntag, an dem Marie das mütterliche Haus verlassen hatte, abzugeben. Später jedoch brachte er Monsieur G. beglaubigte Aussagen, die über jede Stunde des fraglichen Tages vollständige Rechenschaft ablegten.

Da die Zeit verging, ohne daß man etwas entdeckte, entstanden tausend Gerüchte, und die Journalisten ergingen sich in Vermutungen. Die meiste Aufmerksamkeit erregte jene Idee, daß Marie immer noch lebe und die in der Seine gefundene Leiche die einer anderen Unglücklichen sei. Ich halte es für nötig, dem Leser einige Stellen zu unterbreiten, die ebendiese angeführte Vermutung zum Ausdruck bringen. Diese Stellen sind wörtliche Übersetzungen aus dem »Etoile«, einem im allgemeinen geschickt redigierten Blatt.

»Fräulein Rogêt verließ die Wohnung ihrer Mutter am Morgen des 22. Juni. Es war ein Sonntag. Sie gab an, eine Tante oder sonst eine Verwandte in der Rue des Dromês besuchen zu wollen. Von dieser Stunde an hat sie nachweislich niemand mehr gesehen. Man hat weder eine Spur noch die geringste Nachricht von ihr. Niemand hat sich bis jetzt gemeldet, der sie an diesem Tag, nachdem sie das Haus ihrer Mutter verlassen, überhaupt gesehen hätte. Obgleich wir nun keine Aussage haben, daß sich Marie Rogêt am Sonntag, dem 22. Juni, nach neun Uhr noch unter den Lebenden befand, haben wir doch Beweise, daß sie bis zu dieser Stunde noch lebte. Am Mittwoch um zwölf Uhr mittags wurde ein weiblicher Leichnam unweit des Ufers der Barrière du Roule im Wasser schwimmend gefunden. Das waren also, selbst wenn wir annehmen, daß Marie in den ersten drei Stunden nach dem Verlassen der mütterlichen Wohnung ins Wasser geworfen wurde, nur drei Tage, seit sie von zu Hause fortgegangen – auf die Stunde drei Tage. Doch wäre es töricht, anzunehmen, daß der Mord, wenn überhaupt ein Mord vorliegt, früh genug hätte verübt werden können, um den Mördern die Möglichkeit zu geben, den Leichnam noch vor Mitternacht in den Fluß zu werfen. Wer sich solch abscheulicher Verbrechen schuldig macht, sucht eher den Schutz der Dunkelheit als das Licht. War also die im Wasser befundene Leiche wirklich Marie Rogêt, so konnte sie nur zweieinhalb Tage im Wasser gelegen haben oder im Höchstfalle drei Tage. Nun lehrt uns aber alle Erfahrung, daß Ertrunkene oder Leichen, die unmittelbar nach einem gewaltsamen Tod sofort ins Wasser geworfen werden, sechs bis zehn Tage brauchen, ehe die Zersetzung so weit vorgeschritten ist, um sie wieder an die Oberfläche zu bringen. Selbst wenn eine Kanone über eine Leiche abgefeuert wird und sie fünf bis sechs Tage eher aufsteigt, sinkt sie wieder, sobald sie sich wieder selbst überlassen wird. Nun müssen wir uns fragen, was hat denn in diesem Fall ein Abweichen von dem gewöhnlichen Lauf der Natur verursacht? Wäre der Leichnam in seinem verstümmelten Zustand bis Dienstagnacht am Ufer gelegen, so hätte man dort sicherlich eine Spur von den Mördern finden müssen. Außerdem ist es zweifelhaft, daß der Körper so bald wieder an die Oberfläche gekommen wäre, selbst wenn er erst zwei Tage nach seinem Tode in den Fluß geworfen worden wäre. Und endlich ist es höchst unwahrscheinlich, daß die Schurken, die einen solchen Mord verübten, den toten Körper nicht durch ein Gewicht zum Sinken gebracht hätten, da es doch so einfach war, eine solche Vorsichtsmaßregel zu treffen.«

Nun suchte der Schreiber weiter zu beweisen, daß der Körper nicht »drei Tage, sondern wenigstens fünfmal drei Tage« im Wasser gelegen haben müsse, da er schon so weit in Verwesung übergegangen sei, daß Beauvais ihn nur mit Schwierigkeit identifizieren konnte. Die letzte Behauptung wurde aber völlig widerlegt. Ich fahre in der Übersetzung fort:

»Welches sind also die Tatsachen, auf die Monsieur Beauvais seine

Behauptung stützt, der Leichnam sei unzweifelhaft der der Marie Rogêt gewesen? Er hat ihren Kleiderärmel aufgeschlitzt und will Zeichen gefunden haben, die ihn von der Identität überzeugten. Das Publikum nahm ganz allgemein an, daß er mit diesen Zeichen irgendwelche Male oder Narben gemeint habe. Er rieb den Arm und hatte ihn behaart gefunden – also etwas, das so unbestimmt ist und die Identität so wenig bewies, wie etwa die Tatsache, daß ein Arm in dem Ärmel steckte. Monsieur Beauvais kehrte in jener Nacht nicht zurück, sondern ließ Madame Rogêt noch am Mittwoch um sieben Uhr abends sagen, daß die Untersuchung immer noch im Gange sei. Selbst wenn wir zugeben, daß Alter und Gram Madame Rogêt daran hinderten, der Untersuchung beizuwohnen, so würde es doch wohl irgendein anderer Angehöriger der Mühe wert gehalten haben, hinzugehen und der Untersuchung beizuwohnen, wenn man den gefundenen Körper wirklich für die Leiche Maries gehalten hätte. Es kam aber niemand. Man war so verschwiegen, daß nicht einmal die Mitbewohner in der Rue Pavée Saint Andrée etwas von der Sache erfuhren. Monsieur St. Eustache, der Liebhaber und zukünftige Gatte Maries, der im Haus ihrer Mutter lebte, sagt aus, daß er von der Auffindung der Leiche seiner Braut erst am folgenden Morgen Nachricht erhalten habe, und zwar durch Monsieur Beauvais, der auf sein Zimmer gekommen sei und ihm davon berichtet habe. Es ist aber im höchsten Grad erstaunlich, wie kühl die Schreckensnachricht aufgenommen wurde.«

Die Zeitung versuchte also in dieser Weise, die Nachricht zu verbreiten, daß die Angehörigen Maries die Entdeckung der Leiche mit einer Gleichgültigkeit aufgenommen hätten, die unvereinbar sei mit der Annahme, daß sie die Leiche für die des Mädchens hielten. Die Insinuationen des Blattes laufen darauf hinaus, daß Marie die Stadt mit Zustimmung ihrer Freunde verlassen habe, und zwar aus Gründen, die gegen ihre Ehrbarkeit sprächen, und daß diese Freunde, als man in der Seine einen Leichnam gefunden hatte, der der Vermißten ähnelte, die Gelegenheit ergriffen hätten, das Publikum von ihrem Tod zu überzeugen.

Aber der »Etoile« war wieder einmal übereilig. Es wurde klar bewiesen, daß von einer Gleichgültigkeit auf seiten der Verwandten keine Rede sein konnte, daß die alte Dame außerordentlich schwach und viel zu erregt war, irgendwelchen Pflichten zu genügen, daß St. Eustache, weit entfernt, die Nachricht kühl aufzunehmen, ganz außer sich vor Schmerz war und sich so rasend gebärdete, daß Monsieur Beauvais einen Freund und Verwandten ersuchte, sich seiner anzunehmen und ihn daran zu hindern, daß er der Exhumierung der Leiche beiwohne. Obgleich der »Etoile« ferner behauptete, daß der Leichnam nunmehr auf öffentliche Kosten begraben worden sei und die Familie das vorteilhafte Angebot einer privaten Bestattung schroff zurückgewiesen hätte und kein Familienmitglied der Zeremonie beiwohnte, obgleich der »Etoile« dies alles versicherte, um die beabsichtigte Wirkung zu erzielen, wurde doch alles genügend widerlegt. In einer späteren Nummer des Blattes wurden Versuche gemacht, Beauvais selbst zu verdächtigen. Der Redakteur meinte:

»So gewinnt denn nun die Sache ein ganz anderes Aussehen. Man hat uns mitgeteilt, daß Monsieur Beauvais einmal, als er ausgehen wollte, zu einer Madame B., die gerade im Madame Rogêts Hause anwesend war, gesagt habe: man erwarte einen Gendarmen, und sie, Madame B., möge sich mit diesem in keine Unterredung einlassen, ehe er selbst zurückkomme. Wie die Dinge jetzt liegen, scheint Monsieur Beauvais alles nach seinem eigenen Kopf zu machen. Man kann ohne Monsieur Beauvais keinen Schritt tun, denn welchen Weg man auch einschlägt, man stößt immer wieder auf ihn... Er muß doch wohl seine Gründe haben zu wünschen, daß niemand mit den Vorgängen zu tun haben solle außer ihm. Auch hat er nach Angabe der männlichen Verwandten diese bei allem beiseite gelassen. Er schien auch sehr dagegen gewesen zu sein, die Besichtigung der Leiche zu gestatten.«

Dieser gegen Beauvais gelenkte Verdacht wurde noch durch folgende Tatsache verstärkt: Ein paar Tage vor dem Verschwinden des Mädchens hatte ein Besucher, der Beauvais in seinem Bureau aufsuchte, ihn jedoch nicht angetroffen hatte, in dem Schlüsselloch der Bureautür eine Rose stecken gesehen und den Namen »Marie« auf einer in der Nähe hängenden Schiefertafel gelesen.

Nach den Zeitungen zu urteilen, schien die öffentliche Meinung die zu sein, daß Marie das Opfer einer wüsten Bande geworden war – daß diese sie über den Fluß geschleppt, mißhandelt und ermordet hätte. Der »Commerciel« jedoch, ein Blatt von weittragender Bedeutung, bekämpfte diese Volksmeinung lebhaft. Ich zitiere ein paar Stellen aus seinen Spalten:

»Wir sind überzeugt, daß die Verfolgung bis jetzt auf ganz falscher Fährte war, wenigstens soweit sich diese auf die Barrière du Roule erstreckten. Es ist unmöglich, daß eine so wohl bekannte Person wie Marie drei Häuserquadrate durchqueren konnte, ohne erkannt zu werden; wäre sie von jemand gesehen worden, so würde sich die betreffende Person sicher daran erinnern, denn sie interessierte alle, die sie kannten. Ferner ging sie zu einer Zeit aus, in der die Straßen am belebtesten sind. Es ist undenkbar, daß sie bis zur Barrière du Roule oder bis zur Rue des Dromês gegangen sein sollte, ohne wenigstens von einem Dutzend Leuten erkannt zu werden. Und doch hat sich niemand gemeldet, der sie am Morgen außerhalb des

Hauses ihrer Mutter gesehen hat, man hat ja nicht einmal einen Beweis, daß sie überhaupt ausgegangen ist, wenn wir von der Aussage absehen, nach der sie selbst diese Absicht ausgesprochen haben soll. Aus ihrem Kleid war ein Streifen herausgerissen, um den Leib gewickelt und verknotet worden, so daß man den Körper wie ein Bündel tragen konnte. Wäre der Mord an der Barrière du Roule begangen worden, wäre eine solche Vorkehrung überflüssig gewesen. Die Tatsache, daß man die Leiche in der Nähe der Barrière du Roule im Wasser treibend fand, ist kein Beweis, daß sie auch dort ins Wasser geworfen worden war... Ein zwei Fuß langes und ein Fuß breites Stück war aus einem der Unterröcke des unglücklichen Mädchens herausgerissen und um Kopf und Hals gebunden worden, wahrscheinlich um sie am Schreien zu hindern. Dies konnten nur Burschen getan haben, die keine Taschentücher besaßen.« Ein paar Tage vor dem erwähnten Besuch des Polizeipräfekten bei uns waren der Polizei jedoch einige wichtige Nachrichten zugegangen, die zumindest in der Hauptsache die Beweisführung des »Commerciel« umzustoßen schienen. Zwei kleine Knaben, die Söhne einer Madame Deluc, waren, als sie in den Wäldern in der Nähe der Barrière du Roule herumstreiften, zufällig in ein Dickicht geraten, in welchem sich zwei oder drei große Steine befanden, die eine Art Sitz mit Lehne und Fußschemel bildeten. Auf dem oberen Stein lag ein weißer Unterrock, auf dem zweiten eine seidene Schärpe. Auch ein Sonnenschirm, Handschuhe und ein Taschentuch mit dem Namen »Marie Rogêt« wurde gefunden. An den Brombeerbüschen ringsum hingen Kleiderfetzen. Die Erde war zerstampft, die Sträucher vielfach geknickt, alle Anzeichen eines Kampfes waren vorhanden. Einige Zäune zwischen Dikkicht und Fluß waren durchbrochen, und das Aussehen des Bodens ließ mit Sicherheit darauf schließen, daß eine schwere Last geschleift worden war.

Ein Wochenblatt, »Le Soleil«, gab zu dieser Entdeckung folgenden Kommentar, der die Meinung der gesamten Pariser Presse war: »Die gefundenen Gegenstände haben offenbar mindestens drei oder vier Wochen dort gelegen, denn sie waren vom Regen ganz durchfeuchtet, klebten vielfach zusammen und waren vollständig verschimmelt. Über einige der Gegenstände war schon Gras gewachsen. Die Seide des Sonnenschirms war stark, doch war der obere Teil, da, wo er am dichtesten zusammengefaltet war, durch und durch verschimmelt und verfault und zerriß beim Aufspannen. Die Stoffetzen, welche die Sträucher aus ihrem Kleid gerissen hatten, waren ungefähr drei Zoll breit und sechs Zoll lang. Ein Teil war der Rocksaum, der geflickt war; ein anderer war ein Teil des Rockes, nicht der Saum. Sie sahen aus wie abgerissene Streifen und hingen an Dornenbüschen, etwa einen Fuß hoch über dem Boden. Es steht also ganz außer

Zweifel, daß man den Schauplatz dieses schauderhaften Verbrechens entdeckt hat.«

Diese Entdeckung brachte neue Tatsachen ans Licht. Madame Deluc bekundet, daß sie in der Nähe des Flusses, gegenüber der Barrière du Roule, ein Gasthaus betreibe. Die Gegend ist einsam, ganz besonders einsam. Sonntags geben sich dort böse Elemente aus der Stadt, die in Booten über den Fluß setzen, ein Stelldichein. An dem fraglichen Sonntag erschien um drei Uhr nachmittags ein junges Mädchen in Begleitung eines jungen Mannes von dunklem Teint im Gasthaus. Sie verweilten dort einige Zeit und schlugen dann den Weg in ein nahes, dichtes Gehölz ein. Madame Deluc war das Kleid dcs jungen Mädchens aufgefallen, weil es Ähnlichkeit mit dem einer verstorbenen Verwandten hatte. Auch die Schärpe zog ihre Aufmerksamkeit ganz besonders auf sich. Bald nachdem das Paar gegangen war, erschien eine Bande von Strolchen, benahm sich wüst und lärmend, aß und trank und schlug denselben Weg ein, den der junge Mann und das Mädchen genommen. Zur Zeit der Dämmerung erschienen sie wieder im Gasthof und setzten in Eile wieder über den Fluß.

An demselben Abend, bald nachdem es dunkel geworden war, vernahmen Madame Deluc als auch ihr ältester Sohn ganz in der Nähe ihres Gasthauses Frauenschreie. Die Schreie waren heftig, doch kurz. Madame Deluc erkannte nicht nur die Schärpe wieder, die man im Dickicht gefunden hatte, sondern auch das Kleid, das die Leiche getragen hatte.

Ein Omnibuskutscher Valence sagte nun auch aus, daß Marie Rogêt an dem bewußten Sonntag mit einem jungen Mann von dunklem Teint in einer Fähre die Seine überquerte.

Er habe Marie sehr gut gekannt und könne sich über ihre Identität nicht im Zweifel sein. Die im Dickicht gefundenen Gegenstände wurden alle von den Verwandten Maries wiedererkannt.

Die ganze Menge der Ansichten und Tatsachen, die ich auf Dupins Anraten aus den Zeitungen sammelte, enthielten nur noch einen weiteren Punkt, der mir jedoch von äußerster Tragweite zu sein schien. Kurz nach der Entdeckung der eben erwähnten Kleidungsstücke fand man in der Nähe der Stelle, die man jetzt allgemein für den Schauplatz des Verbrechens hielt, den leblosen oder fast leblosen Körper St. Eustaches, Maries Verlobten. Neben ihm lag ein leeres Fläschchen mit der Aufschrift »Laudanum«. Sein Atem bewies, daß er das Gift genommen hatte. Er starb, ohne gesprochen zu haben. Man entdeckte einen Brief bei ihm, in dem er kurz seine Liebe zu Marie und seinen Willen, sich das Leben zu nehmen, erklärte.

»Ich brauche Ihnen wohl kaum zu sagen«, meinte Dupin, nachdem er mein Material durchgelesen hatte, »daß dies eine weit verwickeltere Sache ist, als der Fall in der Rue Morgue, von welchem er sich in einer wesentlichen Beziehung unterscheidet. Dies hier ist trotz seiner Scheußlichkeit doch immerhin ein gewöhnliches Verbrechen. Es hat nichts Absonderliches an sich. Sie haben wohl schon bemerkt, daß man eben deshalb die Aufklärung des Geheimnisses für leicht gehalten hat, obwohl gerade dieser Umstand die Lösung des Rätsels erschwert. Man hielt es zuerst für unnötig, eine Belohnung auszusetzen. Die Trabanten des Präfekten begriffen sofort, wie und warum ein solches Verbrechen begangen werden konnte. Sie hatten genug Einbildungskraft, sich eine Art, mehrere Arten, einen Beweggrund, mehrere Beweggründe auszumalen; und da es nicht unmöglich war, daß einer dieser Vermutungen den Tatsachen entsprach, hielten sie es für ausgemacht, daß eine von ihnen den Tatsachen entsprach. Die Leichtigkeit, mit der man verschiedene Vermutungen aufstellen konnte, und vor allem die Wahrscheinlichkeit, die jede für sich hatte, hätte man eher für die Schwierigkeit, nicht für die Leichtigkeit der Lösung betrachten sollen. Ich habe früher schon bemerkt, daß die Vernunft bei ihrem Streben nach Wahrheit sich dadurch ihren Weg zu bahnen versucht, daß sie sich über das Niveau des Alltäglichen hinausgehend die Besonderheiten als Handhabe nimmt, und daß man sich in Fällen wie dem vorliegenden nicht fragen sollte: ›Was ist geschehen?‹ sondern: ›Was ist geschehen, das noch nie vorher geschehen ist?‹

Bei den Nachforschungen im Hause der Madame L'Espanaye waren die Leute des Polizeipräfekten gerade durch die ungewöhnlichen Umstände, welche die Tat begleiteten, entmutigt und verwirrt, während sie einem gut geschulten Verstand gerade das sicherste Zeichen für den baldigen Erfolg gewesen wäre. Derselbe Intellekt aber hätte über den gewöhnlichen Charakter im Falle der Parfümverkäuferin in Verzweiflung geraten müssen, statt dem Präfekten diese Tatsache für einen wohlfeilen Triumph vorzugaukeln. Im Fall der Madame L'Espanaye und ihrer Tochter hegten wir selbst vom Beginn unserer Nachforschungen an keinen Zweifel darüber, daß es sich um Mord handelte. Der Gedanke an Selbstmord war sogleich ausgeschlossen. Auch in diesem Fall brauchen wir nicht mit der Möglichkeit eines Selbstmordes zu rechnen. Der an der Barrière du Roule gelandete Leichnam wurde unter Umständen aufgefunden, die uns über diesen wesentlichen Punkt alle Zweifel nehmen.

Man hat jedoch die Vermutung verbreitet, der aufgefundene Körper sei nicht die Leiche Marie Rogêts, und nur für die Überführung ihres Mörders oder ihrer Mörder ist die Belohnung ausgesetzt. Sie bezieht sich nur auf unser Abkommen mit dem Präfekten. Wir beide kennen diesen Herrn sehr gut und wissen, daß ihm gegenüber allzu großes Vertrauen nicht angebracht ist. Beginnen wir unsere Nachforschungen mit der aufgefundenen Leiche, finden die Spur des Mörders, entdecken jedoch, daß es sich nicht um Maries Leichnam handelt, oder wir gehen von der lebenden Marie aus und finden sie aber nicht ermordet – so haben wir uns in beiden Fällen nutzlos bemüht, da wir es mit Monsieur G. zu tun haben. In unserem eigenen Interesse wie um der Gerechtigkeit willen ist es notwendig, als ersten Schritt die Identität des Leichnams mit der vermißten Marie Rogêt nachzuweisen.

Die Vermutungen des ›Etoile‹ haben im Publikum Glauben gefunden, und das Blatt selbst ist von deren Richtigkeit überzeugt, wie aus dem Anfang eines Artikels über diese Thema hervorgeht: ›Mehrere der heute erschienenen Morgenzeitungen‹, sagt es, ›sprechen von dem überzeugenden Artikel in der Montagsnummer des Etoile.‹

Mich jedoch hat der Artikel von nichts anderem überzeugt als von dem Eifer des Verfassers. Wir dürfen nicht vergessen, daß unseren Zeitungen im allgemeinen mehr daran liegt, Sensation zu machen, Aufsehen zu erregen, als die Sache der Wahrheit zu fördern. Dies letztere tun sie nur, wenn es zusammenfällt mit dem ersteren. Das Blatt, das der allgemeinen Meinung einfach zustimmt (so berechtigt diese auch immer sein mag), ist bei der Menge niemals beliebt, denn sie hält nur den für scharfsinnig, welcher der allgemeinen Ansicht mit möglichst beißendem Widerspruch begegnet. In der Logik nicht weniger wie in der Literatur ist es gerade das Epigramm, das am meisten geschätzt wird, obschon es den geringsten wirklichen Wert hat. Was ich sagen will, ist, daß lediglich eine Mischung von Epigramm und Melodrama in der Vorstellung, Marie Rogêt könne noch leben, nicht aber die Wahrscheinlichkeit dieser Behauptung dem ›Etoile‹ die Gunst des Publikums gesichert hat. Prüfen wir also die hauptsächlichen Punkte der Beweisführung dieses Blattes und versuchen wir, die üblichen Inkonsequenzen zu vermeiden. Das Bestreben des Schreibers geht zuerst dahin, aus der Kürze der Zeit zwischen dem Verschwinden Maries und der Entdeckung des schwimmenden Leichnams zu beweisen, daß diese Leiche nicht jene Maries sein könne. Es liegt in seinem Interesse, diese Zwischenzeit möglichst zu verkürzen, und um dieses zu erreichen, stellt er allerlei Hypothesen auf. ›Es wäre töricht anzunehmen‹, sagt er, ›daß der Mord, wenn überhaupt ein Mord vorliegt, früh genug ausgeübt werden konnte, daß es den Mördern möglich gewesen wäre, den Leichnam vor Mitternacht in die Seine zu werfen.‹

Hier drängt sich uns sofort die Frage auf: Warum? Warum soll es eine Torheit sein, anzunehmen, daß der Mord nicht schon fünf Minuten, nachdem Marie ihr mütterliches Haus verlassen hatte, verübt wurde? Warum soll es eine Torheit sein, anzunehmen, daß der Mord zu irgendeiner beliebigen Zeit dieses Tages ausgeführt wurde? Es hat zu allen Stunden und Tageszeiten Morde gegeben.

Hätte der Mord am Sonntag in irgendeinem Augenblick zwischen neun Uhr morgens und ein Viertel vor zwölf Uhr nachts stattgefunden, so hätte der Mörder noch immer Zeit genug gehabt, den Leichnam noch vor Mitternacht in den Fluß zu werfen.

Die ganze Vermutung will also nur besagen, daß der Mord überhaupt nicht am Sonntag begangen wurde; und wenn wir dem ›Etoile‹ eine derartige Annahme erlauben, so können wir ihm auch alle anderen Willkürlichkeiten gestatten.

Der Abschnitt, der im ›Etoile‹ mit den Worten beginnt: ›Es wäre töricht...‹, könnte aber im Gehirn seines Verfassers wohl folgendermaßen gelautet haben: ›Es wäre töricht, anzunehmen, daß der Mord, wenn überhaupt ein Mord vorliegt, früh genug verübt werden konnte, daß es den Mördern möglich gewesen wäre, den Leichnam noch vor Mitternacht in den Fluß zu werfen; es ist töricht, sagen wir, dies anzunehmen und gleichzeitig anzunehmen (wozu wir allerdings fest entschlossen sind), daß man die Leiche erst nach Mitternacht hineinwarf‹ – eine an sich inkonsequente Behauptung, aber nicht gar so widersinnig, wie die abgedruckte.

Hätte ich nur die Absicht«, fuhr Dupin fort, »diese Stelle in der Beweisführung des ›Etoile‹ zu widerlegen, so könnte ich mich ruhig damit zufrieden geben. Wir haben es hier jedoch nicht mit dem ›Etoile‹, sondern mit der Wahrheit zu tun. Der fragliche Satz hat nur einen Sinn, und diesen Sinn habe ich festgestellt. Es ist jedoch nötig, daß wir noch hinter die Worte blicken, um den Gedanken zu erfassen, den diese offenbar ausdrücken wollten, ohne daß es ihnen wirklich gelang. Der Journalist wollte sagen, es sei unwahrscheinlich, daß die Mörder gewagt haben sollten, zu welcher Tages- oder Nachtzeit am Sonntag der Mord auch begangen sein mochte, die Leiche noch vor Mitternacht an den Fluß zu tragen. Und hierin liegt die Vermutung, die ich nicht zu billigen vermag. Es wird angenommen, daß der Mord an einem Ort und unter Umständen verübt wurde, daß es nötig war, den Leichnam an das Flußufer zu schleppen. Und doch konnte der Mord sehr wohl am Ufer oder auf dem Fluß selbst stattgefunden haben, so daß man den Leichnam zu jeder Stunde des Tages oder der Nacht ins Wasser zu werfen vermochte, als der schnellsten und nächstliegenden Art, sich seiner zu entledigen.

Sie werden verstehen, daß ich nichts als wahrscheinlich oder als mit meiner eigenen Ansicht übereinstimmend annehme. Bis jetzt hat meine

Ansicht mit den wirklichen Tatsachen gar nichts zu tun. Ich wollte Sie nur darauf hinweisen, von welch einseitigem Standpunkt der ›Etoile‹ ausgeht.

Nachdem das Blatt seine vorgefaßte Meinung abgegrenzt hat und von der Annahme ausgeht, daß die Leiche, falls es wirklich Maries Leiche ist, nur sehr kurze Zeit im Wasser gelegen haben könne, fährt es fort:

›Die Erfahrung zeigt aber, daß die Leichen Ertrunkener oder nach gewaltsamem Tod sofort ins Wasser Geworfener sechs bis zehn Tage brauchen, ehe die Zersetzung so weit fortgeschritten ist, daß sie wieder an die Oberfläche kommen. Selbst wenn man eine Kanone über einer fünf bis sechs Tage im Wasser gelegenen Leiche abfeuert und so ein früheres Aufsteigen bewirkt, sinkt diese wieder, sobald die Erschütterung vorbei ist.‹

Diese Behauptungen haben sämtliche Pariser Blätter mit Ausnahme des ›Moniteur‹ stillschweigend hingenommen. Letztere Zeitung versucht lediglich, die Äußerung über die Leichen Ertrunkener zu widerlegen und führt fünf bis sechs Fälle an, in denen Ertrunkene nachweislich nach kürzerer Zeit an der Wasseroberfläche gesehen wurden, als der ›Etoile‹ für möglich hält. Doch liegt etwas äußerst Unphilosophisches in dem Versuch des ›Moniteur‹, die allgemeine Behauptung des ›Etoile‹ durch Zitierung einiger Fälle widerlegen zu wollen, die gegen diese Behauptung sprechen. Selbst wenn es dem ›Moniteur‹ gelungen wäre, statt der fünf fünfzig Fälle anzuführen, in denen bereits nach zwei bis drei Tagen Leichen Ertrunkener wieder an der Oberfläche schwimmend vorgefunden wurden, so hätten selbst diese fünfzig Beispiele immer noch als Ausnahme zur Regel des ›Etoile‹ betrachtet werden müssen, solange die Regel selbst nicht widerlegbar war. Gibt man jedoch die Regel zu (der ›Moniteur‹ leugnet sie nicht, sondern besteht nur auf den Ausnahmen), so bleibt auch die Beweisführung des ›Etoile‹ in voller Kraft bestehen, denn sie bezweckt ja nichts weiter, als die Wahrscheinlichkeit in Frage zu stellen, daß die Leiche in weniger als drei Tagen an die Oberfläche des Wassers gelangt sei, und diese Unwahrscheinlichkeit wird die Behauptung des ›Etoile‹ so lange begünstigen, bis die so kindisch angeführten Beispiele zahlenmäßig so zunehmen, um eine entgegengesetzte Regel zu begründen. Sie sehen also, daß wir vor allen Dingen Beweise gegen die Regel selbst beibringen müssen, wenn wir sie mit Erfolg anfechten wollen, und aus diesem Grund müssen wir die Begründung dieser Regel prüfen. Der menschliche Körper ist im allgemeinen weder viel leichter noch viel schwerer als das Wasser der Seine; das heißt, das spezifische Gewicht des menschlichen Körpers in seinem natürlichen Zustand entspricht etwa der verdrängten Süßwassermenge. Die Körper dicker, fleischiger, dünnknochiger Menschen, besonders von Frauen, sind leichter als jene magerer, grobknochiger Personen und von Männern überhaupt; auch wird das spezifische Gewicht des Flußwassers etwa durch Ebbe und Flut des Meeres beeinflußt. Aber wenn wir auch ganz von Ebbe und Flut absehen, so können wir doch behaupten, daß auch im Süßwasser nur sehr wenige menschliche Körper von selbst sinken. Fast jeder, der ins Wasser fällt, kann sich an der Oberfläche halten, wenn er nur das spezifische Gewicht des Wassers mit seinem eigenen ins Gleichgewicht bringt, das heißt, wenn er seinen Körper so weit als irgend möglich unter Wasser hält. Die beste Stellung für jemanden, der nicht schwimmen kann, ist die gerade Haltung, den Kopf so weit zurückgelegt und unter Wasser gehalten, daß nur Mund und Nüstern über der Oberfläche bleiben. In einer solchen Lage wird jeder ohne Schwierigkeit und Anstrengung an der Oberfläche treiben. Es liegt jedoch auf der Hand, daß sich das Gewicht des Körpers und das der verdrängten Wassermenge einander die Waage halten, so daß die geringste Kleinigkeit das Übergewicht des einen oder des anderen zur Folge haben wird. So verursacht zum Beispiel ein Arm, der aus dem Wasser herausgestreckt und seines Auftriebs beraubt wird, eine Gewichtszunahme, die ausreicht, den ganzen Kopf unter Wasser zu bringen, während die zufällige Hilfe eines Holzstückchens es ermöglicht, den Kopf so weit zu heben, um Umschau zu halten.

Nun wird ein Nichtschwimmer im Wasser unweigerlich die Arme in die Höhe strecken und den Versuch machen, den Kopf in der gewohnten senkrechten Lage zu halten. Die Folge ist, daß Mund und Nase unter Wasser geraten und beim Atmen Wasser in die Lungen eindringt. Auch der Magen füllt sich mit Wasser, und der ganze Körper wird um das Gewicht eingedrungenen Wassers schwerer als die ursprünglich ausfüllende Luft. In der Regel ist dieser Unterschied groß genug, um den Körper zum Sinken zu bringen, er genügt aber nicht bei Menschen, die feine Knochen oder ungewöhnliche Fett- oder Fleischmassen haben. Solche Leute schwimmen nach dem Ertrinken noch an der Oberfläche. Stellen wir uns jedoch vor, der Leichnam liege auf dem Grund des Flusses. Hier wird er so lange liegenbleiben, bis seine spezifische Schwere durch irgendeinen Umstand wieder geringer wird als die von ihm verdrängte Wassermenge. Dies geschieht in der Regel durch Zersetzung. Gas, das das Zellgewebe ausdehnt und alle Höhlungen auftreibt, bildet sich und verursacht das bekannte aufgedunsene Aussehen. Ist diese Ausdehnung so weit fortgeschritten, daß der Körper an Umfang wesentlich zugenommen hat, ohne doch seine Masse und sein Gewicht vergrößert zu haben, so wird sein spezifisches Gewicht geringer als das des verdrängten Wassers, und er erscheint an der Oberfläche. Die Art der Zersetzung aber wird durch zahllose Umstände bestimmt, durch unzählige Einflüsse beschleunigt oder verzögert, etwa durch die Hitze oder Kälte der Jahreszeit, durch mineralische Bestandteile oder die Reinheit des Wassers, dessen Tiefe oder Seichtheit, durch Strömung oder Stagnation, durch die Beschaffenheit des Körpers, durch vor dem Tode vorhandene Krankheiten und so weiter.

Es ist also klar, daß man die Zeit nicht genau bestimmen kann, zu der ein Körper infolge Zersetzung an der Oberfläche erscheint. Unter gewissen Bedingungen könnte dies schon nach einer Stunde der Fall sein, unter anderen überhaupt nicht. Es gibt chemische Einflüsse, welche den Körper für immer vor der Zersetzung bewahren; eine davon ist das Quecksilberchlorid. Aber abgesehen von der Zersetzung können sich – und dies ist sehr oft der Fall – im Magen infolge Gärung vegetabilischer Stoffe (oder auch in anderen Höhlungen aus anderen Gründen) bilden, die genügen, den Körper so weit auszudehnen, daß er an die Oberfläche steigt. Die durch das Abfeuern einer Kanone erzielte Wirkung ist einfach eine Erschütterung. Diese kann den Körper aus dem weichen Schlamm, in den er vielleicht versunken ist, lösen und auf diese Weise, nachdem andere Einflüsse ihn schon darauf vorbereitet haben, das Steigen ermöglichen. Oder aber die Zähigkeit einiger verwesender Teile des Zellgewebes überwinden, so daß die Hohlräume sich unter dem Einfluß des Gases auszudehnen vermögen.

Nachdem wir also die physikalischen Vorgänge kennen, wird es uns leicht sein, die Behauptungen des ›Etoile‹ zu beurteilen. ›Die Erfahrung zeigt uns‹, sagt das Blatt, ›daß Ertrunkene oder Leichen, die nach einem gewaltsamen Tod sofort ins Wasser geworfen werden, sechs bis zehn Tage brauchen, bis die Zersetzung so weit fortgeschritten ist, um sie wieder an die Oberfläche zu bringen. Selbst wenn eine Kanone über einer Leiche unter Wasser abgefeuert wird und diese eher aufsteigt als nach fünf bis sechs Tagen, versinkt sie wieder, sobald sie sich selbst überlassen wird.‹

Dieser ganze Absatz muß uns nun als ein inkonsequentes Gewebe und völlig zusammenhanglos erscheinen. – Die Erfahrung zeigt nicht, daß Ertrunkene bis zu zehn Tagen brauchen, ehe die Zersetzung sie wieder an die Oberfläche bringt. Im Gegenteil beweisen Erfahrung und Wissenschaft, daß der Zeitpunkt des Aufsteigens unbestimmt ist und notgedrungen sein muß. Ist überdies ein Körper infolge eines Kanonenschusses an die Oberfläche gekommen, so wird er auch nicht wieder sinken, ›sobald er sich selbst überlassen wird‹, es sei denn, daß die Verwesung so weit fortgeschritten ist, daß das entstandene Gas entweichen kann. Ich möchte Sie auch auf den Unterschied hinweisen, den das Blatt zwischen ›Ertrunkenen‹ und ›Körpern‹, die unmittelbar nach einem gewaltsamen Tod ins Wasser geworfen wurden‹, macht. Obgleich der Verfasser des Artikels einen Unterschied zuläßt, bringt er sie doch beide in dieselbe Kategorie. Ich habe eben gezeigt, wie es kommt, daß der Körper eines Ertrinkenden spezifisch schwerer wird als die Wassermenge, die er verdrängt, und daß er gar nicht untersinken würde, wenn er nicht im Kampf um sein Leben die Arme aus dem Wasser strecken und durch Atembewegungen unter der Oberfläche seine Lungen mit Wasser füllen würde. Diese Arm- und Atembewegungen würden bei einem ›sofort nach dem gewaltsamen Tode in Wasser Geworfenen‹ jedoch nicht in Frage kommen. Somit würde also in letzterem Fall der Körper in der Regel gar nicht untersinken – eine Tatsache, welche dem ›Etoile‹ offenbar ganz unbekannt ist. Erst wenn die Zersetzung so weit fortgeschritten wäre, daß sich schon das Fleisch von den Knochen gelöst hätte, erst dann, aber nicht eher, würde sich die Leiche unseren Blicken entziehen.

Was wollen wir nun mit der Behauptung anfangen, der gefundene Körper könne nicht die Leiche der Marie Rogêt sein, weil erst drei Tage vergangen waren, als man ihn auf dem Wasser treibend fand? Wenn sie ertrunken ist, so ist sie, ein Weib, möglicherweise gar nicht untergegangen, denn sie war ja eine Frau, oder, wenn sie versank, konnte sie in vierundzwanzig Stunden oder noch früher wieder aufgetaucht sein. Es vermutet jedoch niemand, daß sie ertrunken sei, und wenn wir annehmen, daß ihr Tod eintrat, bevor sie ins Wasser geworfen wurde, so hätte die Leiche jederzeit danach auf dem Wasser treibend gefunden werden können. ›Aber‹, meint der ›Etoile‹, ›wäre der Leichnam in seinem verstümmelten Zustand bis Dienstagnacht am Ufer verborgen, so hätte man dort sicherlich eine Spur von den Mördern finden müssen‹. Es ist schwer zu verstehen, worauf der Schreiber eigentlich hinauswill. Wahrscheinlich will er von vornherein einem Einwand begegnen, der seine Theorie widerlegen würde, – dem Einwand nämlich, daß die Leiche zwei Tage am Ufer geblieben und rasch in Verwesung übergegangen sei – rascher, als wenn sie im Wasser gelegen hätte. Er meint offenbar, daß sie in diesem Fall schon am Mittwoch wieder an der Oberfläche aufgetaucht sein könne, und meint, daß dies nur unter solchen Umständen möglich war. Er beeilt sich infolgedessen, zu beweisen, daß man sie nicht am Ufer ließ; denn in diesem Fall hätte man am Ufer ›eine Spur von den Mördern gefunden‹. Ich denke, Sie lächeln über eine solche Logik. Sie werden ebensowenig wie ich einzusehen vermögen, daß das bloße Verbleiben des Leichnams am Ufer die Spuren der Mörder hätte vermehren können.

›Und weiterhin‹, fährt unser Blatt fort, ist es höchst unwahrscheinlich, daß die Schurken, die einen solchen Mord verübten, den Leichnam ins Wasser geworfen haben sollten, ohne ihn durch ein Gewicht zum Sinken zu bringen, da es doch so einfach war, diese wichtige Vorsichtsmaßregel zu treffen.‹ Beachten Sie hier diese lächerliche Gedankenverwirrung. Niemand – nicht einmal der ›Etoile‹ selbst – bestreitet, daß an dem gefundenen Körper ein Mord verübt wurde, denn die Spuren einer Gewalttat sind zu deutlich. Der Verfasser will seine Leser davon überzeugen, daß Marie nicht ermordet wurde, nicht etwa, daß die Leiche es nicht sei. Und doch beweist seine Bemerkung nur das letztere. Hier ist eine Leiche ohne beschwerendes Gewicht. Hätten sie die Mörder in den Fluß geworfen, so würden diese nicht versäumt haben, ein Gewicht anzuhängen. Folglich ist sie nicht von den Mördern in den Fluß geworfen worden. Das ist alles, was bewiesen wird, wenn überhaupt etwas bewiesen wird. Die Frage der Identität läßt das Blatt vollkommen unberührt und gibt sich nur noch große Mühe, lediglich das zu leugnen, was es einen Augenblick vorher zugegeben hat. ›Wir sind vollkommen überzeugt‹, heißt es weiter, ›daß die gefundene Leiche die einer ermordeten Frauensperson ist.‹ Und dies ist nicht der einzige Punkt, in dem sich unser Schreiber widerspricht. Wie ich schon erwähnte, macht er es sich zur Aufgabe, den Zeitraum zwischen Maries Verschwinden und der Auffindung des Leichnams soviel wie möglich zu verringern. Dennoch betont er immer wieder, daß das Mädchen von dem Augenblick an, da es das mütterliche Haus verließ, von niemandem mehr gesehen wurde. ›Wir haben keinen Beweis‹, sagt er, ›daß Marie Rogêt am Sonntag, dem zweiundzwanzigsten Juni nach neun Uhr noch unter den Lebenden weilte.‹ Da seine ganze Beweisführung absichtlich einseitig ist, hätte er wenigstens diese Sache unberücksichtigt lassen sollen, denn wäre Marie noch am Montag oder Dienstag gesehen worden, so wäre der fragliche Zeitraum noch bedeutend kürzer gewesen und hätte nach seiner Schlußfolgerung die Wahrscheinlichkeit, daß die Leiche jene der Grisette sei, bedeutend vermindert. Eigentlich ist es schon amüsant, zu sehen, wie der ›Etoile‹ auf diesem Punkt beharrt, in der Überzeugung, daß er seine Beweisführung unterstütze.

Lesen Sie nun bitte noch einmal jenen Teil der Beweisführung durch, der sich auf die Identifizierung durch Beauvais bezieht. Was die Haare auf dem Arm anlangt, ist der ›Etoile‹ sichtlich unaufrichtig. Monsieur Beauvais ist nicht schwachsinnig und wird als Erkennungszeichen nicht einfach ›Haare auf den Armen‹ angegeben haben. Kein Arm aber ist ohne Haare. Der ›Etoile‹ hat durch diese allgemeine ungenaue Ausdrucksweise die Aussage des Zeugen einfach verdreht. Er muß von irgendeiner Besonderheit der Haare gesprochen haben. Es muß von einer Eigentümlichkeit, der Farbe, der Menge, der Länge oder der Anordnung die Rede gewesen sein.

›Ihr Fuß‹, sagt das Blatt, ›war klein, doch es gibt viele tausend kleine

Füße. Ihr Strumpfband beweist ebensowenig wie ihre Schuhe, denn Strumpfbänder und Schuhe werden massenweise verkauft. Das gleiche gilt für die Blumen auf ihrem Hut. Monsieur Beauvais betont noch den Umstand, daß die Schnalle am Strumpfband zurückgesetzt war, um es enger zu machen. Aber auch das besagt gar nichts, denn fast alle Frauen passen ihre neugekauften Strumpfbänder erst zu Hause an und nähen sie entsprechend um.‹

Jetzt wird es wirklich schwer, den Schreiber noch ernst zu nehmen. Hätte Monsieur Beauvais bei seinen Nachforschungen nach Maries Leiche einen Körper entdeckt, der an Gestalt und Aussehen dem der Vermißten ähnlich war, so wäre es berechtigt gewesen, an einen Erfolg seiner Bemühungen zu glauben, ohne die Kleidung zu berücksichtigen. Hätte er dazu (außer der Übereinstimmung von Gestalt und Aussehen) auf dem Arm Haare von einer besonderen Eigentümlichkeit erkannt, die er an der lebenden Marie beobachtet hatte, so konnte ihn dieser Umstand in seiner Meinung noch bestärken, und zwar desto mehr, je eigentümlicher und ungewöhnlicher diese Haare gewesen wären. Waren Maries Füße klein wie die des Leichnams, so vergrößert auch dieses Zusammentreffen die Wahrscheinlichkeit, daß es Maries Leiche war, nicht eine Verstärkung in lediglich arithmetischer, sondern in geometrischer oder akkumulativer Proposition. Fügt man noch hinzu, daß Marie an dem Tag, als sie verschwand, eben solche Schuhe trug, wie sie bei der Leiche gefunden wurden, so erhöht diese Tatsache, wenn auch solche Schuhe ›massenweise‹ verkauft werden, die Wahrscheinlichkeit fast bis zur Gewißheit. Was an sich die Identität noch nicht beweisen würde, wird dadurch zum sichersten Beweis. Finden wir nun auch noch auf dem Hut die gleichen Blumen, die das vermißte Mädchen getragen hat, so brauchen wir keine weiteren Beweise. Wäre auch nur eine Blume vorhanden, würde das schon genügen – wie nun, wenn es zwei, drei oder noch mehr sind? Jede einzelne vervielfältigt mehr den Beweis, und zwar nicht nur einmal, sondern hundert- und tausendfach. Entdecken wir nun obendrein an der Toten noch Strumpfbänder, wie die Lebende sie getragen, so wäre es geradezu Torheit, noch nach weiteren Details zu suchen. Aber diese Strumpfbänder sind obendrein noch in derselben Weise durch das Versetzen einer Schnalle enger gemacht worden, in derselben Weise wie Marie die ihrigen, kurz bevor sie von zu Hause fortging, änderte. Jetzt noch zu zweifeln, ist Wahnsinn oder Heuchelei. Die Behauptung des ›Etoile‹, dieses Versetzen von Schnallen an Strumpfbändern sei ein ganz gewöhnlicher Vorgang, beweist weiter nichts als nur die Hartnäckigkeit, mit welcher das Blatt auf seiner vorgefaßten Meinung beharrt. Die Elastizität eines Schnallenstrumpfbandes beweist allein schon das Ungewöhnliche einer solchen Veränderung. Was so beschaffen ist, daß es sich von selbst anpaßt, bedarf normalerweise nur selten einer Korrektur. Es muß also schon etwas Besonderes gewesen sein, was das Engernähen von Maries Strumpfbändern erforderlich machte. Sie allein würden ihre Identität vollkommen beweisen.

Aber es war nicht etwa so, daß man an der Leiche die Strumpfbänder der Vermißten fand oder ihren Hut oder Blumen ihres Hutes, die gleichen Füße oder ein besonderes Zeichen auf den Armen oder ihre Größe und allgemeine Erscheinung – man fand vielmehr jedes dieser Dinge und alle zusammen! Würde der Beweis erbracht, daß der Herausgeber des ›Etoile‹ wirklich noch zweifelte, so brauchte man nicht erst einen Arzt zu fragen, ob man es mit einem Irren zu tun habe. Er hat es für klug gehalten, das Gerede der Advokaten nachzuäffen, die sich oft damit begnügen, die Ansicht der Gerichte herzubeten. Ich möchte hier noch bemerken, daß vieles, was ein Gericht als Beweis verwirft, für den denkenden Menschen geradezu überzeugende Argumente sind. Denn die Gerichte, die sich zur Erlangung von Beweisen nach allgemeinen, anerkannten Prinzipien richten, betrachten jede abweichende Beweisführung als Abschweifung. Und dieses starre Festhalten an Prinzipien, mit strenger Mißachtung der widerstrebenden Ausnahme, ist ein sicherer Weg, nach langer Zeit das Maximum aller erreichbaren Wahrheit herauszufinden. Im allgemeinen ist diese gerichtliche Praxis sicher klug, es läßt sich jedoch nicht leugnen, daß sie zu großen individuellen Irrtümern führen kann.

Die gegen Beauvais vorgebrachten Verdächtigungen werden wir wohl in kürzester Zeit entkräften können. Sie haben den wahren Charakter des guten Mannes bereits erkannt. Er ist ein Mensch, der sich gern in anderer Leute Angelegenheiten mischt, dazu romantisch veranlagt, sensationsgierig und von beschränktem Verstand. Bei seinem Charakter ist es nur zu natürlich, daß er in einer so aufregenden Angelegenheit bei den Allzuklugen oder Böswilligen Verdacht erregte. Aus Ihren Aufzeichnungen geht hervor, daß Monsieur Beauvais eine persönliche Unterredung mit dem Herausgeber des ›Etoile‹ hatte und diesen beleidigte, weil er, ungeachtet der Theorie des Herausgebers, die Behauptung wagte, daß die Leiche mit Marie identisch sei. ›Er besteht darauf‹, sagt die Zeitung, ›daß die Leiche jene der Marie sei; doch kann er keine weiteren – als die bereits besprochenen – Beweise für seine Behauptung beibringen, die auch für andere überzeugend wären.‹ – Es ist wohl nicht nötig, noch einmal darauf hinzuweisen, daß stärkere Beweise, ›um auch andere zu überzeugen‹, überhaupt nicht hätten beigebracht werden können; bemerken möchte ich, daß in einem Fall wie dem vorliegenden ein Mann sehr wohl selbst überzeugt sein kann, ohne auch nur einen Grund dafür angeben zu können, der auch für andere stichhaltig wäre. Nichts ist unbestimmter als das Gefühl der persönlichen Identität. Jedermann erkennt seinen Nachbarn, und doch gibt es nur wenig Fälle, wo man fähig wäre, einen Grund für dieses Erkennen anzugeben. Der Herausgeber des ›Etoile‹ hatte Unrecht, sich über Monsieur Beauvais unbegründete Überzeugung zu ärgern.

Die Verdachtsmomente, die ihn belasten, beweisen vielmehr seine Wichtigtuerei als seine Schuld. Geben wir seinem Betragen einmal diese mildere Auslegung, so können wir uns mit Leichtigkeit die Rose in dem Schlüsselloch, das Wort ›Marie‹ auf der Schiefertafel, das ›Beiseiteschieben der männlichen Verwandten‹, seine ›Abneigung, die Verwandten den Leichnam sehen zu lassen‹, die Warnung an Madame B., mit dem Gendarmen nicht zu sprechen, bis er (Beauvais) wieder zurück sei, und endlich auch sein Bestreben erklären, daß niemand außer ihm bei den Nachforschungen mitzusprechen habe. Es scheint mir außer Zweifel, daß Beauvais einer von Maries Verehrern war, daß sie mit ihm kokettierte und daß es ihm schmeichelte, als naher Freund und Vertrauter zu gelten. Ich will über diesen Punkt nicht weiter sprechen, und da die Tatsachen die Behauptungen des ›Etoile‹ hinsichtlich der Apathie, welche die Mutter des Mädchens und andere Verwandte an den Tag gelegt haben sollen und die beweisen sollten, daß sie die Leiche nicht für jene der Marie gehalten hätten, völlig widerlegt haben, so wollen wir nun fortfahren, als wäre die Frage nach der Identität in durchaus befriedigender Weise gelöst.«

»Und was sagen Sie«, fragte ich jetzt, »zu den Ansichten des ›Comerciel‹?«

»Daß diese weit beachtenswerter sind als alle, die bis jetzt über diese Sache verbreitet wurden. Die Folgerungen aus den Prämissen sind durchaus richtig und scharfsinnig, aber die Prämissen selbst beruhen in wenigstens zwei Punkten auf genauer Beobachtung. Der ›Commerciel‹ wünscht anzudeuten, daß Marie nicht weit vom Haus ihrer Mutter von einer Rotte von Bösewichtern angefallen wurde. Er behauptet, ›es ist unmöglich, daß eine so wohlbekannte Person wie Marie drei Häuserblocks durchqueren konnte, ohne von irgend jemandem erkannt zu werden‹. Dies ist der Gedankengang eines Mannes, der schon lange in Paris lebt und dessen hauptsächliche Gänge durch die Stadt sich meistens auf die Gegend der öffentlichen Gebäude beschränken, und der weiß, daß er aus seinem Bureau keine hundert Schritte weit gehen kann, ohne erkannt und angesprochen zu werden. Er vergleicht Maries Bekanntenkreis mit dem seinen, findet keinen großen Unterschied und schließt daraus, daß sie auf ihren Gängen ebensooft erkannt werden mußte als er auf den seinigen. Das hätte jedoch nur dann der Fall sein können, wenn ihre Gänge den gleichen methodischen einförmigen Charakter gehabt und sich auf ein gleichgeartetes Stadtviertel beschränkt hätten wie die seinigen. Er bewegt sich zu bestimmten Zeiten innerhalb eines fest umgrenzten Bezirks, in welchem seine Beschäftigung die Aufmerksamkeit zahlreicher anderer Personen auf sich ziehen, weil sie mit ihren Interessen in Beziehung stehen. Wir können jedoch annehmen, daß Maries Wege im allgemeinen weitaus verschiedenartiger waren. Im vorliegenden Fall ist es sogar höchstwahrscheinlich, daß sie eine von ihren gewohnten Wegen sehr abweichende Richtung nahm. Die Parallele, die der ›Commerciel‹ zog, könnte nur dann auf Richtigkeit Anspruch erheben, wenn beide Personen dic ganze Stadt durchquerten. Nur in diesem Fall wären bei gleich großem, persönlichen Bekanntenkreis auch die Chancen, von einer gleich großen Anzahl von Begegnungen gleich groß. Ich halte es nicht allein für möglich, sondern sogar für sehr wahrscheinlich, daß Marie zu jeder beliebigen Zeit einen der vielen Wege von der Wohnung ihrer Mutter an zu der ihrer Tante hätte gehen können, ohne auch nur einer einzigen Person zu begegnen, die sie kannte oder der sie bekannt war. Um überhaupt in diesem Fall richtig zu entscheiden, dürfen wir das große Mißverhältnis nie vergessen, das zwischen dem Bekanntenkreis selbst des stadtbekanntesten Parisers und der Gesamtbevölkerung dieser Stadt besteht.

Der letzte Rest von Bedeutung, den die Ansicht des ›Commerciel‹ vielleicht noch haben könnte, wird vermindert, wenn wir die Stunde in Betracht ziehen, zu welcher das Mädchen ausging. ›Sie ging gerade zu einer Zeit aus‹, sagte der ›Commerciel‹, ›in der die Straßen am belebtesten sind.‹ Dies war aber nicht der Fall. Es war um neun Uhr morgens. Zu dieser Zeit sind die Straßen allerdings gedrängt voll, jedoch nur an Wochentagen. Sonntags um neun Uhr sind die meisten Leute zu Hause und bereiten sich zum Kirchgang vor. Keinem Beobachter wird es entgehen, wie eigentümlich verödet eine Stadt an Feiertagen zwischen acht und zehn aussieht. Zwischen zehn und elf sind die Straßen wieder überfüllt, jedoch nicht zu so früher Zeit wie die angegebene.

Noch ein weiterer Punkt beweist die ungenügende Beobachtung des ›Commerciel‹. An einer Stelle heißt es: ›Aus einem der Unterröcke des unglücklichen Mädchens war ein zwei Fuß langer und ein Fuß breiter Streifen herausgerissen und um Kopf und Kinn gebunden, wahrscheinlich, um sie am Schreien zu hindern. Das konnten nur Burschen getan haben, die keine Taschentücher besaßen.‹ Ob diese Annahme wohlbegründet ist oder nicht, werden wir später sehen; jedenfalls will der Verfasser mit ›Burschen, die keine Taschentücher besitzen‹, die niedrigste Klasse von Strolchen bezeichnen. Verbrecher dieser Sorte haben jedoch stets Taschentücher, selbst, wenn sie so heruntergekommen sind, daß sie kein Hemd mehr besitzen. Sie werden selbst Gelegenheit gehabt haben zu bemerken, wie unentbehrlich gerade diesem Gesindel das Taschentuch neuerdings geworden ist.«

»Und was sollen wir von dem Artikel des ›Soleil‹ halten?« fragte ich.

»Daß es jammerschade ist, daß sein Verfasser nicht als Papagei geboren wurde, er wäre jedenfalls eine Zierde seines Geschlechts geworden. Er hat bloß die bereits bekannten Ansichten mit einem allerdings lobenswerten Fleiß aus den übrigen Zeitungen gesammelt und wiederholt. ›Alle diese Dinge haben offenbar mindestens drei bis vier Wochen dort gelegen‹, sagte er, ›es steht also ganz außer Zweifel, daß der Schauplatz dieses gräßlichen Verbrechens gefunden ist.‹ Diese von ›Soleil‹ wiederholten Tatsachen haben meine Zweifel jedoch nicht im geringsten zerstreut, und wir wollen sie späterhin in Verbindung mit einem anderen Teil unseres Themas noch eingehender prüfen.

Jetzt müssen wir unsere Aufmerksamkeit auf einige andere Punkte richten. Es ist Ihnen sicher aufgefallen, daß der Leichnahm mit größter Nachlässigkeit untersucht wurde.

Allerdings wurde die Frage der Identität rasch erledigt oder hätte es wenigstens sein müssen; nur hätte man sich auch noch über einige andere Dinge Gewißheit verschaffen müssen: War die Leiche irgendwie beraubt worden? Trug die Ermordete, als sie von zu Hause fortging, Schmucksachen? Und wenn, fand man diese noch an der Leiche? Dies sind wichtige Fragen, die die Tatbestandsaufnahme völlig unberücksichtigt gelassen hat; dazu kommen noch andere, ebenso wichtige Momente, die unbeachtet blieben. Wir müssen versuchen, uns selbst Gewißheit zu beschaffen. Vorerst wollen wir den Verdacht gegen St. Eustache noch einmal überprüfen. Ich habe keinen Verdacht gegen ihn, doch wollen wir streng methodisch verfahren und feststellen, ob seine endliche Aussage, wie und wo er den verhängnisvollen Sonntag verbracht hat, lückenlos und richtig ist. Aussagen dieser Art werden gern zur Irreführung benutzt. Stimmt hier jedoch alles, so können wir bei unseren weiteren Untersuchungen St. Eustache ausscheiden. Sein Selbstmord wäre nur verdächtig, wenn seine Aussagen sich als Täuschung erwiesen hätten, aber auch ohne Meineid hat er so wenig Ungewöhnliches an sich, daß wir über ihn hinweg ruhig die Linie gewöhnlicher Analyse verfolgen dürfen.

Im Folgenden wollen wir für das erste von dem inneren Kern der Tragödie absehen und unsere Aufmerksamkeit auf ihre äußeren Umrisse konzentrieren. Nur zu häufig begeht man bei dergleichen Untersuchungen den

Irrtum, lediglich die nebensächlichen Ereignisse zu beachten und die begleitenden und zufälligen nicht zu berücksichtigen. Unsere Gerichte haben die üble Angewohnheit, Beweisaufnahme und Zeugenverhör auf das scheinbar Wesentliche zu beschränken. Und doch hat Erfahrung gezeigt, daß ein großer Teil – vielleicht der größte Teil – der Wahrheit aus dem scheinbar Unwesentlichen hervorgeht. Vom Geist, wenn auch nicht gerade vom Buchstaben dieses Prinzips geleitet, hat sich die moderne Wissenschaft entschlossen, auch mit dem Unvorhergesehenen zu rechnen.

Aber Sie verstehen mich vielleicht nicht. Die Geschichte menschlicher Erkenntnis hat unaufhörlich gezeigt, daß wir den nebensächlichen, zufälligen, beiläufigen Ereignissen zahlreiche, höchst wertvolle Entdeckungen verdanken, so daß es schließlich notwendig geworden ist, im Interesse des Fortschritts Erfindungen, die durchaus zufällig und nicht vorherzusehen sind, größte Beachtung zu schenken. Es ist nicht mehr philosophisch, die Zukunft nur nach der Vergangenheit zu berechnen.

Der Zufall spielt bei jeder Entwicklung eine gewaltige Rolle, und wir haben gelernt, ihn einer genauen Berechnung zu unterziehen. Das Unerwartete und Ungeahnte legen wir den mathematischen Formeln zugrunde.

Ich wiederhole: Es ist Tatsache, daß der größte Teil aller Wahrheit aus der Erforschung ihrer Begleitumstände gewonnen wurde. In Übereinstimmung mit dem Geist des Prinzips, den diese Tatsache in sich schließt, möchte ich jetzt den breitgetretenen und bisher unfruchtbaren Boden des Ereignisses selbst und meine Untersuchungen auf Begleitumstände, die sich um sie her gruppieren, hinlenken. Während Sie den Wert der Zeugenaussagen einer neuen Prüfung unterziehen, werde ich die Zeitungen noch eingehender, als Sie es getan haben, durchlesen. Bis jetzt haben wir nur das Feld für unsere Untersuchungen rekognosziert, aber es müßte seltsam zugehen, wenn eine genaue Durchsicht der Zeitungen, so wie ich sie vorhabe, nicht einige kleine Anhaltspunkte für die einzuschlagende Richtung unserer Suche einbrächte.«

Dupins Anregung folgend untersuchte ich die eidlichen Aussage St. Eustaches mit der denkbar größten Sorgfalt. Sie war vollkommen unanfechtbar und stellte nach meiner Überzeugung die Unschuld des Verdächtigen außer Zweifel. Mein Freund vertiefte sich mittlerweile mit einer Beharrlichkeit, die mir völlig unnütz erschien, in die Durchsicht der verschiedenen Zeitungen. Nach Ablauf einer Woche legte er mir folgende Auszüge vor:

›Vor ungefähr dreieinhalb Jahren erregte das Verschwinden derselben Marie Rogêt aus dem Parfümerieladen des Monsieur Leblanc im Palais Royal ähnliches Aufsehen. Nach Ablauf einer Woche erschien sie jedoch wohlbehalten und munter wieder hinter ihrem gewohnten Ladentisch, nur bemerkte man an ihr eine leichte, sonst ungewöhnliche Blässe. Monsieur Leblanc und ihre Mutter erklärten, daß sie nur bei einer Freundin auf Besuch gewesen sei, und bald war die ganze Sache vertuscht. Wir vermuten, daß ihr jetziges Verschwinden nur einer ähnlichen Laune entspringt, daß wir sie nach Verlauf einer Woche oder eines Monats wieder unter uns sehen werden.‹ – ›Abendzeitung‹, Montag, den 23. Juni.

›Eine gestrige Abendzeitung weist auf ein früheres geheimnisvolles Verschwinden von Mademoiselle Rogêt hin. Es ist jedoch bekannt, daß sie während ihrer Abwesenheit aus Monsieur Leblancs Parfümerieladen in Gesellschaft eines jungen, wegen seiner Ausschweifungen bekannten Seeoffiziers zugebracht hat. Man nimmt an, daß ein Streit sie wieder nach Hause zurückführte. Wir kennen den Namen des fraglichen Don Juan, der gegenwärtig in Paris stationiert ist, unterlassen es jedoch aus leicht begreiflichen Gründen, ihn zu nennen.‹ ›Le Mercure‹, Dienstag, 24. Juni.

›Vor drei Tagen wurde in der Umgegend der Stadt eine abscheuliche Gewalttat verübt. Ein Herr, in Gesellschaft seiner Frau und seiner Tochter, ließ sich in der Dämmerung von sechs jungen Leuten, die auf der Seine ziellos auf und ab ruderten, über den Fluß setzen. Als sie das andere Ufer erreicht hatten, stiegen die drei Passagiere aus und hatten kaum das Boot aus dem Gesicht verloren, als die Tochter bemerkte, daß sie ihren Sonnenschirm liegengelassen habe. Sie eilte zurück, um ihn zu holen, wurde jedoch von der Bande ergriffen, in den Strom hinausgefahren, geknebelt und schließlich nicht weit von der Stelle, wo sie mit ihren Eltern in das Boot gestiegen war, wieder an Land gesetzt. Die Schurken sind einstweilen entkommen, doch ist die Polizei auf ihrer Spur und wird einige von ihnen hoffentlich bald gefaßt haben.‹ ›Morgenblatt‹, Mittwoch, den 25. Juni.

›Wir haben einige Mitteilungen erhalten, die das jüngst begangene Verbrechen einem gewissen Mennais zur Last legen. Da aber dieser Herr vor Gericht seine Unschuld nachweisen konnte und die Beweisführung jener Korrespondenten mehr Eifer als Gründlichkeit zeigen, halten wir es nicht für ratsam, diese Vermutungen zu veröffentlichen.‹ ›Morgenblatt‹, den 28. Juni.

›Aus verschiedenen Quellen haben wir mehrere überzeugend geschriebene Mitteilungen erhalten, welche es fast als gewiß erscheinen lassen, daß die unglückliche Marie Rogêt einer der zahlreichen Verbrecherbanden zum Opfer gefallen ist, die sonntags die Umgebung der Stadt unsicher machen. Wir selbst stimmen dieser Ansicht entschieden zu. Wir werden versuchen, demnächst einige Gründe hier zu veröffentlichen.‹ ›Abendzeitung‹, Dienstag, 31. Juni.

›Am Montag sah ein beim Zollamt beschäftigter Schiffer ein leeres Boot die Seine heruntertreiben. Die Segel lagen auf dem Boden des Bootes. Der Schiffer vertäute es an der Anlegestelle unterhalb des Zollgebäudes. Am folgenden Morgen aber war es von dort verschwunden, ohne daß einer der Beamten darüber Rechenschaft zu geben vermochte. Das Steuerruder liegt noch auf dem Zollamt.‹ ›Le Diligence‹, Donnerstag, 26. Juli.

Die verschiedenen Auszüge erschienen mir nicht nur bedeutungslos, sondern ich konnte auch nicht erkennen, wie sie zu der vorliegenden Sache in Beziehung zu bringen sein sollten. Ich erwartete also Dupins Erklärungen.

»Es ist jetzt nicht meine Absicht«, begann er, »bei dem ersten oder zweiten Auszug zu verweilen. Ich habe diese nur abgeschrieben, um Ihnen einen Begriff von der außerordendlichen Nachlässigkeit der Polizei zu geben, die, wenn ich den Präfekten recht verstanden habe, es nicht einmal für nötig erachtet, den Marineoffizier einem Verhör zu unterziehen. Und doch wäre es Torheit, anzunehmen, daß zwischen dem ersten und dem zweiten Verschwinden der Marie keine Möglichkeit eines Zusammenhangs bestehe. Nehmen wir an, Maries erstes Verschwinden hätte mit einem Streit der Liebenden und der Rückkehr der Enttäuschten geendet. Nun können wir uns ein zweites Verschwinden (sobald wir wissen, daß ein solches abermals stattgefunden hat) viel eher als die Folge erneuter Wiederanknüpfungsversuche des ersten Verführers erklären, als etwa einen neuen Antrag einer zweiten Person annehmen. Es ist bei weitem wahrscheinlicher, den Grund in der Wiederauffrischung des alten Liebesverhältnisses als den Beginn eines neuen zu sehen; auch ist die Annahme zehnmal plausibler, daß eher derjenige, der bereits einmal mit Marie entflohen war, sie erneut zur Flucht auffordern würde, als daß ein anderer ihr denselben Vorschlag machen sollte. Und hier muß ich Sie auf die Tatsache aufmerksam machen, daß die Zeit zwischen der ersten nachgewiesenen und der zweiten mutmaßlichen Flucht um einige Monate mehr beträgt als die übliche Dauer der Ausfahrten unserer Kriegsschiffe. Hatte der Liebhaber seine erste Schurkerei nicht vollenden können, weil er zur See mußte, und hat er nun den ersten Augenblick nach der Rückkehr dazu benutzt, seine unterbrochenen bösen Absichten wieder aufzunehmen und zur Ausführung zu bringen? Von alledem wissen wir nichts!

Sie werden jedoch einwenden, daß in dem zweiten Fall, um den es sich handelt, keine Entführung stattfand. Gewiß nicht! – Aber das schließt nicht aus, daß eine solche Absicht bestand und nur vereitelt wurde. Außer St. Eustache und vielleicht noch Beauvais sehen wir keine anerkannten und ernsthaften Bewerber um Marie, von keinem sonst wird je gesprochen.

Wer ist also der heimliche Liebhaber, von dem die Verwandten (wenigstens die meisten) nichts wissen, den Marie am Sonntagmorgen trifft und dem sie völlig vertraut, daß sie den ganzen Tag mit ihm in dem einsamen Wäldchen an der Barrière du Roule verbringt, bis die Abendschatten sich niedersenken? Wer ist dieser geheime Liebhaber, frage ich nochmals, von dem zumindest die meisten Verwandten nichts wissen? Und was bedeutet die sonderbare Prophezeiung der Madame Rogêt am Morgen des Tages, an dem ihre Tochter sie verließ: ›Ich fürchte, ich werde Marie nicht wiedersehen‹?

Wenn wir uns nun auch nicht vorstellen können, daß Madame Rogêt von dem Fluchtplan wußte, so können wir doch annehmen, daß das Mädchen einen solchen Plan hegte. Als sie das Haus verließ, sprach sie von der Absicht, ihre Tante in der Rue des Dromês zu besuchen und bat St. Eustache, sie dort in der Dämmerung abzuholen. Auf den ersten Blick widerspricht diese Tatsache meiner Vermutung, doch lassen Sie uns nachdenken. Es ist bewiesen worden, daß sie in Begleitung über den Fluß setzte und erst gegen drei Uhr nachmittags an der Barrière du Roule ankam. Als sie einwilligte, den Betreffenden zu begleiten (zu welchem Zweck und ob mit Wissen der Mutter, lassen wir dahingestellt), muß sie an ihre Verabredung mit St. Eustache gedacht haben sowie an die Überraschung und den Argwohn, der im Herzen ihres Bräutigams entstehen mußte, wenn er zu der vereinbarten Zeit in der Rue des Dromês erschien, dort erfuhr, daß sie gar nicht da gewesen war und sie bei seiner Rückkehr in die Pension sie auch dort noch nicht vorfand. An all dieses muß sie notwendigerweise gedacht haben. Sie muß den Kummer St. Eustaches sowie den Argwohn aller vorausgesehen haben. Es wäre ein Wagnis gewesen, sich diesem Argwohn auszusetzen, aber dieser Argwohn wurde bedeutungslos, wenn sie gar nicht die Absicht hatte, zurückzukehren. Ihren Gedankengang können wir uns folgendermaßen vorstellen:

›Ich will mit einer gewissen Person zusammentreffen, um mit ihr zu fliehen oder aus anderen, nur mir bekannten Gründen. Ich muß darauf achten, daß dieser Plan nicht durchkreuzt wird. Wir müssen genug Zeit haben, um einer Verfolgung zu entgehen. Ich werde zu verstehen geben, den Tag bei meiner Tante in der Rue des Dromês zuzubringen und St. Eustache bitten, mich erst bei eintretender Dunkelheit abzuholen. Auf diese Weise wird meine Abwesenheit von zu Hause für eine möglichst lange Zeit erklärt, ohne Verdacht oder Unruhe zu erregen. So gewinne ich mehr Zeit, als wenn ich irgend etwas anderes vorgegeben hätte. Wenn ich St. Eustache bitte, mich in der Dämmerung abzuholen, so kommt er sicher nicht früher, bitte ich ihn aber überhaupt nicht zu kommen, so verringert sich meine Zeit zur Flucht, denn man wird mich eher zurückerwarten und über meine Abwesenheit früher besorgt sein. Wäre es meine Absicht, überhaupt zurückzukehren und nur einen Ausflug mit dem fraglichen Individuum zu unternehmen, so handelte ich sehr unklug, St. Eustache zu bitten, mich abzuholen, denn er wird bestimmt erfahren, daß ich ihn hintergangen habe – eine Tatsache, die ihm immer unbekannt bleiben würde, wenn ich das Haus verließe, ohne ihm meine Absicht mitzuteilen, vor Einbruch der Dunkelheit zurückkäme und dann erzählte, daß ich meine Tante in der Rue des Dromês besucht hätte. Da es aber meine Absicht ist, nie mehr zurückzukehren – oder wenigstens für einige Wochen nicht – oder nicht eher, bevor es mir gelungen ist, gewisse Dinge zustande zu bringen, so liegt mir jetzt nur daran, möglichst viel Zeit zu gewinnen.‹

Wie Sie aus Ihren Notizen ersehen haben, ging die öffentliche Meinung von Anfang an dahin, daß das Mädchen das Opfer herumstreunender Strolche geworden sei. Man soll unter gewissen Umständen die öffentliche Meinung nicht außer acht lassen; wenn sie sich so ganz spontan, so ganz von selbst bildet, so sollten wir sie als ein Analogon jener Intuition betrachten, welche die Idiosynkrasie eines genialen Menschen ist. In hundert Fällen würde ich mich neunundneunzigmal ihrer Entscheidung unterwerfen. Es ist jedoch sehr wichtig, herauszufinden, ob sie wirklich nicht durch äußere Suggestion beeinflußt worden ist. Die öffentliche Meinung muß volkseigenste Meinung sein, wirklich aus dem Volk selbst hervorgegangen sein, und der Unterschied ist oft äußerst schwer wahrzunehmen und festzuhalten. In unserem Fall nun scheint es mir, als sei ›die öffentliche Meinung‹, eine Bande von Bösewichtern habe den Mord begangen, durch den gleichzeitigen Vorfall, von welchem mein dritter Auszug handelt, hervorgerufen worden. Ganz Paris ist in Aufregung über die gefundene Leiche der Marie, eines jungen, schönen und vielgekannten Mädchens. Der Leichnam trägt die Spur einer Gewalttat und treibt auf dem Fluß. Nun wird bekannt, daß genau oder wenigstens ungefähr um dieselbe Zeit, in der das Mädchen wahrscheinlich ermordet wurde, von einer Bande roher Gesellen an einer anderen jungen Frauensperson eine ähnliche, wenn auch weniger grausame Untat begangen wurde. Ist es nun verwunderlich, daß diese eine bekannte Schandtat das öffentliche Urteil über die andere beeinflußt hat? Das öffentliche Urteil wartete auf einen Fingerzeig, und das bekannt gewordene zweite Verbrechen kam gerade zur rechten Zeit, als solches zu dienen. Auch Maries Leichnam wurde im Fluß gefunden, und auf demselben Fluß war die andere Untat begangen worden. Der Zusammenhang zwischen beiden Ereignissen war so naheliegend, daß es ein Wunder gewesen wäre, wenn das Volk es nicht bemerkt hätte. In Wahrheit aber ist –

wenn irgend etwas – gerade die eine Tat ein sicherer Beweis dafür, daß die andere, die etwa gleichzeitig begangen wurde, nicht in derselben Weise geschah. Es wäre doch wirklich mehr als seltsam, wenn zur selben Zeit und an demselben Ort in derselben Stadt, wo eine Bande von Rohlingen eine unerhörte Schandtat verübte, eine andere Bande unter denselben Umständen genau das gleiche getan haben sollte! Und doch verlangt die in solcher Weise beeinflußte Volksmeinung, an ein so wunderbares Zusammentreffen zu glauben.

Ehe wir weitergehen, wollen wir den mutmaßlichen Schauplatz des Mordes in dem Dickicht an der Barrière du Roule näher betrachten. Dieses außerordentlich dichte Wäldchen liegt in allernächster Nähe einer öffentlichen Landstraße. Dort befinden sich drei oder vier Steine, die eine Art Sitz mit Lehne und Schemel bildeten. Auf dem oberen Stein fand man einen weißen Unterrock, auf dem zweiten eine seidene Schärpe. Weiter entdeckte man einen Sonnenschirm, Handschuhe und ein Taschentuch, in welches der Name ›Marie Rogêt‹ eingestickt war. An den Sträuchern ringsum hingen Kleiderfetzen. Der Boden war zerstampft, die Büsche geknickt, und überall sah man die Spuren eines heftigen Kampfes.

Ungeachtet des Beifalls, mit dem die Presse die Entdeckung des Dikkichts begrüßte, und der einmütigen Annahme, den genauen Schauplatz des Verbrechens entdeckt zu haben, muß gesagt werden, daß zum Zweifel noch triftige Gründe vorliegen. Daß das Wäldchen der Schauplatz gewesen war, kann ich glauben oder nicht – jedenfalls liegen hervorragende Gründe vor zu zweifeln. Wäre der wirkliche Schauplatz, wie der ›Commerciel‹ vermutet, in der Nähe der Rue Pavée Sainte Andrée zu suchen, so hätten die Täter, vorausgesetzt, daß sie sich noch in Paris aufhielten, natürlich vor der öffentlichen Aufmerksamkeit, die sich so scharfsinnig auf der richtigen Spur befand, erschrecken müssen, und gewisse Leute hätten sofort die Notwendigkeit erkannt, diese Aufmerksamkeit wieder abzulenken. Und so würde man, da das Dickicht an der Barrière du Roule nun doch einmal etwas Verdächtiges an sich hatte, leicht darauf verfallen sein, die Dinge an den Ort zu legen, wo sie dann später wirklich gefunden wurden. Es gibt trotz allem, was der ›Soleil‹ auch sagen mag, keinen stichhaltigen Beweis für die Annahme, daß die Sachen länger als einige Tage dort gelegen haben; wohingegen es sehr wahrscheinlich ist, daß sie nicht die zwanzig Tage zwischen dem verhängnisvollen Sonntag und dem Nachmittag, als die Knaben sie fanden, dort gelegen haben konnten, ohne bemerkt zu werden. ›Sie waren vom Regen ganz vermodert‹, sagt der ›Soleil‹, indem er der Ansicht der übrigen Blätter beipflichtet, ›und klebten vielfach zusammen. Über einige der Gegenstände war schon Gras gewachsen. Die Seide des

Sonnenschirms war stark, und doch war der obere Teil, der am dichtesten zusammengefaltet war, durch und durch verschimmelt und verfault und zerfiel, als man den Schirm öffnete.‹ Hinsichtlich der Behauptung: ›über einige der Gegenstände war schon Gras gewachsen‹ muß man sich auf die Aussagen und das Gedächtnis der beiden kleinen Knaben verlassen, denn diese hoben die Gegenstände auf und brachten sie nach Hause, ehe sie noch eine dritte Person besichtigt hatte. Aber das Gras kann, besonders bei warmem und feuchtem Wetter (wie es zur Zeit des Mordes herrschte) in einem einzigen Tag zwei bis drei Zoll wachsen. Ein Sonnenschirm, der auf einem frischen Rasen liegt, kann innerhalb einer Woche durch das aufschießende Gras den Blicken ganz entzogen sein. Und was den Schimmel anbetrifft (von dem der ›Soleil‹ so hartnäckig spricht, daß er in einem kurzen Absatz das Wort nicht weniger als dreimal gebraucht), weiß das Blatt wirklich nichts vom Wesen des Schimmels? Muß ich ihm erst sagen, daß er zu einer jener zahlreichen Pilzarten gehört, deren bekannte Eigentümlichkeit es ist, in vierundzwanzig Stunden zu entstehen und wieder abzusterben?

So sehen wir also mit einem Blick, das alles, was man triumphierend zur Unterstützung der Annahme, die Gegenstände hätten wenigstens drei oder vier Wochen in dem Dickicht gelegen, angeführt wurde, nur eine Absurdität ist, die nichts beweist. Andererseits ist es schwer zu glauben, daß die Gegenstände in dem erwähnten Dickicht länger als eine Woche – länger als von einem Sonntag zum anderen dort gelegen haben sollten. Alle Leute, die die Umgegend von Paris kennen, wissen, wie ungemein schwer es ist, dort Einsamkeit zu finden, wenn man nicht weit über die Vorstädte hinausgehen will. So etwas wie ein unentdeckter Zufluchtsort ist inmitten der Wälder und Haine ganz undenkbar. Es möge nur einmal ein Naturfreund, den seine Pflicht vielleicht in der staubigen, heißen Großstadt gefesselt hält, den Versuch machen, selbst an einem Wochentag seinen Durst nach Einsamkeit in der unmittelbaren, anmutigen Natur, die uns so nahe umgibt, zu stillen. Bei jedem zweiten Schritt wird er den Zauber durch die Stimme und das Erscheinen irgendeines rohen Burschen oder eines Haufens betrunkener Taugenichtse gestört finden. Er wird unter dem dichtesten Blätterdach vergeblich Alleinsein suchen. Er findet gerade hier die Schlupfwinkel für allerlei lichtscheues Gesindel – die verrufensten Tempel. Im Herzen angewidert, wird der Wanderer in das verdorbene Paris zurückfliehen, als zu dem weniger schlimmen, weil weniger unnatürlichen Sammelplatz der Verderbnis. Wenn nun die Umgegend der Stadt schon zu Werktagen so belagert ist – wieviel mehr erst an Feiertagen. Da suchen alle Lumpen und Bösewichter der Stadt, befreit von den Forderungen der

Arbeit und der gewohnten Gelegenheit zum Verbrechen beraubt, die nahen Wälder auf – nicht aus Liebe zur Natur, die diese Menschen aus tiefstem Herzen verachten, sondern um dem Zwang und der Gebundenheit der Gesellschaft zu entfliehen. Es verlangt sie weniger nach frischer Luft und nach grünen Bäumen als nach der äußersten Schrankenlosigkeit des Landes. In den Gasthäusern an der Landstraße oder unter dem dichten Laubwerk der Wälder überlassen sie sich, in Gesellschaft ihrer Spießgesellen, ungestört einer maßlosen, unechten Lustigkeit, den Folgen von Zügellosigkeit und Schnaps. Ich sage nur, was jedem objektiven Beobachter klar sein dürfte, wenn ich wiederhole, daß es als ein Wunder angesehen werden müßte, wenn die fraglichen Gegenstände in irgendeinem Dickicht in der unmittelbaren Umgebung von Paris länger als von einem Sonntag zum anderen gelegen haben sollten, ohne entdeckt zu werden.

Verschiedene andere Gründe sprechen dafür, daß die betreffenden Gegenstände in das Dickicht gelegt wurden, in der Absicht, die Aufmerksamkeit von dem wirklichen Schauplatz des Mordes abzulenken. Gestatten Sie mir vorerst, Sie auf das Datum der Entdeckung der Gegenstände hinzuweisen. Vergleichen Sie dasselbe mit dem Datum des fünften Auszugs, den ich aus den Zeitungen gemacht habe.

Sie werden finden, daß die Entdeckung fast unmittelbar auf die Mitteilungen folgte, die der Abendzeitung gemacht wurden. Alle diese Mitteilungen, obgleich ganz verschieden und anscheinend verschiedenartigen Quellen entstammend, verfolgten doch alle denselben Zweck, nämlich die Aufmerksamkeit darauf zu lenken, daß eine Bande den Mord begangen habe und der Tatort in der Nähe der Barrière du Roule zu suchen sei. Nun vermute ich natürlich nicht, daß die Gegenstände infolge dieser Mitteilungen oder der von ihnen beeinflußten öffentlichen Meinung von den Knaben gefunden worden seien; der Verdacht liegt nahe, daß die Kinder diese nur eben deshalb nicht eher fanden, weil sie vorher noch nicht in dem Dickicht gelegen hatten, sondern erst am Tage der Mitteilungen; oder kurz vorher von den Urhebern dieser Mitteilungen dahingelegt worden sind.

Das Dickicht war kein gewöhnliches – es hatte verschiedene auffallende Eigentümlichkeiten. Es war erstens außerordentlich dicht; dann fand man innerhalb einer natürlichen Einfriedung drei sonderbare Steine, die einen Sitz mit Rückenlehne und Fußschemel bildeten. Und dieses von der Natur so merkwürdig ausgestattete Dickicht befand sich nun, nur ein paar Ruten entfernt, in der unmittelbaren Entfernung des Hauses von Madame Deluc, deren Knaben die Gewohnheit hatten, alle Gebüsche in der Umgegend nach Sassafrasrinde abzusuchen. Wäre es nun übereilt zu wetten, daß kein Tag verging, ohne daß wenigstens einer der Knaben in die schattige Laube eingedrungen und sich auf den natürlichen Thron gesetzt hätte? Wer zögern würde, diese Wette einzugehen, ist entweder selbst nie ein Knabe gewesen oder hat vergessen, was Jungenart ist. Ich wiederhole nochmals, es ist kaum zu begreifen, wie die Gegenstände länger als ein oder zwei Tage in dem Dickicht hätten bleiben können, ohne entdeckt zu werden. Wir haben daher trotz der Unwissenheit des ›Soleil‹, triftige Gründe anzunehmen, daß sie zu einem verhältnismäßig späten Zeitpunkt an der Fundstelle niedergelegt wurden. Doch habe ich noch andere, stärkere Beweise, die diese meine Behauptung begründen. Zuerst möchte ich Sie darauf aufmerksam machen, in welch gekünstelter Anordnung die Gegenstände umherlagen. Auf dem obersten Stein lag ein weißer Unterrock; auf dem zweiten eine seidene Schärpe, und rundum verstreut lagen ein Sonnenschirm, Handschuhe und ein Taschentuch, in das der Name ›Marie Rogêt‹ eingestickt war. Eine solche Anordnung konnte natürlicherweise nur ein nicht allzu schlauer Mensch treffen, der sich bemühte, die Dinge möglichst natürlich zu verteilen. In Wirklichkeit jedoch ist eine solche Anordnung keineswegs natürlich. Mir schiene es natürlicher, wenn die Sachen alle auf dem Boden gelegen und zertrampelt gewesen wären. In dem engen Dikkicht wäre es wohl kaum möglich gewesen, daß Unterrock und Schärpe auf den Steinen liegenblieben, wenn sie dem Hin und Her mehrerer kämpfender Personen ausgesetzt waren. ›Alle Anzeichen eines Kampfes waren vorhanden‹, sagen die Zeitungen, – ›die Erde war zerstampft, die Sträucher vielfach geknickt‹ – und doch findet man Unterrock und Schärpe so säuberlich, wie in einem Schrank aufgehoben. Die an den Büschen hängenden Kleiderfetzen waren ungefähr drei Zoll breit und sechs Zoll lang. Einer der Fetzen hatte den Saum des Rockes gebildet und war geflickt. Sie sahen ›wie mit Gewalt losgerissene Streifen aus‹. Hier hat der ›Soleil‹, ohne es selbst zu bemerken, einen äußerst verdächtigen Satz gebraucht. Die Fetzen sehen nach seiner Beschreibung allerdings wie mit Gewalt losgerissene Streifen aus, aber wie absichtlich und mit der Hand abgerissen. Es ist einer der seltensten Zufälle, daß von irgendeinem der genannten Kleidungsstücke ein Fetzen durch einen Dorn herausgerissen wird. Bei der Beschaffenheit solcher Gewebe wird sie ein Dorn oder Nagel rechtwinklig einreißen, das heißt, sie in zwei längliche Risse teilen, die senkrecht zueinander stehen und da, wo der fragliche Gegenstand eindringt, in einem rechten Winkel zusammenlaufen. Aber es ist kaum denkbar, sich das Stück ›herausgerissen‹ vorzustellen. Mir ist kein solcher Fall bekannt und Ihnen wohl ebensowenig?

Um aus solchen Geweben ein Stück heraußzureißen, sind fast immer zwei verschiedene, in verschiedener Richtung wirkende Kräfte nötig. Hat der Stoff zwei Kanten, wie zum Beispiel ein Taschentuch, dann, aber auch nur dann kann eine einzige Kraft einen Streifen abreißen. In unserem Fall jedoch handelt es sich um ein Kleid, das nur eine Kante hat. Aus dem inneren, kantenlosen Teil könnten Dornen nur durch ein Wunder einen Fetzen herausreißen, und ein einzelner Dorn brächte das nie fertig. Aber selbst da, wo ein Rand ist, werden zwei Dorne nötig sein, von denen der eine in zwei verschiedenen Richtungen, der andere aber nur in eine Richtung zieht, und das unter der Voraussetzung, daß der Rand ungesäumt ist. Ist dies nicht der Fall, so ist die Sache überhaupt nicht möglich. Wir sehen also, wie viele stichhaltige Gründe gegen die Annahme sprechen, daß die an Sträuchern hängenden Kleiderfetzen wirklich von Dornen abgerissen wurden, und dennoch sollen wir glauben, daß nicht nur ein Stück, sondern viele auf diese Weise herausgerissen wurden. Und: eines der Stücke war noch dazu der Saum des Rockes! Ein anderes war aus dem Unterrock, nicht sein Saum, das heißt, es sein von den Dornen aus dem inneren ungesäumten Stoffteil vollständig herausgerissen worden! Ich kann es niemandem übelnehmen, wenn er das nicht glauben will, und doch bieten alle diese Dinge zusammen vielleicht weniger Gründe zum Argwohn als der eine verblüffende Umstand, daß diese Gegenstände überhaupt in dem Dickicht zurückgelassen sein sollen, und zwar von Mördern, die vorsichtig genug waren, den Leichnam zu entfernen. Sie würden mich jedoch mißverstanden haben, wenn Sie annehmen, ich wolle bestreiten, daß das Dickicht als Tatort in Frage komme. Ein Verbrechen mag sich hier ereignet haben, wahrscheinlicher aber scheint mir, daß im Haus vom Madame Deluc ein geheimnisvolles Unglück geschah. Dies ist jedoch im großen und ganzen ein nebensächlicher Punkt. Es ist weniger unsere Absicht, den Schauplatz des Mordes zu entdecken, sondern die Täter. Was ich gesagt habe, hatte trotz seiner Ausführlichkeit nur den Zweck, Ihnen erstens die Albernheit der rechthaberischen, vorschnellen Behauptungen des ›Soleil‹ nachzuweisen, zweitens aber und hauptsächlich auf dem natürlichsten Wege Ihre Aufmerksamkeit auf die Frage zu lenken, ob dieser Mord das Werk einer Horde von Strolchen gewesen ist oder nicht.

Es genügt vorerst, auf die empörenden Einzelheiten hinzuweisen, die der mit der Untersuchung betraute Amtsarzt feststellte. Ich brauche nur zu sagen, daß seine von den Zeitungen veröffentlichten Schlußfolgerungen über die Anzahl der Strolche von allen namhaften Pariser Anatomen als durchaus unbegründet und unrichtig verhöhnt worden sind. Ich behaupte nicht, daß die Sache nicht so hätte sein können, wie gefolgert wurde, aber für diese Folgerung lag kein Grund vor. Gab es aber nicht viele Gründe zu einer anderen Vermutung?

Denken wir nun einmal über jene ›Spuren eines Kampfes‹ nach, und lassen Sie mich fragen, was diese Spuren beweisen sollten. Eine Bande von Strolchen verübte das Verbrechen? Beweisen sie uns denn nicht gerade das Gegenteil? Kann von einem Kampf die Rede sein zwischen einem schwachen, wehrlosen Mädchen und einer Bande von Verbrechern – und noch dazu von einem Kampf, der so lange und heftig geführt wurde, daß überall ›Spuren‹ von ihm zurückblieben? Ein lautloses Zupacken einiger kräftiger Arme hätten jeden Kampf unnötig gemacht. Sobald sie nur wollten, wäre das Opfer ihrem Willen unterworfen gewesen. Sie müssen im Auge behalten, daß die Gründe gegen das Dickicht als Schauplatz des Verbrechens nur dann Geltung haben, wenn es sich um mehr als einen Täter handeln sollte. Stellen wir uns jedoch vor, daß nur ein einzelner das Mädchen vergewaltigt hat, so können wir uns auch einen Kampf von so hartnäckiger und heftiger Art vorstellen, daß er deutliche ›Spuren‹ hinterläßt.

Doch dienen uns noch weitere Umstände zur Aufklärung. Ich habe schon erwähnt, wie verdächtig die Tatsache ist, daß die fraglichen Gegenstände in dem Dickicht überhaupt zurückgelassen wurden. Es ist fast unmöglich, daß diese Beweisstücke zufällig dort zurückgelassen wurden, wo man sie fand. Man hatte Geistesgegenwart genug (so scheint es), die Leiche fortzuschaffen, und doch läßt man einen weit belastenderen Beweis als den Leichnam selbst (dessen Züge die Verwesung schnell unkenntlich gemacht hätte) am Mordplatz liegen – ich meine das Taschentuch mit dem Namen der Ermordeten. Wenn dies ein Zufall war, so ist es kein Zufall, der sich hätte ereignen können, wenn eine ganze Bande den Mord begangen hätte. Ein solches Versehen können wir nur einem einzelnen Individuum zutrauen. Sehen wir weiter! Ein einzelner hat den Mord begangen. Er ist allein mit dem Geist der Abgeschiedenen. Entsetzt sieht er den regungslosen Körper vor sich liegen. Die Raserei seiner Leidenschaft ist vorbei und Raum genug in seinem Herzen für das natürliche Grauen vor seiner Tat. Er fühlt nichts von der Ermutigung, welche die Gegenwart anderer dem einzelnen verleiht. Er ist allein mit der Toten. Er zittert und gerät in namenlose Erregung. Doch bleibt er sich bewußt, daß die Leiche beseitigt werden muß. Er schleppt sie zum Fluß, läßt jedoch die anderen Schuldbeweise zurück, denn es ist schwer, ja, fast unmöglich, alles auf einmal fortzuschaffen, und es wird leicht sein, wiederzukommen und das Zurückgelassene zu holen. Aber auf dem mühsamen Weg zum Wasser verdoppeln sich seine Ängste. Von überallher venimmt er die Stimmen des Lebens. Wohl ein dutzendmal hört er Tritte eines Beobachters und glaubt sich entdeckt. Selbst die Lichter der Stadt erfüllen ihn mit Entsetzen. Endlich, nach langen und häufigen Pausen voll tiefer Qual, erreicht er das Flußufer und entledigt sich, vielleicht mittels eines Bootes, seiner gräßlichen Bürde. Doch nun, welche Schätze böte die Welt, welche Drohungen besäßen die Macht, den einsamen Mörder zu bewegen, zu dem unheimlichen Dickicht und seinen grausigen Erinnerungen zurückzukehren? Er geht nicht, was immer die Folgen sein mögen. Er kann nicht mehr zurück, selbst wenn er wollte. Sein einziger Gedanke ist sofortige Flucht. Und so wendet er diesen schrecklichen Büschen, wie von Furien gehetzt, den Rücken und flieht.

Doch wie verhält es sich nun mit einer ganzen Bande? Allein das Bewußtsein ihrer Zahl hätte sie verwegen gemacht, wenn es der Brust eines Erzschurken überhaupt jemals an Zuversicht fehlt. Ihre Anzahl würde sie vor dem verwirrenden, blinden Schrecken bewahrt haben, der, wie ich annehme, den einzelnen befällt. Wenn wir bei einem, zweien oder dreien ein zufälliges Versehen für möglich halten, der vierte hätte es wieder gutgemacht. Sie würden nichts zurückgelassen haben, denn es wäre ihnen möglich gewesen, alles auf einmal fortzuschaffen. Sie hätten nicht nötig gehabt, zurückzukehren.

Bedenken Sie ferner den Umstand, daß aus dem Oberkleid des Leichnams ›ein etwa fußbreiter Streifen vom unteren Saum bis zur Taille auf-, jedoch nicht abgerissen war‹. Dieser Streifen war dreimal um die Taille gewickelt und im Rücken zu einer Art Schlinge zusammengeknotet. Dies geschah offenbar, um einen Handgriff herzustellen, mit dem man den Körper tragen konnte. Doch hätte jemals eine Anzahl von Männern zu solch einem Hilfsmittel gegriffen? Drei oder vier Leute hätten den Gliedmaßen des Körpers den besten und bequemsten Halt geboten. Nur ein einzelner konnte auf diesen Einfall kommen, und das führt uns zu der Tatsache, daß ›zwischen dem Dickicht und dem Fluß Zäune niedergebrochen waren und der Boden deutliche Spuren zeigte von einer schweren Last, die hier entlang geschleift worden war‹. Hätte sich eine Anzahl von Männern die überflüssige Mühe gemacht, Zäune zu durchbrechen, um einen Körper hindurchzuziehen, den sie mit Leichtigkeit hätten hinüberheben können? Würden überhaupt Männer einen Leichnam so geschleift haben, daß deutlich sichtbare Spuren davon zurückblieben?

Hier müssen wir auf eine Bemerkung des ›Commerciel‹ zurückkommen, auf die ich mich teilweise schon einmal bezogen habe. Diese Zeitung schreibt: ›Aus einem der Unterröcke des unglücklichen jungen Mädchens war ein Streifen herausgerissen und ihr um Kopf und Knie gebunden, wahrscheinlich, um sie am Schreien zu hindern. Das müssen Leute getan haben, die keine Taschentücher besaßen.‹

Ich habe schon früher darauf hingewiesen, daß ein gewohnheitsmäßiger Verbrecher nie ohne Taschentuch ist. Doch nicht die Tatsache, daß es nicht der Mangel eines Taschentuches war, weshalb die Schlinge geknotet wurde, ist durch das zurückgelassene Taschentuch im Dickicht ersichtlich; und daß es nicht in der Absicht geschah ›sie am Schreien zu hindern‹, beweist die Verwendung dieser Schlinge statt eines Taschentuches, das diesem Zweck viel besser entsprochen hätte.

Aber die Beweisaufnahme sagt von jenem Streifen nur: ›er lag lose um den Hals und war durch einen festen Knoten geschlossen.‹ Diese Worte sind zwar ziemlich unbestimmt, aber weichen von denen des ›Commerciel‹ wesentlich ab. Der Streifen war achtzehn Zoll breit und konnte deshalb, selbst wenn auch nur aus Musselin, der Länge nach zusammengefaltet, eine starke Fessel bilden. Und so zusammengedreht fand man ihn. Ich schließe hieraus Folgendes: Nachdem der einsame Mörder die Leiche (sei es vom Dickicht oder von sonstwoher) an der um die Taille gewundenen Schlinge eine Strecke weit getragen hatte, wurde ihm die Last zu schwer. Er beschloß, sie zu schleifen – und daß dies wirklich geschehen ist, hat die Beweisaufnahme mit Sicherheit ergeben. Zu diesem Zweck jedoch mußte er so etwas wie einen Strick an einem der Körperenden befestigen. Der Hals war dafür am besten geeignet, denn der Kopf verhinderte das Abgleiten der Schlinge. Zweifellos dachte der Mörder zuerst an den um die Taille gewundenen Streifen. Er hätte diesen sicher benutzt, wäre er nicht so fest um den Leib geschlungen gewesen; auch der Henkel war hinderlich und zugleich fiel ihm ein, daß der Streifen noch nicht ganz von dem Rock abgerissen war und es leichter sein müsse, einen neuen aus dem Unterrock zu reißen. Das tat er, befestigte ihn um den Hals und schleifte sein Opfer zum Flußufer. Daß diese Schlinge, die er sich nur mit Mühe und Zeitverlust verschaffen konnte und die ihren Zweck nur unvollkommen erfüllte, überhaupt angewandt wurde, beweist klar, daß sich ihre Notwendigkeit erst dann ergab, als das Taschentuch nicht mehr erreichbar war, das heißt, wie wir annahmen, als er das Dickicht (falls es das Dickicht war) bereits verlassen hatte und sich also auf dem Weg zwischen Dickicht und Fluß befand. Aber Sie werden mir entgegenhalten, daß Madame Deluc deutlich genug von einer Bande von Bösewichtern gesprochen hat, die sich genau oder ungefähr um die Zeit der Mordtat in der Nähe des Dickichts herumgetrieben haben soll. Das gebe ich zu. Ich halte es sogar für möglich, daß ein Dutzend solcher Banden gerade um die Zeit, als das Verbrechen geschah, in der Nähe der Barrière du Roule ihr Unwesen getrieben haben. Aber die Bande, die sowohl den Zorn der Madame Deluc als auch ihre verspätete und zweifelhafte Aussage auf sich zog, ist die einzige, von der die Dame bemerkt, daß sie ihren Kuchen gegessen und ihren Branntwein getrunken habe, ohne sich der Mühe zu unterziehen, die Zeche zu bezahlen.

Doch was besagt die Aussage der Madame Deluc darüber hinaus? Eine Bande übler Subjekte erschien in ihrem Lokal, sie vollführten einen wüsten Lärm, aßen und tranken, ohne zu zahlen, schlugen denselben Weg ein wie vorher der junge Mann und das Mädchen, kehrten zur Zeit der Dämmerung noch einmal zurück und setzten dann, als seien sie in großer Eile, wieder über den Fluß.

Diese große Eile erschien der guten Madame Deluc aber wahrscheinlicher größer, als sie wirklich war, denn sie jammerte mit vielen Worten über ihren Kuchen und ihren Branntwein, weil sie vielleicht immer noch auf die Bezahlung gehofft hatte. Warum sollte sie auch sonst, da es doch zur Zeit der Dämmerung war, die Eile der Strolche so besonders betonen?

Es ist doch weiter nicht erstaunlich, daß selbst Herumtreiber Eile haben, nach Hause zu kommen, wenn sie in kleinen Booten einen großen Fluß überqueren müssen, ein Sturm droht und die Nacht bevorsteht.

Ich sage bevorsteht, denn es war noch nicht Nacht, sondern erst Dämmerung, als die unziemliche Eile der Bösewichter die ehrbaren Augen der Madame Deluc beleidigte. Wir haben jedoch auch erfahren, daß an demselben Abend Madame Deluc und ihr ältester Sohn ›in der Nähe ihres Gasthauses schrille Schreie einer weiblichen Stimme‹ gehört haben. Und mit welchen Worten bezeichnet Madame Deluc die Abendzeit, zu der sie die Schreie hörte? Es war ›bald nach dem Dunkelwerden‹, sagt sie. Aber bald nach dem Dunkelwerden ist es doch so bestimmt dunkel, wie ›um die Dämmerung‹ noch Tageslicht ist. Es ist also klar genug, daß die Bande die Barrière du Roule verlassen hatte, ehe Madame Deluc jene Schreie hörte. Und obgleich in den vielen Zeitungsberichten die Zeugenaussagen genauso angeführt sind, wie ich sie hier zitiert habe, so hat doch bis heute keines der öffentlichen Blätter und keiner der Polizeiagenten den Unterschied der Ausdrücke der Zeugin in ihren beiden Aussagen festgestellt.

Ich will den Beweisgründen gegen eine Bande nur noch einen hinzufügen, aber wenigstens dieser eine fällt nach meinem Dafürhalten entscheidend ins Gewicht. Da man eine so große Belohnung ausgesetzt und jedem, der gegen seine Mitschuldigen aussagt, volle Straffreiheit zugesichert hat, läßt sich nicht annehmen, daß aus einer Bande von Mördern oder irgendwelchen Strolchen überhaupt nicht längst einer seine Komplizen verraten hätte. Jeder, der zu einer solchen Bande gehört, ist weniger auf Belohnung oder Straffreiheit bedacht, als er Verrat fürchtet. Er verrät bereitwillig und schnell, um nicht selbst verraten zu werden. Daß das Geheimnis noch nicht aufgeklärt wurde, beweist am besten, daß es eben wirklich ein Geheimnis ist. Die Schrecken dieser dunklen Tat sind nur einem oder zwei lebenden Menschen und Gott allein bekannt.

Nun wollen wir die spärlichen, aber durchaus einwandfreien Ergebnisse unserer langen Analyse zusammenfassen. Daß es sich um einen tödlichen Unfall unter dem Dach der Madame Deluc handelt, oder um einen Mord, der von einem Liebhaber oder wenigstens von einem geheimen, intimen Bekannten der Verstorbenen in dem Dickicht an der Barrière du Roule begangen worden ist. Dieser Bekannte ist dunkler Gesichtsfarbe. Diese Farbe, der ›Henkel‹ am Tragband und der Schifferknoten, mit dem die Hutbänder zusammengebunden waren, deuten auf einen Seemann. Sein Verhältnis zu der Verstorbenen, einem lebenslustigen, aber keineswegs verworfenen jungen Geschöpf, weist darauf hin, daß er mehr als ein gemeiner Matrose war. Auch die überzeugenden und gut geschriebenen Mitteilungen an die Zeitungen bestärken unsere Annahme. Der Umstand der ersten Entführung, die der ›Mercure‹ erwähnt, legt uns den Gedanken nahe, daß dieser Seemann mit jenem Marineoffizier, der die Unglückliche schuldig werden ließ, identisch sei.

Und hier drängt sich sofort die Frage auf, warum denn der Mann mit der dunklen Gesichtsfarbe bisher nicht wieder aufgetaucht ist. Ich möchte nochmals bemerken, daß er von ganz ungewöhnlich dunklem Teint gewesen sein muß, da dieser das einzige Merkmal bildet, das sowohl Madame Deluc wie auch Valence für den Betreffenden anzugeben wissen. Warum ist dieser Mann abwesend? Wurde auch er von der Bande ermordet? Und wenn, weshalb findet man nur Spuren des ermordeten Mädchens? Der Schauplatz beider Verbrechen wäre doch derselbe gewesen. Wo ist seine Leiche? Die Mörder hätten sich höchstwahrscheinlich beider Leichen in gleicher Weise entledigt. Aber man könnte sagen, dieser Mann lebt noch, und nur die Furcht, des Mordes angeklagt zu werden, bestimmt ihn, sich versteckt zu halten. Diese Erwähnung könnte jetzt, nachdem die Aussage vorliegt, daß er mit Marie gesehen wurde, auf ihn Einfluß haben, sie hätte aber zur Zeit des Mordes keine Bedeutung gehabt. Ein Unschuldiger hätte im ersten Impuls den Mord angezeigt und dazu beigetragen, die Mordbuben zu entdecken. Dies hätte ihm die Klugheit eingegeben. Man hatte ihn mit dem Mädchen gesehen. Er war in einer öffentlichen Fähre mit ihr über den Fluß gefahren. Selbst ein Idiot hätte in der Denunziation der Mörder das einzigste und sicherste Mittel gesehen, sich selbst von jedem Verdacht zu reinigen. Wir können nicht annehmen, daß er an den Ereignissen jener Sonntagnacht sowohl selbst unschuldig sein als auch von der Greueltat nichts wissen sollte. Und doch können wir uns nur unter diesen Umständen erklären, daß er – falls er noch am Leben ist – es unterließ, die Mörder anzuzeigen.

Und welche Mittel haben wir, die Wahrheit zu ergründen? Je weiter wir fortschreiten, desto zahlreicher und deutlicher werden wir sie erkennen. Verfolgen wir einmal die Umstände, unter denen die erste Entführung vor sich ging. Machen wir uns mit der ganzen Geschichte des ›Offiziers‹, mit seinen Lebensverhältnissen bekannt und versuchen wir, herauszufinden, wo er sich am Tage des Mordes aufgehalten hat. Vergleichen wir sorgfältig die Zuschriften an die ›Abendzeitung‹, die den Verdacht auf eine ganze Bande lenken sollten, sowie die Zuschriften an die ›Abendzeitung‹ bezüglich Stil und Handschrift mit den früher erschienenen, an das ›Morgenblatt‹ gerichteten Briefen, die Mennais so hartnäckig der Täterschaft beschuldigten. Sobald dies getan ist, wollen wir das gesamte Material wiederum mit einigen Schriftstücken jenes Offiziers vergleichen. Wir müssen versuchen, aus Madame Deluc und ihren Knaben sowie dem Omnibuskutscher Valence etwas Näheres über die äußere Erscheinung und das Benehmen des Mannes mit der dunklen Gesichtsfarbe herauszubekommen.

Geschickt gestellten Fragen wird es gelingen, über diesen oder jenen Punkt oder auch einige andere Informationen zu erhalten, von denen die Leute selbst nicht einmal wissen, daß sie sie besitzen. Weiter wollen wir die Spur des Bootes, das der Bootsknecht am Montagmorgen, dem dreiundzwanzigsten Juni auffing und das ohne Wissen des wachhabenden Beamten und ohne Steuerruder kurz vor der Auffindung der Leiche von der Zollstation verschwunden ist, verfolgen. Wenn wir mit Sorgfalt und Beharrlichkeit vorgehen, wird es uns unfehlbar gelingen, das Boot aufzuspüren, denn nicht nur der Bootsmann, der es auffing, kann es erkennen, auch das Steuerruder ist als Beweis in unseren Händen. Ein Mensch mit reinem Gewissen hätte das Steuerruder eines Segelbootes sicher nicht so ohne weiteres im Stich gelassen. Hierzu lassen Sie mich noch eine Frage aufwerfen. Über die Auffindung des Bootes wurde nichts bekanntgegeben. Es wurde stillschweigend zur Zollstation gebracht und verschwand ebenso heimlich wieder von dort. Wie konnte nun sein Eigentümer oder Benützer, ohne eine Mitteilung erhalten zu haben, schon am Dienstagmorgen wissen, wo das Boot am Montag geborgen worden war. Drängt sich uns da nicht die Vermutung auf, daß eine Verbindung mit der Marine – irgendeine beständige, persönliche Verbindung – es dem Betreffenden ermöglicht, alles, selbst die unbedeutendsten lokalen Geschehnisse, zu erfahren?

Ich habe schon einmal darauf hingewiesen, daß der einsame Mörder, nachdem er seine Last ans Ufer gezogen hatte, sich wahrscheinlich ein Boot verschaffte. Wir müssen uns nun überzeugen, daß Marie tatsächlich aus einem Boot in den Fluß geworfen wurde. Das dürfte mit ziemlicher Sicherheit der Fall gewesen sein. Dem seichten Wasser am Ufer konnte die Leiche nicht gut anvertraut werden. Die eigentümlichen Eindrücke auf dem Rükken und den Schultern des Opfers deuten auf die Bodenrippen eines Bootes hin. Daß die Leiche ohne Gewicht gefunden wurde, bestärkt mich in meiner Annahme. Wäre sie vom Ufer aus ins Wasser geworfen worden, so hätte man sicher irgendein Gewicht daran befestigt. Daß dieses nicht geschah, können wir uns nur durch die Annahme erklären, der Mörder habe vergessen, sich mit Ballast zu versehen. Als er den Leichnam dem Wasser übergab, bemerkte er natürlich seine Nachlässigkeit, aber es war zu spät, das Versäumte nachzuholen. Lieber setzte er sich jeglicher Gefahr aus, als an das verfluchte Ufer zurückzukehren. Kaum hatte er sich seiner grausamen Bürde entledigt, ruderte er schnell zur Stadt zurück, wo er an irgendeiner dunklen Stelle an Land sprang. Aber konnte er das Boot noch sichern? Er hatte nicht Zeit genug, an solche Nebensächlichkeiten zu denken. Sein natürlicher Gedanke mußte sein, alles, was zu seinem Verbrechen in Beziehung stand, soweit als möglich von sich zu werfen. Und außerdem, hätte er es am Landungsplatz verankert, so wäre es ihm vorgekommen, als hätte er damit Zeugnis gegen sich selbst abgelegt. Er wird nicht nur fluchtartig von der Landungsstelle entflohen sein, sondern konnte es auch nicht riskieren, daß das Boot dort verblieb. Er wird es in die Strömung zurückgestoßen haben.

Lassen Sie uns nun unserer Phantasie weiter folgen. Am folgenden Morgen erfährt der Elende mit unsäglichem Entsetzen, daß das Boot aufgefangen wurde und an einem Ort verwahrt wird, den er täglich aufzusuchen pflegt – den aufzusuchen vielleicht zu seiner Pflicht gehört. In der folgenden Nacht schafft er das Boot weg, ohne zu wagen, das Steuerruder zu verlangen.

Wo befindet sich jetzt dieses steuerlose Boot? Das ausfindig zu machen, wird eines unserer ersten Ziele sein. Mit dem ersten Schimmer darüber, wird unser Erfolg anbrechen. Dieses Boot wird uns mit einer Schnelligkeit, über die wir selbst erstaunen werden, zu dem führen, der es in jener verhängnisvollen Nacht benutzt hat. Diese Bestätigung wird uns auf die Spur des Mörders führen.«

(Aus Gründen, die wir nicht näher angeben wollen, die aber vielen verständlich sein werden, haben wir uns die Freiheit genommen, jenen Teil des uns übergebenen Manuskriptes fortzulassen, der die Verfolgung des durch Dupin gegebenen, anscheinend so unbedeutenden Fingerzeigs beschreibt. Wir halten es jedoch für angebracht, kurz zu erwähnen, daß der erwünschte Erfolg erzielt wurde und der Präfekt pünktlich, wenn auch mit einem gewissen Widerstreben, die Bedingungen seines mit dem Chevalier geschlossenen Vertrages erfüllte.*

Mr. Poes Arbeit schließt mit folgenden Betrachtungen:

Man wird verstehen, daß ich bloß von dem seltsamen Zusammentreffen und von nichts weiter sprach. Ich selbst glaube in meinem Herzen zu diesem Thema nicht an übernatürliche Dinge. Daß Natur und Gott zwei sind, wird kein vernünftiger Mensch ableugnen, und daß Gott die Natur nach ihrer Erschaffung nach seinem Willen leiten und ändern kann, ist ebenfalls unbestreitbar. Ich sage, nach seinem Willen, denn es handelt sich hier um den Willen und nicht, wie eine absurde Logik angenommen hat, um die Macht. Nicht, daß die Gottheit ihre Gesetze nicht ändern könnte, aber wir beleidigen sie, wenn wir uns die Möglichkeit einer Veränderung überhaupt vorstellen. Die Gesetze sind von ihrem Ursprung an so angelegt, daß sie alle Zufallsmöglichkeiten, die in der Zukunft liegen könnten, umfassen, denn bei Gott ist alles »Jetzt«. Ich wiederhole also, daß ich von diesen Dingen nur als von den Koinzidenzen spreche. Aus meiner Erzählung wird man ersehen haben, daß zwischen dem Schicksal der unglücklichen Mary Cecilia Rogers, soweit dieses Schicksal bekannt ist, und dem einer Marie Rogêt bis zu einem bestimmten Punkt eine Parallele besteht, deren wundersame Übereinstimmung den Verstand in Verwirrung bringen könnte. Ich sage, all das wird man daraus ersehen. Man vermute jedoch nicht, daß es meine heimliche Absicht gewesen sei, im weiteren Verlauf dieser traurigen Geschichte von dem letztbekannten Punkte bis zur Aufklärung des Geheimnisses diese Parallele auszuweisen und etwa anzudeuten, daß die in Paris angewandten Maßnahmen, den Mörder einer Grisette zu finden oder überhaupt ähnliche Schlußfolgerungen auch zu einem ähnlichen Ergebnis führen würden.

Denn was den letzteren Teil einer solchen Vermutung betrifft, sollte man bedenken, daß die geringste Abweichung in den Grundtatsachen dieser beiden Fälle zu den bedenklichsten Fehlschlüssen Anlaß geben könnte, indem die Ereignisse den Lauf in abweichende Richtung brächte, auch in der Arithmetik ein an sich geringfügiger Irrtum durch die verschiedenen Multiplikationen zuletzt zu einem Resultat führen kann, das von dem wirklichen Ergebnis erstaunlich weit entfernt ist. Und was den ersten Teil der Annahme betrifft, dürfen wir nicht außer acht lassen, daß gerade die Wahrscheinlichkeitsrechnung, auf die ich mich bezogen habe, jeden Gedanken an eine Ausweitung der Parallele verbietet, und zwar mit um so größerer Bestimmtheit verbietet, da diese Parallele schon von vornherein ungewöhnlich ausgedehnt und exakt gewesen ist. Dies ist einer jener ab-

* Die Herausgeber, ›Snowden's Lady's Companion‹, eine Wochenschrift, in der die Erzählung ursprünglich 1842 veröffentlicht wurde.

sonderlichen Sätze, die scheinbar einer ganz unmathematischen Denkweise entspringen, die aber doch nur der Mathematiker voll aufzunehmen vermag. Nichts ist zum Beispiel schwieriger, als einen Durchschnittsleser zu überzeugen, daß ein Würfelspieler, nachdem er zweimal hintereinander die Sechs geworfen hat, die höchste Wette darauf eingehen kann, daß er die Sechs nicht zum drittenmal werfen wird. Der Verstand wird diese Folgerung im allgemeinen zurückweisen. Es will nicht einleuchten, daß die beiden Würfe, die schon abgeschlossen sind und vollkommen der Vergangenheit angehören, auf einen Wurf Einfluß haben können, der noch in der Zukunft liegt. Die Wahrscheinlichkeit, nochmals die Sechs zu werfen, scheint genau dieselbe zu sein, wie sie es zu jeder beliebigen anderen Zeit war, das heißt, sie scheint nur dem Einfluß der verschiedenen anderen noch möglichen Würfe zu unterliegen. Diese Überlegung scheint so überzeugend, daß jeder Versuch, sie zu widerlegen, viel eher mit spöttischem Lächeln als mit aufmerksamem Interesse aufgenommen wird. Den hier enthaltenen Irrtum – einen großen, oft folgenschweren Irrtum – darzulegen, kann ich innerhalb der mir hier gezogenen Grenzen nicht beanspruchen; und für den philosophisch Denkenden wäre es auch gar nicht nötig. Es genügt, hier zu sagen, daß dieser Irrtum zu der unendlichen Kette von Irrtümern gehört, die auf dem Pfad der Vernunft entstehen, weil diese die Neigung hat, die Wahrheit nur in Einzelheiten zu suchen.

Der Goldkäfer

Holla, Holla! der Kerl dort tanzt wie toll!
Von der Tarantel gift'gem Biß getrieben.

All in the Wrong

Vor vielen Jahren schloß ich mit einem Herrn William Legrand engere Freundschaft. Er stammte aus einer alten Hugenottenfamilie und war einmal sehr reich gewesen, doch eine Reihe von Unglücksfällen hatte ihn verarmen lassen. Um all den Demütigungen, die ein solch plötzliches Verarmen nach sich zieht, zu entgehen, verließ er New Orleans, die Stadt seiner Vorfahren, und nahm seinen Wohnsitz auf Sullivan's Island bei Charleston in South Carolina.

Diese Insel ist ein sehr merkwürdiges Stück Land. Sie besteht fast nur aus Meersand und ist ungefähr drei Meilen lang und an keiner Stelle über eine Viertelmeile breit. Vom Festland ist sie durch einen kaum wahrnehmbaren Bach getrennt, der sich durch eine Wildnis von Schilf und Schlamm hindurchwindet und zahllosen Sumpfhühnern Schlupfwinkel gewährt. Die Vegetation ist, wie aus dem Vorhergesagten leicht erklärlich, höchst kärglich und verkrüppelt. Größere Bäume sieht man nirgendwo. Zwar gedeiht hin und wieder am Westende, wo Fort Moultrie liegt, in der Nähe der wenigen elenden Holzhäuser, die sich ein paar Leute erbaut haben, um im Sommer dem Fieber und dem Staub von Charleston zu entfliehen, die stachelige Zwergpalme. Der Boden der ganzen Insel, mit Ausnahme jenes westlichen Teiles und eines weißen harten Streifens um die Küste ist mit der wuchernden, süßduftenden Myrte bedeckt, die von den englischen Gärtnern so sehr geschätzt wird. Dieser Strauch erreicht oft eine Höhe von fünfzehn bis zwanzig Fuß und bildet ein fast undurchdringliches Dickicht, das die Luft mit schwerem Wohlgeruch belädt.

Inmitten dieses Dickichts, nicht weit vom östlichen Ende der Insel, hatte Legrand sich eine kleine Hütte erbaut, welche er seinerzeit bewohnte, als ich durch Zufall mit ihm bekannt wurde. Unsere Beziehungen vertieften sich bald zur Freundschaft, denn der Einsiedler hatte vieles an sich, das Teilnahme und Wertschätzung erweckte. Ich fand in ihm einen gebildeten Mann von ganz ungewöhnlichen Geistesgaben, doch litt er an Misanthropie und war abwechselnd krankhaften Stimmungen von Begeisterung und Trübsinn ausgesetzt. Er besaß eine große Menge Bücher, las jedoch nur sehr selten in ihnen. Sein Hauptvergnügen bestand in Jagen und Fischen oder in ziellosem Umherstreifen durch das Myrtengestrüpp und am Ufer entlang, wo er Muscheln oder seltene Insekten für seine höchst reichhaltige

Sammlung suchte; um letztere hätte ihn selbst ein Swammerdam beneidet. Bei diesen Ausflügen begleitete ihn gewöhnlich ein alter Neger namens Jupiter, der, bevor die Familie verarmte, seine Freiheit erhalten hatte, jedoch weder durch Drohungen noch durch Versprechen zu bewegen gewesen war, sein Recht, über jeden Schritt seines jungen »Massa Will« zu wachen, aufzugeben. Es ist nicht unwahrscheinlich, daß die Verwandten Legrands die Hartnäckigkeit Jupiters noch bestärkten, damit sein Herr, den sie für einen ziemlich unsteten Geist hielten, keinen Augenblick ohne Aufsicht und Schutz sei.

Die Winter sind auf der Sullivans-Insel gewöhnlich sehr milde; selbst im tiefen Herbst kommt es nur selten vor, daß man genötigt ist, ein Feuer anzuzünden. Mitte Oktober 18.. war auf der Insel jedoch ein ungewöhnlich kalter Tag. Kurz vor Sonnenuntergang bahnte ich mir mühsam meinen Weg durch das immergrüne Gestrüpp zu der Hütte meines Freundes, den ich seit mehreren Wochen nicht besucht hatte, denn ich wohnte zu jener Zeit in Charleston, neun Meilen von der Insel entfernt, und die Möglichkeiten zur Hin- und Rückfahrt waren weit beschwerlicher als heutzutage. Als ich an der Hütte angelangt war, klopfte ich wie gewöhnlich und, als ich keine Antwort bekam, holte ich den Schlüssel aus dem Versteck, das ich kannte, und schloß auf. Im Kamin brannte ein gemütliches Feuer. Das war eine Überraschung, doch keineswegs eine unangenehme. Ich legte meinen Überrock ab, setzte mich in einen Armstuhl nahe den knisternden Holzscheiten und erwartete die Ankunft des Hausherrn.

Es war eben dunkel geworden, als er mit seinem Diener zurückkam und mich herzlich begrüßte. Jupiter grinste von einem Ohr zum anderen und beeilte sich, ein paar Sumpfhühner zum Abendessen zurecht zu machen. Legrand hatte einen seiner Anfälle – anders kann man das wohl kaum nennen – von Begeisterung. Er hatte eine, ihm bisher unbekannte zweischalige Muschel gefunden, die eine neue Gattung darstellte, und außerdem mit Jupiters Hilfe einen Skarabäus gefangen, den er für noch unentdeckt hielt, und über den ich ihm aber am nächsten Morgen noch meine Meinung sagen sollte.

»Weshalb nicht schon heute abend?« fragte ich, während ich meine Hände über dem Feuer rieb und das ganze Geschlecht der Skarabäen zum Teufel wünschte.

»Ach, wenn ich doch nur gewußt hätte, daß Sie hier sind!« sagte Legrand, »aber es ist so lange her, seit ich Sie sah; wie konnte ich ahnen, daß Sie mich gerade heute abend besuchen würden? Auf dem Heimweg begegnete mir Leutnant G. vom Fort, und törichterweise gab ich ihm den Skarabäus mit. Ich kann Ihnen meinen Fund also unmöglich vor morgen früh

zeigen. Bleiben Sie doch die Nacht über hier, ich werde ihn durch Jupiter sofort nach Sonnenaufgang holen lassen. Es läßt sich nichts Schöneres auf der Erde denken.«

»Als was? – der Sonnenaufgang?«

»Unsinn! Den Käfer natürlich! – Er ist von leuchtender, goldener Farbe – etwa so groß wie eine Walnuß – und hat am einen Ende des Rückens zwei kohlschwarze Flecken, am anderen einen einzelnen, etwas längeren. Die Fühlhörner sind –«

»Hat ja gar keine, Massa Will, ich Ihnen schon oft gesagt«, fiel ihm Jupiter ins Wort, »der Käfer sein Goldkäfer, rein Gold, innen und alles, nur Flügel, nicht sehen noch nie so schweres Käfer in meim Leben.«

»Nun, wie du meinst, Jupiter«, erwiderte Legrand, wie mir schien in ernsterem Ton, als die Sache erforderte, »aber das ist doch kein Grund, um die Hühner anbrennen zu lassen? Die Farbe« – hier wandte er sich wieder an mich – »ist allerdings dazu angetan, um Jupiter auf solche Gedanken zu bringen. Man hat gewiß nie einen prächtigeren Metallglanz gesehen, als ihn diese Flügel ausstrahlen, doch Sie werden es morgen selbst sehen. Einstweilen kann ich Ihnen nur einen annähernden Begriff von seiner Gestalt geben.« Mit diesen Worten setzte er sich an einen kleinen Tisch, auf dem Tinte und Feder, jedoch kein Papier lag. Er suchte in einer Schublade, fand aber keines.

»Tut nichts«, meinte er endlich, »dies genügt auch.« Dabei zog er einen Fetzen aus seiner Westentasche, den ich für schmutziges Velinpapier hielt, und zeichnete mit der Feder flüchtig etwas darauf. Während er dies tat, blieb ich noch immer am Feuer sitzen, denn mich fror. Als die Zeichnung fertig war, reichte er sie mir, ohne aufzustehen, herüber. Ich nahm sie entgegen, da hörte man ein lautes Knurren an der Tür, dem bald ein heftiges Kratzen folgte. Jupiter öffnete, und ein großer Neufundländer, der Legrand gehörte, stürzte herein, sprang an mir hoch und überhäufte mich mit Liebkosungen. Ich hatte mich bei meinen früheren Besuchen sehr viel mit ihm beschäftigt, und er schien mich voll Freude wiederzuerkennen. Als sich seine Freudensprünge etwas mäßigten, betrachtete ich das Papier und ich muß gestehen, daß das, was mein Freund gezeichnet hatte, mich ein wenig verblüffte.

»Nun«, sagte ich nach ein paar Minuten, »das muß ein sonderbarer Skarabäus sein. Ich habe wahrhaftig nie etwas Ähnliches gesehen – vielleicht Schädel oder Totenkopf ausgenommen, dem er mehr ähnelt als irgend etwas, das mir je unter die Augen gekommen ist.«

»Ein Totenkopf«, wiederholte Legrand, »ja, allerdings – auf dem Papier hat er damit eine gewisse Ähnlichkeit. Die zwei oberen schwarzen Punkte könnten wohl die Augen sein – und der längere unten der Mund –, auch ist das Ganze oval.«

»Vielleicht«, sagte ich, »doch ich fürchte, Legrand, Sie sind kein großer Künstler. Wenn ich mir eine Vorstellung vom Aussehen des Käfers machen soll, muß ich wohl warten, bis ich ihn selbst sehe.«

»Ich weiß nicht!« entgegnete er ein wenig pikiert, »ich zeichne doch eigentlich ganz leidlich, sollte es wenigstens, denn ich habe gute Lehrer gehabt und schmeichle mir, nicht gerade ein Dummkopf zu sein.«

»Aber, mein Lieber, dann wollen Sie wohl scherzen«, antwortete ich ihm. »Das ist ein recht passabler, ja sogar ein ausgezeichneter Schädel, wenigstens nach den Anforderungen, nach der allgemeinen Vorstellung, die man sich von einem derartigen Objekt macht. Ihr Käfer muß der sonderbarste Skarabäus der Welt sein, wenn er ihm ähnlich sieht. Wir könnten ein recht aufregendes Stück Aberglauben auf ihm aufbauen. Nennen Sie den Käfer doch Scarabaeus caput hominis oder so ähnlich – die Naturgeschichte ist ja reich an solchen Bezeichnungen. Doch wo sind die Fühler, von denen Sie sprachen?«

»Die Fühler«, rief Legrand mit Wärme, die ich mir nicht zu erklären wußte, »die Fühler müssen Sie doch gesehen haben. Ich habe sie ebenso deutlich gezeichnet, wie sie an dem Insekt selber zu sehen sind, und ich glaube, das sollte genügen.«

»Nun«, sagte ich, »vielleicht haben Sie das, doch ich sehe sie trotzdem nicht«, und reichte ihm das Papier ohne weitere Bemerkung zurück, da ich ihn nicht um seine gute Laune bringen wollte. Doch war ich über die Wendung der Sache sehr verwundert; die Verstimmung meines Freundes war mir absolut unerklärlich, und was die Zeichnung anbetraf, so waren keine Fühler auf ihr zu sehen, doch glich sie zum Verwechseln der bekannten Abbildung eines Totenkopfes.

Mürrisch nahm Legrand das Papier, wollte es schon zerknüllen und wahrscheinlich ins Feuer werfen, als ein zufälliger Blick auf die Zeichnung seine Aufmerksamkeit fesselte. Im selben Augenblick wurde sein Gesicht glühendrot, gleich darauf wurde er totenbleich. Während einiger Minuten betrachtete er die Zeichnung sehr eingehend, dann nahm er eine Kerze vom Tisch und ließ sich auf einer Seemannskiste nieder, die in der entferntesten Ecke des Zimmers stand, und betrachtete das Papier noch einmal mit fast gieriger Aufmerksamkeit und drehte es nach allen Seiten. Dabei sprach er kein Wort, und obwohl mich sein Betragen aufs höchste überraschte, hielt ich es doch nicht für ratsam, seine wachsende Verstimmung noch durch irgendeine Bemerkung zu verschlimmern. Endlich zog er eine Brieftasche aus seinem Rock, legte das Papier sorgfältig hinein und ver-

schloß beides in seinem Schreibpult. Sein Benehmen wurde nun allmählich ruhiger, doch war seine anfängliche Begeisterung ganz verschwunden. Er schien weniger verdrießlich als geistesabwesend. Je weiter der Abend verging, desto tiefer vergrub er sich in seine Träumereien, aus denen ihn auch scherzhafte Bemerkungen nicht aufzurütteln vermochten. Es war meine Absicht, wie schon oft vorher die Nacht in der Hütte zuzubringen, doch da ich meinen Gastgeber in dieser Stimmung sah, hielt ich es für angebracht, mich zu verabschieden. Er drängte mich auch nicht, noch zu bleiben; doch schüttelte er mir beim Abschied herzlicher als gewöhnlich die Hand.

Einen Monat später (ich hatte Legrand während der ganzen Zeit nicht mehr besucht) suchte mich sein Diener Jupiter in Charleston auf. Ich hatte den guten, alten Neger noch nie so niedergeschlagen gesehen und fürchtete, daß seinem Herrn ein ernstliches Unglück zugestoßen sei.

»Nun, Jup?« fragte ich, »was gibt's? Wie geht's deinem Herrn?«

»Soll ich sagen die Wahrheit, Massa, er nicht so wohl als er sollte.«

»Nicht wohl? Das tut mir wahrhaftig leid; worüber klagt er denn?«

»Ja, das ist es – er klagen nie – aber sein doch sehr krank!«

»Sehr krank, Jupiter? Warum hast du das nicht gleich gesagt? Liegt er zu Bett?«

»Nein, er nicht liegen – er nicht wissen, wo der Schuh drückt, mein Herz schwer sein, für arme Massa Will.«

»Ich bitte dich, Jupiter, drück dich doch deutlicher aus. Du sagst, dein Herr sei krank; hat er dir denn nie gesagt, was ihm fehlt?«

»Aber Massa, nicht brauchen aufregen darüber, Massa Will sagen, daß ihm gar nichts fehlen, aber was denn machen ihn so den Kopf hängen lassen, und Schultern hochziehen und – und weiß im Gesicht wie eine Gans. Und dann tut er immerzu rechnen –«

»Was tut er, Jupiter?«

»Und was machen ihn immer die Zahlen ansehen auf die Schiefertafel – die die tollsten Figuren, was ich gesehen hab'. Muß jetzt immer ein scharfes Auge auf ihn haben. Vor ein paar Tagen er fortgelaufen, ehe die Sonne aufgegangen, und nicht zurückgekehrt den ganzen lieben Tag. Ich einen dicken Stock geschnitten, um ihm verdammte Schläge zu geben, wenn er kommt zurück, ich doch nicht getan haben, weil er aussehen so elend.«

»Wie? – Was? Aber du hast ja recht, sei nur nicht gar zu streng mit dem armen Kerl; schlag ihn ja nicht; er kann Schläge nicht ertragen. Aber kannst du dir denn gar nicht denken, was diese Krankheit oder vielmehr die Veränderung in seinem Wesen verursacht hat? Ist denn, seit ich ihn zuletzt gesehen, irgend etwas Unangenehmes vorgefallen?«

»Nein, Massa, nichts Schlimmes seit damals – ich fürchten, es vor damals – genau an dem Tag, wo Ihr dagewesen!«

»Wie? Was meinst du?«

»Nun, Massa, ich meine, das Käfer – das ist's.«

»Wen?«

»Das Käfer! Ich sicher wissen, daß Massa Will gebissen wor'n ist an Kopf von Goldkäfer.«

»Und woher willst du das wissen?«

»Krallen genug, Massa, und Maul auch. Ich nie gesehen solch verdammtes Käfer; er kratzen und beißen alles, was kommen ihn nahe. Massa Will ihn rasch gefangen und mächtig rasch ihn wieder laufen lassen; da muß Massa Will Biß bekommen haben. Ich mochte nicht Käfer anfassen mit mein Finger, so ich ihn gefangen mit ein Stück Papier, ich gefunden. Ich hab ihn gewickelt in der Papier und ihm davon gesteckt ein Stück in der Maul – so gegangen – war recht?«

»Und du glaubst also, dein Herr sei wirklich von dem Käfer gebissen und infolge des Bisses krank geworden?«

»Ich gar nix glauben – ich es wissen. Was macht ihn träumen soviel von Gold, wenn ihn nicht gebeißt Goldkäfer? Ich schon oft gehört von diese Goldkäfer.«

»Wie weißt du denn, das er von Gold träumt?«

»Wie ich es wissen? Er immer sprechen davon in sein Schlaf. So ich es wissen.«

»Nun, Jup, vielleicht hast du recht, aber welch glücklichem Umstand verdanke ich die Ehre deines Besuches?«

»Was Massa meinen?«

»Hast du mir von Herrn Legrand irgend etwas auszurichten?«

»Nein, Massa, bringen nur diesen Brief.«

Hier überreicht mir Jupiter ein Billett folgenden Inhaltes:

Mein Lieber,

wie kommt es, daß wir uns so lange nicht mehr gesehen haben? Hoffentlich haben Sie mein zerstreutes Wesen bei unserem letzten Zusammensein nicht übelgenommen. Ich glaube es wenigstens nicht. Seit Ihrem letzten Hiersein hatte ich oftmals Ursache, unruhig zu sein. Ich habe Ihnen etwas zu sagen, aber weiß kaum wie, ja ob ich es überhaupt sagen soll.

Ich fühle mich schon seit ein paar Tagen nicht ganz wohl, und der arme, alte Jupiter plagt mich ganz unerträglich mit seiner wohlgemeinten Sorge um mich. Würden Sie es für möglich halten – er hatte sich neulich einen dicken Stock geschnitten, mit dem er mich züchtigen wollte, weil ich ohne ihn den ganzen Tag allein auf dem Festland in den Bergen umherstreifte. Ich glaube wirklich, nur meinem jämmerlichen Aussehen habe ich es zu verdanken, daß ich ohne Prügel davonkam.

Meine Sammlung hat sich seit unserem letzten Beisammensein nicht vergrößert.

Wenn es Ihnen irgendwie möglich ist, so kommen Sie mit Jupiter herüber. Bitte, kommen Sie doch! Ich möchte Sie noch heute abend in einer sehr wichtigen Angelegenheit sprechen. Ich versichere Ihnen, daß das, was ich Ihnen mitteilen will, von außerordentlicher Wichtigkeit ist.

Ganz der Ihre William Legrand

Im Ton dieses Briefes lag etwas, das mich unruhig machte. Ich erkannte Legrands gewohnten Stil nicht wieder. Worüber mochte er nur nachgrübeln? Welche neue Grille spukte in seinem Kopf herum? Was konnte das für eine »außerordentlich wichtige Angelegenheit« sein, die er mit mir besprechen wollte? Jupiters Bericht ließ auf nichts Gutes schließen. Ich fürchtete schon, daß der andauernde Druck des Unglücks meinen Freund um den letzten Rest seines Verstandes gebracht haben könnte. Ohne einen Augenblick zu zögern, machte ich mich bereit, dem Neger zu folgen.

Als wir das Ufer erreichten, sah ich auf dem Boden des Bootes, das wir besteigen mußten, eine Sense und drei Spaten liegen, das alles ganz neu.

»Was bedeutet das, Jup?« fragte ich.

»Die Sense, Massa, und die Spaten?«

»Ja, was tun die hier?«

»Die Sense und die Spaten ich haben gekauft in der Stadt für Massa Will und haben geben müssen dafür verteufelt viel Geld.«

»Aber so sag mir doch im Namen alles Geheimnisvollen, was denn dein Massa Will mit den Spaten und der Sense vorhat?«

»Das sein mehr, als ich wissen, und der Teufel hol' mich, wenn Massa Will es selbst wissen. Aber alles kommen von das Käfer.«

Da ich sah, daß aus Jupiter nichts herauszubringen war, weil alle seine Gedanken um den Käfer zu kreisen schienen, stieg ich ins Boot und segelte ab. Mit günstigem Wind liefen wir bald in die kleine Bucht nördlich von Fort Moultrie ein und erreichten von dort aus zu Fuß in zwei Meilen die Hütte. Es war etwa drei Uhr nachmittags, als wir ankamen. Legrand hatte uns mit verzehrender Ungeduld erwartet. Er ergriff meine Hand mit nervöser Heftigkeit, die mich beunruhigte und meinen Argwohn nur bestärkte. Eine geisterhafte Blässe lag über seinen Zügen, und seine tiefliegenden Augen leuchteten in unnatürlichem Glanz. Nachdem ich mich nach seinem Befinden erkundigt hatte, fragte ich, da ich nichts Besseres zu sagen wußte, ob er den Skarabäus von Leutnant G. schon zurückerhalten habe.

»Oh, gewiß«, antwortete er und ein heftiges Rot stieg in sein Gesicht. »Ich bekam ihn am nächsten Morgen zurück. Von diesem Skarabäus würde ich mich niemals wieder trennen. Wissen Sie auch, daß Jupiter mit seiner Ansicht vollkommen recht hatte?«

»Mit welcher Ansicht?« fragte ich, von schlimmen Ahnungen erfüllt.

»Daß der Käfer wirklich aus Gold sei«, entgegnete er mir mit einem tiefen, ernsten Ton. »Dieser Käfer wird mich zum reichen Mann machen«, fuhr er mit triumphierendem Lächeln fort, »er wird mir wieder zu den Besitzungen meiner Familie verhelfen. Ist es also zu verwundern, daß ich ihn so schätze? Da es Fortuna gefallen hat, ihn in meine Hände zu geben, brauche ich mich nur seiner richtig zu bedienen, um zu dem Gold zu gelangen, zu dem er den Weg weist. Jupiter, geh' und hole den Skarabäus.«

»Was, das Käfer, Massa? Will nix haben zu tun mit das Käfer, Massa müssen ihn holen selbst.«

Darauf stand Legrand ernst und würdevoll auf und brachte mir den Käfer, den er in einem Glasbehälter eingeschlossen hatte. Es war ein wundervoller Skarabäus, zu jener Zeit den Naturforschern noch unbekannt und deshalb vom wissenschaftlichen Standpunkt aus von hohem Wert. Am einen Ende des Rückens befanden sich zwei runde Flecken, am entgegengesetzten ein länglicher. Die Flügeldecken waren ungemein hart und glänzend und glichen poliertem Gold. Das Insekt hatte ein ganz beträchtliches Gewicht, und als ich alle diese Umstände erwog, mußte ich mir sagen, daß Jupiters Ansicht richtig war; wie jedoch Legrand selber dazu kam, diese Meinung zu teilen, war mir absolut unverständlich.

»Ich habe zu Ihnen geschickt«, fuhr er, als ich den Käfer lange betrachtet hatte, in stolzer Beredsamkeit fort, »um Sie um Ihren Rat und Beistand zu bitten, wenn ich dem Wink des Schicksals und des Käfers folge...«

»Mein lieber Legrand«, unterbrach ich ihn rasch, »Sie fühlen sich gewiß unwohl und täten besser daran, sich ein wenig zu schonen. Legen Sie sich zu Bett; ich werde ein paar Tage bei Ihnen bleiben, bis Sie wieder hergestellt sind. Sie fiebern ja und...«

»Fühlen Sie mir doch nur einmal den Puls«, sagte er.

Ich tat es und fand keine Spur von Fieber.

»Aber Sie können auch ohne Fieber krank sein. Erlauben Sie mir doch dies eine Mal, Ihnen Vorschriften zu machen. Zunächst legen Sie sich zu Bett. Dann wollen wir...«

»Sie irren sich«, fiel er mir ins Wort. »Ich fühle mich so wohl, wie es unter der Aufregung, unter der ich leide, nur möglich ist. Wenn Sie mir wirklich helfen wollen, befreien Sie mich von der Aufregung.«

»Und wodurch könnte ich es?«

»Durch eine Kleinigkeit. Jupiter und ich wollen einen Ausflug in die Berge auf dem Festland unternehmen und bedürfen dabei der Hilfe einer Person, der wir vertrauen können. Sie sind der einzige, der unser Vertrauen hat. Und ob unsere Bemühungen erfolgreich sein werden oder nicht, jedenfalls würde die Aufregung, die Sie jetzt an mir bemerken, zur Ruhe kommen.«

»Es soll mir eine Freude sein, Ihnen jeden Gefallen zu erweisen«, erwiderte ich, »aber wollen Sie vielleicht sagen, daß jener verdammte Käfer mit dem Ausflug in die Berge in irgendeiner Verbindung steht?«

»Allerdings!«

»Dann muß ich Ihnen leider erklären, Legrand, daß ich mit diesem absurden Unternehmen nichts zu tun haben will.«

»Das tut mir leid – sehr leid, denn so müssen wir die Sache allein versuchen.«

»Allein versuchen!« dachte ich, »der Mann ist ganz von Sinnen.«

»Wie lange wird wohl Ihre Abwesenheit dauern?« fragte ich dann.

»Wahrscheinlich die ganze Nacht. Wir werden gleich aufbrechen und unter allen Umständen bei Sonnenaufgang wieder zurück sein.«

»Und wollen Sie mir auf Ihre Ehre versprechen, daß Sie, wenn Sie diese Grille befriedigt und die Käfergeschichte erledigt haben, nach Hause zurückkehren und meinem Rat als dem eines Arztes unbedingt Folge leisten werden?«

»Ja, ich verspreche es; aber nun wollen wir aufbrechen, denn wir haben keine Zeit zu verlieren.«

Schweren Herzens entschloß ich mich, meinen Freund zu begleiten. Es mochte gegen vier Uhr sein, als wir uns auf den Weg machten, Legrand, Jupiter, der Hund und ich. Jupiter trug die Sense und die Spaten und bestand darauf, alles allein zu tragen, allerdings, wie mir schien, mehr aus Furcht, eines der Werkzeuge in der Nähe seines Herrn zu lassen, als aus einem Übermaß von Fleiß und Gefälligkeit. Er sah in höchstem Maße bissig aus, und auf dem ganzen Weg kam kein anderes Wort über seine Lippen als hin und wieder der Fluch: »Das verdammte Käfer!« Ich selbst trug ein paar Blendlaternen, während sich Legrand nur mit dem Käfer beschäftigte, den er an das Ende einer Peitschenschnur gebunden hatte und mit der Miene eines Geisterbeschwörers hin und her schwenkte. Als ich diesen letzten klaren Beweis der geistigen Verwirrung meines Freundes erhielt, konnte ich mich der Tränen fast kaum mehr erwehren. Ich hielt es jedoch für das beste, einstweilen auf seine Ideen einzugehen, bis sich mir die Gelegenheit bot, energischere Maßregeln zu ergreifen. Mittlerweile versuchte ich, jedoch vergebens, den Zweck dieses Ausflugs auszuforschen. Nachdem es ihm einmal gelungen war, mich zum Mitgehen zu bewegen, schien er nicht geneigt, über irgendeinen unwichtigeren Gegenstand zu reden und antwortete auf alle meine Fragen nur mit den Worten: »Wir werden sehen!«

An der Spitze der Insel setzten wir in einem Kahn über die Bucht, erkletterten das hohe Ufer des Festlandes und schritten in nordwestlicher Richtung durch eine ungemein wilde und öde Gegend weiter, in der auch nicht eine einzige menschliche Fußspur zu entdecken war. Legrand führte uns mit Sicherheit und blieb nur dann und wann einen Augenblick stehen, um nach den Wegzeichen zu spähen, die er offenbar früher selbst angebracht hatte.

Wir hatten ungefähr zwei Wegstunden zurückgelegt. Die Sonne ging schon unter, als wir in eine Gegend gelangten, wie ich sie trauriger und trüber noch nie gesehen hatte. Es war eine Art Tafelland, nahe dem Gipfel eines fast unzugänglichen Berges, der vom Fuß bis zur Spitze bewaldet und dicht mit riesigen Felsblöcken übersät war, die lose umherzuliegen schienen und nur deshalb nicht in die Tiefe hinabrollten, weil sie an Bäumen Halt fanden. Tiefe Schluchten, die den Berg nach allen Seiten hin durchfurchten, erhöhten die starre Feierlichkeit der Landschaft.

Die natürliche Plattform, die wir erklommen hatten, war so dicht mit Brombeergebüsch bewachsen, daß wir uns nur mit der Sense einen Weg hindurchbahnen konnten. Jupiter ging voran und ebnete uns nach Anweisung seines Herrn den Pfad zu einem ungeheuer hohen Tulpenbaum, der umgeben von acht oder zehn Eichen auf einer ebenen Fläche stand und alle anderen Bäume, die ich je gesehen hatte, an Schönheit des Laubwerks, Majestät der Form und Ausdehnung der Zweige bei weitem übertraf. Als wir an diesem Baum angekommen waren, wandte sich Legrand an Jupiter und fragte, ob er sich getraue, hinaufzuklimmen? Den alten Mann schien diese Frage zu verblüffen, denn es verstrichen einige Augenblicke, ehe er antwortete. Endlich näherte er sich dem mächtigen Stamm, ging langsam um ihn herum und prüfte ihn eingehend. Als er damit fertig war, sagte er:

»Ja, Massa, Jup klettern auf jedes Baum, den er sehen in sein Leben.«

»Dann hinauf mit dir, möglichst schnell, denn es wird sowieso bald zu dunkel sein, um das zu sehen, worauf es uns ankommt.«

»Wie hoch ich müssen hinauf?« fragte Jup.

»Klettere zunächst nur am Hauptstamm hoch, dann will ich dir sagen, welche Richtung du einschlagen sollst – halt! – nimm den Käfer mit!«

»Das Käfer, Massa Will? – Das Goldkäfer?« rief der Neger und wich entsetzt zurück. »Warum müssen das Käfer auf den Baum? Will sein verdammt, wenn ich es mitnehme.«

»Wenn du Angst hast, Jup, du großer, starker Neger, einen harmlosen, toten, kleinen Käfer in die Hand zu nehmen, dann kannst du ihn ja an der Schnur halten. Aber wenn du ihn dann auch nicht nimmst, dann bleibt mir nichts anderes übrig, als dir mit diesem Spaten den Schädel einzuschlagen.«

»Was denn zornig, Massa?« sagte nun Jupiter, offenbar beschämt und willens, zu gehorchen. »Massa immer müssen Zank haben mit alte Neger. Spaß. Jup nicht fürchten Käfer. Jup nicht scheren um Käfer.« Und vorsichtig nahm er das äußere Ende der Schnur in die Hand, hielt das Insekt, soweit es nur die Umstände gestatteten, von seinem Körper entfernt, und machte sich daran, den Baum zu erklettern.

Der Tulpenbaum, Liriodendron tulipifera, der schönste aller amerikanischen Waldbäume, hat, wenn er noch jung ist, einen eigentümlich glatten Stamm, von dem sich die Seitenäste erst in ziemlicher Höhe abzweigen. Wird er älter, wird seine Rinde uneben und rauh, und viele kleine Äste schießen aus dem Stamm hervor. Seine Ersteigung bietet dann eigentlich eine mehr scheinbare als wirkliche Schwierigkeit. Jupiter klammerte sich mit seinen Armen und Knien möglichst fest an den ungeheuren Zylinder, ergriff mit den Händen die Vorsprünge, ließ dann und wann seine nackten Zehen auf einigen anderen Halt suchen, zog sich so bis zur ersten Gabel hinauf und schien nun seine Aufgabe in der Hauptsache für vollendet zu halten. Das Gefährlichste hatte er in der Tat auch überstanden, obschon der Kletterer sich einige sechzig oder siebzig Fuß über dem Boden befand.

»Welche Weg müssen ich gehen, Massa Will?« fragte er.

»Den größten Ast hinauf – an dieser Seite!« rief ihm Legrand zu. Der Neger führte diesen Befehl ohne große Anstrengung aus. Er stieg höher und höher, bis man keinen Zoll seiner gedrungenen Gestalt durch das dichte Laubwerk mehr erblicken konnte. Da hörte man auch schon seine Stimme.

»Wie weit ich müssen noch gehen?«

»Wie hoch bist du?« fragte Legrand zurück.

»Ganz, ganz hoch!« rief der Neger herunter, »kann sehen die Himmel von die Spitze von der Baum.«

»Laß den Himmel zufrieden und tu, was ich dir sage. Blicke den Stamm hinunter und zähle die Äste, die du unter dir hast. An wie vielen bist du vorbeigeklettert?«

»Eins, zwei, drei, vier, fünf – ich geklettert über fünf große Äste auf diese Seite.«

»So klettere noch einen Ast höher.«

Nach einigen Minuten hörten wir die Stimme abermals, die uns meldete, daß der siebente Ast erreicht sei.

»Und nun, Jup«, schrie Legrand, offenbar in höchster Erregung, »mußt du auf diesen Ast hinausklettern, so weit du nur kannst, und sobald du etwas Seltsames siehst, laß es mich wissen.«

Hatte ich bis jetzt noch etwa gezweifelt, daß mein armer Freund wirklich geistig verwirrt sei, so mußte mich sein Benehmen in diesen letzten Augenblicken vollständig davon überzeugen. Es blieb mir nichts anderes übrig, als ihn für wahnsinnig zu halten, und ich dachte mit Schrecken daran, was ich tun sollte, damit ich ihn wieder in seine Hütte zurückbrachte, als ich Jupiters Stimme von neuem vernahm.

»Jup fürchten, weit herauszuklettern auf diese Ast – ist tot, ganz morsch, der Ast.«

»Sagtest du, der Ast ist tot?« fragte Legrand mit zitternder Stimme.

»Ja, Massa, sein tot wie Türnagel, ganz tot, nie mehr wachsen in sein Leben.«

»Was, um Himmels willen, soll ich tun?« fragte Legrand.

»Was Sie tun sollen?« rief ich, froh darüber, endlich Gelegenheit zu haben, einen Rat anzubringen, »lassen Sie uns nach Hause gehen, und legen Sie sich zu Bett. Kommen Sie! – seien Sie folgsam. Es wird spät, und überdies erinnern Sie sich an Ihr Versprechen.«

»Jupiter«, schrie er, ohne sich im geringsten um meine Worte zu kümmern, »verstehst du mich?«

»Ja, Massa, ich verstehen ganz deutlich.«

»So prüfe das Holz mit deinem Messer genau und sieh zu, ob es sehr verfault ist.«

»Holz verfault, Massa, ganz gewiß verfault«, erwiderte der Neger nach einigen Augenblicken, »aber doch nicht ganz morsch – will allein hinausklettern auf Ast.«

»Allein? Was soll das heißen?«

»Nun, Jup meinen den Käfer, den schweren Käfer. Will erst ihn herunterfallen lassen, dann Ast nicht brechen mit alten Neger.«

»Du höllischer Schurke«, schrie Legrand, höchst erleichtert, »was soll dieser Unsinn bedeuten? Wenn du den Käfer fallen läßt, breche ich dir das Genick. Schau her, Jupiter, hörst du mich?«

»Ja, Massa, brauchen nicht zu schreien über armen Neger.«

»Also hör zu. Wenn du auf den Ast hinauskletterst, so weit er dich trägt, so schenke ich dir einen Silberdollar, sobald du wieder herunterkommst.«

»Ich tun es, Massa Will«, antwortete der Neger prompt – »bin schon beinahe ganz am Ende.«

»Ganz am Ende?« schrie hier Legrand aus Leibeskräften. »Sagst du die Wahrheit? Bist du ganz am Ende?«

»Jetzt sein am Ende, Massa – o – o – o – o – o mein Gott, was sein da hier auf dem Baum?«

»Nun«, rief Legrand, wie freudig erschrocken, »was ist es?«

»Nix als ein Schädel, Massa, hat einer Kopf gelassen auf dem Baum, haben Krähen alles Fleisch abgebissen von.«

»Ein Schädel sagst du? Sehr gut, wie ist er an dem Zweig befestigt? Was hält ihn fest?«

»Jupiter müssen nachsehen – das sein aber kurios, sehr kurios, wahrhaftig. Großer Nagel sein in Schädel und halten an Ast fest.«

»Nun paß auf, Jupiter, und tue alles genau so, wie ich es dir sage. Hörst du?«

»Jawohl, Massa.«

»Also suche das linke Auge des Schädels.«

»Huhu! Das sein gut. Aber da sein nicht mehr Auge.«

»Verfluchter Dummkopf, weißt du denn nicht mehr, was rechts und links ist?«

»Ja, Jupiter wissen das – wissen das alles – Jupiter spalten Holz mit sein linke Hand.«

»Ganz recht, du arbeitest linkshändig; dein linkes Auge ist auf derselben Seite, wie deine linke Hand. Nun wirst du auch das linke Auge des Schädels finden oder wenigstens die Stelle, wo es gewesen ist. Hast du es gefunden?«

Hier trat eine lange Pause ein. Endlich sagte der Neger:

»Ist linkes Auge auf die Seite wie linke Hand von Schädel? Jupiter fragen, weil Schädel hat kein bißchen Hand. Aber tut nix, hab' jetzt gefunden linkes Auge, hier ist linkes Auge, was müssen Jupiter tun damit?«

»Laß den Käfer durch die Höhlung hinabfallen, soweit die Schnur reicht – aber gib Obacht und laß die Schnur nicht fallen.«

»Alles getan, Massa Will. Mächtig leichtes Ding, Käfer durch Loch stecken. Sehen ihn schon unten?«

Während dieses Zwiegespräches war von Jupiters Person nichts zu sehen gewesen; doch der Käfer, den er an der Schnur herabgelassen hatte, wurde nun am Ende der Schnur baumelnd sichtbar und schimmerte in den letzten Strahlen der untergehenden Sonne wie eine kleine Kugel aus poliertem Gold. Er hing ganz frei und wäre, wenn man losgelassen hätte, dicht vor unseren Füßen niedergefallen.

Legrand ergriff nun unverzüglich die Sense und mähte einen Kreis von drei bis vier Ellen im Durchmesser, gerade unter dem Insekt. Dann befahl er dem Neger, die Schnur fallenzulassen und vom Baum herabzusteigen.

Mein Freund schlug nun mit vieler Sorgfalt, genau an der Stelle, an der der Käfer niedergefallen war, einen Pflock in den Boden und zog ein

Maßband aus seiner Tasche. Eins der Enden des Maßbandes befestigte er an dem Punkt des Stammes, der dem Pflock am nächsten war, rollte es dann ab, bis es an den Pflock reichte, und vom Pflock ab in der durch Baum und Pflock nun einmal angezeichneten Richtung noch etwa fünfzig Fuß weiter – Jupiter mußte das dabei im Wege stehende Brombeergebüsch abmähen. An dem so erreichten Punkt wurde ein zweiter Pflock in die Erde geschlagen und um diesen als Mittelpunkt ein roher Kreis von ungefähr vier Fuß Durchmesser gezogen. Legrand ergriff nun selbst einen Spaten, gab Jupiter und mir ebenfalls einen in die Hand und bat uns, so schnell wie nur möglich zu graben.

Ich habe nie in meinem Leben Vergnügen an dergleichen Arbeiten gehabt, und besonders in diesem Augenblick hätte ich darauf gerne verzichtet, denn die Nacht kam heran, und ich war von den vorausgegangenen Anstrengungen ziemlich müde geworden. Doch fand ich keine Ausrede und fürchtete, meinen armen Freund durch meine Weigerung noch mehr in Aufregung zu versetzen. Hätte ich mich sicher auf Jupiter verlassen können, so hätte ich keinen Augenblick gezögert, den Wahnsinnigen mit Gewalt nach Hause zu bringen, doch kannte ich den alten Neger zu gut, um hoffen zu dürfen, daß er mir unter welchen Umständen auch immer gegen seinen Herrn beistehen werde. Ich zweifelte keinen Augenblick mehr, daß jenen eine der zahlreichen Schauergeschichten des Südens befallen habe, seine Phantasie dem Aberglauben an vergrabenes Gold zum Opfer gefallen war und daß er durch den gefundenen Käfer oder vielleicht durch Jupiters hartnäckige Behauptung, dieser sei aus purem Gold, in seiner fixen Idee bestärkt worden war. Ein an sich schon zum Wahnsinn neigender Mensch konnte durch solche Vorstellungen nur zu leicht noch mehr verwirrt werden, besonders, wenn diese Vorstellungen mit seinen früheren Lieblingsideen in Einklang standen. Überdies erinnerte ich mich der Worte des armen Kerls, der Käfer sei der Wegweiser zu seinem Glück. Nun war ich sehr verstimmt und ärgerlich, doch beschloß ich, aus der Not eine Tugend zu machen und aus vollen Kräften zu graben, um so diesen Phantasten recht bald durch den Augenschein von dem Trügerischen seiner Aussichten zu überzeugen.

Wir zündeten die Laternen an und begannen mit einem Eifer zu arbeiten, der einer vernünftigeren Sache wert gewesen wäre, und als der Schein auf uns und unsere Werkzeuge fiel, drängte sich mir der Gedanke auf, welch malerische Gruppe wir bildeten und wie seltsam und verdächtig unsere Arbeit jedem Menschen erscheinen mußte, der uns zufällig über den Weg gekommen wäre.

Wir gruben zwei Stunden ohne Unterbrechung; gesprochen wurde wenig; das Lästigste war das Gebell des Hundes, den unsere Arbeit außerordentlich zu interessieren schien. Schließlich wurde er so lärmend, daß wir fürchten mußten, die Aufmerksamkeit etwaiger später Wanderer zu erregen – oder vielmehr Legrand befürchtete es; mir wäre jede Unterbrechung nur angenehm gewesen. Endlich machte Jupiter dem Lärm ein Ende, indem er mit verbissener Entschlossenheit aus der Grube herausstieg, dem Tier mit einem seiner Hosenträger das Maul zuband und mit zufriedenem Grinsen wieder an seine Arbeit zurückkehrte.

Als die vorher erwähnte Zeit um war, hatten wir eine Tiefe von fünf Fuß erreicht, ohne einen vergrabenen Schatz zu entdecken. Wir machten eine Pause, und ich begann zu hoffen, daß die Komödie ein Ende hätte. Legrand jedoch wischte sich, obgleich recht verwirrt, die Stirn ab und begann erneut. Wir hatten den ganzen, vier Fuß durchmessenden Kreis ausgehoben, gruben nun ein wenig über die Grenzlinie hinaus und noch zwei Fuß tiefer. Der Goldsucher, den ich aufrichtig bedauerte, kletterte endlich aus der Grube heraus, bitterste Enttäuschung stand auf seinen Zügen, und nur zögernd und widerwillig zog er seinen Überrock, den er zur Arbeit ausgezogen hatte, wieder an. Ich versagte mir jede Bemerkung, Jupiter aber begann auf ein Zeichen seines Herrn die Geräte zusammenzupacken. Als dies geschehen und der Hund seiner Fesseln entledigt worden war, wandten wir uns in tiefem Schweigen heimwärts.

Wir hatten etwa zwölf Schritte getan, als Legrand mit einem lauten Fluch auf Jupiter zustürzte und ihn beim Kragen packte. Der erstaunte Neger riß Augen und Mund auf, so weit er konnte, ließ die Spaten fallen und sank auf die Knie.

»Du Schurke«, schrie Legrand und zischte die Silben zwischen den zusammengepreßten Zähnen hervor – »du infernalischer, schwarzer Hund! – sprich, sag ich dir! – antworte mir im Augenblick und ohne Umschweife – welches – welches ist dein linkes Auge?«

»Oh, herrje, Massa Will, sein nicht dies hier mein linkes Auge?« brüllte der erschrockene Neger, legte seine Hand auf sein rechtes Sehorgan und ließ sie dort mit solch verzweifelter Hartnäckigkeit liegen, als fürchte er, sein Herr wolle es ihm im Augenblick ausreißen.

»Dacht' ich mir's doch! – Wußt' ich's doch – hurra!«, schrie Legrand, ließ den Neger los und vollführte zum Erstaunen seines Dieners eine Reihe von Luftsprüngen, ährend Jupiter sich von den Knien erhob und stumm von seinem Herrn zu mir und wieder zu seinem Herrn blickte.

»Kommen Sie, wir müssen zurückgehen«, sagte dieser endlich, »das Spiel ist noch nicht aus«, und schritt wieder auf den Tulpenbaum zu.

»Jupiter«, rief er, als wir an seinem Fuß angekommen waren, »komm her. War der Schädel mit dem Gesicht nach außen an den Ast genagelt oder dem Ast zu?«

»Gesicht nach außen, Massa, daß Krähen konnten zu die Augen ohne Mühe.«

»Gut! Hast du nun den Käfer durch dieses oder jenes Auge herabfallen lassen?« Hier berührte Legrand jedes von Jupiters Augen.

»War dies Auge, das linke Auge, genau wie Sie gesagt haben«, und damit wies der Neger auf sein rechtes Auge.

»Das genügt, wir müssen es noch einmal versuchen.«

Jetzt entfernte mein Freund, in dessen Wahnsinn ich nun doch eine Methode entdeckte oder zu entdecken glaubte, den Pflock, der die Stelle bezeichnete, an welcher der Käfer heruntergefallen war, und schlug ihn etwa drei Zoll weiter westlich wieder ein. Dann führte er das Maßband vom nächsten Punkt des Stammes wieder an den Pflock, und von dort in gerader Linie fünfzig Fuß weiter bis an einen Punkt, der von dem ersten, an dem wir gegraben hatten, mehrere Ellen entfernt war.

Um diesen neuen Punkt beschrieb er nun einen etwas größeren Kreis als den vorherigen, und erneut gingen wir mit den Spaten an die Arbeit.

Ich war entsetzlich müde und dennoch fühlte ich zu meinem eigenen Erstaunen keinen Widerwillen mehr gegen die mir aufgedrängte Arbeit. Unerklärlicherweise hatte ich plötzlich Interesse für die Sache bekommen, ja, ich fühlte fast eine Erregung in mir aufsteigen. Vielleicht lag etwas in dem extravaganten Gebaren Legrands, etwas – wie Vorbedacht oder Überlegung –, das Eindruck auf mich machte. Ich grub mit Eifer darauf los und ertappte mich hin und wieder dabei, wie ich mit einem Gefühl, das der Erwartung sehr ähnlich sah, nach dem eingebildeten Schatz ausspähte, dessen Trugbild meinem unglückseligen Freund den Verstand geraubt hatte. Als wir ungefähr anderthalb Stunden gegraben hatten und mich solch bestimmte Gedanken gerade besonders beschäftigten, wurden wir abermals durch das heftige Heulen unseres Hundes unterbrochen. Das erstemal war seine Unruhe offenbar nur Übermut und Laune gewesen, doch diesmal klang es bitter ernst.

Als Jupiter abermals den Versuch machte, ihm das Maul zuzubinden, setzte er sich wild zur Wehr, sprang in das Loch und wühlte mit größter Heftigkeit die Erde mit den Pfoten auf. In wenigen Sekunden hatte er eine Menge menschlicher Gebeine freigelegt, die zwei vollständige Skelette bildeten und zwischen denen verschiedene Metallknöpfe sowie eine Substanz, die wie vermodertes Wollzeug aussah, lagen. Ein oder zwei Spatenstiche förderten die Klinge eines großen spanischen Messers zutage, ein paar weitere drei oder vier Gold- und Silbermünzen.

Beim Anblick derselben bemächtigte sich Jupiters eine kaum zu bezähmende Freude, während sich in den Zügen seines Herrn äußerste Enttäuschung zeigte. Dennoch drängte er uns, mit der Arbeit fortzufahren, und hatte kaum ausgeredet, als ich stolperte und zu Boden fiel, weil ich mit der Stiefelspitze in einen großen Eisenring geraten war, der noch halb von Erde bedeckt war. Nun arbeiteten wir voller Eifer, und noch nie durchlebte ich aufregendere zehn Minuten. Nach Verlauf dieser Zeit war es uns gelungen, eine längliche, hölzerne Kiste freizulegen, die, nach ihrer vollkommenen Erhaltung und wunderbaren Härte zu schließen, einem Mineralisierungsprozeß, vielleicht mit Bichlorid des Quecksilbers unterworfen war. Die Kiste war drei und einen halben Fuß lang, drei Fuß breit und einen halben Fuß tief. Sie war durch vernietete Bänder aus Schmiedeeisen, die sie wie ein Gitter ganz umgaben, verschlossen. An jeder Seite der Kiste, ziemlich hoch oben, befanden sich drei Eisenringe – im ganzen sechs –, an denen sechs Personen gut zufassen konnten. Unseren vereinten äußersten Anstrengungen gelang es jedoch nur, die Kiste ein ganz klein wenig von der Stelle zu rücken, und wir sahen ein, daß es ganz unmöglich sei, eine so ungeheure Last fortzuschaffen. Glücklicherweise bestand der einzige Verschluß des Deckels aus zwei verschiebbaren Bolzen. Vor Aufregung bebend und keuchend schoben wir sie zurück. Im nächsten Augenblick lag ein Schatz von unermeßlichem Wert gleißend vor uns. Als die Strahlen der Laterne in die Grube fielen, blitzte von einem wirren Haufen Gold und Juwelen ein Glühen und Flimmern zu uns herauf. Ich will nicht versuchen, die Gefühle, mit denen ich hinstarrte, zu beschreiben. Zuerst wurde ich mir eines endlosen Erstaunens bewußt. Legrand schien vor Erregung ganz erschöpft und sprach nur sehr wenig. Jupiter war so bleich geworden, wie es einem Neger überhaupt nur möglich ist. Er stand ganz entgeistert da – wie vom Donner gerührt. Dann sank er in der Grube auf die Knie, vergrub seine nackten Arme bis an die Ellenbogen im Gold und ließ sie darin, als wolle er die Wollust eines Bades ganz auskosten. Endlich rief er, tief aufseufzend, als rede er nur mit sich selbst:

»Und alles sein gekommen von Goldkäfer! Das hübsche Goldkäfer! Das arme, kleine Goldkäfer, das ich so wild beschimpfen. Schämen du dich nicht vor dich selbst, Nigger? Sag' mich das!«

Es wurde endlich notwendig, Herrn und Diener mit dem Hinweis wachzurütteln, an die Bergung des Schatzes zu denken. Es wurde spät, und wir mußten alles aufbieten, um alles vor Tagesanbruch unter Dach zu bringen. Wie dies jedoch zu bewerkstelligen sei, war schwer zu sagen, und wir verloren mit den Überlegungen viel Zeit, denn wir waren alle ziemlich verwirrt. Endlich erleichterten wir die Kiste, indem wir zwei Drittel des

Inhaltes herausnahmen; dann gelang es uns, sie mit einiger Mühe aus dem Loch herauszuheben. Die herausgenommenen Gegenstände verbargen wir unter den Brombeersträuchern und ließen zur Bewachung den Hund zurück, dem Jupiter strengsten Befehl gegeben hatte, sich nicht von der Stelle zu rühren, noch vor unserer Rückkehr einen Laut von sich zu geben. Nun hasteten wir mit der Kiste nach Hause und kamen unter unsäglichen Mühen dort gegen ein Uhr morgens an. Erschöpft, wie wir waren, lag es nicht in der menschlichen Natur, sogleich noch mehr zu leisten. Wir ruhten uns bis zwei Uhr aus, stärkten uns an einem kleinen Abendessen und brachen dann wieder nach den Hügeln auf, versehen mit drei starken Säcken, die wir zum Glück in der Vorratskammer vorgefunden hatten. Kurz vor vier Uhr legten wir bei der Grube an, teilten den Rest des Fundes gleichmäßig unter uns, füllten die Löcher erst nicht wieder auf, sondern traten den Heimweg nach der Hütte an, wo wir zum zweitenmal unsere goldene Bürde gerade in dem Augenblick niederlegten, als die ersten schwachen Morgenschimmer durch die Baumwipfel im Osten drangen.

Jetzt waren wir vollständig erschöpft; doch ließ uns die heftige Aufregung nicht lange ruhen. Nach einem unruhigen drei- oder vierstündigen Schlaf erhoben wir uns wie auf Verabredung und begannen, den Schatz zu untersuchen.

Die Kiste war bis zum Rand gefüllt gewesen. Wir brachten den ganzen Tag und auch den größten Teil der nachfolgenden Nacht damit zu, ihren Inhalt in Augenschein zu nehmen. Es lag alles bunt durcheinander; von Ordnung oder System war keine Rede. Nachdem wir alles sorgfältig sortiert hatten, sahen wir erst, daß wir im Besitz eines viel größeren Reichtums waren, als wir anfangs angenommen hatten. An Münzen waren, wenn wir die Stücke nach den Tabellen der Zeit abschätzten, etwa vierhundertfünfzigtausend Dollar vorhanden. Nicht ein bißchen Silber war dabei.Es war nur altes Gold mannigfaltigster Art, französisches, spanisches und deutsches Geld, auch ein paar englische Guineen und einige Münzen, die wir nie zuvor gesehen hatten! Einige der Münzen waren sehr groß und schwer, jedoch so abgenützt, daß wir ihre Inschrift nicht mehr erkennen konnten. Amerikanisches Geld war nicht vorhanden. Der Wert der Juwelen war nicht so leicht abzuschätzen. Wir fanden im ganzen einhundertundzehn Diamanten, einige davon außerordentlich groß und schön, und keiner davon klein, achtzehn Rubine von bemerkenswertem Feuer, dreihundertundzehn Smaragde von besonderer Schönheit und einundzwanzig Saphire sowie einen Opal. Die Steine hatte man aus ihren Fassungen gebrochen und lose in die Kiste geworfen. Die Fassungen selbst, die wir unter dem anderen Gold fanden, schienen zusammengehämmert, wohl um sie un-

kenntlich zu machen. Überdies gab es noch eine große Menge Schmucksachen aus massivem Gold, fast zweihundert massive Ohr-und Fingerringe und, wenn ich mich recht erinnere, dreißig schwere Ketten, dreiundachtzig große und schwere Kruzifixe, fünf goldene Weihrauchfässer von großem Wert, eine riesige goldene Prunkschale mit reich ziseliertem Weinlaub, zwei wundervoll gearbeitete Schwertgriffe und noch eine Unzahl kleinerer Gegenstände, deren ich mich nicht mehr recht erinnere. Diese Dinge wogen im ganzen über dreihundertundfünfzig Pfund, ohne die einhundertsiebenundneunzig prächtigen goldenen Uhren, von denen jede einzelne wohl ihre fünfhundert Dollar wert war. Viele von ihnen waren sehr alt und als Chronometer wertlos, da ihr Werk mehr oder minder von Rost zerfressen war, doch reichlich mit Juwelen besetzt und in wertvollen Gehäusen. Wir schätzten den Gesamtinhalt der Kiste in jener Nacht auf ein und eine halbe Million Dollar, doch stellte sich später beim Verkauf der Schmucksachen und Juwelen (wir behielten nur wenige für uns) heraus, daß wir ihren Wert bedeutend unterschätzt hatten.

Als wir endlich mit unserer Prüfung zu Ende waren und unsere heftige Erregung sich zu legen begann, bemerkte Legrand wohl, mit welcher Spannung ich der Lösung dieses höchst ungewöhnlichen Rätsels entgegensah und begann, uns alle damit verbundenen Umstände zu erzählen:

»Sie erinnern sich wohl noch an jenen Abend«, sagte er, »an dem ich Ihnen die flüchtige Skizze des Skarabäus zeigte, und an meinen Ärger, als Sie fortwährend behaupteten, meine Zeichnung sähe einem Totenkopf ähnlich. Als Sie es zum ersten Mal sagten, glaubte ich, Sie wollten einen Scherz machen. Doch erinnerte ich mich bald der sonderbaren Flecken auf dem Rücken des Insekts und mußte zugeben, daß Ihre Bemerkung begründet sein konnte. Dennoch kränkte mich das Bespötteln meiner zeichnerischen Fähigkeiten, denn ich gelte im allgemeinen für einen tüchtigen Künstler. Ich wollte deshalb das Stück Papier zerknittern und zornig ins Feuer werfen ...«

»Sie meinen das Papierstückchen?« fragte ich.

»Nein«, fuhr er fort, »das sah nur aus wie Papier, wofür ich es anfangs auch hielt. Doch als ich auf ihm zeichnete, entdeckte ich, daß es ein Stück außerordentlich dünnes Pergament war. Als ich es zusammenknüllte, fiel mein Blick auf die Skizze, die Sie eben betrachtet hatten, und Sie können sich mein Erstaunen vorstellen, als ich einen Totenkopf sah, gerade an jener Stelle, wo ich, wie mir schien, den Käfer gezeichnet hatte. Einen Augenblick lang war ich zu bestürzt, um nachdenken zu können. Ich wußte, daß meine Zeichnung im Detail von dieser hier merklich abwich, obgleich im allgemeinen Umriß eine Ähnlichkeit nicht zu verkennen war.

Ich ergriff darauf eine Kerze, setzte mich in die andere Ecke des Zimmers und begann, das Pergamentstück genauer zu untersuchen. Als ich es umwandte, bemerkte ich auf der Rückseite meine Skizze, sie war noch genauso, wie ich sie gemacht hatte. Meine erste Empfindung war nur ein Staunen über die wirklich bemerkenswerte Ähnlichkeit des Umrisses – über das sonderbare Zusammentreffen, daß, ohne daß ich es wußte, auf der anderen Seite des Pergaments ein Totenschädel stand, der nicht nur im Umriß, sondern auch in der Größe mit meiner Zeichnung vollständig übereinstimmte. Also, wie gesagt, das Einzigartige dieses Zusammentreffens verwirrte mich sehr. Das ist bei einem solch unerwarteten Zusammentreffen die gewöhnliche Wirkung. Der Geist müht sich ab, einen Zusammenhang, eine Folge von Ursache und Wirkung herauszufinden, und da ihm dieses nicht gelingt, befällt ihn eine Art vorübergehender Lähmung. Als ich mich von meiner Verblüffung langsam wieder erholte, stieg ein Gedanke in mir auf, der mich mehr erregte als jenes Zusammentreffen. Ich erinnerte mich plötzlich deutlich und gewiß, daß auf dem Pergament, als ich den Skarabäus hinskizzierte, keine Zeichnung gewesen war. Dessen war ich ganz sicher, denn ich wußte, daß ich das Blatt auf beiden Seiten betrachtet hatte, um die sauberste Stelle ausfindig zu machen. Wäre die Zeichnung des Totenkopfes damals vorhanden gewesen, so hätte ich sie unbedingt sehen müssen. Ich stand also vor einem Geheimnis, das ich mir vergebens zu erklären versuchte, aber selbst damals schon glomm in den untersten verborgensten Kammern meines Intellekts leuchtkäfergleich eine Erkenntnis jener Wahrheit auf, die das Ereignis der letzten Nacht so glorreich bewiesen hat. Augenblicklich stand ich auf, schloß das Pergament in ein sicheres Fach und gab alles Nachdenken auf, bis ich allein war.

Als Sie gegangen waren und Jupiter fest schlief, fing ich an, die Sache etwas methodischer zu untersuchen. Zuerst sann ich nach, auf welche Weise das Pergamentstück in meinen Besitz gekommen war. Die Stelle, an der wir den Skarabäus entdeckt hatten, befand sich an der Küste des Flachlandes, etwa eine Meile östlich von der Insel und nur wenig über der Hochwasserlinie. Als ich ihn fing, biß er mich so heftig, daß ich ihn fallen ließ. Jupiter jedoch suchte in seiner gewohnten Vorsicht nach einem Blatt oder etwas Ähnlichem, um das Insekt, das auf ihn zugeflogen war, damit zu fangen. In dem Augenblick bemerkten wir zu gleicher Zeit jenes Pergament, das ich für ein Papier hielt. Es lag halb im Sand vergraben, nur eine Ecke ragte heraus. Nahe der Stelle, an der wir es fanden, erblickte ich auch die Überreste eines Schiffsrumpfes, wahrscheinlich eines Langbootes. Jedenfalls schien das Wrack schon sehr lange da zu liegen, denn die Ähnlichkeit mit Bootsrippen war kaum noch zu erkennen.

Jupiter hob also das Pergament auf, wickelte den Käfer hinein und übergab ihn mir. Bald darauf traten wir den Heimweg an und trafen unterwegs Leutnant G., dem ich den Käfer zeigte. Er bat mich, das Insekt auf das Fort mitnehmen zu dürfen. Ich willigte ein, und er steckte den Käfer in seine Westentasche, und zwar ohne das Pergament, in welches es eingewickelt gewesen und das ich, während er das Insekt prüfend betrachtete, noch in der Hand hielt. Vielleicht fürchtete er, ich könnte anderen Sinnes werden, und hielt es für besser, die Beute schnell in Sicherheit zu bringen. – Sie wissen ja, wie sehr er sich für alles, was die Naturgeschichte angeht, begeistert. Mittlerweile muß ich wohl, ganz unbewußt, das Pergament eingesteckt haben.

Sie besinnen sich wohl, daß ich, um den Käfer zu zeichnen, nach Papier suchte, jedoch keines fand. Dann suchte ich in meinen Taschen, in der Hoffnung, einen alten Brief zu finden, und entdeckte das Pergament. Ich erzähle Ihnen dies alles absichtlich so genau, weil mich die Umstände, unter denen ich in den Besitz desselben gelangte, besonders stark beeindruckten.

Sie werden mich sicher für einen Phantasten halten, wenn ich Ihnen sage, daß ich schon damals eine Art Zusammenhang festgestellt hatte. Zwei Glieder einer langen Kette hatte ich miteinander verbunden: An der Seeküste lagen die Überreste eines Bootes, und nicht weit von dem Boot lag ein Stück Pergament – kein Papier –, auf dem ein Schädel gezeichnet ist. Sie werden nun natürlich fragen: Wo ist da der Zusammenhang? Ich würde Ihnen antworten, daß ein Schädel oder Totenkopf das wohlbekannte Sinnbild der Piraten ist. Bei allen Zusammenstößen wird die Flagge mit dem Totenkopf gehißt.

Ich betonte schon, daß der gefundene Fetzen kein Papier, sondern Pergament war, das dauerhaft, ja, fast unzerstörbar ist. Unwichtige Dinge schreibt man selten auf Pergament, denn es ist zum Schreiben und Zeichnen absolut nicht so gut geeignet wie etwa Papier. Dieser Gedanke ließ mich in dem Totenkopf irgend etwas Bedeutsames erblicken und veranlaßte mich, auch die Form des Fetzens Pergament zu beachten. Obgleich eine der Ecken durch irgendeinen Zufall zerstört worden war, so konnte man doch die ursprünglich längliche Form erkennen. Ein solcher Streifen mochte wohl gewählt worden sein, um irgendeine Sache aufzuzeichnen, an die man sich lange erinnern, die man sorgfältig bewahren wollte.

»Aber Sie sagen doch«, warf ich ein, »daß sich der Schädel nicht auf dem Pergament befand, als Sie den Käfer zeichneten. Wie können Sie dann nur einen Zusammenhang zwischen dem Boot und dem Schädel sehen, da Ihrer eigenen Ansicht nach dieser doch zu irgendeinem späteren Zeitpunkt, weiß

Gott, wie und durch wen, gezeichnet worden sein mußte, später als Sie Ihre Skizze des Skarabäus entwarfen?«

»Ach, darum dreht sich eben das ganze Geheimnis, obgleich gerade dieses nicht schwer zu lösen ist. Mein Weg war sicher und konnte nur zu einem Resultat führen. Als ich den Käfer zeichnete, war auf dem Pergament kein Totenkopf zu sehen. Als ich mit meiner Zeichnung fertig war, überreichte ich Ihnen diese und beobachtete Sie genau, bis Sie mir sie zurückgaben. Folglich haben nicht Sie den Schädel gezeichnet und außer uns war niemand zugegen, der es hätte tun können. Die Zeichnung war also nicht von Menschenhänden gemacht – dennoch war sie da.

Als ich mit meinen Gedanken so weit gekommen war, versuchte ich mich in vollkommener Deutlichkeit jeder Kleinigkeit neu zu erinnern, die um die fragliche Zeit vorgefallen war. Das Wetter war sehr kalt gewesen (seltener und glücklicher Zufall), im Herd brannte ein Feuer. Ich war durch die Bewegung warm geworden und hatte mich an den Tisch gesetzt: Sie aber hatten sich den Stuhl dicht ans Feuer gerückt. In dem Augenblick, als ich Ihnen das Pergament überreichte, kam Wolf, der Neufundländer, hereingestürmt und sprang an Ihnen empor. Mit Ihrer linken Hand streichelten Sie ihn und suchten ihn abzuwehren, während Ihre Rechte, die das Pergament hielt, achtlos zwischen den Knien herabhing und in unmittelbare Nähe des Feuers geriet. Einen Augenblick lang fürchtete ich schon, das Pergament werden in Brand geraten und wollte Sie warnen; im nächsten Moment jedoch hatten Sie es zurückgezogen und begannen, das Bild zu betrachten. Als ich mich an all dies erinnerte, wurde mir plötzlich klar, daß die Hitze die Ursache war, welche den Schädel auf dem Pergamentstück zum Vorschein gebracht hatte. Es ist Ihnen sicherlich bekannt, daß es chemische Präparate gibt und schon immer gegeben hat, mit denen man auf Papier oder Velin so schreiben kann, daß die Schriftzüge erst dann sichtbar werden, wenn man sie der Wirkung des Feuers aussetzt. Zaffer in Königswasser gelöst und mit der vierfachen Gewichtsmenge Wasser verdünnt, wird manchmal verwendet; das ergibt grüne Tinte. Der Regulus von Kobalt in Salpetergeist gelöst, ergibt eine rote. Die Farben verschwinden längere oder kürzere Zeit nachdem das Material, auf dem geschrieben wurde, kalt geworden ist, werden aber bei erneuter Erwärmung wieder sichtbar.

Nun unterwarf ich den Totenkopf einer sorgfältigen Betrachtung. Seine äußeren Ränder, – das heißt diejenigen, die dem Pergamentrand am nächsten lagen, waren deutlicher als die anderen. Offenbar war die Wirkung der Wärme unvollkommen und ungleich gewesen. Ich zündete sofort ein Feuer an und setzte jeden Teil des Pergamentstückes glühender Hitze aus. Dies hatte anfänglich keine Wirkung, außer daß die schwachen Linien des

Schädels verstärkt hervortraten, doch als ich den Versuch fortsetzte, erschien in einer Ecke des Fetzens, dem Totenkopf diagonal gegenüber, eine Figur, die ich zunächst für eine Ziege hielt. Bei näherer Prüfung erkannte ich jedoch, daß es ein Zicklein sein sollte.«

»Haha!« sagte ich, »ich habe gewiß kein Recht, Sie auszulachen – ein und eine halbe Million ist gewiß eine zu bedeutende Sache, als daß man seinen Spott damit treiben sollte –, aber Sie wollen doch nicht etwa ein drittes Glied in Ihrer Kette nachweisen. Wie wollen Sie den Zusammenhang zwischen den Piraten und der Ziege herstellen? Seeräuber haben doch mit Ziegen eigentlich nichts zu tun; die gehören in den Bereich der Landwirtschaft.« »Aber ich habe Ihnen doch schon gesagt, daß das Bild keine Ziege darstellt.«

»Also meinetwegen ein Zicklein – das ist doch dasselbe.«

»Fast dasselbe, aber doch nicht ganz«, antwortete Legrand, »Sie haben sicher schon von Kapitän Kidd* gehört; jedenfalls sah ich das Abbild dieses Tieres als eine Art Wortspiel oder vielmehr ein hieroglyphisches Zeichen für diesen Namen an, denn seine Stellung auf dem Papier legte einen solchen Gedanken nahe. Der Totenkopf in der diagonal gegenüberliegenden Ecke sah aus wie ein Stempel oder Siegel. Doch brachte mich die Feststellung leider völlig aus dem Konzept, da alles übrige fehlte – der Körper meines vermeintlichen Dokuments, der Text zu meinem Kontext.«

»Ich glaube, Sie erwarteten zwischen dem Spiegel und dem hieroglyphischen Zeichen einen Brief zu finden?«

»Ja, oder wenigstens etwas Ähnliches. Jedenfalls verfolgte mich die Ahnung, es stände mir irgendein großes Glück bevor. Weshalb, vermag ich nicht recht zu sagen. Vielleicht war es mehr Wunsch als Glaube, aber Sie werden sich jedenfalls erinnern, daß Jupiters törichte Reden, der Käfer sei aus purem Gold, eine bemerkenswerte Wirkung auf meine Phantasie ausübte. Und dann jene merkwürdige Folge von Zufällen und Zusammentreffen – sie waren wirklich außerordentlich! Bedenken Sie doch nur, welch bloßer Zufall es war, daß diese Ereignisse an dem einzigen Tag des Jahres zusammentrafen, an dem es kühl genug war, ein Feuer anzuzünden; und daß ich ohne Feuer oder ohne das Dazwischenkommen des Hundes gerade in dem Augenblick den Totenkopf niemals erblickt und den Schatz niemals gefunden haben würde!«

»Erzählen Sie nur weiter, – ich bin ganz Ungeduld.«

»Also, Sie haben ohne Zweifel die vielen Geschichten und tausend unbestimmten Gerüchte gehört, nach denen Kidd und dessen Spießgesellen irgendwo an der Küste des Atlantischen Ozeans Geld vergraben hätten. In dergleichen Gerüchten ist gewöhnlich ein Körnchen Wahrheit verbor-

* Kidd = Böcklein, junger Bock

gen, und daß sich diese Gerüchte so lange und beharrlich erhielten, hatte meines Erachtens seinen Grund nur in dem Umstand, daß sich der vergrabene Schatz noch in der Erde befand. Hätte Kapitän Kidd seine Schätze eine Zeitlang verborgen und später wieder in Besitz genommen, so wären diese Gerüchte uns wohl kaum in ihrer gegenwärtigen unveränderlichen Gestalt erhalten geblieben. Sie haben wohl bemerkt, daß all diese Geschichten von Schatzsuchern, aber niemals von Schatzfindern handeln. Hätte der Pirat sein Geld wieder erhalten, so wären all diese Geschichten im Sande versickert. Mir kam der Gedanke, daß irgendein Zufall – nehmen wir an, der Verlust eines Schriftstücks, das die Lage genau bezeichnete – ihm die Möglichkeit genommen habe, den Schatz wiederzufinden. Und daß seinen Genossen dieser Zufall bekannt wurde, die sonst von einem vergrabenen Schatz überhaupt nichts erfahren hätten, gab Anlaß zu all den Gerüchten, die jetzt so allgemein geworden sind. Haben Sie jemals gehört, daß man früher einmal an der Küste einen Schatz gehoben habe?«

»Niemals!«

»Doch ist es bekannt, daß Kidd ungeheure Schätze aufgespeichert hat. Ich hielt es deshalb für gewiß, daß die Erde sie noch barg. Und Sie werden kaum noch überrascht sein, wenn ich Ihnen sage, daß ich die Hoffnung, ja, fast die Gewißheit in mir aufsteigen fühlte, daß das unter so sonderbaren Umständen gefundene Pergament die verlorenen Aufzeichnungen über das Versteck enthalte.«

»Aber wie gingen Sie denn nun vor?«

»Ich hielt das Pergament nochmals über ein noch stärkeres Feuer, doch kam nichts weiter zum Vorschein. Da fiel mir ein, daß die dicke Schmutzschicht vielleicht Schuld daran sei, und reinigte das Pergamentstück sorgfältig mit warmem Wasser. Dann legte ich es, den Schädel nach unten, in eine zinnerne Pfanne über ein Holzkohlenfeuer. Als die Pfanne nach einigen Minuten heiß geworden war, ergriff ich den Streifen und fand ihn zu meiner unaussprechlichen Freude mit etwas gesprenkelt, das mir in Linien geordnete Zahlen zu sein schienen. Darauf legte ich ihn noch eine Minute in die Pfanne zurück und nahm ihn in dem Zustand, in dem Sie ihn jetzt hier erblicken, heraus.«

Hier zeigte mir Legrand das Pergamentstück, das er eben wieder erhitzt hatte, zur Prüfung. Zwischen Totenkopf und Siegel erblickte ich folgende mit roter Farbe und in rohen Zügen geschriebene Zeichen:

53==+305))6*;4826)4=.)4=);806*;48+8/60))85;;I=(:
=*8+83(88)5*+;46(;88*96*?;8)*≚;485);5*+2:*=(;
4956*2(5*–4)8/8*;4069285);)6+8)4==;I(=9;48081;8

:8=I;48+85;4)485+528806*81(=9;48;(88;4(=?34;48)4
=;161;:188;=?;

»Ich tappe aber noch immer im dunkeln«, antwortete ich und gab ihm den Streifen zurück. »Und warteten meiner für die Lösung des Rätsels alle Edelsteine von Golkonda, weiß ich doch sicher, daß ich nicht imstande wäre, sie zu verdienen.«

»Und doch ist die Lösung keineswegs so schwierig«, meinte Legrand, »wie diese Zeichen auf den ersten Blick vermuten lassen. Sie bilden, wie leicht zu erraten ist, eine Geheimschrift, das heißt, sie drücken einen Sinn aus. Alles, was ich jedoch von Kapitän Kidd gehört hatte, ließ darauf schließen, daß er kein allzu gewandter Kryptograph gewesen ist. Ich nahm also an, daß diese ziemlich einfach sein müsse, aber so angelegt freilich, daß sie dem ungebildeten Seemann ohne Schlüssel unlösbar vorkommen mußte.«

»Und Sie haben sie wirklich vollständig gelöst?« fragte ich ihn sofort mit größtem Interesse.

»Ohne allzu große Mühe! Habe ich doch Geheimschriften gelöst, die tausendmal schwieriger waren. Es reizte mich immer sehr, solche Rätsel zu lösen, und außerdem ist sehr zu bezweifeln, ob menschlicher Scharfsinn ein Rätsel dieser Art ersinnen könnte, das menschlicher Scharfsinn bei gehörigem Fleiß nicht wieder zu lösen vermöchte! Und in der Tat dachte ich, nachdem ich einmal zusammenhängende und lösbare Zeichen festgestellt hatte, kaum mehr daran, es könnte irgendwie schwierig sein, ihren Sinn zu enträtseln.

In meinem Fall, ja wohl in allen Fällen, in denen es sich um Geheimschrift handelt, ist die erste Frage die, in welcher Sprache die Chiffre geschrieben ist. Denn die Prinzipien der Lösung hängen, besonders, wenn es sich um einfache Chiffren handelt, fast allein von der Eigenart des betreffenden Idioms ab. Im allgemeinen bleibt jemandem, der eine Geheimschrift lesen will, nichts anderes übrig, als, von Wahrscheinlichkeiten geleitet, mit allen ihm bekannten Sprachen Experimente anzustellen, bis er endlich die richtige gefunden hat. Doch bei der vorliegenden enthob mich die Unterschrift jeder Schwierigkeit. Das Wortspiel ›Kidd‹ wies mich klar und deutlich auf die englische Sprache. Wäre dies nicht der Fall gewesen, so hätte ich mit der spanischen oder der französischen Sprache begonnen, also denjenigen Sprachen, denen sich Piraten aus spanischen Meeren wohl am ehesten bedient haben würden. So wie die Dinge aber lagen, nahm ich an, daß die Geheimschrift englisch sei.

Sie sehen, daß die Worte nicht voneinander getrennt sind, in diesem Fall wäre meine Arbeit bedeutend leichter gewesen. Ich hätte dann damit begonnen, die kürzeren Worte zu analysieren und miteinander zu vergleichen, und hätte ich ein aus einem einzigen Buchstaben bestehendes Wort gefunden, was höchst wahrscheinlich ist (ein ›a‹ oder ›I‹ zum Beispiel), so hätte ich die Lösung als gelungen ansehen können. Doch da die Worte eben nicht abgeteilt waren, beschränkte ich mich darauf, die am häufigsten sowie die am seltensten vorkommenden Buchstaben ausfindig zu machen. Als ich alle gezählt hatte, fertigte ich folgende Tabelle an:

Das Zeichen	8	kommt 33mal vor
Das Zeichen	;	kommt 26mal vor
Das Zeichen	4	kommt 19mal vor
Das Zeichen	=)	kommt 16mal vor
Das Zeichen	*	kommt 13mal vor
Das Zeichen	5	kommt 12mal vor
Das Zeichen	6	kommt 11mal vor
Das Zeichen	+I	kommt 8mal vor
Das Zeichen	0	kommt 6mal vor
Das Zeichen	9	kommt 5mal vor
Das Zeichen	2	kommt 5mal vor
Das Zeichen	3	kommt 4mal vor
Das Zeichen	?	kommt 3mal vor
Das Zeichen	I	kommt 3mal vor
Das Zeichen	/	kommt 2mal vor
Das Zeichen	–.	kommt 1mal vor

Nun kommt in der englischen Sprache das ›e‹ am häufigsten vor. Dann folgen a, o, i, d, h, n, r, s, t, u, y, c, f, g, l, m, w, b, k, p, q, x, z. Der Buchstabe ›e‹ jedoch herrscht so auffallend vor, daß es kaum einen längeren Satz gibt, in welchem ›e‹ nicht der vorherrschende Buchstabe ist. Wir haben also hier gleich zu Beginn die Grundlage zu einer bloßen Vermutung. Wie diese Tabelle im allgemeinen zu gebrauchen ist, liegt auf der Hand. Bei unserer Geheimschrift jedoch werden wir ihrer Hilfe nur teilweise bedürfen. Unser vorherrschendes Zeichen ist ›8‹, und so wollen wir damit beginnen, sie als das ›e‹ des natürlichen Alphabets anzusehen. Um uns von der Richtigkeit unserer Vermutung zu überzeugen, forschen wir noch nach, ob die Zahl ›8‹ paarweise vorkommt, ein doppeltes ›e‹ findet man im Englischen sehr häufig, man denke nur an meet, fleet, speed, seen, been, agree und so weiter. Wir finden denn auch die Zahl nicht weniger als fünfmal doppelt vor, obwohl die chiffrierte Mitteilung sehr kurz ist.

Nehmen wir also an, ›8‹ bedeute ›e‹. Nun aber kommt von allen englischen Wörtern der Artikel ›the‹ am häufigsten vor; wir müssen also nachsehen, ob wir nicht Wiederholungen von drei Zahlen in derselben Reihenfolge und deren letzte eine ›8‹ ist, finden. Gelingt uns dies, so können wir mit ziemlicher Sicherheit annehmen, daß sie das Wort ›the‹ bedeuten. Bei genauer Untersuchung finden wir nicht weniger als sieben solcher Zeichenstellungen, und zwar die Chiffren ;48. Wir können also annehmen, daß ›;‹ ›t‹ bedeutet, ›4‹ das Zeichen für ›h‹ und ›8‹ das Zeichen für ›e‹ ist, letzteres steht nun völlig fest. So sind wir damit schon einen großen Schritt vorwärts gekommen.

Nachdem wir dies eine Wort gefunden haben, können wir einen anderen unendlich wichtigen Punkt feststellen, nämlich verschiedene Wortanfänge und Endungen. Nehmen wir zum Beispiel den vorletzten Fall, wo die Kombination ›;48‹ zum vorletzten Mal vorkommt – gar nicht weit vom Ende des Textes. Wir wissen, daß das folgende Semikolon unmittelbar den Anfang eines neuen Wortes bildet und von den sechs Zeichen, die auf dieses ›the‹ folgen, sind uns nicht weniger als fünf bekannt. Anstelle dieser Zeichen wollen wir die Buchstaben, welche sie vorstellen sollen, setzen und lassen für den unbekannten einen Platz frei:

t eeth

Das ›th‹ können wir sofort fallen lassen als zu dem mit ›t‹ anfangenden Wort nicht gehörig, denn wenn wir das ganze Alphabet nach einem in die Lücke passenden Buchstaben durchgehen, so sehen wir, daß sich kein Wort bilden läßt, zu dem dieses ›th‹ gehören könnte. So verengt sich das Wort zu

t ee

Wenn wir noch einmal wie zuvor das Alphabet durchgehen, so finden wir einzig und allein das Wort ›tree‹. Wir gewinnen also so einen weiteren Buchstaben, der durch das Zeichen ›(‹ (und zwei nebeneinander stehende Worte ›the Tree‹).

Sehen wir etwas weiter, so finden wir bald wieder die Kombination ›;48‹ und wollen sie diesmal als Abgrenzung für das unmittelbar Vorhergehende gebrauchen. Wir haben dann folgende Anordnung:

the treee ;4(=?3 4 the,

oder in die uns bekannten Buchstaben übersetzt:

the tree thr =?3 h the

Lassen wir nun für die noch unbekannten Schriftzeichen freien Raum oder setzen wir Pünktchen, so erhalten wir folgende Lesart:

the tree thr...h the,

und es ergibt sich das Wort through von selbst. Diese Entdeckung jedoch verschafft uns drei neue Buchstaben, ›o‹, ›u‹ und ›g‹, vertreten durch die Zeichen ›=‹, ›?‹ und ›3‹.

Durchsuchen wir nun die Geheimschrift sehr genau nach Verbindungen bekannter Zeichen, so entdecken wir ziemlich am Anfang die Anordnung:
8 3 (8 8 oder egree,

was offenbar den Schluß des Wortes ›degree‹ bildet und uns als neues Buchstaben ›d‹ unter dem Zeichen ›+‹ einbringt.

Vier Zeichen hinter dem Wort ›degree‹ sehen wir die Kombination ;4 6(;8 8*. Übertragen wir die bekannten Zeichen in Buchstaben und stellen die unbekannten durch Pünktchen dar, so lesen wir

th.rtee.,

welche unmittelbar an das Wort ›thirteen‹ erinnert und uns mit zwei neuen Buchstaben – ›i‹ und ›n‹ unter den Zeichen ›6‹ und ›*‹ bekannt macht. Betrachten wir nun den Anfang des Kryptogramms, so finden wir:

53 = = +,

Übersetzen wir dies nach unserem vorherigen Schema, so erhalten wir
.good,

und kommen leicht zu der Überzeugung, daß das erste Zeichen ›A‹ bedeutet, der Anfang der Chiffre also lautet

A good

Doch müssen wir nun unseren Schlüssel, soweit wir ihn gefunden haben, in einer Tabelle darstellen, um Irrtümer zu vermeiden. Er sieht folgendermaßen aus:

5 bedeutet a	6 bedeutet i
+ bedeutet d	* bedeutet n
8 bedeutet e	= bedeutet o
3 bedeutet g	(bedeutet r
4 bedeutet h	; bedeutet t.

Wir kennen also bis jetzt nicht weniger als zehn der wichtigsten Buchstaben, und es ist unnötig, auf die Details der Lösung noch weiter einzugehen. Ich habe genug gesagt, um Sie davon zu überzeugen, daß die vorliegende Kryptographie wohl die einfachste ist, die ich je kennengelernt habe.

Ich will Ihnen nur eine vollständige Übersetzung der Zeichen geben, die das Pergament enthielt:

›A good glass in the bishop's hostel in the devil's seat forty-one degrees and thirteeen minutes northeast and by north main branch seventh limb east side shoot from the left eye of the death's-head a bee line from the tree through the shot fifty feet out.‹

›Ein gut Glas im Bishop's Hotel auf dem Teufelssitz einundvierzig Grad und dreizehn Minuten Nordnordost Hauptast siebenter Ast Ostseite schieße vom linken Auge des Totenkopfes eine gerade Linie vom Baume durch den Schuß fünfzig Fuß weit.‹

»Aber«, warf ich ein, »das Rätsel erscheint mir immer noch so undurchsichtig wie vorher. Wie konnten Sie nur aus dem Kauderwelsch von ›Teufelssitz‹, ›Totenkopf‹ und ›Bishop's Hotel‹ einen Sinn entnehmen?«

»Ich gestehe gern«, erwiderte Legrand, »daß die Sache noch immer schwierig aussieht, wenn man sie nur oberflächlich betrachtet. Ich bemühte mich also weiter, den Text so aufzuteilen, wie der Kryptograph ihn im Sinn hatte.«

»Sie meinen, Interpunktion zu setzen?«

»Ja, so etwas Ähnliches.«

»Aber wie konnten Sie das zustande bringen?«

»Ich war zu der Ansicht gekommen, daß der Schreiber die Worte absichtlich ineinander geschoben hatte, um ihr Verständnis zu erschweren. Nun wird jeder nicht allzu scharfsinnige Mann, der diesen Zweck verfolgt, die Sache mit Sicherheit übertreiben. Kommt er im Verlauf seiner Arbeit zu einer Zäsur in seinem Text, die naturgemäß eine Pause erfordern würde oder einen Punkt, so dürfte er die starke Neigung haben, seine Zeichen auffallend dicht zusammenzudrängen. Tatsächlich ist das in unserem Manuskript an fünf Stellen geschehen. Ich richtete mich nach diesem Fingerzeig und teilte folgendermaßen auf:

›A good glass in the bishop's hostel in the devil's seat – forty-one degrees and thirteen minutes – northeast and by north – main branch seventh limb east side – shoot from the left eye of the death's-head – a bee line from the tree through the shot fifty feet out.‹

›Ein gut Glas im Bishop's Hotel auf dem Teufelssitz – einundvierzig Grad und dreizehn Minuten – Nordnordost – Hauptast, siebenter Ast Ostseite – schieße von dem linken Auge des Totenkopfes – eine gerade Linie vom Baume durch den Schuß fünfzig Fuß weit.‹

»Aber selbst diese Gliederung«, warf ich ein, »läßt mich noch im Dunkeln.«

»So ging es mir auch«, erwiderte Legrand. »Zunächst erkundigte ich mich eifrig in der Umgegend von Sullivan's Island, ob vielleicht irgendein Haus den Namen Bishop's Hotel führte. Die veraltete Schreibweise ›Hostel‹ ließ ich selbstverständlich beiseite. Als ich jedoch nicht das geringste erfahren konnte, wollte ich den Umkreis meiner Nachforschungen erweitern und systematischer vorgehen, da fiel mir plötzlich ein, dieses ›Bishop's Hotel‹ könne seinen Namen vielleicht von der alten Familie Bessop herleiten, die vor langen, langen Jahren etwa vier Meilen nördlich von der Insel einmal ein großes Herrenhaus besaß. Ich ging also zu dieser Plantage hinüber und setzte meine Erkundigungen unter den älteren Negern fort. Endlich erfuhr ich von einer uralten Frau, daß sie von einem ›Bessop's

Castle‹ gehört habe und mich dahin führen könne, doch sei es weder eine Burg noch eine Herberge, sondern ein hoher Felsen.

Ich versprach ihr gute Bezahlung für ihre Mühe, worauf sie sich nach einigem Besinnen bereit erklärte, mich an den betreffenden Ort zu bringen. Wir fanden ihn ohne weitere Schwierigkeit, ich entließ meine Führerin und begann, meine Untersuchungen anzustellen. Das ›Kastell‹ bestand aus unregelmäßig aufeinandergetürmten Klippen und Felsen, von denen einer sowohl durch seine Höhe als auch durch seine isolierte, fast künstliche Erscheinung auffiel. Ich kletterte auf seine höchste Spitze und fühlte mich dann ziemlich ratlos, was ich nun weiter tun sollte. Als ich noch darüber nachsann, fielen meine Blicke auf einen schmalen Vorsprung an der Ostseite des Felsens, vielleicht eine Elle unter dem Gipfel, auf dem ich stand. Dieser Vorsprung ragte etwa achtzehn Zoll weit vor und war nicht mehr als einen Fuß breit; eine Nische im Felsen gerade über dem Vorsprung gab demselben eine ungefähre Ähnlichkeit mit einem jener hohlrückigen Stühle, wie sie unsere Vorfahren benutzten. Ich zweifelte nun nicht mehr, daß dies der Teufelssitz war, von dem das Pergament sprach, und glaubte nun, die ganze Lösung des Rätsels in der Hand zu haben.

Das ›gut Glas‹ konnte sich meines Erachtens auf nichts anderes als auf ein Teleskop beziehen, da das Wort ›Glas‹ bei Seeleuten selten in anderem Sinn gebraucht wird. Von hier aus sollte also ein Teleskop benutzt werden und zwar von einem Standpunkt aus, der nicht der geringsten Veränderung unterlag. Auch nahm ich sofort als sicher an, daß die Worte ›einundvierzig Grad und dreizehn Minuten‹ und ›Nordnordost‹ die Richtung beim Einstellen des Glases angeben sollte. Ziemlich erregt über diese Entdeckungen eilte ich nach Hause, verschaffte mir ein Teleskop und kehrte zu dem Felsen zurück.

Vorsichtig ließ ich mich auf den Vorsprung hinab und fand, daß man nur in einer Stellung einen sicheren Sitz auf ihm einnehmen konnte.

Diese Tatsache bestärkte mich nur noch in meiner vorgefaßten Meinung, und ich schickte mich an, das Glas zu gebrauchen. Die ›einundvierzig Grad und dreizehn Minuten‹ konnten natürlich keinen anderen Sinn haben, als die Höhe über dem sichtbaren Horizont anzugeben, da die horizontale Richtung durch die Worte ›Nordnordost‹ deutlich genug bezeichnet worden war. Diese Richtung stellte ich mittels meines Taschenkompasses fest und bewegte dann das Teleskop, nachdem ich es, so genau ich nur konnte, auf einen Winkel von einundvierzig Grad Höhe eingestellt hatte, behutsam auf und ab, bis meine Aufmerksamkeit durch die kreisförmige Öffnung im Laubwerk eines großen Baumes gefesselt wurde, der über alle seine Nachbarn weit hervorragte. Im Mittelpunkt dieser Öffnung gewahrte ich einen weißen Fleck, konnte aber anfänglich nicht erkennen, was es war. Ich stellte das Teleskop schärfer ein, schaute abermals hin und erkannte einen menschlichen Schädel. Nach dieser Entdeckung hielt ich höchst erfreut das Rätsel schon für gänzlich gelöst, denn der Satz ›Hauptast, siebenter Ast, Ostseite‹ konnte sich nur auf die Lage des Schädels auf dem Baum beziehen und die weitere Bemerkung ›Schieß vom linken Auge des Totenkopfes‹ ließ ebenfalls nur eine Auslegung auf das Versteck des Schatzes zu. Ich verstand die Worte so, daß durch das linke Auge des Schädels eine Kugel hinabgelassen werden sollte, und eine gerade Linie von dem nächsten Punkt des Stammes durch den ›Schuß‹ (oder den Punkt, auf den die Kugel fiel) gezogen und bis auf fünfzig Schritt verlängert werden müsse, um den Punkt anzuzeigen, unter dem meiner Meinung nach Gegenstände von Wert verborgen liegen konnten.«

»Alles dies«, sagte ich, »ist ungemein klar, und obgleich sinn- und geistreich erdacht, doch verständlich. Jedoch was taten Sie, als Sie ›Bishop's Hotel‹ verließen?«

»Nun, ich merkte mir den Baum genau und trat den Heimweg an. In dem Augenblick jedoch, in dem ich den Teufelssitz verließ, verschwand auch die kreisförmige Öffnung und ich konnte sie, wie ich mich auch drehen und wenden mochte, nicht mehr erblicken. Und was mir als das Raffinierteste an der ganzen Sache vorkommt, ist die Tatsache (und wiederholte Versuche haben mich davon überzeugt, daß es eine Tatsache ist), daß die fragliche runde Öffnung von keinem anderen erreichbaren Blickpunkt aus sichtbar ist, als eben von jenem schmalen Felsvorsprung aus.

Auf der Expedition zum Bischofskastell hatte mich Jupiter begleitet. Wahrscheinlich war ihm schon seit ein paar Wochen mein tiefsinniges Wesen aufgefallen, denn er ließ mich keinen Augenblick allein. Am folgenden Morgen jedoch stand ich sehr früh auf, entwischte ihm und begab mich in die Hügel, um den Baum zu suchen. Ich fand ihn nach vieler Mühe. Als ich nachts zurückkam, wollte mein Diener mich verprügeln, und mit dem Rest des Abenteuers sind Sie, wie ich glaube, ebenso vertraut wie ich selbst.«

»Vermutlich trafen Sie beim ersten Grabversuch durch die Torheit Jupiters, der den Käfer durch das rechte, statt durch das linke Auge des Schädels fallen ließ, die rechte Stelle nicht«, warf ich ein.

»So ist es. Dieser Irrtum ergab für den Schuß eine Abweichung von zwei und einem halben Zoll – das heißt, für die Position des Pflocks nächst dem Baum, und hätte der Schatz unter dem ›Schuß‹ gelegen, so wäre der Fehler nur gering gewesen. Aber der ›Schuß‹ und der nächstliegende Punkt des Baumes dienten nur dazu, eine weitere Richtlinie anzugeben, bei deren

Verlängerung wir natürlich immer weiter von der richtigen Stelle abkamen, bis wir in der Entfernung von fünfzig Fuß die Spur ganz und gar verloren hatten. Wäre ich nicht so felsenfest überzeugt gewesen, es müsse in der Nähe ein Schatz vergraben sein, so hätten wir all die Arbeit wohl umsonst verrichtet.«

»Es ist anzunehmen, daß der seltsame Einfall mit dem Totenkopf – eine Kugel durch das Auge fallen zu lassen – Kidd durch die Piratenflagge gekommen ist. Vermutlich sah er eine Art poetischer Anspielung darin, sein Gold über dieses makabre Symbol wiederzuerlangen.«

»Vielleicht; ich glaube jedoch, daß der gesunde Menschenverstand ebensosehr eine Rolle gespielt hat wie die poetische Anspielung. Um vom Teufelssitz aus gesehen zu werden, mußte der Gegenstand, wenn er klein war, weiß sein, und nichts bewahrt, ja steigert das helle Weiß unter den Unbilden des Wetters so sicher wie Menschenschädel.«

»Aber Ihr hochtrabendes Benehmen und die merkwürdigen Manipulationen mit dem Käfer – wie absonderlich. Ich war sicher, Sie hätten den Verstand verloren. Und weshalb bestanden Sie darauf, statt einer Kugel den Käfer durch das Auge des Totenkopfes fallen zu lassen?«

»Nun, um die Wahrheit zu sagen, ich ärgerte mich etwas darüber, daß Sie an meiner Zurechnungsfähigkeit zweifelten, und beschloß deshalb, Sie unmerklich auf meine Weise zu strafen, indem ich alles ein wenig mystifizierte. Nur deshalb schwang ich den Käfer hin und her und ließ ihn vom Baume herabgleiten. Übrigens brachte mich erst Ihre Bemerkung, wie auffallend schwer er sei, auf diesen Gedanken.«

»Ah, nun habe ich nur noch eine Frage, die mich beschäftigt. Was soll man von den Skeletten halten, die wir in der Grube gefunden haben?«

»Auf diese Frage weiß ich ebensowenig eine Antwort wie Sie selbst. Doch scheint es mir, daß es dafür nur eine einleuchtende Erklärung gibt – auch wenn es furchtbar wäre, an eine so entsetzliche Bluttat zu glauben, wie sie meine Vermutung in sich schließt. Klar ist, daß, wenn es wirklich Kidd war, der den Schatz vergraben hat, woran ich nicht zweifle, so muß er Helfershelfer bei der Arbeit gehabt haben. Nachdem sie beendet war, hielt er es vielleicht für angemessen, sich der Mitwisser dieses Geheimnisses zu entledigen. Vielleicht genügten zwei Schläge mit einer Hacke, während seine Helfershelfer noch in der Grube beschäftigt waren, vielleicht war auch ein Dutzend nötig – wer kann das wissen?«

Der entwendete Brief

Nil sapientiae odiosius acumine nimio.

Seneca

Ich war im Jahre 18.. in Paris und erfreute mich an einem dunklen, stürmischen Herbstabend mit meinem Freund August Dupin in dessen kleinem Bibliotheks- oder Studierzimmer des doppelten Genusses einer Meerschaumpfeife und beschaulichen Nachdenkens. Seit wenigstens einer Stunde waren wir in tiefes Schweigen versunken, und jeder zufällige Beobachter hätte geglaubt, daß wir uns angelegentlichst und ausschließlich mit den Rauchwolken beschäftigten, die das ganze Zimmer einhüllten. Ich erwog jedoch in Gedanken noch einige Punkte der Unterredung, die ich zu Anfang des Abends mit meinem Freund gehabt und welche sich auf die Begebenheiten in der Rue Morgue und auf den geheimnisvollen Mord der Marie Rogêt bezogen hatte. Ich mußte es deshalb für ein sonderbares Zusammentreffen halten, daß, als sich die Tür unseres Zimmers öffnete, unser alter Bekannter, Herr G., der Pariser Polizeipräfekt, eintrat.

Wir begrüßten ihn auf das herzlichste; denn wenn dieser Mann auch manche verächtliche Eigenschaft besaß, so war er doch sehr unterhaltend, und wir hatten ihn sehr lange nicht gesehen. Da wir bis jetzt im Dunkeln gesessen hatten, erhob sich Dupin, um eine Lampe anzuzünden, doch setzte er sich sogleich wieder, als G. sagte, er sei gekommen, um uns um Rat zu fragen oder vielmehr die Meinung meines Freundes über ein Amtsgeschäft einzuholen, das ihm schon große Unruhe bereitet habe.

»Wenn es sich um einen Fall handelt, der Nachdenken erfordert«, warf Dupin ein und hielt mit dem Anzünden inne, »so ist es besser, wir prüfen ihn im Dunkeln.«

»Das ist wieder eine Ihrer Sonderbarkeiten«, sagte der Präfekt, der geneigt war, alles, was über sein Begriffsvermögen hinausging, »sonderbar« zu nennen, und daher mitten in einer unendlichen Schar von »Sonderbarkeiten« lebte.

»Sehr richtig«, antwortete Dupin, während er den Gast mit einer Pfeife versorgte und einen bequemen Sessel für ihn heranschob.

»Um was für Schwierigkeiten handelt es sich denn wieder?« fragte ich. »Doch nicht um eine neue Mordsache?«

»O nein, um nichts Derartiges. Eigentlich liegt der Fall sehr einfach, und ich zweifle nicht im geringsten, daß wir auch allein mit ihm fertig werden. Aber ich dachte mir, Dupin würde gern Näheres über die Sache erfahren, weil sie so außerordentlich ›sonderbar‹ ist.«

»Einfach und sonderbar!« sagte Dupin.

»Allerdings, und doch ist dieser Ausdruck noch nicht exakt genug. Der Fall hat uns alle vollständig verblüfft, denn, so einfach er ist, es weiß doch keiner von uns recht aus noch ein.«

»Vielleicht ist es gerade die Einfachheit, welche Sie auf die falsche Fährte leitet«, meinte mein Freund.

»Wie kann man nur solchen Unsinn reden«, antwortete der Präfekt und lachte herzlich.

»Vielleicht ist das Geheimnis zu leicht zu durchschauen«, sagte Dupin.

»Du lieber Himmel, hat man je so was gehört?«

»Vielleicht ist die ganze Sache zu durchsichtig.«

»Ha! Ha! Ha! – Ho! Ho! Ho!« lachte unser Gast vor Vergnügen laut auf. »Dupin, ich werde noch mal an Ihren Witzen sterben.«

»Um was handelt es sich denn eigentlich?« fragte ich.

»Das sollen Sie gleich hören«, antwortete der Präfekt, blies eine dicke, beschauliche Rauchwolke von sich und lehnte sich bequem in seinen Sessel zurück. »Ich will es Ihnen in ein paar Worten sagen; doch muß ich vorausschicken, daß meine Angelegenheit die größte Diskretion erfordert. Ich könnte meine Stellung einbüßen, wenn es bekannt würde, daß ich diese Sache irgend jemandem anvertraut hätte.«

»Nur weiter«, sagte ich.

»Oder auch nicht«, sagte Dupin.

»Nun gut also. Ich habe persönlich von höchster Stelle die Nachricht erhalten, daß aus den königlichen Gemächern ein äußerst wichtiges Dokument entwendet worden ist. Die Person, die es sich angeeignet hat, ist bekannt; daß man sie ungerecht verdächtigt, ist ausgeschlossen, denn man hat sie bei der Tat beobachtet. Man weiß ebenfalls, daß sich das Schriftstück noch in ihrem Besitz befindet.«

»Woher weiß man das?« fragte Dupin.

»Man schließt es mit absoluter Gewißheit aus der Natur des Dokumentes«, erwiderte der Präfekt, »sowie auch aus der Tatsache, daß sich gewisse Resultate noch nicht ergeben haben, die sofort zutage treten würden, wenn es aus dem Besitz des Diebes in andere Hände überginge – das heißt, wenn er es zu dem Zweck verwendete, zu dem allein er es gestohlen haben kann.«

»Werden Sie doch ein wenig deutlicher«, sagte ich.

»Gut, dann will ich so weit gehen und noch verraten, daß dieses Papier seinem Besitzer eine gewisse Macht verleiht, und zwar in einer Sache, in der diese Macht von unermeßlichem Werte ist.« Der Präfekt liebte es, sich diplomatischer Redewendungen zu bedienen.

»Ich verstehe noch immer nicht recht«, sagte Dupin.

»So? Nun, wenn man das Dokument einer dritten Person, deren Namen ich verschweigen will, übergeben würde, wäre die Ehre einer anderen, sehr hochstehenden Person kompromittiert, und diese Tatsache gibt dem Inhaber des Schriftstückes Gewalt über die erlauchte Person, deren Ehre und deren Friede auf diese Weise in steter Gefahr schwebt.«

»Aber diese Gewalt«, warf ich ein, »könnte doch nur ausgeübt werden, wenn der Dieb wüßte, daß der Bestohlene um seinen Diebstahl weiß. Wer aber würde wagen...«

»Der Dieb«, sagte G., »ist der Minister D., der alles wagt, ohne sich Skrupel zu machen, ob seine Handlungen eines Mannes würdig sind oder nicht. Er ging bei seinem Diebstahl ebenso scharfsinnig wie kühn zu Werke. Das fragliche Dokument – um es frei herauszusagen: den Brief also – hatte die bestohlene Person erhalten, als sie sich im königlichen Boudoir allein befand. Während des Lesens wurde sie durch den Eintritt der anderen erlauchten Persönlichkeit, vor der sie ihn gerade sorgfältig verbergen wollte, unterbrochen; nach einem eiligen und vergeblichen Versuch, ihn in einer Schublade zu verbergen, war sie gezwungen, ihn offen, wie er war, auf dem Tisch liegen zu lassen. Die Seite mit der Adresse war nach oben gekehrt, und so kam es, daß der Brief, von dessen Inhalt nichts zu sehen war, weiter nicht bemerkt wurde. Nach diesem kleinen Zwischenfall tritt der Minister D. ein. Sein Luchsauge bemerkt das Papier, erkennt die Handschrift der Adresse, beobachtet die Verwirrung der Person, an die der Brief gerichtet war, und durchschaut das Geheimnis sofort. Nach einigen geschäftlichen Erörterungen, die er in seiner bekannten Art herunterhaspelt, zieht er einen Brief hervor, der mit jenem anderen einige Ähnlichkeit hat, tut, als wolle er einen Blick hineinwerfen und legt ihn sodann dicht neben jenen hin. Dann redet er wieder etwa eine Viertelstunde lang über Staatsgeschäfte. Als er sich schließlich verabschiedet, nimmt er statt seines eigenen den Brief vom Tisch, der ihm nicht gehört. Die rechtmäßige Eigentümerin sah es, wagte jedoch nicht, darauf aufmerksam zu machen, da jene dritte Person, vor der sie das Schreiben verbergen mußte, dicht neben ihr stand. Der Minister verließ das Gemach, sein eigener, durchaus unwichtiger Brief blieb auf dem Tische zurück.«

»Hier haben Sie also«, wandte sich Dupin zu mir, »einen Fall, in dem der Dieb die Gewalt, von der wir eben redeten, in vollstem Maße besitzt: ›Er weiß, daß der Bestohlene von seiner Tat unterrichtet ist.‹«

»Ja«, erwiderte der Präfekt, »und die so erlangte Gewalt ist während der letzten Monate in gefährlichem Umfang zu politischen Zwecken angewendet worden. Die bestohlene Person überzeugt sich von Tag zu Tag mehr von der Notwendigkeit, den Brief zurückzuerlangen. Doch kann das natür-

lich nicht offen geschehen. Jetzt hat sie mir voller Verzweiflung die Sache übertragen.«

»Ich glaube, man hätte auch unmöglich einen scharfsinnigeren Vermittler finden können«, sagte Dupin aus einem ganzen Wirbelwind von Rauchwolken heraus.

»Sehr schmeichelhaft«, erwiderte der Präfekt, »aber es ist immerhin möglich, daß man diese Meinung tatsächlich von mir hat.«

»Es ist klar«, sagte ich, »daß der Brief, wie Sie bemerkten, noch im Besitz des Ministers ist; denn nur der Besitz und nicht die Anwendung des Briefes verleiht ihm seine schädliche Gewalt. Sobald er Gebrauch von dem Brief gemacht hat, ist die durch ihn erlangte Macht dahin.«

»Das ist richtig«, sagte G., »und von dieser Überzeugung ging auch ich aus. Meine erste Sorge war, die Wohnung des Ministers vollständig durchsuchen zu lassen. Die Hauptschwierigkeit bei diesem Unternehmen bestand darin, daß es ohne sein Wissen geschehen mußte. Man warnte mich oft und dringend vor dem Unheil, das er anrichten würde, wenn er unseren Plan nur im geringsten ahnte.«

»Aber solche Nachsuchungen«, sagte ich, »sind doch gerade Ihre Stärke. Die Pariser Polizei hat dergleichen doch schon oft vorgenommen.«

»O gewiß! Und deshalb verzweifelte ich auch nicht. Außerdem erleichterten mir die Lebensgewohnheiten des Ministers mein Vorhaben in hohem Grade. Er bleibt oft die ganze Nacht von zu Hause fort. Seine Dienerschaft ist durchaus nicht zahlreich. Ihre Schlafzimmer liegen ziemlich weit von den Räumen des Ministers entfernt, und da sie zumeist Neapolitaner sind, kann man sie leicht betrunken machen. Wie Sie wissen, habe ich Schlüssel, mit denen ich jedes Zimmer, jedes Kabinett in Paris öffnen kann. Seit drei Monaten ist wohl keine Nacht vergangen, in der ich nicht stundenlang in eigener Person die Wohnung des Ministers durchsucht hätte. Es handelt sich hier um meine Ehre und – nun verrate ich ein Geheimnis – um eine enorme Belohnung. Deshalb stellte ich die Nachsuchungen auch nicht eher ein, bis ich mich fest davon überzeugt hatte, daß der Dieb ein listigerer Mann sei als ich selbst. Ich darf mir das Zeugnis ausstellen, daß ich alle Ecken und Winkel, in denen man den winzigsten Papierfetzen hätte verbergen können, gründlichst durchforscht habe.«

»Aber ist es nicht möglich«, warf ich ein, »daß der Minister, obwohl zweifellos noch im Besitz des Briefes, diesen irgendwo anders als in seinem Hause verborgen hält?«

»Das ist nicht anzunehmen«, sagte Dupin. »Wie die Dinge bei Hofe und besonders die Intrigen, in die D. bekanntermaßen verwickelt ist, nun einmal liegen, ist es von größter Wichtigkeit, das Dokument jederzeit bei der Hand zu haben, um es jeden Augenblick vorzeigen zu können – ja, dieser Punkt ist fast so wichtig, wie der Besitz des Schriftstückes selbst.«

»Um es jeden Augenblick vorzeigen zu können?« wiederholte ich.

»Das heißt, zerstören zu können«, meinte Dupin.

»Jedenfalls«, bemerkte ich. »Das Papier muß also in der Wohnung sein. Daß der Minister es nicht mit sich herumträgt, steht wohl außer Frage.«

»Vollständig«, sagte der Präfekt, »zweimal schon habe ich ihm, scheinbar von Straßenräubern, auflauern und ihn durchsuchen lassen.«

»Diese Mühe hätten Sie sich sparen können«, sagte Dupin. »D. ist doch kein Narr und muß also derartige Überfälle vorausgesehen haben.«

»Ein Narr ist er gerade nicht, aber ein Dichter«, meinte G., »und als solcher meiner Meinung nach von einem Narren nicht gar so sehr verschieden.«

»Das stimmt«, sagte Dupin nach einem langen und nachdenklichen Zug aus seiner Meerschaumpfeife, »obwohl ich selbst manchen Knittelvers verbrochen habe.«

»Teilen Sie uns doch die näheren Umstände Ihrer Nachforschungen mit!« sagte ich.

»Nun also, wir nahmen uns Zeit und suchten überall. Ich habe in derlei Dingen eine lange Erfahrung. Ich nahm das ganze Gebäude vor, ein Zimmer nach dem anderen, und widmete jedem einzelnen die Nächte einer ganzen Woche. Zuerst durchsuchten wir die Möbel jedes Zimmers. Wir öffneten jedes erdenkliche Schubfach, und Sie können sich denken, daß für einen gut geschulten Polizisten kein Geheimfach oder sonstiges Versteck existiert. Jeder Mann, dem bei einer Haussuchung ein Geheimfach entgeht, ist ein Tölpel. Die Sache ist so einfach. Bei einem Schrank ist doch stets ein ganz genau bestimmter Umfang, ein bestimmter Raum in Betracht zu ziehen. Wir stellen die genauesten Berechnungen an. Nicht der Bruchteil eines Millimeters konnte uns entgehen.

Nach den Schränken nahmen wir die Stühle vor. Die Polster wurden mit den langen, feinen Nadeln, die Sie wohl schon bei mir gesehen haben, untersucht. Von den Tischen hoben wir die Platten ab.«

»Wozu das?«

»Manchmal entfernt die Person, die einen Gegenstand verbergen will, die Platte des Tisches oder eines ähnlich gestalteten Gegenstandes, höhlt das Bein aus, legt den betreffenden Gegenstand in der Höhlung nieder und befestigt die Platte wieder. Die Bretter und Pfosten von Bettstellen werden auch oft ähnlich gebraucht.«

»Aber könnte man eine solche Höhlung nicht durch Klopfen entdekken?« fragte ich.

»Absolut nicht, wenn man nach dem Hineinlegen des Gegenstandes die Aushöhlung mit Watte gefüllt hat. Überdies mußten wir in unserem Fall jedes Geräusch nach Möglichkeit vermeiden.«

»Aber Sie konnten doch nicht sämtliche Möbel auseinandernehmen oder in Stücke zerbrechen, in denen man möglicherweise einen Brief hätte verstecken können. Ein solch kleines Schriftstück kann man so fest zusammenrollen, daß es in Gestalt und Umfang kaum von einer Stricknadel abweicht, und einen solchen Körper könnte man mit Bequemlichkeit zum Beispiel in die Leiste eines Stuhles einlegen. Sie werden doch nicht alle Stühle zerlegt haben?«

»Keineswegs – wir machten es noch gründlicher, wir untersuchten die Leisten jedes Stuhles im Hause, ja, sogar die einzelnen Teile jeder Art von Möbel mit einem stark vergrößernden Mikroskop. Wären irgendwo die Spuren einer vor kurzem vorgenommenen Veränderung sichtbar gewesen, so wäre uns dies gewiß nicht entgangen. Ein einziges Körnchen Sägemehl zum Beispiel, das der Bohrer hätte zurücklassen können, wäre in der Größe eines Apfels sichtbar gewesen. Die geringste Ungenauigkeit bei dem erneuten Leimen, das unbedeutendste Klaffen in dem Gefüge hätte unfehlbar zur Entdeckung geführt.«

»Sie untersuchten natürlich auch die Spiegel, die Dielen, das Eßgeschirr und durchstöberten Betten, Bettzeug ebenso wie auch Vorhänge und Teppiche?«

»Selbstverständlich, und als wir mit jedem Möbelteilchen fertig waren, untersuchten wir das Haus selbst. Wir teilten seine ganze Oberfläche in Abteilungen, die wir mit Zahlen bezeichneten, damit wir keine übergingen. Dann durchforschten wir jeden Quadratzoll des Hauses mit dem Mikroskop und untersuchten schließlich auch die beiden Nebenhäuser in derselben Weise.«

»Auch die beiden Nebenhäuser?« rief ich aus. »Welch unendliche Mühe müssen Sie gehabt haben!«

»Die hatten wir allerdings, aber die ausgesetzte Belohnung ist auch enorm.«

»Haben Sie auch den Grund und Boden der Häuser untersucht?«

»Der Boden war überall mit Ziegelsteinen gepflastert und machte uns verhältnismäßig wenig Mühe. Wir untersuchten das Moos zwischen den einzelnen Steinen und fanden es überall unberührt.«

»Sie durchforschten auch D.'s Papiere und die Bücher seiner Bibliothek?«

»Gewiß! Wir öffneten jedes Päckchen, jedes Heftchen; wir begnügten uns nicht damit, nach der Art einiger Polizeibeamten, ein Buch einfach zu schütteln, sondern wendeten jedes Blatt einzeln um. Die Dicke eines jeden Buchdeckels maßen wir auf das genaueste ab und unterwarfen ihn der peinlichsten mikroskopischen Untersuchung. Es ist vollständig ausgeschlossen, daß einer der Einbände neuerdings aufgeschnitten und wieder zusammengefügt worden ist – diese Tatsache hätte uns auf keinen Fall entgehen können. Etwa fünf oder sechs Bände, die eben vom Buchbinder gekommen waren, durchsuchten wir sorgfältig mit unseren Nadeln.«

»Haben Sie auch den Fußboden unter den Teppichen durchforscht?«

»Aber selbstverständlich, wir nahmen jeden Teppich auf und untersuchten die Dielen mit dem Mikroskop.«

»Auch die Tapeten an den Wänden?«

»Ja.«

»Besichtigten Sie auch die Keller?«

»Ebenfalls.«

»Dann müssen Sie sich also verrechnet haben«, sagte ich, »und der Brief befindet sich nicht im Hause des Ministers.«

»Ich fürchte, Sie haben recht«, sagte der Präfekt. »Und nun, Dupin, was würden Sie mir raten zu tun?«

»Noch einmal eine gründliche Haussuchung vorzunehmen.«

»Das ist vollständig nutzlos«, sagte G., »so gewiß ich weiß, daß ich lebe, so gewiß befindet sich der Brief nicht in diesem Haus.«

»Einen besseren Rat kann ich Ihnen nicht geben«, sagte Dupin. »Sie haben doch gewiß eine genaue Beschreibung des Briefes?«

»O ja!« Hier zog der Präfekt ein Notizbuch hervor und las uns eine ausführliche Beschreibung der inneren und vor allem der äußeren Beschaffenheit des Briefes vor. Als er damit fertig war, verabschiedete er sich so niedergeschlagen, wie ich den guten Mann noch nie gesehen hatte.

Etwa einen Monat später besuchte er uns wieder und fand uns fast in der gleichen Situation wie das vorige Mal. Wir boten ihm eine Pfeife und einen Stuhl an und begannen eine alltägliche Unterhaltung. Endlich fragte ich:

»Nun, G., wie steht es denn mit dem gestohlenen Brief? Ich glaube, Sie haben sich wohl überzeugt, daß sich der Minister nicht so leicht überlisten läßt!«

»Der Teufel soll ihn holen – ja! Ich habe die Untersuchung auf Dupins Vorschlag wieder aufgenommen, aber es war verlorene Mühe, wie ich vorausgesehen hatte.«

»Wie hoch, sagten Sie, war die ausgesetzte Belohnung?« fragte Dupin.

»Nun, sie war sehr hoch – es war eine sehr großzügige Belohnung, ich möchte die Summe nicht gern nennen, aber soviel will ich Ihnen sagen, daß ich jedem, der mir den Brief aushändigt, gern eine Anweisung auf fünfzigtausend Francs ausstellen würde. Die Sache wird von Tag zu Tag wichtiger, erst kürzlich ist die Belohnung verdoppelt worden. Aber selbst wenn man sie verdreifachte, könnte ich nicht mehr tun, als ich tue und getan habe.«

»Nun«, sagte Dupin gedehnt zwischen langen Zügen aus seiner Meerschaumpfeife, »ich glaube wirklich – lieber G. – Sie haben in dieser Sache – noch nicht – das Äußerste getan. Sie könnten – noch manches in Betracht ziehen – meine ich.«

»Was denn? – Wieso? –«

»Nun – paff, paff – Sie könnten – paff, paff – in der Sache Rat einholen – paff, paff, paff. – Kennen Sie die Geschichte, die man sich von Doktor Abernethy erzählt?«

»Nein! Hole der Geier Ihren Abernethy!«

»Das kann er ja meinetwegen tun. Aber eines Tages kam ein reicher Geizhals auf die Idee, diesem Abernethy einen ärztlichen Rat abzulisten. Er nahm ihn in einer Privatgesellschaft beiseite und erzählte ihm seinen Fall, als handele es sich um den einer fingierten dritten Person.

›Nehmen wir an‹, sagte der Geizhals, ›seine Symptome seien diese und jene, was würden Sie ihm raten, zu nehmen, Herr Doktor?‹

›Nehmen?‹ sagte Abernethy, ›nun, ich würde ihm raten, unbedingt einen Arzt zu nehmen.‹«

»Aber«, meinte der Präfekt, ein wenig aus der Fassung gebracht, »ich bin sehr gern bereit, Rat einzuholen und auch dafür zu bezahlen. Ich würde wirklich jedem, der mir in dieser Sache Hilfe leistet, fünfzigtausend Francs zahlen.«

»Wenn das der Fall ist«, sagte Dupin, indem er eine Schublade öffnete und ein Scheckbuch herausholte, »können Sie mir einen Wechsel über den erwähnten Betrag ausstellen. Wenn Sie unterschrieben haben, werde ich Ihnen den Brief aushändigen.«

Ich war verblüfft, der Präfekt wie vom Donner gerührt. Einige Minuten lang saß er sprachlos und unbeweglich und blickte meinen Freund mit offenem Munde und starren Augen, die aus ihren Höhlen treten wollten, ungläubig an. Dann, als er ein wenig zu sich zu kommen schien, ergriff er eine Feder und füllte, oftmals innehaltend und vor sich hinstarrend, einen Wechsel über fünfzigtausend Francs aus und reichte ihn über den Tisch hinweg meinem Freund. Dieser prüfte ihn sorgfältig und steckte ihn in seine Brieftasche; dann schloß er seinen Schreibtisch auf, entnahm diesem einen Brief und überreichte ihn dem Präfekten. Der Beamte ergriff ihn mit wahrer Ekstase, öffnete ihn mit zitternder Hand, überflog mit raschem Blick den Inhalt, stolperte, stürzte dann zur Tür und eilte ohne weitere Umstände zum Haus hinaus – ohne auch nur ein Wort gesprochen zu haben, seit ihn Dupin aufgefordert hatte, den Wechsel zu unterzeichnen.

Als er uns verlassen hatte, gab mir mein Freund einige Erklärungen.

»Die Pariser Polizei«, sagte er, »ist in mancher Hinsicht sehr tüchtig. Sie ist beharrlich, scharfsinnig, listig und besitzt auf den Gebieten, auf denen sie zu arbeiten hat, durchaus gründliche Kenntnisse. Als uns G. erzählte, daß er in der Wohnung des Ministers Haussuchung abgehalten habe, war ich vollständig überzeugt, daß es so gründlich und unübertrefflich gewissenhaft geschehen sei, wie es einem Menschen nur immer möglich ist – d. h. gründlich und gewissenhaft, soweit er eben die Durchsuchung ausdehnte.«

»Soweit er die Durchsuchung ausdehnte?« fragte ich.

»Ja!« antwortete Dupin. »Die Maßregeln, die er ergriff, waren nicht nur die besten ihrer Art, sie wurden auch vollkommen gut durchgeführt. Wäre der Brief innerhalb des Bereiches seiner Untersuchungen versteckt gewesen, man hätte ihn unter allen Umständen gefunden.«

Ich lachte bloß, er schien jedoch vollständig im Ernst zu reden.

»Die Maßregeln also«, fuhr er fort, waren in ihrer Art gut und waren auch gut angewandt; der Fehler bestand jedoch darin, daß sie auf diesen Mann und diesen Fall nicht anwendbar waren. Der Präfekt verfährt mit einer gewissen Anzahl scharfsinniger Hilfsmittel wie mit einem Prokrustesbett, dem er alle seine Pläne gewaltsam anpaßt. Aber er befindet sich fortwährend im Irrtum, da er stets für den Fall, um den es sich gerade handelt, zu tiefsinnig oder zu oberflächlich vorgeht. Ich glaube, mancher Schulknabe ist ein besserer Denker als er. Ich kannte einen achtjährigen kleinen Kerl, dessen Erfolge bei dem Spiel ›gerade oder ungerade‹ die allgemeine Aufmerksamkeit erregten. Dieses Spiel ist sehr einfach und wird mit Schussern oder Murmeln gespielt. Einer der Spieler verbirgt eine Anzahl der Steinchen in seiner Hand und fragt den Partner, ob ihre Zahl eine gerade oder ungerade sei. Wenn derselbe richtig rät, gewinnt er eins, im anderen Falle verliert er eins. Der Knabe, von dem ich sprach, gewann alle Schusser, über die seine Mitschüler verfügten. Natürlich ging er beim Raten von einem bestimmten Grundsatz aus, und dieser beruhte auf bloßer Beobachtung und der Berechnung des Scharfsinns seiner Gegner. War sein Gegner zum Beispiel ein Dummkopf, der ihn mit geschlossener Hand fragte: ›gerade oder ungerade?‹ und er hatte ›ungerade‹ gesagt und verloren, so gewann er doch beim zweiten Male, denn er sagte sich: ›Der Tölpel hatte beim ersten Male ›gerade‹ in der Hand und sein Scharfsinn reicht gerade aus, ihn jetzt ›ungerade‹ nehmen zu lassen. Ich werde also ungerade sagen.‹ Er tut es und gewinnt. Bei einem Gegner von etwas höherer Intelligenz hätte er so argumentiert: ›Der Junge hat gesehen, daß ich beim ersten Male ›ungerade‹ geraten habe. Zuerst wird er, wie der erste Partner, eine einfache Abwechslung von ›gerade‹ und ›ungerade‹ eintreten lassen wollen. Dann wird er sich besinnen und dieses Vorgehen für zu durchsichtig halten. So behält er also ›gerade‹ bei und ich muß ›gerade‹ raten.‹ Er tut es und gewinnt. Worin besteht mithin die Methode des Nachdenkens bei diesem Knaben, den seine Kameraden ›einen glücklichen Spieler‹ nannten?«

»In nichts weiter«, sagte ich, »als darin, daß er sich mit seinem Geist vollständig in den seines Partners hineinversetzte.«

»So ist es«, bestätigte Dupin, »und als ich den Knaben fragte, wie er es anstelle, um sich möglichst sicher in die Denkweise eines anderen hineinzuversetzen, erhielt ich folgende Antwort: ›Wenn ich herausfinden will, wie klug oder wie dumm, wie gut oder wie böse jemand ist oder was er gerade denkt, so ahme ich genau seinen Gesichtsausdruck nach und warte ab, was für Gedanken oder Gefühle daraufhin in meinem Kopf oder meinem Herzen aufsteigen, um sich mit jenem Ausdruck zu decken.‹ Auf dieser Antwort des Schulknaben ist all die anspruchsvolle Weisheit aufgebaut, die man Rochefoucauld, La Bruyère, Macchiavelli oder Campanella zugeschrieben hat.«

»Und dieses Identifizieren des Verstandes des Denkenden mit dem seines Gegners«, sagte ich, »hängt also, wenn ich Sie recht verstehe, von der Genauigkeit ab, mit welcher der Geist des Gegners abgemessen wird.«

»Was die praktische Verwertung anbetrifft, so hängt es allerdings hiervon ab«, erwiderte Dupin, »und der Präfekt und seine Untergebenen irren so häufig, weil sie versäumen, sich mit ihrem Gegner zu identifizieren und seinen Verstand entweder gar nicht oder falsch abschätzen. Sie haben eine ganz bestimmte Vorstellung von Scharfsinn und wenn sie irgend etwas Verstecktes suchen, so tun sie es da, wo sie selbst es verborgen haben würden. Sie haben ja darin recht, daß ihr Scharfsinn den der großen Masse getreu repräsentiert, aber wenn die Schlauheit eines Verbrechers von dem Charakter der ihrigen verschieden ist, werden sie natürlich überlistet. Dies ist immer der Fall, wenn der Gegner an Verstand überlegen ist, und sehr häufig, wenn er geistig unter ihnen steht. Sie kennen keinen Unterschied im Prinzip des Verfahrens; wenn sie durch außergewöhnliche Dringlichkeit oder eine besonders hohe Belohnung angespornt werden, so erweitern oder übertreiben sie höchstens ihre alte Methode in der Praxis, ohne an dem Prinzip nur das geringste zu ändern. Was ist zum Beispiel in diesem Falle des D. getan worden, um die Methode des Verfahrens zu ändern? Was soll all dies Bohren, Durchsuchen und Klopfen, dies Besichtigen mit dem Mikroskop, all dies Einteilen des Gebäudes in numerierte Quadratzölle? Es ist nichts anderes als eine Übertreibung der Anwendung des einen

Prinzips, der einen Durchforschungsmethode, die auf dem begrenzten Begriff von menschlichem Scharfsinn gegründet ist, an den sich der Präfekt nun einmal während der langen Ausübung seiner Tätigkeit gewöhnt hat. Sehen Sie nicht deutlich, daß er es als gewiß angenommen hat, daß alle Menschen, die einen Brief verstecken wollen, diesen, wenn auch nicht gerade in ein Loch, das sie in ein Stuhlbein gebohrt haben, so doch in irgend einen verborgenen Winkel legen, daß sie also demselben Gedankengange folgen, der einen Menschen veranlassen würde, einen Brief in ein Bohrloch im Stuhlbein zu verstecken? Und sehen Sie nicht auch ein, daß solche ausgeklügelten Verstecke nur bei gewöhnlichen Gelegenheiten anwendbar sind und nur von Menschen mit mittelmäßigem Verstand benutzt werden? Denn immer, wenn etwas versteckt worden ist, kann man fast mit Sicherheit annehmen, daß es in der einen, erwähnten, ausgeklügelten Weise geschah. Die Auffindung hängt also durchaus nicht von dem Scharfsinn des Suchenden ab, sondern von seiner Sorgfalt, Geduld und Beharrlichkeit. Ist der Fall wichtig oder ist eine hohe Belohnung auf die Entdeckung ausgesetzt, was in den Augen der Polizei dasselbe ist, so haben die eben erwähnten Eigenschaften noch nie ihren Dienst versagt. Jetzt werden sie verstehen, was ich meinte, als ich die Vermutung aussprach, daß der Brief ohne Zweifel entdeckt worden wäre, wenn er sich innerhalb des Bereiches der polizeilichen Nachforschungen befunden hätte – mit anderen Worten, wenn das Prinzip des Verbergens sich mit einem der Prinzipien der Nachforschungen gedeckt hätte. Der Präfekt ist jedoch gründlich hinters Licht geführt worden, und der letzte Grund seiner Niederlage liegt in der Annahme, daß der Minister ein Narr sei, weil er einigen Ruf als Dichter hat. Der Präfekt behauptet nun, daß alle Narren Dichter sind, und macht sich nur eines logischen Fehlers schuldig, wenn er zurückschließt, daß alle Dichter Narren seien.«

»Aber ist der Minister wirklich ein Dichter?« fragte ich. »Soviel ich weiß, hat er noch einen Bruder. Der Minister hat, glaube ich, eine gelehrte Abhandlung über die Differentialrechnung geschrieben. Er ist ein Mathematiker und kein Dichter.«

»Da irren Sie sich, ich kenne ihn gut, er ist beides. Nur als Mathematiker und Dichter hat er alles so geschickt berechnen können; wäre er nur Mathematiker gewesen, ich bin sicher, der Brief wäre in die Hände des Präfekten gefallen.«

»Diese Ansichten überraschen mich«, entgegnete ich, »denn sie widersprechen vollständig der allgemeinen Überzeugung der Menschen. Sie wollen doch nicht die wohlüberlegten Ideen ganzer Jahrhunderte für falsch erklären?«

»Man kann darauf wetten«, sagte Dupin, indem er eine Stelle aus Chamfort anführte, »daß jede öffentliche Meinung, jede hergebrachte Überlieferung eine Dummheit ist, denn sie hat der großen Menge zugesagt. Ich versichere Ihnen, die Mathematiker haben nach Kräften dazu beigetragen, den allgemeinen Irrtum, auf den Sie anspielen, zu verbreiten, und der darum nicht weniger ein Irrtum ist, weil er als eine Wahrheit verkündet wurde. Mit einer Kunst, die einer besseren Sache würdig gewesen wäre, haben sie zum Beispiel den Ausdruck Analyse in Beziehung zu algebraischen Berechnungen gebracht. Die Franzosen sind die Urheber dieses sonderbaren Irrtums, aber wenn ein Ausdruck von irgendwelcher Bedeutung ist, wenn die Worte ihren Wert aus ihrer Anwendungen herleiten, dann bedeutet Analyse doch ebensowenig Algebra, wie im Lateinischen ›ambitus‹ Ehrgeiz, ›religio‹ Religion oder ›homines honesti‹ eine Anzahl Ehrenmänner heißt.«

»Ich werde noch sehen müssen, daß Sie mit den Pariser Algebraisten in Streit geraten«, sagte ich »aber fahren Sie nur fort.«

»Ich bestreite die Anwendbarkeit und somit den Wert einer Vernunft, die in einer anderen Form als der abstrakt logischen gepflegt wird. Ich bestreite vor allem die Vernunft, die aus mathematischen Studien hervorgegangen ist. Die Mathematik ist die Wissenschaft von Form und Masse; mathematische Schlußfolgerung ist nur auf Beobachtung von Form und Masse gegründete Logik. Der große Irrtum liegt in der Annahme, daß selbst die Wahrheiten der sogenannten reinen Algebra abstrakte oder allgemeine Wahrheiten seien. Dieser Irrtum ist so ungeheuer, daß man sich über die Bereitwilligkeit, mit der er aufgenommen wurde, nicht genug verwundern kann. Mathematische Grundwahrheiten sind nicht allgemeine Grundwahrheiten. Was in bezug auf das Verhältnis der Erscheinungen zu Form und Masse wahr ist, ist zum Beispiel oft gänzlich falsch in Dingen der Moral. Und in der Mathematik selbst ist es auch gewöhnlich ganz unwahr, daß die Summe aller Teile dem Ganzen gleich sei. In der Chemie ist dieser Grundsatz ebenfalls falsch. Es gibt noch zahlreiche andere mathematische Wahrzeichen, die nur innerhalb der Grenzen ihrer Beziehungen Wahrheiten sind. Aber der Mathematiker schließt gewohnheitsmäßig aus seinen Endwahrheiten, als ob sie, wie die Welt im allgemeinen auch wirklich annimmt, von absolut allgemeiner Anwendbarkeit seien. Bryant erwähnt in seiner hochgelehrten Mythologie eine ähnliche Quelle des Irrtums, indem er sagt, daß wir, obwohl wir an die heidnischen Fabeln nicht glauben, uns doch fortwährend vergessen und Schlüsse aus ihnen ziehen, als wären sie tatsächlich Wirklichkeiten.

Die Algebraisten jedoch, die selbst Heiden sind, glauben an die heidnischen Fabeln und ziehen ihre Folgerungen weniger aus Gedächtnisschwäche, als aus einer unbegreiflichen kleinen Denkstörung. Kurz, ich habe nie einen bloßen Mathematiker gefunden, dessen Behauptungen man, wenn sie sich nicht auf seine Wurzeln und Gleichungen bezogen, Glauben schenken konnte – keinen, dem es im Geheimen nicht Dogma gewesen wäre, daß $x^2 + px$ absolut und unbedingt gleich q wäre. Wenn es Sie interessiert, so sagen Sie nur einmal einem Herren, daß Sie einen Fall für möglich hielten, in dem $x^2 + px$ nicht gleich q wäre, und wenn der Betreffende Sie verstanden hat, so verziehen Sie sich möglichst schnell aus seinem Bereich, denn ohne Zweifel wird er Anstalten machen, Sie zu prügeln.

Ich will damit sagen«, fuhr Dupin fort, während ich mich begnügte, über seine letzten Bemerkungen zu lachen, »daß der Präfekt niemals in die Lage gekommen sein würde, mir den Wechsel ausstellen zu müssen, wenn der Minister nichts weiter als ein bloßer Mathematiker wäre. Ich hingegen wußte, daß er beides war, Mathematiker und Dichter, und deshalb paßte ich meine Maßregeln diesen beiden Fähigkeiten an und zog auch die besonderen Umstände, die ihn zum Verstecken bewogen, genügend in Betracht. Ich wußte, daß er ein Hofmann und ein kühner Intrigant ist, und mußte mir sagen, daß ein solcher Mann die Praxis polizeilicher Nachforschungen kennt. Höchstwahrscheinlich würde er sich darauf gefaßt machen – und die Ereignisse haben gezeigt, daß er es tat –, überfallen zu werden. Ebenso mußte er der geheimen Nachforschungen in seinem Haus gewärtig sein. Seine wiederholte nächtliche Abwesenheit vom Hause, die der Präfekt als so günstig für seine Sache hinstellte, hielt ich für nichts anderes als eine geschickte List, um der Polizei Zeit zum Durchsuchen des Hauses zu gewähren und sie zu der Überzeugung zu bringen, daß sich der Brief nicht in der Wohnung befinde. Ich war mir auch klar bewußt, daß der ganze Gedankengang, den ich Ihnen hier mit einiger Mühe auseinandergesetzt habe, und von dem die Polizei unabänderlich bei ihren Nachforschungen ausgeht, sich dem Geiste des Ministers genau dargestellt hat. Das mußte ihn bestimmen, die gewöhnlichen Versteckarten zu verschmähen.

Dieser Mann, sagte ich mir, ist viel zu klug, um nicht einzusehen, daß das komplizierteste Versteck, der verborgenste Winkel so offen vor den Augen, den Sonden, den Bohrern und Mikroskopen der Polizei daläge wie seine gewöhnlichen Empfangszimmer. Ich sah schließlich ein, daß er aus natürlichen Gründen zum einfachsten Versteck genötigt sein würde, selbst wenn er nicht aus freier Wahl auf diesen Ausweg verfiele. Sie erinnern sich vielleicht des krampfhaften Lachens des Präfekten, als ich bei seinem ersten Besuch bemerkte, das Geheimnis verwirre ihn möglicherweise nur deshalb so sehr, weil seine Lösung so außerordentlich einfach sei.«

»Ja«, sagte ich, »ich erinnere mich seiner übergroßen Heiterkeit sehr wohl. Ich dachte schon, er würde einen Lachkrampf bekommen.«

»Die sinnliche Welt«, fuhr Dupin fort, »ist reich an genauen Analogien zu der übersinnlichen; und so bekommt das rhetorische Dogma, daß Metapher oder Gleichnis sowohl ein Argument bekräftigen, wie eine Beschreibung verschönern können, einen Anschein von Wahrheit. Das Gesetz von der Schwungkraft scheint zum Beispiel in der Physik und in der Methaphysik dasselbe zu sein. Aus der Physik wissen wir, daß ein großer Körper schwerer in Bewegung zu setzen ist als ein kleiner, und daß die folgende Bewegung im Verhältnis zu der Schwierigkeit steht. Ebenso wahr ist es, daß Geister von größerer Auffassungskraft, die kräftiger, beständiger und bedeutungsvoller in ihren Bewegungen sind als solche geringeren Grades, doch weniger leicht bewegt und auf den ersten Stufen des Fortschrittes verlegener, zaghafter sind. Im übrigen: haben Sie jemals bemerkt, welche Schilder über den Türen der Läden am meisten die Aufmerksamkeit auf sich lenken?«

»Ich habe nie darüber nachgedacht«, antwortete ich.

»Es gibt ein Rätselspiel, das man auf einer Landkarte spielt«, fuhr er fort. »Der eine Spieler gibt dem anderen auf, ein bestimmtes Wort aufzusuchen – den Namen einer Stadt, eines Flusses, eines Staates, eines Reiches – kurz, irgendein Wort, das auf der buntscheckigen, kreuz und quer beschriebenen Karte steht. Ein Anfänger in dem Spiel wird seinen Gegner stets dadurch zu verwirren suchen, daß er ihn die am kleinsten geschriebenen Namen suchen läßt; der geübtere Spieler wählt solche Worte aus, die sich in großen Buchstaben von einem Ende der Karte zum anderen ziehen. Diese entgehen nämlich, gerade wie die mit übermäßig großen Buchstaben beschriebenen Schilder und Anschläge, leicht der Beobachtung, weil sie gar zu deutlich sind. Dieses physische Übersehen ist einem moralischen genau analog, bei welchem der Verstand gerade die Anzeichen, die zu aufdringlich, zu greifbar sind, unbemerkt vorübergehen läßt. Aber dies ist ein Punkt, der, wie es scheint, etwas über den Horizont des Präfekten hinausgeht oder vielleicht etwas darunter steht. Er hat es nie für wahrscheinlich oder auch nur für möglich gehalten, daß der Minister den Brief direkt unter jedermanns Nase hingelegt hat, um eben jedermann davon abzuhalten, ihn zu bemerken.

Je mehr ich über den kühnen, wagemutigen und scharfen Verstand D.'s nachdachte und über die Tatsache, daß er das Dokument immer bei der Hand haben mußte, wenn es überhaupt seinen Zweck erfüllen sollte – wenn ich mich an den unzweifelhaften Beweis erinnerte, den die Nachforschungen des Präfekten erbracht hatten, daß das Schriftstück innerhalb der

Grenzen des gewöhnlichen Forschungsgebietes dieses würdigen Beamten nicht verborgen war, um so mehr überzeugte ich mich davon, daß der Minister zu dem sinnreichen, klugen Mittel gegriffen habe, überhaupt nicht den Versuch zu machen, den Brief zu verstecken. Ganz erfüllt von diesem Gedanken, versah ich mich mit meiner grünen Brille und sprach eines schönen Morgens wie zufällig in der Wohnung D.'s vor. Ich traf ihn zu Hause, er gähnte, räkelte sich, vertändelte die Zeit und gab, wie gewöhnlich, vor, sich tödlich zu langweilen. Er ist vielleicht der energischste Mensch, den die Welt jetzt besitzt, doch nur dann, wenn ihn niemand sieht.

Um in ein harmloses Gespräch mit ihm zu kommen, klagte ich über meine schwachen Augen und bejammerte die Notwendigkeit, die grüne Brille tragen zu müssen, unter deren Schutz ich vorsichtig und gründlich im ganzen Zimmer umherspähte, während ich mich anscheinend nur für die Unterhaltung mit meinem Gastgeber interessierte.

Mit ganz besonderer Aufmerksamkeit betrachtete ich den großen Schreibtisch, an dem er saß. Auf diesem lagen verschiedene Briefe und andere Schriften, auch ein oder zwei Musikinstrumente und ein paar Bücher. Doch bemerkte ich nach langer, sorgfältiger Prüfung nichts, was besonderen Argwohn erregt hätte.

Schließlich fielen meine schweifenden Blicke auf einen abgenutzten Kartenhalter von durchbrochenem Pappdeckel, der an einem schmutzigen blauen Bändchen von einem kleinen Messingknopf gerade mitten über dem Kaminsims herabbaumelte. In diesem Kartenhalter, der drei bis vier Abteilungen hatte, lagen fünf oder sechs Visitenkarten und ein einzelner Brief, der ziemlich beschmutzt und zerknittert schien. Er war fast ganz mitten durchgerissen, als habe man zuerst die Absicht gehabt, ihn als wertlos zu zerreißen, und sich erst später anders besonnen. Der Brief hatte ein großes schwarzes Siegel, auf das der Buchstabe D sehr deutlich aufgedrückt war. Er war mit zierlicher Damenhandschrift an den Minister selbst adressiert. Nachlässig, ja, scheinbar fast verächtlich schien er in das oberste Fach des Kartenhalters gesteckt worden zu sein.

Kaum hatte ich diesen Brief erblickt, so wußte ich, es war der gesuchte. Allerdings war sein Äußeres von dem Brief, dessen genaue Beschreibung uns der Präfekt vorgelesen hatte, vollständig verschieden. Hier war das Siegel groß und schwarz und trug den Buchstaben D, dort war es klein und rot und zeigte das Wappen der Herzoglich S.schen Familie. Hier war die Adresse klein, von Damenhand geschrieben und trug den Namen des Ministers, dort war der Brief an eine königliche Person mit großen und entschiedenen Buchstaben adressiert; bloß die Größe des Schriftstückes stimmte überein. Aber gerade diese gänzliche, auffallende Verschieden-

heit, der schmutzige, zerrissene und zerknitterte Zustand des Briefes, welcher der Ordnungsliebe D.'s so sehr widersprach und den Beschauer nur zu deutlich von der Wertlosigkeit des Gegenstandes überzeugen sollte, alles dies, sowie die allen Blicken exponierte Lage des Papiers, die so wohl zu meinen Schlüssen stimmte – alles dies mußte verdächtig erscheinen.

Ich dehnte meinen Besuch so lange wie möglich aus, und während ich den Minister über einen Gegenstand, der ihn, wie ich wußte, stets interessierte und anregte, lebhaft unterhielt, wandte ich in Wirklichkeit mein ganzes Augenmerk auf den Brief. Ich prägte mir sein Aussehen und die Art, wie er im Halter steckte, genau ein und machte zum Schluß noch eine Entdeckung, die mir auch den kleinsten Zweifel, der mir vielleicht noch geblieben war, zerstreute. Als ich die Ränder des Papiers genau betrachtete, bemerkte ich, daß diese fester als nötig zusammengepreßt erschienen. Sie zeigten das gebrochene Aussehen eines steifen Papiers, das schon einmal gefaltet, mit dem Falzbein geglättet und nun in umgekehrter Richtung wieder in die alten Falten gelegt worden ist. Diese Entdeckung genügte mir. Es war mir klar, daß man den Brief wie einen Handschuh umgewendet und mit anderer Adresse und anderem Siegel versehen hatte. Ich empfahl mich darauf bei dem Minister und ging, ließ jedoch meine goldene Schnupftabakdose auf dem Tisch stehen.

Am nächsten Morgen besuchte ich den Minister, um meine Dose abzuholen. Wir kamen bald wieder auf unsere Unterhaltung von gestern zurück. Plötzlich jedoch ertönte dicht unter den Fenstern der Ministerwohnung ein Pistolenschuß, dem das wilde Geschrei und die verworrenen Rufe einer erschreckten Volksmenge folgten. D. eilte an ein Fenster, öffnete es und blickte hinaus. Ich schritt schnell auf den Kartenhalter zu, nahm den Brief heraus, steckte ihn in meine Tasche und ersetzte ihn durch einen anderen von genau demselben Aussehen, den ich zu Hause sorgfältig hergestellt hatte. Die Chiffre D hatte ich leicht durch ein aus Brot geformtes Siegel nachahmen können.

Der Auftritt auf der Straße war durch das tolle Benehmen eines Mannes verursacht worden, der eine Flinte mitten unter einer Menge von Frauen und Kindern abgefeuert hatte. Es stellte sich jedoch heraus, daß die Waffe nicht scharf geladen war, und man ließ den Mann als einen Trunkenbold oder einen Wahnsinnigen laufen. Als er seiner Wege gegangen war, kam D. von dem Fenster zurück, an das ich ihm, gleich nachdem ich den Brief ergriffen hatte, gefolgt war. Bald darauf verabschiedete ich mich von ihm. Der angeblich Wahnsinnige war ein von mir bezahlter Mensch.«

»Aber welchen Zweck hatte es«, fragte ich, »den Brief durch ein Faksimile zu ersetzen?«

»D. ist ein Mann«, erwiderte Dupin, »dem alles zuzutrauen ist, und außerdem verfügt er jederzeit über Leute, die seinen Befehlen blindlings gehorchen. Hätte ich den verwegenen Schritt getan, zu dem Sie mir da jetzt raten, so hätte ich die Wohnung des Ministers vielleicht nicht lebendig verlassen, und die guten Pariser würden nie wieder etwas von mir gehört haben. Doch bestimmte mich noch etwas anderes zu dem heimlichen Vorgehen. Sie kennen meine politischen Überzeugungen: Ich handelte als der Anhänger der betreffenden hohen Dame. Achtzehn Monate lang hatte der Minister sie in der Gewalt. Jetzt hat sie ihn in der ihrigen, denn da er nicht weiß, daß sich der Brief nicht mehr in seinem Besitze befindet, wird er fortfahren, sich so zu benehmen, als besitze er ihn noch. Auf diese Weise wird er selbst an seiner politischen Vernichtung arbeiten. Sein Sturz wird ein ebenso ungeschickter wie plötzlicher sein. Man mag so viel man will über das facilis descensus Averni reden, aber bei jeder Art von Emporkommen gilt, was die Catalani vom Singen sagte: es ist viel leichter hinaufzukommen als hinunter. In unserem Falle habe ich keine Teilnahme, kein Mitgefühl für den Stürzenden. Er ist ein monstrum horrendum, ein genialer Mensch ohne Grundsätze. Ich muß jedoch gestehen, daß ich sehr gern seine Gedanken lesen möchte, wenn ihm diejenige, die der Präfekt eine ›gewisse Person‹ nennt, Trotz bietet und er sich genötigt sieht, den Brief zu öffnen, den ich in dem Kartenhalter versteckt habe.«

»Wieso? Schrieben Sie etwas Besonderes hinein?«

»Natürlich – es schien mir nicht recht zu sein, das Innere ganz unbeschrieben zu lassen, – das hätte ja wie Beleidigung ausgesehen. D. spielte mir einstmals in Wien einen bösen Streich, und ich versprach scherzhaft, ihm diesen zu vergelten. Deshalb wollte ich es ihm nicht ersparen, die Person, die ihn so überlistet hatte, kennenzulernen. Er kennt meine Handschrift sehr gut, deshalb schrieb ich mitten auf das weiße Blatt die Worte:

›– – – Un dessin si funeste
S'il n'est digne d'Atrée, est digne des Thyeste.‹
Sie stehen in Crébillons ›Atrée‹.«

Gedichte in Prosa

Schatten – Eine Parabel

»Wahrlich! ob ich auch wandele durch das Tal des Schattens.«
Psalm Davids

Ihr, die Ihr leset, seid noch unter den Lebendigen; aber ich, der ich schreibe, werde schon lange meinen Weg ins Reich der Schatten gegangen sein. Denn wahrlich, seltsame Dinge werden geschehen, und Geheimes wird offenbar werden – und viele Jahrhunderte werden vergehen, ehe einst Menschen diese Aufzeichnungen lesen. Und wenn sie gelesen haben, werden einige nicht glauben, werden einige zweifeln, und nur wenige werden über die Schriftzüge, die hier mit eisernem Griffel eingegraben sind, ernsthaft nachsinnen.

Das Jahr war ein Jahr des Schreckens gewesen, ein Jahr unaussprechlichen, schaudervollen Entsetzens. Denn viele Wunder und Zeichen waren geschehen, und fern und nah, über Land und Meer hielt die Pest ihre schwarzen Schwingen gebreitet. Und denen, welche die Gestirne deuteten, war es nicht unbekannt, daß die Himmel Unheil verkündeten; und ich, der Grieche Oinos, erkannte mit manchen anderen, daß das siebenhundertvierundneunzigste Jahr gekommen war, in dem sich beim Aufgang des Ares der Planet Jupiter mit dem roten Ring des schrecklichen Saturnus vereint. Das seltsame Wesen, das Luft und Himmelskörper durchdrang, offenbarte sich nicht nur im Äußeren des Erdballs, sondern – ich müßte mich denn sehr irren – auch in den Seelen und Grübeleien der Menschen.

Bei einigen Flaschen roten Chiosweines saßen wir des Nachts in einem hohen Saal in einer trüben Stadt, die Ptolemaïs heißt, zu sieben beisammen. Und zu unserem Zimmer gab es keinen anderen Eingang als eine hohe kupferne Tür, und die Tür war von dem Künstler Corinnos gefertigt, von seltener Arbeit und von innen verschlossen. Schwarze Draperien umhingen den düsteren Raum und verbargen unsern Augen den Mond, die gelben Sterne und die menschenleere Straße – doch die Ahnung und die Erinnerung an das Unglück ließen sich so nicht ausschließen. Es waren Dinge um uns, von denen ich keine deutliche Schilderung geben kann – körperliche und geistige Dinge – als drücke eine Schwere in der Luft, als drohe uns Erstickung. Beängstigung sank dumpf herab – und vor allem quälte uns jener schreckliche Daseinszustand, in dem die Sinne übermäßig lebendig und wach sind, während die Kräfte des Gedankens schlummern. Eine tote Schwere hing über uns. Sie lag auf unseren Gliedern – auf den Gegenständen im Zimmer – auf den Bechern, aus denen wir tranken. Es schien, als drücke sie alle Dinge nach unten, alles, nur nicht die Flammen der sieben eisernen Lampen, die unser Trinkgelage beleuchteten. Sie stiegen in langen, dünnen Lichtstreifen auf und brannten alle bleich und unbeweglich; und in dem Spiegel, den ihr Licht auf dem runden Ebenholztisch bildete, um den wir saßen, erblickte jeder von uns, die wir da versammelt waren, seines eigenen Antlitzes Blässe und das unruhige Flackern in den niedergeschlagenen Augen der Freunde. Dennoch lachten wir und waren lustig auf unsere Art – hysterisch lustig – und sangen die Lieder Anakreons – wahnsinnige Lieder; und tranken unaufhörlich, obgleich uns der purpurne Wein an Blut gemahnte. Denn es war noch ein Gast in unserem Gemach, der junge Zoilos. Tot und ausgestreckt lag er da, leichentuchumhüllt – der Genius und Dämon des Ortes. Ach, er hatte keinen Teil an unserer Heiterkeit oder nur soviel, als sein von Qual entstelltes Antlitz und seine Augen, deren Feuer der Tod nur halb verlöschen konnte, anzeigten – nur soviel Teil, als Tote an der lauten Munterkeit derer nehmen, die bald sterben sollen. Aber obgleich ich, Oinos, fühlte, daß die Augen des Abgeschiedenen auf mir ruhten, zwang ich mich, ihren bitteren Ausdruck nicht zu bemerken und starrte beharrlich in die Tiefen des Ebenholzspiegels und sang mit lauter, voller Stimme die Lieder des Sohnes von Teios. Aber nach und nach hörten meine Lieder auf, und ihr Echo verrollte in den düsteren Draperien des Zimmers, wurde schwach und undeutlich und schwand ganz hin. Und seht! Aus jenen düsteren Draperien, in denen die Töne des Liedes verschwunden waren, kam ein dunkler, undeutlicher Schatten hervor – ein Schatten, wie ihn der Mond, wenn er niedrig am Himmel steht, aus der Gestalt des Menschen bildet; doch war es nicht der Schatten eines Menschen und nicht der eines Gottes, noch eines bekannten Dinges. Und er schwankte eine Weile zwischen den Draperien des Zimmers und blieb endlich vor unseren Augen auf der Tür von Kupfer stehen. Aber der Schatten war undeutlich und formlos und unbestimmt, und war nicht der Schatten eines Menschen noch eines Gottes – weder eines Gottes der Griechen noch eines Gottes der Chaldäer noch eines ägyptischen Gottes. Und der Schatten blieb auf der Kupfertür unter dem Bogen ihres Frieses stehen und rührte sich nicht und sprach kein Wort, sondern stand da und blieb stehen. Und die Tür, auf der der Schatten ruhte, befand sich, wenn ich mich nicht täusche, zu Füßen des jungen, leichentuchumhüllten Zoilos. Aber wir, die sieben Versammelten, die den Schatten aus den Draperien kommen gesehen hatten, wagten lange nicht, ihn anzublikken, sondern schlugen unsere Augen nieder und starrten beharrlich in die Tiefen des Ebenholzspiegels. Und endlich sprach ich, Oinos, einige leise Worte und fragte den Schatten nach seiner Heimat und nach seinem Namen. Und der Schatten antwortete:

»Ich bin der Schatten und meine Heimat ist nahe bei den Katakomben von Ptolemais und dicht an den trüben Ebenen Elysions die an den trüben Kanal Charons grenzen.«

Und da fuhren wir, die sieben, voll Schreck von unseren Sitzen auf und standen schaudernd vor Entsetzen. Denn die Stimme des Schattens war nicht die Stimme eines Wesens, sondern die Stimme vieler, und ihr Tonfall, der von Silbe zu Silbe wechselte, schlug düster an unser Ohr mit einem Stimmklang, den wir wohl kannten – mit dem Stimmklang von vielen tausend abgeschiedenen Freunden.

Schweigen – Eine Fabel

Die Gipfel der Berge schlummern; Täler, Felsen und Höhlen schweigen
Aleman

»Höre mich an«, sagte der Dämon und legte seine Hand auf mein Haupt. »Das Land, von dem ich spreche, ist ein trauervolles Land in Libyen an den Ufern des Flusses Zaire. Und dort ist nicht Ruhe noch Schweigen.

Die Wasser sind von safrangelber, kranker Farbe; und sie strömen nicht weiter dem Meer zu, sondern bäumen sich ewig unter dem roten Auge der Sonne mit stürmischer, krampfhafter Bewegung empor. An jeder Seite des schlammigen Flußbettes zieht sich viele Meilen weit eine bleiche Wüste gigantischer Wasserlilien hin. Sie seufzen einander durch die Einöde zu – und recken ihre langen gespenstischen Hälse zum Himmel empor und schütteln ihr unvergängliches Haupt. Und es geht ein dumpfes Murmeln von ihnen aus, wie von dem Brausen eines unterirdischen Wassers. Und sie seufzen einander zu.

Aber ihr Reich hat eine Grenze – diese Grenze ist ein hoher, dunkler, schreckenvoller Wald. Das niedrige Unterholz ist, wie die Wellen um die Hebriden, in immerwährender Bewegung. Und doch regt sich kein Hauch am Himmel. Und die ungeheuren Urwaldbäume schwanken ewig hin und her mit machtvollem Brausen. Und aus ihren hohen Wipfeln fällt Tropfen auf Tropfen, ein ewiger Tau. Und um ihre Wurzeln winden sich seltsame, giftige Blumen in unruhigem Schlummer. Und über ihren Häuptern eilen die grauen Wolken mit lautem Rauschen immer westwärts, bis sie als Katarakt über die feurigen Mauern des Horizontes herabstürzen. Und doch regt sich kein Hauch am Himmel. Und an den Ufern des Flusses Zaire ist nicht Ruhe noch Schweigen.

Es war Nacht und der Regen fiel; und da er fiel, war es Regen; aber da er gefallen, war es Blut. Und ich stand im Sumpf unter den hohen Lilien, und der Regen fiel auf mein Haupt, und die Lilien seufzten einander zu in der Feierlichkeit ihrer Verlassenheit.

Und plötzlich ging hinter einem dünnen, geisterhaften Nebel der Mond auf und war von scharlachroter Farbe. Und meine Augen fielen auf einen gewaltigen, grauen Felsen, der am Ufer des Flusses stand und vom Licht des Mondes beleuchtet wurde. Und der Felsen war grau und düster und hoch – und der Felsen war grau. In seine steinerne Stirn schienen Schriftzüge eingegraben; und ich schritt durch den Sumpf der Wasserlilien und näherte mich dem Felsen, die Inschrift zu lesen. Doch konnte ich sie nicht entziffern. Und ich schritt wieder durch den Sumpf zurück, als der Mond in

höherem Rot aufleuchtete; und ich wandte mich um und blickte wieder zu dem Felsen und den Schriftzügen empor – und die Schriftzüge bildeten das Wort: Verlassenheit.

Und ich blickte aufwärts. Da stand ein Mann auf dem Grat des Felsens; und ich verbarg mich unter die Wasserlilien, um die Bewegungen des Mannes zu erspähen. Und der Mann war von hoher, gebietender Gestalt und von den Schultern bis zu den Füßen in eine altrömische Toga gehüllt. Und die Umrisse seiner Gestalt waren undeutlich – aber seine Züge waren die Züge einer Gottheit; denn der Schleier der Nacht und des Nebels und des Mondes und des Taues konnten den Glanz seiner Züge nicht verdekken. Und seine Stirn war hoch und gedankenvoll, und sein Auge wild und seltsam schmerzerregt, und die Furchen seiner Wange sprachen von Kummer, von Müdigkeit und Menschenhaß und großer Sehnsucht nach Einsamkeit.

Und der Mann saß auf dem Felsen und stützte sein Haupt in die Hand und blickte in die Verlassenheit hinaus. Er blickte hinab in das niedrige, unruhige Gesträuch und auf die hohen Urwaldbäume; hinauf zu den rauschenden Wolken und in den scharlachroten Mond. Und ich lag im Schutze der Lilien verborgen und erspähte die Bewegungen des Mannes. Und er schauderte in der Einsamkeit... Doch die Nacht schritt vor, und er saß auf dem Felsen.

Und der Mann wandte seine Augen von dem Himmel und blickte nieder auf den trüben Fluß Zaire und auf die gelben, unheimlichen Wasser und auf die bleichen Legionen der Wasserlilien. Und der Mann lauschte auf die Seufzer der Wasserlilien und auf das Murmeln, das von ihnen ausging. Und ich lag in meinem Versteck verborgen und beobachtete seine Bewegungen Und der Mann schauderte in der Einsamkeit... Doch die Nacht schritt vor, und er saß auf dem Felsen.

Dann drang ich in die Tiefen des Sumpfes und watete in die Wildnis der Lilien hinein und rief die Flußpferde, die in den Tiefen des Sumpfes wohnen. Und die Flußpferde hörten meinen Ruf und kamen mit dem Riesentier Behemoth bis an den Fuß des Felsens und brüllten laut und schauerlich unter dem Monde. Und ich lag noch immer versteckt und beobachtete die Bewegungen des Mannes. Und der Mann schauderte in der Einsamkeit... Doch die Nacht schritt vor, und er saß auf dem Felsen.

Da verfluchte ich die Elemente mit dem Fluche des Aufruhrs; und ein furchtbarer Sturm erhob sich am Himmel, an dem sich vorher kein Hauch geregt. Und der Himmel erblich vor der Gewalt des Sturmes – und der Regen schlug auf das Haupt des Mannes – und die Wasser des Flusses traten über die Ufer – und der Fluß wurde zu Schaum gepeitscht – und die Wasserlilien schrien auf in ihren Betten – und der Wald zerbröckelte im Sturmwind – und der Donner rollte – und der Blitz zuckte – und der Felsen erbebte bis in seine Grundfesten. Und ich lag versteckt und beobachtete die Bewegungen des Mannes. Und der Mann schauderte in der Einsamkeit... Doch die Nacht schritt vor, und er saß auf dem Felsen.

Da faßte mich Zorn und ich verfluchte mit dem Fluch des Schweigens den Fluß und die Lilien und den Wind und den Wald und den Himmel und den Donner und die Seufzer der Wasserlilien. Und der Fluch traf und sie wurden stumm. Und der Mond hielt inne auf seinem Wege um den Himmel – und der Donner starb dahin – und der Blitz zuckte nicht mehr – und die Wolken hingen regungslos – und die Wasser strömten in ihr Bett zurück und blieben darin – und die Bäume hörten auf zu schwanken – und die Wasserlilien seufzten nicht mehr – und kein Murmeln ging mehr von ihnen aus, noch auch der Schatten eines Tones aus dieser ungeheueren, grenzenlosen Wüste. Und ich blickte auf zu den Schriftzügen des Felsens, und sie hatten sich verändert – und sie bildeten das Wort: Schweigen.

Und meine Blicke fielen auf das Angesicht des Mannes, und sein Angesicht war bleich vor Entsetzen. Und hastig hob er sein Haupt aus seiner Hand, stand aufrecht auf dem Felsen und lauschte. Aber aus der ungeheueren, grenzenlosen Wüste kam kein Ton, und die Schriftzüge auf dem Felsen waren: Schweigen.

Und der Mann schauderte und wandte sein Angesicht ab und floh in großer Hast hinweg, so daß ich ihn nicht mehr sehen konnte.

Es stehen schöne Erzählungen in den Büchern der Magier – in den eisenbeschlagenen, trauervollen Büchern der Magier. Es stehen darin, sage ich, ruhmreiche Geschichten vom Himmel und von der Erde und von dem machtvollen Meer und von den Genien, die das Meer beherrschten und die Erde und den hohen Himmel. Es war auch viel Weisheit in den Worten, die die Sybillen sagten; und heilige, heilige Dinge haben ehemals die dunklen Blätter vernommen, die um Dodona rauschten – aber, so wahr Allah lebt, die Fabel, die mir der Dämon erzählte, als er im Schatten des Grabes an meiner Seite saß, halte ich für die wunderbarste von allen. Und als der Dämon die Geschichte beendet hatte, stürzte er sich in die Tiefe des Grabes und begann zu lachen. Und ich konnte nicht mit dem Dämon lachen, und er verfluchte mich, weil ich nicht mit ihm lachen konnte. Und der Luchs, der für alle Ewigkeit im Grabe lebt, kam dazu, legte sich zu Füßen des Dämons nieder und blickte ihm unbeweglich ins Antlitz...

Gedichte

Tamerlane

Des Todes Stunde trostvoll zu erlichten –
Dazu, o Vater, diene nicht mein Dichten.
Wohl keine Macht der Erde reicht so weit,
Mich von des Stolzes Sünde zu erlösen,
Der mehr als irdisch, weil ein Fluch des Bösen.
Zu sanften Träumen mangelt mir die Zeit.
Ihr nennt es Hoffnung – jenes zehrend Feuer:
Allein es ist der Wünsche Ungeheuer.
Könnte ich hoffen – o mein Gott! ja dann
Würde' ich es heilig, würd' es göttlich nennen,
Dann hieß ich dich nicht Narr, du alter Mann –
Allein ich kann es nicht als Lichtgeschenk
erkennen.

Kennst du die Qualen, die der Geist empfindet,
Der seines Stolzes Wunden nicht verwindet?
Jammerndes Herz! Von dir ward mir zuteil
Mit deinem Welken auch die Lügenkunde,
Im Ruhme liege Seligkeit und Heil;
Von dir kam mir in schicksalsschwerer Stunde
Sehrender Glanz als ein Geschenk voll Hohn,
Zu der Juwelen Schein an meinem Thron,
Der Hölle Kronring! namenlose Pein –
Der Hölle Feuer kann nicht heißer sein!
O unersättlich Herz, der Blumen Flor
Sich mit des Sommers Sonnenschein verlor!
Die ewige Stimme jener toten Zeit,
Wie eine Glocke, die bezaubert, singt,
Daß es ins unermeßlich Weite dringt,
Ein Grablied über deine Nichtigkeit.

Nicht immer so wie jetzt ich war:
Das Fieberdiadem in meinem Haar
Gewann ich durch Gewalt und Gier.
Hat gleiches Feuererbe nicht gegeben
Rom seinem Cäsar – so wie dieses mir?
Das Erbe königlicher Macht
Und stolzer Geist voll hohem Streben,
Die Menschnatur in ihrer höchsten Pracht.

Der Berge Erdreich gab mir erstes Leben:
Nachtnebel kühlten mich mit ihrem Taue
Und salbten Scheitel, Schläfe mir und Braue.
Des Sturmes Schwingen fühlt ich beben;
Er hatte wie ein starker, wilder Aar,
Sein Nest in meinem eignen Haar.

So spät vom Himmel – Tau – er fiel
In Träumen unheiliger Nacht
Herab auf mich wie Höllenspiel;
Der Blitze rote Flammenpracht,
Die Fahnen gleich aus Wolken lohen,
Erschien dem halbgeschlossenen Blick
Als Herrscherprunk und Königsglück.
Und des Trompetendonners Drohen
Umtoste mich wie Sturmgebraus,
Sprach mir von Menschenschlacht, daraus
Ich – dummes Kind! – mein eigen Singen
Oh, meine Seele glüht in Lust,
Käm solcher Schrei aus meiner Brust!
Als ein Triumphlied ließ er klingen.

Der Regen netzte Haupt und Haar,
Die ohne Schutz – ein schwerer Wind
Machte mich toll und taub und blind.
Mich dünkte, eine Menschenschar
Warf Lorbeer über mich herab.
Der Sturm der Eisluft, scharf und kurz,
Gurgelte in mein Ohr den Sturz
Von Kaiserreichen – der Gefangenen Trab –
Verfolgter Bitten – und den Ton
Der Schmeichelei um eines Herrschers Thron.

Meine Leidenschaft, seit jenen Unglücksstunden,
Entartete zu Tyrannei'n.
Sie schienen, da mit Macht verbunden,
Mir innerste Natur zu sein.
Doch, Vater, einer lebte seinerzeit –
In meiner Jugend, da die Glut
Noch stärker brannte mir im Blut
Denn Leidenschaft ist früh dem Tod geweiht–

Der damals dieses eisern Herz
Auch kannte in der Schwäche Schmerz.

Ich hab' nicht Worte – ach! – zu sagen,
Was Liebe uns an Glück verspricht.
Auch würd' ich nicht zu zeichnen wagen
Ein mehr denn schönes Angesicht,
Des Züge meinem Geiste sind –
Schatten im unbeständigen Wind:
So wie den Augen, wenn sie weilen
Über bedeutungsvollen Zeilen,
Doch plötzlich schmilzt der tiefe Sinn
Zu leeren Phantasien hin –
Und nur mehr ödes Nichts darin.

Oh, sie war wert, geliebt zu sein!
So groß der Kindheit Liebe war,
Daß Neid erfüllt die Engelsschar,
Ihr junges Herz war Altarschrein,
Vor dem mein Denken und mein Hoffen
Als Weihrauch brannte – gute Gaben,
Denn kindlich waren sie und offen –
Ihr junges Beispiel war erhaben:
Oh, warum folgte ich dem reinen nicht,
Und griff, dem Feuer trauend, nach dem Licht?

Aufwachsend schon erlebten wir die Wonne,
Den Forst durchstreifend wie das Wild;
Im Winter meine Brust ihr Schild –
Und auch ihr Schild vorm Strahl der Sonne.
Sie hob die Blicke himmelwärts,
Ihr Auge war mein Himmelshain.
Der Liebe Lehrer ist – das Herz:
In ihres Lächelns Sonnenschein –
Nicht, kleine Sorgen zu verdrängen,
Noch Scherzen heiter nachzuhängen –
Warf ich mich oft in ihren Arm –
Indes mein Geist voll banger Tränen
Verschwieg sein Hoffen und sein Wähnen;
Sie forschte nicht nach meinem Harm;

Es lag auf mir wie sanftes Glück
Ihr großer, stiller, milder Blick.

Und doch, was mehr als Liebe wert,
Mein Geist, der glühend rang und strebte,
Da ihn, der einsam auf den Gipfeln lebte,
Der Ehrgeiz neuen Ton gelehrt –
Mein Leben fand ich nur in dir:
Die Welt und alles, was in ihr,
In Luft und Meer, in Baum und Stein,
All ihre Lust – all ihre Pein
Gab neues Glück – das Ideal,
Vergänglich-düsteres Traumgesicht –
Dunklere Nichtse wurden da real –
Schatten – und schattenhaftes Licht!
Sie schwebten her auf nebelhafter Schwinge
Und bildeten, verwirrend, Wundersame,
Dein Bildnis und – ein Name – Name!
Getrennte – doch vertraute Dinge.

Ehrsüchtig war ich, Vater – kennst du schon
Der Leidenschaften Qualen – nein – o nein:
Ich, Armer, träumte einen Thron
Der halben Welt für mich allein,
Und murrte noch des Schicksals mein,
Daß es so niedrig und gemein –
Doch glich er meinen anderen Träumen,
Die mit dem Dunst des Taus verschäumen,
Umschmeichelt von der Schönheit Strahl,
Balsam dem Geist in seiner Qual.
Zusammen wanderten wir auf der Krone
Des höchsten Bergs, der niederschaute,
Wo sich aus Fels und Wäldern baute
Natur der Herrschaft stolze Throne –
Auf Hügeln, die ins Tal verflossen
Und tausend Bäche rings ergossen.

Ich sprach von Macht und Stolzes Ehre
Geheimnisvoll zu ihr, als wäre
Dies uns ein leicht erfüllbar Glück,

Ein Spiel für diesen Augenblick
Ich las in ihrer Augen Glanz,
Sie fühlte und verstand mich ganz.
Das Glühen ihrer zarten Wangen
Schien mir zu königliches Prangen,
Als daß es immerfort allein
Licht sollte in der Wildnis sein!

Dann hüllte ich mich selbst in alle Pracht,
Erträumte Krone in die Stirn gedrückt –
Doch hat nicht Phantasie in ihrer Macht
Mit ihrem stolzen Mantel mich geschmückt –
Im Haufen des gemeinen Pöbels stand
Der Löwe Ehrsucht, schwach in seinen Stricken
Und duckte sich vor seines Wächters Hand –
Nicht wie in Wüsten, wo mit heißen Blicken
Der Starke, Wilde giert nach ihrem Blut,
Um zu entfachen seines Herzens Glut.

Blick um dich jetzt auf Samarkand!
Ist sie nicht Königin ob allen Reichen?
Ist nicht ihr Stolz herrlich und ohnegleichen?
Sind nicht in ihrer hocherhabenen Hand
Der Erde Städte nichts als Staub und Sand?
Steht sie nicht edel da in Glanz und Schein,
Wie nie zuvor die Welt sie sah, allein?
Und könnte – fiel sie – nicht ihr ärmster Stein
Der Sockel eines stolzen Thrones sein?
Und wer ihr Herrscher? – Timur – ja,
Den das erstaunte Volk voll Ehrfurcht sah
Ob Reichen thronend, die geraubt –
Ein Räuber mit gekröntem Haupt!

O Menschenliebe! Geist, der alles letzt,
Was seine Hoffnung auf den Himmel setzt!
Wie auf scirocco-dürres Feld der Regen,
So spendest du ein Übermaß von Segen
Der Seele, die beglückt von deiner Macht –
Doch läßt das Herz du in der Wildnis Nacht!
Begriff, der alles rings umher, was lebt,

Mit fremder, seltsamer Musik umwebt,
Geboren durch der Schönheit wildes »Werde!« –
Lebwohl! Denn ich gewann die Erde.

Hoffnung, der Adler, der die Himmel stürmte –
Da er nichts sah, was sich noch höher türmte,
Ließ er gelassener die Schwingen greifen,
Heimwärts das stolze Auge schweifen.
Sonnuntergang: sinkt Sonne tiefenwärts,
Verdüstert sich sein ganzes Herz,
Das sich noch sehnte nach der Wonne
Und nach dem Glanz der Sommersonne.
Des Abends Nebel muß er glühend hassen;
Er lauscht und will den Klang erfassen,
Der mit dem Dunkel dringt heran,
Als einer, der in Traumesnot
Entfliegen möchte, doch nicht kann,
Vor der Gefahr, die nahend droht.

Wenn dann der Mond, die weiße Quelle,
Ausschüttet Glanz und Mittagshelle,
Sein kaltes Lächeln – und sein Strahl
Erscheint in Schreckens düsterer Qual
Ein Bild aus Tagen nach dem Tod.
Kindheit ist eine Sommersonne,
Mit ihr versinkt die letzte Wonne
Und läßt uns nichts als Grau'n und Not.
Was wir zu wissen kühn erstrebten,
Was wir an Wünschen tief erlebten,
Dies alles sahen wir zerrinnen.
So laß das irdische Beginnen
Mit seiner Mittagsschönheit fallen,
Die alles ist. Ich eilte her
Zu meinem Heim – mein Heim nicht mehr –,
Denn was es einst dazu gemacht
War nicht mehr da; ganz leis und sacht
Trat durch bemooste Tür ich ein.
Da klang mir von der Schwelle Stein
Die Stimme Einer, die in frühern Tagen
Ich kannte und sie klang wie Klagen.

Dir, Hölle, trotz ich, sieh entbrannt
In Gluten, die du nie gekannt,
Mein Herz, das demutvoll sein Weh getragen.

Vater, ich glaube fest – ich weiß – denn Tod
Naht mir aus segensreichen Regionen,
Wo keiner Lügen Truggestalten wohnen –
Weit klafft sein Eisentor und droht –
Und durch die Ewigkeiten bricht
Der Wahrheit reines Flammenlicht –
Ich glaube, eine Schlinge tat
Satan auf jedes Menschen Pfad.
Sonst wäre es ihm nie gelungen,
Daß er mich so mit List bezwungen,
Daß er mich so verführt zum Ruhme,
In dem ich mich so tief verfing,
Da ich im stillen Heiligtume
Der Göttin Liebe mich erging,
Die täglich salbt die schneeige Schwinge
Im Weihrauchduft der Opferbrände
Und heiliger unbefleckter Dinge,
Wo durch der Bäume grüne Wände,
Von Himmelsstrahlen dicht vergittert,
Kein winzig Staubkorn Einlaß fände
Und keiner Mücke Flügel zittert,
Von ihrem Adlerauge nicht gesehen –
Wie also könnte es geschehn,
Daß Ehrsucht heimlich eingedrungen,
Zerstörend, was voll Weihe war,
Bis kühner sie emporgesprungen
Hohnlachend in der Liebe Haar?

Der Rabe

Einst in dunkler Mitternachtsstunde,
als ich in entschwundner Runde
Wunderlicher Bücher forschte,
bis mein Geist die Kraft verlor
Und mir's trübe ward im Kopfe,
kam mir's plötzlich vor, als klopfe
Jemand leis ans Tor, als klopfe –
klopfe jemand sacht ans Tor.

»Irgendein Besucher«, dacht' ich,
»pocht zur Nachtzeit noch ans Tor –
Weiter nichts – so kommt mir's vor.«
Oh, ich weiß, es war in grimmer
Winternacht, gespenstischen Schimmer
Jagte jedes Scheit durchs Zimmer,
eh' es kalt zu Asche fror.

Tief ersehnte ich den Morgen,
denn umsonst war's Trost zu borgen
Aus den Büchern für das Sorgen
um die einzige Lenor',
Um die wunderbar Geliebte –
Engel nannten Sie Lenor' –
Die für immer ich verlor.

Die Gardinen rauschten traurig,
und ihr Rascheln klang so schaurig.
Füllte mich mit Schreck und Grausen,
wie ich nie erschrak zuvor.
Um zu stillen Herzens Schlagen,
Herzens Zittern, Herzens Zagen,
Mußt' ich murmelnd nochmals sagen:
»Ein Besucher klopft ans Tor. –
Ein verspäteter Besucher
klopft um Einlaß noch ans Tor«,
Sprach ich meinem Herzen vor.

Alsobald ward meine Seele
stark und folgte dem Befehle,
»Herr«, so sprach ich, »oder Dame,

ach, verzeihen Sie, mein Ohr
Hat Ihr Pochen kaum vernommen,
denn ich war schon schlafbenommen,
Und Sie sind so sanft gekommen –
sanft gekommen an mein Tor;
Wußte kaum den Ton zu deuten ...«
Und ich sperrte auf das Tor: –
Nichts als Dunkel stand davor.

Starr in dieses Dunkel spähend,
stand ich lange, nicht verstehend,
Doch es herrschte ungebrochen
Schweigen, aus dem Dunkel krochen
Keine Zeichen, und gesprochen
ward nur zart das Wort »Lenor'« –
Zart von mir gehaucht, – wie Echo
flog zurück das Wort »Lenor'«.
Nichts als dies vernahm mein Ohr.

Wandte mich zurück ins Zimmer,
und mein Herz erschrak noch schlimmer,
Da ich wieder klopfen hörte,
etwas lauter als zuvor.

»Sollt' ich«, sprach ich, »mich nicht irren,
hörte ich's am Fenster klirren;
Oh, ich werde bald entwirren
dieses Rätsels dunklen Flor –
Herz, sei still, ich will entwirren
dieses Rätsels dunklen Flor;
Wind wohl machte den Rumor.«

Offen warf ich nun die Schalter –
flatternd kam herein ein alter,
stattlich großer, schwarzer Rabe,
wie aus heiliger Zeit hervor,
Machte keinerlei Verbeugung,
keine kleinste Dankbezeigung,
Flog mit edelmännischer Neigung
zu dem Pallaskopf empor,

Grade über meiner Türe
auf den Pallaskopf empor –
Saß – und still war's wie zuvor.

Doch das wichtige Gebaren
dieses schwarzen Sonderbaren
Löste meines Geistes Trauer
bald zu lächelndem Humor.
»Ob auch schäbig und geschoren,
kommst du«, sprach ich »unverfroren,
Niemand hat dich herbeschworen
aus dem Land der Nacht hervor.
Tu' mir kund, wie heißt du, Stolzer
aus Plutonischem Land hervor?«
Sprach der Rabe: »Nie, du Tor.«

Daß er sprach so klar verständlich –
ich erstaunte drob unendlich,
Kam die Antwort mir auch wenig
sinnvoll und erklärend vor.
Denn noch nie war dies geschehen:
über seiner Türe stehen
Hat wohl keiner noch gesehen
solchen Vogel je zuvor –
Über seiner Stubentüre
auf der Büste je zuvor,
Mit dem Namen »Nie, du Tor.«

Doch ich hört' in seinem Krächzen
seine ganze Seele ächzen,
War auch kurz sein Wort, und brachte
er auch nichts als dieses vor.
Unbeweglich sah er nieder,
rührte Kopf nicht noch Gefieder,
Und ich murrte, murmelnd wieder:
»Wie ich Freund und Trost verlor,
Werd' ich morgen ihn verlieren –
wie ich alles schon verlor.«
Sprach der Rabe: »Nie, du Tor.«

Seine schroff gesprochnen Laute
klangen passend, daß mir graute.
»Aber«, sprach ich, »nein, er plappert
nur sein einzig Können vor,
Das er seinem Herrn entlauschte,
dessen Pfad ein Unstern rauschte,
Bis er letzten Mut vertauschte
gegen trüber Lieder Chor –
Bis er trostlos trauerklagte
in verstörter Lieder Chor
Mit dem Kehrreim »Nie, du Tor.«

Da der Rabe das bedrückte
Herz zu Lächeln mir berückte,
Rollte ich den Polsterstuhl zu
Büste, Tür und Vogel vor,
Sank in Samtsitz, nachzusinnen,
Traum mit Träumen zu verspinnen
Über solchen Tiers Beginnen:
was es wohl gewollt zuvor –
Was der alte ungestalte
Vogel wohl gewollt zuvor
Mit dem Krächzen »Nie, du Tor.«

Saß, der Seele Brand beschwichtend,
keine Silbe an ihn richtend,
Seine Feueraugen wühlten
mir das Innerste empor.
Saß und kam zu keinem Wissen,
Herz und Hirn schien fortgerissen,
Lehnte meinen Kopf aufs Kissen
lichtbegossen – das Lenor'
Pressen sollte – lila Kissen,
das nun nimmermehr Lenor'
Pressen sollte wie zuvor!

Dann durchrann, so schien's, die schale
Luft ein Duft aus Weihrauchschale
Edler Engel, deren Schreiten
rings vom Teppich klang empor.

»Narr!« so schrie ich, »Gott bescherte
dir durch Engel das begehrte
Glück Vergessen: das entbehrte
Ruhen, Ruhen vor Lenor'
Trink, o trink das Glück: Vergessen
der verlorenen Lenor'!«
Sprach der Rabe: »Nie, du Tor.«

»Weiser!« rief ich; »sonder Zweifel
Weiser! – ob nun Tier, ob Teufel –
Ob dich Höllending die Hölle
oder Wetter warf hervor,
Wer dich nun auch trostlos sandte
oder trieb durch leere Lande
Hier in dies der Höll verwandte
Haus – sag', eh' ich dich verlor:
Gibt's – oh, gibt's in Gilead Balsam? –
Sag' mir's, eh' ich dich verlor!«
Sprach der Rabe: »Nie, du Tor.«

»Weiser«, rief ich, »sonder Zweifel
Weiser! – ob nun Tier, ob Teufel –
Schwör's beim Himmel uns zu Häupten –
schwör's beim Gott, den ich erkor –
Schwör's der Seele so voll Grauen:
soll dort fern in Edens Gauen
Ich ein strahlend Mädchen schauen,
die bei Engeln heißt Lenor' –
Sie, die Himmlische, umarmen,
die bei Engeln heißt Lenor'?«
Sprach der Rabe: »Nie, du Tor.«

»Sei dies Wort dein letztes, Rabe
oder Feind? Zurück zum Grabe
Fort! Zurück in Plutons Nächte!«
schrie ich auf und fuhr empor.
»Laß mein Schweigen ungebrochen!
Deine Lüge, frech gesprochen,
Hat mir weh das Herz durchstochen. –
Fort, von deinem Thron hervor!

Heb' dein Wort aus meinem Herzen –
heb' dich fort, vom Thron hervor!«
Sprach der Rabe: »Nie, du Tor.«

Und der Rabe rührt sich nimmer,
sitzt noch immer, sitzt noch immer
Auf der blassen Pallasbüste,
die er sich zum Thron erkor.
Seine Augen träumen trunken
wie Dämonen traumversunken;
Mir zu Füßen hingesunken
droht sein Schatten tot empor.
Hebt aus diesem meine Seele
jemand wieder sich empor? –
Niemals mehr – oh, nie, du Tor!

Ulalume

Die Wolken türmten sich mächtig,
Die Blätter waren verdorrt,
Sie waren kraus und verdorrt.
Es war Oktober und nächtig
An einem unseligen Ort.
Es war nahe dem bleiernen Wasser,
Das da so verschlafen steht,
Am Hain, wo des Nachts sich ein blasser
Hohläugiger Schwarm ergeht.

Die Gegend, schroff und titanisch,
Durchstreift' ich mit Psyche allein,
Meiner Seele, Psyche, allein,
Zur Zeit, da mein Herz noch vulkanisch,
Wie die Berge, die rastlos spei'n,
Die Feuerströme ausspei'n.
Wie der Berg am Nordpol, der kreisend
Ein flammendes Meer gebiert,
Das sich gewaltsam und reißend
Hinunterstürzt und verliert,
Hinunterwälzt und verliert.

Unsre Rede war ernst und gemessen,
Die Gedanken welk und verdorrt,
Die Gedanken lahm und verdorrt.
Das Gedächtnis war pflichtvergessen,
Denn es mahnte uns nicht an den Ort,
An die Zeit nicht und nicht an den Ort.
Wir ahnten nicht Ort und nicht Stunde
Und nicht den Monat im Jahr,
Den unseligen Monat im Jahr,
Daß es nah beim verfluchten Grunde
Und dem bleiernen Wasser war.

Und da nun die Nacht sich neigte,
Und der Zeiger der Sternenuhr,
Der himmlischen Sternenuhr,
Dem Tag zustrebte, da zeigte

Sich ein nebliger Schein am Azur.
Und diesem weißlichen, zarten
Duftschleier entschwebte zuletzt
Das Diadem von Astarten,
Mit Diamanten besetzt.

Und ich sprach: Sie ist wärmer und milder
Als die keusche Schwester Apolls,
Die flinke Schwester Apolls.
Diana ist feuriger, wilder,
Doch innerlich kühl und stolz.
Sie aber wandelt durch Sphären
Von Seufzern und wirft ihr Licht,
Ihr sanftes, freundliches Licht,
Auf die nimmer trocknenden Zähren
Im gramvollen Erdengesicht.
Und kommt durch das Sternbild des Löwen
Und weist uns den Weg zum Glück,
Den Weg durch Lethe zum Glück,
Und kommt durch die Höhle des Löwen,
Erwärmt uns mit ihrem Blick,
Mit ihrem liebenden Blick.

Da sah ich Psyche erschaudern.
Sie sprach: Ich trau ihr nicht,
Ich trau dieser Blässe nicht.
O komm, o laß uns nicht zaudern,
Ich fürchte dies weiße Licht,
Dies weiße, flackernde Licht.
Eine Angst, unbeschreiblich, unsäglich,
Durchbebte sie, während sie sprach,
Während sie hastig so sprach,
Sie schluchzte und schleppte kläglich
Ihre Schwingen am Boden nach,
Die Schwingen im Staube nach.

Ich erwiderte: Du sprichst im Traume,
Laß uns tauchen in dieses Meer,
Dies silberne, leuchtende Meer.
Sieh, wie es im endlosen Raume

Kristallen hin wogt und her,
Es zitternd hin wogt und her.
Wie es strahlt und flutet im Blauen
Mit seiner sybillischen Pracht.
Glaub' nur, wir dürfen ihm trauen,
Es leuchtet uns durch die Nacht,
Wir dürfen dem Wegweiser trauen,
Denn er leuchtet zu Gott durch die Nacht.

So suchte ich sie zu beschwicht'gen
Und küßte sie brüderlich warm,
Und küßte sie zärtlich und warm,
Und ich sah ihre Angst sich verflücht'gen,
Und wir eilten voran Arm in Arm.
In dunklen Zypressenalleen
Sank dumpfer und dumpfer die Luft –
Da blieben wir plötzlich stehen
An der Türe zu einer Gruft,
Zu einer mystischen Gruft.
Und ich sprach: Was sagt dieser stumme,
Verschwiegene Mund von Stein?
Da erwiderte sie: Ulalume –
Hier ruht Ulalumes Gebein,
Deiner Ulalume Gebein.

Da ward stumpf mein Herz und ohnmächtig,
Und wie die Blätter verdorrt,
Wie die Blätter welk und verdorrt.
Ja, Oktober war es und nächtig,
Rief ich aus, und an diesem Ort,
Ich erkenne deutlich den Ort –
Um den Teich wob ein unheimlicher, blasser
Verdunstender Nebelschwarm,
Und ich irrte an diesem Wasser
Eine schaurige Bürde im Arm,
Eine kalte Bürde im Arm –

Die Wolken türmten sich mächtig,
Die Blätter waren verdorrt.
Es war Oktober und nächtig
An einem unseligen Ort.

Annabel Lee

Es ist lange her, da lebte am Meer,
Ich sag' euch nicht wo und wie –
Ein Mägdelein zart, von seltener Art,
Mit Namen Annabel Lee.
Und das Mägdelein lebte für mich allein,
Und ich lebte allein für sie.

Ich war ein Kind, und sie war ein Kind,
Meine süße Annabel Lee,
Doch meine Liebe, so groß, so grenzenlos,
Wie die unsere, gab es nie.
Wir liebten uns so, daß die Engel darob
Beneideten mich und sie.

Da kam eines Tages aus den Wolken stracks
Ein Ungewitter und spie
Seinen Geifer aus, einen Höllengraus,
Und traf meine Annabel Lee.
Und es kam ein hochgeborener Lord,
Der holte auf immer sie von mir fort
In sein Reich am Meer und sperrte sie
Dort ein, meine Annabel Lee.

Ja, neidisch war die geflügelte Schar
Im Himmel auf mich und sie,
Und dies war der Grund, daß der Höllenmund
Des Sturms sein Verderben spie,
Bis sie erstarrte,
Und der Tod sie verscharrte,
Meine süße Annabel Lee.

Doch eine Liebe, so groß, so grenzenlos,
Wie die unsere, gab es nie.
So liebten Ältere nie,
So liebten Weisere nie,
Und wären die Engel auch noch so scheel,
Sie trennten doch nicht meine Seel' von der Seel'
Der lieblichen Annabel Lee.

Wenn die Sterne aufgehn, so kann ich drin sehn
Die Äuglein der Annabel Lee,
Und noch jegliche Nacht hat mir Träume gebracht
Von der lieblichen Annabel Lee.
So ruh' ich denn, bis der Morgen graut,
Allnächtlich bei meinem Liebchen traut
In des schäumenden Grabes Näh',
An der See, an der brandenden See.

Inhaltsverzeichnis

Vorwort

Erzählungen

Phantastische Fahrten

Der Geist des Bösen

Detektivgeschichten

Gedichte und Prosa

Gedichte